THE KINGDOMS OF THORN AND BONE　BOOK 4

THE BORN QUEEN
天降女王

荆棘与白骨的王国
THE KINGDOMS OF THORN AND BONE
［卷四］

【美】格里格·凯斯　著
朱佳文　译

THE BORN QUEEN © 2008 by J. Gregory Keyes
Published in agreement with the author, c/o BAROR INTERNATIONAL, INC.,
Armonk, New York, U.S.A. through The Grayhawk Agency.
Simplified Chinese translation copyright © 2014 by Chongqing Publishing House
All rights reserved.

版权所有·侵权必究
版贸核渝字(2013)第235号

图书在版编目(CIP)数据

天降女王 / (美)格里格·凯斯(Keyes, G.)著；朱佳文译. —重庆：
重庆出版社, 2014.1
（荆棘与白骨的王国）
书名原文: The born queen
ISBN 978-7-229-07186-8

Ⅰ.①天… Ⅱ.①凯… ②朱… Ⅲ.①科学幻想小说–美国–现代
Ⅳ.①I712.45

中国版本图书馆 CIP 数据核字(2013)第 274385 号

天降女王
TIANJIANG NÜWANG
[美]格里格·凯斯 著　朱佳文 译

出版人: 罗小卫
出版策划: 重庆天健卡通动画文化有限责任公司
责任编辑: 邹　禾　肖　飒　骆思源
责任校对: 胡　琳
封面绘图: 罗　烜
装帧设计: 谢颖设计工作室

重庆出版集团
重庆出版社　出版

重庆长江二路205号　邮政编码: 400016　http://www.cqph.com
重庆出版集团艺术设计有限公司制版
重庆市国丰印务有限责任公司印刷
重庆出版集团图书发行有限公司发行
E-MAIL:fxchu@cqph.com　邮购电话:023-68809652
全国新华书店经销
开本:880mm×1230mm　1/32　印张:16.25　字数:478千
2014年1月第1版　2014年1月第1次印刷
ISBN 978-7-229-07186-8
定价:52.80元

如有印装质量问题,请向本集团图书发行有限公司调换:023-68706683

版权所有　　侵权必究

精彩书评：

"尽管难免会被人和乔治·R.R.马丁的《冰与火之歌》相比，但本书出色的世界架构加上黑暗而充满力度的格调，会让马丁的粉丝同样成为凯斯的拥护者。"

——全球最大售书网站 Amazon.com

这真是一个令人惊叹的故事，从头至尾悬念迭起，妙趣横生。
——泰瑞·布鲁克斯，《纽约时报》畅销作家，奇幻小说《沙拉娜之剑》作者

大师级的睿智使得故事有着一个令人惊艳的开端。而那些简洁扼要的修辞则是作者巧妙设下的陷阱，在不经意中悄悄捕获了那些各具情态的人物性格。
——伊丽莎白·海顿，prophecy 畅销冠军《地之子》作者

凯斯将众多不同的文化、宗教、风俗、语言等元素巧妙地融合在一起，从而浇铸起了这部史诗般的传奇巨著。

——《出版人周刊》

这是一部优秀的幻想小说，有着如恒河沙数般漫长的战争。一段浪漫的伟大爱情，其间那非凡的奇迹感更是让我们深刻感受到了幻想的魅力，是的，它不仅仅有着激烈的厮杀，宏伟壮阔的战争，尔虞我诈的政治手腕，同时又充满着令人目眩神迷的奇迹。

——《奇幻科幻小说杂志》

书中的角色洋溢出生命的光彩，凯斯让我从第一页开始便沉醉其中，我热切期待着"荆棘与白骨的王国"系列接下来的每一卷。
——查尔斯·德林，《心之森林》，《洋葱女孩》获奖作者

这是一部伟大的史诗奇幻小说，在十页之内便牢牢地俘获了我，我对作者充满了期待。

——《页码杂志》

以传说与历史为主料，用激烈的战斗，沉痛的真爱加以调味，再加上一小勺幽默，凯斯的这盘大菜传承了那些我们最珍视的神话的独特韵味。

——幻想小说评论网（http://www.sfrevu.com）

凯斯每章末尾的惊险片段总是让读者们提心吊胆又无比期待,我已经很多年没有读到如此优秀的系列小说了。

天哪!这家伙怎么能把英语运用得如此出神入化?他处理那些延绵千里的伏笔所运用的绝妙手法,给我留下了深刻印象。

——凯瑟琳·克鲁兹,纽约时报畅销冠军《德尔尼编年史》作者

"一本正统奇幻小说通常要花些时间才能吸引我,可凯斯从第一页起就紧紧抓住了我的心。"

——查尔斯·德·林特

"黑暗的故事,文笔精妙,引人入胜。"

——《守护者》报

"鲜活的人物和远超同类作品的曲折情节。"

——《SFX》杂志

"自乔治·R.R.马丁后最伟大的奇幻系列作品。"

——《Time Out》杂志

"深厚的情感,有序的节奏和对那些永恒主题的巧妙安排……为读者们献上了一场思维的盛宴。"

——《出版人周刊》

一部情节错综复杂,叙事技巧高超的奇幻史诗。

——出版家周报

引人入胜。

——《轨迹》杂志

主要人物：

安妮——在历经艰苦终于驱逐罗伯特，成为克洛史尼王国的女王之后，寒沙和教会却想来个趁火打劫。而她面对国内积弱，外有强敌的局面，意外采取了强硬的态度。她真的能成为传说中的天降女王吗？

奥丝妮——这位从前的天真女佣成长为了成熟的女子，不仅能够坦然面对自己的心意，更认识到自己担负的责任：帮助安妮走上正道。

卡佐——这位德斯拉塔的剑技在一次次的生死搏杀中日趋精湛的剑客，他也渐渐明白，尽管世界上有太多无法靠剑术解决的事，但作为剑客，能信赖的依然是自己手中的剑，还有保持着坚定决心的自己。

埃斯帕——又一次死里逃生之后，这位御林看守踏上了寻找薇娜和易霍克的旅途，但沙恩林女巫和他的誓约却一直约束着他，而死前的荆棘王托付给他的愿望，也即将迎来达成的那一刻……

斯蒂芬——在巫角山潜心研究的斯蒂芬终于发现了那条不为人知的巡礼路，但那个无形无影的恶魔却仍与他亦步亦趋。在发现考隆的真正遗产以后，他也将面对将他彻底改变的真相。

尼尔、玛蕊莉、艾丽思——在安妮的要求下，尼尔偕同玛蕊莉和艾丽思等人前去出使寒沙，但他们真正的目标却并非达成和平，而是寻找寒沙国内能够与安妮的能力一较高下的那个人。尼尔和玛蕊莉也会分别在寒沙遇见一位熟悉的人，只是前者如同天使，而后者与魔鬼无异。

赫斯匹罗——在旁人眼里"仓皇逃离"伊斯冷的赫斯匹罗，实际上却是带着某个愿望前去了艾滨国。强大的力量，足够实现他野心的力量，就在眼前。

阿特沃——协助安妮调兵遣将，征战四方的阿特沃，对克洛史尼王国忠心不贰，但在面对安妮如同恶魔的力量时，他却犹豫了……

哈洛特——教会的骑士队长，维吉尼亚人，对教会极为忠诚，直至献出生命。

里奥夫——在被罗伯特设计谱写出杀戮之乐后消沉了许久，但某位神秘人士的来访令他再度振作，和音乐天赋展露无疑的梅丽一起，为了修复死亡的法则，开始谱写反制的乐曲。

查卡托——在遭遇了几位熟人以后，这位老剑客谜团重重的过去逐渐被揭开，卡佐也与他冰释前嫌。

恩弗瑞斯——总督之子，勇敢坚定，对薇娜一往情深。

贝瑞蒙德——寒沙王子，重视荣誉，敢于当面违逆自己的父亲，后为了保护玛蕊莉和尼尔等人被马克弥亲自下令追捕。

目录

序章　四个短故事 …………………………… 2

第一部　未愈之伤 …………………………… 34

第一章　恶魔女王 …………………………… 35
第二章　大使 ………………………………… 41
第三章　休养结束 …………………………… 51
第四章　提案与安排 ………………………… 57
第五章　遗嘱 ………………………………… 69
第六章　母亲的口信 ………………………… 76
第七章　国境小镇 …………………………… 85
第八章　剑客的本质 ………………………… 92
第九章　泽米丽的故事 ……………………… 99
第十章　三张王座 …………………………… 108
第十一章　挑战 ……………………………… 121

第二部　显灵的几种形式 …………………… 128

第一章　红厅女皇 …………………………… 129
第二章　沿着深邃之河 ……………………… 141
第三章　誓约 ………………………………… 150
第四章　两个女佣 …………………………… 160
第五章　寒沙的风暴 ………………………… 170

第六章　心意的改变 …… 178
第七章　巡礼开始 …… 186
第八章　佐·布索·布拉托 …… 193
第九章　女王的旅程 …… 201
第十章　凯斯堡 …… 208
第十一章　怪物追兵 …… 217
第十二章　考隆 …… 226
第十三章　撤退 …… 232
第十四章　歌唱的死者 …… 241

第三部　忠诚与忠贞 …… 246

第一章　邪符之子 …… 248
第二章　天使 …… 259
第三章　求婚者 …… 262
第四章　芬德的提议 …… 270
第五章　奥丝姹 …… 279
第六章　布琳娜 …… 289
第七章　指挥官 …… 298
第八章　通往力量之路 …… 308
第九章　两个理由 …… 318
第十章　老友 …… 327
第十一章　与战士们共饮 …… 338
第十二章　罢免 …… 343
第十三章　离去 …… 351

第四部　天降女王 …… 361

第一章　占领 …… 362
第二章　最后的会晤 …… 370
第三章　哈洛特爵士的使命 …… 377

第四章　翻越悬崖，踏入沼泽 ················· 385
第五章　埃克米梅诺 ························· 392
第六章　蕨草般的希望 ······················· 401
第七章　佳酿的证明 ························· 406
第八章　陌生而自然的重聚 ··················· 415
第九章　藏身之处 ··························· 425
第十章　基础 ······························· 432
第十一章　唤醒 ····························· 442
第十二章　安魂曲 ··························· 450
终章 ······································· 465

译后感 ································· 474
名词对照 ······························· 476

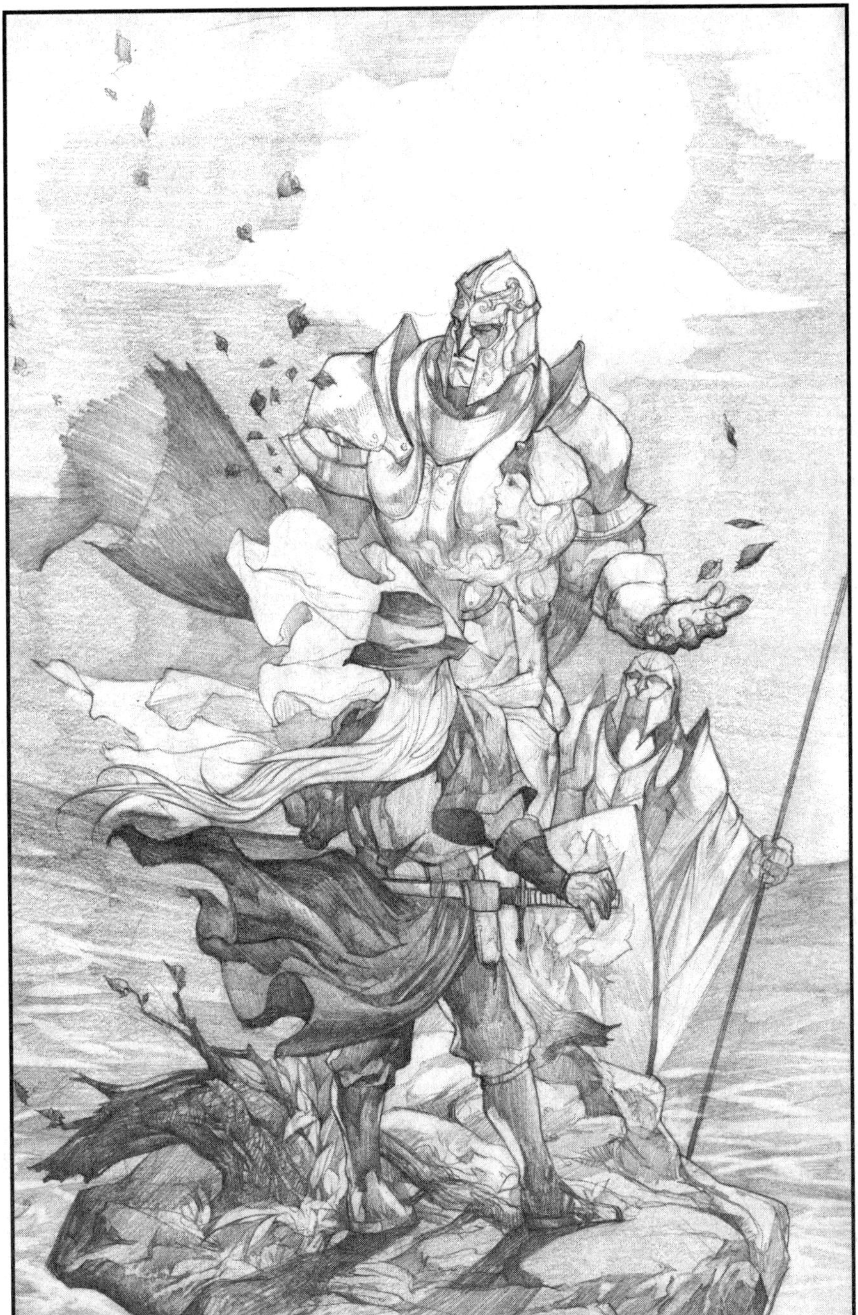

THE BORN QUEEN

序章 四个短故事

哈洛特

痛苦的嘶吼响彻于珠白色的天际，像海鸥般在塔恩岬的上空盘绕。罗杰·哈洛特没有转身；他今早已经听过太多的惨呼，而且在今天结束之前，他还会听到更多。他把注意力集中在眼前的地貌上——费德瑞克城堡的西塔楼为他提供了广阔的视野。塔恩岬位于西方远处，目前在他的左手边。白色的岩石在翠绿的草地上堆积如山，高得足以遮蔽远方的海洋，但在靠近北面镇子的方向，灰绿色的波涛露出了影踪。山坡上，饱经风霜，盘根错节的树木将枝丫伸向四面八方，仿佛想要抓住什么看不见的宝贝。那些弯曲的枝条上垂挂着奇怪的果子。他在思考，如果他不知道那是什么，此时又是否能认得出来。

也许吧。

"看来不是所有人都对拷问有兴致啊。"身后有个声音告诉他。他认出那个声音属于普莱库姆主祭，这个教区的负责人。

"我觉得它很沉闷。"罗杰答道，视线飘飞。

"沉闷？"

"而且冗长又徒劳，"他补充道，"我很怀疑它会带来任何益处。"

"许多人都已认罪忏悔，回归正道。"普莱库姆反驳道。

"我对拷问再熟悉不过了，"罗杰告诉他，"在钢铁下，人们会供认自己从未做过的事。"他朝主祭露出疲惫的笑容，"事实上，我发现受刑者承认的罪行往往首先扎根于施刑者罪孽深重的心里。"

"噢，你看——"主祭开了口，可罗杰摆摆手制止了他。

"我不是在指责你，"他说，"就事论事罢了。"

"一个教会的骑士会有这样的观点，真是难以置信。你简直就像是在质疑**瑞沙卡拉图**本身。"

"你错了，"罗杰答道，"异教的毒瘤感染了每一座城市、集镇和村庄，甚至是每一户人家。恶徒在光天化日之下出没，全无顾忌。不，这世界必须恢复纯净，就像**沙卡拉图**时那样。"

"那——"

"我质疑的是拷问。它根本没用。受刑者的招供并不可靠，做出的忏悔也绝非发自真心。"

"那你要我们怎么做？"

罗杰指了指那片海岬。"你审问的大部分人都会被吊在那儿，一命呜呼。"

"那些是不知悔悟者。"

"干脆直接绞死他们吧。所谓的'悔悟者'都是骗子，而被我们处决的无辜者都会在亡者的疆土上受到圣者的嘉奖。"

他能察觉到主祭的身体僵住了，"你是来顶替我的？审判官大人对我们的成果不满意吗？"

"不，"罗杰说，"这只是我个人的观点，并不普遍。审判官大人——和你一样——很喜欢拷问，所以它会继续下去。我来这儿完全是为了另一个目的。"

他把目光转向东南方，一条略带藏红色的道路消失在草木丛生的群山之中。

"纯粹出于好奇，"罗杰问道，"你们吊死了多少人？"

"三十一个，"普莱库姆答道，"除了我们身后的这些之外，还有二十六个人在等待审讯。会有更多人被处决的，我想。"

"这么小的镇子竟有如此众多的异端。"

"乡下更加严重。几乎每个农夫和伐木工都能施展某种程度的黯阴巫术。要按你的法子，我得处决教区里的每一个人才行。"

"一旦胳膊上长了坏疽，"罗杰说，"就再也没法根治了。必须得砍掉这条手臂才行。"

他转过身，盯着在身后呜咽个不停的那个人。罗杰初见他时，他还是个强壮而结实的汉子，脸颊红润，一双蓝色的眸子满是桀骜

THE BORN QUEEN

不驯。如今的他跟麻袋没什么区别，眼神所盼望的也不过是驶往世界尽头的那条黑船而已。他被绑在塔楼内部的一根木制立柱上，双臂被铁链拴在头顶。另外六根立柱上各自捆着一名囚犯，都被剥光了衣服，在春日的微风中等待着。

"为什么你不去地牢，却要到这儿来审讯？"罗杰询问道。

主祭稍稍站直了一点，下巴绷得紧紧的。"因为我相信这样做是有意义的。在地牢里，他们会悔改罪过，向往阳光，直到开始怀疑自己是否记得阳光的真正模样。然后我就会把他们带到这里，让他们看到世界的美好：大海，太阳，草地——"

"以及等待着他们的命运。"哈洛特说着，瞥了眼那些用作绞架的树木。

"是的，"普莱库姆承认，"我希望他们再一次学会热爱圣者，让圣者回归他们的心中。"

"你这婊子养的混蛋，"柱子上的那人抽泣着说，"你这恶毒的畜生。你对我可怜的小莫菣做了什么……"他的身体颤抖得说不出话来。

"你老婆是个黠阴巫师。"普莱库姆说。

"根本不是，"那人粗声道，"根本不是。"

"她承认自己为水手系过海西亚结。"他反驳道。

"圣海西亚。"那人叹了口气。他的怒火似乎来得快去得也快。

"没有什么圣海西亚。"主祭道。

罗杰本想忍住不笑，但思忖后又改了主意，大笑起来。

主祭心满意足地点点头。"看到没？"他说，"这位是罗杰·哈洛特，教会骑士，一位饱学之士。"

"的确，"罗杰说。因为主祭的装腔作势，他又改了念头。"我受的教育足够让我——有时候——看懂《塔弗乐·诺门斯》，这本所有教区必备的三部典籍之一。"

"《塔弗乐·诺门斯》？"

"你们的图书馆里最大部头的书。就是放在讲经台上，蒙了厚厚一层灰的那本。"

"我不明白——"

"海西亚是圣瑟弗露斯的四十八个化身之一，"罗杰说，"她鲜为人知，这点我承认。但我好像记得真有绳结这回事。"

普莱库姆张口想要抗议，又闭上嘴，然后再次张开。

"圣瑟弗露斯是男性。"最后，他说。

罗杰冲着他摆了摆手指。"你是根据这个维特里安词的词尾猜的吧。你根本不知道圣瑟弗露斯是谁，对不对？"

"我……圣者实在太多了。"

"对。数以千计。所以我才好奇，为什么你甚至不去书上查查海西亚是不是圣者，就指控她的信徒是黯阴巫师呢？"

"她送给水手绳结，告诉他们需要风的时候就解开，"普莱库姆气急败坏地说，"这有黯阴巫术的嫌疑。"

罗杰清了清嗓子。"随后，"他引用道，"女王吉阿尔对圣梅睿尼洛说，'戴上这根亚麻绳，以圣瑟弗露斯的名义系起绳结，若你的船只搁浅，就解开绳结，将风释放出来'。"

他笑了笑。"这是《圣梅睿尼洛之神圣记事》里的一段记载。难道他也是异端吗？"

主祭嘟起嘴，显得坐立不安。"我读过《梅睿尼洛的生平》，"他说，"我不记得这件事。"

"《梅睿尼洛的生平》只是《萨赫提·比维尔》里的一小段记录，"罗杰说，"《神圣记事》则是一本七百页的巨著。"

"噢，那我更不可能知道——"

"告诉我。我注意到你有一座为曼纳德、莱尔和尼图诺修建的礼拜堂。有多少水手出海前在那儿做过布施？"

"几乎没有，"普莱库姆的怒气爆发了，"他们更喜欢那些海修女。整整二十年来，他们都选择摈弃——"他住了口，满脸涨红，眼睛几乎从眼眶里凸了出来。

"真相？"罗杰轻声问道。

"我做了我认为最正确的事。谨遵圣者们的意愿。"

"是啊，"罗杰答道，"而且很明显，没有人把你的真相当回事。"

"你这是想得出，得出什么结……"他双眼含泪，身躯颤抖。

THE BORN QUEEN

罗杰转了转眼珠。"我关心的不是你,也不是这个可怜虫的老婆,更不是你吊死的那些人是否无辜。我之所以来这儿,是因为你**的的确确**是个无知的屠夫,但你用不着担心我会为难你。"

"那就求求你,告诉我你的来意吧?"

"等着吧,我会让你知道的。"

一个钟头过后,他的承诺兑现了。

他们从南方出现,正应了哈洛特的猜测。他们总数在五十人左右,大多身着皇家轻骑兵团的暗橙色无袖短外套,无所顾忌地骑马冲出森林,直奔城堡正门。等他们靠近后,罗杰发现其中十人穿着全副骑士盔甲。还有个全身维特里安式打扮,头戴宽檐帽,没穿盔甲的家伙。他身边的那人是这群骑手中最惹眼的:苗条的身躯深藏在胸甲里,一头红色短发。起先他还以为那只是个见习骑士或者扈从,但随即欣喜地意识到了那人的真正身份。

不出所料,他想着,努力不表现得沾沾自喜。

"看起来安妮女王本人来拜访你了。"他告诉那位主祭。

"异端罢了,"那主祭咕哝道,"根本没有什么安妮女王。"

"朝议会已经给她加冕了。"哈洛特指出。

"教会可没有承认她。"普莱库姆还击道。

"我倒想亲耳听你对她这么说,"哈洛特回答,"你和你的十五个手下。"

"上面的几位,"一个清脆的女声喊道,"你们之中有这个教区的主祭吗?"

"我就是。"普莱库姆答道。

从哈洛特所在的位置看不清她的五官,但即便如此,他还是感到了一股凛冽的寒意:她的双眼仿佛是纯黑色的。

"陛——殿下,"那主祭道,"请您稍等片刻,我会代表我微不足道的教区向您致以谦卑的敬意。"

"不用了,"那女子答道,"等在那就好。派个人来带我们上去。"

普莱库姆对一名手下紧张地点点头,然后忧心忡忡地揉了揉额头。

"主意变得还真快啊。"哈洛特评论道。

"您说得没错,现在敌众我寡。"

"要是圣者们站在我们这边,情况就不同了。"哈洛特回答。

"你在嘲笑我?"

"完全没有。"

主祭摇了摇头。"她想从这儿得到什么?"

"你听说过普林斯、努斯威和赛哈姆没有?"

"那些是新壤的镇子。它们怎么了?"

"你真的一点儿都没听说?"

"我一直忙得脱不开身,阁下。"

"看起来是这样。"

"这话什么意思?"

哈洛特听到楼梯处传来一阵响动。

"我想你很快就会明白了,"他淡淡地说,"他们来了。"

哈洛特从来没见过安妮·戴尔,可对她的情况略知一二。她今年十七岁,是已故的威廉二世最小的女儿。护法赫斯匹罗和其他人的报告中将她描述为"自私而任性,头脑聪明,却不愿去运用",至少在政治上是这样,因为她对任何事都缺乏兴趣。在大约一年前下落不明,事实上是在圣塞尔修女院修习黑暗女士的技艺。

但现在看起来,她对政治非常感兴趣。刺激她的也许是她姐姐和父亲遭到杀害的消息,也许是她遭受的多次生命威胁。又或许圣塞尔修女院的姐妹们对她做过些什么。

无论如何,这个女孩已经和他听闻的不同了。

他没想到会在她脸上看到雀斑,但他早知道她是白肤红发,而雀斑总和这些特征如影随形。她的鼻子又大又弯,要是它再大点儿,完全可以称之为"鹰钩鼻",却和她海蓝色的双眼出奇地搭调,尽管没有母亲的那种古典之美,可她依然富有魅力。

她的目光聚焦在普莱库姆身上,一言未发,可她身边的那个年轻人却把手放在了细剑的剑柄上。

"克洛史尼的女王殿下,安妮一世驾到。"他说。

普莱库姆犹豫了片刻,随后单膝跪地,他的手下紧随其后。哈洛特也跟着跪了下来。

"起来吧。"安妮说。她的视线扫过屋顶上那些饱受折磨的人。

"放了那些人,"她说,"确保他们的伤得到医治。"

她的几个部下从人群中走出,开始执行她的命令。

"殿下——"

"主祭大人,"安妮说,"这些人是我的臣民。我的。除非得到我的首肯,否则没有人可以扣押、拷问和杀害我的臣民。我不记得你征求过我的同意。"

"殿下,您肯定知道的,向我下令的可是艾滨国和教皇殿下本人。"

"艾滨国在维特里安呢,"她回答,"这儿是克洛史尼帝国境内的火籁,而我是克洛史尼的女皇。"

"可殿下,神圣的教会无疑高于凡间的统治者。"

"在克洛史尼可不行,"她说,"我父亲不会答应,我也不会。"

主祭垂下了头。"我是教会的仆从,殿下。"

"这与我无关。你被控以伤害他人、谋杀和叛国等罪行。我们明天就会审讯你。"

"您也审讯过普林斯、努斯威和赛哈姆的主祭了吗?"

她的目光转向哈洛特,而他感到又一股更加深邃的寒意。她的身上仍有些许女孩的气息,但也有另外一些东西,一些非常危险的东西。

"你是谁?"她询问道。

"罗杰·哈洛特爵士,"他答道,"教会骑士,侍奉无上崇高的阿布罗大人。"

"我明白。是艾滨国派你来协助这场屠杀的?"

"不是的,殿下,"他答道,"这不是我此行的目的。"

"那你的目的又是什么?"

"我和另外四十九位教会骑士是来帮助国王罗伯特维持和平的。"

"是了,"安妮说,"我记起来了。我们还在想你们怎么了呢。"

"我们听说伊斯冷的状况发生了变化。"

"正是如此，"安妮回答，"篡位者逃之夭夭，而我夺回了父亲本来就想传给我的王位。"她微微一笑，"你们觉得自己不会受到善待？"

"我的主人是这么想的。"哈洛特承认道。

"这么说，你的同伴都回艾滨国去了？"

"不，殿下。我们一直等着呢。"

"等什么？"

"等你。"

她扬起眉毛，却沉默不语。

"你是个不平凡的女王，"哈洛特续道，"你本人领导了渗入伊斯冷城堡的行动。加冕后，你曾多次像这样阻挠*瑞沙卡拉图*的进行。我觉得，按你的行事风格，总有一天会忍不住来找我们的朋友普莱库姆的。"

"好吧，你们猜对了，"安妮说，"所以说这一切都是陷阱。"

"没错，殿下。现在你被包围了。希望您能束手归降，我保证不会有人伤害您的。"

"你是说，直到我被宣判为黯阴巫师之前？"

"这就恕我不能多说了。"

普莱库姆的脸恢复了少许血色。"你没骗我，哈洛特爵士！圣者与我们同在。四十九位骑士——"

"各自带着十名护卫，全部配有坐骑。"哈洛特替他说完。

"那就是……"普莱库姆无声地动了动嘴唇，"五百人。"

"对。"哈洛特答道。

安妮笑了。"还好我带来了两千人。"

哈洛特觉得心脏在胸腔里凝固住了。

"殿下？"

"这的确是个陷阱，哈洛特爵士。"她说。她眼眶周围的某块肌肉绷紧了，接着她探手向前，掌根抵住了他的前额。

他只觉皮肤里的骨头突然变得沉重而灼热。他双膝跪地，可她的手并未移开。他全身的皮肤都在刺痛，肺里仿佛塞满了苍蝇。而在他的脑中……

THE BORN QUEEN

他看到了他们的营地,圣阿布罗的追随者们正在等待黎明到来,有些正在沉睡,有些则在守夜。他似乎是守夜者之一,突然间,麻痹感压垮了他和所有同僚的身躯。他漠不关心地看着几道纤细的身影潜入营帐,割开入睡者的喉咙。有人醒来,试图反抗,可没过多久,五百人便全数死去。他的视野逐渐黯淡下去,只觉自己仿佛被湍急的河流拖拽着前行。他不禁尖叫起来……

他回到了阳光下,气喘不止,看着远处的枝条上晃荡的死尸。他的裤子湿了。

他抬头望向那位女王,而她的笑容也变得惊心动魄。

"现在来谈谈你们的投降事宜吧。"她说。

哈洛特勉强找回一丝意志力,"您明白自己做了什么吗?"他喘息着说,"现在整个教会的怒火都将倾注到您的身上。圣战将会打响。"

"让艾滨国来吧,"她回答,"我已经看够了他们的杰作。让他们来接受应得的惩罚吧。"

哈洛特让呼吸回复平稳,灼热感也逐渐淡去。"您的胆子可真不小,"他说,"可寒沙舰队呢?"

"你们很清楚,他们正驻扎在我国的海岸线附近。"安妮答道。

"你真觉得自己能同时对抗寒沙和教会?"

她眼神一凛,骑士缩了缩身子。他用尽全身的力气才没有发抖。

"你觉得呢?"她柔声问道。

我觉得你疯了,他无声地回答。可他说不出口。

她点点头,仿佛听到了他的心声一般。"我想让你回艾滨国去,"她说,"以便让你把我做过的事和说过的话告诉他们。再加上这样一句:从此刻起,艾滨国的所有教会成员,要么与他们过去拥护的腐败教会决裂,要么在九天之内离开我国。超过这个期限,所有教士,无论尊卑贵贱,都将被逮捕和关押,并以谋反罪受到审讯。你听清楚了吗,罗杰爵士?"

"清楚得很,殿下。"他吐出这句话。

"很好,去吧。正如你所指出的,我还有别的事务需要处理。"

他们允许他保留马匹和武器。他前往营地,发现那些死者大都仍旧躺在毛毯里。附近充斥着渡鸦，积云也酝酿着雨水。

罗杰只觉天旋地转，坐了好一会儿才恢复过来。他不知道安妮是否真的明白这件事的后果：就连他也想象不出此刻已无可避免的那场大屠杀的全貌。死在这儿的五百人恐怕连个零头都算不上。

赫斯匹罗

他的脚步声在红色大理石上回响，飘入黑暗空旷的凯洛瓦莱默圣殿，又悠然回转，仿佛死神的耳语。

它们似乎在说：我来了。

死神正与他同行，恐惧却从身后悄然而至。

安静，他告诉自己。安静。你是马伽·赫斯匹罗，克洛史尼的护法。你是柯纳希尔的伊斯朴之子。你很尊贵。

"万圣之圣。"在他身后咫尺之遥的那人走到他的左侧，低语道。

赫斯匹罗看着他，发现他的目光正徘徊于高耸的拱形扶壁之上，那数千座供奉着镀金圣者像的壁龛。

"是吗？"赫斯匹罗对着那堵墙挥了挥手，"你说的是这座大殿吗，海姆弟兄？"

"凯洛瓦莱默圣殿，"海姆答道，"我们最完美的圣殿。"

赫斯匹罗的眉毛拧成了一团。他听到右边的埃尔顿爵士叹了口气，可随行的另外六个人都没有出声。

"你真是记不住教训。"他告诉海姆。

"大人？"那修士问道。他的语气带着惶恐，又充满困惑。

"快住口。去见教皇殿下的时候别说话。"

"遵命，大人。"

赫斯匹罗摆摆手，中止了这场对话。海姆修士犯的错误并不鲜见。当初建造这里，就是为了令观者印象深刻，事实上也确实如此，可到了最后，这座圣殿只剩下了象征意义。真正的万圣之圣埋藏在这红色大理石和古老的地基之下。他的脚底每次接触地面，都会感受到——仿佛从未感受过一般——那种足以烧灼骨头，腐朽血肉的可怕力量。他的嘴里尝到了煤灰和腐烂的味道。

可海姆是感觉不到的,不是吗?死神并未与他如影随形。

在穿越圣器大厅的途中,抵达大殿之前,引路者领着他们转入侧面的一条通道,沿梯向上,走进那些满是撰经台和铅灰气味的祈祷室,又绕过一个转角,穿过藏书阁。他这才发现,他们正朝着教皇大人的私人套间前进,但所走的并非最直接的路线,一阵寒意涌上心头。

"这儿一个人都没有,"海姆修士低声道。他也注意到了。"走廊都空空荡荡的。"

"真安静。"埃尔顿爵士赞同道。

领路者没有回头,他显然听到了这些话,但这并不重要。

他很久以前曾来过一次凯洛瓦莱默圣殿的这个区域,当时担任教皇的还是尼洛·皮哈图。

他觉得自己知道他们要去哪儿了。

他们走进一个菱形的房间,表面上像是间供奉拉莎女士的礼拜堂:她背生双翼,头戴花冠的雕像坐落在对面,露出心照不宣的微笑。但此刻,房间里充斥着的并非朝拜者,而是满瑞斯的僧侣。他们手持武器,而且绝非祭礼所用的武器。为首的那人身穿靛蓝长袍,头戴一顶有点像王冠的黑色三角帽。

"迈尔通修士。"赫斯匹罗说着,略略欠身致意。

"我已经是大主祭了。"那人纠正道。

"是啊,我看到那帽子了,"赫斯匹罗说,"不过你和我们所有人一样,仍然是名修士。"

迈尔通露出放肆的笑容。他凸出的眼珠和瘦长的面孔总让赫斯匹罗想起某种啮齿类动物。那顶帽子并未改变他给人的印象。

"你们所有人,得用布蒙住眼睛。"迈尔通说。

"当然。"赫斯匹罗答道。

当僧侣们将黑暗缠绕于赫斯匹罗的眼前时,他觉得脚下的地板变得更薄了,他的身体也在颤抖,痛楚仿佛要将他撕成碎片。

有人紧紧抓住了他的胳膊。

"向下走。"有个他没听过的声音耳语道。

他照办了。一步,两步,三步。到底部的总数是八十四步,和上次完全相同。然后转弯，空气中开始有馊味出现，最后他们停下脚步，蒙眼布也被除下。

也许他们没打算杀我们，赫斯匹罗的心里有个微弱的声音在说。他的眼睛逐渐适应了周围的新环境。要是我们再也出不去了，这条路还有什么保密的必要？

可他心里有另一个声音在说，这想法真蠢。这只是例行公事。任何一个聪明细心的人——比方说，任何一名德克曼的门徒——无论有没有被蒙住眼睛，都能找到回来的路。只有新入教者和祭品才会到达地底之下，前往真正的凯洛圣殿。

在两侧墙壁上成排火把的摇曳光芒中，他开始观察周围的细节。房间是以活岩——也就是建造圣殿本身的那种材料——开凿而成，原本的沙褐色调被火光染上了橙色。一排排半圆形的长椅在他眼前逐渐爬升，但除了三张高耸于后方的座椅和更后方的王位之外，全都是空的。三张座椅中的两张被另外两位大主祭占据，赫斯匹罗看着迈尔走上前去，填补了最后的空缺。

不用说，教皇大人就坐在那张王位上。

"我们在哪儿？"海姆修士问道。

"圣血会的掩真圣议会。"赫斯匹罗答道。

教皇大人突然抬高了嗓音：

"*Commenumus*

Pispis post oraumus

Ehtrad ezois verus Taces est."

"*Izic deivumus.*"另外三人同声唱道，赫斯匹罗略显惊讶地发现，自己正与其他人一起应和着。

噢，他已经在教会里待了很久了。他所做的很多事都出自本能反应。

尼洛·法布罗作为圣职者的历史比赫斯匹罗更久。这位教皇大人已年近八十。他金黑相间的王冠下披散着纯白的长发，过去的蓝色眸子早已褪色为略带色彩的冰晶。他长着维特里安式的拱形鼻子，松弛的左脸颊上有块顽固的斑点。

"噢，"法布罗几乎是叹息着说，"你真让我吃惊，赫斯匹罗。"

THE BORN QUEEN

"为什么呢,教皇殿下?"

"你在犯下这么多罪孽之后,居然自投罗网。我还以为我得揪着你的耳朵把你抓回来呢。"

"看来您不太了解我。"赫斯匹罗说。

"别出言不逊,"法布罗呵斥道。他靠回椅子上,"我不明白尼洛·卢西奥看中了你哪一点,我真的不明白。我知道你们是共同宣誓入教的,可那已经是三十多年前的事了。"

"我也不明白你在暗示什么。"赫斯匹罗说。

"你离开大学后,就去了巴戈山的某个偏僻教区,从此杳无音讯。卢西奥却留在这儿,不断升迁。等他升任护法时,他派人把你接了来。他说服圣议会让你出任克洛史尼的大司铎,然后是护法。"

"您如此了解我,真令我荣幸。"

"我不是在夸你!"他吼道,"但我了解卢西奥。他很忠诚,对教会忠心耿耿。他不是那种任人唯亲的人。我怀疑有某种超出友谊的东西促使你得到了升迁。"

"莫非我之后的履历证明了我的不称职?"

尼洛·法布罗摇摇头,"说真的,没有。你无论哪方面都堪称楷模,至少从履历上看是这样。直到去年左右,状况才急转直下。要我把你的重大失职列举出来吗?"

"如果您乐意的话,殿下。"

"我不乐意,但我还是要列举出来。"他前倾身体。

"你没能阻止威廉将其女儿们指定为继承人。你答应弥补这一失误,却再次失败。如今不但他的女儿之一仍旧存活,还坐上了王位。光是这些已经比普通人一辈子能犯的错还多了,赫斯匹罗。你还没能唤醒御林中那些隐匿领主的巡礼路。尽管你犯下了诸多过失,"——他用袖子擦了擦额头——"尽管你犯下了诸多过失,我的前任,你的挚友卢西奥,却把艾塔斯之箭交托给你,命你杀死荆棘王。这次你又失败了,还弄丢了那支箭。"

赫斯匹罗本想反驳最后一项指控,细想之后便作罢了。这有什么重要的?他说的基本没错,特别是关于安妮的那些。在这件事上,他只能责怪自己选择了如此不可靠的盟友。说真的,巡礼路根本不重要，卢西奥也很清楚这点。

可卢西奥已经死了，很有可能就是死在如今指控他的这个人的手里。尼洛·法布罗根本不明白赫斯匹罗真正的过失所在。

"最后，"教皇总结道，"你还怯弱地逃离了你在伊斯冷的岗位。"

"我有吗？"

"有。"

"有意思。在您得到的报告里，这是发生在几月份的事？"

"就在俞尔节之后。"

"那时候国王罗伯特还在位，离安妮召集大军还有好几个月。你怎么会觉得我是逃走的？"

"你对自己的行踪没有留下任何解释，"法布罗说，"我们还能怎么想？"

"这重要吗？"赫斯匹罗说。在他自己听来，他的语气平静得出奇，又生硬得超常，"你谋杀了卢西奥，现在是在清理余党。我就是其中一员。所以何必多说废话？"

"卢西奥是个蠢货，"法布罗说，"卢西奥一直没明白预言的真正意义，也不知道什么才是当务之急。他太执著于过去了。但我觉得你和他一直在谋划什么。而且我很想知道那究竟是什么。"

"像我这样的失败者？我能谋划什么？"赫斯匹罗问道。

"这就是我们现在要弄明白的事。"法布罗说。

赫斯匹罗觉得喉咙发干，有那么一瞬间，那句话堵在了他的嗓子眼里，化作一阵喘息脱口而出。

"你说什么？"教皇问。

赫斯匹罗深吸一口气，昂起头。

"你们会弄明白的，"他重复了一遍，这次话语清晰可闻，"但不会是你们喜欢的方式。"

赫斯匹罗看到法布罗正了正神色，张口欲言。

我是赫斯匹罗，他想。他咬紧牙关，然后松开，送出那句咒语。

"踏遍诸道，通晓诸殿，隐匿于影中的圣者们啊，请降临我的身畔。"

THE BORN QUEEN

他让世界深处的冰冷河水透过脚底涌入他的身躯，他的双脚变得麻木，随即是双腿，胯部和腹部。他觉得心脏停止了跳动，明白自己没多少时间了。接着那阵麻木感到达了他的头部，身边环绕的人声也渐渐隐去。他仍可视物，但他眼前的形体变得渺小，火把就像细碎的黄铜首饰。他感到脚下的巡礼路之力掏空了自己的身体，将它肆意拉扯。

他在做什么？他是谁？面孔在他脑海中逐渐褪色。他看着身侧那人，却忆不起他的姓名。就连这个地方也开始显得陌生了。

这时他感觉到一股巨力在拖拽着他：方才潮水流入了他的体内，而如今它即将奔涌而出。等到那时，它就会将他一起带走。

除非……

例外确实存在，可他想不起来了。但他的目光扫过这陌生的房间时，仍旧看到了某种东西。他的眼睛告诉他，那是人类的躯体，但除此之外还有些别的东西。那是一条河，一条小溪，一条湍急而明亮的水流。它很美，而他就像个快要干渴而死的人那样，朝它伸出手去。

其他的一切都在淡去。水流离得太远，而体内的那股力道又是那么强。他意识到自己停止了呼吸，可突然间他不在乎了。他可以休息，遗忘，沉眠。

不。我还是马伽·赫斯匹罗。我的父亲是……

他想不起来了。伴随着一声不完整的呼号，他纵身跳向波光粼粼的河水，而他体内的某些东西朝他麻痹的躯身所不能及之处伸展而去。他感觉那河水再非河水，而他的手指也不再是手指。他把水流拉向体内，仿佛要喝下它一般。灵魂和肉体的分离之痛得到缓解，而他饮下更深处的河水，将自己的身体彻底敞开。与此同时，一切都隐入了黑暗之中。

不可能，有人似乎在说。

赫斯匹罗能感觉到自己咧开的嘴，仿佛一弯分割两个世界的新月。

不可能。你没走过那条巡礼路。只有我……

"你说得对，"赫斯匹罗说，"但我跟它很合拍。"

尚不及我。

赫斯匹罗突然觉得寒意被灼热所取代,他的身体变得僵硬,随后开始溶解。

"不。"他从牙缝里吐出这个字。

是的。你让我很吃惊……

"没错。"赫斯匹罗喘息着说。

可我更加强大。

赫斯匹罗攥紧了拳头,撕扯他手指的那股力道却逐渐消散。片刻之后,他的肩膀松弛下来,双臂也不再有力。

不。

他的脊骨一阵晃动,随即裂开,他的双膝消融,而躯干用几乎可说是温和的方式逐渐倒下。他的身体分崩离析,而黑水将碎片拖向远方。

在恐惧中颤抖的赫斯匹罗再度抓紧了光明,而他的身体被拉扯得越来越纤薄,逐渐变成河水本身。

"来吧。"有个声音突然说。他什么都看不到,但他突然感觉到了某种滚烫却又冰冷的东西。

"我记得,"他喃喃道,"我记得它。"

"那就快点。你很快就会忘记的。"

那声音说得对,因为正当赫斯匹罗回想的时候,他已经说不清自己在做什么,或是为什么要做,或是——

某种类似尖叫的东西,然后是,然后是……

启示。

首先到来的是影像,破碎与完整的影像。气味,手感,痛苦与愉悦,事物的本质,剥离了生命的生命本质。它们漂泊不定。

但在此刻,在他的体内,它们已不再漂泊。

最初的影像来自法布罗:那是恐惧和愉悦。没错,卢西奥的死确实是谋杀,用的是难以察觉的毒药,可随后的一切实在太快,一条生命仰天倒下,闪光跃动而出。圣丢沃巡礼路的刺痛,女人手指的爱抚,在满是高大麦秆的田野中飞奔,他的脑袋轻叩泽斯匹诺的礼拜堂里冰冷的大理石地面,寒颤,炎热,亚麻的柔软,好奇,曾经意味着一切的那张面孔,母乳的甜香,痛楚,光明……

之后的很长一段时间里,赫斯匹罗都彻底无法思考,而知识之井开启,填满了他的身体,然后——就在他觉得自己能承受更多知识的时候——关上了。

一阵痉挛过后,他感觉到自己的指甲深深嵌进了手掌,而双臂被握得生疼,胸腔里传来一阵剧烈的颤抖。

我的心脏,他想。我的心脏。

它再次震颤起来,他觉得胸膛快要被挤碎了。

他的心跳了一次,停顿,又跳了两次,停顿,随后又是一次。

极度的痛苦缓解为疼痛,然后逐渐消退。他喘息着睁开了双眼。

"你做到了。"埃尔顿爵士说。这位骑士一直握着他的左臂,支撑着他。海姆修士则握着他的右臂。

他奋力抬头,望向成排的座椅。尼洛·法布罗瘫倒在椅子上,双目圆睁,皮肤已转为青紫之色。

迈尔通的视线这才从已死的教皇身上移开,他的下巴都快掉下来了。

"怎么回事?"他问。

"圣者们拒绝了他,"赫斯匹罗喘着气道,"他们选择了我。"

"可你没走过那条巡礼路,"迈尔通驳斥道,"你又是如何运用神圣之源的?"

"圣者直接通过我传达了他们的意愿。"赫斯匹罗断言道。

"这不可能。"

"这是事实,"赫斯匹罗道,"你们都看到了。你们肯定也感觉到了。"

"对,"另一位大主祭——勒·欧塞尔——说,"你们没看到吗?你们不记得了吗?这是真的。预言里说,'他将汲取圣丢沃之力,尽管他从未追随过他的脚步'。"

一阵低语从原本全然寂静之处传来。

"他才是真正的教皇殿下,"勒·欧塞尔续道,"他才是能在最后时日率领我们的那个人。"

赫斯匹罗聚集起残存的气力,挣脱了支撑身体的那些手。

"我不会容忍任何质疑,"他说,"时间紧迫,要做的事又实在太多。如果有人想向我挑战,那就趁现在吧。"

他抬起下巴。尽管十分艰难,但他同时在巡礼路和法布罗面前幸存了下来。他已经油尽灯枯了。就算他们之中的最弱者向他挑战,他也将一败涂地。

可他们却全数跪倒在地。

几天之后,他被冠以教皇尼洛·马伽的头衔。

外加一枚刻着他名字的漂亮戒指。

戴瑞格

斯蒂芬猛然惊醒,心脏在胸腔里轰鸣。

"什么?"他喘息着说。

可却无人应答。确实有什么东西吵醒了他——某种或喧闹,或明亮,或痛苦之物——可他却记不清那到底是声音、光芒还是感觉。它究竟存在于现实的世界,还是彼端的梦境?他的头皮和手掌一阵刺痛,感觉就像一只困在蜜糖里的虫子。

随后,凉爽而洁净的风吹进了敞开的窗口,那可怕的一刻便逐渐淡去。

他按住先前研读的那本书的书页,意识到自己真是名副其实的"埋首书堆"了,等到苏醒时的恐惧消退,他忽然觉得好笑起来。泽米丽会如何评价这一幕呢?

她会嘲笑他的沉迷,但她能理解他。他折起一条缎带,夹在书中作为标记,目光转向一旁的铅箔上那些黯淡的刻痕。它正是门徒书,那封引领他来到此地的书信。尽管他早已解译出这篇年代久远的密文,但他总觉得有某种重要的概念一直逃避着他,隐藏在字里行间,而且正是导向他一直寻找的那个秘密的关键。

他站起身,走向东面那扇窗,突然间愣住了。他先前不是把窗户关上了吗?

他扫视周围,却并未发现闯入者的痕迹,也找不到可供藏身之处。这间屋子宽敞通风,以活岩砌成,但四面八方都有高大的窗户,窗框中镶嵌的水晶的厚度堪比他拇指的长度。合拢的窗户是半透明的，到了白天，房间里便弥漫着充足而宜人的阳光，而开窗后更能看到难得一见的景色。他只知道这个房间位于巫角山脉中错综复杂的洞穴与隧道的最高处，是在此地的居民埃提瓦人称之为柯兰山——或者说"唾沫山"——的山峰东侧的纺锤形断层中开凿出来的。他不知道他们管这个房间叫什么，但他给它取了个名字，叫做"鹰巢"。黎明时分，初升的太阳越过巴戈山脉崎岖的山势，显得格外绚丽。在某个晴天，他甚至以为看到了弥登高地的南部，窥见了东面的迪菲斯河的河口，因为他不时会觉得自己看到了某条大河闪烁生辉的水面，尽管那也完全可以归结为光线的恶作剧。

他耸耸肩。他肯定是没关紧窗户，然后风把它吹开了。

此时已是黄昏，巫角山将它狭长的影子投向地平线处蓝色的薄霾。这座山脉的北侧和南侧被阴影笼罩，峰峦和山脊灼烧着橙色的光辉，几颗星星悄然现身于苍穹深处。

他愉快地深吸一口气，双掌按在大理石窗台上，身体稍稍前倾。

那感觉就像是把手掌按在滚烫的炉子上，他因痛楚和惊讶而叫出声来。他蹒跚退后，震惊地看着自己的手。

不过几次心跳的时间，他冷静了下来。那块石头没有烫到能在短时间里烤焦皮肤的地步：他的反应主要还是出于惊讶。他壮着胆子又碰了一下窗台。触感仍旧非常温暖。

他摸了摸附近那块墙壁，可它却和夜晚的空气一样冰凉。

他不安地张望四周。出什么事了？莫非他无意中触发了某种古瑟夫莱的黠阴巫术？还是说火山的蒸汽穿透了山的内部，飘到了这里？出于好奇，他沿着墙壁朝另一扇窗户走去，然后又走向下一扇。房间里没什么不寻常的，但等他来到通往这座高山内部的石梯边，却发现扶手异常温暖。

他回到朝东的那扇窗边，跪倒在地，摸了摸地板。有一小块地方颇为温暖。而在一王国码有余的远处，他又找到了一块，然后又是一块——它们连接成了一条通向石梯的足迹……

他的头皮开始发麻。

穿过房间的那东西究竟是什么？与沉眠中的他擦身而过的那东

西究竟是什么？

现在他真希望自己从没做过独处的打算，也没有赶走所有想要作陪的埃提瓦人。

无论那东西是什么，都在他最脆弱的时刻忽视了他。它现在肯定也不会伤害他的。

他绷紧了自己圣者赐予的感官但什么都没听到。房间里留下了轻微的气息，有点像燃烧的松木，却夹杂着动物才有的麝香。

他再次望向窗外，仔细观察那两百码高的陡峭山壁。无论来的那东西是什么，它肯定长着翅膀。

他回头看着石梯，突然想起了一件事：不管那东西要去哪儿，肯定会遇见泽米丽。也许它忽视他的存在，只是因为他睡着了，可如果她醒着……

他突然听到了狗群的吠叫声——泽米丽的猎犬——整个世界忽然一片苍白。

他天生不是当战士的料，可现在真希望自己随身带着武器。哪怕是把匕首也好。

他在心里暗暗发誓，从今往后一定会这么做。然后他抓起提灯，望向石梯下方。

狗儿们突然停止了吠叫。

"鹰巢"并非柯兰峰中唯一的房间。这座山更像是一座小型城堡，或者说庄园，或者更确切地说，像是巫师的高塔。五十七步之后，他来到了下一个房间，他和泽米丽将之命名为"魔巫的卧室"。它有高高的穹顶，虽然没有窗户，但在不同的方向开有狭长的采光口，充作白昼的照明和不太精确的时钟。

气味在楼梯上显得更加浓郁，充塞着他的鼻腔，等他冲进房间时，心头的恐慌开始蠢蠢欲动。泽米丽豢养的三只巨犬就在房间的远端，面对着继续盘旋向下的楼梯。它们闷声不响，可脖颈上的毛发却根根竖立。

"泽米丽！"

他看到她躺在床上，一条赤裸的腿甩在鸭绒被外。她的身体一动不动，而且对他的呼喊声毫无反应。他跑到她身边。

"泽米丽!"他再次喊道,一面摇晃着她。

她的眼皮猛然睁开。"斯蒂芬?"她垂下眉头,"斯蒂芬,怎么了?"

他大口喘着气,在床边坐下。

泽米丽坐起身来,伸手去摸他的胳膊。"怎么了?"

"没什么,我——我觉得有东西从这边过去了。我怕它伤害你。你没听到狗儿的叫声吗?"

"它们被吓坏了,"她揉着眼睛,咕哝着说,"它们总是这样。这地方让它们害怕。"她似乎终于能看清楚了,"有东西?"

"我不知道。我睡着了,在楼上那里——"

"埋首在书堆里了?"

他愣了一下。"你上来过?"

"我猜的。我觉得你想睡的话应该会下来陪我,除非你是无意中睡着的。"她耸耸肩,"还是说我自作多情了?"

"呃,不,你没有。"

"继续说吧。"

"那个,唔,窗台是热的。"

她扬起一边眉毛,"热的?"

"我是说很**热**。简直是滚烫。而且楼梯的扶手和地板——地板的某些地方——也是热的,就像有什么全身发烫的东西走过去了似的。"

"比如呢?"

"我不知道。可在见识过狮鹫、尤天怪、龙蛇还有那些古老邪物之后,我觉得没什么不可能的了。没准是只火蜥蜴。"

她摸了摸他的手臂。"噢,可它没伤害你,也没伤害我,不是吗?甚至连狗儿们也没事。所以也许它只是个待人友善的全身滚烫的隐形怪物而已。"

"也许吧。没准是芬德的那种友善。"

"但芬德的表现无可挑剔。"她指出。

"他曾经想杀死我。"

"我是指从他成为血腥骑士,并对你宣誓效忠开始。"

"噢，好吧，但……他以后会的，记住我的话。而且这还不到一个月呢。他肯定有什么阴谋。"

她耸耸肩。"你还想继续追你那头小怪物么？那我就穿上衣服。"

他眨眨眼，突然发现她起身的时候没有拉住被子，而且什么都没穿。

"我真不想做这种决定。"他喃喃道。

"你跟一般男人还真不一样。"她答道。

"可我还是……"

"等等。"她把修长的双腿甩下床去，几步走到散落在地的晨衣边上。当她套上晨衣，白皙的身躯消失在衣料下的时候，他忽然觉得心中一阵悸动。她穿衣的样子为何会比赤裸时更加撩人？但事实就是如此。

他把这种感觉抛到脑后。她套上半高筒靴，两人一起出发去寻找那只怪物，而狗儿们安静地跟在后面。斯蒂芬很想知道，她这么做究竟是因为相信他，还是和那些埃提瓦人以及芬德一样出于恭敬。他希望不是后者，她吸引他的，是她的坚强和独立，而非柔弱与顺从。事实上，他们之间刚开始的时候，他几乎被她玩弄于股掌之间。到了现在，他有时还会有类似的感觉。这就像其他那些陌生的事物一样令他担忧，尤其是考虑到埃提瓦人似乎对他抱有的敬畏。

只是"似乎"，因为他们是用武力把他带过来的，他没有忘记这点。

可从那以后，就再也没有类似的事情发生。他的话就是金科玉律，而且就他所知，这座山脉的每一个部分都是他的领地。

除了他找不到的那些地方。

"你没事吧？"

泽米丽对他情绪的了如指掌总是令他尴尬。

"注意脚下，"他嘀咕着，"我没事。"

"得了吧。你心烦意乱的。"

"我只是又在思索，为什么埃提瓦人不知道阿尔克的位置，"斯蒂芬说，"它应该就是这座山的中心和宝藏库，虽然我来这儿的目的就是寻找它,但却没人能为我指示方向。"

"噢,宝藏通常都被藏得很好,或者有重重守卫,又或者两者兼有,"她指出,"而且埃提瓦人也是之后才来的。"

"我知道。"他说。

他们来到下一层,那儿有许多条走道,其规模之大,足以用作舞厅或者宴会厅。

他侧耳聆听,虽然他神奇的听力在数月前的爆炸中受到了损伤,但比起普通人仍是略胜一筹。他没有听到任何不自然的声音,在抚摸四周之后,也没能找到任何温热的地方。

"噢,它从这儿有十个方向可去,"他说,"也许直接向守卫示警比较好。"

"他们就是派这个用场的。"泽米丽说。

他点点头。"我会的:他们就在下面那层。也许他们已经见过它了。你回上面去吧。"

她笑了笑。"很好。我正想脱衣上床呢。你要来陪我吗?"

斯蒂芬犹豫起来。

她转了转眼珠:"我们会找到阿尔克的,斯蒂芬。正如你所说,这才过了不到一个月。你昨天一整晚都在读书。要是再来这么一晚上,我就得怀疑自己的魅力了。"

"这只是因为——因为时间紧迫。圣监会希望我找出藏在这里的知识,避免世界走向灭亡。跟我的责任心也有点关系。然后这个……入侵者又来了。"

她笑了笑,把晨衣敞开了些。

"人生短暂,"她说,"你会找到它的。这是你的宿命。所以上床来吧。"

斯蒂芬只觉面孔发烫。

"我这就来。"他说。

里奥夫

里奥维吉德·埃肯扎尔惬意地躺在温暖的四叶草丛中,闭上眼睛,面朝着太阳。他深吸一口甜香的空气,让阳光温柔地洒遍身体。隐藏在绿野中的睡意从他的脚趾传至脑中,而他的思绪也渐渐失去了意义。

一台*韶韵琴*奏出优雅的旋律,曲声夹杂着午后的鸟啭和蜂鸣。

"那是什么曲子?"有个熟悉的声音柔声发问,将他惊醒。

"她的即兴创作。"他喃喃道。

"听起来有点悲伤。"

"对,"他赞同道,"她这些天弹的所有曲子都很悲伤。"

柔软温暖的十指裹住了他僵硬残缺的双手。他睁开眼睛,转过头,以便能看到爱蕊娜纯金的发丝和黑玉般的双瞳。

"我没听到你过来的声音。"他告诉她。

"光脚是不会在四叶草丛里弄出多大动静的,不是吗?"

"特别是像你这样精致的脚。"他答道。

"噢,别说了。你用不着再讨好我了。"

"恰恰相反,"他说,"我希望每天都能博得你的欢心。"

"噢,真体贴啊,"她说,"真是好丈夫式的论调。这才过了十天,我们走着瞧吧,看看十年后你的想法会不会变。"

"这也是我最殷切的期望。还有二十年,三十年以后——"

她用手捂住他的嘴。"我说过了,别说了。"

她环顾这片林中空地。"我要把这儿叫做你的'日光浴场'。你这些天总是晒不够太阳。"

你不也是吗?他想问她。她和他一样,在地牢里待了好几个月。而且和他一样,她也听过——

不。他不想去回忆了。

"抱歉,"她说,"我不该让你想起来的。我只是——我只是好奇,冬天的时候你该怎么办?"

他耸耸肩。"冬天还没来,而且我没法阻止它的到来。到时候再说吧。"

她笑了笑,可他却觉得胃中一阵翻搅。

"也许我可以写一首明快的曲子。"

"真对不起,"她说,"我打搅你午睡了。"

没错，他心想，怨恨也油然而生，而且干吗还要提冬天的事？
"不过，"她换了个语气，续道，"看起来你除了睡什么都没干啊。"

他坐起身，呼吸像是着了火。"你怎么——"

紧接着一只蜜蜂蜇了他。那痛楚异常单纯，异常直接，而他发现自己哀号着站起身，拍打着满是飞虫的空气。

他终于明白了。那记刺痛唤醒了他的感官。

"梅丽，"他高喊一声，大步走向坐在那把小巧韶韵琴边的女孩。"梅丽，别弹了。"

可她却继续弹奏着，直到里奥夫伸手阻止她为止。她双手冰凉。

"梅丽，它伤到我们了。"

她起初没有抬头，只是继续凝视着琴键。

"它没伤到我啊。"她说。

"我知道。"他轻声道。

于是她抬起头，而他的胸口随之一紧。

梅丽是个身材苗条的女孩：看上去不像已经度过了八年光阴。从远处看去，只有五六岁的样子。

可现在她近在咫尺。他们初次相遇时，她的眼睛是蔚蓝色的。它们现在仍旧是蓝色，只是仿佛蒙上了一层薄翳，时而空洞，时而锐利，带着她这个年纪的孩子无从知晓的隐晦痛楚。近看之下，梅丽就像个百岁老人。

"对不起。"她说。

"你这是要做什么？"

她耸耸肩。"我不知道。"

他跪倒在地，摸了摸她的头发。

"罗伯特不会再找来的。"

"他把它带走了，"梅丽的声音几不可闻，"他骗你写出了它，然后把它带走了。"

"不要紧的。"里奥夫说。

"要紧的，"梅丽答道，"要紧的。他弹奏的时候，我能听到。"

里奥夫脖子上的汗毛竖了起来。"什么？"

"他弹得不好，"她低声道，"可现在有别人帮他弹了。我能听到。"

里奥夫匆匆瞥了眼爱蕊娜。她什么都没说，可泪水却在脸颊上无声地流淌。

"我还以为你能解决呢，"梅丽说，"现在我明白了，你不能。"

"梅丽……"

"没关系，"她说，"我明白的。"

她把韶韵琴搬下膝盖，握住背带，站起身。

"我换个地方弹。"她说。

"梅丽，求你别走。"爱蕊娜说。

可梅丽依旧步履沉重地远去。

里奥夫目送她离开，然后叹了口气，"她一直期待我能做点什么。"他说。

"她期待得太多了。"她说。

他摇摇头。"我们当时在场，但弹奏曲子的人是她。我利用了她——"

"来救我们所有人的命。"他妻子柔声提醒他。

"我不确定我有没有救她的命，"他说，"我以为她会好起来的，可她却没有，唉。而且情况越来越糟。"

她点点头。"嗯。"

"我应该追过去的。"

"她打算一个人待一会儿，"爱蕊娜说，"我想你还是别管了。她一直都是喜欢独处的那种性格。"

"是啊。"

"待着别动。好好休息。我得去市场买点东西做晚餐。我会看看能不能找到些梅丽喜欢的东西。一条丝带，或者几颗糖。"

丝带和糖果根本没用，他如此做想，却强颜欢笑，给了她一个吻。

"我真是个幸运的男人。"他挤出这句话。

"我们都很幸运，"爱蕊娜说，"就连梅丽也是。我们拥有彼此。"

THE BORN QUEEN

"这点我可不太确定。"里奥夫说。

爱蕊娜皱了皱眉。"你这话什么意思?"

"我昨天收到了一封埃德温·格兰哈姆寄来的信。他姐姐就是梅丽的母亲。"

"他们想把她带走?可公爵大人把她的监护权交给我们了啊。"

"我还不太清楚他想要什么,"里奥夫答道,"他派了他的妻子来给我们传话。她预计会在*托思戴月*抵达。"

特丽丝·格拉哈姆女士个子很高,比里奥夫还要高。她有一双不安分的海绿色眸子,以及点缀着铁锈色雀斑的面孔,令她几近纯黑的深色头发格外显眼。她的脸瘦得皮包骨头,和她的身材一样细长,穿着一身暗绿与黑色相间、看起来颇为昂贵的旅用罩衣。她带着两个仆从和两名护卫,同样衣饰华贵。她比他料想的要年轻。爱蕊娜请她在他们窄小的客厅里落座,这也是他们头一回在这里招待客人。随后爱蕊娜离席去泡茶,而这时,那位女士便细细打量起里奥夫来。

"你就是写出那首交响曲的人?"过了好一会儿,她才开口,"那个在格拉斯提引发暴乱的人?"

"对,"里奥夫确证道,"恐怕就是我。"

"那么,那部很受人们欢迎的戏也是你写的喽?"她说"人们"这个词时的口气清楚地表明,她所指的并非所有人——至少不包括她自己。

"正是,女士。"

"正是。"她语气生硬地重复道。

爱蕊娜端着茶回来了,他们在尴尬的沉默中品了好一会儿的茶。

"你对我丈夫的姐姐了解多少?"格拉哈姆突然问。

里奥夫几乎能感觉到爱蕊娜绷紧了身体,而自己也脸上发烫。

令他惊讶的是,这位女士大笑起来。"噢,亲爱的,"她说,"安波芮在某些方面确实大方得很。"

里奥夫点点头,无言以对,他的脑海突然充斥着当晚的种种感受,还有安波芮肌肤的温暖……

以及几天以后,遇害的她令人心碎的眼神。

"还是说正事吧,"格拉哈姆说着,耸耸肩,"现在最重要的是梅丽的事。"

"我想她应该和我们待在一起。"里奥夫说。

"就我个人而言,我是倾向于支持你的,"这位女士道,"我不想再养一个碍事的小毛孩儿。收留她哥哥已经够麻烦了,我们很快就会让他结婚的。可她仍旧是威廉的私生女,是我们的亲戚,所以我丈夫在这件事上和你的意见相左。"

"她在这儿很安全,"爱蕊娜说,"而且她仍旧是王位的继承人。"

"那你们能充当她的父母吗?"

"能。"里奥夫说。

"也许吧。不过严格说来,阿特沃不是已经做了她的监护人了吗?"

"这话也没错。"里奥夫说。

"大家都在猜测阿特沃这么做的动机。他还给了你这座可爱的房子,坐落在他更加可爱的领地之中。"

"我丈夫和公爵大人是朋友,"爱蕊娜说,"这座房子只是结婚礼物。"

"我相信这是事实,"格拉哈姆女士叹了口气,"可这样一来,他也能把她控制在手心里,"她抬起头,目光炯炯,"顺便说一句,这女孩出什么问题了?我听说了一些非常奇怪的故事。好像是什么能杀人的音乐?"

里奥夫抿紧嘴唇。不知怎么,谣言早已传开了,可他不知道自己该不该加以确认。

"他们说罗伯特亲王逼迫你写了一首曲子,它能杀死所有听到音乐声的人,梅丽弹奏了曲子,却没有死。"她更详细地补充说明。

见他毫无反应,她叹了口气,朝女仆打了个手势,后者递上一张蜡封的纸。

他接过这份文件,发现上面有阿特沃的印章。他撕开封蜡,阅读起内文来。

吾友,无须顾虑,你尽可向特丽丝·格拉哈姆女士道出关于梅

THE BORN QUEEN

丽的一切。她有权知晓这件事的真相，我亦笃信她将谨言慎行。

——A.

里奥夫羞愧地抬起头，"抱歉，女士。"他说。

"你的慎重值得赞扬。不过还是继续说吧。"

"一切如您所言，只不过罗伯特没有委托我写这首曲子。他想要的——或者声称自己想要的——是另一幕歌唱剧，以求抵消我先前那部作品的影响，让他重新博得民众的欢心。我觉得他早就知道我想杀他了。"

"噢。他欺骗你写了曲子。可它没能杀死他，因为他已经是个死人了。"

"差不多吧。但它杀死了房间里剩下的所有人。"

"除了你和你的新娘——还有梅丽。"

"这曲子是循序渐进的，"里奥夫说，"不是简单的一阵响声，而是一段导向死亡的过程。最终乐章能够置人于死地，可这是在听完整首曲子的前提下。我教了梅丽和爱蕊娜一种反制旋律，只要不断哼唱就能减弱曲子的效果。即便如此，我们还是差点死掉。而梅丽——她负责弹奏哈玛琴，所以她的状况最糟。"

"噢，我猜也是，"格拉哈姆女士靠向椅背，又呷了口茶，"你觉得罗伯特会用这曲子做什么？"

"某些非常邪恶的事。"里奥夫说。

"我正在想象。一群在战场上所向披靡的风笛手？一阵喇叭声传过，城堡的守军就全数倒地而亡？"

"这未必不可能，"里奥夫答道，他觉得有点想吐，"协调方面会比较棘手，但只要擅长编写和谱曲的人就能办到。"

"比如你？"

"对。"

"也许这就是你留在这儿，又受到重重保护的原因。也许阿特沃已经委托你重写曲子了。"

"我不会答应的。他很清楚。他知道我宁死也不会的。"

"可梅丽也许还记得曲子？"

"不。"

"她可是个天才。"

"不!"他重复了一遍,这次几乎是在尖叫。

"就算为了拯救克洛史尼也不行?"

"你离她远点儿!"他吼道。

格拉哈姆女士点点头,又喝了一口茶。"你的反制旋律又怎么说?你能创作一首曲子,来阻止罗伯特可能的阴谋吗?如果他真有给自己找乐子之外的打算呢?"

"我不知道。"他说。

"你试过没?"

我不想再被骗了。他真想高喊出声。我不想再被人利用了。

"你把可怕的东西释放到了世间,里奥维吉德·埃肯扎尔。你得对此负责。"

"你是什么人?"爱蕊娜突然问道,"你来这儿不是来谈论梅丽的监护权的。"

这位女士笑了。"我承认自己误导了你们,"她答道,"不过我来这儿的目的是告诉你们一些事,也许还得给你们一记耳光,好让你们醒悟。"

"你是什么人?"爱蕊娜重复道,怀疑地打量着这位女士全副武装的护卫。

"安静,孩子,我正要告诉你丈夫一些重要的事呢。"

"别用那种口气跟她说话。"里奥夫说。

女士放下了杯子。"自黑稽王时代之后,你发现的那首曲子就一直无人知晓,你难道没想过这是为什么吗?"

"罗伯特把几本书给了我。"

"对,我就是这个意思。这些书是存在的!书里描述了被阉人唱诗班和水风琴屠杀的军队。书里解释了调式的功用。这些书在学者中广为人知。你觉得这么长的时间里,就没有哪个天资聪慧者尝试去做你做过的事吗?"

"我没想过。"里奥夫承认。

"这种事从没发生过,因为这不可能,"格拉哈姆——或者说某个不知身份的人——说道,"你创作的曲子只能存在于死亡的法则被打破之时,就像黑稽王统治时代。就像现在。"

"死亡的法则?"

"它区分生与死,令它们迥然相异。"

"罗伯特!"里奥夫突然喊道。

"罗伯特不是第一个,可在他以前,法则本身只是受损而已。他的起死回生成了关键,一旦法则被打破,它就将一而再、再而三地遭到破坏,直到生与死的分野彻底消失为止。等到那时——噢,那我们所有人的末日就到了。想象一下,这法则就像一座堤坝,阻挡着致命的洪水。它刚刚受损时,出现的只是一条缝隙。如果不管不顾,裂缝就会慢慢变宽。可若是有蓄意破坏者拿着铲子去戳弄,变宽的速度就会加快,最后整座堤坝都将土崩瓦解。"

"怎么会有人这么做?"

"噢,你可能也会在堤坝上开个小洞,来让水车运转,对不对?要是你尝到了甜头,又想要更大的水车和更大的水流呢?有一股强大的力量在破坏死亡的法则。罗伯特就算被刺穿心脏,也能行走如常。你能写出一首杀人的交响曲,但这只是开始而已。随着法则日渐脆弱,破坏它的那些人也愈加强大。这点在眼下尤为正确,因为其他那些破坏之力也在逐渐增长。"

"你为什么要告诉我这些?"

"你的音乐造就了裂缝,而且可以说,是相当大的裂缝。"

"可我又能做什么?死亡的法则从前是怎样修复的?"

她笑了。"我不知道。不过考虑一下,如果说某首曲子能削弱法则——"

"那肯定就有另一首曲子能强化它。"爱蕊娜替她把话说完。

女士站起身。"完全正确。"

"等等,"里奥夫说,"这还远远不够。我为什么要相信你说的这些?"

"因为你相信。"

"不。我已经上过一次当了。我不会蠢到去把事情弄得更糟。"

"这样的话,我们就彻底失去希望了,"女士答道,"总而言之,我该说的已经说完了。"

"稍等一下。"

"不,我不能再等了。祝你好运吧。"

她不顾他的抗议,坐上马车,绝尘而去,只留下目送着她的里奥夫和爱蕊娜。

"阿特沃知道她会来,"爱蕊娜说,"也许他能解答我们的困惑。"

里奥夫点点头,心不在焉地发现公爵的信还在他手里。他拿起信,眨了眨眼。

那先前看起来像是阿特沃的印章的东西,如今只是一块毫无特色的封蜡。

第一部
未愈之伤

阴影遍布大地,摒弃阳光,
微弱的歌声在风中传唱,
很快一切都将灭亡,
身康体健时,勇气得来容易,
而死亡只是梦境,
可如今,我眼见,
真正的英雄,
四肢发颤,步履蹒跚,
面对着必须面对的,
未愈之伤。

——维吉尼亚无名诗人

断剑亦有锋刃

——莱芮谚语

第一章 恶魔女王

安妮感受着拂过她赤裸肌肤的幽魂,宽慰地舒了口气。她双眼紧闭,聆听着它们的轻声低语,品尝着它们冰冷的爱抚。她吸进醇厚的腐朽气息,许久以来头一回体会到了真正的满足。

安妮,幽灵之一带着虚伪的笑声说,安妮,没时间了。

她有些恼怒地睁开双眼,只见三名女子站在她面前。

不,她反应过来。她们根本没在站着。一阵怪异的刺痛传来,她心知古怪的并非仅此而已,便环顾四周,确认自己身在何处。

不用说,她确实是在"另一个地方",躺在一丘海绵般柔软厚实的苔藓丛中,漆黑的沼地向四面八方绵延开去。她头顶的树枝仿佛极其细密的萨福尼亚蕾丝般交织在一起,只容丝缕阳光穿过,映照在比她手掌更大的蜘蛛编织的网上,晨露生辉,如同珠玉般璀璨。

那些女子的身躯微微摇曳,头顶的树枝发出嘎吱轻响。

头一位身着黑色长袍,头戴黑色面具,发丝好似流银。旁边那位服色森绿,假面烁金,红色的发辫几乎垂至脚跟。第三位面具惨白如骨,衣裙的色彩仿佛干涸的血。她一头棕发。

她们暴露在外的嘴唇和肌肤——那些位于紧缚她们的脖颈,榨干她们的生命的绳圈之上的部分——呈现青黑之色。

翡思姐妹,这些愚钝的造物,都已死去。她应该悲伤吗?一部分的她表示赞同。

安妮。

她吓了一跳。莫非她们之中有人还活着?可突然间,她又能感觉到幽魂的抚弄了。现在她知道那些幽魂的身份了。

她应该害怕吗?一部分的她表示赞同。

"你们已经死了。"她评论道。

"对,"那个微弱的声音答道,"我们努力在这儿逗留,可绝大部分的我们已经消失了。我们有些话要告诉你。"

"有用的话么？那可真是破天荒头一遭。"

"可怜可怜我们吧，安妮。我们尽了全力。去寻找我们的姐妹吧。"

"这就对了，你们总共有四个。"安妮回想起来。她这是在梦中？她回忆之时似乎总是困难重重。

"对，四个。寻找——呃，不，他来了。安妮——"

可一阵源自沼地深处的寒风吹来，黑色的鸟群浮现于天际，而陪伴安妮的也突然只剩下了尸体。

可那只是一瞬间。然后她就感觉到了他，就像从前曾经感受过的那样。她的全部血液仿佛聚集在了身体的一侧，而森林里的每一根枝条也朝着那不可见的存在渴望地伸展而去。

"噢，你来了，小小女王，"那声音道，"真是好久不见。"

"别过来，"她说，"你还记得上一次吧。"

"上一次我很虚弱，而你有帮手，"那声音答道，"这次可不是上一次。"

"你想要什么？"

"你的陪伴，可爱的女王。答允我的求婚。"

"你是谁？"

"你的国王。"

"我没有国王，"安妮怒道，"我是女王，没有人可以管辖我。"

"审视你的内心吧。"那声音柔声道。

"你是谁？"

"你想知道我的名字？对我们这样的存在，名字有何意义？"

"别把我跟你相提并论。"安妮抗议道。可她的腹部却一阵刺痛，就像被罗德里克亲吻时那样。

那东西靠得更近，尽管她看不见他，却能感觉到那团阴影似乎露出了一抹邪恶的笑容。

"你为什么要杀死翡思姐妹？"

深沉的笑声响彻林间，周遭的水面泛出道道涟漪。

鲜红的光芒照射在凹凸不平的沼地上，安妮忽然觉得背后一阵灼热。她尖叫一声，转身面对他。

可她身后站着的那东西并非男性,这点毫无疑问。那具如同白焰般闪耀的身躯高大纤细,却无疑是女性,遮盖她身体的只有一头如同流火般翻涌盘旋的长发。那张面孔美丽中带着骇人,让安妮觉得仿佛有冰锥扎穿了她的双眼,深深刺入脑中。她声嘶力竭地尖叫着,嗓子疼得仿佛裂开了一般。

"嘘。"那女人说。安妮发现自己的喉咙瞬间哽住了。然后那可怕的目光穿过了她的身体,望向远方。

"离开。"女子命令道。

"你只是在作无谓的拖延。"那个男性的声音喃喃道。

"离开。"女子重复了一遍。

安妮感到他的重量变轻了。

"我没杀你的朋友。"他说完,然后就不见了。

安妮感到那女子的目光落到了自己身上,却无法抬起头来。

"你是谁?"她轻声说。

"传秘人对你说过我的真名,"那女子答道,"他还把我几个从前的绰号也告诉你了——比如,恶魔女王。"

"对。可我……"她满头雾水,说话声也越来越小。

"你更想知道我是**谁**,我有什么目的,我为什么要帮助你。"

"我想是的。"安妮无力地说,忽然觉得自己很是冒失。

"你还想知道,我究竟是恶魔还是圣者?"那女子叹了口气。她靠得那么近,安妮甚至能感觉到她的呼吸。

"对。"安妮勉强答道。

"如果这两者真有什么区别,也许我会告诉你的。"她回答。

"那个男人说……"

"要知道,他说得没错,"女子续道,"他没有杀死翡思姐妹。是我干的。因为你。"

"这话什么意思?"

"你带我去了她们那里。你拒绝了她们,收回了你的保护,我便终结了她们的存在。只有一个例外,可我会找到她的。"

"可这是为什么?"

"你不需要她们,"她说,"你从来都不需要。她们只是卑微的

THE BORN QUEEN

顾问。现在你有了我。"

"我不需要你。"安妮抗议道。

"那就说出我的名字。让我离开。"

安妮吞了口口水。

"你不会的,"那女子道,"你需要我的帮助。你需要一切可能的帮助,因为*他*会为你而来,得到你,或者毁了你。这就意味着你得先毁了他,可你目前做不到。你的朋友们会先行死去,然后就轮到你了。"

"如果我相信你说的,我又该怎么阻止他呢?"

"尽一切可能,加强你的力量。让我教导你使用力量的方法。如果你相信我,那么等他来时,你就能做好准备。"

"如果我相信你。"安妮喃喃道。最后,她抬起头,看着那女人的脸。

这一次没那么可怕了。女子的双眼中有种令人信服的神色。

"给我个相信你的理由。"安妮说。

一抹笑意划过那女子的脸。"你有另一个敌人,一个你还没注意到,就连我也难以察觉的敌人,因为他——或者是她——端坐在瑞克堡王宫的阴影深处。他和你一样,目光能跨越现实的距离与时间的阻隔。为什么你能奇袭教会的人马,可寒沙人却总是领先一步?你不觉得奇怪吗?"

"是啊,"安妮答道,"我一直以为这是间谍和叛徒的杰作。你怎么就能确定黠阴巫术才是原因所在?"

"因为有个地方我永远看不透,这就意味着邪咒之子的存在。"女子答道。

"邪咒之子?"

"邪咒之子能借亡者之眼观察世界,而亡者对过去的一切一无所知。因为死亡的法则已被破坏,邪咒之子也比过去更加强大了。可你的预知能力直接来自于圣堕。你可以变得更强:看透他预知的结果,随后做出应对。到那时,你甚至能命令死者将错误的景象呈现给他。但在你熟练驾驭它之前,他会给你添很多麻烦。如果你照我说的去做,你就能尽快阻止他。"

"我该怎么做?"

"派遣大使前往寒沙,前往马克弥的宫廷。派你母亲,尼尔·梅柯文,还有艾丽思·贝利——"

"休想,"安妮吼道,"我刚把我母亲救出来,不会再让她去冒险的。"

"你觉得她在伊斯冷就没有危险了?再去做一场预知梦吧。我可以保证,你不会喜欢梦中的景象的。"

深深的沮丧抓住了安妮的心,可她不想让步。"你比翡思姐妹更没用。"她说。

"不,你错了。你母亲会提议让自己出使:她一向觉得还有维持和平的机会。到时你就会明白,我给你的建议都很有用。我还可以告诉你:如果你把你母亲、那个骑士和那名刺客派了去瑞克堡,我可以预言,那将是他们终结邪咒之子的威胁,并且削弱寒沙的绝佳机会。如果你不这么做,你就将在伊斯冷墓城中、你母亲的尸体前哭泣。"

"'绝佳机会'?为什么你预见不到他们究竟能否杀死他?"

"有两个原因。首先是因为你还没有决定派遣他们,未来仍旧笼罩在迷雾之中。可最根本的原因我已经告诉你了:我无法预知邪咒之子的动向。但我知道可能性将因此得到增加。你自己去预见试试吧。"

"我没法控制我的预知能力,"安妮说,"它总是想来就来。"

"你可以控制它,"那女子坚持道,"还记得你以前是怎么来*这儿*的吗?你是被召唤来的。现在你来去随心。这是一回事。你需要的一切都在*这儿*,何况如今碍事的翡思姐妹已经不在了。"

"这是哪儿?"安妮问道,"我一直没弄明白。"

"噢,当然是在圣堕里了,"她回答,"这儿是世界的伊始,也是力量的源头。它的形态取决于住在这儿的人。现在它是你的王国了,你想怎么塑造它都行。寒沙,未来,过去——一切都在这里。抓紧力量的缰绳。你用不着听信我说过的任何话。自己去发现真相吧。"

她的身躯如狂风吹拂的火焰般摇曳起来,最后失去了踪影。

THE BORN QUEEN

安妮伫立半晌,看着翡思姐妹毫无生气的面庞。

这有可能吗?她真的已经摆脱了她们的奇思怪想?她真的能充满自信地驾驭自己,最终编织自己的命运,不再遭受这些靠不住的幽灵的干涉?

"你们干吗不告诉我这些?"她问翡思姐妹。

可她们的低语声早已消失不见。

"噢,"她咕哝道,"那就来看看她说的是不是真的吧。"

她看到之后,便带着满脸泪水醒来。她明白,有些事非做不可。

她翻身下床,开始行动。

未愈之伤

第二章 大使

尼尔·梅柯文看到寒沙的龙旗时,心跳开始加快,手也因渴望杀戮而颤抖。一阵剧痛爬上身侧,他不禁倒吸一口凉气。

"放松,尼尔爵士。"玛蕊莉·戴尔道。

他努力对她露出微笑。阳光中,岁月的痕迹在她身上显现:眼角和下颌边缘的皱纹,还有黑发中的几条银丝。可他从没见过她如此美丽的样子。她一袭翡翠色的萨福尼亚骑装,穿着黑色的绣花半高筒靴。额头那顶玫金色的头环诉说着她的身份。

"尼尔爵士?"她重复了一遍。

"殿下。"他回答。

"我们不是来战斗的,所以手离剑远点儿。"她蹙起眉头,"也许你根本就不该来。"

"我身体好得很,殿下。"

"不,"她反驳道,"你的伤离痊愈还早着呢。"

"他是梅柯文家的人,"费尔·德·莱芮爵士道,"就像他的父亲和先祖。男人都顽固得好像铁船头。"

"我知道我没法作战,"尼尔说,"我知道我会不小心扯脱缝合线。可我还有一双眼睛。我能及时发现不怀好意的匕首。"

"然后再扯脱你的缝合线。"费尔咕哝道。

尼尔耸耸肩,光是这个动作就引来一阵剧痛。

"你来这儿不是替我挡刀子的,尼尔爵士。"玛蕊莉说。

那我来这儿干吗?他无声地询问着。可他感觉到自己僵硬的四肢,随即明白过来。女王和负责照料他的医师看法相同,他们都认为,他再也没法挥剑杀敌了。她正在努力——就像以往那样——教授他另一种技艺。所以当整个王国都在积极备战的现在,尼尔却发现自己正盯着敌人们的脸,试图清点他们的数量。

照他估算,这支寒沙先遣队约有一百人,就站在他们和寇本维

THE BORN QUEEN

的白色城墙之间的空地上,可这对寒沙的大军来说只是九牛一毛。寇本维已被占领,尽管尼尔看不到敌人,可他明白,绝大部分的寒沙舰队都开进了码头,或是沿着这座巨型港口的海岸停泊。没准有六千人。或者一万?两万?站在这儿是不可能知道的。

可他这边却仅有二十人。不可否认,他们身后还有将近两千名士兵,但都位于一里格开外的远处。女王可不想引诱寒沙人开战。至少暂时不想。

所以当那群北方佬对着和谈旗帜怒目而视时,他们却在耐心等待。尼尔听着这群寒沙人用他们空洞浮夸的母语窃窃私语,想起了自己的孩提时代:他在漆黑的夜晚爬上寒沙人的岗哨时,所听到的也是同样飘忽的语言。

"**寇本维**的城墙很棒。"费尔爵士评论道。

尼尔点点头,望向他从前的保护人。不久以前,他的头上还能找到些许黑发的痕迹,可如今却灰白一片。他的长发留成群岛人的样式,用一根皮绳束在脑后。他的脸颊曾被枪杆的碎片刺伤,如今满是凹痕;还有一次,维寒人的剑几乎割下他前额的一大块皮肤,从那以后,他的一条眉毛就总是怪异地耸着。尼尔初见他时,他那块青紫色的皮肤几乎脱落,而双眼肿得根本睁不开来。他当时六岁,还以为自己看到了下凡到人间的战争圣者纽敦·勒姆·艾瑞因特。在之后为费尔效命的那些年里,在他的心里,他对费尔的看法始终未变:伟大崇高,永生不灭。

可如今的费尔呈现了老态。他的身体似乎也有些缩水。这让尼尔很是不安。

"确实。"他赞同着,目光移向那座白石砌成的坚固要塞。

"我在那儿住过一段时间。"艾丽思·贝利说。

"是吗?"玛蕊莉问。

"那时我八岁,在叔叔家住了几个月。我还记得城中央有座漂亮的公园,里面有一座喷泉和圣奈苏妮的雕像。"

尼尔借着眼角余光打量着艾丽思。她的语气轻柔,双眼之间的些许皱褶让他猜测,这位年轻女子应该是在继续回忆:比如街道是如何铺设的,城门在什么方位——任何有助于保护玛蕊莉的事都行。

她年轻、迷人而又美丽,可若是说到这位娇小的黑发女子和依伦的相似之处——她们都很危险。她了解的知识愈多,也就愈加危险。

尼尔不知道自己该不该信任她。她的过去可并不光彩。

他突然发现艾丽思与他四目相对,顿时涨红了脸。

抓到你了,她做着口型,欢快地笑了起来。

"城墙确实很坚固。"他说着,傻乎乎地还以微笑。

"这座可怜的城市易手得那么频繁,我真想知道他们费工夫去筑墙干吗?"玛蕊莉评论道。她踩在马镫上,略微站起了一点儿。"啊,"她说,"他来了。"

只见一个大块头男人越众而出,胯下军马身披黑红相间的涂釉马铠。他穿着一件同样色彩的胸甲,上面绘有一只俯首的雄鹰。这一身更接近礼仪装束而非作战所用。一条雪白的熊皮披风搭在他的肩头,而他浸油的海豹皮靴更是闪闪发光。

尼尔认识他。他初至伊斯冷宫廷时,就见过这张粉红色的臃肿面孔。这正是阿拉代家族的韦兰亥亲王,曾作为大使来到克洛史尼的王宫。

"圣罗斯特的蛋蛋啊。"费尔用低不可闻的声音嘀咕道。

"嘘。"玛蕊莉提醒他,然后抬高了嗓音。

"亲王大人。"

这位寒沙领主点点头,借着随行的八个和他同样服色的少年的帮助,爬下马背。然后他单膝跪地。

"殿下,"他说,"我得说,很高兴看到安苏大神保佑您平安无事。您被囚禁的这段时间,我担心得成天都在为您祈祷呢。"

"真是劳烦你了,"玛蕊莉告诉他,"我本人也很不喜欢成为不安的起因。"

阿拉代迟疑不决地笑了笑,"噢,我现在的心情好多了。"他回答。

"是啊。好得都在我们的城市里安营扎寨了。"她说着,朝寇本维城点点头。

"哦,是的,是这样,"阿拉代说,"我想这就是您前来商榷的主题。"

THE BORN QUEEN

"您真是一如既往地英明,我的大人。"她答道。

"噢,肯定是因为我这群同伴吧。"他说。

"也许吧,"玛蕊莉答道,"总之,你说得对,我得到了安妮女王的授权,要求你们从我国的北方港口撤军。"

"噢,殿下,这可有点棘手,"阿拉代说,"您看,我们是得到了国王的许可,才接管并保护寇本维的。"

"你说的国王,指的是我丈夫的弟弟罗伯特?"玛蕊莉问道,"罗伯特是个篡位者,根本不是合法的君主,所以这事很容易处理。他的话从来就不代表王室,所以你们没有权利,也没有理由留在这儿。"

阿拉代挠了挠耳朵。"这事可没您说的这么轻松,您看呢?"

太后略微后仰身体:"我可不觉得。带上你的舰队和士兵回家去吧,阿拉代。"

"噢,殿下,这些可不是我的士兵和舰队,不是吗?它们属于马克弥三世殿下,而且他承认罗伯特是克洛史尼的国王和皇帝。"

"如果你们想袒护那个狼心狗肺的混账——"费尔开口怒骂,可玛蕊莉却皱了皱眉,示意他安静,然后转首面对阿拉代亲王。

"如果罗伯特在你们的君主那儿避难,就是另一回事了。"她说。她的语气显得有些紧张,"不过眼下,我想挽救我们的国家免遭战祸才是最重要的。"

阿拉代压低了声音,"殿下,您认为战争是能够避免的。我倒是觉得它一定会爆发。"

"马克弥的贪婪早已人尽皆知,"玛蕊莉说,"可——"

阿拉代摇了摇头,"不,没这么简单,殿下。你的女儿屠杀了许多教士,玛蕊莉。威廉蔑视教会,可安妮却否认并且加以**攻击**。我们的同胞虔诚笃信,征兆更是无处不在。有人说光是征服克洛史尼还不够,这片大地必须被净化。"他的声音压得更低了,"殿下,我以前就说过的,我把您看做朋友。带上您的女儿和您重视的人,去维吉尼亚或者更远的什么地方。我……"他突然停了口,"我说得太多了。"

"你什么都不会做?"

"我什么都**做不了**。"

玛蕊莉耸耸肩。"那好吧。看来我得去找马克弥谈谈了。"

阿拉代扬起眉毛:"您……"

"根据历史悠久的诸国律法,根据司皋斯罗羿灭亡后自由民所缔结的协约,你必须保证让我安全抵达你们国王的宫廷,然后必须带领我安然离开那里。就算教会也无法阻挠这条最为基本的律法。"

阿拉代脸上的肌肉抽动起来。

"你能做到吧?你不反对这条古老的协约吧?"

"我可以向您保证,"最后,他开口道,"可最近我的话没什么影响力。"

太后瞪圆了眼睛。"你该不会是在暗示,马克弥会杀了我,或者把我关押起来吧。"

"我是说,大人,整个世界都发了疯,所以我没法向您承诺任何事。我的主君向来遵守律法,这点我可以保证,而且我愿意以性命担保他不会加害于您。"

"但?"

"但我还是不能承诺什么。"

玛蕊莉深吸一口气,然后呼了出来,然后她坐直身体,换上她最具威严的语气:"您能安排我们以和谈名义前往寒沙王宫,以便与马克弥殿下商讨休战事宜吗?您能做到吗,亲王大人?"

阿拉代本想迎上她的目光,可中途却退缩了,接着,他鼓起不知从哪儿来的勇气,抬起了头,"我能。"他答道。

"我明早带着选定的随行人员再来见你。"她说。

"别超过十五人。"他说。

"肯定不会。"玛蕊莉向他保证。

换个日子,莫葛·瓦斯特平原没准会显得很美,尼尔心想。距他在守望墙之战中负伤已经过去了四个月。如今是坡斯门月的第十五天,夏天才刚刚到来。缤纷绚丽的田野里长满了芳踪花,黄色牛眼菊和紫色海石竹,以及许多色彩斑斓的陌生花卉。甜美的花香中包括荒野迷迭香,蜂型茴香,还有某种让他想起苹果的香气——虽然这片平坦的大地上连树木的影子都没有。此刻尼尔已经骑马奔行了一里格，没有寒沙人的军队跟在后头，况且四下缺乏伏兵所必需的掩护，可他仍不时回头张望。一览无遗这点有利有弊，尼尔此刻就像一只担惊受怕的田鼠，总是怀疑会有老鹰飞出太阳的掩护，朝他扑来。

玛蕊莉也察觉到了。

"我不觉得他们会袭击我们，尼尔爵士。"她说。

"对，"费尔吼道，"反正你明天就自投罗网了，干吗现在急着动手呢？"

"古老的律法——"

"就连阿拉代也不敢明说自己会遵守。"老公爵指出。

"侄女啊，你才刚刚得到自由，干吗急着往另一个牢笼里钻？他们会拿你做人质，好跟安妮谈条件。贝利女士，跟她讲讲道理吧。"

艾丽思耸耸肩。"我遵从玛蕊莉王后的意愿，"她说，"我觉得她已经很明理了。"

"别忘记，我们也有自己的人质。"玛蕊莉补充道。

"斯乔克思韦？"费尔嘀咕道，"我怎么忘得了呢？俘虏他和他那条船的人正是我。可与你相比……"

"他是马克弥身边的红人，"她说，"他们已经提出请求，要我们释放他。"

费尔望向天空，摇了摇头。

"你为啥要做这种事，亲爱的？"

"那我还能做什么？让我女儿去骑马参战，而我待在家里织袜子？大军压境的时候，我却去摆弄花儿？"

"为什么不呢，殿下？"尼尔插嘴道。

"抱歉，你说什么，尼尔爵士？"

"为什么不呢？"他重复道，"寒沙舰队已经进入了我们的国境，他们的地面部队也在进军。您觉得还有什么能阻止他们？费尔大人说得对：您已经吃了太多苦了。"

"我吃了多少苦不是重点，"玛蕊莉反驳道，"虽然你们对我的执政能力评价不高，我还是觉得有阻止开战的可能性，而且我不会放过这个机会。我已经就此和安妮讨论过了。如果我被当做人质扣押,她连一寸疆土也不会交出去的。"

"救你逃离罗伯特的魔掌的时候,她简直不惜一切代价。"费尔指出。

"情况已经变了。"玛蕊莉说。

变的是安妮,尼尔心想。玛蕊莉的话也许没错:女王已经无所畏惧,就算亲生母亲遭遇险境也一样。

他思索着她此刻的所在:是坐在王位上,还是在屠杀教士?后者几乎成了她的一项消遣活动。

"好吧,"费尔说,"我去。"

"我们最好的海军指挥官也要去?这不在讨论的范畴之内。这儿需要你,你得保卫我们的领海。另外,要是一直禁止你拔剑,那压力准会让你额头的血管爆开的。你在外交方面可不出色,叔叔。"

"你就很出色了?"

她耸耸肩。"我见过外交官的各种手腕,而且我的身份也适合,虽然我是个女人,"她顿了顿,"安妮想要我去,叔叔。她在预知梦里看到了。她说确实有机会存在。"

"预知?"他嗤之以鼻。

"她知道你会带着舰队前来,"尼尔说,"她也知道来的时间。所以我们才明白,必须尽快攻下荆棘门。"

"是啊,"费尔咬着嘴唇嘀咕道,"也许她的预知是真的。可你自己的女儿要把你送进毒蛇的巢穴——这实在让人捉摸不透。"

"殿下,"尼尔说,"我知道我派不上什么用场——"

"噢,你得去,"玛蕊莉说,"不然你觉得你来这儿干吗?如果要我来决定,你恐怕还躺在床上呢。"

尼尔皱起眉头,"您是说,女王殿下希望我去寒沙?"

"她非常坚持这一点。"

"我明白了。"

玛蕊莉在鞍座上动了动身子。

"不能担负保护她的责任,你觉得受轻视了?"她问。

这话让他吃了一惊。"殿下?"

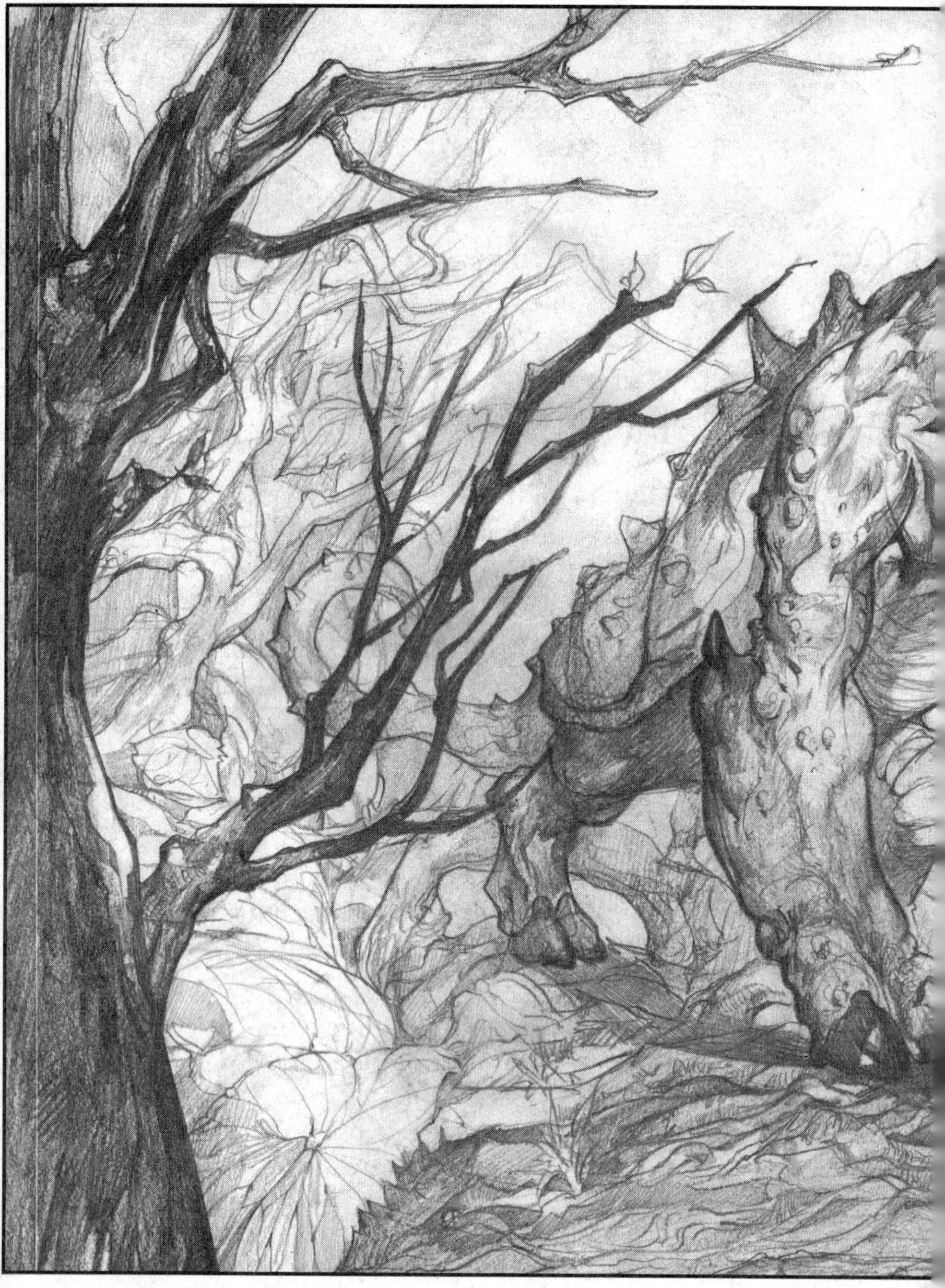

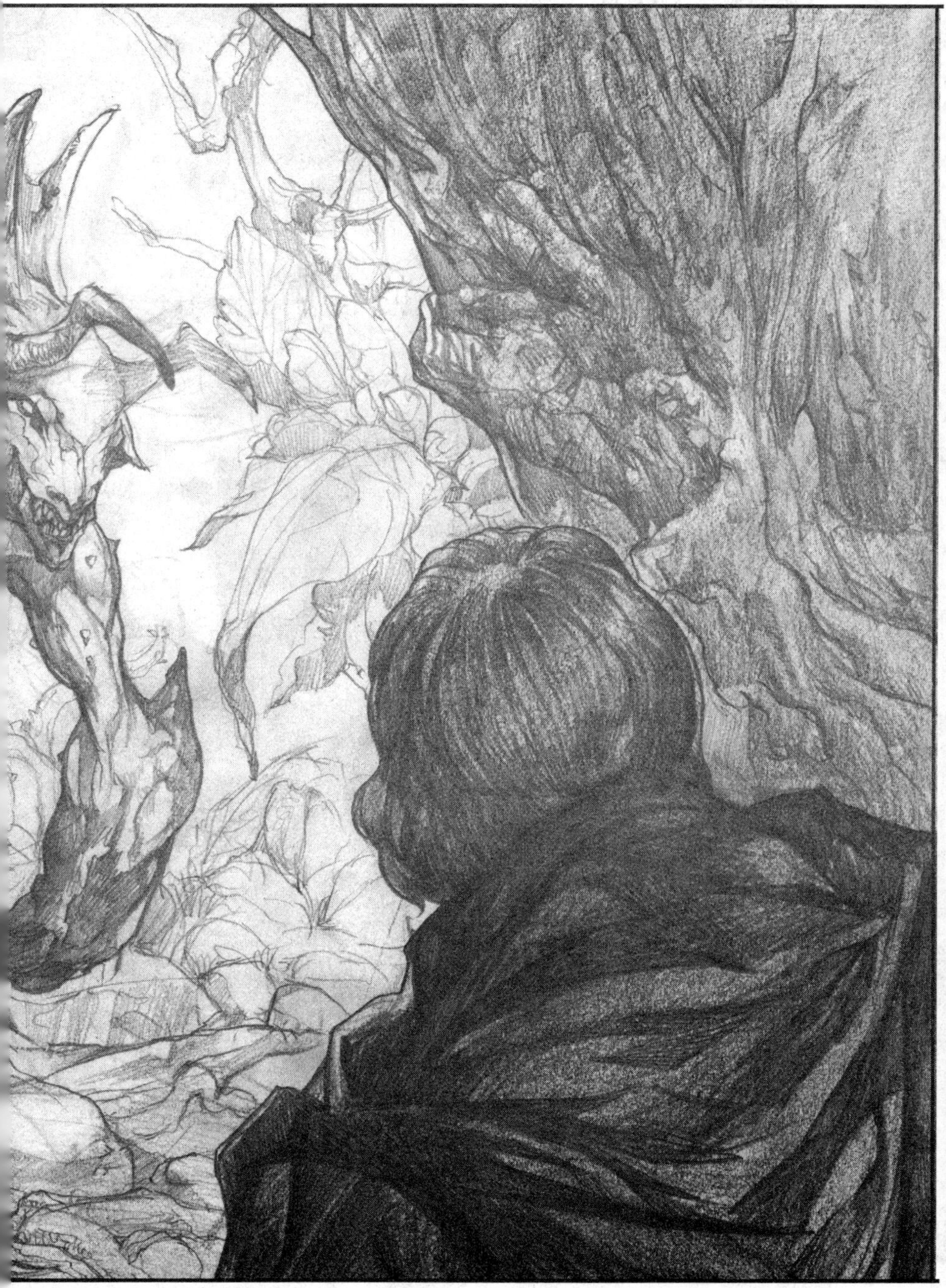

"重回我麾下让你失望了吗？"她补充道。

他摇摇头，"殿下，我一直认为自己在为您效力。我保护安妮只是遵守您的命令。我是您的部下，也不希望去为其他任何人服务。"

有句话他没有说出口：他觉得现在的安妮很可怕。尽管他曾亲眼看到教会的某些成员腐化堕落的事实，他还是很高兴没被卷进安妮向艾滨国的复仇里去。

玛蕊莉神色不改地听完了他的话，然后略微颔首。

"很好。回到营地后，去挑选愿意随行的人。明天一早，我们就出发前往寒沙。"

尼尔点点头，开始思考同行的人选。

天敌环伺的感觉变得前所未有的强烈。

未愈之伤

第三章 休养结束

当那怪物靠近之时,埃斯帕·怀特努力将呼吸融入掠过森林边缘的微风之中,让自己如同树桩般沉静。它眼下只是一团轮廓,大约有马的两倍大,正无精打采地爬过一株株纤细的白杨树干。尽管时值盛夏,他却嗅到了秋叶的气息。当它眼中的光芒如同蓝色的闪电般穿过枝叶时,他感觉到了蕴含在它血液中的剧毒。

这并不惊人。如今的世界塞满了怪物,他手刃过的也不在少数。见鬼,他连怪物之母都见过了。

几只松鸦在朝它尖叫,可大部分的鸟鸣声早已消失,因为大多数鸟儿都没有松鸦那样盲目、愚蠢和勇敢。

也许它只是路过,他心想。也许它没有发现我。

他已经累了,这是最糟糕的。他的腿和肺都在痛,全身肌肉酸软,视线也越来越模糊。

他到这里最多也就半个钟头,做的事不比婴儿吃奶费劲多少。只是看着草地而已。

过去吧,他心想。我不管你是什么东西,也不管你去哪。过去吧。

当然了,它没有听他的话。他听到它停下脚步,抽动鼻子,然后看到了它眼中的闪光。它爬下树,步入草地,朝着藏身在身边的树木之中的埃斯帕走去。

"嘿,怪物。"他嘀咕着,飞快地把另外四支箭插进面前的松软土地。没必要继续装树桩了。

这是张新面孔,和他以往见过的怪物不同。远远看去,这东西就像公牛和刺猬杂交的产物。它周身长满骨刺,前后半身完全不成正比:它的前臂有硕大的肌肉,足有后腿的两倍长。它的脑袋短小结实,那只刺向前方的长角让它活像只铁砧,双眼深深嵌入厚实的头骨之中。

THE BORN QUEEN

他不知该怎么称呼它。除了那双眼睛之外,他找不到任何可能和柔软沾边的地方。

它怒吼一声,而他看到了满口尖牙。难道所有绿憨都是食肉动物?他还没发现过例外。

"你真是生了群好孩子,沙恩林修女。"他咕哝道。

然后它扑了过来。

他的头一箭擦过了结实的头骨,第二箭也一样。第三箭嵌进了眼窝——至少他以为是这样,可一次心跳的时间过后,箭就掉了出来,而那只眼睛仍旧完好无损。

它比他想象的更*迅速*,也更庞大。它又怒吼一声,那声音震得他耳膜生疼。他还有再射出一箭的时间,可他知道就算这箭射出去,也无法命中那怪物的眼睛。怪物的速度更快了,它践踏着地面,然后俯下身体,作势欲扑,它的前肢像人类般抬起,朝他伸去……

接着它身下的地面坍塌了,而这一次它因惊讶和愤怒尖叫着,重重摔落在四王国码深处的削尖的木桩上。埃斯帕头顶的套索断裂,放下了一根原先悬挂在陷坑上方的尖锐圆木。他无法亲眼看到它命中,但他听到了刺入血肉的沉闷响声。

埃斯帕长出了一口气,但片刻之后,一只巨大的爪子——事实上,是一只五指粗大的手——钩住了坑边。埃斯帕飞快地退到树边,以弓借力爬上树去。

另一只手也伸了上来,接着是脑袋。他越来越觉得它和尤天怪之间存在亲缘关系,不过就算它能说话,它也坚持沉默。它绷紧身体,鲜血从鼻孔中涌出,开始爬向坑外。

"莉希娅!"埃斯帕吼道。

"在。"他听到她回答。他感受着迎面吹来的风,这时另一根巨大的圆木瞄准了陷阱滚落下来。它撞上了怪物的脑袋,把那根长角狠狠砸进了头骨里,而它也再度消失在深坑之内。

埃斯帕转过身,看着步履轻柔地走来的莉希娅。在她的宽檐帽下,那双紫罗兰色的眼睛凝视着他。

"你没事吧?"她语气轻快地说。

"不会比今早更糟了,"他回答,"更别提充当诱饵的耻辱了。"

她耸耸肩。"你在摔断腿之前就该想到的。"

她走向坑边,埃斯帕一瘸一拐地跟在她身后。

它看起来还不知道自己已经死了。它的侧腹仍在起伏,后腿也抽搐不止,可那颗脑袋就像个摔碎了的鸡蛋,埃斯帕觉得它没剩下几口气了。

"这见鬼的玩意儿究竟是什么?"他粗声道。

"我记得有故事提到过类似的东西,"她说,"我想它应该叫做'米特伊斯弗'。"

"这是司皋斯罗羿的叫法?"

"我拼不出它的司皋斯罗羿名。"她答道。

"你难道不是个司皋斯罗羿?"他说。

"我生来只会这么说话,"她说,"我从没听过司皋斯罗羿的语言。我告诉过你的。"

"对,"埃斯帕附和道,"你告诉过我。"他转头看着那头垂死的怪物,摸了摸下巴上的胡楂,"好吧,"他思忖道,"我觉得它是头蝎尾狮。"

"真是个毫无特色的好名字,"她说,"好了,我们何不休息一下呢。"

"我不累。"埃斯帕撒了谎。

"噢,我们没理由留在这儿。毒素消散需要好几天,就算下雨也一样。"

"唔。"埃斯帕赞同道。

"那就走吧。"

他把弓挂到背上,四下寻找他的拐棍,却发现莉希娅正把它递过来。他沉默地接过,两人穿过森林,沿路返回。地势转为上坡,路也更加难走,他们沿着一条之字形的小径爬上不断变陡的山坡。最后,道路通向了一座石桥,站在桥上,散落四方的森林和下方的草地一览无余。山顶的另一侧是幽深的山涧,更远处,峰峦雪白的山脉拔地而起,直指青绿色的天际。西方的地平线也被群山围绕。他们背靠裂谷,而其余的方向都可以看到数里格远的风景,他们通常就是在这里发现怪物的动向。也正因如此,莉希娅才选择在这个位置搭建住所。它起先只是树枝建造的简陋木棚，可如今它却是一座拥有桦树皮屋顶和四根支柱的舒适小屋。

埃斯帕已经不记得建造的过程了：他身陷梦魇的国度，时而复发的高烧令这三个月的光景化作一团混杂了想象和痛楚的阴霾。等这段时间过去，他的身体变得极其虚弱，就算那条腿完好如初，他也寸步难行。莉希娅一直照顾着他，并且挖掘陷阱，跟越来越频繁出现的怪物搏斗。

爬坡让他气喘不止，他坐在一根圆木上，俯瞰下方的山谷。

"是时候离开了。"他说。

"你的身体还不能长途旅行。"莉希娅说着，翻弄着早上生的那堆火，寻找未熄的余烬。

"我可以的。"他说。

"我可不觉得。"

"你来找我的时候，缝合线上的血还没干呢，"埃斯帕说，"我比你当时的情况好多了。"

"你才走了几步就喘不过气了，"瑟夫莱指出，"以前的你会这样吗？"

"我也从来没有在床上躺过四个月，"埃斯帕回答，"可我不能继续浪费时间。"

她微微一笑。"你真那么爱她？"

"这不关你的事。"他说。

"现在就走说不定会害死我们俩。这关我的事。"

"对，我想去找薇娜和易霍克。可不光是这些。我还有职责在身。"

"对谁的职责？那个小丫头女王安妮？你连她是生是死都不知道，连克洛史尼的王位上坐着谁都不知道。埃斯帕，荆棘王死了。已经没人能阻止绿憨了。它们的数量每天都在增多。"

"对。而且坐在这儿一只一只去杀也是白费力气。"

"那你觉得该怎样？"

"我不知道。我想我应该回到他沉睡的地方去，找到点什么东西。"

"在仙兔山那里？就算是老鹰也得飞上二十里格的路，何况我们不是老鹰，"她眯起眼睛，"你觉得我们应该去那儿，有什么根据吗？"

"没有。"

"没有？"她叹了口气，"我了解你，埃斯帕·怀特。你只想在御林里战斗到死。这片林子还不够好。"

"它不是——"他停了口。不是我的，他无声地说完这句话。他想象着高大的铁橡腐朽溃烂，变为恶臭的胶糊，明亮的溪流被死尸截断，长满蕨类的山涧充塞着黑色的荆棘。他真想看到这一切吗？

"好些个月以前，"他说，"你就来找过我。你提到过其他瑟夫莱荒废的职责。那是什么？"

她找到了几块煤，耐心地将它引燃，又从旁边的那堆东西里取了些引火物，丢进火坑，一阵山胡桃和杜松的气味顿时扑面而来。

"我已经知道你和你族人的真正身份了。你还有什么秘密值得保守？"

"我告诉过你，我还不能肯定。我一直在努力查明真相。"

"噢，好吧。等你弄清楚了就来找我吧。我现在得走了。"

"你连我们在哪都不知道。"莉希娅说。

"噢，我猜如果我往北走，总能走到认识的地方吧。"他答道。

"算我们走运，我还记得这儿，"她说，"要不他们早就抓到我们了。"

"谁？芬德？"

"还有他的同胞。"

"你的同胞。"

她略一低头，以示承认。

"噢，我想他们早该停止搜寻我们了。"他回答。

"我深表怀疑，"她说，"荆棘王死的时候，你在他身边。他也许告诉过你什么。"

"你什么意思？就我所知，他不会说话。"

"这不代表他不能告诉你什么。"

埃斯帕想起了荆棘王死时，眼前掠过的那些令人震惊的幻象。

"对,"他说,"可就算他想告诉我什么,我也不明白他的意思。"

"早晚的事。"

"见鬼。"他咕哝道。

"埃斯帕,你现在没准是全世界最重要的人。你也许是唯一能阻止事态恶化的人——去拯救御林吧,如果你觉得这样有意义的话。"

"那我们还留在这干吗?你希望我能预言还是怎么的?"

"我不觉得还有别人可以指望。所以我才要保证你的安全。"

他看着她。"你做到了,"他说,"而且我很感激。可现在你没必要再代替我了。我已经痊愈了。"

"你还没有,而且你心里清楚。"

"就算继续坐在这里,我也不会好得更快,"他说,"你心里也清楚。好了,如果你觉得我真这么重要,我想你可以跟我一起走。但我非走不可。"

她点着了火。"晚饭吃兔肉。"她说。

"莉希娅。"

她叹了口气。"再等四天。"她说。

"为啥?"

"你能再休养四天,而且月光也会变暗。这对我们有利,我想。"

埃斯帕点点头,望向东方。他指着消失在一片山脊之后的那块几乎不可见的斜坡。

"我们是从那条路过来的?"他问。

她点点头。

"我猜也是。"

"除非你是鸟儿或者山羊,否则只能从那条路进出。"

他点点头,眯起眼睛,"恐怕四天都到不了那儿。"他说。

"*Ilshvic*!"莉希娅咆哮道。他不知道她在说什么,但他不觉得那是什么好词儿。

一排骑马的身影正在那条山道上奔行,为数众多。

第四章 提案与安排

斩向卡佐的那柄阔剑快得几乎肉眼难辨,而他突然间明白了那修士脸上的坏笑。卡佐久经磨炼的身体作出本能反应,将他较轻也较长的武器猛然刺出,想要戳穿对手持剑的手腕,以攻代守。可这剑却落了空,因为那修士难以置信地止住了剑势。他退后几步,上下打量着卡佐。

"有意思,"他说,"我从没遇见过你这样的剑士。你是从萨福尼亚来的?"

"萨福尼亚只有屠夫,"卡佐喘着气,在盯着那人的同时观察着周围。厮杀声无所不在,"全世界的剑士都来自维特里安。"

"我明白了,"那家伙又笑了起来,"维特里安。教会的发源地。"

那人双眸灰暗,肤色浅黑,还带着卡佐没法分辨出处的口音。

"告诉我,"那人续道,"作为我们信仰诞生之处的居民,你为何去追随这么个异端女王?"

"我喜欢她头发的颜色,"卡佐答道,"还有她身边的那些人。"

"等我下次出手,"那人警告道,"你连杀死你的那一剑都不会看到。放下武器吧,我们不会亏待你的。"

"我本来就没被亏待啊。"卡佐答道。

"你明白我的意思。"

卡佐叹了口气,放松了守备。

"你看,"那人道,"我就知道你很通情达理的。"

卡佐点点头,突然后脚借力,身体猛冲向前。

那僧侣化作一团模糊的影子,朝他逼近,就在卡佐将前扑变为俯冲的那一刻,他感到头顶的发丝被削了下来。修士重重撞上了他的剑刃,直至剑柄没入腹腔,而剑也从卡佐的手中滑脱。修士沉重地倒在地上,翻过身,摊开四肢,目光迷离,血如泉涌。

"只要能确保你攻击的位置和时机,"卡佐告诉他,"我甚至用不着看到你。"

那修士扭了扭脖子作为回答。卡佐发现他的脊椎断了。

"来拿你的剑。"那修士提议道。

"不,还是再等会儿吧。"他回答。

"你没时间了。"那家伙指出。

卡佐顺着他的目光,发现他说的是真的。那人的两位教友正朝他飞奔而来。

他阴着脸,朝落在一码开外地上的那把阔剑走去。

接着他感觉仿佛有上千只蜘蛛在体表游走。他的气管堵塞,心脏震颤,停滞,又重新开始搏动,比先前跳得更快。他倒吸一口凉气,单膝跪倒,却挣扎着站起身来。

但这完全是多此一举。来袭者早已四仰八叉地倒在地上,尸体古怪地抽搐着。

他转过身,只见安妮就站在他身后两码远处。她的双眼如同碧绿的冰晶,正望着他看不到的某个地方。在那件黑赭相间的骑装下,她身躯僵硬,仿佛一根几近绷断的琴弦。

她将目光移向他,而他的心跳怪异地紊乱起来。

接着她的神情软化下来,露出笑容,而他感觉胸腔中的痛楚得到缓解,咽了口口水。

"看来就这些了,"她柔声道,"所有人都解决了。"

"刚才我们也是这么想的,"卡佐说着,努力站起身来,"然后这些家伙就从后面攻过来了。"

"的确,"安妮喃喃道,"我又忘记了。我想,他们应该是刚刚赶到的——从森林那边。"

"敌人或许还有援军。安妮,你还是进去为好。你那群瑟夫莱足够清理这片森林了。"

她回以一个微笑,而他突然觉得她是在故作平易近人。可话又说回来,她刚刚不费吹灰之力就杀死了两个人,而且这已经不是头一回了。

"你还是会流血的,"他指出,"一支箭就能杀死你。我可没能耐抓住飞过的箭。"

"的确,"安妮说,"把我保护起来吧。我随你处置。"

圣因格修道院坐落于一座小山上,周围环绕着麦田和牧场,唯有森林的黑色手指从南方直指而来。在西方,同一片森林的边缘附近,佩尔镇的钟塔清晰可见。修道院规模不大,形状方方正正,低矮敦实,周围散落着几间畜栏和仓库,外加耸立在东南角的一座外观颇为粗糙的塔楼。

他们还没走出十步,五个头戴兜帽的瑟夫莱护卫就跟了过来,为首的是琥珀色双眸的队长,考斯·冯塞尔。

"殿下,"考斯说着,单膝跪地,"请您原谅。他们把我们从您身边引开了。"

"没关系,"安妮说,"你看,我的卡佐应付得了。"

我的卡佐?她干吗这么说?

"尽管如此,"那瑟夫莱说,"我也不该留下他一个人保护您。不过修道院里已经安全了。"

"很好,"安妮回答,"那我们就进去吧。另外,我想用餐了。"

"一小时之内就能开饭,"那瑟夫莱道,"我去弄点吃的来。"

半个钟头过后,卡佐和安妮坐在修道院西面的一个小房间里。暮色的苍穹上,圣阿布罗正驾驭着太阳朝西方落下,但在这漫长的夏日里,他还有好几个钟头的路程要走。

"我会怀念这些的。"安妮叹口气,望向窗外,抿了口葡萄酒。

"怀念什么?"

"这几趟远足。"

"远足?你是说我们和教会的搏斗?"

"对,"她回答,"傻坐在王位上太无聊了,还有作战的各种细节——好吧,那些将军并不是真的需要我帮忙。这儿才让我感觉真实,卡佐。我能看到获救的那些人的面孔。"

卡佐闻了闻杯中之酒,随后举起酒杯。

"*Az da Vereo*。"他祝酒道。

"没错，"安妮赞同道，"为真实干杯。"

他们喝下了酒。

"这是维特里安酒，"他喃喃道，"如果我没弄错的话，应该是从特洛·威拉默地区运来的。"

安妮歪了歪头。"这重要吗？酒就是酒，不是吗？"

半晌，卡佐只觉无言以对。他和安妮结识将近一年，在此期间几乎一直陪伴在她左右。她给他留下的印象颇佳，当然他从没想过她会说出这种只能被称之为愚蠢的言论。

"我，呃，你是在说笑吧。"他好不容易开了口。

"噢，我想红酒和白酒还是不同的，"她续道，"可说真的，除此之外，我分不清它们之间的差别。"

卡佐眨眨眼，举起酒杯："你分不清这酒和来时路上的那家小酒馆里喝的青蛙血？你真的分不清？"

她耸耸肩，又喝了一大口，露出思索的神情。

"对，"她说，"我喜欢这酒，也喜欢那种'青蛙血'。"

"只有瞎子和聋子才会分不清，"卡佐说，"我……这太荒唐了。"

她用端着杯子的那只手的食指对着他。"要是换成**某些**女王，你说出这话就得掉脑袋了。"她说。

"噢，没错，要是我连猫尿和 *Dacrumi da Pachio* 都分不出，我还是干脆掉脑袋好了。"

"可你分得出来，"安妮说，"至少你觉得自己分得出，所以说话还是小心点好。"

"恕我冒犯，"卡佐说，"只是这酒——"他又尝了一口，然后合拢眼皮。"闭上眼睛，"他说，"重新品尝一次吧。"

他听到安妮叹了口气。

"那是在五六年前，"他开口道，"特洛·威拉默的山丘被野生牛至草和薰衣草的花朵染成紫色，杜松在微风中摇曳。天气很热，有一个月没下雨了。蔓藤上紫色的小葡萄熟得都发酵了。一大家人在采摘果子，有老人，年轻人，男孩和女孩，对每一颗葡萄都小心翼翼，视若珠宝。两百年——甚至更久以前，他们的祖父辈和曾祖父辈也在这儿采摘水果。他们把葡萄放进一只大桶里,等过了中午,天气凉快起来,他们就享用烤猪肉,打开去年酿的酒,伴着音乐,用苹果木杵捣烂摘下的葡萄。他们用传承几个世纪的方法,仔细地进行发酵。他们不紧不慢地干着,他们家族的人永远富有条理。他们把成品储藏在酒窖里,那儿不太冷,也不太热。一切都完美无缺。"他又呷了一口,"味道。牛至草,薰衣草,杜松。烟味来自炉火,来自他们为了庆祝酿酒而烘烤的野猪肉。技艺,耐心……"

他的双唇忽然感觉到了气息。

"安静。"安妮说着,吻了他。

她闻起来就像那酒,还有杏子,外加新鲜的青苹果。她的舌头在他口中逡巡,而他的整个身体突然变得滚烫。他笨拙地丢下酒杯,伸出双手,按住她的耳后,将她拉向自己。她大笑着贴得更近了。

卡佐吸了一口气——然后抬起头。

"等等,"他说,"怎么——**怎么回事**?"

"我总得让你闭嘴嘛,"她说着,双唇又靠了过来,"要不你能讲上一整夜呢。好啦,这不正称了你的意吗?"

他松开手,退后了一点儿,"噢,是的,"他说,"可你一直对我不感兴趣,然后奥丝娅就……"他不知怎么说下去了。

"这么说,你在维特里安说的那些话——我们遇见那时,还有返乡的路上——都是谎话喽?"

"不,"他说,"不,可那是在我知道你的身份之前,也是在我和——

"奥丝娅,"安妮交叠双臂,替他把话说完,"在你和奥丝娅开始之前。"她皱起眉,"你不适合她。"

"不适合她,却适合你?"

"我不一样,"安妮说,"奥丝娅——你也许会伤害奥丝娅。"

"你就不会受伤害?"

"从前也许会。现在不同了。"

"噢,我根本没想过要伤害奥丝娅。"卡佐说。

"是啊。否则你就会做出某些事来,比如说,噢,吻她最好的朋友。"

"是你吻的*我*！"

"一面之辞。"安妮答道。

"嘿，等等。"他说着，突然觉得一切都失去了控制。

安妮忽然大笑起来，然后拿起酒杯，"安静，喝酒，"她说，"不用担心名誉扫地。我只是想确认一下而已。"

"确认什么？"

"确认你是否真的爱着奥丝姹。是否真的忠实于她。是否真的值得信任。"

"噢，"他说。他的脑袋晕乎乎的，"这么说，你这么做全是为了她？"

"噢，反正不是为了你，"安妮说，"现在给我安安静静地喝酒，别再跟我解释什么了。"

卡佐照做了，但仍绝望地试图理清刚才的状况。就算是在他哥哥的船上，既对大海一无所知，又和兄长相处不快的那段时间，他也没觉得像现在这样软弱无力。他本想偷瞄安妮，看看她脸上是什么表情，却又临阵退缩了。

他初次遇见安妮时，她还爱着一个名叫罗德里克的男人，或者说，他认为她还爱着罗德里克，就像女孩们总对初恋情人念念不忘。可卡佐觉得自己还有机会。不过，安妮一直没给过他什么希望，而且当他发现，她将会成为世界最强王国之一的女王的时候，他就放弃了这个念头。除此之外，他对奥丝姹的感情与日俱增，而且他喜欢和她在一起，就连现在都在思念她。

可他为何要抱住安妮，回应她的吻？他此刻又为何难以忆起奥丝姹的容颜？

轻微的叩门声引起了他的注意。他抬起头，发现来者是安妮手下的一名瑟夫莱侍从。

"殿下，"他说，"豪德沃普恩的阿特沃公爵想和您说句话。"

"噢，当然可以，让他进来吧。"

片刻后，公爵出现在门口。他仪表堂堂，双眸铁灰，一头短发。他有只手是用木头做的。

"殿下。"他说着，鞠躬行礼。

"表哥，真高兴见到你。您为何大驾光临？"

他不安地笑了笑，"我正好骑马路过。"

"那可真够巧的。这儿离大路可不近啊。"

"没错。我骑马过来，是因为听说您就在附近。"

"我明白了。你是来领我回家的，对不对？"

"您可是女王，"阿特沃说，"我没法'领'您回去。可伊斯冷需要您。您的人民需要您坐在王位上。"

"我的人民似乎更希望看到我还他们的镇子以自由，使他们免遭拷问和压迫。"

"对，我同意。您的这些……冒险……让您很受民众欢迎。但有人开始质疑，您是否忽略了更重要的事：比如这场看起来无法避免的大战。"

"我已经让你指挥全军了。"

"而您有一支军队，您这几个月冒死去做的事完全可以交给他们。还有这座修道院——您来这儿干吗？它离寒沙港口已经不远了。您知道这样有多危险吗？"

安妮点点头。"我不会待很久的。而且这是最后一次了。"

"最后一次什么？"

"我的最后一次'冒险'。我刚才也是这么告诉卡佐的。等这儿的事做完，我就回伊斯冷去，我保证。"

"噢，您已经把这儿'精简'完了，"阿特沃指出，"您还有什么打算么？"

"你知道我们在哪吗？"安妮问，"你知道这条巡礼路是属于哪位圣者的吗？"

公爵睁大了眼睛。"您该不会——"

"为什么不？"

"因——因为这是教会的分内事。"阿特沃脱口而出。

"在我的王国里，教会已经被我剥夺了所有权力。"她指出。

"要说俗世的权力，没错，"阿特沃说，"但这件事不一样。您现在想要插手的是不容侵犯的神圣领域。"

安妮耸耸肩。"是就是吧。首先挑衅的是教会，不是我。"

"我不明白。"卡佐说。

安妮转身面对着他,"这座修道院侍奉血腥的战争圣者,圣满瑞斯,"她说,"他的巡礼路就在这儿。既然我们控制了这儿,教会就没法得到新的战斗僧侣了。而且说真的,没准我还能训练几个属于我自己的斗士。"

阿特沃依旧涨红着脸,可表情早已转为深思。

"这主意很有趣,"他说,"但也很危险。别忘记教会的愤怒——"

"不值一提。"安妮断言道。

"噢。那就不提了吧。可你不是第一个想这么干的俗世君主。二十年以前,瓦利斯大公贿赂了修士,想让他的保镖参与巡礼。"

"然后呢?"

"一共十个人。七个在巡礼中死了。还有个立刻发了疯。"

"另两个人呢?"

"成了绝佳的保镖。但这么大的牺牲——"

"我猜,就算受了贿赂,那些修士也不愿意放弃他们守护的力量,"安妮说,"我想他们会故意不提某些仪式,或者某几个必须的步骤。关于这点,我们手里有好几个人可以询问,所以不会遗漏任何讯息的。"

"我只是在劝您万事小心,殿下。"

"我知道。可我们的敌人拥有满瑞斯僧侣和不死骑士,外加一大堆怪物。我觉得我们也需要类似的优势。"

"我没有意见。但请当心。"

"我会的。然后我就回伊斯冷去,我向你保证,表哥。"

阿特沃走出房间,而卡佐紧随其后。对于能离开她身边,他显得说不出的轻松。她又给自己倒了些酒,喝下一小口,然后走到窗边。

"我都做了什么?"她对着依稀可见的晚星低语。她闭上双眼,可脑海中仿佛有闪电划过,令她思绪纷乱。她的身体被蜂拥而至的欲望彻底填满。

未愈之伤

她和奥丝妮这辈子都是最好的朋友。她像亲姐妹般爱她,却在那个瞬间背叛了她。

她并不是个彻头彻尾的傻瓜。她知道在过去的几个月里,她对卡佐的感觉发生了变化。尽管最初留给她的印象不佳,可他证明了自己比她所知的任何骑士都要可靠和高贵——或许尼尔·梅柯文除外。而且他英俊,风趣又聪明。

而且他是属于奥丝妮的了。她努力把这点牢记在心中。但奥丝妮恐怕早就知道了,不是吗?奥丝妮比她更早察觉她的感受。奥丝妮,她最好的朋友,还没等安妮了解自己的心意,就把卡佐抢了去。

"这算什么朋友?"她大声质问。

她知道自己的话或许不太公平,可眼下谁又能听到呢?

作战部队里没有奥丝妮的一席之地:当他们初次在布里斯沃特镇骑马作战时,她就受了伤。伤得不重,但安妮把她遣回了伊斯冷。过去的几星期里,没了奥丝妮的陪伴,她觉得她和这位剑客的关系开始出现转变——某种无可避免的转变。

而且当他回吻她时,她真的开心极了,仿佛又回到了童年时光,可以随时忘却自己的职责、即将爆发的战事,以及在对圣塞尔所赐的力量逐渐操控自如的过程中,她的心灵和肉体发生的古怪变化。

但他明显吃了一惊,又很快想起了奥丝妮,所以她对他们关系更加亲近的想法恐怕只是错觉而已。

在他看来,她肯定蠢透了,而这同样令她无法容忍。

而且当处女实在太无聊,太无趣了。或许她能找个无足轻重的家伙帮她解决问题,然后再流放他,或者砍掉他的脑袋什么的,好让她弄清楚这事究竟有什么大不了。奥丝妮早就了如指掌了,不是吗?这都得归功于卡佐。

她摇摇头,抛开这些念头。在她的王国——乃至整个世界——都充满动乱的时刻,她难道就没有更值得担心的事了吗?假如伊斯冷陷落,假如那些正在积聚力量对抗她的黑暗势力最终获胜,那卡佐爱不爱谁就根本不重要了。

"殿下?"一个轻柔的声音低语道。她转过身,发现考斯正注视着她。

"嗯?"

"我们找到了巡礼路的地图。"

"好极了,"她回答,"我们立刻就开始。你挑选好手下了吗?"

"我——殿下,我还以为您知道呢。"

"知道什么?"

"瑟夫莱没法踏足巡礼路。我们的体质不允许。"

"这话什么意思?"

"参与巡礼的瑟夫莱没有一个活着回来的。"他回答。

"真的吗?不光是这条巡礼路,别的也都一样?"

"您说得对,殿下。"

"太棒了,"她语带讽刺地说,"那就派御前护卫去吧。"

"好的。还有别的吩咐吗?"

安妮转过身,脑袋靠在窗台上。

"我在变化,考斯阁下,"她说,"这是为什么?"

"我和您相识没多久,"他说,"但我想,您的改变是因为您当上了女王。"

"不。我不是这个意思。主母乌恩跟你说过多少?"

"不算很多,但足够了。您是说,您得到的祝福。"

"这算祝福吗?"她问,"对,我是比以前更有力量了。我能做很多事。可我在改变。我会思考以前从没思考过的问题,体会从未体会过的感受。"

"您受到了伟力者的青睐,"他说,"这很正常。"

安妮发起抖来。"我的某些预言幻象很可怕。"

"我对您遭受的痛苦深表同情。"他说,语气很真诚。

她耸耸肩。

"您一定很孤独,"他突然说,"没人能理解您。"

"你说得对。"她嘟哝着,略略偏过头瞥了眼这个瑟夫莱。

和考斯第一次见面时,她正遭到罗伯特的帮凶重重围困。他和他的部下把她救了出来,并誓死效忠于她。考斯给了她夺回王位的可能。她欠考斯和他的手下一份很大的人情。

可这群瑟夫莱又是如此古怪,尽管他们尽忠职守,而且永远陪伴在侧,但她对其中任何一个人都没有过真正的了解。

除了考斯之外,他们之中也从来没人跟她说过话。这令她惊讶,同时也称得上某种解脱。瑟夫莱的行事方法总在平凡与怪异之间游走。对他们来说,反常就是正常。

"人们害怕跟我说话,"她说,"有人叫我修女王。你知道吧?"

"对,"他说,"可你的朋友们——"

"我的朋友们,"她重复道,"奥丝姹一直是我的朋友。可就算是她……"她回避了这个话题。究竟是谁背叛了谁呢?

"我们最近没什么机会见面。"

"那帕秋马迪奥呢?"

"卡佐?"她耸耸肩,"他也不理解我。"

"可他也许可以。"

"你这是什么意思?"

"如果他也像您一样,得到伟力者的祝福,那也许——请原谅我的无礼——也许他就能真正配得上您了。"

她觉得脸颊开始发烫。"这可真是够无礼的。"

"请宽恕我吧。"

"而且我听说这很危险。"

"对真正的剑士来说很容易。"考斯答道。

"你知道?"

考斯鞠了一躬。"我在本该保持沉默的时候开了口,"他说,"请您谅解,我说这些只是出于对您的关心。"

"我原谅你,"她说,"等我们下次独处,你可以畅所欲言。我想,我需要你的意见,来对自己保持诚实。"她侧过头,"考斯阁下,你们究竟为什么侍奉我?"

他犹豫片刻。"因为您是我们唯一的希望。"他回答。

"你真这么想?"

"真的。"

"我真希望你没这么想过。我真希望没有人这么想过。"

他淡淡地笑了。"这正是您的可敬之处。"

然后他就走了。她回到窗边,继续思索。

成为满瑞斯骑士的卡佐，陪伴在她身边。**她自己的骑士**，不是从她母亲那儿借来的。考斯说得对：她需要的是某个超脱凡俗之人，某个同样受到圣者赐福的人。

效忠天降女王的黑月骑士，有个女性的声音耳语道。安妮没有回头。她知道身后什么人都没有。

未愈之伤

第五章 遗嘱

几个月来，斯蒂芬一直担心芬德会谋害他。如今担忧成真，他原以为自己能做到处变不惊，可眼见跪地的瑟夫莱将佩剑从古老的鞘中抽出时，他依旧惊得动弹不得。斯蒂芬想要退后，但他正坐在一张花岗岩砌成的椅子上。他想知道身后的护卫是否正冲向刺客，还是说他们也是这场阴谋的一部分。他想知道芬德会不会杀泽米丽。他希望不会。

利剑朝他直刺而来——然后停在了半空。斯蒂芬这才发觉朝向他这边的是剑柄，而那独眼的瑟夫莱用戴着黑色皮手套的手握着剑刃。

震惊流过他的身体，将怒火唤醒。

"什么？"他听到自己在大吼，"这算什么鬼玩意——"他硬生生地住了口。"鬼玩意儿"不是他的惯用语。在他家乡的方言里，它连个词儿都算不上。不，他是从埃斯帕·怀特，从他的乌斯提族土音里学来的。

他咽了口唾沫，只觉怒火已被宽慰取代。

"这算什么，芬德？"他问道，这次语气克制了许多。

芬德的独眼闪着光。"我明白，我们算不上最好的朋友。"他开口道。

斯蒂芬发出一阵刺耳而阴郁的大笑，"你说得对。"他确证道。

"但你是考隆的继承人，而我是血腥骑士。侍奉你是我的职责。可既然你对我的怀疑阻止了你去做你当做之事，我想侍奉你的最好方法就是让另一个人握着这把剑，穿上我的铠甲。"

"你能成为血腥骑士，是因为你喝下了龙蛇的血，"斯蒂芬说，"不是因为武器和盔甲。而且龙蛇已经死了。"

"龙蛇之血依旧在我体内流淌，"芬德说，"所以把剑刺进我的心脏吧，取走我的血，让你信赖的斗士喝下它。"

THE BORN QUEEN

斯蒂芬看着剑柄,几乎不假思索地接了过来。他头晕目眩,诧异不已,又仿佛闻到了某种满是灰尘的刺鼻气息。

杀死芬德似乎是个好主意。这家伙手上沾满了血腥。他差点杀死埃斯帕,用极为残酷的手段对待过薇娜,还和两位年轻公主的遇害脱不了干系。

奇怪的是,斯蒂芬回想着这些事实,却发现心中并无愤懑之意。他想杀芬德,主要还是为了让自己每天晚上能睡得安稳些。他耸耸肩,作势欲刺。

我在做什么?他惊讶地想着,停了手。

"帕希克大人?"芬德猛地吸了口气。

斯蒂芬的嘴角浮起一丝浅笑。他吓着芬德了。他真的吓着芬德了。他垂下剑尖。

"我不相信你。"斯蒂芬说。

"什么意思?"

"我不相信你甘心为了更高尚的目的牺牲自己。我想你是打算从这件事里得到些好处,或者说得到更多的好处,因为龙蛇的鲜血早就使你脱胎换骨了。不,芬德,你有你的目的,而且那目的不是送掉自己的命。"

"我把性命都交给你了。"芬德说。

"用剑去刺血腥骑士,会有什么后果?我不知道。我就曾见过刀刃无法杀死的人。"

"我跟那种东西不一样。"

斯蒂芬抬起手。"你知道我不相信你。你刚才就说过了。你以为演这么一场戏就能改变我的看法?"

芬德扬起眉毛。

"怎么?"

瑟夫莱露出一丝笑意,"你跟我在卡洛司认识的斯蒂芬·戴瑞格不一样,"他说,"你变得有主见了。"

斯蒂芬张口想要反驳,可芬德的话确实一针见血。他已经不再害怕这个人了。就连他以为芬德想要谋害他的时候,他也没有真正感到畏惧。

"看来是因为巡礼路的事。"斯蒂芬说。

"完全正确,帕希克大人。"

"我走过一条巡礼路,又差点死在另一条上,"斯蒂芬说,"除非让我对这条巡礼路多了解一些,否则我是不太愿意去走的。"话才说出口,他忽然觉得自己又变回了从前那个胆怯的斯蒂芬。

"您需要知道什么?"芬德用质问的口气说,"你是考隆的继承者。这座山里所有力量都是属于你的。对你来说,得到它再轻松不过了。"

"我还没找到*阿尔克*呢,"斯蒂芬敷衍道,"我在古籍堆里找到了几篇有趣的文章。"

"帕希克大人,"芬德答道,"阿尔克出现在你面前的时刻是在你走完巡礼路之后,而非之前。你不明白吗?"

斯蒂芬瞪着面前这个瑟夫莱,一面努力理解他的话。

"为什么从前没人告诉我?"他问道,一面转头去看他的仆从埃德瑞克。

另一位瑟夫莱同样面露惊奇之色。"我们还以为您知道呢,帕希克大人,"他回答,"您可是考隆的继承者啊。"

斯蒂芬闭上眼睛。"我花了三个月的时间寻找阿尔克。"

"我们可不了解情况。"芬德答道。

"你们以为我整天都在忙什么?"斯蒂芬问。

"读书,"芬德说,"你刚进这座山就开始读书。"

"这座山很大……"斯蒂芬欲言又止,"从现在开始,请别再默认我无所不知了。"

"这么说,你会去走巡礼路了?"

斯蒂芬叹了口气。"好吧,"他说,"找个人带我过去。"

芬德眨了眨眼。他张开嘴,目光飞快地掠过斯蒂芬,转到埃德瑞克身上。

"怎么?"斯蒂芬问。

"帕希克大人,"埃提瓦人道,"我们不知道巡礼路在哪儿。只有考隆的继承者才知道。"

斯蒂芬转过身,瞪着那家伙看了半晌,才发现他没在开玩笑。

THE BORN QUEEN

他转头去看芬德,突然觉得这一切都荒唐得难以置信,不禁放声大笑起来。芬德和埃德瑞克似乎不觉得这有什么可笑的,这让整件事显得更滑稽了。很快他就笑出了眼泪,连后脑勺也痛了起来。

"好吧,"等终于能缓过气来,他才说,"就这样了。状况已经清楚了。我给你的答复是:找到巡礼路之后,我就会开始巡礼。还有人对我在图书馆继续研究持反对看法吗?"

芬德恶狠狠地瞪了他片刻,然后摇摇头。

"没有了,帕希克大人。"

"好极了。现在麻烦让我单独待着吧,除非你们还有什么至关紧要的信息忘了提。"

"我想没有了,"芬德回答。他屈膝跪下,起身,行了个礼,然后把武器还入鞘中。接着,他抬起一根手指,"除了一件事。我打探到了赫斯匹罗护法的藏身之处,"他说,"我想亲自出马去活捉他。"

"这算是给老朋友一个面子?"

芬德的身体僵住了。"赫斯匹罗从来就不是我的朋友。只是临时的盟友。"

"那就去找他吧,"斯蒂芬说,"把他带过来。"

他目送瑟夫莱离去。他真的是要去找赫斯匹罗吗?

但这无关紧要。芬德要离开了,这就是件好事。

他回到图书馆,回到了最令他安心的地方。四名护卫悄无声息地跟在他身后。

他们几乎和芬德一样令他神经紧张。对斯蒂芬来说,瑟夫莱并不陌生。他在维吉尼亚长大成人的期间,他们简直无处不在。

但他们总是保持着距离。他所认识的瑟夫莱总是乘坐敞篷车游历四方。他们跳舞、歌唱、占卜算命。他们贩卖来自远方的货品和仿制的古物。他几乎从没见过拿着剑的瑟夫莱。

他们来时从不张扬,不去学校上课,不去教堂礼拜,也不去探访圣殿。他们迁入人类的世界居住,却甚少融入其中。在司皋斯罗羿从前的所有奴隶之中,他们特立独行。

就他所知,埃提瓦人不唱也不跳,可战斗时活像怪物。在山下的那场战斗中,十二个埃提瓦人就打垮了三倍于他们数量的敌人。他们肯定跟他认识的那些瑟夫莱不同,可话又说回来,他从没真正了解过哪个瑟夫莱,不是吗?埃斯帕可不一样。他是被瑟夫莱养大的,而且他觉得瑟夫莱全是骗子,完全不值得信赖。芬德证明了他的主张。可这些埃提瓦人——他还是不明白,他们的动机究竟是什么。他们声称自己在等待着他,等待着考隆的继承者,但这说法有些不够可信。

他发现他们还围绕在他身边。

"我要做些研究,"斯蒂芬说,"你们不用待在我眼皮底下。"

"你们都听到了,"埃德瑞克说,"回岗位去。"

斯蒂芬转向琳琅满目的古籍。他从没见过这么多的藏书,无论是在修道院还是藏书塔里都没见过。此时此刻,他对这间藏书室的过去和它建造的过程只有一星半点的认识。他找到了一个非常有趣的书架,上面的书全是用他从未见过的早期卫恒语写成的,而光这个书架上就有至少五十本古籍。大部分古籍似乎都是某种记录文献,他虽然渴望将这些古籍翻译出来,但探查这座山的秘密似乎更为重要。

尽管海量的藏书令他叹为观止,可他的本能和长期培养出来的直觉,以及圣者赐予的感官能力似乎都在引领着他,朝他所想的大略方向前进。每当脑子里冒出什么想法,就会有某种清晰的逻辑帮助他查明真相,尽管他发现自己没法向泽米丽解释这种逻辑的原理。

而现在,正思索着瑟夫莱的种种神秘传说的他,发现自己正面对着满满一墙壁的古籍,有些装有封面,有些卷成卷轴,塞进骨筒里,某些最为古老的书页则放置在雪松木的匣子里。

《瑟夫莱咒语与幻象》《艾丽思·哈洛特与虚假骑士》《哈喇族人的秘密》《隐秘联邦》……

他一目十行,搜寻了很久,可多数书籍的风格大抵相近,直到最后,他发现了一本没有标题、式样朴实无华的黑皮书。他所受的震惊就像在寒冷的冬日踩着毛毯,脚底却触到了金属一般。他好奇地把这本书抽了出来。

书的外面是用脆弱的皮革包裹着的涂漆木盒。封面很容易打开,里面是一张张铅纸。他突然明白这本书很有年头了。他兴奋地把脸凑近书页。

没有人听过瑟夫莱的语言：在司皋斯罗珥的奴役下，他们似乎遗弃了古老的母语，转而使用以周围的人类语言为基础创造的黑话。可斯蒂芬突然觉得，他所拿的这本书里用的就是瑟夫莱语，因为铅纸上篆刻的模糊字母是他从未见过的。它圆润而美丽，却全然不为人知。

至少他看完第一行前就是这么想的。这句话里有些地方很眼熟。他从前见过这种字体，只是经过简化，也不够圆润，但却清清楚楚地刻在石头里。

刻在最古老的维吉尼亚墓碑上。

他眨了眨眼，那行文字的内容一下子吸引住了他。

"我的日记和遗嘱。维吉尼娅·戴尔。"

他忍住一阵喘息。他来这儿的目的就是为了找回这本书。他在这不为人知的山脉内部寻找阿尔克也是为了它，因为他觉得这样的宝物一定藏在那里。

或许它不是真品。或许赝品有很多本。

他双手颤抖着把匣子拿到其中一张石桌上，点亮一盏灯，又找了些牛皮纸、笔和墨水来做笔记。等一切准备就绪，他战战兢兢地举起第一页铅纸，拿到灯光下。刻痕已经模糊，难以辨认，而那种维吉尼亚文字又古旧至极。要不是他拥有圣者赐福的感官，恐怕根本没法看懂内容。

我的日记和遗嘱。维吉尼娅·戴尔。

父亲教过我书写，可要找到可供书写的媒介和机会非常困难。我就不写废话了。父亲因胆囊腐朽溃烂而死。这是他唯一的悼文，是在他所预料的那一年写下的。

安纳尼亚斯·戴尔

良夫与慈父

生 1560，辛 1599

我又找到了几张铅纸。

朱愈之伤

父亲说过,我应该写字,可我不知该写什么才好。

我是维吉尼娅·戴尔,是个奴隶。要不是父亲教过,我根本不会知道这个词。他说没人用这个词,是因为没有其他处境可供对比。这儿有主人,有我们,别无其他。可父亲说过,在我们的家乡,有些人是奴隶,有些不是。我原先以为他的意思是其他世界里也有主人存在,但那不是他的意思,尽管他说我的说法也没错。

我从五岁起就和主人一起生活。我努力取悦他,如果我做不到,就会受到伤害,有时这也会取悦他。他叫我爱荷丽(拼写是我自己编的),意思是"女儿。"主人们没有自己的儿女,可我的主人有过很多人类儿女,尽管每次只有一个。我找到过其中很多人的骸骨。

我睡在他房间里的一块石头上。有时他会连续几天忘记给我吃的。他每次长时间离开,就开着门,让家里的其他人来照顾我。每到那时,我时常能见到父亲,因为他们会把他偷偷带去外庭。我也有老师,他们教导我如何用滑稽的言行取悦主人,提醒我从前的司皋斯罗羿儿女为何丢掉性命。有时我还能学到别的一些东西。

这就是第一页的最后一句话。他拿起铅纸,翻到下一页,却发现它不一样了。字迹完全相同,可书写者却并非只有维吉尼娅,所用的也不全是维吉尼亚语。

"就像门徒书,"他喃喃道,"一篇密文。"

他抬起笔,准备开始翻译,却讶异地发觉自己的手在阅读期间就已有所动作。他看着自己写下的句子,脖子上汗毛直竖。那是用卫恒语写的,笔迹是种棱角分明的草书,完全不像他的风格:

山里有可怕的东西。它对你不怀好意。
别把找到这本书的事告诉任何人。

THE BORN QUEEN

第六章　母亲的口信

埃斯帕看到那头狮鹫时，立刻匍匐在地。这让他离开了它的视野，但他依旧能感觉到林间的那双黄色眼睛射来的灼人目光。他望向头顶树枝上的莉希娅。她用两根手指碰了碰眼睛，然后摇摇头以示否定。它没有看到他。

他缓缓抬头，直到能俯视下方的河床为止。

骑手的数目是四十三人。其中三个是瑟夫莱，剩下的都是人类。这还没完。他至少发现了三头狮鹫：那是种高大如马的野兽，长着鸟喙，若是不考虑那遍体的鳞片和粗毛，它们的体态几乎和猫相同。四头外形和人类相近的尤天怪在骑手一侧轻快地前进，在大部分时间里，它们都手足并用，偶尔会抬起蜘蛛般细长的肢体，抓住低处的树枝，荡向前方。而蝎尾狮——和他跟莉希娅那天早上杀死的那只很像——则是这支超乎想象的人马的最后一名成员。

见鬼，埃斯帕心想，这些真的不是幻觉？

直到他们过去，他才敢大声喘息。接着，他和莉希娅就清点结果进行了比对。

"我想应该还有一头狮鹫，或者是体型和长相差不多的某个东西，"她说，"一直跟在后面几十码远的林子里。除此之外，它的个头跟我说的差不多。"

"我想知道他们走这条路是要去哪儿。"

她沉思半晌。"为首的那几个骑手。你看清楚他们了吗？"

"他们是瑟夫莱。你看呢？"

"对。埃提瓦人。不过打头的那三个全都是瓦伊斯战士。"

"瓦伊斯？"

"埃提瓦人之中的战士。"

"才三个？"

未愈之伤

她摇摇头。"你不明白。成年的瑟夫莱或许能够战斗，可在同一时期，能被称为瓦伊斯战士的只能有十二个。他们不是普通的战士。他们迅捷、强壮、经验丰富，而且生命力顽强。"

"就像那个寒沙骑士？"

"只是顽强而已，不是不死之身。但他们有咒文剑和其他自古传承的武器。"她撇了撇嘴，"我想说的是，芬德把手下四分之一的战士都派来找你了。你应该感到荣幸才对。"

"不算太荣幸。他自己没来。"他皱了皱眉，"你怎么知道芬德是他们的主子？"

"因为我相信他喝下了被你杀死的龙蛇的血。我想他成了血腥骑士，这也就意味着埃提瓦人赢了。"

"我不明白你的话。"

"噢，现在不是谈这些的时候。"她说。

"过去四个月也都不是时候？"

"我说过了——"

"唔。等有机会，你就会告诉我的。可是见鬼，你说得对，我们现在得先离开这儿。回到正题吧：你觉得他们在山道那边有多少人？"

"太多了，"她说，"可我想不到别的出路。"

"我想得到。"埃斯帕说。

她扬起眉毛。

埃斯帕抓住凹凸不平的松树的瞬间，脚下那块腐朽的页岩噼啪一声断了。他看着它在空中翻滚，那块平滑的断片几乎是沿着高高的山坡一路滑下去的。

他感到松树开始被连根拔起，便嘟哝一声，仍旧踩实的那只脚借力一蹬，向前落下。

他瞄准了下方狭窄的崖边长出的那棵小树苗。他抓住了它，可它却像一张绿弓般弯折，而他的手掌滑脱，落回空中。他甩打四肢，寻找着任何可供抓取之物。可一切都显得遥不可及。

然后有什么东西接住了他。起初他还以为那是张巨大的蛛网，因为当他落入其中时，它便凹陷下去。他静静地躺了好一会儿，眨着眼睛，感受着周围的空气。几乎垂直的陡坡绵延直至二十王国码高处，碎石和填满泥土的裂隙撑起了一片生命力强韧的森林。高高的天空清澈而湛蓝。

大约四王国码高的地方，莉希娅笔直地站在一棵芹叶钩吻的根部，俯视着他。

"真有意思，"她说，"我真想知道你接下来要怎么做。"

埃斯帕迅速查看四周，发现他掉进了一片形状像是吊床的野生葡萄藤上。脚下，顽固的森林让道于灰白的岩壁。若是藤蔓没能支撑住他，那他和一百码下方的乱石堆之间就全无阻碍了。他连峡谷底部的那条河都看不见，所以要掉进河里的可能性也相当渺茫。

他回望自己坠落的位置。他和莉希娅原本正沿着早已干涸的河水冲刷出的沟渠奋力前进。河床不像悬崖的其余部分那样近乎垂直，里面塞满了大量碎石，足可用作踏脚处——至少从高处来看是这样。可如今河道变陡，看起来也凶险了不少。而且灰白的崖壁似乎比高处的页岩坚硬得多。

"你在那能看到什么？"莉希娅问。

"河道被灰色的石头挡住，变陡了。"

"变陡了？"她怀疑地说，"这怎么可能？"

"变陡了。想办法去最下面的豁口，那儿应该可以攀援。再往下的话，和我估计的一样，有个斜坡。"

"要往下多远？"

"我猜得有三十码。"

"噢，就这样？只凭手脚和石头缝，爬下三十码的距离？"

"如果你有更好的主意……"

"有啊。回去跟他们好好打一场。"

埃斯帕拉住最粗的那根藤蔓，小心翼翼地坐起身来。这张天然的罗网嘎吱作响，下陷了少许，树叶和腐烂的木块悄无声息地在他身边滑落。接着他开始朝石壁的方向前进，嘴里咒骂不停，生怕哪根藤条不够稳当，将他送入狰狞怪的白骨宅邸。

他来到山壁边，奋力摸索着爬向岩架，他伫立半晌，庆幸自己和诱人的地面之间终于有了坚实的阻隔。

轻微的响动引得他转过身去，只见莉希娅就站在上方的另一块岩架上。

"腿还好吧？"她问。

埃斯帕这才发现自己已经喘吁吁，就像跑了很久的路似的。他心跳无力，双臂也因疲惫而颤抖不止。

"还好。"他说。

"来吧。"莉希娅说着，伸出手来。

她帮着他爬了上来，两人一同坐在那儿，凝视着前方陡峭的山坡。

"至少我们用不着往上爬。"莉希娅说。

"见鬼。"埃斯帕说着，一面拭去眉头的汗水。

不知怎么，换了角度之后，他看得更清楚了。现在他能看清那条河了。

"你也许能爬到斜坡那儿，"她说，"可那河……"

埃斯帕哼了一声。

河水又向下延伸了一百码的距离。尽管他看不清身边的那面山壁，但峡谷的另一边却像幼鹿的皮毛那般光滑。

"我们需要绳子，"他说，"很多绳子。"他回头望向那些藤蔓。

"不。"莉希娅说。

他没有回答，因为她说得对。于是他仔细端详着这片峡谷，期待能找到些先前看漏的东西。

"得了，"莉希娅说，"我们到山坡那边去吧。至少我们可以在那儿露营。我们也许能在那里找到下到河那边的法子，也许不能。不过只要他们想不到往下看，我们就能多活一会儿。"

"唔，"埃斯帕说，"你说过的，这是个蠢主意。"

"这是唯一的主意，埃斯帕。而且我们都已经到这儿了。"

"我没准还能爬回去。你肯定可以。"

"上面没有我们想要的，"她回答，"你准备好了吗？"

"唔。"

他们于正午出发,将近黄昏时分,埃斯帕终于躺倒在纷乱的土石堆上,肌肉抽搐,呼吸的感觉就像肺里塞满了沙子。他在山谷的深幽阴影中仰面朝天,看着黑色的蝙蝠在红色的苍穹中扑扇着翅膀,听着逐渐高亢的群蛙合唱,还有夜鹰鬼魅般的颤鸣。片刻间,他几乎觉得一切恢复了正常,而自己也可以安心休息了。

听起来很正常,看起来也一样。可他能闻出围绕在身边的疫病。整座森林都中了剧毒,垂垂将死。

没有了荆棘王的保护,御林或许已经死透了。

他早该明白的。他早该向荆棘王伸出援手。如今一切已经太迟了,而他吸进的每一口气都像是在浪费光阴。

可那儿肯定还有他能做的事,能干掉的怪物,好让一切都回归正轨。

而且还有薇娜,不是吗?

他强撑着站起身,蹒跚走向山坡底部那片较为宽阔的岩架,他看到莉希娅已经在那儿寻找安全的宿营地了。

在逐渐黯淡的暮光中,借着眼角的余光,他看到了另一样东西。它正沿着他们来时的路飞奔而来,就像一只四只脚的蜘蛛。

"见鬼。"他喘息着拔出短匕,因为在最陡峭的那段路之前,他把弓和箭捆扎在一起,丢了下去。它们还躺在下方十码远的山坡上。

他放松手掌和双肩的肌肉,等待着。

那头尤天怪突然改变了路线,从石壁跳上几棵白杨的顶部,压弯了树干,以可怕的姿势模仿着埃斯帕先前坠崖时的动作。随着树木砰然断折,它毫不费力地落到了下方的山坡上。

他松了一口气。它没看见他。

但当他发现它的下一次跳跃正对着莉希娅的位置时,不禁汗毛倒竖。

"莉希娅!"他大吼一声,站直身体,朝山下迈步飞奔。他看到她在那怪物飞扑而去的时刻抬起了头。他的腿突然剧烈地痉挛起来,膝盖也一阵发软,令他朝山下滚落而去。他咒骂着想要再度起身,可眼中却只见天旋地转,他只好指望自己至少是在朝正确的方向前进。

他狠狠撞上了一块几近朽坏的树干，接着气喘如牛，头昏脑涨地站起，祈祷自己没有又摔断哪根骨头。他听到莉希娅在叫喊着什么，便奋力去寻找她的踪迹，最后发现她就在山坡下，背靠着一棵树，面色凝重地给弓上弦。尤天怪不知去向，直到最后，他循着莉希娅绝望的目光才找到了它。

先前挡住他的那棵死树便是堵塞山坡上的那条河水的杂物之一。他正站在一座天然堤坝上。

尤天怪就在下方两码远处。它移动的方式似乎有些奇怪。

埃斯帕站稳脚跟，飞身跃出。

这次不再是单纯的坠落。

尤天怪此时四肢着地，而埃斯帕刚好落在了它的背上。它反应飞快，御林看守刚用左臂锁住它的脖子，双腿裹住它庞大结实的躯干，它便开始挣扎。他将短匕刺向怪物的脖颈，可刀刃却滑开了。他并未因此罢手，反而不停地刺着。他发现尤天怪的胸口插着一样亮晶晶的东西，样子颇为眼熟，却一时对不上号。他还注意到，这只尤天怪少了一只后脚。此时夜晚的幕布忽然飞快地落下。他后仰身子，以免被怪物坚硬的脑袋撞到脸部，只觉武器终于刺进了什么地方。也许是耳孔吧。怪物发出一声令人心满意足的尖叫，一人一怪突然身在空中。

接着他们重重撞上了地面，可埃斯帕早已呼出了肺里的空气。他抓紧怪物的身体，短匕戳刺不停。

接着他们再次坠落，似乎过了很久以后，尤天怪才抓住了什么东西，下落之势戛然而止。埃斯帕掐住尤天怪气管的那只手也因此松脱。他本以为会被甩开，可突然间，他们又开始向下跌落。他奋力用双臂围住它的脖子。

它又抓住了什么东西，咆哮一声，再度坠落，身体在御林看守的钳制中扭动，就像一条巨蛇。

"御林看守。"

埃斯帕睁开双眼，可周围并无异样。坠落并未令他失去感官能力，可也大大影响了它们的正常运作。他很幸运，落到了河水较深、流速较缓的位置。他能听到上下游处湍急的水流，可话声显然不是来自那里。

他才把身体拖到岸上，疲惫的身体便耗尽了最后一丝精力。温暖的空气很快带走了水的寒意，而森林也在抚慰着他，哄他入睡。他挣扎反抗，却依旧徘徊于半梦半醒之间，所以当那个声音响起时，他并不清楚自己身在何方。

"御林看守。"那粗哑的声音又响了起来。

他坐起身来。他从前听过尤天怪口吐人言，和这声音一般无二。但他说不清它离得有多远。也许一码，也许十码。无论前者还是后者，都靠得太近了点。

"母亲向你问好，人类。"

埃斯帕默不作声。他弄丢了匕首，手无寸铁。无论那尤天怪伤得有多重，只要它还能动，他就不觉得自己只凭空手能应付它。他最好的应对方法，就是躺着不动，等着它流血至死。即便不成，只要等到早上，他存活的机会也会增大。

他听到有东西在灌木丛中穿行，不禁猜测这怪物是否能在黑暗中视物。他希望不能，但对于怪物来说，这样的能力似乎是理所当然的。

"*母亲*。"那声音又叹息道。

埃斯帕的后颈痒痒的，似乎有某种长着很多条腿的东西在爬动。他一动不动地躺着，而那东西绕过他的耳朵，跨过他的嘴唇，最后爬下他的下颌，在他的猎装上漫步。

周围万籁俱寂，唯有潺潺的水声，过了一会儿，天空开始转为灰色。埃斯帕缓缓转过头，借着渐明的晨光，努力把所见的情景拼凑起来。他首先分辨出了河水，然后是挡在河水和森林之间的那片野草。河对岸山崖的轮廓跃入视野，而最近那棵树的树干也自黑暗中浮现。

某个巨物在他身后落下，擦过树木，折断了不少细枝。他猛地转头张望，看到了某个亮闪闪的东西。

那正是嵌在那头尤天怪胸膛上的东西。怪物无力的身躯趴在一码开外。就在他的头顶。

他这才发现，插进它胸口的那东西是把短刀，而他突然想起数月之前,那场在邓莫哥的橡树林里的战斗,有个骑士就拿着一把同样闪亮的剑,一把几乎无坚不摧的利剑。

尤天怪一动不动。埃斯帕小心翼翼地倾前身体,无声地迈着步子,最后手指碰到了刀柄。怪异的温暖触感中带着刺痛,然后他握住柄,拔出短刀。

鲜血喷涌而出。尤天怪猛地睁开双眼,发出一声骇人的呜咽,朝埃斯帕扑去,可看到那把武器时,它停下了脚步。

"不洁之物。"它说。

"你可没资格说。"

它发出一阵怪异的吸气与嘶鸣声,听起来像是在笑。

"你母亲,"埃斯帕说,"沙恩林修女。是她派你来的?"

"不,不。母亲没派我们来。"

"那你还替芬德卖命?"

"血腥骑士召唤我们,我们就来。"

"为啥?"

"向来如此,"那尤天怪说,"向来如此。"

"可他想要什么?"

尤天怪把拳头塞进伤口,可却无济于事。

"和母亲想要的不一样,我想,"它说,"他要的不是万物终结。但这不重要。今天他要的是你。今天,你。"它突然抬起头,发出一声震耳欲聋的哀嚎。埃斯帕也大吼一声,冲向前去,割开它暴露在外的喉咙,伤口深得连头颅都向后倒去,就像斗篷上掀起的兜帽。鲜血从脖颈的残根处喷涌而出,它的身体又抽搐了几次,然后停止了动作。

埃斯帕努力平静自己粗重的呼吸,一面查看自己有没有被那怪物弄伤。他不愿移开目光,所以他清楚地看到,它的嘴巴再次动了起来。

"御林看守。"

埃斯帕惊退半步,举起了匕首。那声音完全相同,只是音色不知怎的起了变化。

"我的又一个孩子死于你手。"

"沙恩林修女。"他低声道。

"每个儿女都是我的血肉。"她说。

他想起了那座森林，他如何在每一根枝条和每一片叶子里感受到她的存在，而她又是如何将无形的重量压在他身上，令他无法动弹的。

"他想杀死我。"他指出。

"还会有更多，"她说，"他们也许会杀死你。可如果他们不能，你就有诺言需要遵守。"

埃斯帕的心底涌入一股深邃的寒意。几个月以前，为了拯救他的朋友们的性命，他和修女做了笔交易。

"我不会要你付出任何你爱的人的性命。我不会要你放过我的任何一个儿女。"

"我们是这么说定的，"埃斯帕说，"我还记得。"

她会要我的命，他突然想。不，不会这么简单的。

"现在该你兑现誓约了，"她说，"你得保护你遇到的下一个人类。然后把那个人带去荆棘王曾经沉睡的山谷。"

"为什么？"

"解释原因不是交易的一部分，御林看守。我遵守了我的承诺，现在轮到你了。"

他叹口气，试图思考修女可能的用意。莉希娅说得对，他确实一直想要回那里去。可沙恩林修女究竟想干什么？

但他确实做过承诺，而且她也确实遵守了诺言。

"唔，"他说，"我会的。

"是啊，你会的。"她答道。那头尤天怪的身体愈加瘫软，一口长长的气息从唇间溜走。"如果你能活下来……"

埃斯帕听到有别的东西正在林间穿行。他支撑着站起，身体的每一块肌肉都在颤抖。他将匕首横在身前。

第七章
国境小镇

> 他的鲜血染红了大地。但他的灵魂与飓流同在。

玛蕊莉凝视着被阳光镀上金边的浪涛,心情纷乱不定。威廉是个好人,也是个公正的国王。作为丈夫,他既不会小肚鸡肠,也不会言行粗暴,但他同样很少履行丈夫的职责。光是应付几个情妇就耗尽了他的精力。尽管如此,她仍深爱着他,也为他伤心掉泪。即便到了现在,她也还记得他衣服上的气味。

艾丽思拉起她的手。那股青春而真诚的温暖让人感觉很舒服。她看着身边的女孩,这位年方二十,一头美丽棕发的造物。

"有天晚上,罗伯特来找我,"玛蕊莉说,"那时候我孤身一人。他以为你已经死了。他喝得醉醺醺的,比平常更加粗鲁,然后他把威廉的死法告诉了我。"

"他也许撒了谎。"艾丽思说。

"也许吧,"玛蕊莉赞同道,"不过他说得很详细,听来不像假话。"她踏前一步,来到悬崖的边缘。她看着下方远处翻涌的波涛。

"那是场伏击,威廉从马上摔了下来,受了伤。罗伯特把他拖到这儿,打算幸灾乐祸一番再把他踢下悬崖。可威廉出言嘲讽激怒了他,又骗他弯下腰,用易青刀刺中了罗伯特的心脏。罗伯特就是这么发现自己是不死之身的。"她捏了捏艾丽思的手,"罗伯特何必说这种让自己丢脸的谎话?"

"罗伯特向来不怎么喜欢自己。"艾丽思说。她的语气显得很古怪,而当玛蕊莉抬头望去时,却在这位年轻女子的双眼里看到了泪水。

"你爱我可怜的丈夫。"她说。

"我不知道,"艾丽思说,"可我想他。"

"嗯,至少他还有葛兰陪着他。"玛蕊莉说着,突然觉得自己有些刻薄。

THE BORN QUEEN

"玛蕊莉……"

"嘘。都过去了。说真的，如果他能活过来，我不会再介意你是不是他的情妇。至少不像从前那么介意。"

"希望你的下一任丈夫也这么想。"艾丽思轻声道。

玛蕊莉给了她一个拥抱，然后回头看着大海。

"再见了，威廉。"她喊道。

她们一同朝着等在远处的其他人走去。

尼尔看着大步走来的两位女子，想起了自己心中徘徊不去的那些影子：死在他臂弯里的法丝缇娅，玛蕊莉的大女儿；修女院出身的刺客依伦，初次见面时就保护了女王。他深爱着前者，敬仰着后者，两人都在国王威廉遇刺的当天死于非命。

尼尔认识依伦和玛蕊莉时，她们已经相伴了很久。在他眼中，她们就像是一对亲生姐妹。艾丽思则有所不同。首先，她曾是威廉的情妇。而现在，她突然成了玛蕊莉的女仆和护卫，以及挚友。除了玛蕊莉之外，他是这群人里唯一知晓艾丽思曾受训于修女院的人。可究竟是哪座修女院？她的导师又是谁？她不愿透露。

"多谢了，阿拉代，烦劳你绕了远路。"玛蕊莉对那位亲王说。

"这算不上什么绕路。"寒沙人答道。他指了指北面和西面，"那座小山后面是旧尼安路，沿路前进，要不了几个钟头就能走上维特里安大道。"

"还是得谢谢你。"

"威廉是个好人，"阿拉代说，"虽然经常是我们的对手，可我喜欢他。我为他的去世感到遗憾，玛蕊莉。"

她露出一丝微笑，尼尔明白，若非如此，她恐怕已经大声哭起来了。

"谢谢，"她说，"总之，现在出发吧。关于你说的在比塔恩斯塔斯镇的酒馆里虚位以待的那顿盛宴，我们可不想错过。"

"我也不想让你错过领略寒沙人的好客的机会。"阿拉代答道。

玛蕊莉的笑容绷紧了，这次她没有答话。

于是他们继续前进，道路带着他们在成片的麦田中穿行，麦秆高得足以藏下一支大军。尼尔看到了一座高高耸立在小山上的眉棱塔，四面巨大的塔轮在海上吹来的风中转得飞快。这是他离开新壤——那里的人需要排干淹地的积水——之后第一次看见眉棱塔。可这座眉棱塔又有什么用？它为什么在山上？

正如阿拉代所说，几个钟头之内，他们便来到了世界上最长的道路——维特里安大道上。它始建于一千年前的黑霸时代，从维特里安的艾滨绵延千多里格的路程，直达北方的凯斯堡。

尼尔曾走过这条路的南半部分，发现它保养良好，路基坚实，宽度足以容纳两辆四轮马车并行。

可这儿除了两道深深的车辙之外简直什么都没有。维特里安大道的古老路基几乎完全暴露在外。

女人们在马鞍上又坐了个把钟头，然后回到寒沙人带来的马车——一并带来的还有他们的二十匹马——里面休息。

为什么只有二十匹？

他的注意力转向身侧的那名骑手。

"尼尔爵士，"那个年轻人说，"不知您还记不记得我。"

"我知道这儿每一个人的名字，埃德蒙爵士，"尼尔向他保证，"我发现你加入御前护卫之后，就挑选了你参加这次出使。"

"可尼尔爵士，您并不了解我啊。"

"守望墙之战的时候，你就在我的左翼作战，"尼尔回答，"我用不着跟你在花园里漫步聊天，也能了解需要了解的事。"

年轻人涨红了脸，"那是我第一次上战场，"他说，"您鼓励我做到了我永远想象不到的事。"

"在你见到我以前，勇气就已经埋藏在你心里了。"尼尔回答。

"可我不知道啊。"埃德蒙说着，摇摇头。

"噢。"尼尔说。他开始思索合适的回答。

他们在沉默中策马前行。

他们抵达巍然耸立的北望堡时，太阳正沉入西方苍穹之上的云床。天空仍是蓝色，斜阳却呈现黄铜之色，城堡的白墙，田野的翠绿，还有天空的蔚蓝构成了一幅美妙的画面，令战争显得那样遥不

THE BORN QUEEN

可及。

但抛开落日渲染的光彩不看，建造北望堡完全是为了战争。它的城墙很厚，从高处望去，样子就像一颗六角星，所以面临城墙外部的敌人时，相邻城墙的内部也同样可以进行防御。这是种全新的设计，照尼尔的估计，城墙的历史不会超过十年。

城堡本身又是另一副模样。久经风雨、爬满藤蔓的石料组成了四面城墙，每个墙角各有一座矮小敦实的塔楼。货真价实的"新瓶装旧酒"。

六名骑手迎上前来，其中四个身穿骑士板甲。他们接近后脱下了头盔，其中外表最年长的那人策马又前进了几步。

马车的车门开启，玛蕊莉走了出来。骑手们纷纷下马，屈膝行礼。

"能见到你真好，吉奥弗里森总督大人，"玛蕊莉说，"请起来吧，我好拥抱你。"

这位边疆总督看上去起码有六十五岁了。他留着铁灰色的齐根短发，双眼是一种永远鲜明醒目的湛蓝色。

"殿下。"他说着，站起身来。玛蕊莉的双臂环绕着他，给了他一个礼节性的拥抱。接着总督又鞠了一躬，这次是对着阿拉代，而动作里包含的热情也少了许多。

"大人。"阿拉代应道。

"我更希望看到你从另一个方向过来。"吉奥弗里森说。

"噢，远行的人总得回家嘛。"阿拉代回答。

"这可不一定。"吉奥弗里森说着，露出促狭的浅笑。

"但今天是。"阿拉代摆了摆手指，答道。

"今天是。"总督附和道，"而且如果你们允许我在自己家里招待你们，我会很荣幸的。"

"我们已经在镇子里安排好住处了，"玛蕊莉告诉他，"不过还是感谢你的好意。"

吉奥弗里森一脸惊讶，"镇子里？该不会是在苏斯奇尔德吧？"

"等我们到了苏斯奇尔德，天色可就太晚了，而且也过了晚饭时间，"阿拉代说，"不，我们要在韦克斯罗泽过夜。"

"在寒沙那一边。"

"我想是的。您能想到更合适的寄宿处吗?"

"我家。"边疆总督顽固地说。

"放心吧,总督大人,"玛蕊莉向老总督保证,"阿拉代是我此行的护卫。我把这些事都交给他了。"

"还不如把猪崽交给饿狼,"吉奥弗里森脱口而出,"请在这过夜吧,殿下,明早让我护送您安全回家。"

尼尔绷紧身体,看了看身边的埃德蒙爵士的眼神。

"总督大人,"玛蕊莉柔声道,"这话可不太合适。首先,我不是猪崽。"

"殿下,他们在苏斯奇尔德集结了大军。就算是现在,他们行军的脚步也没有停下。"

"不用再说了,大人,"玛蕊莉说,"希望我回来的时候能得到你的款待。"

吉奥弗里森的脸涨红了。他用力咽了口口水,然后点点头。"如您所言,太后殿下。"

"嗯。"玛蕊莉轻声回应。

尼尔几乎能听到肌肉放松下来的声音。两队人马交错而过时,他冲着总督点头致意。

沉思半晌后,尼尔策马上前,与阿拉代并肩而行。

"尼尔爵士。"阿拉代招呼道。

"大人。能和你说句话吗?"

"当然可以。"

"那位总督大人说的'寒沙那一边'是什么意思?"

"噢。你没去过比塔恩斯塔斯?"

"没有,大人。"

"噢,那就对了。"

他们原本是在一片古旧的土木工事(没准是某座城堡的遗址)上策马前进,可这时尼尔却看到了住宅和商铺。多数房屋都紧挨着道路,但也有不少绵延到远方。路的那一头,大约三分之一里格远处,他看到了另一座城堡的塔楼。

THE BORN QUEEN

"那是苏斯奇尔德,我们的翻版北望堡,"阿拉代说,"两国的边境就在那里。我记得很久以前,这儿有两座镇子,各自和一座城堡相邻,不过许多年后,它们并成了一处。说到底,磨坊主可不关心买面粉的人来自国境哪边,妓女也不在乎自己服务的是哪国的士兵。"

"可要是战争爆发了呢?"

"和平已经持续了一百多年,"阿拉代指出,"不过有城堡就会有村庄,而村庄在战争到来时总会面临危险。"他点点头,"这儿是南集市。如果总督需要啤酒或者布料,在这儿比较有可能弄到。可如果他想举办宴会,需要蜜酒或者黑啤酒,就得派人去北集市买了。"

"这儿就没有边境卫兵?"

"你看得到边境吗?"

尼尔看不到。这儿没有围墙,没有石碑,更没有木桩来标记克洛史尼从何处起变为寒沙。

南集市的大多数商铺似乎都因入夜而关闭,客栈和酒馆却传来欢快的歌声和烤牛肉的香气。某些顾客拿着杯子来到街上,三五成群,谈笑风生。许多人都是农夫模样,仍旧穿着被汗水浸透的衬衫。另一些人的衣着较为干净整洁,看起来像是商人。他看到的为数不多的女人似乎都忙着干活,没有一个在饮酒作乐。

他们越往镇子中央前进,人们的打扮也就越华丽。旅店外放置着桌椅,还有驱除夜色的提灯。住宅和商铺的规模也越来越大,有些还装有玻璃窗户。路面也从泥地转为砂石再转为路砖,不久之后,他们发现自己身在一片宽阔的乡镇广场之中,广场的一端有座高大宏伟的府邸,大门敞开,伴舞的乐声正在其中奏响。

"正好赶上。"阿拉代指着天上说。

尼尔抬头望去,只见第一颗星辰恰好在玫红色的天际现身。

"这就是我们的目的地?"

"韦克斯罗泽。我保证,你们绝对找不到比这里更好的面包、黄油、猪肉和麦酒了。"阿拉代拍拍浑圆的肚子,"我已经见识过了。"

"比凯斯堡的还好?"

"不是'还好',是'好多了'。"

"这地方看起来不太适合一位太后,"尼尔说着,压低了声音,"太繁忙,又太拥挤。"

"威廉在这儿住过好几回,"阿拉代说,"玛蕊莉至少陪他来过一次,而且我不记得她抱怨过什么。"

尼尔发觉有只手按在了自己肩膀上。

"这儿再适合不过了。"玛蕊莉告诉他。

"殿下……"

"就像我告诉吉奥弗里森的,有亲王大人照管我们。"

"是的,殿下。"

他们踏入韦克斯罗泽镇时,乐声顿止,大厅里的每一颗脑袋都朝他们转来。

阿拉代提高了嗓门。"诸位,玛蕊莉太后殿下大驾光临。"

令尼尔惊讶的是,呼喊声随即响起,人们高举酒壶,以示欢迎。

阿拉代拍拍他的肩膀,又朝他的耳朵凑近了些。"毕竟,他们可不知道这场战争鹿死谁手。"他说。

"我猜也是。"尼尔回答,但他随即皱起眉头,看着似乎在朝他们这边蔓延的骚动。舞池内的空间也突然变得开阔起来。

就在那片开阔地带,有个留着齐根红发和尖胡子的男子迈步走来。他身穿一件黑貂束腰外衣,上面的图案是雄狮、三枝玫瑰、一把剑和一顶头盔。

尼尔脖子上的汗毛竖了起来,因为他认识这个人。

那家伙抬起下巴,开口向玛蕊莉问好。

"殿下,我是阿拉雷克·威希姆·福·高斯费拉爵士,您的骑士和我有些未了的账要算。"

第八章 剑客的本质

安妮找到卡佐时,后者正在修道院鸡舍的泥地上手舞足蹈。鸡仔们躲在鸡舍的角落,咯咯叫着以示抗议,但都和他保持着相当远的距离。

他没有注意到她,安妮静待半晌,看着他优雅的动作。要不是她亲眼见过他用这种灵巧的步法干掉过许多敌人,她没准会以为他是在练习跳舞呢。

她想起了初次见到这种"舞步"的时候,两个全副武装,披盔戴甲的骑士正在袭击她。面对这种杀人不眨眼的对手,卡佐的机会渺茫,可他依然挺身而出,而且从那以后,他就一直保护着她。

可他保护的并不只有她,不是吗?还有奥丝妮。

阳光的色彩似乎发生了变化,金色更少,铜色更多。

他是奥丝妮的挚爱,但他是我的人,她心想。

"卡佐。"她说。

他脚步顿止,转过身,举剑向她致敬。

"殿下。"他说。

片刻间,她呼吸困难,又觉得自己蠢得要命。她试图勾引他的情景在安妮脑海中鲜明地跃动。

她清了清喉咙。"我听说走完满瑞斯的巡礼路需要三天时间,可你知道的,他们催着要我尽快返回伊斯冷。"

他点点头,脸上露出怪异的神情,却没有答话。她的心中闪过一股怒意。他肯定明白她的言外之意。难道她非得把每句话都说清楚不成?

看起来是这样。

"你今天就得开始巡礼,"她说,"一小时之内。"

卡佐把剑还入鞘中。

"我不想去,"他说,"抱歉。"

可他的语气不带丝毫歉意。

"你这是什么意思?"她问。

"你说过,如果我愿意就可以去巡礼,"他回答,"我不愿意。"

现在她开始理解他的语气了。"你生气了?"

他迟疑片刻,然后直视她的双眼,"我受到了冒犯,"他回答,"我的剑什么时候辜负过你的期望?我什么时候不是用自己的力量和技巧打败敌人的?"

"昨天要不是我帮你,你已经败阵了。"

等*他*来时,你也将落败。你会死。我亲眼看到你的死。可这些话她无法说出口。

他的脸刷地变白了。"也许吧,"他承认说,"有这个可能。可殿下,我是个德斯拉塔。我不是杀手,也不是普通的剑客,而是艺术家。你会给歌手换一副嗓子吗?或者给画家换一双眼睛?"

"如果他们会有更好的表现的话。"

"可那就不是他们自己的成果了,不是吗?"

"卡佐,有了如今的剑术,再加上圣满瑞斯的赠礼,你就无人能敌了。"

"我早就打败过这种'无人能敌'的对手。他们的身体优势让他们变蠢了。"

"可你没这么蠢。"

"假如我有了那种力量,没准我也会变蠢的。"

"卡佐……"

"殿下,无论这条巡礼路能给我什么好处,我都不想要,而且也不需要。"

"可我需要,卡佐。我需要你去获得力量。如果冒犯了你的尊严,我向你道歉。你当然是我见过的最了不起的剑客。我只想要你成为你能成为的最好的剑客。要不你该怎么应付将来的敌人?你又要怎么保住性命?"

"以我一贯的方式。用我的剑和智慧。"

"只靠这些已经不够了。"她柔声道。

"如果你想再找个护卫——"

在整场谈话中,她的心中不断有某种情绪涌出,喉咙发哽,胃里也仿佛被某种坚实之物塞得满满当当。她感到莫名的惊诧,又因卡佐的充耳不闻而气馁。她身躯震颤,泪水也顺着脸颊流了下来。

"卡佐,"她勉强开口道,"别这么自私。我需要你。我需要你得到满瑞斯的赠礼。受圣者的净化有这么糟吗?有这么不好吗?"

他走近几步。"别哭。"他说。

"我这是生气,"她吼道,"有时我生起气来就会哭。别误会了。我这是在给你,给你机会——你该不会是害怕了吧?"

"害怕?"

"害怕巡礼路。你担心自己会死?"

他扬起一边眉毛。"你想说我是懦夫?"

"我们说话的时候,已经有十个御前护卫在路上了。其中三个已经死了。"

"真糟糕。"

"他们只是不够资格,卡佐。你有这个资格。看在圣者的分上,如果真有人配得上满瑞斯的赠礼,那就是你了。"

"殿下,谁死了?"

"我说过了。我的几个御前护卫。"

"哪几个?他们叫什么名字?"

这话就像一记捶向内脏的重拳,将她郁积的怒气全部挤了出来。她膝盖无力,感觉身体里仿佛什么都没有了。她用手按住墙壁,却依旧支撑不住,而她知道的下一件事就是自己倒在了地上。

她这是怎么了?

可接着卡佐就把她拥入怀中。他的气味既清爽,又怪异地充满汗臭。

"抱歉。"他说。

"不,"她勉强开了口,"我应该知道的,对吧?我应该知道死的是谁。我不明白自己出了什么问题,卡佐。"

"还有很多人在巡礼,"卡佐说,"很多人需要你去担心。"

"我觉得——我很抱歉,不该要求你去走巡礼路的,卡佐。我很抱歉。我不能失去你。"

"我想要你明白——"他开口道。

安妮的心里突然咯噔一下，恍然大悟的她几乎喘息起来。

"不，别说了，"她说着，突然明白什么才是自己该做的，"我们不会再谈这些，"她拍拍他的肩膀。"你可以把我放下来了，"她说，"我没事。去收拾行李。我们中午就回伊斯冷去。是时候表现得像个真正的女王了。"

卡佐回首望向修道院。除了仍在巡礼的御前护卫之外，他们还留下了将近两百人的守军。教会肯定会尝试夺回这儿的。

他看着安妮。她面色镇定，又刚刚搽过粉。他弄不清她究竟在想什么。

他也弄不清*自己*在想什么。先是那个突如其来的吻，然后是这样非分的要求。

过去一切都很简单。他发誓要保护两个女孩的生命，在他的导师查卡托的帮助下，他勉强还能做到。可自从安妮回到她的王国后，有了那些骑士、领主和瑟夫莱环绕在侧，他的地位也开始没那么稳当了。通过继续充当她的护卫，他找到了自己的位置，而且觉得自己做得相当不坏。

但她的想法却似乎不太一样。他的确让她打消了念头，但她说出的话却已经无法收回了。

他又回头看了一眼。他该去吗？

可光是想到这事都让他犯恶心。

他们沿着巫河的河堤前进了一整天，入夜时来到了森林边的那座名叫托·爱弗的小城堡。在攻打修道院之前，他们曾在那儿休整过好几晚。掌管这座城堡的骑士罗伯特·泰维纳爵士在他们到来时设下了宴席招待。宴席本身倒是不差，可卡佐早在旅途中发现了一件事：在世界的这一边，好厨子简直是珍稀动物。肉又厚又腻，烧法多是炖煮而非烘烤，而且极少搭配合适的酱汁。面包干巴巴的，水果连影子都见不着，奶酪单调得让人抓狂，而且每个地方，每顿饭都是一个样。宫廷里的饭菜质量较高，品种也较为多样，这点毫无疑问，但话说回来，他在宫廷里待的时间也是少之又少。

葡萄酒通常甜得难以下咽，尤其是白葡萄酒，而且迄今为止，他也没对啤酒和蜜酒生出多少好感，在他看来，它们的味道就像烂面包和熊尿。这并不是说他真的喝过熊尿，但他已经没必要再去尝了。

罗伯特爵士的饭菜并不比标准线更高，但卡佐还是努力填饱了自己，其间没有发生任何不愉快的插曲。他没什么谈天的兴致，于是看着安妮，试图猜度她的心情。他和她相识一年多，一起渡过了多次难关，但过去几天里那个反复无常的她还是令他感到陌生。

可她却神情轻松地和罗伯特以及受邀出席的来宾们闲谈。今早的愤怒和懊悔似乎被她抛到了脑后。

于是，在喝够了甜腻的葡萄酒之后，他找了个借口，回到了城堡主人提供给他的房间，躺在床上，祈祷让自己醉倒的是美酒琼浆，祈祷着种种美事。

房门戛然开启时，他几乎睡着了。他眨眨眼，看到烛光映照下的安妮的脸，带着一丝罪恶感，他惊讶地意识到自己的愿望之一已然成真。他张开嘴，想要再次回绝，可那几个字却塞在了嗓子眼里。

"卡佐？"

"殿下。"

"暂时叫我安妮吧。"她说。

"呃，"他勉强挤出几个字，"安妮。"他过去究竟是如何坦然直呼她的名字的？

"别担心，"她说，"我不是来考验你的品德的。我能进来吗？"

"当然可以。"

他的衣服好端端地穿在身上，可不知怎的，他觉得自己应该找些东西盖住身体。

她走进门来，拖着脚又走了半步，然后停了下来。

"我不该要你去走巡礼路的，卡佐。我想让你知道，我理解你。我身边有太多我并不了解，也不值得信任的人。可我相信你。今天你只是证明了自己能保护我，就算那个要伤害我的人是我自己。"

"你能理解我，我很高兴。"

她点点头,眼神中却带着某种怪异的伪装。她小声清了清嗓子。"所以,"她说,"我需要你前去邓莫哥。"

卡佐眨眨眼,暗自思索自己是否听漏了话。他对王国语还是不够精通。

"邓莫哥。"

"对。我要你带一支卫戍部队去保护圣殿。我希望由你负责指挥。"

"我不明白,"卡佐说,"我不是发号施令的材料。我是个剑客,仅此而已。"

"你是个我信任的剑客。"她说。

"我得保护你。"他说。

"我有瑟夫莱,"她说,"还有御前护卫。"

"满瑞斯骑士。"

"他们要两三个人才可能比得上一个你,"她说,"但我非这么做不可。"

"我还是不明白。"他说。她这是想激他去走巡礼路?

"只是暂时的,"安妮说,"我知道你会想念奥丝婼,不过我会送她过去陪你的。我知道你想要保护我。但我现在是在请求你——身为我的朋友的你——去做这件事。"

卡佐挣扎着想说点什么。他胸口发紧。这感觉就像不知何处刺来的一剑,让他无法招架,也无从还击。

"你不能重新考虑一下吗?"

"卡佐,"她柔声道,"你不是我的臣民。你从前为我做过的每件事都是出于自愿。我不是在命令你,只是请求你,"她叹口气,闭上双眼,"我预见到了。我需要你去那儿。"

很长一段时间里,她双眼紧闭,他则端详着她的面孔,想象着这种情形有多熟悉,又有多陌生。他是怎么走到这一步的?他是不是应该回到维特里安,在某个广场上晒晒太阳,勾引女孩,再挑起决斗?保护她是一回事,可这场战争——真的和他有关吗?若是等式的另一边没有安妮和奥丝婼,他会操心这些吗?

他不知道。

可她睁开双眼时,他却点了点头。"好吧,"他叹口气,"我会照你说的做。"

就在说这话的时候,他觉得心中一阵不安。他想到自己这辈子从未向任何事物妥协,心情更加低落了。

未愈之伤

第九章 泽米丽的故事

斯蒂芬动弹不得地醒来，一声恐惧的尖叫哽在喉咙口。无形之物在黑暗中爬动，视野的边缘闪起一道明亮的红芒。他无法正视它，因为他知道无论那东西是什么，都会恐怖得让他的心脏停跳。

他的眼里涌出了泪水，再度尝试尖叫，可却做不到。

光芒突兀地消失不见，而他也夺回了身体的控制权。他对着黑暗之物挥舞双臂，尖叫也终于从喉咙里钻了出来。

有东西抓住了他的双臂，他啜泣着发出另一声低吼，疯狂地拍打着来袭者。

"斯蒂芬！斯蒂芬！"

起先他没认出声音的主人，但那些不断摸索的手指突然松开了。

"为什么？"他听到自己在高喊。

"斯蒂芬，只是个噩梦。你还不明白吗？是我，泽米丽。是我。"

"泽米丽？"

"是我，亲爱的，"她的语气更加轻柔，还用上了爱称，"只有我一个。你刚才迷迷糊糊地乱踢乱打的。"

"我们这是在哪？"

"在我们的床上，"她说，"等等，让我把灯点亮。"

片刻之后，五官浮现，黑暗则隐遁而去。

可那却并非泽米丽的脸。

等他再次醒来，房间里的每一盏灯和每一根蜡烛都在闪着光。泽米丽坐在床的另一边，神情焦虑。

"怎么了？"他喃喃道。

"噢，至少这次你没朝我尖叫。"她说。

"那不是你。"他试图解释。

"又做噩梦了吧?"

斯蒂芬一头雾水地点点头。泽米丽递给他一个杯子,里面的东西闻起来像是薄荷。

"是圣维兰之根和席夫塔草,"她解释道,"它们能赶走噩梦。"

他点点头,尝了一口。"我有点不对劲。"他嘟哝道。

"人人都会做噩梦。"

他摇摇头,"你还记得我在戴姆斯台德的藏书室里看到的东西吧?那张火焰里的脸?"

她迟疑着点点头。

"还有几个月以前,经过我们房间的那东西。"

她的眉头纠结起来,"亲爱的,那没准也只是一场梦。"她轻声道。

"还有人借我的手写了些话,"他说着,心知这话听起来就像胡言乱语,"我觉得那是在警告我要当心,当心来到山里的某个邪恶之物。"

"你觉得是谁在警告你?"

"考隆,"他说,"我想他来这儿的路上就帮过我。或许更早。至于那些噩梦——我以前也做过类似的梦。"

"我知道,"她说,"而且越来越频繁。几乎每晚都是噩梦。但不是每次都像今晚这么粗暴。"

他点点头,又抿了口茶,突然发现了什么。

"你那半边脸怎么了?"他问。

她转过脸,但没能及时遮住那块红色的痕迹。等到明早,那儿恐怕会变成青紫色。

"是我干的?"他问。

"你不是故意的。"

"那只是借口!"他喊道,"圣者啊,泽米丽,我伤着你了。"

"你当时吓坏了。你不知道那是我。"

"那是……"他伸出手去,"我真的很抱歉。"他说。

他还担心她会躲开,可她却任由他抚摸自己的脸。

"我知道,"她说,"相信我,如果我觉得你是故意的,我会告诉你的,"她说话时轻抚着他的胳膊,"好了,继续说吧。说说今天的发现。"

"我找到了那本日记。"

"日记。维吉尼娅·戴尔的日记?"她抬高了声音。

"对。"

"在哪?"

"和其他书一样,在书架上。我还以为它藏在哪个秘密隔间里,结果就这么被我找着了。"

"那可真走运。"

他摇摇头。"我不觉得这是运气。我觉得我是被人指引过去的。我读了个开头,刚刚看完,就发现自己写了些什么。"

"内容就是警告你有东西到这座山里来了。"

"对。而且要我别把找到日记的事告诉任何人。"

"可你刚才却告诉了我。"她指出。

"噢,是啊。可要是我连你都不能相信……"

他把下半截话咽了回去。

"怎么了?"她柔声问道,"是不是觉得自己不该说?"

他盯着她看了半晌,然后站起身,快步走向房间另一头,双手叠在背后。

也许是吧。

"斯蒂芬。别不说话啊。"

他转过身。"我们初次见面时,你告诉我你在修女院受过训。一座没有得到教会认可的修女院。"

"而且你不相信我的话。"

"我现在相信你。跟我说说它吧。"

她板起面孔。"你一直没提过这件事,怎么现在想起来了?"

"问得好。是你说服我到这儿来的。我认识的女性从来都对我缺乏兴趣,可你却在我们相遇的第一晚就吻了我。这可不太合理,不是吗?"

"够了,斯蒂芬,"她警告道,"别钻牛角尖。动动脑子。你干吗

THE BORN QUEEN

突然对我发这么大脾气?"

"我没发脾气,"他说,"但你肯定也不是头一回用亲吻男人来达成——"

"别再说了,"她说,"你自己也不想说出口的。"

你跟赫斯匹罗上过床,他的头脑在催促他继续说下去,可心里有个声音告诉他,她说得对,于是他停了口。

"抱歉。"他说。

她点点头。"你说得也不全错,"她说,"我确实想赢得你的信任。可我吻你是出于自愿。也许确实没人喜欢过你,但更有可能是你太过缺乏经验,察觉不到。我比大多数女人都大胆,斯蒂芬。我不会等着我想要的东西自己送上门来。"

他坐在一张凳子上,揉了揉眼睛。

"我知道,"他说,"我知道。我告诉过你,我有点不对劲。"他把目光转向她,在她的脸颊上发现了一滴眼泪。

"你看,"他叹口气说,"你遇见我的时候,对这些事都很有兴趣。你也许是喜欢我,可你还是有别的动机。而且你还有共事的伙伴。泽米丽,我得知道你为谁效力。如果从修女院说起不太合适……"

"很合适,"她说,"再合适不过了。"

"噢,那就请开始吧。"

她拭去泪水,拉过被单,像斗篷那样披在身上。

"是圣戴尔修女院。"她说。

"你们信奉维吉尼娅·戴尔。"

"对。"

"继续说。"

"你知道的,维吉尼娅·戴尔解开了圣堕力量的秘密,用它击败了司皋斯罗羿。你也知道,她是第一个人类王国的统治者,可有天她离开了,而且再也没有回来。"

"每个人都知道这故事。"

"从这部分说起比较简单,斯蒂芬,因为我的修女院就是从这儿开始跟你的教会各执一词的。照教会的记载,维吉尼娅把王位留给了丈夫,后者创立了教会,出任第一位教皇,也就是尼洛·普罗门。"

"你怀疑记载的真实性?"

"对,我所属的修女院持反面意见。根据我们的教义,圣戴尔创办了由四名女性和两名男性组成的议会,取名梵埃提。她失踪后,把权力留给了他们。在半个世纪的时间里,教会的最高层人物全都是女性。"

"圣监会的人也跟我说过类似的故事,"斯蒂芬说,"只不过他们提到过,执掌大权的只有一个女人,类似教皇。"

"没错。等梵埃提终于明白圣戴尔再也不会回来了,他们就选出了一位教母,因为维吉尼娅曾教导他们,必须由女性领导教会。"

"为什么是女性?"

泽米丽皱起眉。"我不知道。我的姐妹们相信这是因为女性领袖更加仁慈,可我不记得自己看到过任何相关的记载。日记上没写吗?"

"我还没看多少呢。在我看到的这段,她还是个小女孩,一个司皋斯罗羿奴隶。"

"你居然能忍住不直接翻到结尾?"

"它是用密文写的,而且密文的种类一直在变。另外,我一句话都不想错过。"

"噢,那就看快点儿吧。"

"我会的。继续说你刚才的话题。"

"某些男性不太满意这样的安排,不过老一辈人比较尊敬维吉尼娅的愿望。但终于有一天,某位当选的教母沦为了执掌大权的伊卓蒙主祭的情妇。她不久后便去世了——很可能是被谋杀——而他则给自己冠上了'教皇'的头衔。**梵埃提**的成员表示反对,战争随即爆发,可伊卓蒙早就做好了谋反的准备。忠诚者遭到屠杀,男性成员加入了教皇一方,女性则纷纷流亡。女性们被剥夺了所有权力,负责训练女性成员的修女院成了她们在教会唯一的容身之处。有好几座修女院不肯屈服,于是遭到毁灭或是转入暗处。我的修女院就是其中之一。"

"你的任务就是让女性夺回在教会的权力?"

"不。教会已经堕落得不可救药了。我们的任务就是监视维吉尼娅·戴尔的后嗣,直到另一位天降女王出现为止。她将重建教会,重塑世界,让一切回归正轨。"

"安妮·戴尔?"

"至少我的修女院相信是这样。等圣堕王座出现,她必须取得它的力量,执掌大权。"

"可这跟我又有什么关系?"

"你命中注定要找到那张王座,"她回答,"她的王座。并且阻止*他*的登基。"

"他?你说的是谁?血腥骑士?还是我们初次见面的时候,你提到的那个恶魔领主?"

"**维尔尼**是你的大敌,斯蒂芬。他想要摧毁世界,还有世界上的每一个人。可你还有另一个敌人,一个企图坐上圣堕王座的男人。"

"赫斯匹罗。"

"我也是这么想的。"她回答。

"噢,芬德说他找到了赫斯匹罗,而且已经去追捕他了。如果这是真话,我们就用不着再担心他了。可如果他说的是谎话,如果他离开是为了去跟赫斯匹罗合伙……"

"如果他真想这么干,为什么不在几个月以前就去?干吗还要跟他战斗?"

"也许他们需要我去寻找日记。也许战斗只是个幌子,为的是让我安下心来负责这件事。也许芬德已经彻底疯透了。真要是这样,我半点都不会惊讶。"

"又也许,正如某些传说里提到的,血腥骑士是你的奴仆和盟友。"她说。

他点点头。"他也是这么说的。

"山里的那东西——假设它就是**维尔尼**如何?如果它就在这儿看着我们,等待时机呢?"

她面无血色。"我根本没考虑过这种情况。我一直把所有这些当做预言,当做古老遥远的存在来看待。在我的想象中,维尔尼会以巨龙的形象出现,全身环绕着火焰和阴影,而不是像个毛贼似的偷溜进来。可所有故事和传说里都没有对他的描述。"她揉揉额头,

"圣者啊,他很可能已经来了,对吗?"

"对。"他说着,伸手去拿他的衣服。

"你要去哪?"

"继续读那本日记。维吉尼娅·戴尔来过这儿。她走过我注定要走的那条巡礼路。让我们看看她对这事有什么说法。"

  奴隶有秘密,这篇密文就是其中之一。威尔和我发明了这种密文,用来进行书信交流。威尔的主人经常制作铅纸,所以他能弄到很多。

  根据父亲的估算,大约在我十二岁的时候,威尔的主人将他带到了这儿,并把我们塞进同一间屋子里,目的显而易见。主人们在看,可他们听不到威尔的耳语。他告诉我不用担心。他低声说了很多话,包括我们的父亲是如何认识的,他又住在哪儿。这让我忘记了正在发生的那件事,也忘了自己有多害怕。之后我就不怕了,甚至开始向往这种耳语交流,有种灵魂出窍的错觉。威尔开始教我他所在要塞的奴隶们使用的秘密语言,我以此编出了这些字母。我们每次见面都会交换信件。等到下次月圆,我就能再见到他。

  我这个月没有流血,威尔也没有来。主人说我要生孩子了。家里的奴隶告诉我,很多女人会在生孩子的时候死掉。我不想死,可我总是生病。父亲说我们死的时候就能逃脱主人的控制了。希望这是真的。

  我又见到了威尔。他们用战车驱赶五十个人跟他赛跑。只要有人摔倒,就会被剁成碎片。威尔拼命地跑,他们都追不上他。我的主人把我铐在前排,强迫我看着他,显然是多此一举。他们跑了两天,不吃不喝。等到第二天结束时,只剩下了三个人,其中一个就是威尔。我非常自豪。我为肚子里有他的孩子而自豪。

  月亮经过了六次盈亏。我的肚子大起来了,主人带我去了山上的要塞,以便度过剩下的孕期。这是自古以来的传统,主人们就是这样得到儿女的。我以前没见过山,但一眼就喜欢上了它。

它给我带来了一些古怪又可爱的念头。而且要塞里,或者说要塞深处,有某种东西。某种让我的肚皮刺痛,有时还让我牙齿发痒的东西。我昨晚做了梦。梦见自己是一座山,从大地里拔出双脚,走路的时候,就会碾碎脚下的一切,包括主人。我醒来时,唯恐他会发现,然后惩罚我,可他没有。我总觉得他能看到我的梦。他以前说出过我的梦境。可这个梦不一样。我觉得是大山教了我如何偷偷做梦。这可真好。

他们说得没错,真的很痛。是我难以想象的那种痛。还有血,很多血。周围的一切都变暗了,我以为自己已经死去,身在一个陌生的地方。这儿有两条河,一条青绿色的明亮水流,还有一条黑水。我每只脚踏在一条河中,且高大如山、令人畏惧。

然后我醒了,我的女儿就在眼前,我也终于明白了父亲说过的"爱"这个字的意思。

我不会写下他们的所作所为,不会的。事情已经无法挽回。可我会杀死他们。我会杀光他们。

斯蒂芬倒吸一口冷气,手指抽离那突然烫到无法触摸的铅纸。他所感受过的最纯粹的恨意席卷而来,无法抑止的怒火令他尖叫出声。可在满腔的怒火流过他的身体后,他转过身,发现视野的边缘有动静。他旋身望去,只见一团炽热鼓动的黑暗,就像倒进水里的黑油。它似乎在聚集成形。他的双眼无法忍受,移开了视线,等到他再次能够视物时,它已经不见了。

愤怒来得快,去得也快,被令人颤抖的恐惧所取代。他坐在那儿,颤抖了许久,大脑拒绝告诉他如何应对。那东西在哪儿?会不会还在这儿,藏身在他眼前空气中,蓄势待发?

你用不着害怕,有个声音耳语道。你永远不用再害怕了。

"闭嘴。"斯蒂芬嘟哝着,一面揉搓颤抖的双手。

过了很久,他才勉力起身,身体轻飘飘的,仿佛一阵风就能吹走似的。

他飞快地浏览日记,最后找到了他想找的东西。

稍后不久，他听到一阵轻微的脚步声，只见泽米丽正在楼梯那边看着他。

"出什么事了？"她问。

他闭上眼睛。"够了，"他说，"够了。"

"什么？"

"去叫埃德瑞克来。我要开始巡礼了。就今晚。"

THE BORN QUEEN

第十章 三张王座

埃斯帕把匕首又举高了些,舔了舔发干的嘴唇。他刚才听到了——或者以为自己听到了——有东西在浓密的低地森林中穿行的声音,可此刻他能分辨出的却只有湍急的河水,还有低吹的风中枝叶的摩挲。

可随即,听到身后传来布料摩擦树木的微弱响声,他飞快地转过身。

他发现自己正对着咫尺之外莉希娅那双紫罗兰色的眼睛。

"见鬼。"他嘟哝一声,倚着柳树粗糙扭曲的树皮,身体软倒下去。

"我是走远路下来的。"她解释道。

"唔。"

她瞥了眼尤天怪的尸体。"你还活着。"她说。

"唔。"

"我活了很久,埃斯帕·怀特,也去过很多地方。可只有你,我的朋友,是独一无二的,"她摇摇头,"有没有需要止血的伤口?骨头没断吧?"

"我想没有。"

"我刚才发现不远处有个石洞。我们去那儿瞧瞧吧。"

他疲惫地点点头。

她的手指戳到他腿上的肌肉时,他缩了缩身子。可说真的,这感觉几乎可以用舒服来形容,就像长途跋涉之后的肌肉酸痛。

"很好,你这回没摔断骨头。"她说。

"噢,狰狞怪肯定很中意我。"他说。

"如果他真的中意过什么人的话,"她回答,"现在,让我们把你的衬衫脱下来。"

他觉得自己连抬起胳膊的力气都没有了，可她还是干净利落地帮他脱了下来。他感到腰窝传来一阵剧痛。

"你该洗澡了。"她说。

"瑟夫莱洗澡太频繁，"他说，"这不算啥好习惯。"

"可我们的体味好闻。"她说。

事实上，她身上有汗味，还有皮革的气息，确实好闻得很。

"呃，这儿快长坏疽了。"她说。

埃斯帕低下头，只见肋骨间有道参差不齐，但不算太深的伤口。血液把猎装粘在了伤口上，所以刚才他才会有那种感觉。

他深吸了几口气，尽量放松身体，而她用水清洗伤口，又从背包里取了些油膏填了进去。

"你救了我的命。"她说着，语气温柔得出奇。

"唔。你也救过我一两次。"

"你很重要，埃斯帕。你值得我去救。"

他不假思索地抓住了她的手。"你也一样。"他说。

她惊愕的视线与他交汇，而他突然颤抖起来，在那个瞬间，他仿佛凝视着世界上最深邃的森林，比沙恩林更不容侵犯，也更难以逃脱。他感到筋疲力尽，又为此而喜悦，为自己终于回到了家园而喜悦。

他看着那条道路，足有十次心跳的时间，接着森林的大门开始合拢。她挣脱了他的手，他心里明白，假如她刚才轻轻揉捏他的手指，他就会做出愚蠢的行为。

见鬼，他想。他像这样成天想着女人是多久以前的事了？还同时想着两个？他又不是十七岁的毛头小子。

"我不觉得我们有那么长的时间，"埃斯帕说，"尤天怪说是芬德派他来的。假如芬德正在上面带领那群乌合之众——"

"这么说，他确实成为血腥骑士了。"

"对，无论这该死的词是啥意思。"

"我会告诉你的，我保证。可现在我们得走了。而且脚步要放轻。"

"别让我等太久。"他说。

"不会的。"

山谷逐渐变窄，最后他们再次踏上了山坡。就算拄着莉希娅替他新削的拐棍，埃斯帕的腿还是隐隐作痛，随着下坡的路越来越陡，他的膝盖也疼起来了。

在心里，他总是以为过不了多久，他就会恢复到从前的状况。可现在他没那么肯定了。他已经经历了四十个冬季，在他这个年纪，一旦弄断了哪个部位，长不长得好可就不一定了。

他们终于来到了一片斜坡上的浅滩，两边除了山崖之外别无他物。

"我们会弄湿衣服的。"莉希娅说。

他们下山时基本维持坐姿，鞋底则在寻找踏脚石。这条山脉之水早已浸染了冬意，还没等这段路走完三分之一，埃斯帕的手脚就都麻木了。走到一半的时候，他的靴底突然打滑，河水随即裹住了他，带着他顺流而下，直到重重撞上一根圆木为止。

这儿的天空变宽了。两头白尾的老鹰在高空翱翔。峡谷边缘的树梢俯视着他。

这儿还有生机，他心想。虽然有一大堆怪物。我为啥要回到一切都死透了的御林去？为啥不留在这儿，战斗，死去，回归大地？

等到有东西拍打着了他的脸，他才意识到自己的嘴里和肺里都是水。他的身体也反应过来，报以好一阵痛苦的咳嗽。

"起来，"莉希娅说，"你还没死呢，埃斯帕·怀特。"

他们走完了剩下那段路，然后他花了好几分钟来解决自己肺里的水。

"见鬼。"他虚弱地挤出一句话。

"要想帮我的忙，你这样可不行啊，埃斯帕，"莉希娅说，"你得继续努力。"

"见你的鬼去。"他喃喃道。有一瞬间他真想杀了她，就因为她那样看待自己。这是他所能想到的最羞辱人的事。

至少暂时是。随着岁月流逝，还有更多的可能性在等待着他，他也能想象得出。还有薇娜,仍旧年轻气盛,能够生儿育女,会翻过他的身子,换走刚刚被他弄脏的床单……

他用拐杖支撑着起身,然后把它丢得远远的。

"走吧。"他说。

山峡拓宽为一片地势低缓、长满蕨类的幽谷,阳光的温暖也带走了他骨头里的寒意。蜻蜓在水面和马尾草丛的上方盘旋。当这两位旅者接近时,蛇和乌龟便懒洋洋地抽身遁走。悬崖变成了斜坡,森林也绵延直下,很快,他们就将离开这片湿地,前往较为干燥的地带。

他也看到了更多人类的迹象。森林的某些地方留有梯田的痕迹,路边还有好几栋狩猎小屋。几条支流汇入河水,带来了排泄物的气味。

他能感觉到沙恩林修女的话语埋藏在他胸中,冷冷地等待着。那个人会是谁呢?

与此同时,地势将他们引向南方。

他们听到狗吠,嗅到炊烟的气息时,天色正逐渐变暗。很快,他们发现距离河流稍远处的一座土丘上,有一片栅栏围起的院子和一栋残破的柏木大屋。

令埃斯帕宽慰的是,莉希娅移开了目光,朝上坡处走去,不久后,森林逐渐稀疏,变为牧场。尽管夕阳尚未完全被他们来时的那座高山遮蔽,星辰却已现出身影。埃斯帕发觉自己不时回头张望,有一次还发现了某个东西。他起先以为那是蝙蝠,可随即醒悟自己错判了距离:就算它真是蝙蝠,个头也相当不小。

他突然觉得自己就像一只旷野上的兔子。

"呃。"莉希娅说。他发现她正看着那东西遁入阴影之中。

"知道那东西是什么吗?"

"不。但我觉得,我们今晚最好睡一觉。"

"回前头那栋木屋去?"

"不。这儿是冬季牧场。附近肯定有人烟。"

在夜色完全降临之前,她的话应验了:他们找到了一栋修缮良好的茅草屋。屋里甚至还存有少量柴火，一口锅，一桶爬满象鼻虫的燕麦片以及一丁点肉干。四处滋生的蛛网证明，这些东西从上个季度起就放在这儿了。

他们没有生火，于是燕麦片都好端端地放在原地，不过那些肉干实在令人难以抗拒——尽管这种行为算得上盗窃。

"血腥骑士。"埃斯帕说着，在一张草席上躺下，又拉过粗糙的毛毯，盖住双腿。

"对。"她说。

黑暗中根本看不见她。"你也可以顺便说说那把魔法匕首是从哪弄来的。"

"很简单，"她说，"我是在那座山里的一个死人身上找到的。赫斯匹罗的人。"

"他们又是从哪弄来的？"

"在古地。"她说，"这种东西曾经有过很多。"

"你的同胞统治世界的时候。"

"我们被你们打败的时候，"她回答，"咒文剑是人类打造的。维吉尼娅·戴尔发现了铸造的方法。司皋斯罗羿可不会用这种武器。"

"为啥？"

"因为它们运用的是圣堕力。司皋斯罗羿可不愿跟它们扯上任何关系。"

"为啥？"

她叹了口气，"你知道的，我们瑟夫莱从来不做记录。不过我们活得够久。你们的族人花了七十代人的时间来赢得自由。但我的母亲出生于四百年前，而她的母亲又比她早出生六百年。再倒推三个世代——"

"也就是司皋斯罗羿的时代了。"

"所以我们的记忆力比较强。但我们还是有很多不知道的。有些是我们的先祖故意隐瞒，有些则被歪曲了真相。所以你得明白，我告诉你的每一件事都未必是真相。"

"我是瑟夫莱养大的，你没忘记吧？我对他们的谎话还是有点了解的。"

她耸耸肩。"要是没有伪装的天赋，我们族人也存活不了这么久。假如我们的掩饰被揭穿——假如人类知道我们的真实身份——我们早就被杀光了。"

"唔，"埃斯帕干巴巴地说，"我猜也是。"

"还是说回正题吧。我的祖先也曾用过圣堕力，但他们发现使用它需要付出代价。每次使用都会遗留毒素。久而久之，毒素就像河里的死鱼那样越来越多，生命也会随之消亡。等到万物几近灭绝，我的祖先才明白圣堕力引发的后果，于是发誓摒弃它的使用。"

"可人们不都说司皋斯罗羿是恶魔吗？他们应该会很多奇怪的黠阴巫术才对。"

"司皋斯罗羿确实会魔法。他们找到了另一个力量之源，而且没有圣堕的负面影响。不过那时候世界已经荒无人烟。他们找到了离开命运之地，前往'另一个世界'的方法，带来了植物，把世界重新染上绿色。他们还带来了动物，不久之后，他们又带来了你的同胞。"

"来充当他们的奴隶。"

"先是宠物和收藏品。不过没错，最后他们成了奴隶。"

"直到宠物们发现圣堕力为止。"

"完全正确。"

他忽然想到了什么。"所以怪物和黑色荆棘，那些正在毁灭世界的东西——都是因为使用圣堕力才出现的？"

"对。你跟我说过，你在沙恩林看到的野猪生下了一头狮鹫。绿憨是从圣堕力污染的自然之物中诞生的。据说它们是自那场大灭绝之前就行走在世间的上古野兽的幽魂，这些古老的存在本想重获新生，却被圣堕的毒素沾染。"

他又想起了沙恩林中心那些奇形怪状的植物。"沙恩林修女。"他喃喃道。

"我们不清楚她究竟是什么，不过她已经很老很老了。没准比我的种族还要老。"

"她来自从前那座森林。被你的同胞毁掉的那座。然后我的森林取而代之。"

THE BORN QUEEN

"也许吧，"她小心翼翼地说，"我说过了，我们对她所知不多。"

"她的目的是什么？"

"我们不清楚。"

埃斯帕点点头，但他觉得自己已经想到了。假如他是沙恩林修女，他肯定很清楚自己想要什么。

"这些跟芬德又有什么关系？"

"这关系到另一个传说，或者说预言。世界上存在着某些季节，比众所周知的那些更加漫长，能够延续数百年，甚至数千年。世界的力量——我们称之为王座——会随着这些季节增长和消退。维吉尼娅发现圣堕力时，它还很强大。可随着时间推移，力量也逐渐削弱，而另几张王座则在增长，由此引发了巫战等连番浩劫。但如今圣堕力非常强大，前所未有地强大。他们说在巅峰时期控制圣堕王座的人就能永远压制其他王座，结束这漫长的季节变换。"

"其他那些力量——王座——又是什么？"

"世间只有三张王座。圣堕王座我们说过了。第二张象征着你的族人称为黯阴巫术和巫法的力量，它来自于世界底部的深渊。它能化不可能为可能，也能扭转必然之势。它能令天降火雨，或是在酷寒时阻止河水冻结。它能聚合迥然相异之物，也能将整体分离。这就是司皋斯罗羿掌控的王座，之后的接管者是魔巫。我们叫它泽思王座。"

"那第三种力量呢？"

"就是你这辈子每天都能从骨子里感受到的那种力量，埃斯帕·怀特。繁育与腐朽，死亡与诞生，令生物化为尘土，尘土转为生命的那种力量。我们叫它维衡王座。"

"荆棘王的王座。"

"不再是了。"她轻声说道。

"因为芬德杀了他。他为啥这么做？"

"根据长老们的说法，泽思王座的主人是个我们称之为维尔尼的恶魔。据说血腥骑士就是他的仆从。他是其他王座之主的大敌。"

"既然他已经解决了荆棘王，就该去对付圣堕王座了吧。圣堕力的主宰者是谁？"

"谁也不是。教会使用过圣堕力，可王座自从维吉尼娅·戴尔的时代之后就一直空缺。不过后继者很快就会出现。这也是一切的起因。"

"荆棘王原本是在和圣堕力对抗。"

"没错。圣堕力在摧毁他的森林。"

"但这跟泽思王座无关，对吧？看起来他和维尔尼应该联手对付圣堕王座才对。他为啥要干掉荆棘王？"

"这还用说，维尔尼想要的可是所有王座。"

"噢。"埃斯帕揉着额头，喃喃道。真希望自己能看见莉希娅的脸，可他知道，就算看得到，也看不出她是不是在嘲笑他。

"你真不知道其中有多少是在鬼扯？"最后，他问。

"真的，"她说，"既然你问了，我就把所知的都告诉你了。我从没对你撒过谎，对不对？"

"你知道一切，而且半点没跟我提过，我觉着这跟撒谎也差不多。"他回答。

"要想告诉你这些，我就得提前告诉你瑟夫莱的本质。然后你就不会再听我说半个字了。可既然芬德已经说漏了嘴，我们又相处了这么久……"

"你觉得我应该很好骗。"

"我可没求你相信我。"她怒道。

"唔。"他嘀咕着，冲着黑暗挥挥手，"所以芬德搜捕我是因为他替那个维耳啥的东西卖命，而且他害怕荆棘王会告诉我某些事。"

"要不就是芬德公报私仇。毕竟你夺走过他一只眼睛。"

"我们彼此是没啥好感，"埃斯帕承认，"一丁点儿都没有。"

"还有别的问题吗？"莉希娅语气僵硬地问。

"唔，"他说，"我还想知道，你觉得荆棘王会告诉我什么？"

她点点头，沉默良久。"我们创造了荆棘王。"终于，她开了口。

"什么？"

"司皋斯罗羿创造了他。泽思王座和圣堕王座比我所知的任何历史都要古老。它们的创始者也许是我们，也许是某个更古老的种族，

THE BORN QUEEN

但我们相信它们是被人创造出来的。

"我还以为是圣者创造了圣堕。"

"不是你们信奉的那些圣者。我们也不清楚。不过维衡力——生与死的本质——早就蕴藏在万物之中,没有什么王座,也没有能掌控它的存在。在我们把世界从灭亡的边缘挽救回来之后,司皋斯罗羿断定维衡力需要自己的守护者和中心。于是他们创造了荆棘王——更准确地说,他们创造了维衡柯德,生命之心,而其中便诞生了他。"

"你希望他告诉我那地方在哪?"

"他告诉你了?"

"没有。"

可他突然醒悟过来。

她发现了他神情的变化。"你去过那儿。所以才想回去。不只是想死在那儿那么简单。"

"只是种感觉罢了。"他说。

"说得对。我可真蠢。他总不能塞张地图给你吧。"

"但他已经死了。我们现在能做什么?"

"没有了他的保护,万物都会消亡。可如果他能够重生,我们或许还有机会。"

"你觉得这有可能?"

"我不知道。不过这总算是个希望,对不对?"

"可你为啥看起来不怎么着急?"

"因为我觉得你是整件事的关键,我不希望你在弄清目的地之前就死掉,或者动身太早,死在半道上。"

"噢,"他说,"噢。让我好好琢磨一会儿。"

"好吧。要我先守夜吗?"

"我来吧。"

她没再说什么,可他能听到她挪动身子的沙沙声。他突然心情沉重。他听着她的呼吸声。

"谢了,"他说,"我不太能表达自己的意思。我只是——我不喜欢搞得太复杂。"

"我明白。"她回答。

他走出屋外。星辰都已现出身影,可月亮还只是西方天际的一片微光。他审视着天空,寻找着繁星下飞舞的黑色物体,侧耳倾听远方的响动。

埃提瓦人有坐骑。如果他们还在那个方向,肯定会聚集人马,离开谷口,一路蜿蜒前来此处。他们俩应该已经甩开追兵很长一段路了,可如果他之前真的看到了某种会飞的怪物……

他的眼睛和耳朵都一无所获,于是他任由思绪徜徉。明天,他们就能离开这片山丘,来到白巫河流域的冲积平原。如果一切照他的预想,再有一两天,他们就能到达哈梅斯,也就是他和薇娜以及易霍克分别的地方。

可如果有一大群怪物追赶在身后呢?这真的是他想做的吗?

他究竟想要做什么?

这不重要,不是吗?因为他必须照沙恩林修女的要求去做。

他还没把这件事告诉莉希娅。为什么?

他不知道答案,就算星辰和风都心知肚明,它们也没有告诉他。等他的守夜时间过去,他便沉沉睡去。

次日清晨,埃斯帕和莉希娅开始在荒野中跋涉。为了隐匿身形,他们紧挨着河边稀疏的林木前进,各怀心事。在正午时分,沿着最后那片森林前进的时候,他瞥见了远处的巫河,便置身于小树令人宽慰的枝条之下。这些树都没多少年头。这儿的人看来经常伐木。人类的痕迹到处都是。但这些小树仍能遮挡他们头顶的天空,至少暂时可以。

但在约莫一个钟头过后,突然间万籁俱寂——所有鸟类,甚至包括松鸦——同时有道阴影掠过。埃斯帕抬起头,瞥见了一个庞然巨物。

"见鬼。"他说。

他们蹲伏在一片越橘丛中,等着它返回,可片刻后,埃斯帕却听见了一声尖叫。未及细想,他便发现自己莫名其妙地冲了出去。

"埃斯帕!"莉希娅吼道,可他没理睬她。

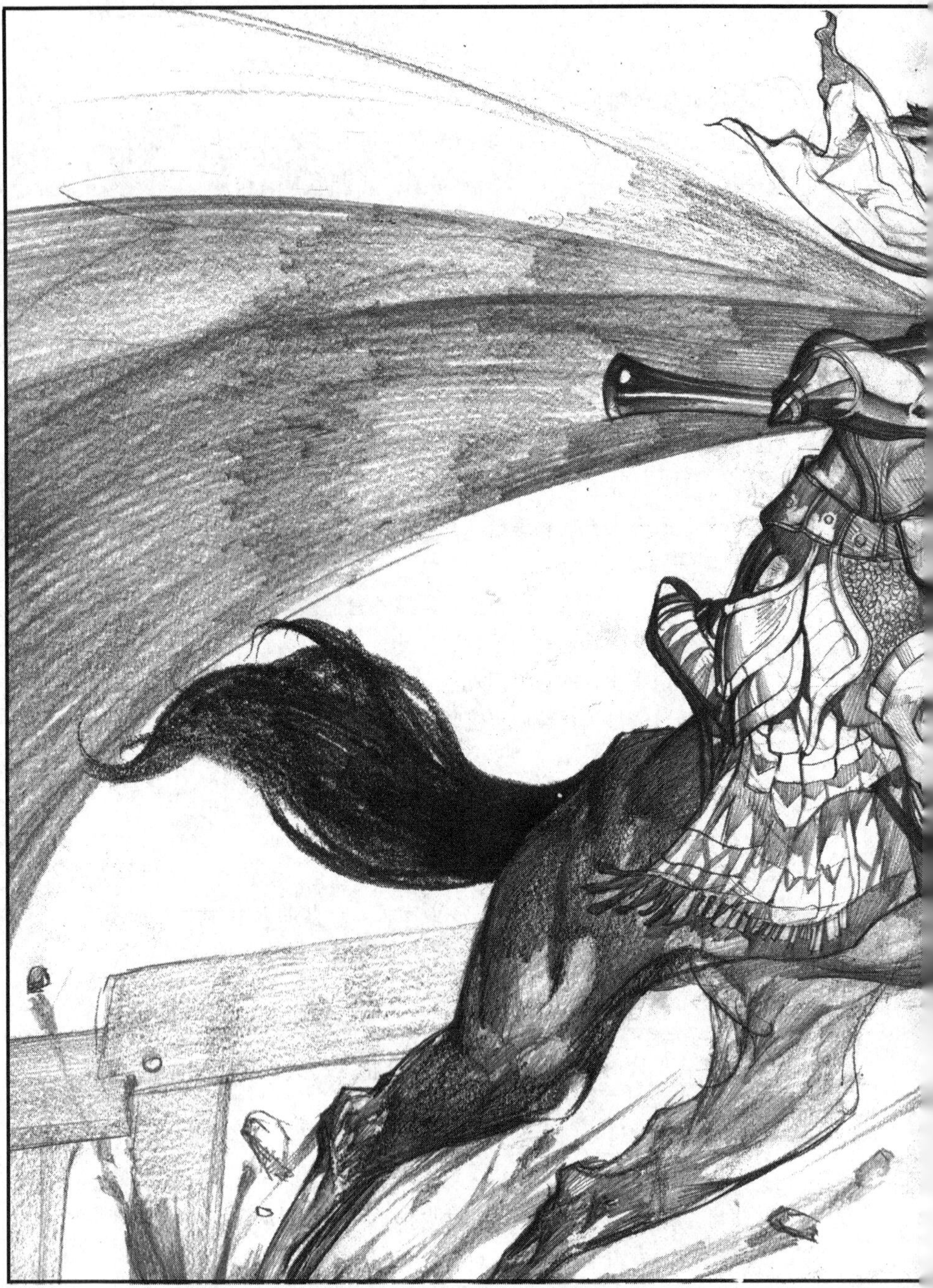

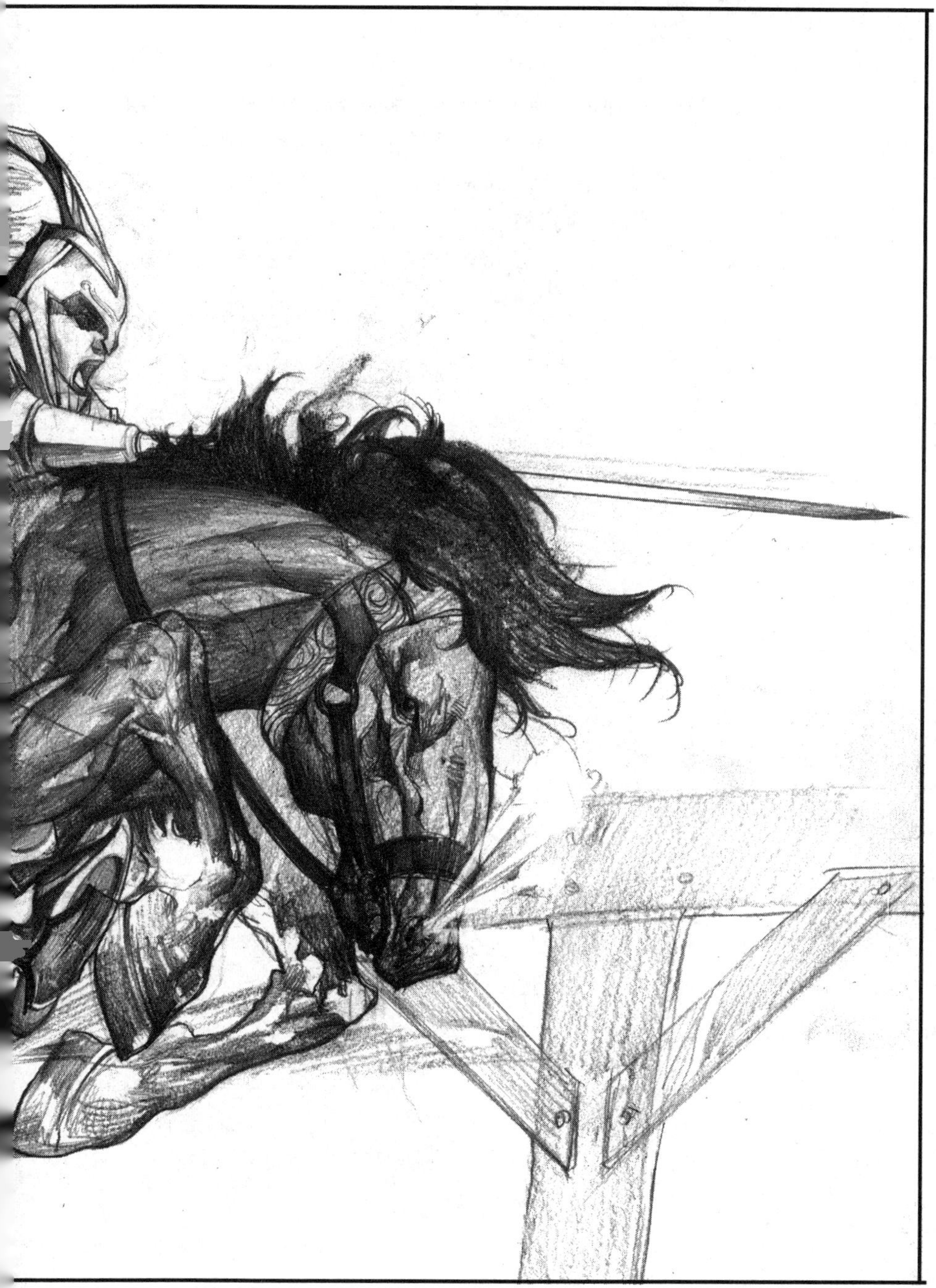

他接连跳下一排梯田，奔入开阔地，那头怪物映入眼帘，它的身体泛动着深绿的色泽，翅膀收起，爪子踩在地上。然而在这骇人的一刻，他关注的却并不是它。薇娜也在那边，正颤抖着从倒地的马匹旁起身，瞪大眼睛，伸出的手里握着一把匕首。

她侧身对着他，也因此，他能清楚地看见她浑圆的腹部。

未愈之伤

第十一章 挑战

寒沙骑士走上前来，尼尔则努力把手从战犬的剑柄上挪开。寂静笼罩了房间，比方才众人热情招呼时的短暂停顿要意味深长得多。

"阿拉雷克爵士，"尼尔应道，"没错，我们是见过面。可我不记得我们之间有什么未了的账。"

"是吗？不记得伊斯冷码头的银月鱼酒店了？"

"记得，"尼尔说，"我当时是费尔阁下的扈从，他遣我去邀请你和我们共进晚餐。你拒绝了。"

"你冒犯了我。而荣誉感让我没法跟一名扈从动手。但现在情况不同了。"

荣誉感可没阻止你派手下的三个扈从在马厩里伏击我，尼尔心想，但他觉得眼下还是不提这事为妙。

事实上，他还没来得及作答，阿拉代就插了嘴。

"阿拉雷克爵士，这位是使团的成员，也即是我们国王的客人。你应当用相应的礼节招待他。你们之间的恩怨可以回头再解决。"

"我不会马上跟他动手，"威希姆家的骑士答道，"但古老的法典没有禁止他和我一较高下。世上也没有哪条法律能强迫哪个男人躲在裙摆和甜言蜜语后头。他们宁愿走上前来，像骑士那样拿起武器。噢，也许在克洛史尼确实有这么条法律，可我觉得就算在那儿，骑士也还是骑士。"

人们开始窃窃私语，还有几个人大声赞同。尼尔叹了口气。

"尼尔爵士。"玛蕊莉用莱芮语低声道。

"太晚了，"他用同一种语言答道，"我已经不能拒绝了。"

"你当然可以，"她说，"你的伤——"

"我的伤不要紧，殿下。您还不明白吗？关键不是在于我受的侮辱，而是您和整个克洛史尼受的侮辱。假如我们在这低头，到了马克弥面前就更抬不起头来了。已经没有变通的余地了。"

THE BORN QUEEN

"胡扯。我们不是低头,只是要务在身,无暇分心。你对政治的了解确实不够深,尼尔爵士。"

"也许吧,可我了解军人,殿下。我了解骑士,也了解寒沙人。"

"你妈跟你说什么哪,骑士大人?"阿拉雷克大喊道。人群爆发出一阵大笑。

玛蕊莉怒瞪着他,"真没有教养,阁下,"她说,"你不比野兽高明多少。你用最最粗野的举止毁了这个无比美妙的夜晚。"

"我可是光明正大地走过来的,太后殿下,"阿拉雷克答道,"他却躲在暗处,偷袭我可怜的扈从们。要是不能跟他打上一场,我怎么可能满意呢?"

在尼尔看来,玛蕊莉的身体似乎一时间僵住了。

"噢,你当然可以跟他打,"她回答,"我只是在请求他饶你不死。"

威希姆骑士惊讶地扬起眉,然后笑了笑。可尼尔在那人眉宇间发现了某种神情。看起来像是担忧。

他以为我会拒绝,尼尔醒悟过来。他不想跟我打。

"我们要不要等到太阳升起?"尼尔问,"或者说你想现在就打?"

"明早好了,"阿拉雷克答道,"在草地上。骑马还是步战?"

"你选吧,"尼尔回答,"我无所谓。"

阿拉雷克伫立了片刻。

"还有别的事吗?"玛蕊莉问。

"没有了,殿下,"威希姆骑士回答。他动作僵硬地鞠了一躬,消失在人群里。乐声再度响起,啤酒,美食和歌声占据了当晚剩余的时光。

午夜的钟声响起时,尼尔从床上爬了起来。他披上软甲,抓起战犬,一路走向宽敞的舞厅,穿过大门,来到漆黑的街道上。他举起剑,挥了几下,努力不去在意手臂的虚弱感。那儿曾被一支高处射来的箭命中,刺穿了骨骼和肌肉,尽管箭头早已拔出,可伤口的灼痛持续了超过一周。

未愈之伤

他试探地转为左手握剑,可状况反而更糟——他上臂的肌肉痛苦地拧成了一团。那儿曾被长矛刺中,矛尖割断了连接肌肉和骨骼的肌腱。看起来还没长好。

他看到有东西在眼角晃动,然后发现有道侧影在注视着他。不出所料,那人是个熟悉的大块头。

"晚上好,艾弗沃夫·福·加斯滕马卡,"尼尔说,"又来替你主子干脏活儿了?"

他看不见对方的脸,可那颗脑袋却晃了晃。

"你让我丢尽了脸!"那人咆哮道,"你那天好好地教训了我一顿。你本可以杀了我的,可你没有。"

"言过了,还远远没到那一步呢。"尼尔说。

"嘿,那我离打败你也还差得远呢,"那家伙说,"就算有朋友帮忙也一样。"

"是我运气好。"

"噢,得了吧。我当时在场。又有谁没听说过荆棘门的那场仗?你干掉了很多我们的人,其中还有斯劳特武夫·赛瓦尔黑森。你简直是一夜成名。"

"都是过去的事了,艾弗沃夫。没必要去操心这些。"

"噢,有的。当时是我的主子派我来找你的,你明白吗?为了惩罚你,让费尔·德·莱芮脸上无光。你打败我们以后,我和另一个人抛弃了他,寻找更体面的主子去了。这份羞辱让他怀恨到现在,迫使他不顾你负伤的事实而挑起决斗。"

"谁告诉他我负伤了?"

"守望墙的那场仗有名得很,尼尔爵士。传说你全身六处负伤,在床上躺了三个月。这还不够,尼尔爵士。你不可能痊愈的。"

"假如我没有真的受那么多处伤,那就有可能了。"他回答。

"他的手下从进门起就一直盯着你哪。你真以为他明知你很健康还敢跟你开打?"

"我猜他原以为我会退缩,可他现在弄不清我究竟有没有受伤了。"

"唔。我想你说的没错。他正在被窝里发抖呢。不过他是公开向你挑战的。他会跟你打的。"

"没办法劝他放弃吗？"

"没。"

"噢，那我就跟他打吧。"

艾弗沃夫把声音又压低了少许。"听说你的腿脚没问题，最重的伤是在肩膀和胳膊上。换了我是你，我会选择步战。灵活的步法能掩饰手臂的僵硬，而且我知道你的步法很灵活。"

"谢了。"尼尔说。

"愿安苏大神眷顾你。"艾弗沃夫说着，退后一步。他犹豫了一下，然后转过身，快步走远。

"哎呀，这可真有意思。"黑暗中传来另一个人的低语声，这次是个女声。尼尔的血管中涌过一股热流，他抬起剑，然后认出了那声音。

"贝利女士。"他应道。

"叫我艾丽思吧。"她柔声答道。

"你刚才都听到了？"他问。

"对。"

"你不是应该保护太后吗？"

"我在保护呢。"她说。

"靠监视我来保护她？"

"我一开始就觉得不该让她来办这蠢差事，"贝利说，"而且我觉得带你来是个错误。这趟出使本来就够艰难了，现在更是危机重重，都是因为你。从这儿到凯斯堡的每个骑士都想跟你交手。"

"我知道。"尼尔回答。

"噢，那就赶紧去解决这事吧。承认你自己的伤势，取消决斗。"

乍一听，尼尔还真以为她在说笑，但她的语气很快否定了他的想法。

"不成，"他说，"这就正中阿拉雷克下怀了。"

"对。也正中我的下怀。"

"这是女王的命令？"

"不。她流着和你一样的岛民热血，而且你说服了她。我想她真的相信你会赢。"

"你不相信?"

"你连剑都快抬不起来了。稍微动一动就喘粗气。"

"好吧，我会输，"尼尔说，"这也比不打要好。"

"你是她的斗士。如果你战败身亡，她的声望就会受损；如果你拒绝决斗，就表示她把这次出使看得很重，不容任何分心，更表示你对她唯命是从。"

"如果她命令我取消决斗的话，我会的。"

"她不会下令的。"

"她不会，是因为你错了，"尼尔回答，"除了获胜之外，我做什么都会损害她的声望。所以我会赢的。"

"你真是个天才。"贝利说。她的语气里满是讽刺。

他看不出有回答的必要。过了一会儿，她叹了口气。

"好吧。刚才跟你说话的那个家伙——他真的是想帮你吗？如果你选择步战，会不会就等于告诉威希姆，你的胳膊不管用？"

"也许吧。可我不觉得艾弗沃夫是来骗我的。"

"那他是来干吗的？"

"来和我讲和，以及道别。"

"现在阻止还来得及。"艾丽思喃喃道。

玛蕊莉心不在焉地点点头。阳光穿透了薄雾，笼罩在镇东那块绿地边缘的杨树和冷杉上。事实上，这儿与其说是绿地，倒不如说是一片空地，来往的马匹和货车、操练的士兵和玩耍的孩童把地面弄得泥泞不堪。稀疏的草丛随处可见，不过总体来说，玛蕊莉觉得它应该叫"棕地"才对。

这儿原本没有椅子，不过特别为她搬来了一张。其他人——看起来恐怕是整个镇子的人——都在周围或站或蹲，充满期待地等候着。威希姆骑士已经上了场，他那身骑士板甲映照着日出的光芒。尼尔尚未现身。

"他会被干掉的。"艾丽思续道。

"他是个骑士。"她回答。

"他是个身负重伤的骑士。是个被医师说过再也没法参战的骑士。是个你为了保住他的性命才带来的骑士。"

"如果我允许寒沙人给他加上懦夫的头衔,他对我来说就没有价值了。"

"我不敢相信你会这么冷酷。"艾丽思说。

玛蕊莉只觉心里涌起一股怒意,却任由它慢慢消散。

"我喜欢这个小伙子,"过了一会儿,她说,"他比我见过的任何人都更加善良和忠诚,我欠他的根本数不清。可他是个斯科人,艾丽思。我可以强迫他拒绝决斗,但他会因此萎靡不振。这会毁了他。对他这种人来说,死亡要比不战而败好得多。"

"所以你就让他去送死?"

玛蕊莉强迫自己笑出声来,"你没见过在卡洛司的他。"她说。

人群突然爆发出几乎同样响亮的欢呼和嘘声,玛蕊莉不禁揣测,这或许是因为尼尔的支持者和反对者分别来自镇南和镇北。可比塔恩斯塔斯好像没什么东西如此泾渭分明。

尼尔穿的盔甲几乎和阿拉雷克爵士同样闪亮。没什么可奇怪的,这身盔甲他还是头一次穿。守望墙之役后,他的盔甲要动用刀子才能脱下来。而这件群岛式样的新战甲非常朴实,全无装饰,适合作战,但不适合出入宫廷。

他和威希姆一样骑着马,不过他骑马的姿势有些古怪。

最先发现的是艾丽思。"他是用左手拿的。"她说。

没错。尼尔把长枪夹在左臂下,右手则举着沉重的盾牌。

"这没有意义。"她说。"这么一来就是枪尖对枪尖。盾牌放错了位置,一点用都没有。"

"对威希姆来说也一样。"艾丽思指出。

"这算什么?"两人掀起面甲后,阿拉雷克咕哝道,"你的枪拿错了手。"

"我就想用这只手拿。"尼尔反驳道。

"这可不行。"

"是你挑战的我,而且我让你选择了地点和武器。现在你又要强迫我改变持枪的方法?"

"你想耍花招。没用的。"

尼尔摇摇头。"这不是什么花招，"他说，"我的右臂受了伤。我想你应该知道。我没法用右手握枪，事实上，我恐怕连举盾格挡都做不到。"

阿拉雷克的困惑全写在了脸上，"你想取消决斗？"他问。

"取消？不，阿拉雷克爵士。我准备干掉你。这不是什么按部就班的竞赛：我会攻向你的左边，让你的盾牌没有用武之地。如果你想把盾转过来，就会砸中你那匹马的脑袋，不是吗？所以我们就来一场枪尖对枪尖的决斗吧，我会用我的长枪刺进你的眼睛里，我说到做到。"

"我也一样。"

尼尔淡淡地笑了笑。他前倾身体，紧紧盯住对手烟蓝色的双眼。

"我不在乎。"他低语道。

他策马前往决斗场边。接着，他转过马头，等待着。

他拍拍马儿的脖子。"我不在乎。"他对着自己的坐骑倾诉道。

号角声响起，他也策动了奥法斯。他的左臂开始隐隐作痛。他很清楚，抬起或者伸展手臂肯定会引发痉挛，但这反而让他把枪举得更稳。随着胯下的种马不断加速，他也丢开了盾牌，一心把枪尖对准目标。

第二部
显灵的几种形式

他在山崖下找到了她,
她躺在浅浅的海水里,
仿佛洁白的天鹅,
冰冷而沉寂。

他吻了她苍白潮湿的唇,
梳理她的秀发,
他割下十二根金色的发丝,
又给竖琴上了弦,

竖琴歌唱着谋杀,
竖琴歌唱着鲜血,
响彻凡间世界,
传向黑暗的西方林地。

——选自《索斯·托·苏斯特伦》,新壤民谣,由斯蒂芬·戴瑞格译成王国语

所谓的蝴蝶,终究不过是造就更多蠕虫的源头。

——选自《安文侬》,作者普瑞森·曼特欧

显灵的几种形式

第一章 红厅女皇

安妮站在御用渡船的船头，抬头仰望伊斯冷的高墙和塔楼，惊讶地发现眼前的一切似乎很陌生。她的人生有十六个年头是在这座要塞里的小山上度过的。岛上的森林和绿地就是她的游乐场。她怎么可能没有回家的感觉？

但她真的没有。一丁点儿都没有。

等他们抵达岸边，系紧缆绳后，有人把她的爱马飞毛腿牵了过来。她骑上马儿，一路穿过城区，却在高大的壁垒门前驻足，皱眉看着构成城墙的庞大石块。

"殿下？"考斯问，"怎么了？"

她脖颈的脉搏突然跳动飞快，呼吸也困难起来。

"等等，"她说，"稍等一会儿。"

她转过身，回望他们来时的那条路，目光越过缓缓流淌的露河和对岸新壤的绿色田野，望向蓝天映衬下的遥远堤坝。她明白自己真正想要的，是再次渡过河水，骑上马儿，不断前行，去一个很远很远，远得没人听说过伊斯冷、克洛史尼或者安妮·戴尔的地方。

可她却转过头，挺直身子，策马穿过城门。

人们云集于里克派拉夫大道两旁，每个广场都充满了欢声笑语，仿佛节日一般。他们歌颂着她，朝她的座驾前方投来鲜花，她则努力装出喜悦的样子，朝他们露出微笑，同时尽全力压抑自己驱使飞毛腿全速逃离人群的念头。

去年春天，结束流亡返回家乡时，几乎没人认得出她。当时的她感到惊讶，还有一点点懊恼：知道公主长什么样子的人居然这么少。如今不引人注目对她来说也成了一种奢侈。

等他们抵达堡内的时候，安妮只想躲进自己的房间里，可她知道，她在那儿也得不到安宁：奥丝娅多半在房间里，而她眼下不太希望和这位老朋友见面。她宁可去面对大臣们，聆听他们的种种抱怨。

"我要在白鸽大厅接见臣民,"她告诉考斯,"我希望能见到费尔·德·莱芮公爵,阿特沃公爵,约翰·韦特,毕晓普领主以及塞布兰德总督。在半个钟头内把他们召集到那里去,能做到吗?"

"遵命,殿下。"瑟夫莱答道。

安妮来到白鸽大厅时,约翰·韦特已经等在那儿了。肥胖、微秃,总是满面春风的约翰是她父亲的贴身男仆。他先前遭到了囚禁,然后罗伯特似乎就把这事给忘了,但这已经比先王身边的大部分人的遭遇要好得多了。

"殿下。"他说着,对走进大厅的她躬身行礼。

"你好啊,约翰。"她回答。

"我觉得您肯定有话想跟我说,殿下。"

她点点头。"没错,约翰。我准备在这儿等着所有人到齐,不过找到所有人恐怕还得花点时间。"她在过去属于她父亲的那张扶手椅上落座。那是一张靠背笔直的椅子,扶手上雕刻着鸟类的羽翼。白蜡木制的椅子与洁白的大理石以及白鸽大厅的明亮色调相得益彰。

"我父亲最信任的人就是你了,约翰,而且我知道,你们很谈得来。"

"您过誉了,殿下。我确实很想念您的父亲。"

"我也一样,"她说,"我真希望现在坐在这张椅子里的人是他而不是我。但事实却与我的意愿相左。"

"这也是您父亲的愿望。"

安妮几乎笑出声来。"我敢说他寄予厚望的是法丝缇娅,不是我。我敢说没人想得到会是我。你觉得我可怕吗,约翰?"

他会心一笑,"您就是有点爱开玩笑,"他说,"但我早就知道,您有副好心肠。"

"我真的很可怕,"安妮反驳道,"而且我还能更可怕——我还有很多可学的。不过我希望你能考虑担当戴尔家族的内务总管和守匙人。"

老人睁大了眼睛:"殿下——我——我的血统配不上这种地位。"

显灵的几种形式

"等我册封你为领主以后就行了。"她回答。

约翰涨红了脸。"殿下,我不知道该说什么好了。"

"说'遵命'就好。你不会往我背后捅刀子,约翰。我需要你这样的人。"

他深深鞠了一躬。"荣幸之至。"他回答。

"很好。我们回头再探讨细节,我要你做的第一件事,就是帮我招募一些侍女和一个侍女长。我要的是绝对可靠的人,明白吗?不会让我担心,也不会让我心烦的人。"

约翰又鞠了一躬,可等他直起身时,却面露困惑之色,"我觉得,您的女仆奥丝妮就可以担任侍女长。"

"不,我对她有别的安排。"

他的眉毛惊讶地扬起,却点了点头,"如您所愿。"

"多谢,约翰。麻烦安排些酒水,然后回到我这儿来。作为内务总管,这些话题也和你有关。"

"遵命,殿下。"

她听到接近的脚步声,抬起头,恰好看到阿特沃走进大厅。

"噢,表兄,"她说,"我回来了,你满意了吧。"

"我很高兴,"他说,"伊斯冷需要你,安妮。"

"所以我回来了,"她回答,"等其他人到齐了,我们就可以探讨紧要事务了。"

"还有谁要来?"

"约翰等下就会回来。我把内务总管的职位给了他。"

"这决定还不坏,"阿特沃说,"你得给他个头衔才行。"

"我知道。你有什么好提议吗?"

阿特沃皱了皱眉。"要我说的话,豪尔勋爵就不错。罗伯特的走狗之一杀死了前一位豪尔领主和他的全部亲属。城堡兵力充足,只缺一位主人。"

"那我就让他当豪尔领主吧。"安妮说。

"噢,我的侄孙女儿探险回来啦。"一个低沉的声音道。

"费尔舅公,"安妮说着,张开双臂让他抱住自己,"我想寇本维那边进展都还顺利吧。"

"再顺利不过了。这事我还是看不惯,不过我想他们应该已经到寒沙了。"

"母亲不会有事的。"安妮说。她听到又一阵脚步声,发现其他人也都到了。

"大人们,"她说,"我们可以开始了吧?把我需要知道的事告诉我。豪德沃普恩的公爵大人,你先说吧。"

阿特沃站起身,用他的木头假手扣住那只好手。"寒沙人还占据着寇本维,又在那儿和盐标继续集结战舰。我估计,他们会让地面部队朝伊斯冷行军,把海军派去对抗莱芮。还有报告说有支部队在露河边的斯奇杜镇集结。他们恐怕打算切断我们的河路贸易,再通过水路攻入新壤。"

"听起来耳熟,"安妮说,"我们好像也是这么干的。"

"完全正确,殿下。"

"他们有兵力在多线攻击我们的同时还跟莱芮舰队开战?"

费尔爵士清了清喉咙。"我能说一句吗?"

"说吧。"她说。

"只凭他们的海军没法跟莱芮抗衡。不过据说泽斯匹诺有一支舰队在集结。另外,拉克法德人跟寒沙结盟几乎已经是板上钉钉的事了,尽管我们不知道他们有多少战舰,或者说会派出多少。"

"那我们的盟友呢?我们难道就没有盟友吗?"

"信使报告说有位维吉尼亚的大使很快就会来访,多半明天就能到。"

"大使?我是他们的女皇。我要的不是什么大使:我要的是三个月前就向他们要求的船只和部队。"

"您得容忍维吉尼亚人,"阿特沃说,"在帝国的所有属国中,他们是最自主的,而且喜欢标榜自己的自主。"

"那就让他们标榜个够吧。"安妮用几乎比呼吸更轻的声音嘀咕道。随后,她转向另外两人。

"毕晓普大人,塞布兰德总督,你们近来可好?"

"好得很,殿下。"毕晓普回答。

"毕晓普大人,您已经就任国库总管了,对不对?"

"是的，殿下。"

"那么，状况如何？"

毕晓普大人绷紧了嘴唇。"看起来罗伯特在逃跑前掠走了不少财物。"

"我们还有钱给部队发薪和提供给养吗？"

"暂时还有。但如果再征一次兵——就算数量不多——我们也得勒紧裤腰带了。"

"算上那些充公的教会财产了没？"

"已经算上了。"他回答。

"我明白了。好吧，看样子我们得想法弄点钱来？"

"是的，殿下。"

她转向塞布兰德。"总督大人？"

"殿下。"

"公爵说有部队正在斯奇杜镇集结。那儿离你在戴拉斯的领地很近了吧？"

"没错。很近了。"

"我叫你来，是想任命你做我的首相。有人进谏说你堪当此任。"

塞布兰德的嘴唇抖了一下。"我很荣幸，殿下。"

"但恐怕你在家园面临危险的当下没法全心投入首相的工作，所以我会给你个选择。你可以留在这儿，作我的顾问和这座城堡的保护者，也可以担任东线军队的指挥官，在那边保护我们的国土。"

老战士的双眼亮了起来。"殿下，比起安排宫廷事务，我还是比较适合打仗。"

"我也这么想。很好。你需要听命于全军的总指挥阿特沃，还有我。除此之外，你还得把东线的部队组织起来，保护好我国的边疆。我在今天下午之前就会拟定好具体的头衔和职权。"

"感谢您，殿下。我不会让您失望的。"

"我也觉得不会，"她回答，"我觉得你们都不会让我失望的。"她把双手按在腿上。

"好了，"她说，"都听着。你们觉得这场战争能够避免吗？"

"您已经派出使团了。"阿特沃指出。

THE BORN QUEEN

"对,这是朝议会的建议和我自己的主意。但你们不是朝议会,你们是我敬重的人。我也不是将军。我对战争知之甚少。所以给我些意见吧。"

"战争会爆发的,"阿特沃说,"现在要停战已经太晚,更何况马克弥年事已高。他有教会做后盾。这是绝佳的机会,他心里很清楚。"

"你们都赞同阿特沃大人吗?"

其他人点点头,表示肯定。

"那好吧。看起来再给他们时间去准备可就太蠢了。我们就迎战吧,先生们。我们该从哪里着手?"

"我可不会等到我们被团团围困再行动,"安妮说,"寇本维集结了很多船,没错吧?寇本维是我们的城市和港口。所以要么把那些船收归我们所有,要么就烧掉它们。"

"噢,她的莱芮血脉苏醒了,"费尔公爵说,"我都盼了几个月了。"

"我已经决定了,"安妮说,"去做准备吧。我希望在九日之内就开始进军。"

"您该不会真的想去吧,"阿特沃说,"您答应过的,冒险到此为止。"

"这可不是冒险。这是你们一直要求的战争。而且寇本维离伊斯冷不算太远。我随时都可以回来。"

阿特沃一脸的怀疑。

"你用得上我的,公爵大人。我可以保证。你用得上我的天赋。"

他僵硬地鞠了一躬。"就按您说的办吧,殿下。"

她站起身。"那就明天了,先生们。"

然后她回到了自己的房间。

不出所料,奥丝娅就等在房间里。她扑进安妮怀里,亲吻她的脸颊。

奥丝娅比安妮小一岁,是个可爱的年轻女子,一头长发泛动着阳光下稻谷的色泽。安妮已经忘了跟她相处的感觉是多么无拘无束,多么美好,这令她有点儿犹豫起来。

显灵的几种形式

"待在这儿的感觉真奇怪,"奥丝娅说,"就我一个人,待在我们的老房间里。"

"你的腿好些没?"

"差不多痊愈了。修道院的进展顺利吗?"

"很顺利。"安妮回答。

"那,呃,大家都还好吗?"

"卡佐很好,"安妮许诺,"你很快就能见到他了,但肯定没你希望的那么快。"

"你这是什么意思?"

"他没跟我一起回来。我派他去邓莫哥了。"

奥丝娅的脸沉了下来。"什么?"她有气无力地说,"邓莫哥?"

"我还是不能完全相信那块领地的继承人。他们也许还会把那座黑暗圣殿交给教会,我不能冒这个险。我需要一个靠得住的人帮我看守那里。"

"可他是你的贴身护卫啊。"

"我已经有别的护卫了,奥丝娅。你肯定也希望卡佐过得更安全些吧。"

"这倒是,可在邓莫哥?他要去多久?"

"我准备把邓莫哥给他,不过这事他还不知道。我要让他做那里的总督,并且给他派去士兵,足以他在罗德里克家族的反对下保住头衔。"

"这么说,他不会回来了?"

安妮拉起奥丝娅的手,"别担心,"她说,"你也要去那儿了。你愿意的话,我还可以为你们赐婚。"

"什么?"奥丝娅的眼睛瞪得跟碟子一样大,嗓音也变得奇怪起来。

"你曾经告诉过我,尽管我觉得我们像姐妹一样亲,可我们终究还是不能真正成为姐妹,因为你是仆人,而我是——噢,我现在是女王了,不是吗?如果我真的出什么事,你会有什么下场?小时候的我总以为你不会有事,不过我现在没这么无知了。噢,根据法律,我没法给女人颁发头衔。但我可以给卡佐头衔,这样他就能让你成为有身份的女人,你们的子女也将成为克洛史尼的贵族。"

"但这就意味着你要把我送走。我就再也不是你的女仆了。"

"说得对。"安妮说。

"我不愿意,"奥丝姹说,"我是说,能结婚或者成为总督夫人什么的确实很棒,可你不能送我走!"

"你总有一天会感谢我的。"安妮说。

"给卡佐一座新壤的城堡,或者让他管理一部分伊斯冷城好了。那样我们就能在一起了!"

"你这可就得寸进尺了,"安妮说,"不行。你得去邓莫哥。我说过了。"

奥丝姹的双眼满是泪水。"我犯了什么错?你为什么要这么做?安妮,我们从来都是形影不离的啊。"

"那是小时候。我们已经不是小姑娘了,奥丝姹,这么做才是最合适的。你会明白的。去收拾一下,明天就走。"

她留下哭泣的奥丝姹,走进自己的房间,用力关上了门。

次日早晨,她把早餐带到了会客室,她的新女仆们陪伴在侧。她今早送走了奥丝姹,随行的有佩尔的瓦利斯爵士和五十名士兵。她没去送行,生怕动摇自己的决心。她估计他们应该已经在一里格外了。

她发现女孩们都在看着她,没人吃东西。"哦,"她说。她捏起一片面包,在上面抹了些黄油和果酱,"好啦。女王开始用膳了。"

丽兹·德·内弗莱斯——安妮知道名字的少数几人之一——吃吃地笑了起来。她是个莱芮女孩,十五岁,有黑色的卷发和短小的鼻子。

"多谢您,殿下。我都饿坏啦。"

"以后,"安妮说,"不用等我先吃。我不会砍你们的头的,我保证。至少为这事不会。"

这话引来了又一阵笑声。

丽兹大口地吃起蛋卷和奶酪来,其他人也一样。

"殿下,"一位小麦色头发,身材苗条,双眸漆黑的年轻女子开

显灵的几种形式

口道，"希望您能跟我们聊聊维特里安。那儿是不是既美丽又古怪？那里的男人是不是都像卡佐爵士一样英俊？"

"噢，不都是，"安妮说，"你叫……？"

"考苏默，殿下。奥黛·考苏默。"

"噢，考苏默小姐，维特里安的帅小伙儿确实不少。至于另一个问题，对，我想我刚开始是觉得那儿又古怪又充满异域风情。"

"这么说，您当过洗碗工的事是真的了？"另一个女仆问。

"嘘，艾格妮，"丽兹用手捂住了那个约莫十三岁的女孩的嘴巴，"要知道，这事不能提，"她看着安妮，"真对不起，殿下。伊莉丝小姐总是说话不经大脑。"

"德·内弗莱斯小姐，没关系的，"安妮说，"伊莉丝小姐说得没错。我在泽斯匹诺藏身期间，确实清洗过锅盘和地板。我做这些都是为了回到这里。"

"那段日子您肯定过得很辛苦。"考苏默说。

安妮回忆着过去。"确实，"她说，"而且我作为女仆实在很糟糕，至少刚开始很糟糕。"

可一部分的她突然开始怀念泽斯匹诺的那段时光。她知道这听起来很荒谬。她整天担惊受怕，累死累活，做着下贱的活计，还经常吃不饱饭。可跟之后，跟现在相比，那段时光显得很简单。而且她的朋友们都在身边，一起努力谋生，那种成就感是作为特权阶级长大的她所无法想象的。她简直希望时光倒流，回到那个时候去了。

可她想要什么根本不重要，不是吗？

女孩们开始东拉西扯些愚蠢的话题，诸如谁比较帅，谁偷偷溜走去见情人之类的。这让她很难过，尤其是因为不久前的她比其中的大多数人还要蠢。

当约翰过来告诉她，维吉尼亚代表团已经到达的时候，她委实松了口气。她带上丽兹和奥黛，准备换身打扮再去接见。

她选了金黑相间的萨福尼亚礼服，一件轻巧的胸甲和一双护胫甲。她让丽兹把她的头发修剪到耳际，又选了只式样简朴的头环作为王冠。然后她便移步前往红厅。

就安妮所知，红厅从来都不是接见大使的地方。她父亲根本就

THE BORN QUEEN

没用过红厅：它是城堡最老旧的部分，而且实在不算宽敞。先王喜欢比较宏伟的房间，以便震慑来访者。

但乏人问津让这里成了孩子们的绝佳游乐场。她姐姐法丝缇娅就曾在那里玩"宫廷游戏"，用蛋糕和葡萄酒——他们能从厨房里偷来或者讨来的任何东西——举办盛大的宴会。那时，安妮多半会假扮骑士，因为扮公主实在是——噢，她当公主当得都厌了。奥丝娌则是她的扈从，她们保护女王抵御了数之不尽的入侵和劫掠。

在这儿，安妮感觉很安心。这座厅堂也和她在非正式场合所表现的勇武女王的形象相称。

可今天的大厅显得比平常宽敞，因为维吉尼亚代表团的成员只有三个。为首的那人她认得，是她父亲宫廷的常客，依斐奇的男爵，安布罗斯·海德。她记忆中的那头黑发变灰了，那张四四方方的面孔上也有了更多皱纹。她觉得他应该有五十岁了。他眼里那种似有若无的歉意令她不安。另外两人站在他身后。其中一个是她的亲戚爱德华·戴尔，特雷莫的亲王，一个年近六十的老人。他那头银发剪至几乎齐根，神情严肃，仿佛一头猎鹰。

第三人则正好相反，她既不熟识，又年轻得多，恐怕不超过三十岁。她最先注意到的是他的眼睛，因为那双眸子看起来有些古怪。片刻后她才明白，那是因为一只眼睛是绿色，而另一只是棕色。他的面孔也显得友善而机灵，而且说真的，有些孩子气。他有一头赤褐色的头发，髭须和山羊胡更接近红色。

他笑了笑，她方才意识到自己在辨认他的双眸时，目光停留了太久。她皱了皱眉，望向一旁。她的传令官已经通报了他们的姓名，三人依次吻过了她的手。那个双眸异色的男人名叫泰晤士·多雷尔，是凯普·查文的伯爵。

"你们的人数还真不少，"等例行公事的礼仪结束后，她说，"查尔斯表叔看来很重视我们的麻烦，这真让我高兴。"

"她说话真够直接的吧？"凯普·查文伯爵道。

"我没跟你说话，"安妮呵斥道，"我在跟这位男爵大人说话。"

"殿下，"男爵说，"我明白这看上去像是冒犯，但这并非我们的本意。"

显灵的几种形式

"噢，那我还真想象不出有意的冒犯是个什么样子了。不过这不是重点，男爵大人。重点在于，维吉尼亚人和他们的君主都得服从女皇的意愿。我向你们要求的是骑士和士兵，不是什么代表团，所以我只好觉得你们来是为了告诉我，维吉尼亚已经公开反叛了。"

"我们没有，殿下。"男爵答道。

"这么说，你们把士兵带来了？"

"他们会来的，女士。"他说。

"我要的是他们**现在**就来，而不是等到群鸦啄食我们的骸骨之后。"

"从维吉尼亚到这里有很长的路，"依斐奇男爵道，"而且征兵不太顺利。仙兔山那边不断有怪物涌出，让乡间的居民闻风色变。而且由于您对抗教会的行为——"

"那教会对付我的那些手段又怎么说？对付维吉尼亚的善良百姓的行为呢？"

"皈依教会近来在维吉尼亚成了时尚，殿下，尤其是在贵族阶层。没有人真正拒绝派兵，但他们总能找到些法子来……拖延。"

"你想说，问题不在于我亲爱的表兄想要违抗我，而是他没法指挥自己手下的贵族？"

"差不多就是这样。"

"我明白了。"

"我不太能肯定您真的明白了，殿下。目前维吉尼亚的政治环境非常复杂。"

"你是说，复杂到我弄不明白的地步？"

"不是的，殿下。我很乐意为您解释清楚。"

安妮靠向椅背。"你会的，但不是现在。你还有什么坏消息要告诉我吗？"

"没有了，女士。"

"很好。去休息一下吧。如果你今晚能和我在餐桌上见面，我会很高兴的。"

"荣幸之至，殿下。"

"很好。"

两个老人转身欲走,可那个年轻人却站着不动。

"怎么?"她问。

"方便再听我说几句吗,殿下?"

她努力挤出一个微笑。"我想没问题。说吧。"

"你问我们有没有别的坏消息。我没有。不过我希望您能认为我带来的是好消息。"

"如果是真的,那就太好了,"安妮说,"请说吧。"

依斐奇男爵朝伯爵走近一步。"泰晤士,你不该——"

"依斐奇,我真的很想听听这个好消息。"

他鞠了一躬,没再说下去。

"说真的,有些贵族根本不了解自己的职责。我并非其中一员。殿下,我带来了我的护卫,五百五十个您所见过的最出色的骑手。他们——以及我——都是您的人了。"

"查尔斯王派你来帮我的?"她问道。

无人应答,只是依斐奇的脸涨红了。

"我明白了,"她说,"他没派你来。"

"很简单,"伯爵道,"查尔斯需要他信任的贵族都留在维吉尼亚。他知道我绝不会背叛他。不过既然我忠于他,也就忠于*他*侍奉的女皇,所以我就来了这儿,希望您能答允我的效命。"

"我还以为今天不会有什么好消息呢,"安妮说,"看来我错了。我接受你的效忠。"

她的目光投向另外两人。"毕竟,眼下忠诚可是紧缺品。"

显灵的几种形式

第二章 沿着深邃之河

借着引路的巫火,斯蒂芬、泽米丽、埃德瑞克和二十个埃提瓦人走进了山脉底部。虚幻的虹色光球不时掠过身际,将黄金、白银、红玉、翡翠和青玉般的光彩投射在阴冷的灰色石壁上。斯蒂芬在进入巫角山前也曾见过巫火,照埃斯帕的说法,只要有瑟夫莱窑洞,就必然有它们的存在。

奇怪的是,对于巫火,埃提瓦人似乎不比他了解得更多。它们是活物吗?是黠阴巫术的造物,还是大自然的杰作?

无人知晓,斯蒂芬在那些古书里也找不到答案。不过它们很有用,而且很漂亮,比世间的绝大多数事物都要漂亮。

而且眼下巫火尤其有用,因为他们脚下的小径宽不过一码,右手边紧靠着洞窟中央的巨大岩基,而左手边是一条裂缝,地底的奈梅尼斯河便是沿着它在土壤和岩石间穿行,涌入更深处的河水,也许最后会流入维尔福河,流经巫河,最后汇入伊斯冷的莱芮海。他能听到奈梅尼斯河的涌动,但它仍在巫火照耀不到的地底深处。

"你能肯定自己准备好了?"泽米丽问他。

"我能肯定我没准备好,"他回答,"我第一次巡礼的时候也没准备好,走另一条巡礼路的时候又差点死掉——或许真死了一回。不过维吉尼娅·戴尔也没准备什么。她是直接去走的。而且我不打算就这么等下去,给那个**维尔尼**或者别的猎捕我的怪物提供机会。"

"这么说,日记里提到过巡礼路了?"

"对。我读完了开头部分,那时候她是个女孩,司皋斯罗羿带着她进了山。就是**这座**山。她感觉到了地下的巡礼路。几年以后,她重回故地,完成了巡礼。"

"也就是说,她提到了巡礼路的位置。"

"对。用不着担心,我知道要去哪儿。"

"还很远吗?"

他笑了。"出远门的时候我总这么问父亲。莫非你变回了五岁的小丫头?"

"不。我不在乎究竟多远。只是好奇。"

"我估计还有半里格。它在山的另一头。埃德瑞克,你以前走过这条路吗?"

"山洞在前边就到头了,帕希克大人。"

"你是真这么想,还是又有什么忘了告诉我?又是一场决定我是不是考隆真正继承人的测试?"

"不是的,帕希克大人。我们根本不知道巡礼路的位置。"

斯蒂芬停下了脚步,"那就继续不知道吧。给我一背包的食物和水,然后回你们的窟洞去。"

"帕希克大人——"

"照我说的做。如果我觉得你们在跟踪我,我就不往巡礼路附近去了。明白了吗?"

"帕希克大人,你要去的地方——非常古老,而且已经荒废了很久。没人知道黑暗里藏着什么东西。"

"斯蒂芬,他说得对,"泽米丽说,"一个人去太蠢了。"

"他们早就承认需要我去寻找巡礼路。也许他们只需要我去做这么件事。也许等我找到它,我就没有利用价值了。"

"斯蒂芬,瑟夫莱走不了巡礼路。哪条都走不了。他们知道它在哪又有什么用?"

这让他脚步为之一滞。"什么?我从没听说过。"

"是真的。"埃德瑞克说。

斯蒂芬皱了皱眉,飞快地浏览自己受圣者祝福的记忆。瑟夫莱人从来都不是信徒,更别提去走巡礼路了:至少这点千真万确。可还是有些……

"让瑟夫莱走巡礼路,就好比用颤根草治痛风。"他引用道。

"什么?"泽米丽问。

"斐兰·哈特的《草药学》里的一句。我能想到的记载里只有这

显灵的几种形式

句话支持你们的论调。不过,说不定你们心目中有除我之外的人选呢。"

"谁?显然不是芬德。赫斯匹罗吗?那他们干吗还跟他打?"

你可以信任埃提瓦人。

斯蒂芬眨了眨眼。每个人都以怪异的目光看着他。

"你刚说了什么?"泽米丽问。

"你这话什么意思?"

"你刚才用另一种语言嘟哝了什么。"

斯蒂芬叹了口气,揉了揉额头。"没什么,"他说,"别介意。好吧,埃德瑞克。你可以跟来。"

埃德瑞克鞠躬以示领命,他们继续向下方前进。正如瑟夫莱所说,洞顶逐渐向下倾斜,接近众人的头顶,而道路也越来越陡,最后变成了阶梯。河水的翻涌声愈加响亮,最后台阶消失在岸边的石子与砂砾之中。

斯蒂芬一直在压抑着自己的想象力,但到了身临其境时,仍然觉得喘不过气。它比他想象的要可怕得多。

在埃提瓦人居住的上游地带,奈梅尼斯河相对和缓得多。而在这儿,它从诸多浅滩和瀑布冲刷而下,形成了一股巨大的旋涡。洞顶距河面仅有两王国码的距离,而河对岸除了岩石之外别无他物。

"不,"泽米丽说,"噢……天哪……不。"

"恐怕就是这样。"斯蒂芬说。他努力让语气显得勇敢从容,可声音却在打颤。他暗自希望河水均匀的拍打声能把颤音掩盖过去。

"肯定不是这么回事,"她说着,转向埃德瑞克,"你们的人真的从没试过这么走?"

埃德瑞克发出一声名副其实的干笑,斯蒂芬从没见他这么笑过。

"何必呢?"他说,"这能有什么好处?小心谨慎才能活得久。"

斯蒂芬坐倒在砂石上,缓缓地、深深地吸了几口气。巫火的移动似乎也变得迟缓而平静。

"斯蒂芬?"

"我非去不可。"他说。他又吸了几口气,费力地支起身体,朝翻涌的旋涡走去。他明白自己不能再有迟疑,于是纵身跃向水中,双足对准了旋涡中央。

旋涡以无法想象的粗野力道拉扯着他。河水压倒性的力量使他的四肢毫无用武之地。他所能做的只有努力憋住一口气，压抑出声高喊的念头。他突然无比确信自己掉进了陷阱里。他死定了，如此想着的他连思考的力气也彻底失去。

等他找回力气，便忆起自己撞到了沙土和岩石的河床，随后河水忽然喷涌，旋涡的掌控也随之和缓。如今身周一片漆黑，他躺在砂石上，努力把自行挤进肺里的河水咳出来。

一道金芒在他面前升起，随后是一道深红色的光。几次心跳过后，巫火再度云集在他身边。

他躺在一片和先前没有太大区别的河岸上，只是此处并无高大宽敞的石室，只有一条比河面高出两王国码的隧道。右手边，湍急的水流自洞顶坠下，奔涌而去，左方的隧道则通往他这些伙伴的光芒无法触及的远处。

他听到剧烈的咳嗽声，随即看到一颗脑袋从池塘里冒了出来：是埃德瑞克。

"泽米丽！"他惊呼道。莫非她也跟着来了？

另几个埃提瓦人出现，可她依旧不见踪影。

"泽米丽！"他又喊了一遍，这次用足了全部的力气。

"她在我这儿。"某个人说。在喧闹的水声中，他分不清那声音究竟来自何方。

"你是谁？"

然后他发现，其中一个埃提瓦人抱着一具无力的躯体。他走上岸来。

"圣者诅咒我吧，"斯蒂芬吼道，"难道她——"

那人耸耸肩，把她放了下来。她的头上黑乎乎的，斯蒂芬这才发现，那是被七彩的光芒映成暗色的血。他的身体彻底僵住了，可她随即咳嗽起来，嘴里汩汩地流出水来。

"绷带，"他告诉埃德瑞克，"给我弄些绷带来，有什么药膏也赶紧拿来。"

埃德瑞克点点头。

显灵的几种形式

"泽米丽,"斯蒂芬说着,轻抚她的脸颊,"能听到我说话吗?"

他拉过衣袖,按在伤处,想要看清伤口有多深。她睁开双眼,尖叫起来。

"抱歉,"斯蒂芬说,"能听到我说话吗?"

"能,"她说,"你能听到我说话吗?"

"嗯。"

"很好。因为我恨你。"她的手伸向额头,"我是不是流血过多,快要死了?"

"我想伤口浅得很,"他回答,"确实出了很多血,但我想你的颅骨没什么损伤。"

埃德瑞克抱着亚麻布和某种带着硫黄气味的油膏回来了,开始包扎泽米丽的脑袋。他似乎知道自己在做什么,所以斯蒂芬没有阻拦。他的心跳终于慢了下来,意外的惊喜也油然而生。

他为何能坦然面对这些危险?仅仅过了两年,那个离开家乡前往德易修道院的斯蒂芬·戴瑞格为何就好像变了一个人?

就连埃斯帕也会为他自豪的。

"人手有损失吗?"斯蒂芬问埃德瑞克。

"没有,帕希克大人,"那瑟夫莱答道,"全员到齐。"

"下面会更冷的,"斯蒂芬告诉他,"你们带了我要的衣服了吗?"

"带了。现在我明白您为什么提出这种要求了。不过如果您能说得更明白点儿,我也许能想法子不让它们**沾水**。如果您能跟我多说几句,帕希克大人,我就能更好地服侍您了。"

"那些衣服都弄湿了?大衣呢?"

"比我们身上穿的要干一些,帕希克大人。"

"恐怕只能这样了。等泽米丽能起身走路,我们就继续前进。等活动起来,身子就能暖和些。"

"斯蒂芬,"泽米丽说,"有个小问题。微不足道的问题。"

"嗯?"

"这儿是有回去的路的,没错吧?"

斯蒂芬看着瀑布,"唔。我猜我们没法游回去了。"

"斯蒂芬——"

"维吉尼娅·戴尔成功离开过。"

"可你不知道方法?"

"恐怕这部分她忘记写了。不过肯定有法子出去的。"

"所以我们只需要在吃光干粮或者冻死之前找到它就行了?"

"别这么悲观嘛,"斯蒂芬说着,心中的喜悦开始消退,"我们不会有事的。"

"还有多远才到巡礼路的起点?"

"我说不准。维吉尼娅也写得很含糊,毕竟在地底很难判断时间和距离。她觉得自己只走了几个钟头,但也承认事实上或许是好几天。"

"要是我们迷路了呢?"

"眼下不大可能,"他说,"我们只有一个方向可去。而且我还能感应到巡礼路的位置。它离得不远。"他抓住她的肩膀,"你感觉如何?"

"有点头晕,不过我能自己走路了。"

埃德瑞克从背包里拽出了那几件用麋鹿皮制成、毛皮衬里的厚实毡衣。它们几乎没沾到什么水,虽然身上的水还没干,但穿上身后,斯蒂芬立刻觉得舒服多了。

等一切就绪后,他们就出发了。

隧道就像河流般蜿蜒曲折,洞顶也忽高忽低,但一路上没什么岔道。又有几条水流汇入河中,但都是自高处流下,洞顶的裂口狭小得无法容纳一人通过。地势有几处急转直下,迫使他们借用绳索攀下,但再没有刚才那样的危险和戏剧化。直到他们抵达维吉尼娅·戴尔简单地称为"那座山谷"的地方为止。斯蒂芬知道他们在朝山谷接近,是因为隧道里的回声逐渐悠长,更空洞了许多,而河水依旧奔流不息。

他们来到绝壁边缘,在这里,河水翻涌着落向视野之外的深处,前方则是大张的黑色巨口。

"现在怎么办?"泽米丽问道。

"这儿应该有楼梯才对,"斯蒂芬说着,在悬崖边搜寻起来。这

显灵的几种形式

条河想必时常泛滥,两侧的岩石都受它侵蚀,瀑布口的左下方更被冲刷出了一个低矮窄小的洞窟。片刻后,他才发现那位天降女王记述的那段楼梯,失望地呻吟起来。

"怎么了?"泽米丽说着,一面察看他的身旁。

"两千年了。"斯蒂芬叹了口气。

石梯确实存在,但开始的十来级阶梯早已消失不见,无疑是在他刚才所想的河水泛滥中遭到了侵蚀。后面的阶梯显得光滑而脆弱。他们得跳过三码的距离,再下落两码,最后落地时还得避免滑倒,或者说避免摔断一条腿。而且就算安然到达那里,他也没法保证后面的阶梯不会出现类似的断口。

他听到身后的埃德瑞克低声说了句什么。

"有什么主意吗?"斯蒂芬问道。

他听到迅疾而沉重的脚步声,感觉到吹过他发梢的微风。接着他看到其中一个埃提瓦人飞身跳向那段残破的阶梯。

"圣者啊!"斯蒂芬倒吸了一口凉气。他还来不及说话,那人就踩上了楼梯,努力维持平衡,摇摇晃晃了一阵子——然后摔了下去。而他只能眼睁睁地看着。

"他——他是谁?"他好不容易说出这句话。

"乌维尔。"埃德瑞克说。

"为什——"可另一个埃提瓦人已经从他身边跑了过去。

"等——"

但这话显然是说晚了。那人落在楼梯上,脚下一滑,顿时像个旅行剧团里的丑角似的倒下,屁股着地,滑向裂口。斯蒂芬屏住了呼吸,以为这家伙死定了,可他却不知怎么地止住了去势,越过饱经河水冲刷的那几级台阶,站稳了脚跟。

斯蒂芬转向埃德瑞克,"你们这群人是怎么回事?"他努力压抑火气,发问道,"你刚刚还说过只有不做傻事才能活得久。"

"您在旋涡那里已经羞辱了我们了,帕希克大人。如果我知道您的计划,就会由我们中的一人先行。我们决定不让您再这么愚蠢地冒险了。"

"找人先跳进去又能有什么用?成不成功我都没法知道。"

"请原谅,帕希克大人,不过您应该能听到我们在下面的喊声。您可是走过圣德克曼的巡礼路的。"

斯蒂芬微微颔首,不情愿地表示同意。"所以你就派他们抢在我前面跳过去?"

"对。"

"可我没打算跳啊。"

埃德瑞克耸耸肩。"好吧。不过总得有人跳过去,除非您知道别的下去的法子。"

"我不知道。"

尖锐的鸣声响起,斯蒂芬意识到,这是楼梯上的埃提瓦人在用锤子和凿子敲打石头,多半是在想法子把绳索固定住。他们这一边,另一个瑟夫莱也开始了工作。约莫半个钟头过后,一条横跨裂口的绳索就已架设完成,埃德瑞克用腿夹住绳子,双手拖拽向前,头下脚上地爬了过去。

斯蒂芬攀爬前,他们在他的腰间系上了第二根绳索。两端各由一个埃提瓦人握在手中,一旦他落下,他们还有阻止下坠的可能。这项安全措施让斯蒂芬觉得有点丢脸,但确实安心了不少,于是他坚持让泽米丽用同样的方式爬过来。

最后,除了一个斯蒂芬叫不出名字的瑟夫莱之外,所有人都踏上了楼梯。

在走过十来码远之后,路开始好走起来,脚下的阶梯更加轮廓分明,道路也变宽了。巫火不时映出裂口另一侧的情形,但底部和洞顶却漆黑一片。

"这儿更冷了。"泽米丽说。

"对,"斯蒂芬赞同道,"关于地下世界的本质存在很多争议。因为某些山会喷出火焰和熔岩,所以有人觉得地下炽热无比。不过地底洞窟通常比较阴冷。"

"总比熔岩要好。"她回答。

"没错。那是什么声音?"

"我什么都没听到。"

"在上面,瀑布那边:有种刮擦声,像是有什么大家伙经过的声音。"

"大家伙?"

"弓手。"埃德瑞克平静地说。

斯蒂芬凝视着声音传来的方向，可巫火的范围外只有黑暗。

"有什么控制巫火的办法吗?"斯蒂芬问道，"好让我们看得更清楚些。"

然后他便闻到了混合了野兽和树脂的滚烫气息，正如"鹰巢"里那道足迹的气息。

"他就在这儿。"斯蒂芬说着，努力不让语气显露出心中飞涨的恐慌。

一股温风吹过身边，斯蒂芬听到了弓弦的清响。

第三章 誓约

野兽看着接近的埃斯帕,晃了晃蛇一样细长的脖子,挑衅地扬起那对蝙蝠似的巨翼。

埃斯帕疾扑而去,努力在这短暂的时间里找出攻击的重点。

对蝙蝠来说,翅膀就是前臂。但它后腿及地,保持蹲伏,所以他看不清翅膀的样子。它的头部有些接近犬科动物,仿佛狼和蛇的混合体,而脑袋下面弯弯曲曲的脖子足有一码长。

选那条长脖子看起来比较靠谱。咒文匕首应该能直接砍断它才对。

可它随即拍打翅膀,飞跃了起来,而当它伸直那两条有力的后腿时,他才意识到,尽管有种种蝙蝠的特征,但这怪物其实更像一只好斗的公鸡。此时它居高临下,用锋利的爪子和足底匕首长短的骨距朝他踢去。动作快得要命。

此时收势已晚,于是埃斯帕将身体转向右侧,只可惜不够快。一根骨距扎中了他的胸口。

埃斯帕先是一惊,然后松了口气。这家伙的身体没有看起来那么重。虽说刚才险些被那对利爪开膛破肚,但它恐怕没有撕开衬衫里的那件熟皮胸甲的力气。

它的爪子卡住了,那怪物尖叫着发力拉扯,想要脱身。接着它做出了一件比较有条理的事:用另一只脚爪踢向埃斯帕的脸。埃斯帕抬起咒文匕首,划进那只楔形的爪子,几乎感觉不到丝毫阻碍。随后,他一跃而起,砍向怪物的脖子。

它的反应能力很不错。它旋身退后,尖叫着——

——直直冲向仰躺在地上的薇娜。

埃斯帕拔足欲追,却突然听到马蹄的响声,不禁转头去打量。那怪物也有所察觉,但为时已晚。它没能躲开刺进肋骨之间,将它抬离地面的那柄长枪,而手持长枪的那位全副盔甲的骑士更借着自

显灵的几种形式

己和胯下栗色战马的重量将它推向前方。骑士将它的身体狠狠锤进一棵白蜡树的树干里，枪杆兀自震颤不止。这头可怕的怪兽瘫倒下去，又摇摇晃晃地想要起身。

骑士下了马，拔出剑来。

"等等，"埃斯帕说，"它没准有毒。"

这是他一直努力避免去思考的可能性：薇娜或许已经身中剧毒。

骑士犹豫片刻，然后点点头。

埃斯帕朝怪物走去。它体表没有多大伤口，但很显然，内脏已经破损不堪。它用好奇而茫然的眼神看着他，但等埃斯帕足够接近后，它却再次纵身扑来。它的动作比之前慢了许多。

埃斯帕横跨一步，左手抓住怪物的腿部，咒文匕首自下而上割断了整条肢体。几近黑色的紫红血液从断口处喷涌而出，与此同时，它的脑袋飞快低下，咬向了他。可匕首的上升之势未止，于是利刃如同切割乳酪般割开了它的蛇颈。

他转身离开那具血淋淋的尸体，发现薇娜正蹒跚向他走来。

"别过来！"他叫喊的声音比他自己意料的还要大。

她停下脚步，睁大了眼睛。

"它的血，"他解释道，"这些怪物每种都不一样。它的爪子也许没什么危害，可它的血就说不准了。"

他看到她在擦拭自己的额头。

"你刚才没摔伤吧？"

"是你，"她有气无力地说，"我早该知道的。只需要找到一头怪物，就能见到你……"

"对，是我。"他轻声说着，目光却不禁转向她的腹部。

"你——"

"对，"她说，"对。"她虚弱地笑了笑，"我知道你肯定没死。我告诉过他们。"他看到泪水已顺着她的脸颊奔流而下。她伸出双臂，可他却退了半步。她点点头。

"圣者啊，"她说着，站直身子，抹了抹脸，"把自己弄干净点儿，让我好好欢迎你一下。然后你可以告诉我，这些天你都去了——"

她的目光越过他的肩头,温柔之意顿减。"噢,"她说,"你好。"

"你好。"他听到身后的莉希娅回答。

噢,该死。他心想。

那骑士已除下了头盔,他的模样看起来很眼熟。

"就在那边有口泉水,"他说,"你可以把衣服脱掉,穿我的斗篷。要不了一个钟头,我们就能到达埃瑞汶思东。"

"我认识你。"埃斯帕说。

"嗯哼。我是恩弗瑞斯,恩希尔之子。你救过我的命。"

埃斯帕点点头。"你的气色比那会儿好多了。"

"我也这么想,"总督之子说,"你感觉怎样?"

埃斯帕耸耸肩:"我不像一般人那么容易中毒。"

"从我听说的那些事来看,我简直无法相信你是人类。"恩弗瑞斯说着,努力摆出与形象不太搭调的笑容,又很快正起脸色。埃斯帕也没漏过他投向薇娜的羞涩眼神。

"你对人类的了解实在不够多,孩子。"莉希娅说。

"他确实是人类。"薇娜说。

"易霍克在哪儿?"埃斯帕问。

"去山里找你了。"

埃斯帕早就察觉有更多人马朝这里接近,此时他们方才抵达。一共二十二人,大多身着埃斯帕印象中的哈梅斯侍从制服。其中有两人的打扮没那么正式,埃斯帕估计他们是猎手或者追踪者。

"我们正好多了几匹马,"恩弗瑞斯说,"如果你和这位女士用得上,那就太好了。"

"在我弄干净自己之前,我还是步行的好,"埃斯帕说,"你说的那口泉水在哪?"

"就在那边。"恩弗瑞斯指了指。

埃斯帕点点头,朝他所指的方向走去。

这口地里涌出的泉水冰冷而清澈,更汇成了一片被苔藓和蕨类植物环绕的池塘。他疲惫地褪下皮胸甲和衬里的软甲,后者陈旧不

显灵的几种形式

堪,到处都是破洞。

接着,他脱下麋鹿皮靴子和马裤,滑进水中。水温起初冰冷如刀,可少顷便舒适起来。他闭上眼睛,浸泡了一会儿,让皮肤上的毒血缓缓流走。

说实话,他不觉得那头绿憨——该叫它翼龙还是龙兽?——是有毒的,至少没法跟龙蛇或者狮鹫相比:它们的目光就足以致弱者于死地。不过他需要思考的时间,还得考虑薇娜的情况……

薇娜的情况。他猛地想起了沙恩林里那头硕大的母猪,还有它肚子里撕扯挣扎想要脱体而出的怪物,呼吸突然加快了。

"你得保护你遇到的下一个人类。然后把那个人带去荆棘王曾经沉睡的山谷。"

她说的是薇娜。肯定没错。真他妈该死。

噢,他不会照办的。让沙恩林修女见鬼去吧。可她为啥想要他带薇娜去那儿?究竟为什么?

他听到枝条的折断声,仰起头。来者是恩弗瑞斯。

埃斯帕看了看自己一码开外的盔甲,但现在去穿已经来不及了。匕首倒是就在伸手可及的地方。

"是我。"恩弗瑞斯说了句废话。

"唔。"埃斯帕应道。

"我把我的斗篷拿来了。也许把你的衣服烧了比较好,你觉得呢?"

"也许吧。"埃斯帕回答。

恩弗瑞斯点点头,却没有走向那堆丢弃在旁的衣物。

"我还以为再也见不到你了呢,"总督之子道,"她坚持要我们找你,我也一直在找,因为,呃,我想我欠你的。"

"真是这样吗?"

"不是。不过我确实在找你,我跟着龙蛇的脚步追到巴戈山,在那儿迷了路。但她还是不满意。两天前她说自己做了个梦。说她看到你在林子里穿行。我觉得再找一次也不会有什么损失。"

"但事实正相反。"

他耸耸肩。"我的确希望我们永远找不到你。"

埃斯帕耸耸肩,试图把状况弄个明白。附近是不是埋伏了弓箭手?不过这小子曾经单枪匹马和龙蛇对峙。埃斯帕对他的了解几乎仅限于此,但这也意味着他不缺乏勇气或者坚定的信仰。这些品质时常与荣誉感相伴。

"我也没想到自己会对流着平民血液的人有感觉,"恩弗瑞斯续道,"不过这在我的家族里不算罕见。毕竟我们不是什么大贵族。"他压低了声音。"我可以给她更好的生活,护林官。那个孩子也一样。"

"我知道,"埃斯帕说,"薇娜的想法如何?"

"你觉得呢?她一直在等你。"

"然后我们就来了。"

"对。"总督之子应道。接着他迈开步子,朝埃斯帕的衣服走去。"我们要不要把你的胸甲也烧了?我可以再给你一件。"

埃斯帕看着那件破烂不堪的护甲。它陪伴了他很久。何况他已经失去了魔鬼。

真蠢。它只是件东西,一件几乎不堪使用的东西。如果恩弗瑞斯现在不打算杀他,他说的话或许就是真的。

"我是逃出来的。"埃斯帕说。

"逃?谁在追你?"

"一大群怪物。"他说。

"离这儿还有多远?"恩弗瑞斯问道。他看起来毫不惊讶。

"噢,那只会飞的已经追上我了。剩下那些要么一天就到,要么还得有一个九日。我不清楚它们的路线,也不知道它们追踪的技巧有多高明。"

"我们可以在埃瑞汶思东跟他们开打。"

"不,我们打不过的,"埃斯帕说,"相信我。"

"那怎么办?"

"我——"埃斯帕开了口,可嗓子里却在发痒。他想说的是,他和莉希娅会继续前进,把芬德和他那群怪兽引到别的什么地方去。

这是他原本想说的话。

"我们可以继续把它们甩在后头。我知道有个安全的地方,只要

显灵的几种形式

把她也带去就好。"

恩弗瑞斯皱起眉。"我明白你对她的感情,可如果那些怪物在追你,那她不跟你同行不是会更加安全吗?"

没错!

埃斯帕却摇了摇头,"它们也在追她。那条翼龙袭击的就是她,不是吗?"

恩弗瑞斯点点头,"对,"他承认,"可这是为什么?"

埃斯帕深吸了一口气。能把誓约的事告诉恩弗瑞斯吗?那样的话,这小子说不定会杀了他,或者把他关起来,直到薇娜走得远远的为止。

也许值得一试。

"还记得给你解了龙蛇毒的浆果是我从哪儿弄来的吗?"

"他们说是沙恩林修女给你的。"

"对。"而他得为此付出代价。"她告诉我,如果我不出手阻止,芬德就会杀掉薇娜。"

他想要高喊,可他办不到。

"瞧,"他不顾一切地说,"你刚才说,薇娜梦见我来了这儿,对不对?"

恩弗瑞斯点点头。"她总是能预知未来?"

"不!"埃斯帕回答,"不,她——"可他再也说不下去了。他就像个儿童剧里的提线木偶。

"我们准备去埃瑞汶思东补给,并且跟其他人会合,"恩弗瑞斯说,"我会派出几个斥候,试试能不能发现那些家伙离这儿还有多远。那翼龙被你杀了,没准它们彻底跟丢了呢。"

"没准吧。"埃斯帕怀疑地说。

前往埃瑞汶思东的旅行算不上愉快。薇娜骑马与他并行,恩弗瑞斯也离得不远。莉希娅跟在队尾,但这没让他好过多少。没人愿意当着所有人的面聊天,因此沉默几乎占据了大半时间。

埃瑞汶思东是一座造型古朴的山顶城堡,有四四方方的中央塔楼和厚实的城墙。它坐落于一块小土丘上,周围的那条古老且闲置

THE BORN QUEEN

许久的护城河早就变成了一片长满香蒲和水草的沼泽,成群的野鸭在此安居。

"往北一里格有座年头短些的要塞,"恩弗瑞斯告诉他,"九天前从伊斯冷来了一整支驻防部队。我猜女王认为寒沙人有可能行军到巫河边,再乘船沿河而下。我父亲在我小时候就把埃瑞汶思东给了我。在此之前,它已经荒废了一个世代。"

埃斯帕想不到有什么回答的必要,所以他没有做声。总之,不久他们便进了城堡,他来到了塔楼的一个小房间里。有人给他拿来了好几件棉布衬衫,一条结实的马裤,还有一双小牛皮靴子。带来衣物的那个火红头发的家伙对着他上下打量了一番。

"你喜欢什么样的护甲?"

"熟皮的。"埃斯帕说。

"我想我可以弄件铁的来。"

"我可不是骑士。钢铁不适合我,那玩意儿太沉。皮的就成。"

"两天之内我就能做好。"

"我想我们的时间恐怕不太够。"埃斯帕说。

"我现在就去,不过我会瞧瞧手边还有啥适合你的。"红发男人回答。

"谢了。"埃斯帕说。

然后那家伙就走了,只留下他和自己的担忧独处。

但没过多久,令他既期待又畏惧的敲门声响了起来。他打开门,薇娜站在他面前。

"你身上没毒了吧?"她问道。

"应该没了。"

"那你就该吻我了。除非你还有别的理由。"

在他吻下之前,仿佛过去了很久很久,可重温那种滋味之时,他想起了他与她双唇初会时的情景。他那时也刚刚遭遇了一头怪物——破天荒头一遭。而她的吻所带来的惊讶简直和目睹传说中的怪兽变为现实不相上下。

这个漫长的吻并不完全出自真心。那对嘴唇后面蕴藏着太多的疑问。

显灵的几种形式

两人分开怀抱，薇娜笑了起来。

"这么说……"埃斯帕说着，低头望向她的肚子。

她扬起眉毛。"希望这不是个问题，"她说，"埃斯帕·怀特，我真的希望你不是在问我问题。"

"不，"他连忙道，"可，呃，是什么时候的事？"

"你以为呢？在你的树屋里，就在我们头一回看到龙蛇的时候。"

寒意蹿上他的脊梁。薇娜是在中了龙蛇毒的同一天怀孕的。肯定没错。

"我想看到的可不是这副表情。"她说。

"我只是——我只是在努力弄明白状况。"埃斯帕说。

"噢，好吧，我也一样。你去了哪里，埃斯帕？还有，见鬼，她为什么和你在一起？"

"这就说来话长了。"

"是从你把我留在这儿开始的吗？"

埃斯帕不太确定她这话的意思，可他还是点了点头。"对。"

"噢，那就告诉我吧。"

"坐下说。"

她在床边坐下。

"我出发去寻找龙蛇，跟了它很久，一路穿过巴戈山。我在深山里追上了它，可我不是唯一寻找它的人。不知为啥，赫斯匹罗也在追踪它。"

"护法？"

"对。他想干掉我，所以我猜他已经知道我们不再替他卖命了。"

"他想干掉你？"

"对。他动手时的位置不够好，他在山崖上，我在底下，所以我趁机走脱了。不过芬德也在那儿。"

"对。骑着龙蛇。"

"而且那座山里有瑟夫莱，莉希娅的同胞。我想他们跟护法干了一架。不过那会儿我有点忙。荆棘王现身了，只不过你和斯蒂芬都不在。"

"你没找到斯蒂芬？"

"没。我用护法给的箭杀了龙蛇。然后我还跟一个满瑞斯修士打了一场。他下手很重,我的腿断了。要不是魔鬼,我就死定了,一点商量的余地都没有。"

"魔鬼……"

"救我的时候死了。"

"抱歉,埃斯帕。"

他耸耸肩。"我本打算过不久就放生它,可再也没机会了。至少它是战死的。然后芬德就……呃……杀了荆棘王。"

"什么?"

"用同一支箭。我这才明白它根本不是只能用三次,而是很多次。他正准备用它干掉我的时候,莉希娅出现,把我救走了。"

"来得早不如来得巧。"

"对。不过我后来病了,病得很重。等我苏醒过来的时候,莉希娅已经找到了藏身处,可我整整几个月都没法走路。芬德找到了我们。他发现了我的踪迹,而且他不是孤身一人。我们不能继续留在这儿,薇娜。"

"你跟她独处了四个月?"薇娜问。

"对。"

"你肯定过得很舒服吧。"

他心里涌起一股怒意。"你这话真幼稚,薇娜。那儿什么都没有。说起来,成天被人献殷勤的恐怕是你吧。"

"你说恩弗瑞斯?他很温柔。但他不是你。他不是我孩子的父亲。"她站起身,"至于你说我幼稚,是啊,我年轻得足够当你的女儿,可我嫉妒并不代表我是个傻瓜,这只代表我爱你。我正准备放弃希望,相信你真的已经死掉的时候,你却跟她一起出现了?别跟我发脾气,也别回避我的问题。你告诉我你们之间什么都没发生,我就再也不提了。"

"真的什么都没发生。"

她吐出一口长气。"很好。"她说。

"话题到此结束?"

"嗯。"

"好。"

"就这样了？你没有别的可说了？"

埃斯帕双目合拢片刻。"你知道我有多在乎你，薇娜。可也许你最好的归宿——"

"停，"她说，"别说下去了，埃斯帕。没有什么'最好的'归宿。只有你。你知道我从来不会提出过分的要求，不过我确实得到了一些东西，"她拍拍自己的肚子，"我从未想过你会给我常人的生活，御林看守。你从没做过承诺，我也不会妄想。但无论发生什么，这都是我们的孩子。"

他凝视着她的腹部，想起了那只破腹而出的狮鹫。"薇娜。"

"什么？"

愿狰狞怪带走沙恩林修女吧。

"那就让我把你带去一个安全的地方吧。能让这个孩子远离恐惧的地方。"

"你会跟我一起去吗？"

"嗯。"

她露出笑容，冲过去抱住了他，隆起的腹部紧贴他的身体。

"我好想你，埃斯帕·怀特。你都不知道我有多想你。"她拉起他的手，"我们要去哪儿？"

他吻了她的手，回答了她。他本想说他们要去维吉尼亚或者纳兹盖弗，任何看起来远离那腐化世界的疾病的地方。

"去仙兔山，"他听到自己在说，"路上由我来保护你。"

他又吻了她一次。

第四章 两个女佣

安妮在袖套牧场上策马飞奔,胯下的飞毛腿化作了一道闪电。安妮只觉强烈的喜悦扬起了她的嘴角,她高喊出声,将快意倾吐给任何正在聆听的圣者。

她已经很久没这么心无旁骛地骑马了。过去她倒是每天都这么干,顺便躲开母亲派来追赶她要带她返回课堂或者宫廷的那些人。那时只有她和飞毛腿,有时还有奥丝娩。

奥丝娩应该已经到了卡佐身边了。她祝愿他们幸福。

这个念头让她的情绪低落了少许。她已经不是无忧无虑的小丫头了,对不对?跟随在后的那些骑手也不是在追赶她:他们是她的护卫,听从她的命令。

她看到前方出现了更多骑手,身旁飞掠而过的景色也稍许放慢了速度。他们的轻甲外裹着红、金、黑相间的制服,盾牌上绘着巨蛇和浪涛。她既认不出他们的服色,也想不起这个家徽。他们正在操练某种骑兵阵,小巧的弓在他们手中舞动。竖起的那些靶子上早已插满了箭支。

她继续打量这群人,突然发现其中那个身材颇为苗条的骑手的的确确是个女人。安妮的目光定了格,看着她踩着马镫站起身,若无其事地射出一箭。箭矢命中了目标,在靶心处颤抖不止。她却已拨转马头,从箭囊里抽出另一支箭来。

"这些是谁的手下?"安妮向矮小秃顶的艾提尔队长——这支卫队的指挥官——询问道。

"是凯普·查文伯爵的手下,殿下。"他答道。

"凯普·查文手下有女兵?"

"我没听说过,殿下。"

片刻后,那群骑兵停止了操练,其中两人策马朝他们接近:伯爵和那名女子。

显灵的几种形式

他们在大约十码远处下了马,单膝跪地。安妮发现那女子很是年轻,恐怕不超过十五岁。

"起来吧,"安妮说,"你今天过得怎样,凯普·查文?"

"好得很,"他说,"跟我的轻骑队在操练呢。"

"这位也是你的弓手?"

他笑得更欢了。"这是我妹妹埃米莉。她不算这支部队的正式成员,可我没法阻止她跟我们一起训练。"

埃米莉行了个屈膝礼。"很高兴认识您,殿下。"

"你的弓使得很棒。"安妮告诉她。

"您过奖了,殿下。"她说。

一股冲动涌上心头。"你们俩介意跟我一起骑会儿马吗?"她问。

"荣幸之至,殿下。"伯爵道。

他们再次上马,沿着草场的边缘——此处的地势骤然变陡,而下方远处便是泥泞的湿地——继续前进。

"那儿肯定是伊斯冷墓城吧。"埃米莉说着,指了指那些高大却色调灰暗的石头建筑。

"没错。"安妮说着,突然感到了些微的寒意。她过去也曾在那里度过许多时光,但和袖套草场不同的是,她完全没有重游这片故地的兴致。

"它真大啊,"埃米莉说,"比瑞勒的大多了。"

"嗯,我想是因为这儿的人死得比较多。"安妮。

"噢。"女孩说。她的语气显得有些不自然,仿佛突然想起了安妮近来有多少家人葬身于此。

"这边走。"安妮说,"旖旎岛上有趣的东西多的是。"

她催促飞毛腿奔跑起来,其他人立刻紧跟在后。她随即发现,伯爵和他妹妹骑马就跟走路一样轻松。

她领着他们朝着汤姆·窝石和汤姆·喀斯特双峰前进,一面伤感地看着迂廊。她过去常常经由这条陡峭的坡道逃到湿地去。如今物是人非。她转过头,带着众人踏上汤姆·窝石峰青翠的山坡,盘旋而上,最后到达荒凉的山顶。低头望去,旖旎全岛的景致一览无余。

THE BORN QUEEN

"它太美了,"埃米莉惊呼道,"到处都有这么多风景可看!"

安妮到过这儿很多次,但回伊斯冷后却一直没来过。她惊讶地发现,一切都突然显得新奇起来。

在东方,宏伟的伊斯冷城层次分明,最上端则是高塔林立的主堡。北面是露河和过去曾是国王淹地的巨大湖泊。此前这里被她叔叔罗伯特开闸淹没,如今水上布满了五颜六色、挂着莱芮、克洛史尼与火籁旗号的船只。迷雾笼罩的湿地向着北方延展,止步于在晨间阳光中波光粼粼的宽广巫河之前,而西面……

"荆棘门。"伯爵叹了口气。

"简直让人无法想象。"埃米莉喃喃道。

"这可是人类建造的最坚固的城墙。"艾提尔队长说。

的确如此。旖旎岛被露河和巫河围绕其中,那两条河流也是在此流入浮沫海湾。将海湾一分为二的荆棘门是一道长逾三里格的乳白色石墙,有七座高塔和七个拱门,宽度足可容纳两艘军舰并排同行。它已经有七百年的历史了;从它落成的那天起,就没有人从海路攻陷过伊斯冷。

"真的太宏伟了,"埃米莉说,"感谢您让我看到这些风景。"她的眼睛闪闪发亮。

安妮点点头。"噢,毕竟你们也走了这么远嘛。"

她转向伯爵:"你为什么带她来伊斯冷,凯普·查文?她在维吉尼亚会比较安全吧。"

"不,我和您的看法相反,"伯爵道,"为了劝我回去,她没准会被抓去当人质。在这儿的话,我还有办法照顾她。"

"反正我更喜欢这儿,"埃米莉说,"这儿太有趣了。"

"等你哥哥去打仗了,你该怎么办?"

"说到这个,还有件事要劳驾您。"伯爵说。

"什么事呢,凯普·查文?"

"如果您听说有哪位女士需要女仆……"他的声音越来越小,神情有些尴尬。

"这算什么?"埃米莉说,"我为什么就不能跟你一起去?"她转向安妮,"我真的对针线活不太在行。"

显灵的几种形式

"也许我能让你们俩都满意，"安妮说，"我现在正需要一个女仆，而你哥哥，至少暂时会与我同行。我个人很想看看他手下士兵的表现。"

"殿下，"伯爵说，"您真是太慷慨了。"

"别高兴得太早，凯普·查文。我的女仆总是有性命之忧。"

"我用起匕首和剑来跟弓一样顺手。"埃米莉说。

伯爵抿紧嘴唇，对妹妹使了个眼神，意思应该是要她闭嘴。

"的确如此，"过了一会儿，他勉强开了口，"她能照顾好自己。危险无处不在，殿下。您也许会引来危险，可就我所知，您也同样善于化解危机。何况我还能时常见到她——这已经超出我的期望了。"

"噢，我不对你保证什么。先让她试着当几天女仆，看看能不能胜任吧。"

埃米莉拍拍手，却没笑出声来。这倒让人对她有了些信心。

几个钟头之后，在战炉大厅里，袖套牧场的清新空气显得那么遥远。除了缺少窗户之外，房间本身就气氛凝重，挂满了描绘戴尔家族过往征战史的大幅油画。其中一幅似乎以她为主题。作画者的笔触从鳞次栉比的大军的最初几列人马展开，画面的底部只能看到盔顶的样子，后几列人露出整颗头颅，然后是肩膀。山顶站着一名着甲的女子，背对着画面，却转过头看着军队。她的头发鲜红似火，闪烁耀眼，飞舞于身畔，她的眼神炽热而狂野。她的双唇分开，脖颈绷紧，似乎在高声大呼。

大军前方，有一座庞大的暗红石堡在雾中若隐若现，而在那雾气中，似乎还有巨大的影子在动。

她是维吉尼娅·戴尔，在可怕的最终之战中，她曾于伊斯冷如今所在之处作战。

也正是维吉尼娅·戴尔，饶了最后一个司皋斯罗羿的命，让其成为克洛史尼诸王的秘密囚犯——最后安妮给了他自由。

跟紧我，她在说。我的继承人啊，跟紧我。

"殿下，如果你现在没心情——"

THE BORN QUEEN

发话者是阿特沃。

"不,"她说着,摇摇头,把注意力转回眼前,"我没事。我只是好奇,这画师是如何知道维吉尼娅·戴尔的长相的。"

"他不知道,"阿特沃说,"他是参照艾黎宛·戴尔画的。"

"艾黎宛姑妈?"

"不,是你父亲的祖母。她原本不属于王族,但她母亲是戴尔家族的旁支。"

"这画的就是她?"

"噢,我见到她的时候,她的样子已经不太一样了。她比画上老了很多。为什么问这个?"

因为我在她的陵墓里几乎丧失了贞洁。

"没什么。"她说。

他耸耸肩,然后指了指桌子上摊开的那张地图。"费尔爵士会封锁寇本维,阻止敌人从海路继续输送援军。他们打算从陆上进攻,因为这是攻占那座城市的最快也最好的法子。寇本维算不上什么要塞,周围的高地也让它很容易遭受攻城器械的轰炸。也就是说,在我军兵临城下之前,他们会尝试在莫葛·瓦斯特平原与我们交战。"

"所以?"

"所以我提议选择一条比较不那么直接的进军路线:稍稍偏向东边,然后再折返回去,发动进攻。"他的手指画出一条弧线。

"我们可以分一股骑兵在正面扎营,挑衅守军出战。诱敌部队随后向普尔斯奇德撤军。到那时,我们应该已经到达目的地了。"

安妮点点头。"你认为合适的话,那就这样吧。"

"我们可以带大军出征,不过这样一来,伊斯冷的防守就会削弱,而且行军速度也会减慢。如果我军以骑兵和轻步兵为主,我想寇本维很快就会陷落。"

"那就试试看吧。假如我军大多是骑兵的话,我希望能带上凯普·查文家的人。"

阿特沃皱了皱眉。"他的名声不坏,"他说,"听说他手下的弓骑兵所向无敌。可这些人都是从他父亲那儿继承来的,他本人没有经过战场的考验。除此之外,我担心他能否忠诚到底。"

显灵的几种形式

"你觉得他对我的效忠是装出来的？"

"我不知道该不该这么觉得，殿下。这就是问题。我不了解他。"

"那我们现在就让他接受考验不是更好吗？"

"我想是的。可如果他要跟你同行……"

"这个话题到此为止。"

阿特沃看起来似乎很想继续讨论的样子，但还是摇了摇头。

"给他次机会吧。"她说。

"如您所愿，殿下。好了，可以的话，我们要开始讨论海岸线的防守……"

又过了两个钟头，安妮走向自己的房间，准备休息。还没等她更衣完毕，门外就传来了轻柔的叩击声。她套上一件睡袍，走向房门。

不用说，敲门者是她的瑟夫莱护卫。

"请原谅，殿下，"他说，"有人请求觐见。"

"在我的房间里？"

"殿下，是主母乌恩。"

"噢。"她已经许久没有见过那个上了年纪的瑟夫莱女人了。她向来都是无事不登三宝殿。

"那就带她上来吧。"她说，"再给我弄些她平常喝的茶来。"

"遵命，殿下。"

过了一会儿，两个瑟夫莱女人出现在门口。

主母乌恩的岁数就算对有数百年寿命的瑟夫莱而言也很老了。即使在透过窗户的薄暮微光之中，她半透明的肌肤下那蛛网般纷繁交错的脸部血管也一览无余。她的头发梳成一根长长的辫子，在腰间绕了整整三圈，就像一条腰带。

另一名女子样貌则十分年轻，但瑟夫莱的实际年龄很难判断。她有张瓜子脸，有一双略带深色的眸子，嘴角微弯，仿佛随时都在苦笑似的。

"殿下，"主母乌恩说着，鞠躬行礼，"请容许我向您引见舍恩家族的娜蕾奈。"

那年轻女子又鞠了一躬。"很高兴能见到您，殿下。"

她沙哑的嗓音听起来很悦耳，带着安妮辨认不出的某种柔和口音。

"高兴的是我才对，"安妮说，"不知你为何事来访？"

"我想您是想说'打扰'吧，"主母乌恩说，"抱歉，时间有些晚。我不会耽搁太久的。"

"请坐吧。"安妮说。

两位女子在一张长椅上坐下，而安妮则在扶手椅里落座。

主母乌恩的目光仿佛能穿透她一般。"你的力量在增长，"她说，"我能看到围绕在你身边的力量。闭上眼睛，我就能感觉到你。"

安妮突然意识到，这两个瑟夫莱女人的到访是件赏心乐事。有人能够倾吐心事，又不会觉得她发了疯，这实在是太让人高兴了。

"我——发生了很多事。有时我会做些自己都不明白的事，就像在做梦似的。我觉得……"她叹口气，"你能告诉我，我这是怎么了吗？"

"我想我们没法解释每一件事，不过我和娜蕾奈来这里，就是为了把我们知道的都告诉您。"

这时茶水送了上来，安妮不耐烦地等待仆人退下，这时两位客人各自浅抿了一口。

"我看到了一个女人，"安妮说，"她全身都在燃烧，而且她有力量。她帮了我，可我不知道是否应该信任她。"

"女人？不是翡思姐妹？"

"她杀死了翡思姐妹。"安妮说。

主母乌恩睁大了眼睛。"这可有趣了，"她说，"我不知道这意味着什么。娜蕾奈，你呢？"

"翡思姐妹是进言者。"娜蕾奈说。

"不太称职的进言者。"安妮答道。

年轻的那个瑟夫莱耸耸肩。"的确，她们有局限。我想，至少从前有。但她们能在强大力量的洪流中看到他人无法察觉之事。而且她们在俗世里也有追随者。"

显灵的几种形式

"没错,"安妮说,"我就见过其中几个。他们绑架了我。"

娜蕾奈皱皱眉,将十指相抵,摆出尖塔的形状。

"那个身上冒火的女人肯定是你的**埃瑞拉**,"主母乌恩道,"这样看来就合情合理了。"

"**埃瑞拉**?"

"在关于王座的古老传说中,就曾提及埃瑞拉的存在,他们是某种向导,会引导那些拥有力量者登上王座。至少她在这方面是你的盟友。"

"但您有个问题得询问自己,"娜蕾奈说,"埃瑞拉之所以解决翡思姐妹,是因为她不想让翡思姐妹给您怎样的建议呢?"

"我和她们的灵魂交谈过,"安妮说,"她们没有谈及自己的死因。"

"她们也许还不知道。也许你的埃瑞拉害怕她们以后会知道。"

"这么说,她不值得信任?"

"希望您把她——噢,应该说'它'——告诉你的每件事都告诉我。它希望您找到并执掌圣堕王座,而且用的恐怕是最直接的方式。也许它还知道一些比较困难的法子。如果它要你做一件你认为不好的事,那就向它追问变通的方法吧。"

"所以如果她要我砍掉自己的手——"

"我想这种可能性不大,"娜蕾奈说,"听从埃瑞拉的指示,但不要盲从。保持怀疑的态度。"

主母乌恩摇摇头:"我预料到了埃瑞拉的出现。我们初次见面时,我就怀疑它已经找到你了,不过以我的所知没办法帮你什么。所以我去把娜蕾奈找来了。她的族人负责保守这类秘密。她能够给你指引。"她笑了笑,"指引你如何听从指引。"

"听候您的差遣,殿下。"娜蕾奈说。

安妮盯着这两名女子看了一会儿。一部分的她不顾一切地想要相信娜蕾奈的话是发自真心,可另一部分的她却害怕这女人是个间谍。成为女王就是这么麻烦:她不能完全信任任何人。从前高朋满座之处,突然间充斥着陌生人。

可这一切都是我自己想要的,不是吗?她心想。她并没有感到后悔。

"这个先不提,我想再问你们几个问题。"她说。

"我知无不言,殿下。"

"你知道的,我释放了传秘人。这是件很糟糕的事吗?"

"是的。"

"有多糟?"

"非常糟,"主母乌恩说,"但我没法说得很详细。"

"他答应要修复死亡的法则,然后自行死去。"

"他会遵守约定的。但他在此期间所做的事恐怕才是问题所在。"

"已经过去了几个月。"

瑟夫莱老女人粗声大笑起来,娜蕾奈也露出早在唇间等待许久的那抹浅笑。

"他都等了两千年了,殿下。几个月对他来说只是一次呼吸的时间。"

安妮叹了口气。"我知道你警告过我。可我不觉得当时有别的选择。"

"你确实没有,"主母乌恩说,"我早知道你会这么做。"

"你早知道我会释放他?"

"噢,我差不多可以肯定。"

"那你为什么不提醒我这件事?"

主母乌恩把杯子放在面前的矮桌上。

"我说过,释放他是件很糟糕的事。可让你死掉只会更糟。执掌圣堕王座的必须是你,安妮,不能是别人。只有到了那时,我们才能赎罪。"

"赎罪?"

"都是陈年旧事了,瑟夫莱的旧事。我不该说的。"

"你们为我卖命就是因为这个?"

"传秘人仍是囚犯的时候,我们必须看守他。如今我们有了侍奉你的自由,所以我们选择为你效劳。他获得自由的那一刻,我们的斗士就前去寻找你了。"

"他们救了我的命。而且帮我夺回了城堡。现在你又想送一位女佣给我。可我不明白为什么，主母乌恩。"

"因为你能让一切回归正轨，"老女人答道，"我不能再说下去了，否则'它'会钻进你的脑袋，然后毁掉你。好了，您到底愿不愿意留下娜蕾奈？您大可以拒绝，不会有什么后果的。"

安妮的心里涌出一股恐慌，和她在伊斯冷城的大门前所感受到的一样。

我什么都不想要！我不想坐上什么圣堕王座，也不想拯救世界。我只想要卡佐和奥丝蛇回来，我们一起走得远远的……

"殿下？"主母乌恩问道，语气里满是关切。

安妮这才发觉泪水爬满了脸颊。她甩开头发，坐直身体。

"舍恩家族的娜蕾奈，很高兴能有你为我效命。可你必须明白，现在是战争期间，我也会投身战场，而你将会置身险地。"

"危险无处不在，"娜蕾奈答道，"能接受您的邀请是我最大的光荣。"

安妮突然有种感觉，仿佛有一股小火苗顺着她的脊骨，扶摇而上。

这是个错误，那女子道。

也许吧。但这是我的错误。是我自己的决定。

唯一的回答便是一阵嘲弄的笑声。然后滚烫的感觉消失不见。

第五章 寒沙的风暴

尼尔解开胸甲的搭扣,身体颤抖了一下,然后把胸甲丢到地板上。他看着黯淡无光的盔甲上自己浑浊的倒影,叹了口气。

他小小的房间里传来了敲门声。

"请进。"他说。

房门开启,艾丽思站在门口。她一袭黄色礼裙,显得光彩照人。

"恭喜。"她说。

他点点头。"谢谢。"

"你好像不怎么高兴啊,"她评论道,"让我猜猜:他落荒而逃,所以你很失望?"

"他临阵脱逃了。"尼尔回答。

"因为你在后面*追赶他*。"艾丽思说着,放声大笑。

尼尔耸耸肩,肌肉一阵抽痛。"他真不幸。"

"可这不是你意料之中的事吗?那些难道不是虚张声势?"

"我没有虚张声势,"尼尔说,"如果我在唬人,他肯定不会相信的。对一个珍惜自己性命的人来说,最可怕的莫过于不惜性命的对手。"

"噢。这么说,你不在乎自己的命?"

"我的右臂状况很差,左臂更糟。双手没法使出头脑里的技巧,就算技巧再高超,我也打不赢对手。不惜性命是我唯一剩下的武器了。放心吧,我不会自己寻死的。但假如我的下一个对手没有退缩,那我的死期就到了。"

"你的伤还没痊愈呢。"

他阴郁地笑了笑。"对。可我不觉得痊愈后能比现在好多少。"

"好啦,开心点吧。今天你胜了,而且是用最好的方式获胜的。羞辱阿拉雷克爵士比杀死他好得多。这件事已经传得神乎其神了:

显灵的几种形式

他们说你光凭面孔就粉碎了他的意志,说你的眼睛像太阳般熊熊燃烧,眼珠大得像餐盘,没人能够直视你,把你说得好像下凡的圣罗依。他们说任何凡人都无法与你抗衡。"

"如果他们没法直视我,又是怎么知道我的眼珠大得像餐盘的?"

"你这就是鸡蛋里挑骨头了,"她说,"另外,你也该生儿育女了。我想今晚就会有不少姑娘对你投怀送抱。既然决斗没让你尽兴……"

尼尔叹了口气,小心地脱下铠甲剩余的部分。

"当然了,我可没这个意思。"艾丽思说。

"还有别的事吗,贝利女士?"

她交叠双臂,背靠门框。"尼尔爵士,你今年还没到二十二呢。现在就学糟老头子也太早了。"

"多谢你的关心,贝利女士,"尼尔说,"我向你保证,我没事。"

"我要走了,"她说,"我累了。而且我确实有事要告诉你:我们还得在这逗留一晚,明天鸡鸣时出发。"

"多谢。我会做好准备的。"

他们朝着寒沙继续前进,翻过几座小山,经过由四散的农庄守护的宽广麦田,道路也比先前好走了些。田地里的人们近乎面无表情地看着一行人。经过两个亚麻色头发的小女孩面前时,她们咯咯笑着挥了挥手,然后飞也似的躲进了一座废弃的谷仓。玛蕊莉能看到她们一直在窥视着自己,直到谷仓从视野中消失为止。

"这儿跟弥登简直没什么分别。"玛蕊莉对艾丽思说。

"农夫终归是农夫,"艾丽思说,"说寒沙话还是阿尔曼语都一样。"

"我觉得,无论这场仗打不打,胜的又是谁,他们都不在乎。"

艾丽思盯着她。"您在开玩笑吧?"

"没。你刚才也说了,农夫终归是农夫。无论收税的是谁,他们的日子还是一样过。"

"噢,没错,是这样,可在此期间——在战争期间——他们的庄稼会被掠夺,女儿会被强暴,无论哪一方都干得出这种事。如果还有利用价值的话,他们的子孙将被迫继续为领主效命,又因为他们对武器一窍不通,所以他们的性命和身体只能用来填塞护城河。他们也许不在乎征税人是谁,或者打胜仗的是谁,但他们肯定不希望战火蔓延到这里。"

"克洛史尼的军队可不会做出这种暴行。"玛蕊莉说。

"会的,相信我。有过先例。"

玛蕊莉被她那种信誓旦旦的口气惊呆了。

"说说看。"她说。

艾丽思转过脸去。"别在意,"她说,"这么粗俗的话题,我不该提的。"

"你确实没提。挑起话头的人是我。既然我是太后,而你是我的仆从,就满足一下我的好奇心吧。"

艾丽思摆弄了几下缰绳,又去打量坐骑的鬃毛。

"这是很久以前的事了,"她说,"我那年只有五岁。您明白的,我家很穷。我父亲甚至连修理宅子的费用都负担不起。有些房间根本没法进人,连地板都腐烂了。我出生前河水改了道,一半的田地都被淹没了。我们领地上只剩下五户人家。我已经记不清他们的名字了,只有萨莉除外,因为她是我的保姆。我想她那时应该是十二岁,有一头红发,双手粗糙得很。她会唱好笑的歌给我听,可我已经想不起内容了。

"有天来了一群陌生人。一些待在我家里,一些在田地里扎营。我记得父亲跟他们有过争吵,可我当时只觉得这一切很刺激。然后有一天,我们去了萨莉的家,她说要和我在谷仓里玩捉迷藏的游戏。她的表现很古怪,这让我有点害怕。她把我带到阁楼上,告诉我别弄出任何声音。然后有些人冲了进来,强迫她把衣服脱掉。"

"不。"

"噢,确实如此。我不清楚究竟发生了什么,他们又在做什么,可我明白她受了伤害。我当时什么都没说。他们离开后,她那天剩下的时间一直以泪洗面。我把这件事告诉了父亲。他吻了我,然后问他们有没有碰我,我说'没有'的时候,他哭了。然后他说他对此无能为力。他说我们在打仗。"

"考锡叛乱。"

显灵的几种形式

"没错。"

"可考锡的手下是一群野兽。"

"待在我家的那些人不是考锡的手下:他们是伊斯冷派来的骑士和士兵。当然,这些细节——还有那群人住在我家乡时干过的其他好事——都是我后来才知道的。那是在我被送去修女院的不久以后。"

"这事发生的时候,威廉才刚当上国王不久。"玛蕊莉说。

"国王是谁并不重要。军队总要吃饭。军队的成员即将踏上沙场,而且有战死的可能,这让他们和常人——不太一样。"

"你该不会是在替他们找借口吧。"

"当然不。我希望对萨莉做过那件事的家伙们痛苦地死去。我不是在替他们找借口,只是陈述事实罢了。"

"不是每个军人都跟他们一样的。"

"当然。可一百人里有一个就很多了,何况实际的数量远远不止。"艾丽思回答。

当天下午,前方高处的天空出现了层叠的云彩,它们闪耀着炽热的光芒,仿佛悬浮于苍穹之上的座座城堡。万籁无声,玛蕊莉为这幕美景屏住了呼吸。蓝白色的光弧不时穿过云层,或者跃向地面,但大部分火焰似乎都藏匿于雷暴云的中央。艾丽思似乎和她一样看入了迷。

只要留心,美好之物便俯拾皆是。为什么她总是在旅行中才能有所领悟?

太阳不为所动,依旧朝着西方的森林落去,可还没等它抵达目的地,另一幅截然不同的壮观景色又出现在他们眼前。它起初看起来像是一团灰尘之云,可很快玛蕊莉便认出了旗帜,还有夕阳映照在盔甲上的红色光泽。

她想起了早晨那些小女孩,只觉背脊上仿佛爬满了蜘蛛。

"你猜他们有多少人呢,尼尔爵士?"等到那支部队更接近了些,她问道。他们身在一座小山上,将下方又长又浅的山谷一览无

THE BORN QUEEN

余。阿拉代打出了他的旗号,于是她发现,有一支先遣队骑马迎面而来。

尼尔指着那支军队。他们四人并行,整个队伍似乎足有一里格长。

"您看到那旗帜了吗?"他问。

她看到了。要看漏也很不容易,因为每面旗帜都足有数码方圆。最近的那面描绘着一条长着尖角的大鱼。另外两面相距太远,图案难以辨明。

"每面旗帜下都有一千人,或者接近一千。这是一整支**哈吉**。"

"**哈吉**?"

"寒沙军队的编制和我们不同,"尼尔解释道,"在克洛史尼,领主会提拔自己的骑士,骑士则负责招募仆从、步兵,需要的话也会征召民兵。士兵们全都听从各自长官的安排。"

"寒沙人不一样吗?"

"骑兵是一样的,但那些步兵不是。他们的部队分得很细:一百人称之为一瓦杜。十瓦杜就是一寒沙。三或四寒沙就是一哈吉,这和教会的教团很像。"

"听起来很有条理嘛。"艾丽思评论道。

"没错。"尼尔回答。

"可如果寒沙的意思是千人队,为什么他们的国家也叫这个名字?"

"我还真没想过,"尼尔回答,"也许阿拉代大人可以回答这个问题。"

玛蕊莉招呼了一声,那位寒沙领主便催促马儿跑了过来。

"殿下?"

"我们很想知道,为什么你的国家是用千人队的称呼来命名的。"

他略微困惑了片刻,然后露出笑容。"我明白了。这得从我们的历史说起。寒沙不只是个千人队,它是神圣的存在,是兄弟会,也是圣者庇佑的公会。那时瓦杜和哈吉都还不存在,可我们一直拥有寒沙。它是奠定王国的基石,据说我们只凭借一个寒沙就征服了这块土地。"

显灵的几种形式

"要征服克洛史尼,光凭这点人可不够。"玛蕊莉告诉他。

"唔。不过您也看到了,我们的人也比以前多了很多。"

这时那支先遣队已经很接近了。为首的是个瑞克堡服色的骑士,徽章描绘的是一条扭动的龙蛇和一把剑。他的头盔上有马鬃做装饰,身边带着二十个人。

他走上前来,摘下头盔,露出一张颧骨高耸的年轻面孔。他一头金发,双眸碧绿如苔。

阿拉代此时已然下马,跪倒在地。

"殿下。"他说。

"起来吧,阿拉代,然后为我介绍一下这几位。"那人道。

阿拉代站起身。"克洛史尼王国太后玛蕊莉·戴尔,我荣幸地向您介绍尊贵的王子殿下,贝瑞蒙德·福兰·瑞克堡。"

"我的追求者。"玛蕊莉说。

"也是最失败的追求者,"那年轻人答道,"我遭到断然回绝的次数不是一次,而是七次,这实在算不上愉快的经历。可当我亲眼看到您的时候,我不禁感到双倍的——不,三倍的灰心丧气。您的美也许早已成为了传说,但即便传说这个词也配不上你的美貌。"

玛蕊莉努力装出受宠若惊的样子,可面前这男孩还不到她一半的岁数,这番话也像是经过精心设计,而非出自真心。

"你有这么一副好口才,真该亲自来跟我求婚才对,"她说,"不过说真的,就算圣埃德汉也没法让我不再悲恸。"

贝瑞蒙德略微笑了笑。"我真想娶个像你这样专一的女人。我也希望能有人为我悲恸。"

王子的脸红了红,害羞的神色在他脸上一闪而过。突然间,他的样子就像个小孩子。

"还是希望暂时不会有人为你悲恸吧。"玛蕊莉说。

他点点头。

"有些话我还是得说出来,贝瑞蒙德,这是出于职责。你带领的这些人——我希望他们进军的目标不是我的祖国。"

"这支部队是开往边疆的,"贝瑞蒙德说,"而且带领部队的人不是我。我也是被派来的,女士,为了护送你前往瑞克堡。"

"感谢好意,不过我已经有一支称职的护送队了。"玛蕊莉告诉他。

"我的父王已经拿定主意了。阿拉代还有别的事要忙。"

"殿下——"阿拉代刚刚开口,王子就打断了他,而且语气突然严厉起来。

"阿拉代,如果我希望你说话,我会告诉你。等着我的部下艾勒哈的指示。从这里开始,由我护送太后。"

他转身面对着她,"你的手下将被安全送回边境那里,我向你保证。"

"我的手下?他们得跟我一起走。"

他摇摇头。"你可以留下女佣和一名护卫,不过剩下的人必须回去。"

"这太无礼了,"玛蕊莉说,"你们保证过会遵守古老的协约。"

"阿拉代没有做保证的权利,"王子道,"神圣教会已经宣布你的国家为异端。古老协约已经不适用了。"

"你真相信他们的话?"

有那么一瞬间,他又变回了那个浑身不自在的小男孩,可他的嘴唇随即抿成了一条细线。

"关于这事我不想争论,女士,"他对着尼尔点点头,"我也不想跟你的手下有所争执。"

"你准备俘虏我们,还不允许我们抗议一下?"

"是你想跟我父亲对话的,不是吗?"

"对。为了说服他不要开战。"

"噢,战争早就开始了,是你女儿挑起的。"

"你在说什么呢?"

"她屠杀了教皇大人派来维持和平的五百位教会的神圣斗士。教会是我们忠实的盟友。攻打他们就和攻打我们一样。除此之外,我们还得到消息,说她正在准备攻击我们在寇本维的调解部队。所以我们认为战争已经打响了。而你,太后殿下,代表的是一股入侵势力,我很希望能消灭其中的每一个士兵。但我会遵守诺言,允许他们返回克洛史尼。"

"如果我想跟他们一起回去呢?"

贝瑞蒙德的嘴张开又闭上,似乎陷入了沉思。

"我父亲要我拦截你的使团,以他的名义带你过去。如果使节团已经不存在了——如果你不想再跟他见面了——那我就会带你返回边境。他没有明确表示要我俘虏你们。"

"但你也明白,他的用意就是俘虏我吧?如果我真的去见他,就会成为人质,不是吗?"

贝瑞蒙德叹了口气,别过脸去,"也许是吧。"

玛蕊莉深吸一口气,想起了被罗伯特囚禁在狼皮塔那段无穷无尽的日子。

"你的心中还有荣誉感,贝瑞蒙德王子,"她说,"如果我去了那里,也许会向你寻求庇护。"

他愣了一下,似乎在琢磨这句话的含意,然后他点点头。"我答应你,女士,如果这真是你的愿望。"

"是真的。"

"很好。你的骑士可以暂时留下马具,只要他保证不会突然出手攻击就行。"

他看了眼尼尔,后者望向她。她点点头。

"我以我的同胞信奉的圣者起誓。"尼尔说。

"多谢,"贝瑞蒙德道。他转向阿拉代,"带剩下的人去边境那里。不要伤害他们,也不用解除他们的武器。"

他对着玛蕊莉点点头。"等你准备好,女士,我们就继续朝凯斯堡前进。"

玛蕊莉只觉发丝开始飞舞。风暴已然席卷而来。

第六章 心意的改变

邓莫哥城堡没给卡佐留下过什么愉快的回忆。在离城堡投石之遥的地方,他无助地看着无辜的人们被钉在木桩上开膛剖腹,而且下此毒手的那些家伙还想吊死他。要不是有安妮和她那种古怪的力量,他没准已经死在那儿了。说真的,他那时离死也不远了。

就算没有那些不堪回首的往事,他的心情依然不会好转。安妮究竟想干什么?她说的究竟是真话——她确实需要他待在这儿——还是说这是对抗她的惩罚?

他想起了那天晚上安妮现身在敌人面前时,那副高贵而威严的模样。

事实上,是令人畏惧。自此以后,他更曾多次感受那种力量和它带来的恐惧。他已经没法把现在的她和维特里安的小池塘里戏水的那位仙女联系在一起了。

也许她们不是同一个人。也许安妮已经不存在了。

又也许,他不想继续替那个新安妮卖命了。

他叹息一声,抬头望向小山上那座有着灰色城墙和三个塔楼的城堡。

"话又说回来,我知道该如何管理城堡吗?"他用家乡话喃喃道。

"我们就是为此而来的,大人。"埃斯利队长用同一种语言回答道。

卡佐转身看着安妮拨给他的这支军队的指挥官。他个子矮小,有夹杂着铁灰色的黑胡子,还有毛虫似的眉毛遮蔽下的黑色双眸。

"都赶了九天的路了,你却连自己会说我的家乡话都懒得告诉我?"

"我说得不太好,"埃斯利说,"只不过年轻的时候替克哈维亚的梅迪索打过仗,还记得几句而已。"

"听着,如果你听到我说了什么对女王不敬的话——"

"我什么都没听见。"

"很好。好伙计。**Viro deno.**"

埃斯利笑了笑,下巴朝城堡甩了甩。"看上去保养得不坏。除非教会派出半个教团来对付我们,否则有本地军队的帮助,我们应该是能守住这儿的。"

"看来我们得去自我介绍一下喽?"卡佐说。

"我觉得他们肯定还记得你,大人。"

他们不记得他了,至少正门的卫兵不记得,于是他们派人去找邓莫哥家族的人,以便在放他和这一百五十个士兵入城前检验这封皇家信笺的真实性。卡佐没有责怪他们。

在等了将近一个钟头之后,卡佐在一棵梨树的树荫里躺了下来,闭上眼睛。

最后还是埃斯利轻拍他的肩膀,将他唤醒。"终于有人来了,大人。"

"噢,"卡佐说着,倚着树干站起身,"来的是哪一位?"

来者是个身穿金黄色绣花短上衣和红色紧身裤的老人。他下巴上有一撮灰白的胡须,面孔饱经风霜。他戴着一顶松垮垮的小帽子,颜色和他的裤子一样。

"我是克莱登·梅普克莱登·德·普兰斯·艾尼赫尔,邓莫哥家族的管家,"他说,"请问阁下高姓大名?"

"已经等得烦透了的卡佐·帕秋马迪奥·达·穹瓦提欧。"他回答。

"很抱歉,"那人说,"您刚到的时候我的打扮不太得体,而且我觉得应该把手下人集结起来。考虑到去年遇到的那些麻烦,我认为万事小心为上。能给我看看那封信吗?"

卡佐把信递了过去,那管家仔细检验了一番。

"看起来没什么问题,"他说,"我很高兴,女王殿下终于决定给我们提供援兵了。最近到处都是大军开拔的谣言,不过幸好这附近还很平静。"他把信递了回去。"好了,劳驾各位跟我来,我去给你们找几个房间。你们也可以熟悉一下这儿。能把管理权转交给您真是太好了。"

"为什么?"

管家愣了下,似乎被他的问题搞糊涂了。

"我……我只是觉得自己不是做领袖的材料。我更喜欢做学问,政治和打仗都不适合我。只不过女王殿下清理了剩下的所有人,因为他们都跟森林里的那件事有牵连。"

说完老人打了个手势。"能跟着我走吗?"

"我的手下也一起?"

"当然。我们的守备不太充足,堡内有不少房间没人住。"

他们跟着他走进外庭,那儿有一片显然很久没有见证过任何打斗的碧绿草坪。石板路通向一条颇长的吊桥,吊索固定在约莫三十尺高处的内墙上。吊桥和他在别的某些城堡见到的不同,并未同时充作城门之用。大门就在桥梁边上,事实上是一道箍着铁皮,看起来颇为沉重的闸门。

卡佐俯视护城河里的绿水,伴随着空洞的脚步声走过吊桥,不禁猜想:会不会有巨龙或是水泽仙女在深处潜泳?

他再度踏上地面时,听到了怪异的声响,像是有什么东西绷紧了。随后,突然间,安妮的士兵高喊起来。

他旋身望去,手伸向佩剑的剑柄。他看到吊桥正在升起,将大部分士兵阻隔在了护城河的另一边。红翎的箭杆疾飞而去,惊叫随即变成了惨呼。

卡佐拔出埃克多,却突然觉得有东西绕住了他的脖子,让他喘不过气来。他抬起一只手,却被人抓住,他拿剑的那条手臂也一样。他的眼前满是黑色的光点,武器也脱手而去。

他试图转身,却发现自己被三个神情冷酷的男人牢牢制住。全都是满瑞斯的僧侣。其中一个手里拿着紧紧捆着卡佐脖子的绳圈。他们把他拖走时,他甚至没法叫出声来,只是面朝着铁闸门不断挣扎。他看到埃斯利队长呼喊着朝他跑来,阔剑已经握在手中,然后那个可怜的家伙就突然身首异处。

与此同时,阳光消失无踪。

他恢复意识时,眼前只有一条浅灰色的矩形光带,还有上千颗

显灵的几种形式

懒散地飘浮在空中的微尘。这起先让他不明所以，然后他才发现，那光带是照在石头地板上的阳光，透过四帕雷西高处的窗户照射进来。他眨眨眼，把目光从光带处移开，但眼睛花了好一阵子才适应过来。他试图回忆。他当时遭到了伏击……

"噢，我想他醒过来了。"有人说。他用的是维特里安语，只是发音有些特别——这种高贵的口音意味着此人来自艾滨国。

"棒极了。"另一个声音道。他用的也是很有教养的维特里安语，只是略带些外国腔。

"我们跟他聊聊吧。"

等他的眼睛适应过来，两张面孔便映入眼帘，可他对这两张脸的认识并不比他们的声音更多。相比之下，他对他们的衣着倒是很熟悉。其中一个身穿黑色罩衣，披着审判官的红斗篷。另一个全身漆黑，衣领上绣着一颗红星。全世界只有一个人能做这种打扮。

"教皇殿下。"卡佐喃喃道。

"噢，还挺虔诚的嘛。"教皇道。

"我只对保佑我的圣者虔诚，"卡佐说，"只不过我是从维特里安来的。你的画像到处是。但那画像上画的不是你，对不对？你不是尼洛·卢西奥。"

"你落后时代太久了，"那人道，"我是尼洛·马伽。"

"您可真是远道而来啊，教皇陛下，"他评论道，"您居然特意来看我，真是太荣幸了。"

"休得无礼！"审判官喊道，"你面前这位可是圣者的代言人。"

"噢，让他说吧，"教皇道，"这家伙似乎挺有趣的——一个跟着克洛史尼军队来接管城堡的维特里安德斯拉塔？我想他的身份只有一种可能性了。"

"噢，就是他，"右边传来了另一个声音。卡佐把脸转向那边。"我认识你，"他说，"罗杰爵士，是吗？"

"没错，"那家伙应道，"我很好奇你来这儿做什么。"

"我只是随行而已，"卡佐撒谎道，"也就是为了混顿饭吃，晚上再有个地方住。"

全教会最有权势的那个人对着他晃了晃手指，就好像他是个在别人家花园里偷吃浆果的小男孩。"噢,这谎话太拙劣了。你忘了你带着安妮的信了?"

的确。

"没,"他说,"只是想碰碰运气,赌你不识字。"

那审判官迈开步子,可教皇却抬起一只手,阻止了他。

"我真的不理解你对我的敌意。"他说。

"你的手下袭击了我。"卡佐说。

"这是自然。你们入侵了一座我们以圣者的名义征用的城堡。如果你身边没有那支部队,我们也许可以谈谈,可既然你们抱着敌意而来——"

"我们根本没表明过态度,无论是敌意还是什么。"

"在圣者的仆从们看来,克洛史尼人的普遍态度似乎就是肆意屠杀。"教皇道。

"我猜你指的是跟我们打过一场的那群堕落修士吧,"卡佐道,"事实上,战场就离这儿不远。"

"那群?那只是很少一部分,而且是在安妮·戴尔登上克洛史尼王位之前。我所说的是她篡夺了自己叔叔的王位之后的那些武装远征。我所说的,包括她在塔恩岬屠杀的那五百个人。"

"他们本想屠杀我们的,"卡佐说,"问问那边的罗杰爵士吧。他们以为自己胜券在握,可他们错了。"

"他们睡着的时候被人割开了喉咙!"罗杰爵士怒吼道。

"不,没这回事。"卡佐说。

罗杰爵士皱起眉头,然后又舒展开来。

"噢。你当时不在场,对不对?你根本没看到他们的遭遇。"

卡佐张嘴想要反驳,可他当时**确实**不在场。发起那次攻击的是安妮的瑟夫莱卫兵。

他觉得胃里一阵恶心。瑟夫莱卫队只折损了两个人。也许他们是在敌人入睡时发起攻击的。也许安妮也不知情,可那群瑟夫莱也许真是这么干的。

"他确实不知道,"教皇道,"我绝对不会相信一位德斯拉塔会跟如此可鄙的行为有牵连,更何况他还是马梅西奥的儿子。"

显灵的几种形式

这名字就像一柄利剑刺穿了卡佐的胸膛。"我父亲?你怎么会认识我父亲的?"

"要知道,教会是有记录的。不过除此以外,我很久以前见过你父亲。他是个重视荣誉的人。"

"你见过他?我猜,你当时手里该不会握着剑吧?"

教皇露骨地笑了起来。"我明白了。你想替他报仇?"

卡佐突然一阵头晕。"真是你?你杀了我父亲?"

教皇哼了一声。"不。要真是我干的,你可就省事了。有充足理由杀我了,嗯?"

"我父亲是个傻瓜,"卡佐说,"我没打算替他复仇,只要能活得比他好,比他久就行了。"

"是吗?那我就不明白了。看起来你和他走了一样的路啊。"

"他为荣誉而战,"卡佐说,"因为某个荒谬的念头,他在一场决斗里失去了他拥有的一切,包括他的性命。我为食物和钱而战。我为生存而战,不为别的。而且我懂得变通,我——"

他停了口。他意识到,自己已经很久没有跟人聊过这个话题了。

他为何要放弃走满瑞斯巡礼路的机会?埃克多被射成刺猬的时候,他又为何如此失望?

噢,不,他心想。这怎么可能?

他试图唤起过去对父亲的种种不屑,种种愤怒。

可这毫无意义。他究竟是何时改变的?为何他对此一无所知?

教皇还在看着他,显然是在等待他继续说下去。见卡佐仍旧沉默不语,他便把身子凑了过来。

"这么说,你只是个佣兵?荣誉对你来说什么都不是?"

"我——不提这个了,"卡佐说,"你知道是谁杀了我父亲吗?"

"我不知道,"教皇道,"我和他见面是他死前好几年的事。他当时去安波芮尼奥的乌奈圣坛朝圣,我和他同路。是他从强盗手下救了我们的命。"

这么多年来,卡佐头一回想起了父亲的音容笑貌,而他的声音在说,他要去安波芮尼奥朝圣。那段回忆清晰得令人震惊,泪水突然间盈满了他的眼眶。

"我不想谈这个。"他说。他的声音有气无力。

"那我们该谈什么呢?"教皇问,"谈谈怎么处置你?"

"为什么不呢?"

"这个话题很有趣。而且取决于很多因素,你明白的,比如——唔,你自己。我很想相信你到目前为止的行为都是出于对安妮的忠诚,而不是真心想和教会为敌。不过要让我相信这点,就需要你的合作了。我需要你帮我把安妮骗过来。"

"假如,"过了一会儿,卡佐道,"我给你开出类似的条件呢?就在离这儿一箭之遥的地方,我亲眼看到教会的成员犯下了令人发指的暴行。起先我还想相信相关的那些教士都是叛教者,可我们发现克洛史尼的护法大人也和这件事有牵连,而且我目睹的那一幕早有先例。在我看来,教会里剩下的大人们不太可能对这些一无所知,尽管我很想相信你并不知晓这些卑劣行径。不过要让我相信这点,我就需要你的合作了。我需要你用你神圣的嘴巴亲吻我的光屁股。"

审判官这时已涨红了脸,可教皇却只是露出古怪的浅笑。

"我明白了。"他倾身向前,"我会给你些时间好好考虑一下的,吾友。"他点点头,那审判官拍了拍手。一扇他先前没注意到的门打开了,五个大块头僧侣走了进来。

卡佐死死盯住教皇的眼睛。"我得告诉你一件事:千万别去伊斯冷。安妮会把你们挫骨扬灰的。"

教皇摇摇头。"不,她不会的。我知道些她不知道的事。如果你帮我,她也许还能活下来。要不我担心她性命不保。"

"担心你自己吧,"卡佐怒吼道,"如果你想伤害安妮,我就亲手要你的命。"

"是吗?"教皇道,"噢,你干吗现在不动手呢?"他对着卫兵们点点头。"先生们,劳驾借我们两把剑吧。"

"遵命,大人。"其中一人说。他除下那把沉重的戳砍武器,递给教皇。另一个人拿来了卡佐的佩剑埃克多。

卡佐握住剑柄。这无疑是某种诡计,但至少他能在战斗中倒下,而不是在某个地牢里被拷打至死。

他站起身,直到尼洛·马伽摆出守势,这才抬起剑刃。

显灵的几种形式

对手以快得惊人的动作猛刺而来，让他先前的判断完全落了空。卡佐以**佩托**势挡住来剑，用**乌塔沃**势下压，然后命中了神圣教会的教皇陛下的胸口。

只是剑尖仿佛刺中了墙壁，再难寸进。有一瞬间他还以为那家伙身上穿了胸甲，然后他才看到了真相：剑尖根本没碰到对手：它陷进了距尼洛·马伽的胸口指宽之遥的某种东西里。

他试图抽出武器，再次攻击，可双臂和双腿突然间失去了力气，而他也摔倒在地。

"好了，"他听到教皇在说，"这些人会带你去一个适合沉思的地方，不过我得警告你：我不会允许你考虑太久。我只会在这儿待很短的时间，然后无论你愿不愿意帮助我，我都得前往伊斯冷。如果你冥顽不灵，噢，也许在你的灵魂离开世界前，我们可以对它进行净化。作为对你父亲的报答，至少这是我力所能及的。"

第七章 巡礼开始

巫火熄灭的瞬间，斯蒂芬大喊一声，对着黑暗胡乱拍打起来。埃德瑞克高声下令，泽米丽则在尖叫。接着有某种粗糙的东西撞在他身上，耳边传来一阵深沉而剧烈的喘息。他的脚下忽然间空无一物，这时他听到了第二声高喊，发话者却是另一个人。

别相信……

随后便只剩下沉默和风，以及等待坠落的结束。

又有什么东西撞上了他，把他肺里的空气全部挤了出来。痛苦令人目不能视，可痛感仍在，所以他明白，自己还没有死。

不算太糟，他心想。地面肯定没有我想象的那么远。

但当斯蒂芬大口呼吸着空气时，突然发现那东西正紧抓着自己的身体，而黑暗仍在身边飞掠而过。那东西会不会是哪个埃提瓦人，跳下来想要救他，却白白搭上了性命？

但他们与其说是在下坠，倒不如说是在前进。抱住他的那家伙正在飞翔。

有什么东西既能飞，体型又大得能承受一个人的重量？只有传说里那些可怕的东西才做到：翼龙，巨龙……

他高呼救命，可话声仿佛才从唇间吐出便消亡殆尽。他没有挣扎的力气。可就算他成功挣脱，后果也不过是一段漫长的坠落而已。

那种气味再度袭来，穷凶极恶之物环绕身侧的恐惧感也随之浮现。他突然感到脚下踩到了石头。抓住他的那东西松开了手，让他一屁股坐倒在地。

他像螃蟹似的飞快退后，只想离那东西越远越好。一堵坚实的石壁挡住了他的去路。

黑暗仍旧笼罩着一切。

"你想要什么？"斯蒂芬喘息着说，"我——你想要我做什么？"

回答他的是一段无法理解的语句，如同雷鸣般在他身周炸响，

显灵的几种形式

含混不清的语调绝非出自人类之口。一部分的他非但不觉得害怕,反而深深着迷。这莫非就是恶魔的语言?

"我听不——"

"**安静。**"

这声音钻进他的脑袋,就像针刺穿了一只虫子似的。他张开的嘴巴定了格。

"就是你吗?"那东西续道,"你就是他吗?你是影子还是实体?"

那声音在他耳中嗡鸣——事实上,是在他双耳中嗡鸣,仿佛是那东西不知用什么法子同时在他两侧耳语一般。听起来不像是人声,但他说不清为什么不像。

斯蒂芬的嘴仍旧不能动弹,也因此他没法答话。

"你的气味,"声音继续说着,"真恶心。我真不明白你怎么能忍着恶心活下去。"

它顿了顿,斯蒂芬突然觉得有某种庞大之物在他身边滑行。但当它再度开口时,声音仍是直接传进他耳朵里的。

"你身上也有别的东西的气味。你有圣堕的臭味。它在你身体里都烂透了,**蜉蝣**。你碰到的所有东西都会烂掉,迟早的事。"

斯蒂芬无法自控地发起抖来。他的手脚还能动弹,于是他动了——他把身体蜷成了一个球。

"别动。"那声音命令道。

然后他便彻底动弹不得,唯有四肢兀自颤抖不止。

突然间,那根刺穿他思维的针开始晃动,他也站在了御林里的圣瑟塞尔的圣殿前。森林在他身周耸立,仿佛支撑苍穹的天柱。圣殿是一座整洁而小巧的建筑,以灰岩砌成,拱顶低矮。

他眨了眨眼,面前出现另一座截然不同的圣殿。圣窝石的圣殿。

这回他还没来得及眨眼,时间和地点就在他眼前飞速变换起来。九岁的他眺望着屋子后面的山崖,闻着大海的气息。他看着泽米丽脱下衬衣。他在古国王大道边上的灌木丛后面解手。他看着埃斯帕亲吻薇娜。

一部分的他明白那只是记忆,但一切都显得真实无比:他的双脚承受的重量也在变化——有时他的脚下根本空无一物——气味、空气的温度，一切流转得越来越快，直到他的思想突然跳脱出来，看着回忆如河水般流淌。他并未试图去辨认什么，只是看着它泛动涟漪，奔流向前。

片刻后，他发现了另一条河流，深邃而黑暗，在他身边翻涌而过，几乎触及他的身体，随后，它便汇入了记忆之河。

这是什么？

可他连质疑的能力也消失了。

这一切结束后又过了很久，他才明白自己回到了原先所在之处，仍在黑暗中瑟瑟发抖，动弹不得。他意识到那东西又对他开了口，又也许已经说了好一会儿了。

"……穿过它？胡说八道。我能感觉到骨头。就在这儿。里头还有血，对吧？就在那里头。啊，你回来了。听着，蟫蟟。他大概从没听说过我。我喜欢这样。我想你也会的。他可真有用，对不对？你想没想过他为啥要你去走巡礼路？你难道想都没想过吗？"

想过。斯蒂芬在心里答道。

"得了，告诉——啊，等等。我明白了。已经起效了。回答我的问题时，你可以说话。"

他感觉像是喉咙上有个绳结解开了，他一时窒息，然后呕吐起来。他不停地吐着，直到胃里空无一物为止。

"回答我的问题。"黑暗冲他吼道。

"想过，"斯蒂芬喘息着回答，"我想过。"他不顾一切地想要询问对方是谁，却发现自己做不到。

"你知道他是*谁*吗？"

我什么都不会告诉你的，他心想，"我不会告诉你我觉得他是考隆的鬼魂。"

他突然意识到自己把心中所想大声说了出来，不禁呻吟起来。这究竟是什么巫术？

"考隆？"它说，"是个人名。没啥意义。你知道他是谁吗？"

"我只知道这些，"斯蒂芬只觉话语从口中奔流而出，"他帮我找到了这座山和这条巡礼路。"

显灵的几种形式

"这是当然。没人比他更想让你走这条路了。"

斯蒂芬干脆放弃了询问原因的努力。

"噢,想走就去走吧,"那声音变得柔和起来,"我没有异议。"

斯蒂芬感觉到双翼的鼓动和拂过的气流。他的身体就像弹簧般松弛展开,颤抖也终于归于平息。

斯蒂芬躺卧半晌,满心不快。他究竟为何会以为自己很勇敢?历史再次重演了:每次他觉得快要能掌控自己的命运时,圣者就会将残酷的现实展现在他眼前。

他睁开眼睛,发现巫火回到了身边。他仍旧身处地底某处,但已不在先前被掳走的那座开阔的峡谷中,视野中也没有河水的踪迹,尽管他还能听到远方某处的水流声。

他同样听不见任何可能属于同伴的声响,尽管他有受圣者赐福的双耳。他试探地大喊了几声,没抱什么希望,也没有得到任何答复。

他努力不去考虑那个非常可信的可能性:也许他们全都死了。这不可能,因为这就意味着泽米丽也死了,但她没有死。

可他这又是在哪儿?

此处的洞顶很低,低到令他无法直立,可在巫火的照耀之下,四面八方都看不到尽头。

安妮·戴尔曾描述过类似的地方:她叫它"屈尊室"。莫非掳走他的那东西把他带到了巡礼路的起点?

考隆,你现在又在哪儿?

没有人回答。

他不想动。他什么都不想做。但片刻后又改了主意。他爬起身,双手和膝盖着地。他选了感觉最强烈的方向,开始前进。

他没有前进多远。一根石柱出现在前方,几近一棵大树合抱的宽度。上面刻着个古维吉尼亚符号,意思是"一"。

他停了下来。他从未在地底见过圣堕。地表上的它们总是像座小丘,尽管有时只是外露的岩石或是洼地。究竟是哪位圣者在此留下了足迹,而他又该怎样接近它才算恰当?教会的巡礼路上都建有

THE BORN QUEEN

圣坛，提供了对所属圣者的描述，帮助巡礼者的心灵和身体做好接纳圣堕力量的准备。可这儿什么线索都没有，只有那个数字像是某种密码。但它或许只意味着这儿是他应当探访的第一个地方。

她是怎么知道探访顺序的？她的日记里只字未提。

他身心疲惫地爬向那圣堕。

到达圣堕面前时，他保持双膝跪地的姿势，双手伸向岩石。

"我不知道您是哪位圣者，"他低语道，"否则我会用更恰当的方法接近您的。"

也许这并不重要。圣监会——帮助斯蒂芬找来这儿的那些反叛修士——宣称圣者根本不存在，只有力量才是真实的。

他摸了摸那块石头。

有东西挤进了他的指尖，沿着他的手臂继续流淌。当它钳住他的心脏，开始揉捏的时候，他倒吸了一口凉气。他硬着头皮准备忍受痛楚，尽管体内的一切都在警告他，痛苦即将来临，可它却没有来。

等那感觉消退，他惊讶地坐倒在地。他的皮肤微微刺痛。一种难以置信的幸福感充斥了他的身体。

他身上所有的痛楚——无论大还是小——全都消失了，尽管他记得片刻之前自己几乎陷入极度绝望的境地，可现在的他甚至无法设想那种感受。

他又摸了摸那块石头，可那种感觉却没有重现的迹象。

它也并未消退。他感到笑容在脸上绽放。

他干吗这么晚才来？无论如何，这次的巡礼之旅肯定要比上一次棒得多。

他朝着下一个目标进发。那儿给他的感觉很是强烈，仿佛有声音在召唤他一般。

随着他的前进，洞顶也越来越矮，最后他只得腹部着地向前爬行，鼻子几乎贴到地上。他心中有个遥远的声音在述说狭小空间的可怕，但远远没到能主导他行动的地步。他自信满满，觉得一切都没法更顺利了。除此之外，从前至少有两个人这么干过，而且都活了下来。

显灵的几种形式

很快他的看法就得到了肯定:地势开始变低。石壁出现,很快他便再次进入了坑道,只不过这回是朝着山底前进,地面也较为凹凸不平。

河水流经这里是多久以前的事了?它要花多久才能磨平岩石?肯定是久到难以想象的一段时间吧。

这世界究竟有多古老?

这并不是个他经常思考的问题。诚然,有许多学者做过相关研究,他也在大学里读过最基本的文献。对此有诸多猜测,但基本可以概括为以下两种:世界是在好几千年前诞生的;或者说它非常、非常古老。

就算到了现在,斯蒂芬对语言和古代文献的热爱也丝毫未减,而世界上最古老的文献也只有大约两千年的历史。那时便是人类历史的开端。可在此之前还有司皋斯罗羿的历史,所有人都对此知之甚少。司皋斯罗羿奴隶制的历史有多长?司皋斯罗羿的文明又存在了多久?他们之前又是什么?还是说什么都没有?

这一切突然变成了至关重要的问题,因为在斯蒂芬看来,这世界必须得有十分悠久的历史,水流才能在岩石里冲刷出隧道,又转而去冲刷下一条隧道,然后是再下一条。圣者肯定能像创造陆地一样创造出洞窟来,但又为何要让它们看上去像是需要花费数千年时光才自然形成的呢?当然了,他们可以这么干,可原因呢?

如果圣者根本不存在,如果存在的只有力量,那么这力量又在世界上出现了多久?它究竟从何而来?

从世界诞生起,究竟有多少个人——或者说多少个生物——走完了这条路?然后又发生了什么?

这念头把他彻底吸引住了。就他所知,只有维吉尼娅·戴尔和考隆走过这条路。维吉尼娅·戴尔用这股力量打败并彻底消灭了司皋斯罗羿。考隆似乎没有活到能够运用力量的时候。如果他活了下来,那么受诅圣者的反扑、巫战以及黑稽王的邪恶统治恐怕早就被他阻止了。

维吉尼娅·戴尔将人类和瑟夫莱从奴役中拯救出来。考隆死去了,没能制止邪恶的司皋斯罗羿的复苏。如今看来,混沌与黑夜已

THE BORN QUEEN

再次到来，而他的任务就是完成巡礼，掌控那股力量，让一切回归正轨。

这事真有这么简单吗？他真的是被选中的那个人吗？他会成功——还是像考隆一样失败？

他摇摇头。司皋斯罗羿为什么不走巡礼路？他们肯定知道它们的存在。他们怎么可能不知道呢？

"只因圣者眷顾吾等，"斯蒂芬大声说道，"他们眷顾秉承正义与善良之人。"

可这话听起来蠢透了，他也突然清楚地意识到，他已经不再相信这些了。

下一座圣殿是一汪异常冰冷的池水。他毫不犹豫地走了过去，双手探入水中，随即听到了一个声音。一种非常古老的斯尤达语，还没等他解译出来，就有另外十个声音同时响起，然后是五十个，上千个，上万个。他感到自己的下巴在动，随即彻底失去了感觉。他在心中高喊，想要被人听见，想要维持与众不同，不被这海浪般的悲泣、恳求、尖叫和劝诱卷走。此刻万众一声，只有一个声音诉说着一切，却又什么都没说，声音逐渐微弱，骤然升高，随后消失无踪。

他眨眨眼，猛地把手抽出湖水，但他明白一切已经太迟了，因为那最后一个声音仍在他的思维深处蠢蠢欲动。它在等待。

等待着将他吞噬。

就在他试图将它赶走的时候，万千人声却再度浮现，但这次不是来自池水，而是他自己的脑袋。而且他明白，若是它们再度归来，他的心灵就将被席卷而去。

所有圣殿都有局限。所有圣殿都有需求。它们会夺走，也会给予。如果我这次无法完成巡礼，那些声音就会让我成为它们的一员。我的肉体将会饿死。我就再也没法见到埃斯帕、薇娜和泽米丽了。

他强迫自己起身，努力压抑自己的恐慌。在他身旁，低语之声渐涨。

那么只要完成就好。我能做到。

显灵的几种形式

第八章 佐·布索·布拉托

卫兵们带着卡佐走过几条长廊，又经过厨房，一群身穿棕黄围裙、头戴白色丝巾的红脸厨娘正在一座不用弯腰就能进入的大壁炉边劳作。他突然怀疑他们没准想烤了他，至少是威胁要烤了他，可正当煮牛肉和酸酱汁的气味提醒他腹中空空之时，卫兵却推搡着他离开了厨房。

他盯着切肉台上的一把血淋淋的大号菜刀。如果他能摸到刀柄——

他身后的卫兵用剑柄捅了他一下。

"别，"他说，"想也别想。他们是想留活口，可他们没说过不能把你弄成残废。"

卡佐半转过身子。"你们有六个人，可你还是怕我。来吧。让我拿着那把刀，你们拿着剑。我会让这些女士们看看什么才是真男人。我敢肯定，就算她们以前知道，也被你们这些家伙搞忘记了。"

他的声音抬高了少许："怎么样，女士们？想不想欣赏一场小小的竞赛？"

"很乐意。"一名厨娘答道。她的脸有点儿皱褶，但位置恰到好处。

"你，闭上嘴。"另一个卫兵说。

"为啥？"那厨娘问道，"不然你要怎样？"

"你还是不知道的好。"

"威胁女人，"卡佐说，"真够勇敢的啊。"

"听着，你这维特里安人渣——"

"别犯傻，"第三个卫兵道，"他只是在激你。别昏头，记住命令。这活儿很简单,照做就行了。"

"没错。"卡佐身后的那个卫兵说着,又推了他一把。

"抱歉了,女士们,下次吧。"卡佐说。

"承诺,永远只有承诺。"另一个厨娘反驳道。这时他已被卫兵推出了厨房,赶进了一间地下室。他身处成罐的橄榄油,成桶的砂糖和冰糖,还有挂在房梁上的香肠和火腿之间,不禁馋涎欲滴。

"行了,"卡佐说,"就把我关在这儿吧。"

"还没到呢,"他身后那家伙说,"邓莫哥没有像样的地牢,不过那儿可以暂代一下。停。"

他们站在一块嵌入地板的圆形大铁板前。铁板上装有握柄,一个卫兵抓住握柄,抬起铁盘,露出一个还不到一帕雷西宽的洞口。另一名卫兵展开一卷绳索,把一头丢进洞里。

"给我老老实实爬下去。"那家伙说。

"让我带几根香肠在身边吧。"

"想得美。也别指望厨房那些婆娘会帮你。我们会把盖子锁住。我觉得她们还没有开锁的能耐。"

卡佐已经发现,这扇活板铁门周围的地面上,固定有六个沉重的铁环。

见没有转圜的余地,卡佐便拉住绳索,滑向黑暗之中。

他的动作很慢,努力借着光线犹在的时刻看清这间牢房的状况。他没花多久时间。洞壁很窄,他只要伸开双臂就能按到两侧的墙壁——如果他能保证自己不掉下去的话。更有趣的是两边那数百个嵌进洞壁里的石头壁龛。

"能给我留几瓶酒吗?"他高喊。

"我们来的时候就没了,"守卫喊回来,"太不幸了。"

绳索突然松脱,卡佐也开始坠落。他尖叫一声,可还没等他做什么,靴底就撞上了石头。他双脚灼痛,膝盖发软,但别无大碍。

洞底通向一间圆顶形状的石室,宽约十步,整个房间的墙壁上满是瓶子形状的壁龛。他转过身,努力在光线消失前扫遍每一个角落,可他看不到任何出路,也找不到酒。

为什么会有人造了这么完美的地下室,却没放哪怕一瓶酒?

显灵的几种形式

铁盖砰然合拢，声音在这渺小的空间里显得格外响亮，令他耳膜生疼。随后，彻底的黑暗便笼罩了房间。片刻后，他听到了锁链拖曳和固定的声音，然后便安静下来。

他伫立片刻，然后叹了口气，盘腿坐下，努力思索对策。

洞口太高，在这儿根本够不着，不过只要花点力气，也许就能利用那些酒龛爬到房间顶上，再伸开双臂爬到活板门的位置。可然后呢？他也可以等在这儿，寄望于给下一位来访者一个突然袭击，但他究竟得等多久？他们又真的预料不到吗？除非他们是傻子。

他还是把这作为一种可行办法记下，然后继续思索。

但已经没什么可思索的了。他绕着房间摸索前进，隐约带着想要寻找暗道门的念头，又轻叩地面，搜寻空洞的迹象，却一无所获。他并不真的觉得自己能找到。

他又开始搜索那些壁龛，一次一个，想在里面找到些有用的东西：一瓶酒，一把匕首，任何可以充任武器的东西。他再度毫无收获，还不小心打碎了一个陶瓷壁龛，锋利的边缘先是划伤了他的手，然后是他的脚。

他的胃开始抗议，而且全身都在痛。他不情愿地叹了口气，尽可能舒服地躺在了地上。也许明天会有转机吧。

他做了个梦，梦见自己在较为愉快的情况下访问另一座酒窖，他醒来时不知自己睡了一个钟头还是一整天。他模糊地意识到自己是被吵醒的，却想不起吵醒他的是什么了。

他坐起身，正琢磨着这事值不值得他费力站起身的时候，一声闷响传来。

他的第一个念头是：活板门开了，可当那声音再次响起时，他感到地面在颤抖。他的鼻子发痒，突然间喷嚏连连。空气里满是灰尘。

那声音似乎是从墙里传出来的，所以他走向墙边，双手按了上去。这次的冲击到来时，他发现来源是墙壁的另一边，还听到了轻微的破碎声。

下一声响动比先前更响，之后更突然变得尖利而清晰，仿佛他原先是在水底聆听，此时已浮出水面。他感觉风朝他脸上吹来，闻到了发酸的酒味。

那声音又响了一次，他感到陶土的碎屑落到了身上。他扭过身，远离那个飞快变大的洞口。

光芒骤然涌入室内，他起先还以为是太阳，直到一只提灯从洞口伸进来，他才意识到这是他渴望阳光的双眼的恶作剧。

"卡佐？"

奇怪的是，最初几次心跳间，他没认出那个声音，尽管那对他来说曾是整个世界最熟悉的声音。

"查卡托？"

一张灰白的面孔跟在提灯后面挤了进来。

"你真是个蠢货。"老人道。

"你怎么——"

"赶紧过来，"剑术大师吼道，"就凭你的运气，他们肯定已经来抓你了。"

"好吧。"卡佐说。他双手和膝盖着地，拨开碎石，直到可容身体通过为止。

他所进入的是另一间地下室，从他借着查卡托的提灯光芒看到的，它相当之大。一只大锤斜倚在墙上，验证了他的猜测：查卡托就是用它砸破墙壁，救出了他。更显怪异的是，墙壁的这边有一道门框，门缝被灰泥堵得严严实实。

"这么说，确实有秘密出口。"他站起身，喃喃道。

"很久以前就封死了。"

卡佐打量了他的导师片刻，然后伸开双臂抱住了他。他身上有酒味，还有积累了很多天的汗臭，有那么一瞬间，卡佐真想哭出来。他感觉到查卡托的身体僵了下，随后软化下来，回应他的拥抱，只是动作有些犹豫。

"我早该知道的。"卡佐说。

"好了，先省省吧，"查卡托说，"我们没时间抱头痛哭。给，拿着。"

他把埃克多递给了卡佐。

显灵的几种形式

"你从哪弄来的？"

"有几个士兵拿着它到处闲晃，然后丢在厨房边上的走廊里了。它不是卡斯帕剑，不过我猜它大概是你的。"

"谢了，"卡佐说，然后他笑了，"你留下来了。"

查卡托的眉头拧了起来，"不是因为你，"他说着，晃了晃手指，"我是说过我准备回维特里安去，现在我的计划还是没变。"

"你的伤肯定已经好了吧。你五个月前就可以离开了。还是说教会的人那时候就来了？"

查卡托的眼睛里闪过熟悉的戏谑神色："不，他们是九天前来的。我找到了另一个留下的理由。你知道这地方是谁建的吗？"

"不知道。邓莫哥家族的人？"

"邓莫哥？他们只是最后一群栖息在这儿的乌鸦。城堡是两百年前建成的。当时这块土地被安特斯塔泰的骑士们分割成了许多小王国。你想起什么了没？"

"这有什么？"卡佐说，"我只能想到关于安特斯塔泰的骑士的——哦，不。你是在开玩笑吧。"

查卡托笑得更欢了。"多克·切尔菲·达兹埃文理。"

卡佐又看了一眼他们所在的房间，这才发现那些酒香并非全部来自他的老师身上。他如今身在另一间地窖中，比先前那间大上许多。

"这不可能。"

"来吧，"查卡托说，"等他们发现你不见的时候，我们离这儿越远越好。"

"你根本没找过我。"卡佐控诉道。

"直到昨天之前都没有。不过我总得吃东西，然后厨娘就告诉我你被关进了那间空地窖里。"

"真得感谢圣者让你对酒这么痴迷。"

"没错，"查卡托回答。他领着卡佐穿过这间硕大的储藏室，"教皇和他的手下来的时候，我就在下面，所以他们没抓住我。我觉得他们甚至不知道我在这儿。"

"他们没搜过这儿？"卡佐问。

"他们根本不知道这地方,"查卡托说,"多克离开前把门封死了。"

"为什么?"

"我猜是为了保存他的酒。他把这个小酒窖留作诱饵。我想他肯定做过回来的打算。"

"那你是怎么找到它的?"

查卡托猛地转向他,手按胸口。"我知道它肯定就在这儿。多克是世界上最伟大的葡萄酒收藏家。他不可能没有真正的酒窖。"他对着上千瓶美酒摆了摆手。

"百年陈酿。当然,大部分都发酸了,不过有些还能喝。不管怎么看,都够我过活几个月的了。"

卡佐点点头。他早就注意到了地上成堆的空酒瓶。

"我们有多少次闯进多克那些声名远扬的酒窖里了?"卡佐问,"我记得十六岁那年在塔瑞里奥有过一次,还有在伊斯提玛的梅迪索宅邸里那次。"

"还有费瑞亚那次,"查卡托说,"但那些酒窖不一样。那些有人在用。但这儿是片净土,而且住在上头的那群蛮子从没想过要找它。你知不知道就连他们关你的那个小酒窖也是空的?当时教会的人还没来呢。这儿的人从来都没有喝陈酿的习惯,所以何必费事存起来呢?"

他们步入一段有拱顶的狭窄走廊,卡佐却怀疑地停下了脚步。

"你是说你找到它了?找到佐·布索·布拉托了?"

查卡托笑出了声。"四瓶,"他说,"其中一瓶是五月霜降之年酿造的。"

"圣者啊。我简直不敢相信——味道怎样?"

他皱了皱眉。"噢,我还没尝呢。"

"什么?为什么?"

"时机没到,"老剑客答道,"来吧。"

"可这在哪儿?"

"安全的地方,"他弯腰进入那条走道,"保持安静。有人可能听到这条通道里的声音。"

显灵的几种形式

卡佐还有很多想问的，可他忍住了。

前方很快转入一条更大、味道也更臭的走道，地上散落着垃圾和污物，不时有老鼠悄然爬过。走廊里回荡着轻微的沙沙声。

查卡托熄灭了提灯，有那么片刻，他们仿佛被深沉的黑暗淹没了。但卡佐随即在头顶狭小的铁栅那里发现了一点微光。

显然是在等待双眼适应光线的查卡托再度迈开步子。他们走过那铁栅下方时，沙沙声突然增高，变成了两个女人说话的声音，但她们用的既非王国语，也不是维特里安语，所以他根本听不懂。其中一个的声音听起来就像那个大胆的厨娘。

他们又经过几道铁栅下方，然后便在黑暗中前进，直到查卡托再度点燃提灯为止。

"我们已经不在城堡下面了。"他解释道。

"这条路通向堡外？"

"多克很喜欢逃生密道。我们就是这么溜进塔瑞里奥的那间酒窖的，记得吗？我找到这儿也是用同样的法子。"

不久以后，他们从一座林木繁盛的山坡上的活板门里钻了出来。下方有条大河在懒洋洋地流淌。

"我们到了。"

查卡托拿出个皮包。里面是四个用亚麻布包得严严实实的瓶子。

"等我们回到家里，就开瓶庆祝。"他说。

"听起来不坏，"卡佐叹了口气。他很想这样。他很想坐在翡由萨广场的阳光下，和查卡托一起品尝稀有陈酿，不用担心会有他用剑杀不了的人，也不用烦恼安妮的脑袋里都在想些什么，或者顾虑那些善于伪装的刺客。几块奶酪，几个梨子，一个不是女王，也不是女王的贴身女佣的女孩——

奥丝妮。

安妮打算把她送到邓莫哥来。她来这儿需要多久？她会不会已经来了？

"希望你愿意再绕点儿路，"查卡托说，"山下还有个包裹，里面装着些可以入口但味道普通的酒，还有吃的。如果你愿意去拿——"

"我不能回去,"卡佐打断了他的话,"现在还不行。我还有几件事非做不可。而且我需要你帮忙。"

查卡托摇摇头。"我说过了,我要回去了。"

"我没有要求你参与安妮的这场战争,"他说,"只是奥丝婼现在有麻烦,而且我需要警告安妮,教皇来了。然后——"

"赫斯匹罗。"剑术大师喃喃道。

"什么?"

"这个教皇就是马伽·赫斯匹罗。"

"克洛史尼的护法?森林里那场屠杀的幕后黑手?"

老人点点头。

"那我就更有理由告诉她了。"

查卡托的眉头拧得更紧了。"别做蠢事。"

"从前责备我缺乏荣誉感的人不是你吗?你不是骂我把德斯拉塔当做赚钱和找女人的工具吗?你不是说我连父亲的一半都不如吗?"

查卡托扬起眉毛。"上回提到你父亲的时候,你还叫他蠢货呢。"

"现在换成你骂我蠢了。"

查卡托把脸埋进手掌里。"愿圣者诅咒你,小子。"他说。

卡佐把手按在他导师的肩上。"多谢。"他说。

"噢,闭嘴。我们先去偷几匹马来。"

显灵的几种形式

第九章 女王的旅程

安妮在快到森林边缘时勒住了马。下方地势骤降，转为绵延起伏的小丘。不到半里格开外，大地再次攀升，变得比从前更加陡峭。一条小溪蜿蜒直至谷底，附近便是北拉瑟恩大道的路面。

"我看到他们了，"阿特沃轻声道，"殿下，我再也不会怀疑您的预知能力了。我们差点就被敌人腹背夹击了。"

安妮望向他所指的方向，于是也看到了山坳里的那座巨大的营地。站在高处，能把它看得一清二楚，但在路上可就未必了。

"他们怎么知道我们会来？还在所有可能的路线里偏偏选了这条驻守？"阿特沃惊叹道，"就算我们队伍里有叛徒，那叛徒还长了双翅膀飞过去，他们也得把军队从寇本维或者苏斯奇尔德开拔过来。瞧他们的样子，恐怕早就安顿下来了。"

"他们有邪咒之子，"安妮答道，"而且很强大。"

阿特沃扬起眉毛。"我听说过类似的传闻，"他说，"寒沙佬的胡说八道，纯粹是想吓唬我们。"

"你都相信我能看透时间和空间了，为何还要怀疑别人做不到呢？"

"您的能力已经得到多次证实，"他回答，"何况还有圣者庇佑着您。"

"既然圣者也祝福我，也就能祝福别人，"安妮说，"我想他就在那儿。我看不见他，但有时我觉得自己看到了他的影子。"她大笑起来，"所以我做了件我一直不喜欢做的事：我找了些相关的书籍。看起来寒沙王室的某些成员生下来就拥有力量，而且从出生起就开始食用奇特的提纯精油和烈酒，用来加强他们的能力。"

阿特沃仍是一副半信半疑的模样。"要是寒沙真的拥有这种先知，他们又为什么会打败仗？就连战术失误都不该有。"

"邪符之子也不是完美无缺的,我猜,而且有些相对更加强大。战争开始前,他们有时就会遭到暗杀。"

"可如果他们能看到未来——"

"显然,他们看不到自己的未来。"她回答。

"那我们就把前面那个干掉好了。"

"我正在想办法呢。"安妮告诉他。

"这么说他预见了我们会走这条路——"

"而我预见了他们设下的陷阱,因为他的预见。"安妮回答,"现在我们也得设下一个陷阱。"

"我们需要知道他们的人数,"他说,"还有兵力的布置。"

"我今晚就派瑟夫莱去,"她说,"到时候应该没什么月光。他们会弄到我们想要的情报的。"

安妮在阿特沃的脸上看到了一闪而逝的嫌恶,但他只是点了点头。

安妮在黎明前醒来,尽管炎夏尚未对凉秋俯首称臣,她的身体仍旧发起了抖。安妮躺在床上,试图回忆自己身在何方,可身旁的色彩和形状似乎全都无甚意义。她闭上眼睛,悄然爬出洞外,将八条腿足伸开,踏入沙地,嗅着近旁带着血腥气味的甜香。她伏下身子,等待着,感受着身体里泥土的病态力量,感受着自她体内绵延直至巨浅海与更远之处的那座森林。

她再次睁开眼睛,坐起身来,努力忍住恶心,用四肢推开被单,试图恢复正常。

冷静下来。别恐慌。

她又去了那儿,而**埃瑞拉**在黑夜中如同烙印般显眼。恐惧渐渐消散。

可她还是不知自己身在何方。

"大人?"

她听过这声音。娜蕾奈。

"是梦,"她喃喃道,"每一晚都更真实。更难记住……"她又打起了哆嗦。她思索着刚才自己说的话,却一个字也想不起来了。

"怎么了?"另一个声音问道。是埃米莉,她的另一名女佣。

显灵的几种形式

"殿下又做噩梦了，"娜蕾奈说，"这事我在行。继续睡去吧。"

"我想等她好些了再去。"埃米莉回答。

某种温热之物触及安妮的双唇，她随即尝到了略带苦味的液体。她觉得很合口味，于是又喝了些。

"这应该能让你好过些，"瑟夫莱女人说，"又预见什么了吗？"

"没，"安妮回答，"那些梦——更真实了。不，这次——这次不一样。真实得就像记忆，我还以为那就是我的记忆。有时甚至不是人类的记忆。就在刚才，我还以为自己是只蜘蛛。"她又停了口，"这话听起来很疯狂，可说真的，我每次醒来，都会越来越记不清自己是谁。"

娜蕾奈沉默了半晌。她又喂安妮喝了一小口茶。"万物恒常，"她说，"我们死的时候，那条河会把生命带走，可我们身体里的东西却不会消失。"

"我见过那条河，"安妮说，"我亲眼看着它带走了一个人。"

"对。它会吞噬我们，最后令我们灵魂离体，我们将忘却一切。可我们知晓的事物会留存在河水里——只不过不在我们体内，因为原本存储这些东西的容器已经不在了。"

她的手指动个不停，仿佛在绘制草图一般。

"还有另外一条河，"她续道，"又或许是同一条河的另外一段，拥有足够力量者可以引用那里的水，将这些记忆和知识带回世间，装载在新的容器里。"

"不仅仅是记忆，"安妮说，"那儿还有些别的东西。"她又抿了口茶，发现自己确实感觉好多了，"这会让我发疯的。一只蜘蛛的记忆能有什么用？"

"听起来真可怕。"埃米莉说。

"那是只普通的蜘蛛吗？"娜蕾奈问。

"你的问题真怪。"埃米莉评论道。

安妮思索起来。"不，"半晌后，她说，"娜蕾奈说得对。我想那蜘蛛和我很像。我能感觉到它体内的力量，那种感受和我运用圣塞尔的赠礼时相同。"

"也许你就是那只蜘蛛，只是拥有安妮的记忆。"瑟夫莱女人道。

"别开玩笑。"安妮说着,那股恶心又涌了出来。她心知娜蕾奈并没有说笑的意思。

"遵命,殿下。"她回答。

她们在黑暗中坐了一会儿,可安妮半点睡意都没有。不久后,负责夜间巡逻的卫兵传来了报告,于是她起身下床,穿戴整齐,朝军务帐篷走去。

她发现阿特沃、查文伯爵和御前护卫的里弗顿队长正在地图前小声交谈,还做着标记。她进帐时,他们全体鞠躬致敬。

"好了,好了,"安妮说,"报告怎么说,阿特沃公爵?"

"赫尔和他的手下估计敌人有一万人左右,"他说,"路的两边各有一半。"

"只比我们多两千人左右。"安妮道。

"嗯哼。不过算上突袭因素,再加上他们的兵力分布——别忘记,他们本想在山谷里夹击我们——他们不需要这么多人也能干掉我们。只要几轮弓箭齐射,再来几轮重骑兵冲锋突破我军的中路,我们的人恐怕都来不及做好应战的准备。他们其实有六千人就足够了。"

"那我们现在该如何应对?"

"山谷这一边只有三千多步兵,还有五百左右的骑兵。如果我们用全部兵力朝山上进军,他们就会侦察到我们的动向,也就有时间把剩下的一半兵力调派过来,以多数兵力和我们对峙。"

"所以我们派出骑兵就好了,"安妮说,"我们有三千骑兵吗?"

"关于这点,我们有伯爵的五百五十人,肯沃夫大人的一千重型枪骑兵,还有我的一千手下,您的五十名御前护卫,两百名轻骑兵以及你的一百名瑟夫莱骑马步兵。如果能打他们一个出其不意,就能有效减少这一半敌军的数量。等剩下的敌人回过神来,我们的步兵也将抵达战场,情况就会转为对我们有利了。"

"这也就意味着我们的步兵将失去骑兵的掩护。"里弗顿指出。

"他们还需要掩护吗?"

御前护卫队长耸耸肩。

显灵的几种形式

"见鬼,"阿特沃说,"我们最好留下一小股骑兵驻守。也许你就很合适,伯爵大人。"

"女王殿下的意愿我无不遵从,"伯爵到,"不过我更希望参加进攻部队。我想我的弓骑兵简直就是为了这种情况而存在的。"

"他说得有道理,"里弗顿说,"我们的轻骑兵队里也有弓手,不过他们和瑟夫莱人通常要下马才能射击。我们确实用得上这些惯于在马背上射箭的弓手。"

阿特沃点点头,向安妮投来询问的神情。

"那就跟我们来吧,凯普·查文,"她说,"肯定会很有趣的。"

士兵们很快做好了准备,正午之前,他们便开始了进军。安妮被十二个受过满瑞斯祝福的御前护卫和头戴宽檐帽、围着丝巾的瑟夫莱卫队簇拥在中央。前方由肯沃夫的重骑兵充当先锋队,那是五十名骑士,身边各有两名精锐骑兵。轻骑兵和瑟夫莱人位于右翼,而伯爵的手下则在她的左侧。

两个钟头后,他们开始朝着山下策马疾奔。营地的景色在安妮眼前掠过,她的头皮有些发麻。他们被发现了吗?这么多只马蹄,大地肯定早就在震颤了。

他们又越过一条宽敞的山脊,和敌人之间只剩下了几百王国码的距离。

营地里的寒沙人就像掉进热锅里的蚂蚁,努力想要维持阵形,可她却看不到任何防御工事,只有一道看起来一触即溃的盾墙。

"传我的命令,开始冲锋。"她告诉里弗顿。

他点点头,吹响了军号。前方的重骑兵组成了一条横向两百骑,纵向五骑的阵线,他们的阵容严密齐整,就算扔过去一只苹果,只怕也找不到落往地面的路。他们起初缓缓前进,但很快加快了速度。

空气早已充满了她这一边射出的箭矢,士兵们从山脊上猛冲而下,她的护卫则在周围结成人墙,这时她忽然感到了一股残酷的快意。

当她朝着寒沙大军探寻而去,感受着他们体内之物时,快意中便混杂了那早已熟悉的、来自圣塞尔的病态怒火。

重骑兵突入敌阵时,她听到了敌人们绝望的高声哀泣。那些原本举起长矛的敌人丢下了武器。

先锋部队撕开了尚未成形的寒沙阵线,轻骑兵队分散开去,进行包围。可令她失望的是,她身边的骑士们却停下了脚步。

"怎么回事?"她说。

"我们得保护您的安全,殿下,"里弗顿说,"这是公爵的命令。您不需要到下面去,流矢会伤到您的。"

"阿特沃是我的将军,"她回答,"我的命令比他更有分量。继续冲锋,否则看在圣者的分上,我就自己一个人冲下去。"

"殿下——"

"你唯一的选择,里弗顿队长,就是说'遵命,殿下'。"

"遵命,殿下。"他叹了口气。接着,他抬高了声音。"继续冲锋!"

他们攻击了敌人右翼的残余部队,但敌人早就组织不起像样的抵抗。寒沙部队很快开始溃逃,而她的骑士们则在后面追杀。安妮看到零星的敌骑勉强聚集起来,正试图掩护战友们逃亡,但却收效甚微。

因此她发现自己站在营地的正中央,死者和濒死者充斥在周遭。她觉得体内有某种东西在膨胀,那是极度的欣喜。她意识到**埃瑞拉**出现了,因为她运用的力量而再度现身。

看到没?看到真正的力量了没?这还只是开始而已。

"很好。"安妮兴奋不已地说。

"不太对劲。"里弗顿说。

"怎么了?"

"这些看起来不像五千人的样子,连一半都不到。"

*等等……*埃瑞拉的声音突然变得迟疑,安妮从未听过她用这样的语气。

"怎么了?"

是邪符之子!邪符之子也预见到了!他比你多算了一步!安妮,快跑!

安妮转向里弗顿,可他的眼睛已经中了一箭,漫天箭矢如同北地的雨点般倾泻而来。当一支箭矢划过她的胳膊时,她突然感受到了一阵剧痛，随后盾牌便包围了她。

"快下令撤退！"她尖叫道，"我们中计了！我们得赶紧回到步兵那边去！"

片刻后，刺耳的军号声响起。她的护卫队已经开始沿着原路飞速返回，可那个位置也出现了骑兵，并且向他们冲锋而来。看起来人数是他们的两倍。

THE BORN QUEEN

第十章 凯斯堡

黑暗的天空下，被数里格方圆的废墟包围在中央的邪恶黑墙：这就是尼尔想象中的凯斯堡的样子。当然了，这印象全都来自小时候听他的老保姆艾丽讲的那些故事。凯斯堡，黑色高塔之城，邪徒云集之所。

可一路走来，所见唯有景色宜人的田野、林地和喧闹的市集。在前往寒沙中心的头一个九日里，他们只扎了一次营，多半都在舒适的旅馆或者城堡里过夜。他的寒沙语进步飞快，最后几乎毫不费力就能听懂和表述，尽管乡间土话与他所学的沿海方言相比较为柔和，也没有那么急促。

可直到走到道路的最高点，等他真正看到凯斯堡之后，他脑海中那个城垛如鲨齿般锐利的冷酷黑墙的形象依旧挥之不去。

好吧，那儿确实有城墙和高塔，但他的老保姆说对的也只有这些而已。

他意识到所有人都停下了脚步。

"站在这里看得最清楚，"贝瑞蒙德说，"这是我最喜欢的景色。"

"我明白原因，"太后道，"看起来从这儿能看见大部分城市。"

她说得没错。尽管有伊斯冷这样建造在高山之上的城市，凯斯堡的顶点却不比最低处的多瑙河高很多。河道把这座城市分割成两个接近半圆的区域：离他们近的那半边较小，北面的那半边则大得多。三座大桥将它们连结起来。

城市的两边都有灰白色的双重石墙环绕。外墙低矮，没有塔楼。墙后是一条宽敞的运河，然后是围绕着堤坝的内墙，看起来高约六七码。内墙上更配有许多造型简练的防卫塔楼。

事实上，高塔无处不在：优雅的钟塔配上黑色或铜绿色瓦片砌成的尖顶，城墙与河流相接处的巨大圆柱形堡垒，还有桥梁两端高

显灵的几种形式

耸入云的警卫塔楼。

更惊人的是，尽管城墙里挤满了各种各样的房屋，尼尔还是看到了不少绿色，仿佛城市里还有田地的样子。

城市北侧的地势缓缓爬升，直通向环绕山顶的另一道颜色更深的石墙，类似要塞或宫殿的白岩屋顶隐约可见。

"城堡就是那儿？"尼尔指着那方向问道。

贝瑞蒙德笑了。"果然是军人本色。没错，王宫就在那儿。那道比较古老的城墙后头的一切都属于豪恩海姆区，也是这座城市的起源。顺坡往河边去，那里是尼瑟尔海姆区。有绿地而且离我们最近的是吉尔德加兹区。城的西面——在这里看不太清楚——是纽杰穆区。河的南边是苏斯塔斯区。"

"你很喜欢这座城市吧。"艾丽思评论道。

贝瑞蒙德点点头。"它是全世界最美的城市。我非常渴望将它的美展示给太后殿下。"

"希望你父亲允许吧。"玛蕊莉回答。

"去宫殿的路上，你们就能看到不少美景了。"贝瑞蒙德说。

尼尔觉得他是在回避女王没说出口的问题，这可不是个好兆头。

他们穿过苏斯塔斯区的大门，发现自己身处喧闹的贸易广场内部，广场中央有一口喷泉和一尊雕塑，尼尔借由那双飞翼靴和那把法杖认出它是圣托姆。在广场的另一端，耸立着一座配有双重钟塔的巨大庙宇。

贝瑞蒙德经过时，人们纷纷停下手边的活计，鞠躬致敬。他们继续前进，广场变回了街道，而不久后他们已经在横跨大桥之一了——说得确切些，是正中的那座。繁忙的河道上，船只的种类五花八门，但大多都是驳船和配有三角帆的中型船。尼尔不禁思索，水面下究竟有何种他看不到的防御手段：或许是锁链，或是能够拉起的抓钩，能让敌船无法动弹，沦为活靶。

这儿和荆棘门或者壁垒墙半点也不像，可尼尔必须承认，这座城市建造得非常出色。他现在只希望寒沙军队的建立者没有如此高超的水准。

跨越多瑙河之后,玛蕊莉的胸口一阵发紧。她真的来了。贝瑞蒙德本想让她回去的。她为什么拒绝?既然她已经很清楚,马克弥已将传统与荣誉弃如敝屣,她为何还要继续?的确,贝瑞蒙德答应过会保护她,可这真的有意义吗?

马克弥肯定明白,把她当做人质是没法阻止安妮的决心的。罗伯特就曾羁押过她,可安妮依旧进攻了伊斯冷。这件事早已尽人皆知。

她的确以安妮为傲,但原因却是她从未想象过的。谁能料到归来的她会拥有如此强大的力量和截然不同的性格?谁又能料到她会成为女王?安妮身上的这些改变也让她和玛蕊莉记忆中的差异越来越大。有瑟夫莱、那个维特里安剑客,还有爱戴安妮的战士们陪伴在她身边,安妮和她也疏远了。她变得古怪,经常沉思,总是在聆听其他人没法听见的声音。有时她甚至会让人觉得有点可怕。

"怎么了?"艾丽思问道。

玛蕊莉抬起头,这才意识到自己完全没在观赏凯斯堡的清新景色,只顾盯着手里的缰绳。

"我刚刚才想到,脱下王冠真是种解脱。"

"你是说安妮登基的时候?"

"不,事实上是罗伯特篡位的时候。的确,我成了囚犯,但这也阻止了我继续做出错误的抉择。我再也不用承担过失了。"

"这也不失为一种看待问题的方式。"

"我只是在想,我没准又能这么做了。"

"你觉得你来这儿就是为了当囚犯的?"

玛蕊莉抬头望去,可贝瑞蒙德正在前面跟尼尔介绍他的城市,其余骑手们则都和两位女士保持着距离。

"是安妮派我来的,艾丽思。"

艾丽思皱了皱眉。"出使可是你的主意。"

"我也这么以为。可我去跟她谈这事的时候,她好像早就知道了。她想要掩饰,不过她确实知道。我猜又是她的预知梦吧。而且她强调要我带你和尼尔一起去。"

显灵的几种形式

"反正我肯定会跟你去的。"

"但尼尔爵士不一样。他本该继续养伤的。"

"有意思,"艾丽思说,"我真想知道她想要我们做什么。"

"我们不该谈论这个。"玛蕊莉忽然想到,有些修士能在一百里外听到蟋蟀的叫声。没准这就是这群人给她们让出交谈空间的原因。这样他们就能偷听了。"也许我们的担心根本没有意义。"

"也许吧,"艾丽思说,"我觉得你过虑了。在城堡里谈话要比现在危险得多。"

"我明白。你对那座城堡了解多少?"

"我知道它名叫**昆乔斯罗森**。"

"我的意思是,它的构造也跟伊斯冷一样吗?我是说在城墙的细节上?"

艾丽思略微摇摇头,表示她明白这句话在暗指伊斯冷的秘道。"我不知道。它的大部分比伊斯冷要年轻得多。我不觉得这两座城市是同一位建筑师建造的。不过我也不能肯定。"

"噢,那我们就期待到时候能明白自己为什么来吧。"

"你来这儿是为了维持和平,"艾丽思说,"记得吗?"

"我会努力的。不过我已经不抱什么希望了。"

"战争才刚刚开始。等到一方开始占据优势的时候,情况就不同了。到时候你就是克洛史尼的代言人了。"

"这倒是没错。可话又说回来,我们和寒沙人的上一场仗持续了十年呢。"

"噢,那就祈祷这儿的食物合我们口味吧。"

昆乔斯罗森城堡让人出乎意料,就算是玛蕊莉这样没什么军事眼光的人,也能看出它不是为了抵御大军而建造的。它更像是一座矩形的大宅子,有四层楼高,内部是一片占地巨大的庭院。堡中有几座塔,但看起来其装饰作用大于实用性。

有人牵走了他们的马,贝瑞蒙德护送他们进入堡内,穿过一连串走廊,又爬上三段楼梯。至此,玛蕊莉确信他们的目的地是其中一座塔楼。但贝瑞蒙德却把他们带到了一个有许多开阔窗户、装饰豪华的大套间。

"殿下,如果你满意的话,这儿就是你的房间了。"

玛蕊莉朝窗外窥视。她能清楚地看到一道美丽的风景线:城市的东侧、蜿蜒的多瑙河,还有远方的平原。

"非常满意,"她说,"多谢,王子殿下。"

"我会派些仆人来供您挑选。希望等您梳洗休息之后,能与我共进晚餐。"

"我接受你的邀请,"她说,"不知你父亲是否也会出席?"

"我正准备去跟他说这件事呢。"贝瑞蒙德回答。

"我希望能在他方便的时候跟他谈谈,越快越好。"

"当然可以,殿下。我会如实转达的。"

可几个钟头之后,等他们抵达贝瑞蒙德的餐厅时,马克弥却并不在场。

玛蕊莉礼貌地站在那儿,和十数位伫立在橡木长桌边的寒沙领主及其夫人们一一问好。他们的官阶似乎没有高过总督的,而且看起来全都和贝瑞蒙德年龄相仿。

餐厅本身倒是很宽敞,内有烛光照明,四周的墙壁上悬着描绘狩猎场景的挂毯。两头白色的猎鹿犬正满怀期待地在餐桌边打着转,除此之外,她能看到敞开的厨房门,以及几位忙碌不堪的仆人。烟味在空气中徘徊不去,伴随着令人馋涎欲滴的、熟悉却又陌生的香气。

蜜酒端上餐桌——玛蕊莉觉得它有点太甜了——接下来是梨子,还有种她不认识的浆果,味道棒极了。

贝瑞蒙德站起身,用寒沙语说了些什么,所有领主也随即起立。贝瑞蒙德举起高脚杯,转向玛蕊莉。玛蕊莉坐着没动。她童年时所受的教育已经所剩不多,可文明国家所推举的几项礼仪仍旧铭记在她心中。

"致克洛史尼的玛蕊莉太后,无与伦比的美人。愿圣者保佑您健康快乐。*Whairnei*!"

"*Whairnei*!"众人重复道,接着干杯落座。

"你们真是太客气了。"玛蕊莉说着,为简短的祝酒辞松了口气。

她很想知道自己还得忍受多少次。

第一轮敬酒到了第十五杯才告一段落。

肉菜接着送上：蘸有酱汁——她觉得那是樱桃酱——的烤鹿肉，配有韭菜泥的烤乳猪，搭配某种李子酱的炸兔肉，羊羔肉奶酪馅饼，还有一块用苹果、柑橘和牛肉做配料的馅饼。

"贝瑞蒙德王子，"玛蕊莉吃完一根鹿排，把骨头丢给猎犬，然后开了口，"我想知道，我的话您帮我带到了没有。"

"带到了，太后殿下。"

"然后呢？"

贝瑞蒙德的脸红了红，"他向您道歉，说今晚不太方便。"

"那明天呢？"

"明天也不行。"

"在忙打仗的事？"

"不是的，殿下。他，呃——他去打猎了。"

玛蕊莉只觉滚烫的血——还有混杂在血液里的蜜酒——升上她的脖颈，直至耳畔。"我明白了。"她说。

"我们会给您安排些消遣的，我保证。"

"我相信。有战争的消息吗？"

贝瑞蒙德手里那把插满食物的餐刀停在了半空中。"什么？"

"战争。你说过，战争已经开始了。你有什么消息吗？"

"我真的不认为我应该向殿下您泄露——"

"我能告诉谁？"玛蕊莉问，"这儿有人帮我送信给我女儿吗？我想没有吧。得了，王子殿下。把你们寒沙人打的胜仗告诉我吧。"

"呃，好吧，"他看了看身边的仆人们，"我想你说得对。噢，事实上也没有很多消息。一支来自莱芮的舰队想要封锁寇本维，不过我们的优势兵力在开阔海域跟他们遭遇了。"

"然后？"玛蕊莉努力维持神色不变。

"他们没应战，"他回答，"他们还没这么蠢。当然了，那是五天前的事。之后发生了什么可就没人知道了。"

"运气真好，"艾丽思说，"你们能在开阔海域找到莱芮舰队。"

贝瑞蒙德笑了笑，用寒沙语说了句什么。玛蕊莉细听了一阵，发现他是在重复艾丽思的这句评价。

他的话引发了一阵轰笑。

"*Lukka*?"一名贵族道,"*Nei，sa haliurunna.*"

"好了,够了,"贝瑞蒙德说,"战争的话题到此为止。"

这可真有趣。*haliurunna* 是什么?贝瑞蒙德似乎觉得提起这件事本身就是个错误。

等他们再喝得多点儿,再重提这个话题就好,她心想。

接着端上的是鱼肉:一条肚子里填满鳟鱼香肠的巨型金枪鱼;状似大比目鱼的油酥糕点,内里装有鲑鱼、葡萄和韭菜;搭配绿色酱汁,已经冷却的烤鳗鱼;以及紫罗兰酱配鲤鱼。

祝酒辞响起,杯盏再度交错。玛蕊莉抿了口自己的酒。

禽肉菜肴端上时,歌声也响了起来。唱歌的是个大块头,先前王子介绍说他是位领主。贝瑞蒙德本想制止他,可王子此时已醉得厉害,他腼腆地对玛蕊莉露出歉意的笑容,随后加入了合唱。她没听过这首歌,可尼尔爵士的身体却僵住了。

"怎么了?"她问,"你听过这首歌?"

他点点头。"这是首海军歌曲,内容是歌颂海战的胜利。他们在庆祝。"

她耸耸肩。"没什么好惊讶的。"

"可为什么在您面前?就算不是庆祝,有一位太后在场时,这也算不上恰当的举动。"

她按住他的手。"威廉宴请的宾客最后多半也会变成这样,特别是在他宴请那些得力手下的时候。我想这件事在莱芮也是一样的。"

"在莱芮的时候,我从没跟哪位太后一起用过餐,"尼尔承认道,"可我还是不喜欢这种场面。"

"保持冷静。"如今房间里除了尼尔、艾丽思和玛蕊莉之外,所有的人都在高声歌唱,包括女人们在内。

她凑近了些,"*haliurunna* 是什么,尼尔爵士?"

"是对一种黯阴巫师的称呼,那些人能看到未来。据说寒沙一直在培养这种人。"

显灵的几种形式

"你相信吗?"

"相信,"他斩钉截铁地说,"所以他们才能在海上撞见我们的舰队。他们以前也干过类似的事。"

没错,玛蕊莉心想。就是这么回事。

"我们得和贝瑞蒙德搞好关系,尼尔爵士。原因我以后再告诉你。"

歌声停止,有人唱起了另一首歌的开头,王子却大声喝止。

"我们对客人们太不礼貌了。"他说。

玛蕊莉站起身,握杯在手。"发音不太准,请见谅。"她说。她深吸一口气,开始唱:

"*Wha gaf sa ansu gadrauhta fruma*?"

他们盯着她看了一瞬间,然后放声高唱起来,"*Sein mahteig arm ya sein hauh–thutsitha*!"

觥筹交错,酒液飞溅。

她只知道前三个问题用寒沙语怎么说,可等他们放开嗓门,她会不会就不重要了。

贝瑞蒙德完全没有制止他们的打算,他们喝着酒,直到酩酊大醉,或者跌跌撞撞地摸回自己的住处。

惊人的是,贝瑞蒙德本人还能维持站姿。

"祝您晚安,殿下,"他说着,放慢了语速,"您真好,呃,好——希望他们没有冒犯到您。"

"一点也没有。事实上,他们让我有点想家了。"

"噢。我的仆人会让您宾至如归的。"

"我在想,王子殿下,您能不能帮我个忙。"

"请说,殿下。"

"我想知道,明天您能否带我去打猎。"

他睁大了眼睛。"和我父亲,"然后他大笑起来,"哈。这会很有趣的。"

然后他鞠躬行礼,蹒跚地走出餐厅。一名侍女领着他们返回住处。

"噢,瞧他们那快活劲儿,"等她们两人独处,艾丽思便评论道,

"您是怎么知道寒沙人的祝酒歌的?"

"威廉以前唱过——类似的歌。内容是提问和回答。第一个问题是'圣者把什么赐给了第一位寒沙斗士?'我想真正的回答应该是'强壮的胳膊和勇气,'或者类似的东西。威廉唱的是,'他姐姐的爱抚和吻。'诸如此类。"

"您真是见多识广,"艾丽思说,"我能服侍太后殿下更衣了吗?"

"劳驾了。"

艾丽思贴近她,开始对付她衣服背后的搭扣。

"我听到尼尔爵士说的话了,"她说,"我想我明白我们为什么要来了。"

"为什么安妮不直接告诉我们?"玛蕊莉问道。

"也许她也不知道。又也许这样一来,那个巫师会预见到。"

"明天我外出的时候,尽可能收集情报吧。"

"您真觉得那个醉醺醺的贝瑞蒙德会记得自己的诺言吗?更别提兑现了。"

"等到明天中午,他的酒就该醒了,"她答道,"而且没错,我相信他会守诺的,"她转过身,抓住艾丽思的手。"千万小心。在这里走错一步——"

"不用太替我担心,"艾丽思说,"据说马克弥脾气暴躁。所以您也要小心。"

显灵的几种形式

第十一章 怪物追兵

　　埃斯帕醒来时,有阳光照射在他脸上。他伸个懒腰,翻过身,随后撞上了某个温热之物。

　　薇娜。

　　她仍熟睡未醒,在金色的阳光中,她的面庞仿如圣者。他想起了童年时的她,想起了考比村的那个精力充沛又调皮捣蛋的小女孩。他想起自己察觉对她的爱意时的惊诧——他原以为自己不会爱上任何人了。

　　他的目光落到她浑圆的肚子上。他温柔地用手指抚摸着它。

　　里面会是什么呢?他思索着。

　　他确实没怎么想过当父亲这回事。葵拉没办法替他生儿育女:人类和瑟夫莱的身体差异实在太大了。在她死后,他就绝了再婚的念头。而且自从他和薇娜开始以后,大部分时间里都在考虑怎么活下去。

　　可有一个孩子,一个男孩或是女孩,一半像他,一半像薇娜……

　　他硬起心肠。想这种事根本没用。无论薇娜肚子里怀的是什么,都不会是人类。

　　他该不该把自己的担忧告诉她?他能说出口吗?

　　如今看来,那誓约极具力量,且足够狡猾,能将其目的掩饰得滴水不漏。他是不是应该跳下山崖,或者割开自己的喉咙?再或者去找恩弗瑞斯决斗,并且故意打输?

　　也许不。但关于誓约,至少有件事是他经常听说的:只要满足誓约的条件,它的力量就会消失。所以等到他们抵达荆棘王的山谷,他就能摆脱束缚,按照自己的意愿行动。修女显然是觉得到那时一切都太晚了,但她总有误算的可能。

　　他只需要保住自己的脑袋,并且做他力所能及的事就好。他可以检验誓约的力量,直到发现它的弱点为止。

他小心翼翼地起身，生怕吵醒她。

太阳的高度超过了他的预料。他渴望离开，想把芬德甩在身后越远越好，可这也许是今后很长一段时间里她的最后一个好觉了。

他在内庭找到了正在和几名手下交谈的恩弗瑞斯。埃斯帕走下楼梯时，恩弗瑞斯抬起了头。

"早安，御林看守。"恩弗瑞斯说。他的嗓音听起来有些紧张，而埃斯帕认为自己明白原因。

"早安。"埃斯帕回答。

"追赶你的那群怪物不算难找，"他说，"我的手下艾恩在上游那里看到它了，就在**斯里夫·奥维斯**镇附近，正朝这边过来。他们明天就会到达这儿。"

"那我们最好快点出发。"埃斯帕说。

"我觉得我们应该在这儿迎战。"恩弗瑞斯道。

"是吗？"埃斯帕说，"好吧，你要打就打吧。我们三个自己走。"

"不，我不能让你这么做。"恩弗瑞斯的语气带着歉意。

埃斯帕的手摸向咒文匕，却在半途中放下，握成拳头。"先是你那愚蠢的老头子，现在又是你！"他吼道，"你们这些家伙都不正常吗？"

"我们只是做我们该做的事，"恩弗瑞斯说，"我的家族负责保护这片土地，我也不会允许这只怪物和瑟夫莱的乌合之众大摇大摆地通过这里。"

"噢，说得真好。可这跟我们有啥关系？"

"如果我让你们走，他们就会跟着你。如果你留在这儿，他们就得被迫战斗，我们就能在城堡前面把他们全部干掉。"

"你跟龙蛇都打过一场了，难道什么教训都没学到吗？"埃斯帕问道。

"我学到了，"他说着，点点头，"而且很不少。之后我们还碰巧干掉了一头狮鹫。那些家伙很经打，但它们也会死，这我可以向你保证。而且追赶你的那群怪物数量并不多。"

"你也只有五十人，"埃斯帕指出，"也许他们的数量是不多，但足够干掉五十个人。"

显灵的几种形式

"我已经派人去跟父亲寻求增援,还向塞利·盖斯特堡发出了警告——就是我先前提到的另一座城堡,大约在北面三里格远的地方。我们的人数不止五十。"

"相信我吧,"埃斯帕几乎是哀求着说,"这绝对是个错误。"

是誓约在代我发言吗?

不,别傻了。

"我更希望得到你们的帮助,而不是把你们关起来,"恩弗瑞斯说,"但如果情非得已,我们还是会这么做的。"他叹了口气,"我会把薇娜安置在塔楼里,派人保护,直到战斗结束。"

"你想把她关起来。"埃斯帕干巴巴地说。

恩弗瑞斯愤怒地大步走来,有那么一瞬间,埃斯帕还以为自己成功挑起了先前他设想的那场决斗。他的手再次朝咒文匕伸去。

可恩弗瑞斯却在一码开外停下了脚步。"我爱她,护林官。我自始至终在为她着想。"

"我就不是吗?"

"我不知道。但她的状况不适合旅行,不是吗?你要她在这群怪物的追赶下翻山越岭?女人的身体可受不了这种罪。"

"对。可说白了,你还是想挟持她做人质。"

"如果你非要这么想,我也没法,"恩弗瑞斯说,"但我的计划不会改变。现在你可以继续生闷气,也可以帮我打赢这场仗。你对付这些家伙的经验比我们所有人都多。还有一天的时间。我们应该做什么?"

"跑。"

"见鬼。除此之外呢?"

埃斯帕的心底不以为然,但高涨的怒气已经消退下来。也许他们全部死在这儿就是最好的结局。总比等着看那个修女给薇娜和她的孩子准备了什么阴谋要好。

"首先,"他说,"其中有三个瑟夫莱斗士,莉希娅叫他们**瓦伊斯战士**。据说他们比人类斗士更强壮也更敏捷。他们的武器有类似我这把匕首的剑,还有些狰狞怪才知道的鬼玩意儿。莉希娅没准知道更多。"他揉揉额头。

THE BORN QUEEN

"有些怪物没什么脑子,"他续道,"我跟莉希娅用陷阱干掉过好些个。没准你也可以挖几个类似的坑。再在坑上面吊些有分量的东西,到时可以砸在它们脑袋上。这儿有没有什么攻城器械?"

"有一台投石车。"

"越多越好。"

"我们会想法子的,"恩弗瑞斯说,"我们干吗不现在去找莉希娅,再弄点啤酒?我了解狮鹫,不过艾恩跟我描述的其他怪物我都没听说过。"

"你是怎么干掉那头狮鹫的?"埃斯帕问道。

"我们八个人骑着马朝它冲锋。两个人成功命中了它。它没死,但动作也不灵活了。然后我们就用长枪多戳了几下。"

"你们没损失人手?"

"我们损失了两匹马,还有三个人觉得身体很不舒服,不过没人真正碰触过它。薇娜警告过我们。"

"有些怪物比狮鹫还结实,"埃斯帕说,"我会帮你的,我保证。但你不能把薇娜关起来。"

恩弗瑞斯和他对视片刻,然后短促地点了点头。

李恩维尔的伊万爵士有一张松垮垮的脸。他有好几层下巴,还有非常接近下巴构造的脸颊。此刻他浓密的眉毛几乎打成了一个死结。

"那是什么玩意儿?"他指着芬德和那群怪物,问道。

"随你怎么称呼都行,"恩弗瑞斯回答,"我管它叫蝎尾狮。"

"我猜到了,"伊万爵士答道,"像极了《阿尔比翁的骑士王子》那个故事里的怪兽。"

"他们的数量变多了。"莉希娅说。

埃斯帕也注意到了。人类和瑟夫莱的数目似乎没有变化,可在队伍两旁大步奔跑的尤天怪变成了七头,还有四只狮鹫和两头蝎尾狮。还有两辆埃斯帕先前没见过的四轮马车,很可能是因为芬德不想带着它们在山道上走。

"一群怪物还带着给养,这可真离谱。"恩弗瑞斯说。

显灵的几种形式

"对,"埃斯帕赞同道,"不过狰狞怪的狩猎队大都是死人,幻灵,还有鬼怪。它们不需要吃东西。怪物没准可以自己觅食,可芬德和他的手下就没什么可吃的了。"

敌人距他们仍有十箭之遥,正在穿过一片麦田,朝巫河前进。埃斯帕和他的战友们则在离河一箭之遥处的崖顶监视着对手的动向。山坡下方的地面平坦开阔,正适合骑马冲锋。更棒的是,芬德必须穿过一座仅可供三骑并行的老石桥才能过河。

埃斯帕依旧不抱什么希望。

"让塞利•盖斯特堡负责第一轮冲锋吧。"伊万爵士道。

"大人,这是我的职责。"恩弗瑞斯回答。

"得了,伙计,让我们先去吧。我们会给你们留下一两头狮鹫的。"

"你是长辈,"恩弗瑞斯说,"既然你提出要求……"

骑士笑了,他伸手拍拍恩弗瑞斯的背。"很好。那我们就出发了。"他抬高嗓音,"来吧,伙计们。"

塞利•盖斯特堡不仅派来了伊万爵士,还有五十名全副装甲的骑兵,三十名弓手以及三十名矛兵。埃斯帕看着那骑士将手下的骑兵列成阵形严密的纵队,五骑宽,十骑长。他心下颇为赞同,因为他们冲锋的目标只有在桥上通行的那些敌人而已。

弓手们在山崖上四散开来,矛兵列阵作为掩护。恩弗瑞斯的手下充任后备。

埃斯帕叹了口气,拉开弓。莉希娅也一样。他看了看上次用咒文匕削制的那把长矛,不禁寻思是否把它握在手里比较好。

这很难说。恩弗瑞斯给了他新的投斧和短匕,很适合对付人类和瑟夫莱,但对绿惹可就没什么用了。如果他非得跟那些怪物搏斗,还是保持些距离比较好。

芬德也在集结怪物。埃斯帕很想知道,这个瑟夫莱究竟是怎样和它们交流,又是如何学会和它们交流的。

他也许没有机会知道了。如果他和芬德的距离近到可以说话,他是绝不会浪费时间去提问的。

可芬德似乎也对进入他的弓箭射程没什么兴趣。他不见了。事实上,埃斯帕根本不知道这个宿敌是否还在这群怪物中间。

无论率领这支部队的是谁,肯定都会用怪物来打头阵。

一头蝎尾狮先行出列,紧跟在后的是一群狮鹫,然后是尤天怪。

我疯了吗?他心想。我是不是在仙兔山里就因为发烧死掉了?这些都是真的吗?实在太离谱了。

怪兽们踏上桥面时,弓手们开始放箭。几支箭矢命中了目标,可绿憨都有铠甲般坚实的外皮。没有一头怪物倒下。

他听到"啪"的一声,还有石弹飞过的嗡鸣声。恩弗瑞斯把投石车拖到了这儿,在当天早上就调整好了射程。

一块比埃斯帕的脑袋稍大些的石头飞向桥梁,砸中了一头狮鹫的后脑。它尖叫着倒地,脊梁骨明显被砸断了,人群中响起雷鸣般的欢呼声。

蝎尾狮开始冲锋。

它的速度再次让埃斯帕吃了一惊。伊万爵士和他的第一第二排骑兵已经跑了起来,当那怪物接近桥梁的这一端时,战马开始飞奔,十柄长枪挟带着十匹战马和十名骑手的重量猛刺而去。

古怪的是,两方相遇时没有太大动静,只有一声闷响。蝎尾狮的整个身体被撞了回去。但很难说它受了多重的伤。

当狮鹫们飞扑而来时,他们早已让出道路,而下一排骑手开始了加速。

无论芬德是怎样控制它们的,很显然,他没法让它们变得更聪明,也没法让这群猫似的怪兽避开冲锋,从侧面攻击。它们办不到,只能跳过倒下的蝎尾狮,和冲锋的骑兵正面交锋。

其中两头实实在在地被长枪挑到了空中,可第三头却冲进了阵中,击倒了一匹战马,用喙和爪子撕碎了它。骑手们纷纷策马让开,那头怪物却抛下头一个牺牲品,扑倒了另一匹马。

蝎尾狮一动不动。那四头狮鹫中的两头似乎快要死了,第三头也受了伤。

有什么东西不见了。

"见鬼,"埃斯帕说,"尤天怪跑哪去了?"

他话音刚落,只见怪物们从河水中蜂拥而出,从侧面冲向骑兵纵队。

尤天怪和狮鹫不同,它们相当狡猾。

埃斯帕咒骂着,瞄准了最近的那只。第一箭落空了。第二箭命中了目标,可看起来刺得不深。

骑手们转过马头,面对飞奔而来的尤天怪时,阵形已濒临溃散。埃斯帕看着被他射中的那头尤天怪敏捷地跳上刺来的长枪,脚踏枪身,爪子抓下了骑手的脑袋。等它落回地面,撕开另一匹战马的肚子时,埃斯帕瞄准它又射出了一箭。

"圣者啊。"他听到恩弗瑞斯倒吸了一口凉气。

此时第二头蝎尾狮也踏上了桥面。弓手们正朝着它倾泻箭矢,因为剩下的那头狮鹫和尤天怪群混杂在骑兵阵中,难以瞄准。

恩弗瑞斯大喊一声,催动马儿冲向前去,他的手下紧随在后。

当几头尤天怪开始奔向山崖时,弓手们也掉转了目标。埃斯帕选中了朝他奔来的那头,开始放箭。

第一箭射中了它的眼睛。它的身体打了个转,摇晃了几下,随即咆哮一声,以更快的速度冲了过来。他看到莉希娅的一支白翎箭插在它的大腿上。埃斯帕再次挽弓搭箭,深吸一口气,松开弓弦。箭尖擦过了它头颅上鳞片最厚的地方。

然后它就冲向了矛兵队。它抓住一把长矛的矛头下方,借力跃起,越过第一排矛兵,可第二排的一名士兵勉力支起了长矛,它的下落之势令矛尖刺入了自己的腹部,顿时血流如注。它尖叫着紧紧攥住了矛杆。

它离埃斯帕只有五码远。他仔细瞄准,命中了它的另一只眼睛,这回利箭刺穿了它的整个颅骨。它张开的嘴巴顿时僵住,不再挣扎。那名士兵把它推下了山崖。

又一头尤天怪扑来,但十五支箭立即射了过去。大部分箭矢要么射失要么弹开,却有那么一支射中了它的眼睛。

他先前就提过这种生物的弱点,这群弓手总算想起来了。

他扫视周围,发现另一边的弓手们进展不佳。一头尤天怪冲进了阵中,大多数士兵都在四散溃逃。

下方战场的情形正开始好转。

伊万爵士和另外九个参与第一轮冲锋的骑兵一直维持着阵形，他们纷纷举起长枪冲向了那头狮鹫。剩下的人大多都已下马，用剑和盾攻向尤天怪群，以绝对优势的兵力包围了它们。一头尤天怪已经倒下，被八个身穿重甲的兵士剁成了肉泥。

恩弗瑞斯的部队放慢了冲锋的速度，因为第二头蝎尾狮停止了前进，伫立在投石车的射程之外。

转眼之间，那两头剩余的尤天怪便不情愿地脱离了战场，沿桥返回。

"真不敢相信。"埃斯帕说。

看起来，伊万爵士损失了差不多十五名骑兵，或许还有数量相等的弓手。或许还有几个会因碰触到狮鹫而死。但怪物那一方却仅有两头尤天怪和一只蝎尾狮幸存。突然间，打败它们似乎已不是什么困难的事了。

它们似乎也很清楚。马车的轮子开始了转动。

伊万爵士开始集结部队，恩弗瑞斯则策马奔上山坡。

"噢，"他勒住坐骑，说道，"说到底，这主意也许不算很糟。"

"也许吧，"埃斯帕承认，"我真的不敢相信，可也许你说得对。"

"我们准备尾随一段路，找个合适的攻击地点，然后——"

"见鬼，"埃斯帕说，"我想伊万爵士另有打算。"

恩弗瑞斯转过身，只见塞利·盖斯特堡的骑兵们——幸存的骑兵们——正在桥上飞奔，恩弗瑞斯的二十个手下也跟随在后。那头蝎尾狮已经不在桥边，却朝着山坡折返而来。

"快回来！"恩弗瑞斯吼道。没有人回头。他们也许根本听不见他的话。

已经逃到河对岸的那群人类和瑟夫莱也掉头迎来，但看上去不像是作好反攻准备的样子。他从这么远的地方看不清他们的脸，但他觉得有些不对头。

"我有不好的预感。"莉希娅说。

埃斯帕只是摇摇头，试图弄清状况。

随后，就像被数千支无形之箭射中了一般，伊万爵士和他身边

显灵的几种形式

的所有士兵——连带他们的马匹——全数倒下，再也不能动弹了。

远在河的另一边，埃斯帕看到其中一辆马车上有东西在闪闪发光。

"转过身去！"莉希娅尖叫道，"闭上眼睛！"

埃斯帕只觉双眼开始发热，继而听从了她的话。片刻之后，其他人也照做了。

"那是什么东西？"

"罗勒水妖，"她说，"对上它的目光，你就会死。我想它现在离这儿还有些距离，不过……"

"赶紧带着他们撤退，恩弗瑞斯，"埃斯帕粗声喊道，"带上剩下的人快走！"

"我不明白。"恩弗瑞斯带着哭腔说道。他的声音听起来就像刚被人从沉眠中唤醒似的。

"吹响撤退号。"埃斯帕告诉拿着号角的那名士兵。

"可——"

埃斯帕抓住恩弗瑞斯的肩膀。

"它就要来了。我们没法背对着敌人战斗。我们根本毫无准备。"

"见鬼，"男孩满脸泪水地说，"吹响撤退号。"

一条黑影从他们头顶掠过，然后又是一条。许多翅膀拍打空气的声响随即传来。

第十二章 考隆

斯蒂芬犹豫片刻，颤抖着看着自己的脚，看着那一千对大小不一、穿着鞋子、套着半高筒靴、裹着皮靴或者干脆什么都没穿的脚。

就像维尔尼对他施展过的那个咒语，只不过这些记忆全都不属于他。

但这点区别已经不重要了。他闭上双眼，迈开步子，只觉自己踏出了一千步，身体也摇摆了上千次。

他的胃再也承受不住，俯下身开始呕吐。伴随着古怪的疏离感，他发现这让他显得更真实，也更像他自己了。

但他并不是他自己。这是世界上最大的谎言，也是最低级的幻象。那个叫做斯蒂芬的东西只是个次品，与他本体相比根本微不足道。剩下的部分正在努力回归。

这样就能结束了吗？如果他放弃这个关于斯蒂芬的小小幻想，他就能变得完整了吗？

也许。

不。

这声音直冲脑海，令那万千声响归于低语。它温柔、有力而又自信，斯蒂芬忽然觉得第一座圣殿的力量有一部分又回到了他的身上。

不，那声音重复道。那便是死亡。你听到的声音，感受的幻景——都来自死者，来自那些放弃了挣扎，任由河水将他们的灵魂带走的人。你比他们强大，是因为你仍然拥有自我。你明白吗？你的灵魂与肉体的联系仍旧紧密。你是真实存在的，斯蒂芬·戴瑞格。完美无缺只是幻象。唯有缺憾方能真实。

"考隆？"

显灵的几种形式

对。我在这儿的力量更强。你已经通过了第四圣殿的试炼。只剩下一座了。听我说,这些感觉是因为你的头脑在试图接受河水中的一切。你是办不到的,除非你死去,除非你终结自身的存在。明白我的意思吗?

"我想是的。"

那么,就让我帮你吧。

"你不也死了吗?为什么你和别的死者不同?"

因为我也走过这条巡礼路。因为我的身体死去之时,我没有允许河水带走我。

"我——"可那些声音正逐渐归来,令他无法思考。"帮我找到最后的圣殿吧。"他喘息着说。

坚强些,斯蒂芬。别放弃你自己。别放弃我。圣殿就在不远处。

可事实上,它显得很远。他模糊地意识到,眼前的光芒和风都并非幻象,而他在路上的某处便离开了山体内部,正在山坡盘旋而上。考隆跟随着他,和他不断交谈,告诫他不要听信其他的声音,提醒他只有自己才是真实的。斯蒂芬觉得这位古时的修士仿佛在与他并肩同行一般,但当他转头望去时,却又看不见他的身影。

"那个维尔尼,"斯蒂芬勉强组织起语句,"它究竟想要什么?"

"维尔尼?"

"就是你警告要我提防的那个东西,那个藏在山里的怪物。"

"我不知道它想要什么。但我不觉得它打算探求巡礼路的力量,至少在得知它的位置之前不会。否则要我说,它完全可以干掉你,然后自己完成巡礼。"

"我也这么想。"斯蒂芬说着,努力去确认那只平衡身体的手是属于自己的。

"所以说，它想要你得到这份力量。"

"可预言里说他是我的敌人。我是你的继承人，而他是我的敌人。"

"就算我有过这么个敌人，我也不记得了。我猜这也有可能。鬼魂们——甚至是我这样的鬼魂——意识不到自己忘掉了什么。另外，我不觉得自己会知道关于考隆继承人的预言，你说呢？那些都是我死后的事。"

斯蒂芬忽然觉得天旋地转。

听我说，斯蒂芬。专心听我的声音。

晕眩感逐渐退去。"你遇到了什么，考隆？"他问道，"你是怎么死的？"

"我死在这座山里了。"鬼魂答道。

"是巡礼路杀死你的吗？"

"不。说来可就话长了。事实上，我是特意来这儿赴死的。"

"为什么？"

"我说不清。我只是觉得应该这么做。看起来我做对了。"

"可——"

"圣殿就在前面。这条路比我那时更窄了。"

"我希望——我现在想东西很困难，连自己想问什么都不知道了。"

"我知道。我还记得。想一想你是谁。**告诉**我你是谁。"

"我——我喜欢语言。你都有一千岁了！我有很多可学的……"他摇摇头，努力集中精神。他还在往前走吗？

是的，他还在缓步前进。他看到前方高处有个东西，一个类似石碑的东西。

"我，呃——每当我生气，或者沮丧的时候，我就会构思一小段论文，就像要写进书里那样。"

"的确如此，"考隆说，"我过去也常做同样的事，特别是在我还是见习修士的时候。不过我把论文写了下来，然后被另一位修士——帕森斯修士——发现了，还拿给其他人看。"

"然后发生了什么？"

显灵的几种形式

"不用说，他们狠狠取笑了我一番，还让我打扫了一整年的马厩。"

斯蒂芬的脑海中忽然出现了一幅鲜活的景象：他站在没过脚踝的马粪中。

"伟大的考隆也会去打扫马厩，这真是难以置信。"他说。

"我有什么伟大之处？我做了什么？"

"你把维吉尼娅·戴尔的日记带到了这里，并且保存起来。而且你在圣监会里肯定身居要职。"

"你是说，就像你？"

"你在说什么？"

"我什么都不是。形同草芥。我住在藏书室里，我找到了日记，我发现了这座山的位置。主教派我把日记带来这儿，因为他觉得大家都认为我不可能担负什么重要使命，所以也不会有人跟踪我。"

"可关于你的预言一直流传至今。"

"不，我觉得那些预言是关于*你的*，斯蒂芬。预言里之所以提到我，是因为我会做我应该做的事：帮助你。"

万千人声逐渐退去，他的方位感也随之归来。他站在一块凸出于山体的三角形岩石上，它的底部有四码宽，长约七码。岩石向上倾斜，越高处也愈狭窄，顶点耸立着一根尖刺。维吉尼亚语的符号"五"在岩石表面依稀可见。

"真有趣，"斯蒂芬说，"你要我谈谈我自己，可真正起作用的却是你的过去。"

"我是你的向导。"

"我们肯定非常相似。"斯蒂芬说。

"至少我年轻时和你很像。"

"等我触摸这块石头之后，一切就结束了？"

"没错。你的身体已经拥有了知识和力量，但若没有这座圣殿的祝福，你就没法控制它们。"

"那你会发生什么事？"

"这是我必须做出的牺牲，斯蒂芬。"

"你这话什么意思？"

"别担心。一切都是理所应当的。我已经指引你走了这么远了。相信我,只差最后一步了。"

斯蒂芬点点头,小心翼翼地迈开步子。他叹着气,把手按在那块凸起的石头上。

最后一个声音消逝无踪,取而代之的是广阔无垠之感。仿佛有股巨浪淹没了他,让他在水流中天旋地转,最后又让他脚踏实地。一切都显得新鲜无比,感觉就像换了一双崭新的眼睛去看这个世界。

感觉如同重生。

他忽然意识到,这就是阿尔克。阿尔克并非真正意义上的某个地方,而是一种生存状态。

他跪倒在地,全身上下再没有一丝力气。他看着眼前巍峨的群山,看着这幅壮丽美景,看着电闪雷鸣的苍穹,感到一阵突如其来的狂喜。他的身体疲乏无力,可精神却前所未有地饱满。

但他明白,这只是开始:他还有很多事要去做。巡礼路并非最后一步。他还是得找到王座,而且得尽快。

斯蒂芬站起身,尽管膝盖仍在微微发颤,但他觉得已经能走路了。他十分确信自己记得返回那座埃提瓦城市的路,尽管这意味着要绕山走上半圈,还有可能饿死在半路上。不是现在,不是前路一片开阔的现在,不是终于知晓该做什么的现在。

有东西在风中朝他扑来,它身躯灼热,气味刺鼻。

他转过头,面对着维尔尼。

他还是看不到它,无论用肉眼还是能穿透世界表象的感觉都一样。也许它真的只是一团影子而已。

但事实并非如此。他能感觉到它体内充盈的可怕力量。

恭喜你,那影子对他说,然后张开了巨大而模糊的双翼。斯蒂芬感觉到咒文开始再度生效。为我所用吧。

斯蒂芬没有片刻犹豫,事实上,那东西的本质极其美丽,几乎美到令人心生欲念的程度。他将自己的意念甩向维尔尼,又从地底深处的无尽洪流中汲取力量。

与他的意念角力的,是一股他从未感受过的粗野力量,他突然觉得自己正在和某种不断变换形体的生物较量,就像古老传说中那

显灵的几种形式

位幻灵女王的爱人。

但事实更加可怕。他突然觉得自己被推开,包围起来,他的注意力越来越难以集中在这头恶魔身上,更难以运用力量和它抗衡。它的力量并非圣堕之力:它是远古暗夜的具现,某种早在世界本身——抑或存在于世间的微末力量——诞生前就已存在的东西。

不。我不知道它是什么,可它是能够被击败的。接受——

一股崭新的力量注入斯蒂芬的肢体,他突然间明白了。

这东西便是泽思王座的现任主人。多年前,坐在这张王座上的是另一个人,一名最后被取而代之的瑟夫莱魔巫。现在他知道该怎么做了。

他不再对抗维尔尼的力量,任由它们涌入体内,执掌他的心灵和意念。等那恶魔在他身体里安顿下来,他便攥住那些力量,如同拽住拴狗的绳索,将之扭转,收归己有,又不断施加束缚,直到那怪物体内的混沌被秩序和他的命令层层包裹起来。

你不能,维尔尼低语道。

"我能。感谢你的道贺。让我复述一遍你的话:为我所用吧。"

我终将逃脱。我终将碾碎你体内的一切。

"我可不这么想。好了,不如你载着我飞回山里,去寻找我的伙伴们吧。"

你会付出代价。

可却有某种东西包裹了他,转眼间,他们便已身在空中,他满心愉悦地大笑起来。

他已经等不及见到泽米丽了。还有薇娜。还有埃斯帕。还有女王安妮,尤其是女王安妮。最有趣的部分就是看到他们惊讶的脸。他喜欢看着别人惊讶,喜欢跟别人开玩笑。

他当然喜欢。这就是他们叫他黑稽王的原因。

第十三章 撤退

安妮感觉不到手里的缰绳。轻风似乎在吹着她的身体打转,而大地也想要拥她入怀。

她仍能视物,但眼中的景象都缺乏意义。到处都是马腿,还有伸手抓向她的士兵,接着一切只剩下噪音和色彩,最后她来到了另一个地方,躺在一片池塘边的草地上。她抬起手,发现这儿没有影子。她的身侧很痛。她伸出手,发现有根棍子戳在那里。她只是碰了碰,剧烈的痛楚便在肋骨间蔓延开来。她手上又湿又黏,转首去看时,鲜红便映入她的眼帘。

"见鬼。"她勉强说出这句话。当时有好多支箭,她想起来了。然后那些马儿就冲了过来,那股冲击就像汪洋巨浪,她身边的所有人都被浪涛掀得人仰马翻,最后她开始**汲取**,从如同云朵般高悬天空的苍白新月中汲取力量,再施加到他们身上。她想起自己看着他们的双眼化作一团血雾,还有那些尖叫……

是我干的吗?

"没错,"她的埃瑞拉自大地中浮现,同时开口确认,"你的表现就连维吉尼娅·戴尔也会大吃一惊的。"

"我们赢了吗?"

"你被射中之前击溃了他们的冲锋,并且干掉了半数敌人。之后的事我就不知道了。"

"这么说,我**确实**被射中了。"

"是的。"

"我快死了吗?"

"我不知道,但这种情况下你不该留在这儿。如果**他**来了,你是没法对抗他的。"

"我不——"黑色的光点在她眼前起舞。

"我会帮你的。"埃瑞拉说着,用一只燃烧的手轻抚她的额头。

显灵的几种形式

一只马蹄砰然踩在她头颅旁边的地上，有人呼喊着她的名字。她试图起身，却倒吸了一口凉气。

"她在这儿！"有人叫道，"活见鬼。我们都在周围找了——"

"她被射中了。"一张脸出现在她上方。

"你好啊，凯普•查文。"她说。

"您能听见我说话？"

"能。"

"我得帮您站起来。您明白吗？您不能躺在这儿；我们要撤退了。除非您能——"他做了个鬼脸。

"我没力气。"她回答。

"您可以跟我骑一匹马。您的御前护卫和重骑兵已经组成了殿后部队。我的马比较快。我们会带你回营地，然后去找个医师来。"

安妮想要答话，可她太累了。

他把她抱上马鞍时，她不觉得很痛，可马儿每跨出一步，她的痛楚就愈加强烈。尽管她努力想要忍住，却还是痛呼出声，心中所愿唯有这份痛苦的结束。

她醒来时平躺着，身处在一个嘈杂的小空间里。最后她发现，那是一辆马车。她想起娜蕾奈给她喝了些苦涩的饮料，然后她就睡着了。

她抚摸身侧，发现那支箭已经不见了。她的衣服也一样。她的身体裹在松垮垮的毛毯里。

"没事了，吾主，"她听到娜蕾奈在说，"好好躺着。"

"发生了什么事？"

娜蕾奈还没来得及回答，埃米莉就插嘴道："真是太刺激了。他们说您让他们的眼珠子爆炸了。这是真的吗？"

"我现在不太想谈这个，"安妮喃喃道，"你能帮我把阿特沃找来吗？"

"不行啊，殿下，"女孩道，"他出去集结部队了。您干掉了很多敌人，可还剩下不少。他们好像早就知道我们会来。"

"他们确实知道。"

"怎么办到的?"女孩问。

"我被他们的魔法打败了。"安妮回答。愿圣者保佑艾丽思和尼尔找到邪符之子,而且能有对付他的法子。他的力量比我更强。

她的脑海中突然涌现一个念头。"如果我们还在打仗,那为什么这辆马车在动?"

"我们在撤退,"埃米莉回答,"不过是有序的撤退,所以敌人没法肆意追杀。阿特沃作为将军很有才干。"

我把他领进了陷阱里,安妮心想。这过失恐怕很难弥补了。没错,她是女王,但她需要她的将军们信任自己,尤其是阿特沃。

"我们损失了多少人?"

"不清楚。他们认为应该在两千左右。我军驻扎的时候,他们也攻击了我们的步兵。"

两千?这数目太不真实了。她这辈子认识的人有没有两千个?

他们花了三天时间向普尔斯奇德撤军。两翼兵力几乎没受到损失。寒沙军在越过最北部的堤坝后又进军了一天,随后便停止了追击。

到了第二天,安妮休养的场所便从马车转到了普尔斯奇德的城堡里。

她的将近三千名士兵席地而睡。

"他们没追多远,殿下。"又过了一天后,阿特沃告诉她。

"你看起来很疲倦,表兄。"

的确如此。他的脸上看起来满是皱纹,足足比一个月前老了十岁。

"我没事的,殿下。"

"那他们去哪儿了?"

"去了安德慕,在大概往北一里格的地方。他们正在那儿建造防御工事呢。我估计他们会派些部队留守,然后再往这边进发。"

安妮点点头。之前她让娜蕾奈和埃米莉扶着她坐了起来。她没法站起来,但她不想躺在床上面对阿特沃。"那海军方面呢?有消息吗?"

"他们同样预料到了我军的动向,"阿特沃说,"他们在开阔海域和费尔交火。我们损失了五条船,寒沙那边也差不多。费尔爵士带着舰队退回了特纳非。"

"也就是说,我们所有地方的部队都在撤退。"安妮说。

"所有我们冒险出兵的地方。"

"你是说,所有我下令派遣部队的地方。"安妮说。

"我没有谴责您的意思。我当时也觉得您的计划很不错。只不过全在他们的预料之中。而且情况原本可能更糟。他们的那个邪符之子也不是万能的。他也许是打算欺骗您,但您奋力逃出了他的陷阱。"

"很勉强。不过我同意你的话,事态原本会更糟的。我也许对战争没什么了解,但我知道撤退的部队经常会溃不成军,然后被彻底消灭。这原本会是一场大败。你的指挥能力阻止了这种情况的发生,阿特沃公爵。"

"您不该只赞扬我。肯沃夫大人保住了我军的左翼,年轻的凯普·查文护卫了右翼。否则,一旦我们遭到包围,一切可就全完了。"

"我也会嘉奖他们的,"她说,"现在的情况如何?"

"当然,我已经派人去求援了。我们募集的许多乡民士兵都已经抵达这里,或者去增援新壤周边地区的要塞了。"

"我们就这么把安德慕和莫葛·瓦斯特平原送给他们了?"安妮问。

"不是我们送给他们的,是他们自己夺去的。北望堡两天前就失陷了,所以他们的增援可以在维特里安大道上畅通无阻。寇本维也完全落入了他们手中。但新壤的防守一如既往地比北部边境严密。也正因如此,寒沙和克洛史尼才在安德慕一直相持不下。他们想要在这儿击败我们恐怕是难上加难。就算他们真的办到了,我们也可以撤退到下一条运河边,开闸放水,淹没我们身后的这些淹地,他们就得用游的才能追上我们了。"

"你提到过他们有可能借露河的水道顺流而下。东面有什么消息吗?"

"要说遇袭的消息的话,没有,不过我觉得快了。"

"那南边呢？"

他点点头。"我们听说至少有三支教团在特勒明河沿岸扎营。当然，这已经是几天前的旧消息了。他们没准已经开始攻击我方了。"

安妮回忆着特勒明河。

"特勒明河的那段有个河谷，"她说，"他们只有在特勒明镇或者往北进入火籁才能过河……"她的声音越来越小。

"殿下？"

她闭上眼睛。没什么，只是我做过的另一件蠢事。卡佐，希望你和我想象的一样聪明。

"邪符之子帮不了南边的敌人。我会试试用预知能力来察看教会的动向。还有别的事吗？"

"我想没有了，殿下。"

"谢了，公爵大人。我还是继续休息比较好。"

她在一片开满石楠花、俯瞰着碧蓝海洋的草地上见到了她的埃瑞拉。空气温暖潮湿，感觉还有点脏兮兮的。

埃瑞拉每次出现在她面前，都显得更像人类了些，尽管她的身体仍旧不时闪耀着奇特的光。

"你被算计了，"那女人道，"因为死亡的法则被打破，邪符之子的力量已经超过了我的预期。"

"你应该警告我的。"安妮回答。

埃瑞拉扬起熊熊燃烧的眉毛。"那会是对你智慧的侮辱。如果你能看透*他*预见的结果，你又怎么可能想不到，他也同样能做到呢？"

"有这么简单吗？"安妮问，"假如我看穿了他的陷阱，他就不能看穿我会看穿这件事吗？难道就不会这么无休无止地循环下去吗？"

"你说得对，但不尽然。如你所知，能够预见的未来是不确定的。但未来仍有前进的道路和趋势。先是邪符之子预见到了你的军队的进军方向，你预见到这点之后，可能作出许多不同的反应。你

显灵的几种形式

可能会决定不走这条路,或者干脆停止进军,或者多带几千士兵——或者是你之前的做法,试图利用敌人的陷阱进行奇袭。邪符之子也许能预见到所有这些道路,但其中一条会显得略微明亮些。于是,他可能的应对手段——放弃计划,派遣更多士兵,等等——也就更加不明显了,首先是因为你的选择是许多选项中的一个,再者是因为他也一样。这就是你没能预见到陷阱有所变化的原因:它变成了一件难以察觉的微末小事。而对他来说,要看到这个应变手段的结果简直是不可能的事,所以你才能设法逃脱。所以你想要的答案就是:你和那个邪符之子交手了许多个回合,但最后的获胜者是他。如果你能够彻底掌握这种力量,也许就能预见到更深层次的未来。也许。"

"那我猜,你说的这些,寒沙人也想到了。"

"不,不,"埃瑞拉道,"他不可能知道你预见了什么,除非你对此作出反应。"

"那预见还有什么用?"

"它能影响你的战略实施。"

安妮转了转眼珠。"是啊,只不过很有限。假设我预见到有支军队要走露河的水路进军,阿特沃分兵去阻截,可那支军队却不再朝西边前进,反而改道往我这边来了呢?"

"你会发现自己很少能预见到一个九日之后的事,或者是事件的细节。在预见之梦里,对于较为遥远的未来,具体的时间和形式总是含糊不清。他的影子仍在寒沙。他的信息需要信使来传达,而这位信使很可能没法抵达他那里,也肯定会让他错过最佳的时机。如今你离战场更近。而且这次你也学会小心了。"

安妮点点头。"很好。不过我得先知道教会准备朝南部边境的哪个地区进军,还有我让卡佐和奥丝婼陷入了怎样的危机。"她挺直了背脊。

"我不怕你。"她告诉埃瑞拉。

"我从没说过你怕我。"

"噢,我确实怕过你,"她承认道,"但以后不会了。从现在起,我希望你能把我需要知道的一切都告诉我。你明白吗?我不想再被人从背后捅刀子了。"

"很好,安妮。"

"叫我'殿下'。"

"等你成为我的女王之后,我会的。时候还没到。而且我同样不害怕你。"

她看着城堡那巨大的石墙龟裂开来,感觉自己的双手楔入墙中,撕扯着它。大门就像燃烧的烙铁,但她只是一拉,全身就好像散了架似的。看着一切都放慢了速度,几近停止,她的身体瞬间满溢着从未体会过的极度喜悦,魔法金属断裂时发出阵阵嗡鸣,混沌之力在她面前溃不成军。她感觉到那缓缓燃烧的上万道生命之火蔓延而来——即便到了现在,主人对他们的掌控依旧紧密。尽管自由就在眼前,他们仍不甘放弃奴隶的身份。

可当城堡被攻破,令她陷入绝境的力量也分崩离析之时,他们便纷纷退缩了。

她早就知晓这股力量,但从未像现在这般了解。她的保守和恐惧消失不见。她纯粹而简单,就像一支离弦的箭,一场袭击港口的风暴,不可阻挡,也不会真正停止。

所有弱点都化为乌有。

她大笑起来,他们随即死去,或是被她的意念熄灭,或是被她的斗士——那些美丽动人的斗士们——摧毁。他们的所有过去和所有可能都奔涌而出,而她明白,她终于坐上了圣堕王座……

"这次更可怕了,是吗?"埃米莉问道。

安妮勉强控制住了自己,没有掐死这个问出蠢问题的女孩。她深吸几口气,又喝了些瑟夫莱茶。

"有什么我能做的吗,殿下?"

有啊,跳出窗户去吧。安妮心想。

她说的却是:"安静,埃米莉。我现在不是我自己。"

可也许她就是她自己。人们想要她承担起责任来?好吧,她已经照做了。现在她已经是女王了,她会成为人们想要的女王。

显灵的几种形式

埃米莉退了出去,什么都没说。

一个钟头之后,安妮脑袋里那种千万只蚂蚁噬咬的感觉终于消失了。

"现在越来越简单了,"她告诉娜蕾奈,"我只要想着我希望预见的事就能预见到,或者是相关的一些事。可然后我就会做梦。我的预见越清晰,噩梦就越可怕。这种情况正常吗?"

"我想这也许就是代价,"瑟夫莱女人说,"您把预见的景象从那些梦里分割出来了,但它们的源头是相同的。"

"我总得有能力区分它们才行。"

"这话暂时没错。不过等足够强大之后,您就用不着分别看待了。它们会合而为一。"

安妮想起自己站在那些粉碎的门前,自由,以及喜悦。

"希望如此,"她叹了口气,"让埃米莉回来好吗?我想跟她道个歉。"

"她就在外面,"娜蕾奈说,"还有她哥哥。他是来见您的。"

"好吧,"安妮说,"让他进来吧。"

片刻后,伯爵走了进来,埃米莉拉着他的手。他穿着崭新的深红色短上衣和黑色紧身裤。

"能看到你真好,凯普·查文。"她说。

"殿下。"他说着,躬身行礼。

"埃米莉,我为刚才的事向你致歉。"

"没关系的,殿下,"埃米莉说,"我知道的,因为您的梦。我来这儿就是为了侍奉您。"

安妮点点头。"凯普·查文,我想我还没感谢你救了我的命。"

"幸好您没有,"他回答,"这只会让我羞愧。何况我们大部分人是靠着圣者赐予您的天赋才逃出来的。"

"噢,你非羞愧不可了。谢谢你。"

他名副其实地涨红了脸。他是个有趣的家伙,有点像尼尔爵士,又有点像卡佐。

卡佐。她预见到了他和查卡托的成功逃脱,但邓莫哥却已陷落。还有赫斯匹罗——但这部分景象很不清楚。事实上,所有关于这位护法的景象都很模糊。

"您感觉如何?"伯爵问道。

"好些了。医师说我一两天之内就能走路了。我猜腿伤得不重。"

"那我就放心了,"年轻的伯爵说,"事实上,是放心多了。我以前见过这类伤势,通常后果会,呃,比较严重。"

这话让她迟疑了一下。伤势原本是相当重的,不是吗?箭杆的一半都陷进了她的身体。她以前见过被剖开的尸体。这支箭是怎么错过每一个重要部位的?她本该死掉的,不是吗?

她想起了那个不死的骑士,那个身体被卡佐砍成很多块才停止动弹的骑士。她还想起了在邓莫哥附近的森林里的另一个不死者。

还有她的叔叔罗伯特,后者的血已经不再流淌,却仍能自由行走与作恶。

噢,圣者啊,她想。我究竟变成了什么东西?

显灵的几种形式

第十四章 歌唱的死者

里奥夫瞪着空空如也的羊皮纸,不寒而栗。

他平常是不会被这种东西吓到的。

他从小就能在脑海中听到音乐:并不只是他听过的那些,还有他自己想象出来的。这些音乐也不仅仅是曲子,还有和声唱词,对位旋律以及和弦。他能在脑中编写出一首五十种乐器演奏的交响曲,还能听到每一种乐器的音色。写下乐谱只是事后的锦上添花,只是为了和那些不够幸运的人分享而已。

但如今他对潜藏在颅骨里的音乐心生畏惧。每次他试图思考那些禁忌的调式——就是他尚是罗伯特的阶下囚时发现的——都会全身不适。既然连直面疾病的能力都没有,又如何寻找解药呢?

"我昨天晚上见到我妈妈了。"在他身后,有个轻柔的嗓音说。

他震惊地转过身,只见梅丽正在几步远处盯着他。

"是吗?"他问道。当然了,梅丽的母亲已经死了,不过总有些人会时不时看见死去的人。

"她在井里,"她确认到,"后花园的那口老水井里。"

"你不应该在那儿玩,"他说,"那里很危险。"

"我没在玩。"女孩轻声道。

你当然没有,他悲哀地想。从那时起你就再也不玩耍了。

这并不是说她过去也很喜欢玩,但从前的她身上还有那种小女孩特有的气质。

"你妈妈说了什么吗?"

"她说她很抱歉,"梅丽说,"她说她忘记了很多事。"

"她肯定很爱很爱你,所以才会来见你。"他说。

"他们的活动比以前自由了,"她说,"是那曲子的作用。"

"我们一起创作的那首曲子?写给罗伯特亲王的那首?"

她点点头。"他们现在就在那边唱着呢。"

"你是说那些死了的人?"

"他们唱啊唱啊,却不知道自己为什么要唱。"

里奥夫把一只残废的手抵在额头上。"他们在歌唱,"他喃喃道,"这是怎么了?"

"为什么幽灵们唱歌会让你这么不开心?"

"不是这么回事,"他柔声道,"不是他们唱歌本身有什么不对。但我觉得这首歌有问题。"他抬起双手,"你还记得我能用这双手弹奏哈玛琴的时候吗?"

"记得,"她说,"护法把你的手弄坏了。"

"没错。"里奥夫说。光是想到那时的痛楚就让他心惊肉跳。"而且过了很久也没有痊愈,不过现在伤已经好了。整个世界有件东西被打破了:就是区分生存与死亡的那样东西。我们的歌让情况更糟糕了,而且我觉得*他们的歌*——就是你听到他们在唱的那首——正在让情况*维持*在糟糕的状态。他们在阻止世界痊愈。"

"你的手没有长好,"她说,"你还是没法弹哈玛琴。"

"的确如此。"他承认。

"那要是世界痊愈了,却没恢复正常呢?"

"我不知道。"里奥夫叹了口气。

她看着那张空白的纸。"所以你就想创作一首能治好世界的曲子?"

"对。"他说。

"它能治好我吗?"

"希望如此。"

她走过来,靠在他身上。"我很不开心,里奥夫,"她倾诉道,"我总是很不开心。"

"我知道。"他说。

"我知道我能帮你,可我每次想弹奏点什么的时候,都会伤到别人。"

"我知道。"

"不过我会唱歌给幽灵听,周围没有人的时候,我偶尔还会用很

显灵的几种形式

轻的声音给他们弹曲子。比如在水井边上。"

"这能让你开心起来吗？"

"不能。可这能让我的不开心好过点儿。"

那天早上的雨水将豪德沃普恩镇洗涤一新，鹅卵石和砖瓦仿佛刚刚铺就。这儿原本就是个干净整洁的小镇子，可今天就像是被重新粉刷过一般，房屋上黄色和锈红色的装饰、街面水坑映出的青空、钟塔的铜制屋顶都显得格外清新。阿特沃的庄园离镇子很近，里奥夫喜欢去镇子里，特别是有爱蕊娜陪同的时候，后者尽管从小就没有走出过威斯特柏姆方圆五里格以外，却好像认识镇上的每一个人。他喜欢看着她为了水果、鱼和肉讨价还价，也能从她脖颈的曲线和皮肤紧绷程度判断出她何时准备掏钱付账。

他喜欢这儿的种种细节，喜欢那些鱼儿和花朵，尤其是手掌形状的门环，喜欢屋顶的那些风向标，有些像是旗帜，另一些则像鹤和龙，但他还是最喜欢手掌形状的那种。

而且他喜欢宽帽儿——位于镇中央的那座繁忙的大型酒馆。本地酒客和来往的旅人总让这里充满生气，而且总有一两个路过的吟游诗人想在这儿学几首新曲子。

他需要庄园里的安静时光，可他也需要这里——需要与人交流。尤其是在那天早上，他和梅丽交谈过以后。

于是他们三个在宽帽儿酒馆找了张空桌子，然后有着一头红发和灿烂笑容的女侍应珍为他们端上了啤酒、用葡萄酒和黄油烹制的贻贝，还有些配餐的大块硬面包。里奥夫觉得自己开心了些，但这没什么好奇怪的。和众人问好的爱蕊娜像珠宝般熠熠生辉，梅丽也至少吃了点贻贝，抿了口酒。

但也仅此而已，而且就算在宽帽儿酒馆，气氛也有些压抑。没有人提起相关的话题，可人人都知道从寒沙开来的军队就在几里格以外。豪德沃普恩有防卫用的要塞和坚实的城墙，不过指挥得当的军队也曾攻占过这里。

但至少在当天晚上，里奥夫融入了这群假装一切正常的人们之中，他甚至还感觉到了一点点喜悦。这一天在他年轻妻子的臂弯里有了个不错的结局：当天晚上，他们俩疲倦而困乏地躺在床单上，她吻了他的耳朵，然后轻声说："我有孩子了。"

他流下了混杂了幸福和恐惧的泪水，然后两人相拥入眠。

到了第二天，他发现自己又在盯着那张白纸，脑中终于有灵光闪现。

如果他能让死者换一首歌来唱，那会怎样呢？

许多问题重新浮现心头。他们为什么要唱他写下的那首致命乐曲？是不是任何使用了禁忌调式的曲子他们都会唱？

梅丽会不会在撒谎，或者被人哄骗了？这很重要。

旧的那首曲子是循序渐进的，它循循善诱，最后使生者步入死亡。那些因此而死的人的生命似乎是因为单纯的意愿而终结的，他们的心脏停跳，只是因为他们——用身体里的所有力气和意识——希望自己的心跳停止。

他也记起了自己当时的希望。他差点儿就失去了一切。

有没有可能创作出一个完全相反的曲子？能让死者渴求生命的曲子？如果真的可以，那这么做会是正确的吗？他的脑中勾勒出一幅场景：成群结队的死者爬出墓穴，他们去宽帽儿酒馆喝酒，或者前去他们的寡妇和鳏夫的床边……

但至少他有思路了。

他写下了开头，写下了以生命和死亡为主题的插曲和幻想曲段。他写下了旋律和对位旋律，除去了会赋予歌曲真正力量的伴奏调式那部分，便已能在脑海中感觉到它们可能产生的效力了。

但让他真正意识到的，是在当天的午后：有人在呼唤着——不，尖叫着——他的名字。

他猛地拉开房门，冲出屋子。爱蕊娜穿过苜蓿草地朝他奔来，她长长的蕾丝边裙子不断飘扬。她的脸因为哭泣而发红，而她显得如此歇斯底里，不断的抽噎使她的话语变得全无意义。可看着她所指的方向，他终于听清了那个词："梅丽。"

女孩脸朝下躺在井里。他的第一反应是：那并非梅丽，只是个有人丢进去的小玩偶而已。

等仆人从井里把她捞出来的时候，他再也没法自欺欺人了。她

显灵的几种形式

已经不再呼吸,井水从她嘴里和鼻孔里不断涌出。

之后的几个钟头一片模糊。他抱着爱蕊娜,试图说些安慰的话,而仆人们替女孩换了衣服,梳洗整齐,把她放到床上。

"她总是那么不开心,"等世界在他眼中开始恢复正常时,爱蕊娜说,"你觉得……"

"我不知道,"他说,"她昨天告诉我,她听到死人在井里唱歌,而且看到了她母亲。我告诉过她别再去那儿了,可我应该——我应该阻止她的。"

"这不是你的错。"

"这全是我的错,"他回答,"如果我没写下那首该死的曲子。如果我能照看好她……"

"你爱她,"爱蕊娜说,"你给她的比她这辈子遇见的任何人都多。你让她了解了自己的才能。"

他仍旧摇着头,于是她按住他的鬓角,吻了吻他的额头。

"你们在哭什么哪?"梅丽问。她站在门口,身穿仆人们给她换上的新衣。她的头发还是湿的。

第三部
忠诚与忠贞

在一个人宣誓效忠之前,他首先得明白忠诚为何物,吾主。虽然一条狗都能不假思索地向主子表达忠心,但它永远不可能对你忠诚。你被狗群包围着,吾主,而我并非其中之一。

——**圣安慕伦于黑稽王宫廷之上的证词**

我懂了。可你瞧,狗儿总得吃东西。

——**黑稽王答道**

Decios mei com pid ammoltos et decio pis tiu ess.

告诉我与你同行之人是谁,我就能说出你的身份。

——**维特里安谚语**

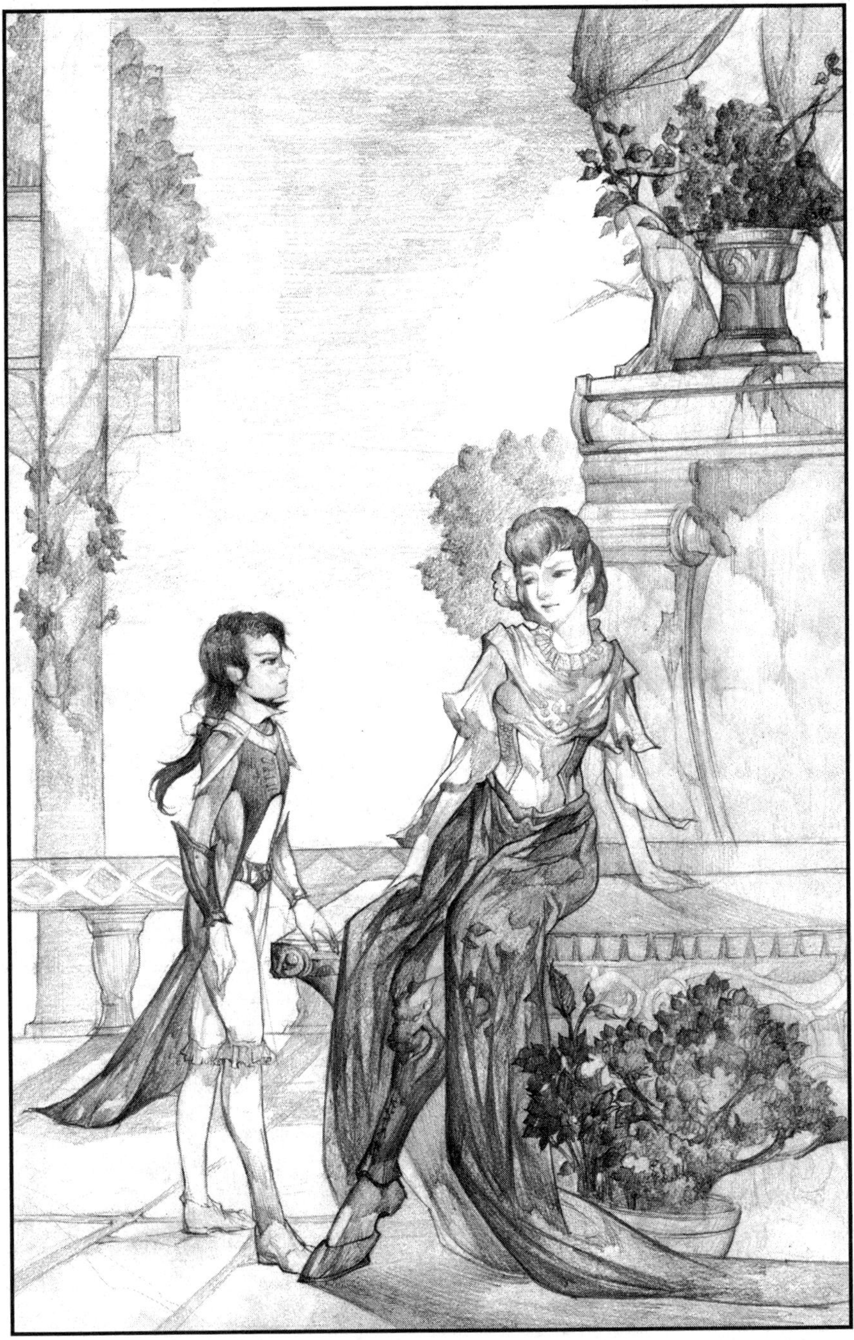

THE BORN QUEEN

第一章 邪符之子

艾丽思温柔地唤醒玛蕊莉之时，晨曦那玫红色的发丝尚未现身于天际。

"贝瑞蒙德显然没忘记他的承诺，"她说，"有位女士送来了一套猎装，希望您试穿。"

"真的？"玛蕊莉说着，揉了揉眼睛，"他们晚上也打猎？"

"不，只不过开始得比较早。您肯定想好好打扮一下的对吧？"

"当然。很好，稍等我一下，然后就让她进来吧。"

她走到窗边。空气清冷，下方大半个城市仿佛漆黑的谜团，只有零星散落的灯光。星辰如同静谧的钻石和蓝宝石。要不是空气中有股淡淡的陌生气息，她恐怕还以为自己正站在沉睡的伊斯冷城的狼皮塔里向外窥视呢。

伊斯冷现在怎样了？安妮还好吗？

她的脑海闪过这样一幕景象：四岁的安妮留着长长的红色辫子，身子贴在圣特尔温大厅的窗户上，一身男孩打扮，摆弄着玩具剑，自顾自地哼着歌。玛蕊莉没打算监视她，但在这昏暗的大厅里，安妮看不见她。也不知为何，她就这么盯着女儿看了很久。

她想起了法丝缇娅的黑色长发和一本正经的幽默感，还有艾瑟妮，她不算太聪明，但总是那么可爱，那么充满活力。

如今都已不再。在伊斯冷墓城里，她一度以为自己听到了法丝缇娅的呼唤声，可那低语早已消失，她漂亮的女儿们也只剩下棺中的枯骨。

安妮却活了下来。那个总是调皮捣蛋，甚至时常作出任性举动的安妮；那个从来都对自己的长相没有自信，整个童年都在努力和王室及其事务保持距离的安妮。

那个似乎曾对她怀有恨意的安妮。那个现在也许无比需要她的安妮。

忠诚与忠贞

她为何要抛下她仅剩的女儿?

也许是因为她再也忍受不了了。

她身后有人小声地清了清嗓子。

"我准备好了,多谢。"她说。

她在城堡的庭院和贝瑞蒙德见面时,太阳和地平线还只有一掌之遥。年轻王子满面通红,双眼有些呆滞。

"你还能走路,真是难以置信,"玛蕊莉说,"你让我很吃惊。"

"锻炼的缘故,"贝瑞蒙德说,"我从小就经常锻炼身体。"

"噢,我得感谢你还记得自己的承诺。"

"关于这个,"他说,"您还有改变主意的机会。"

"为什么?我可是很期待和你父亲见面的。"

他点点头,看起来似乎想说点什么,却又什么都没说。

"这件猎装穿在您身上真是漂亮极了。"最后,他开口道。

"谢谢,"她回答,"这衣服确实很有趣。"

这条罩裙剪裁得很像一件及膝长的锁子甲,前后都有开叉,裙身以羊毛制成,分别用淡淡的金、红和棕色印着数之不尽的巨蛇、猎鹰和骑手的图案。它没有袖子,为仪态庄重起见,她又穿了件暗褐色的衬衫做衬衣,外加好几件内衣。她脚上是一双长及腿肚的半高筒靴,靴口做成狼头的形状,束带系在羊毛长袜上。这身打扮看起来又蠢又野蛮,她起先还以为这是在羞辱她。

但贝瑞蒙德也穿着同样古怪的裤子和一件长袍似的外衣。

"有趣吗?"他咧嘴笑了笑,"您说话可真含蓄。"

"我只是不习惯这种风格的打扮而已。"

"这是最近才流行起来的。我父亲对古代历史很有兴趣,而且他手下的学者们认为山里的部落人比城市的居民更接近我们尊崇的先祖。所以我们采纳了他们服装的某些要素。"

"我明白了。但我可没听说过部落人还穿萨福尼亚丝衬衫。"

"噢,总得有些改进对不对?"

"我刚到伊斯冷的时候,那里正流行鸦痕高原之战里克雷森兄弟戴的那种松软的羊毛帽。现在看起来好傻。"

"我可不会做这种比较,"贝瑞蒙德生硬地说,"也不会用傻来形容我们民族的风尚。铭记先祖的美德有什么不好的吗?"

"没什么不好的,"玛蕊莉说,"实际上,我还希望你和你父亲的记忆能更深刻些,因为你们的先祖也为古老的出使协约的达成出了一份力。"

贝瑞蒙德的身体确确实实地瑟缩了一下,但他没有答话。

"现在我们能去狩猎了吗?"他问道。

马身上的挽具也显得同样古怪,她的坐骑还配有一筒箭和一根长矛,矛头是阔叶的形状。

给马儿披挂整齐之后,她便和贝瑞蒙德以及他的六个仆人骑马出了豪恩海姆区,来到吉尔德加兹区。这个井井有条的街区里有着许多座果园,充满乡野风情。她问了贝瑞蒙德关于这里的事。

"我们把这些土地送给各大商会,让他们在城中耕种,"他解释道,"和平时期,他们就卖掉多余的收获,赚取利润。等凯斯堡遭受攻击的时候,地里出产的粮食就得上交给国王。而且这么一来,这座城市也显得更可爱了,不是吗?"

玛蕊莉表示赞同,过了不久,他们穿过吉尔德加兹区的大门,进入了由广阔无垠的麦田和小村庄组成的乡村地区。约莫一个钟头之后,他们来到河边的低洼地带,进入了马克弥的私人猎场,如庄园般辽阔的常绿林地,**修赞瓦尔苏**。接下来他们很快来到了一片熙熙攘攘的营地前方,营地中央有一座巨大的帐篷。男性和女性的骑手们正像一支小小的军队般集结在一起,所有人的打扮都跟她以及贝瑞蒙德颇为相似。

贝瑞蒙德下了马,牵过她坐骑的缰绳,领着她朝众人走去。

马克弥让她有点儿吃惊。她十四岁那年在莱芮宫廷里见过他一面。当时的他已年过五十,可其浑身的活力却给她留下了深刻的印象。她甚至有点迷上了他,在他来访的期间,她用尽各种借口在他身边打转。

即便是现在,她的脑海中仍有着对他的清晰印象。

然而这份印象却不再准确了。时间压弯了这位君王的背脊,缩减了他的肌肉。直到被人引见之前她都没能认出他来。他身上的颜色似乎也褪去了。如果她不了解他,多半会以为他是个白化病人。他的身体一直在颤抖。

可他们四目相对之时,她瞥见了昔日的那股力量。它被抽取出来,经过发酵和提纯,隐藏在双目之后,变得更加尖锐。那对苍白的眼珠盯着她的时候,她便觉得自己像谷粒般渺小。

"父亲,"贝瑞蒙德说,"我在此为您引见克洛史尼太后及女王安妮一世的母亲,玛蕊莉·戴尔。"

马克弥的目光仍旧盯着她不放。

"我邀请她来和我们一起狩猎。"

"你来这做什么,老巫婆?"老人问道。他的话声打破了魔咒:他颤抖而虚弱的嗓音完全无法和他的眼神相比,"你来这儿是谋杀我的吗?这就是你的打算吗?"

玛蕊莉正了正身子,但却找不到回答这个问题的理由。

"父亲!"贝瑞蒙德道,"别这么粗鲁。这位女士——"

"闭嘴,狗崽子,"国王吼道,"我告诉过你,我不想见她。你干吗还把她带来?"

"你只是不让我在宫廷上为你引见她,"贝瑞蒙德回答,"你没提过狩猎也不能。"

"这就跟我的胡子里有根头发一样明显!"马克弥吼道,"你明白我的意思。"

他旋身面对玛蕊莉:"可既然你已经来了,我就明说了吧。你那个玩弄黠阴巫术的女儿不是女王,也永远不会成为女王。她释放了不该出现在世间的可怕存在,将世界带向了末日。花言巧语蒙骗不了我,虚情假意也别想改变我的决定。这就是预言中的战斗,那场对抗邪恶的伟大战争,是安苏大神的怒火,而我们——连同神圣的教会一起——将对抗你们的黑暗领袖和邪恶大军,把你们统统打回深渊老家去。"

玛蕊莉看着他嘴角流下的口水,觉得自己再也忍不住了。

"如果我早点知道,"她说,"国王陛下您是这么个可耻的骗子,数十年来都用虔诚的伪装来掩饰自己无休无止的野心的话,我是绝不会来这里寻求对话的。你真是令人厌恶,马克弥。优秀的男人会承认自己对权威的渴望,但你却像个小孩子那样编造故事来掩盖你可憎的本性,也因此显得更加令人憎恶。你让你的领主们穿上敬拜先祖的服装,但他们的一根枯骨也有比你整副身躯更多的荣誉感。继续唱你的教会颂歌,玩你的圣者把戏去吧,我清楚你是个什么东西,你自己也一样,无论你说什么,做什么,集结多少军队,赢得多少战役,都无法改变这个事实。我不辞辛苦来到寒沙,以为能见到一个男子汉。可我找到的却是这么个东西。真是让人既难过又恶心。"

马克弥的脸终于浮现出一丝色彩。他颤抖得比之前更厉害了。

"我亲爱的嫂子,"她的身后传来一个声音,"你的言辞还是这么能打动男人的心啊。"

要不是因为愤怒,玛蕊莉恐怕已经尖叫起来了:她转过身,正看到罗伯特·戴尔悠闲地骑在一匹斑点母马上,笑开了花。

尼尔抬头看着礼拜堂宽阔的天花板,摇了摇头。

"怎么了,尼尔阁下?"艾丽思问。

"这儿为什么这么大?"

"你不觉得它很漂亮吗?"

尼尔的视线转向一堵起码有二十码高的狭窄扶壁。阳光穿过穹顶,照耀在无数道水晶门扉上,为纤薄的墙身增添了色彩,也映亮了那些身背双翼的圣者的塑像:统辖天空、风、雷电、太阳、月亮、恒星和行星的神明们。其中有许多的模样仿佛真的在飞翔一般。

"是很漂亮。可也让人分心。谁还能在这儿专心祈祷?有这么多……这么多东西!"

"伊斯冷的礼拜堂和这儿差不多大,而且同样很华丽。"

"我知道。我同样没法理解。"

"群岛那边不这样吗?"

"嗯。那儿的礼拜堂很朴实,大小也只够做必要的朝拜和驱邪仪式而已。这地方太大了,让我不知所措。"

"噢,我倒是觉得应该做个祷告。你能等我一下吗?"

"分头行动不太好吧?"

忠诚与忠贞

"我看不出有什么不行的，"她说，"那些人想要加害我们的话，简直太简单了。"

"那我就在这群神明中间找找圣赖尔吧，"尼尔说，"我们等会儿在礼拜堂中央碰头。"

艾丽思点点头，转身走开，衣裙摆动的窸窣声在空旷的大厅内回响。

尼尔大步走过律法与战争圣者的身边，思索着是否该停下做个祷告，但他还是觉得自己真正想找的是圣赖尔，于是他继续寻找，一面寻思诸圣会对这样的铺张作何感想。答案取决于对方是哪位圣者，他心想。某些圣者也许会很喜欢。

过了片刻他才意识到礼拜堂内的塑像是分类放置的。天空的诸圣者在头顶，而管理人类事务的那些则位于视线高度。按照这个规律，他应该找楼梯下去才对。

既然他知道该如何寻找，那找到它就不再是难事了。很快他便在这座比起礼拜堂来更像神殿的建筑物里找到了一个较为昏暗也相对僻静的角落。

他在地底之下的诸位圣者中搜寻，终于发现了赖尔的圣坛。这座大理石圣者雕像塑造成在波涛中升起的男子形象，他的长发和胡须沾满了浮沫。

斯科的礼拜堂只有个用漂来的破旧桅杆碎片削成的粗糙木像。

尼尔跪了下来，往匣子里投了两枚银币，开始吟唱祷词。

> 大海父亲，波涛行者，
> 您承载船身，听取祷告，
> 请允许我们在您宽广的背脊上遨游，
> 在风雨降临之际，将我们带往海岸。
> 我在此请求
> 您聆听我的祈祷。

祷告声传向厅堂之间，又回荡而来，形成了古怪的和声。他努力抛开杂念，脑中只想着这位圣者的形象，想着那飞溅的咸涩浪花，还有那永恒而宽广的海洋。最后他成功地集中精神，随着祈祷声的起落，他感到深邃的海洋再度回到了脚下。他为艾丽思和玛蕊莉祈祷，为女王安妮和他的朋友们祈祷，为死者和圣者祈祷。

祷告完毕后，他心情舒畅了不少，却也感到了自己的卑微。他有什么资格去非难他人建造礼拜堂的方式？

玛蕊莉还没想到如何反驳之前，马克弥便吐出一大串寒沙语，语速快到难以辨别，但她也根本没有细听的打算。她模糊地意识到贝瑞蒙德也在大吼。不知为何，罗伯特的笑容显得更恶毒了。

马克弥的声音小了下去，最后终于换回了王国语。

"你不能这么跟我讲话，"他的语气异常冰冷，"你会为这个错误后悔的。"

玛蕊莉答话时，目光依旧不离罗伯特。

"这就是你虚伪的佐证，"她说，"你声称我的女儿是修女，可你却在宫廷里收留了这个——这个东西。他谋害过自己的血亲，而且天生就是个怪物。给他一刀，看他会不会流血。挖出他的心，看它会不会跳动。你会发现答案是否定的。但这些你早就知道了，不是吗？"

"噢，亲爱的，"罗伯特开口道，"我知道我们之间有点小小的不和，玛蕊莉，不过说真的——"

"*Swiya*！闭嘴！"马克弥对着罗伯特大吼一声，随后带着冲天的怒气望向玛蕊莉。

"我应该像杀掉一个疯婆子那样把你就地处死，"国王的嗓音平静至极，"我了解你极力歪曲的真相。你在替*她*说话。"他走得近了些，"和邪教徒没有休战的可能，妥协与和平更是想也别想。我们要么摧毁你的女儿以及追随她的那些异教徒，要么战败而亡。无论如何，都绝不会有和平，我也就不用向别人解释你的下场如何了。"

"你不会的。"玛蕊莉说。

"他不会的。"贝瑞蒙德回答。

"你懂什么，狗崽子？你就这么听她的话？你跟这个修女之母睡过了？"

"我没有。"贝瑞蒙德回答。

"没有吗?"

"我说过了,我没有。"贝瑞蒙德强忍着怒气。

老国王的身子坐直了些。"很好,"他说,"那你就把她送去刑场,再把她的脑袋给砍下来。"

贝瑞蒙德脸色发白。"父亲,不。"

"你是我的儿子和臣民,"马克弥说,"无论作为哪种身份,你都不能违抗我。"

她清楚地听到他咽了口口水:"父亲,你在说气话。花点时间——"

"贝瑞蒙德,你要是敢在安苏大神和我的臣民们面前反抗我,你就不再是我的儿子了。"

"这样做不对,你明白的。"

"我是国王。我说的话都是对的。"

玛蕊莉感到胸口发紧,这才发现自己已经屏息了好一阵子。吐出那口气息的同时,她的身体也仿佛飘飞而去,居高临下地看着众人。

贝瑞蒙德垂首不语,然后点了点头。

等他抬起头时,眼中盈满泪水。"抱歉。"他说。

"贝瑞蒙德——"

"别说了,殿下。"

他们领着她走开的时候,她看到罗伯特的嘴唇在动,也许是在嘲笑她,也许是想告诉她什么。但无论如何,他脸上的愉悦显而易见。

尼尔和艾丽思被护送回了贝瑞蒙德的"房间"(实际上更像一座小型宅邸)。他们在室内能够自由行动。他不知疲倦地四下走动,记下房屋的结构,寻找着出入口。

也在为玛蕊莉担心。

艾丽思成功地迷倒了仆从之一,让他带自己继续游览城堡去了。他宁愿留在这儿,以便迎接归来的太后。

当然了,也许得等上好几天。他真希望自己也能同去。

他找到了一扇朝东的窗子,看着多瑙河流向大海。

夜幕降临,他不情不愿地上了床。

房门砰然打开之际,尼尔却已起身,伸手去握战犬。他甩去眼中的栎人之网,试图忆起自己身在何方,又是谁会带着光芒刺眼的提灯来找他。

"放下武器,"一个声音命令道,"以寒沙之王马克弥的名义,放下剑。"

尼尔犹豫了一下。他们的人太多了。他入睡时穿着软甲,这能为他提供些许保护,但他看不见他们穿着怎样的铠甲。

"我是玛蕊莉太后的人,"他说,"我来此出使,也享有相应的权利。"

"你没有这种权利了,再也没有了,"灯光后面的那个人说,"放下武器,跟我们走。"

"我要先见太后。"

"她不在这儿。"那人回答。

尼尔冲了过去。

灯光后冒出某个沉重的物体,狠狠地砸在他的脑袋侧面。他立足不稳,随即有好几只手抓住了他持剑的那条胳膊。他挥动左拳,击中了一个人,对方还以一声痛呼。然后所有人都围了上来,拳打脚踢。他的双手被反绑在身后,双眼被布蒙了起来,他们拽着他出了房间,穿过城堡,无休无止地走着。接着他们出门走了一会儿,又返回室内,来到了一个空气显得异常沉重的地方。最后他重重地倒在地上,又听到了铁门的砰然关闭声。地板满是尿味。

他躺卧片刻,然后开始对付那条绳索。这没费什么力气。绳结打得草草了事,而他被绑缚的时候也一直在努力绷紧绳子。等解开绳索,他便除下了蒙眼布。

但这没什么意义。眼前依旧漆黑一片。

他四下摸索,发现自己身在一间石头牢房之中,宽度仅够躺卧,而高度几乎没法让他站直身体。

他的心跳动得快了些。他在旷野、群山和海边长大。就算屋子再宽阔,如果没有窗户,也会让他感到束手束脚。

而这儿——这儿用不了多久就会把他逼疯。

他躺了回去,免得感受到四周的石墙,又试图想象自己躺在船甲板上,头顶有朵朵白云飘过。

他不太确定自己听到脚步声前过去了多久。他既专心聆听,又努力不抱希望。他还能有什么希望?希望艾丽思跟在后面,干掉那些守卫,又做好了带他去安全地点的万全准备吗?

接着他听到了一个女声,而他荒谬的期待突然间生根发芽。

当然了,那声音并非艾丽思,而是个穿着古怪的黑色长袍、头发灰白的大块头女人。四名打扮类似的女子和一个跟地板同样恶臭的男人跟在她身边。

"我是瓦尔扎美嘉·高提斯*道塔*,国王的审判官,"她说,"别挣扎。回答我的问题。如果你想要任何答案,如果你想要活到明天,你就得仔细听清我说的每一个字,把我当成给你生命的母亲那样看待吧,因为我无疑是能带走它的那个人。"

"我的命随你处置,"尼尔说,"只要告诉我,太后怎样了。"

"你的太后被绑架了,"那女人说,"我们正在找她。"

"绑架?"

"对,被贝瑞蒙德王子绑架了,如果你能相信的话。"

"他们不是去狩猎——"

"没错。可他诱拐了她。你能猜到原因吗?"

"不。我觉得根本没有道理。"

"我也这么觉得,"她顿了顿,"要知道,我们还逮捕了你们那个在修女院受训过的小小密探。"

尼尔无言以对。

"很好,"瓦尔扎美嘉说,"跟我来吧,注意你的言行。"

审判官带着他从一排类似的牢房门口经过,上了几道阶梯,走进一条狭窄的长廊。他们又向上走了两小段楼梯,最后开始沿着一条曲折的楼梯往下走,他猜想自己应该是进入了其中一座塔楼。

终于,他们走进了一间被柔和烛光照亮的房间。他眨了眨眼,

THE BORN QUEEN

有那么片刻,他感觉时间在古怪地流动,岁月仿佛回溯了数月,而他也再度踏上了那条船。房间狭小而温暖,墙壁是木头做的,烛光黯淡,呈现金色。

有位女子站在那里,身穿黑色的礼服。她戴着象牙面具,只露出嘴部。她的双手雪白无瑕,纤细的白发垂至脖颈。

而且他认识她。

"尼尔阁下。"那女子以熟悉的低沉嗓音说道。

"快跪下,尼尔阁下,"审判官道,"在布琳娜·马克弥*道塔*·福兰·瑞克堡公主殿下的面前跪下。"

第二章 天使

罗莫·恩斯格里夫转身走开,梅丽面无表情地看着他离去。

"出去说话。"瘦削到几乎皮包骨头的医师对里奥夫咕哝道。

他顺从地跟了上去。到了门口,恩斯格里夫用一块布擦了擦额头。

"我听过这种故事,"他的声音在颤抖,"吓人的故事。但我根本想不到这会是真的。"

里奥夫想不到该说什么,也不知道该做什么,只好等待医师自己平静下来。

"她只剩半条命了。"他说。

"半条命。"里奥夫重复着这个荒谬的字眼。

"嗯。她的心脏还在跳,只是速度很慢。她的血也还在血管里缓慢流淌。她本应该没法正常说话和走路的,但事实恰好相反,我只好猜测有别的什么东西赋予了她一半的生命,某种呼吸之外的东西。"

"别的什么东西?"

"我说不清。我会正骨,也能给痛风病人开药,但我没法应付这类东西。谁知道这是恶魔还是鬼魂的杰作?你还是找个主祭去吧,我可不成。"

里奥夫瑟缩了一下。他向来都对成体系的宗教没有多大兴趣。自从被其中一位护法拷打过后,他就再也不想跟宗教扯上半点关系了。就算他愿意,以神圣教会眼下的倾向来看,他们很有可能立即把她烧死。而且他还得想法子找到一位主祭,由于近来女王的取缔令,这件事也变得困难起来。

"你就没别的建议了吗?"他问。

老医师摇摇头。"这事太反常了。肯定没啥好结果。"

"那就多谢你跑这一趟了。"里奥夫说。

医师松了一口气,转身离开,里奥夫回到屋里。梅丽还是站在刚才那地方没动。

"如果吓着了你,很对不起。"女孩细声细气地说。

"你知道自己怎么了吗,梅丽?"他问。

梅丽点点头。"我到了井里。我以为能再见到妈妈,可我没见着。不过那里有个天使。"

"天使。"这个词语相当古老,在维吉尼亚以外很少使用。它是死者的看护者,也是圣催讨和圣昂德的仆从。

"梅丽,它看起来是什么样子?"

"我什么也没看见。可我能感觉到它围绕着我,还听到跟我说话。他说我已经快到那里了,如果我跨过界线,去到歌声的源头那里,我就能听得更清楚,甚至能跟他们一起歌唱。他说那样我就能更好地帮助你了。"

"帮助我?"

"帮你写那首曲子。修复死亡的法则的曲子。"

"然后呢?"

"吸第一口气的时候有点痛,然后就好了。然后我就睡着了,醒来的时候是在自己房间里。"

最糟糕的是,她把整件事说得就像不容置疑的事实一般。这让他根本无法接受。

她是不是变成罗伯特那样了?可女王说过,罗伯特没有心跳,被刺伤时也不会流血。活死人究竟有多少种分类?

可那医师说过,梅丽没有死。只不过她的生命不是完整的,鬼知道这意味着什么。

他是个作曲家。他想要的只是创作曲子,听着它被弹奏出来,并且过上体面的生活。伊斯冷王室的邀请曾经令他颇为自豪,是他生命中的良机。可他却直直闯进了恐惧和死亡的噩梦之中,现在又发生了这种事。为什么圣者们要带给他这样的不幸?

可等到爱蕊娜默默握住他的手的时候,他才想起:如果自己没去伊斯冷,也就不会遇见她了。尽管他写下了一生中最可怕的作品,也同样创作出了最伟大的杰作。

他还和梅丽建立了诚挚的友谊。修补死亡的法则这件事大到可怕，大到他无法理解的地步。那个天使——无论它真的存在，还是梅丽的天赋使然——知道这一点。圣者们给了他一些更小的事去做，某些对他来说更加真实的事。他们暗示了一条能够拯救梅丽，或者说至少开始拯救她的道路。

"梅丽，"他说，"去把你的韶韵琴拿来。我们要开始弹曲子了。"

在这漫长的一天里，她头一回对他展露了笑颜。

第三章 求婚者

安妮站在城垛上，目光越过**大运河**，凝视着敌军营地里的篝火。地平线处的这座营地仿佛头顶那晴朗星空的血色倒影。

风中秋意浓郁。反常的长夏在短短几天里就交出了世界的控制权，如今寒冬正期盼着归乡之时。

这或许将会是个淹地的蓄水被冻结，大军能在冰上行军的寒冬。邪符之子是否早已预见到酷寒将早早到来？寒沙人是否一直在等待这一刻？

才过了不到九天，她就开始下床走动了：她的伤势痊愈，感觉也好多了。接下来的十天里，她一直看着麾下的大军不断壮大。阿特沃集结的兵力达到了五万，而且每天都会有援军从北方陆续到来。

她自己的势力也在日益增长：乡民们遣来了民兵中的精锐，弥登的骑士们也纷纷抵达。

她环顾四周，发觉自己是孤身一人。

我不应该内疚的，她心想。他们只会杀戮我的同胞，侵略我的王国。而且我需要积累经验。

可她还是觉得不舒服。别人拿着长枪指着你是一回事，用这种——

不，她想。不是的。这是一回事。

于是她将意念探入夜色，伸展开去，感受着那两条河的流淌，还有那可怖的月色，集中精神，深深呼吸，对抗着世界两极将她的身体撕裂的企图，而过去和未来也交融为静止的一刻。

等一切结束，她的心脏在胸腔里打起了颤。尽管空气冰冷，汗水却浸湿了她的衣裳。

"好了，"她低声道，"你们只有四万九千人了。你预见到了吗，邪符之子？"

然后她回到住处，让埃米莉又拿了些酒来。

阿特沃公爵把黑面包片涂上黄油和软奶酪，咬了一大口。安妮把凝结的奶油抹在甜面包上，咬了一小口。晨间的阳光透过东面的窗户向内窥视，空气清爽宜人，安妮也享受着许久未有的早餐时光。

"殿下气色不错，"阿特沃评论道，"您昨晚肯定睡得很好。"

"我睡了一整晚，"她说，"我都记不起上次睡这么长时间是多久以前的事了。"

"噩梦呢？"

"没了。"

他点点头。"真是太好了。"

"感谢你的关心。"她回答。

她尝了口碟子里的一颗个头颇大的黑莓，惊讶于它甜中带酸的味道。她到底有多久没吃过黑莓了？

"寒沙营地出了点事。"阿特沃说。

听来有些刺耳。"我敢肯定昨晚发生了很多事。"她说。

"这件事同时发生在了很多人身上，"阿特沃说，"差不多一千人死了。"

"噢，那可是好事，不是吗？"

"殿下——"他停了口，满脸不自在。

安妮伸手拿起另一颗莓子。"如果你有一架能打到露河对岸的攻城器械，你会用吗？你会用它来轰炸他们吗？"

"会。"

"那不就结了。"她说着，把那颗水果丢进嘴里。

他皱眉的动作很小，却显而易见。"那您为什么不趁着他们睡着，把所有人都杀掉？"

"我办不到。这样消耗太大了。但我今晚已经可以再干掉一千个。事实上，我还会努力多干掉一些。"

"殿下，寒沙人宣称自己开战的目的是神圣的，说您是个黯阴巫师，还有林林总总的传闻。您这样做只会证实他们的话。"

"我的力量来自圣者，"安妮说，"所以教会才惧怕我，才会散播各种关于我的谎言。维吉尼娅·戴尔是黯阴巫师吗？她不是，所以我也一样不是。我的同胞们清楚就好。寒沙人选择不相信,可那又怎样?这场战争早在他们把我当做借口之前就开始了,你和所有人都明白这一点。"

"我明白,但我担心的是那些盟友。"

"盟友?你是说维吉尼亚人吧。其他人差不多都已经选好阵营了。"

他歪了歪头,表示赞同。

"你是个战士,阿特沃。对你来说,死亡只会来自剑刃和矛尖。这些在你看来才是正常的死法。可我的做法不一样,这让你很恼火。但说到底,死就是死。你以为我愿意杀人吗?完全不。但我也不想输掉这场仗。也许寒沙人开始的时候占了上风,但他们不会把优势维持到最后。如果在攻城战开始前,他们每天都会死去一千,甚至更多的人,他们还能继续霸占我们的土地多久呢?"

"这也许会刺激他们尽快开战。"

"在他们准备充足之前。"

"大人,他们已经准备充足了。"

"不,他们还有一支小型舰队在巫河上行驶。离这里还有大约三天的路程。四十艘驳船,约莫一万人,还有许多补给。他们会在布罗恩登陆,阻挡在我们和伊斯冷之间。至少他们的计划是这样的。"

"您为什么不告诉我?"

"我今早才预见到的。"

"我记得您说过自己昨晚没有做梦。"

"是没有,"安妮说,"我不用做梦也能看到预言幻象。我的操控能力变强了。"

"这么说,这支敌人的援军对您再次消灭一千个人的决定没有影响。"

"对,"她说着,忍不住露出一抹微笑,"但它或许会引发一些后果。"

"什么?"

"他们会在明早企图渡河。"她说。

"这也是您预见到的?"

她点点头,把碗推向他。"尝尝黑莓。味道很棒。"

阿特沃一脸的困惑。

"怎么了?"她问。

"您有点……您没事吧?您给人的感觉不太一样了。"

"为什么总有人这么说?"安妮问,"你真的希望从前的那个自私自利、目中无人的女孩回来吗?长久以来,我都畏惧着自己的力量,只在迫不得已的时候,出于恐惧或者愤怒才会使用。但圣者们想要我使用它。你以为我昨晚没有做噩梦只是巧合吗?那是因为我一直有心结。现在我想通了。我还是我,表兄,没有被什么妖怪或者鬼魂占据身体。我明白的,因为我自己也有过这样的担忧。直到昨天晚上,我还觉得自己或许会变成一个活死人,就像罗伯特叔叔那样。可事实不是这样。我的伤口痊愈迅速,全是因为圣者的意愿,而且我的心还在跳,血还在流。我会饿,也会渴。我会排泄,出汗,咳嗽。不,这一切都是因为我学会了接受那些我原本畏惧的东西。而且相信我,这对克洛史尼是件好事。"

阿特沃又咬了口面包。"感谢您的坦率,殿下。我想我现在最好去察看一下渡河的位置。"

他起身,鞠躬,离开。等他走后,她招呼娜蕾奈和埃米莉进来。"你们俩觉得我有什么不对劲吗?"

娜蕾奈摇摇头。"不。正如您所说,您正在开始和自己的力量达成共识。您对埃瑞拉的依赖越来越少了,是吗?"

"我最近见到她的次数少了,"安妮说,"而且见到她的时候,我总觉得她在……逐渐消失。"

"您是不是——"埃米莉开了话头,然后又住了口,双手放在膝上。"怎么了,埃米莉?"

女孩抬起头:"您真的杀死了一千个人?"

安妮点点头。"你觉得不舒服吗?"

"不舒服?是很惊讶才对。圣者们真的祝福了您。您就像是重现世间的维吉尼娅·戴尔,领导诸位英雄和司皋魔抗争,撕碎他们宫廷的大门,将他们碾成齑粉。"

"我没有她那么强大的力量。"安妮说。

"可你会有的。"娜蕾奈说。

"我叔叔查尔斯可真蠢,"埃米莉说,"他说你只是个蠢女孩。如果他能看到——"

"等等,"安妮说,"你叔叔查尔斯?你是说查尔斯四世?"

埃米莉飞快地捂住了嘴巴,脸也涨红了。

"我明白了,"安妮说,"看来这就是我当初没好好学习那些乏味的贵族谱系的后果。"

"我不该说的。"埃米莉说。

"恰恰相反,"安妮说,"你早就该告诉我了。我想你现在应该把你先前没跟我提的所有事情都告诉我,否则我会变得非常非常易怒。你明白了吗?"

"明白了,殿下。"

次日清晨,安妮再次站到了南部塔楼的墙垛上,身穿一套镶有金边的铠甲。她没戴头盔,以便视线更清楚些。

风景很美。正下方是亚尼·格拉维,这条新壤最北面的运河从东向西流淌。一道四王国码高的墙壁耸立在南侧河岸,朝着运河两侧一直延伸到视野之外。

河对面是辽阔的安德慕丘陵,农夫们已在这片绵延起伏的山丘地带耕作了百多个世代。

寒沙人的军队显得有点碍眼,但是此刻她甚至觉得他们也是美的:将近一里格长的河道里,堆满了他们沉没和燃烧的船只。

破晓之前,他们拖着轻便的船只,自丘陵后涌出。他们试图搭建起几处浮桥,但却徒劳无功。照阿特沃的估计,有超过三千名寒沙人在这次尝试中遭到屠杀,死在攻城器械和堤墙上的大群弓手之下。

克洛史尼一方的损失用两只手就能数过来。

"您召唤我吗,殿下?"

安妮没有转身,却点了点头。"早啊,凯普·查文。"

"一场光辉的胜利。"他小心翼翼地说。

"我很高兴,"安妮说,"当然,他们明天会再次尝试渡河,就在往上游两里格远的地方。"

"为什么不走得更远点儿?"他问,"我明白,那样的话他们就得花力气去'精简'普尔斯奇德了。可他们为什么要在这儿顶着我们的攻城器械渡河?"

"在比上游两里格外更远的地方,河周围的地面太过低洼松软,至少他们是这么告诉我的,"安妮回答,"而且他们还多了条露河要过。至于南边,我们早就放水淹没了运河附近的淹地,所以他们渡河之后能找到的只有一座湖泊。"

"可从巫河来的部队——"

"你会去对付他们的,"安妮说,"你,肯沃夫,卡桑德和他的轻骑兵部队一起。你们会阻止他们的,对不对?"

"会的,殿下。"

"凯普·查文?"

"什么事,殿下?"

"你为什么不告诉我,你是维吉尼娅王室的第三顺位继承人?"

他呆立片刻,然后把双手背在了身后。

"啊,"他说,"您调查过我的底细了。"

"不,"安妮回答,"埃米莉无意中告诉我,你叔叔是查尔斯。然后我就强迫她把一切都告诉我。比如她提到,你事实上是来这儿求婚的。"

她的目光定格在他身上。

"是的,"他面露困窘地回答,"是的,确实如此。"

"我不喜欢被人欺骗,"安妮说,"请解释一下吧。"

凯普·查文伯爵带着歉意点了点头。"我叔叔派了这支无礼的使团来与您磋商,"他说,"他觉得您肯定很绝望,而他的不敬会让您更加不顾一切。我扮演的角色就是提出婚约,而作为交换,您就会得到您要求的增援。"

"这么说你对我撒了好几次谎。你不是来为我作战的。"

"对,"他说,"但从你说话的那一刻,我就决定为您而战了。您是对的,我叔叔是错的。我羞于提起自己原本的使命,所以才没有告诉您。我对您唯一的欺瞒只有掩盖这件丑事而已。我感到说不出的抱歉，殿下。"

安妮点点头，不太清楚自己应该有怎样的感觉。

"如果你提出了求婚——也如果我接受了——你叔叔会派部队来吗？"

他耸耸肩。"说实话，我不知道。"

"噢，那我们走着瞧吧，"安妮说，"送信过去，就说你提出了求婚，而我欣然接受。追求我吧，这样我就能看看你叔叔究竟是怎样的人。"

"您打算用谎言来回应谎言？"伯爵问道。

"这是同一个谎言，"安妮说，"我只是想把整件事公诸于众罢了。顺便说一句，要你装作迷上我有那么难吗？我知道我不是全世界最美的女人，但我是女王啊。"

凯普·查文扬了扬眉毛。"我不需要假装对您着迷，殿下。我从没遇见过您这样的女子，我敢肯定今后也不会遇上了。而且正因为您是女王，我才没说出口。我已经彻底为您倾倒了，安妮殿下。"

他说话时，一股古怪的暖意从她的四肢蔓延开来。

"你用不着这么夸张，"她说着，忽然自己也动摇起来，"没人在听我们说话。"

"我说的都是真的。"他说。

"小心点，凯普·查文，"安妮说，"某个声称爱我的人狠狠地出卖过我。后来我发现，他只把我当做政治上的筹码。我再也不愿有那样的感受了。所以你最好说实话。"

他走近了些，突然间，他的身体仿佛无所不在，将她周围的一切都笼罩起来了。

"我是认真的，"他说，"我曾拒绝为了政治的理由而追求你，记得吗？我现在也不愿意在你明显对我毫无兴趣的时候假装追求你。所以我们还是保持原样吧：你是我的女王，而我只是你的骑士之一。"

安妮觉得自己知道如何作答，却不知怎么忘记了。她本以为自己偶然想到的政治手段十分巧妙，但它却突然失去了控制。伯爵的语气显得很伤感。他真是认真的吗？

"我可以走了吗，殿下？"凯普·查文生硬地说。

"可以了。"她说。

她听到他的脚步声响起。"等等。"她说。

脚步声停止了,她忽然害怕得有点头晕。

"我从没说过我不在乎你。"她柔声道。

"真的?"

她缓缓转过身。"自从我们遇见以后,我就一直很……忙碌,"她说,"我有很多事要想。"

"我知道。"他说。

"而且我说过的,我以前受过伤害,"她顿了顿,"不止一次。而且还有……另一个人。我钦佩你,凯普·查文。我非常欣赏你。"

"那不是爱。"

"我根本不知道爱是什么,"安妮说,"但你太早下结论了。你只是在猜测而已。除非你追求我,否则你永远都没法知道我会不会爱上你,我也一样。"

他紧紧盯着她的眼睛,久到让安妮觉得不舒服的程度——大概三次心跳的时间。

"殿下,这次我必须问您是不是认真的。"

她突然想要选择逃避,将整件事一笑了之,就像当初她对卡佐所做的那样。

那卡佐怎么办?她能肯定他在乎她。如果奥丝娌出了什么事——

不,她想都不该想。

所以她点点头,以示回应他的问话。

"那我就要追求您了,"他柔声道,"希望我不会因此后悔。我该怎样开始呢?"

"要说理想的方式,可以是庭间漫步,骑马,野餐,赏花和作诗。可我们现在正在打仗,而我下午就要派你上阵杀敌,所以我想一个吻就够了。"

所以她便得到了那个吻,一个美妙的吻,然后是另一个,这次**非常**美妙。于是在运河里的船只燃烧殆尽之前,他们一同度过了当天早上剩余的时间。

第四章 芬德的提议

翼龙之一收拢双翼，疾落而下，锐利的骨距正中埃斯帕前方那名骑手的背脊。那人被踢得从坐骑头顶飞了过去，马儿也惊得人立而起。埃斯帕的坐骑也一样，他不禁咒骂一声，再度为魔鬼的死惋惜起来。魔鬼做这种动作向来都是为了攻击敌人。

他努力用单手控制马儿，用另一只手朝着翼龙掷出了长枪。他满意地看到它的翅膀上多出了一个透明窟窿。

它尖叫着，奋力离开射程，同时飞向空中。那只受伤的翅膀对飞行无甚大碍，几次心跳的工夫，它便回到了那四位同胞身边。

看来这次攻击让它们吃惊不小，因为在之后的几个钟头里，这些家伙都只敢在他们身后的空中盘旋。它们是芬德在空中的耳目。

等他们到达埃瑞汶思东时，这些会飞的怪物彻底放弃了攻势，飞向了更高处。

"我们没多少时间，"埃斯帕说，"它们就快来了。"

"我们差点就打败他们了。"恩弗瑞斯咕哝道。他的脸上依然满是泪痕："要是我们能找到干掉那只罗勒水妖的法子就好了。我听说阿特沃公爵在布鲁格用火干掉过一头。"

"没准他们有个好智囊呢。"埃斯帕指出。

恩弗瑞斯点点头。"我不会再反驳你的话了。我们支撑到城堡里的人员全部疏散为止。然后我们也离开，你说去哪里就去哪里。"

恩弗瑞斯的妥协让埃斯帕感到超乎寻常的愉快。这又是誓约的效力。

埃斯帕跪倒在灌木丛里，俯视着这片原野，同时紧咬牙关，和腿上的痛楚对抗。

莉希娅几近无声地叹口气，摇了摇头。

忠诚与忠贞

"我一个人侦察就够了。"她低声说。

埃斯帕没有回答。芬德和他那群怪兽刚刚翻过一座小山,离这里约莫十箭之遥。他瞥了眼天空,他们俩似乎成功地溜了出来,没有被空中的敌人发现。

绿憨的数量前所未有的庞大。在这个距离,他没法看清所有怪物,但看起来那儿起码有二十只。

"噢,就这样吧。"埃斯帕说。

他们沿路返回,翻过山脊,骑上马儿,转向南方。

"这应该足够打消恩弗瑞斯和他们对抗的打算了。"埃斯帕说。

"埃斯帕,我们要去哪?"莉希娅问。

"仙兔山脉的某个地方。"

"你是说维衡柯德?"

他简洁地颔首确认。

"可你会把芬德也带过去的。"

"如果芬德真的跟来的话。何况他早就去过了,还差点在那儿干掉我。那里对他来说不是秘密。"他把目光转向她,"而且你也想去那里,对不对?"

"是啊,可是……"

"可是什么?"

"薇娜怀的孩子是你的,对吗?"

"对。"

"薇娜当时中了龙蛇的毒。我没弄错的话,她差点因此而死。"

"对。"

"那你肯定知道,她肚子里的也许并非人类。"

"这我早就知道了!"他吼道。

"可她不知道,对吗?她根本不知情,而且你没有告诉她。"

"对。"

"为什么?"

"因为我办不到。"

莉希娅的双眼眯成了紫罗兰色的细缝。"是不能还是不想?"

"是不能。"他答道,心里希望她会明白。

可她只是眨了眨眼,催促马儿小跑起来。"我们最好快点跟上他们。"她说。

几个钟头后,他们追上了薇娜和其他人。
"他们离我们有半天的路程,"埃斯帕告诉他们,"他们也得到了增援:怪物比桥上那场战斗的时候又多了一倍。"
"见鬼,"恩弗瑞斯说,"它们究竟是从哪儿来的?"
"它们现在无处不在,"莉希娅说,"他可以呼之即来。"
"不如我们别走大路了?"恩弗瑞斯提议道,"他还带着那些马车,要追上我们肯定很辛苦。"
"马车已经拖慢了他的速度,"埃斯帕说,"如果我们离开大路,他就会抛下马车,他们的速度也会加快许多。所以我想我们还是尽量在路上前进吧。"
"那他为什么早不这么做?"薇娜问道,"他可以让狮鹫们追上我们,杀光所有人,然后不消一个钟头就能回到马车那边。"
是啊,可芬德不希望我们全部死掉,埃斯帕心想。他也许想要我的命,但不是你的。如果他派狮鹫过来,它们就会杀死所有人。
"我可说不清芬德在想什么,"他说,"无论原因是啥,他都不像很着急的样子。我估摸着他觉得我们逃不掉。"
"我担心的不只是我们自己,"恩弗瑞斯说,"前面不到一里格的地方有个镇子,勒安沃斯镇。我们不能带着一群怪物穿过那里。"
"他说得对,埃斯帕。"薇娜说。
"好吧,"他应允道,"我们就绕过去好了。但我还是得骑马赶到前头去警告他们。芬德的那群怪物肯定饿了,他们没准会找到那个镇子的。"
"埃斯帕,"薇娜恳求道,"让恩弗瑞斯派别人去吧。你留下。"
"还是我自己去比较好。"埃斯帕说着,敦促坐骑开始飞奔。
他每离开薇娜一刻,被迫向她撒谎的时间就减少一分。

他发现他们根本无须替勒安沃斯镇操心:这个小镇早已没有了

忠诚与忠贞

人类生命的迹象,但他仍能看到不少骸骨散落其间。是谁杀死了他们?是史林德、盗匪,还是怪物?但这对他们来说并不重要,不是吗?

这儿曾经是个规模不小的村镇。镇内有一座小小的教堂,约莫三十户人家,还有一间小酒馆,招牌上写着"*Sa Plinseth Gaet.*"。文字下方是一幅图画,画着一头以后腿站立的山羊,它用前蹄举着一杯酒,正翩翩起舞。

他望进旅店内部,一面查看了几间屋子,一面高声呼唤,却没有得到任何回答。这些房屋的状况都很不错,只是有几栋屋子的茅草房顶需要修补。

他正准备离开时,一个熟悉的声音喊出了他的名字。

是芬德。

他把一支箭搭在弦上,目光扫向街角。没错,那正是芬德,身旁还有一个瑟夫莱同伴,以及三头看起来像是狼、马和人的混合体的野兽——只是它们身上多了些鳞片。

噢,该死,他心想。我真该跟薇娜做个吻别的。

"你来了,"芬德欢快地说,"不知怎么的,我就觉得你会来警告这些村夫。还好我猜得没错。人狼的速度够快,就是骑着不怎么舒服。"

埃斯帕挽弓欲射,可他突然有种芒刺在背的感觉。

"别。"一个柔和的声音道。

埃斯帕垂下武器,然后丢在地上。与此同时,他的手掌也碰到了那把咒文匕首的柄。

匕首才抽出一半,就被另一只手按住了,随即又有条胳膊扣住了他的脖子。他咆哮着向身后猛踢,希望能踢断那人的脚踝或者膝盖。可他却突然倒在地上,面孔抵着尘埃,一只胳膊被拧在身后,脖子被对方的腿牢牢压住。他感到那人将匕首拔出了鞘,又抽走了挂在他腰带上的斧子。然后他的手臂被人放开,压力顿消。

他站起身来,可那家伙早已拿着他的武器走远了。

"我不是来杀你的,埃斯帕,"芬德说,"至少不是现在就杀。我们得谈谈,你和我。"

"今天好像每个人都想跟我谈话。"埃斯帕说着,努力压下怒气以便思考。芬德究竟在玩什么把戏?

"对,可我必须跟你在不拼个你死我活的情况下谈谈,虽然这很不容易。"

"我不觉得我们有什么好谈的。"埃斯帕说。

"我们有整件事好谈,"芬德回答,"我们没有对立的理由。"

"是吗?那桥那边的事又怎么说?"

"那时候没什么机会谈话,不是吗?你那些朋友们直接就冲过来了。你觉得我们该不该还手?"

"你一直在追赶我。"

"是,又不是。在巫角山那场战斗以后,我派了些仆从去追捕你。天桥边的那场仗之前,我一直不在。情况发生了变化。我不打算伤害你了。"

"我们上次遇见的时候,你还打算亲手杀了我。如果没有莉希娅,你早就得手了。你以为我现在还会相信你?"

"我们已经有二十年势不两立了,埃斯帕。我想我们俩早就不记得原因了。"

"见你的鬼去,芬德,你杀了我的妻子。"

"好吧,我猜你确实记得。但我这么做并不是针对你。我一直都挺欣赏你的,德缇的私生子。"

这个古老的绰号让埃斯帕有些吃惊,但他没有表露出来。

"你想要什么,芬德?"他说。

"和你想要的东西一样。"

"那又是啥?"

"找到维衡柯德,恢复世界的生机。创造一位新的荆棘王。"

这话如此荒谬,让埃斯帕几乎喘不过气来。这话实在太反常了。

"杀死荆棘王的就是你,你这混球!"他好不容易挤出这句话来。

"噢,没错——可他已经疯了。没错,他是想要让森林恢复原状,可他也打算杀死我们所有人。他不再是我们需要的那个荆棘王了。"

"噢,就算是吧。那我们需要的是哪种荆棘王?"

忠诚与忠贞

"你的孩子,埃斯帕。你的孩子会成为新任的荆棘王——或者女王,我想,如果是个女孩的话。你已经发誓要带她来这儿了,而我是来帮你的。"

"我的孩子?"

"我知道薇娜怀着你的孩子,埃斯帕。你跟修女遇见的时候,她就知道了。你的孩子能治愈世界,这不正是你想要的吗?你珍视的森林不就能恢复正常了吗?"

"没错。我只是不相信你也这么想。而且我也不相信沙恩林修女。我知道这些怪物从哪儿来,芬德。我知道它们是染上毒素的正常动物生下的,而传播这种毒素的正是你的这群怪物。薇娜因为龙蛇生了病。滚他狰狞兽的蛋蛋,就是你骑着的那头龙蛇。这就意味着她肚子里是个怪物。沙恩林修女究竟为什么想要一头怪物成为新的森林之王?"

"为了治愈世界。为了清除世界所染的毒,为了让她的子女降生时不带毒素。她很古老,埃斯帕,非常古老。她把世界当做花园般照看,直到司皋斯罗羿背叛了她。老荆棘王又和她起了分歧,两股自然的力量开始互相对抗。你的孩子能让它们恢复成一个整体。它将不再是怪物,而是圣者,最具伟力的圣者。"

"如果真跟你说的一样,你的翼龙为啥会攻击薇娜?"

"翼龙太蠢了,"芬德回答,"它们根本不知道自己在攻击谁!"

"那巡礼路的那些事,还有卡洛司的那场谋杀又怎么说?那些跟这件事又有什么联系?"

"那些是另一回事,"他说,"赫斯匹罗雇我干的。真的,那时候我只是为了钱杀人。可然后他就派我去沙恩林去弄龙蛇。他不知道自己想要的是什么,也根本不在乎。修女告诉了我真相,还有我的命运——我会成为血腥骑士。"

"噢。那你为什么还想杀我?"

"修女没说过我们会需要你。也许是因为她那时也不知道,她一向古怪得很。另外,嗯,我恨你。你也恨我。如果我不杀你,你就会杀了我。但我希望暂时把这事放到一边,也希望你也能一样。"

"你疯了。"

"我这辈子从没有感觉这么好过,"芬德说,"我真正找到了和其他人战斗的理由,而不是只由自己的贪婪和欲望驱使。你应该也能明白吧。"

"你是个骗子,芬德。我不相信你说的任何话,而且我肯定不会跟你并肩作战。"

"这可太糟糕了,"芬德说,"这样事情就更麻烦了。"

"怎么个麻烦法?"

"要保护你会很麻烦。有些人会试图阻止你的。"

"谁?"

"我还不太清楚。不过你会需要我的帮助。我本以为如果现在能达成共识,事情就会好办很多。但我明白眼下还不成。不过誓言终归会带你去那儿的,我只要跟在后头,帮助你就行了——无论你乐不乐意。"

芬德牵过人狼,后者竖起刚毛,但还是乖乖地让他骑了上去。他的同伙也各自坐上坐骑。

"回头见。"芬德说着,拉起绑在那头野兽脖子上的绳索。

人狼们迈开爪子,长腿的动作迅疾得难以置信,速度比马匹还要快上许多。拿着埃斯帕武器的那个瑟夫莱把东西丢在地上。埃斯帕飞奔过去,抄起弓和箭袋,但还没等他搭箭上弦,他们便消失在视野中。他踉跄着勉强跑到正在一旁漫步的坐骑身边,上了马,夹紧马腹,用尽全力发出一声狂怒的咆哮。

他快马加鞭地绕过其中一栋屋子,几乎和另一个骑手迎面相撞。他本以为自己的暴戾终于有了宣泄的机会,可在射出箭之前,他便发现来人是莉希娅。

"芬德。"他说着,努力控制住胯下慌乱的坐骑。

莉希娅睁大眼睛,又紧紧抿着嘴唇,仿佛吃了什么酸东西似的。

"你还活着。"她说。

"对。惊讶吗?"

"我刚好看到芬德和两个瓦伊斯战士骑着地狱犬之类的东西跑过去,所以没错,我是很惊讶。"

他的坐骑已经克服了恐慌,于是他策马再度飞奔起来。

忠诚与忠贞

"你追不上他们，"莉希娅叫着跟了上去，"而且你不会想追上他们。"

"噢，不，我想。"他嘟哝道。

当然了，莉希娅说得对。那些人狼比马匹要快得多了，除此之外，它们的气味也让他的坐骑心惊胆战。

等他终于放弃时，莉希娅的马匹小跑着追了过来。

"你又为啥会来？"他问。

"我有种不祥的预感，"她说，"我经常会有这种感觉，而且每次都是正确的。芬德和那两个瓦伊斯战士在做什么？"

"他们在找我。"

"幸好他们没找到你。"

"噢，他们找到我了，"他说，"芬德提议要护送我们穿过御林。他觉得我们需要他的帮助。"

"他要帮我们什么？"莉希娅问。她的口气满是怀疑。

"我不知道。"他回答。这次连他也不知道自己算不算撒谎。他自然而然地就这么回答了。

"真的吗？"她加重了语气，"可他上次见你的时候还想杀了你呢。"

"的确如此。我也向他指出了这一点。"

"然后？"

"他说情况有了变化。"

"什么情况？"

"这又是他的新诡计，"埃斯帕说，"我不知道他究竟有什么目的，但肯定不是啥好事。"

"噢，他确实因为某个原因希望你活着，否则你已经死了，对吧？"

"没错。"

她摇摇头。"血腥骑士为什么想要你活下来？"

"他没说。"

"真奇怪。"

她究竟来了多久了？他忽然想。她听到了整个对话吗？她是不是在考验我?

还是说,她终究还是跟芬德是一伙的?

无论是哪种情形,他或许都该杀了她。他装作想要拉起缰绳的样子,暗中伸手去拿咒文匕。

忠诚与忠贞

第五章 奥丝娅

"多半就是它。"身在这座草草搭建的树屋——查卡托更喜欢把它叫做"宅邸"——里的卡佐吸了口气,朝着漫长曲折的古国王大道点了点头。那个方向有辆配有武装护卫的马车正沿着道路前进。卡佐看到,那车夫身穿罗威女公爵的金、黑、绿三色制服,这正是安妮众所周知的头衔。

"看来又得开打了。"查卡托叹了口气。

卡佐正想询问这话从何说起的时候,眼前的场景忽然出现了更多细节。

那支护卫队穿着一身圣格拉维奥骑士团——教会的武装团体之一——的橙红与深蓝服色。

"她已经被俘虏了。"他咕哝道。

"你根本没证据能证明她在里头,"查卡托说,"没准只是个胖主祭外加半打卫兵。"

"也许吧,"卡佐附和道,"不过我只瞧见五个人。我担心的是马车里还有没有。"

"五个全副武装,骑着战马的人,"查卡托指出,"一两个就够多了。"

"嗯,我已经吸取教训了。"卡佐说。

"我很怀疑。"

"不,是真的。这种人从不比剑,他们只会用重家伙砸来砸去。我们有什么重家伙没?"

他寻找起答案来。他们在两棵大树枝丫交错之处建起的这座宅邸和窗帘的作用差不了太多。它离地面将近十佩里奇。仅此而已。从距离来看,他们还有一点时间,但绝不超过四分之一个钟头。

查卡托又喝了口他们仅剩的那瓶玛提尔·蒙希尔,有那么一瞬间,卡佐还以为他就要睡着了。可查卡托却叹了口气,用手背抹了抹胡子拉碴的嘴。

"我有个主意。"他说。

卡佐走到道路中央,挡在这支小小的车队面前时,依旧不敢确定查卡托出的主意是好是坏。但这是他们唯一的选择。

"停下!"他大喊。

骑士们掀起面甲,他能看到他们的困惑。

"你这人怎么回事?"其中一个蓄着红胡子的家伙问道。

"我听说圣格拉维奥的骑士正在路上,"他说,"我对自己说:'有没有哪个格拉维奥骑士是我没法赤身裸体、只凭一把剑打败的?'答案当然是否定的。可然后我心想,'要是他们有两三个呢?那恐怕我就得费点儿劲了。'不过我觉得你们四个人没准还有机会。"

"让开,你这不穿衣服的白痴,"另一个骑士道,"从你那把花哨的剑来看,你就不是个骑士。"

"让我们把话说清楚点儿,"卡佐拄着**埃克多**道,"你们害怕跟一个光身子的人打。你们有没有听明白我的话?我叫你们一起上。"

"格拉维奥的骑士只跟骑士对阵,你这口没遮拦的蠢猪,"红胡子男人道,"其他人都只有两个简单的选择:要么滚到一边去,要么像头下贱的狗被我们砍死。"

"我听说过你们这些家伙的英勇,"卡佐说,"我听说你们杀的多半是女人,因为没有脑袋的情人没法抱怨你们的无能。"

"别理他,"后排的某个人说,"他显然是疯了。"

"他再说下去我就要动手了,"红胡子咬牙切齿地说,"不过我听你的。滚开。"

卡佐又走近了些。"如果我的措辞有问题,那就让我换一种更适合你们的语言吧。"

他朝着他们撒了一泡尿。

他成功了。那红胡子怒吼一声,另外两人也随即拔出剑来。

卡佐转过身,有多快就跑多快。当然了,他没法和马儿的跑速相比,但他胜在占了先机。

他沿着蜿蜒的路面飞奔,进入林间,这时他回过头,只见那些

忠诚与忠贞

人正在加速。他们斜垂剑身，准备斩下他的头颅。

他又跑出三帕雷西远，飞快地绕过另一段弯路，然后转过身，摆出守势。

三个骑手带着隆响的马蹄声绕过弯道。红胡子凶狠地笑了笑，喊了句什么，可与此同时，他和同伴们便和卡佐绑在两树之间的那条绳索不期而遇。红胡子的脸撞上了绳子，而他同伙之一撞到了喉咙。第三个人看到了这个陷阱，企图抬剑斩断它，于是被撞中了前臂。三人全都仰天落下马来。

只有一人站起身来，正是那个先前抬起武器想砍断绳子的家伙。卡佐没有等他站稳，而是飞快走向他，掀开他落马时合拢的面甲，剑柄狠狠砸向他的鼻子。那人嘶吼之时，卡佐将头盔整个拉下，又给了他一下。他四仰八叉地倒在地上。

"你们这群懦夫，我给过你们光荣应战的机会，"卡佐道，"虽然你们根本不配。可你们还不愿意，那就只好这样了，这是你们逼我的。"

然后他转过身，飞快地跑回马车那边。他发现查卡托正站在倒地不起的第四个骑士身边。

"他们死了没？"查卡托问。

"有一个也许死了。我没花时间确认。"

"我们应该干掉他们。"老人道。

卡佐摇摇头。"我不想对毫无还手之力的人下杀手。你知道的。你也是这么教我的。"

"那是决斗。在战场上，有时候你非这么干不可。"

"这可不是战场，"卡佐说，"我只想拯救我的朋友们。"

"你得先习惯起来。"

"今天的份已经够多了，"卡佐说，"我们还是干正事吧。"

"那就随你吧，"查卡托说，"我可得去看看他们有什么用得上的东西。"

"噢，那我们一起去吧。"卡佐回答。

"你不相信我？"

"恰恰相反，我相信你才会跟你一起去。另外，如果这马车里真有十五个士兵呢？你得帮我忙才行。"

查卡托耸耸肩，用死人的外衣擦了擦佩剑。然后两人开始走向马车。车夫不见了，显然是逃走了。

每个车门都有一扇带木栅的小窗户，可卡佐没看见有人透过窗户朝外窥视，他的心也沉了下去。他们会不会已经杀了她？

他攥住门把，用力一拉，可车门依然紧闭。

"门没有锁，"查卡托打量了一番，然后说，"不过里面有人。"

"奥丝娃？"卡佐敲了敲车门，问道，"是我，卡佐。"

没有人回答。他又用力敲了敲。然后他咒骂着开始捶打车门。

"退后。"查卡托说。

卡佐照做了。他看到这位剑术大师手握着死去骑士的重剑。

"小心点。"卡佐提醒他。

头一击粉碎了光鲜的清漆，第二击令木屑横飞，第三下劈开了门板。查卡托用剑尖挑开碎木，车内的情景出现在他们眼前。

奥丝娃就在车内，脸色苍白，被塞住了嘴，一动不动。一个五十来岁，一头淡金色头发的男子瘫倒在她身边，双眼圆睁，却目光涣散。他的脸上满是从鼻子和嘴巴渗出的血。

"奥丝娃！"卡佐喊着，把手臂伸进洞里，寻找内侧的门闩。他找到它，将它拔下，然后猛地拉开车门。

他抚摸她的脸，发现尚有温度。她脸颊和左眼上大块的红色印记预示着明天将会浮现的淤青。她满是血迹的红棕色礼裙破烂不堪，露出她大腿上刺眼的红色。

"奥丝娃！"

他把耳朵贴上她的胸口，欣慰地发现它还在跳动。

"我们得走了，"查卡托说，"大路上到处都是教会的人。我们得带着马车找个地方藏起来。"

"没错。"卡佐咕哝着，仍在试图从奥丝娃那里得到些许回应。

"帮我把这家伙弄出去。"

卡佐不情愿地伸出手，拔下另一边的门闩。查卡托在门外拉，而他在里面推。

那家伙咳了几声，鼻子里流出血来。

"丢沃啊!"卡佐咒骂道,"他还活着。"

"怎么都行。"查卡托说。

卡佐怒吼一声,伸手想要拔剑。

"别,"查卡托说着,按住了他的手,"我会把他拖进林子里,看他对我们有没有用处。你说呢?"

卡佐花了片刻时间去权衡自己的愤怒。他回头看着奥丝婼。她身上的血迹大部分来自大腿上的那些轻伤。

"就照你说的做吧。"他轻声道。

卡佐飞快地穿上衣服,又往剩下的一丁点儿白葡萄酒里掺了很多水。他们在马车里颠簸前进,坐骑在车后一溜小跑,而他尽可能地帮奥丝婼清洗了伤口。伤口都不深,看起来那家伙想在她身上划出个标准的钻石形图案。他又仔细寻找了一番,但没有找到更深的伤口。

他正要查看她的另一条腿时,她突然深深吸了一口气,然后尖叫起来,双眼圆睁,满溢恐惧。

"奥丝婼,奥丝婼,我的**埃伦塔**。"

她用双手捶打着他,尖叫不止,多半是恐惧让她没法听见他的话。他任由她发泄着,一直等到她换气的时候。

"奥丝婼,是我啊,卡佐!"他急切地说。

她眼里的神色变成了大惑不解。

"卡佐?"

"是我啊,埃伦塔,是我。"

"卡佐!"她喘息着说。然后她低头看着自己赤裸的双腿,顿时大哭起来,然后又是一阵大哭。她不断指着自己的伤口,想要说些什么,却总是刚开口就喘不过气来。

卡佐将她搂在怀里,让她的脸靠在自己肩上。

"没事的,"他在她耳边低语道,"没事的。只是几道小伤,没别的了。你不会有事的。"

他抱着她,似乎过了很久很久,她才能够正常说话。

他断断续续地从她口里得知了经过。她的马车和护卫遭到骑士们的攻击,比卡佐和查卡托先前解决的数量还要多得多。他们杀得只剩下她一个人。

"他们有两个首领，"她说，"你……你在马车里找到的那个人，还有个留着小胡子的年轻人。他们似乎知道我是谁，或者说——我觉得他们以为我是安妮。"

"为什么这么说？"卡佐温和地问。

"我不知道。其中一个人是这么说的。卡佐，我记不清了。可他们确实争论了一番，那个年轻人提到了教皇，然后——"她颤抖着闭上了眼睛。

"然后怎么了？"

"你们在我身边找到的那个人从侧面刺穿了他的喉咙，一面还在大笑。其他的骑士也在笑。然后他进了马车，关上门，把我的双手反绑在背后。他看我的那种方式很奇怪。我以前也有过差点被强暴的经历，而我能从那些人的眼里看出他们的念头，可他的眼神比这还可怕。"

"什么个可怕法？这话怎么说？"

"更加可怕。他想要的不仅仅是强暴我，他想做些更糟糕的事。他掀起我的裙子，我什么也没做。我以为如果我保持安静，他就不会伤害我。可他接下来说了些'鲜血从不说谎'之类的话，就开始用刀割我，然后我就——"她咳嗽着，再度哭泣起来，他等在一旁，抚摸着她的头发。

"我们可以回头再谈这个。"

她摇摇头。"回头我就说不出口了。我心里清楚。"

"想说的话，就继续说吧。"

"我晕倒了，等我醒来的时候，他还在割我。血流得到处都是。我怕极了，卡佐。我经历的一切，见到的一切，我都受不了了。我真的受不了了。"

"发生了什么事？"

"我想伤害他，"她说，"我想要把手伸进他的身体，把他撕成碎片。我非常用力地想，他就尖叫着流出血来，接着我就什么都不记得了。然后你就来了。"

"都结束了，"他安慰道，"伤口会痊愈的，一切都会好起来的。"

"我觉得没这么简单。"

"我知道。"他说。尽管他觉得自己恐怕不知道。

"现在我明白安妮的感受了,"她轻声道,"我早该明白的。"

"你是说她差点被强暴那次?"

"不。"

这个字所带着的语气让他的胸中泛起些许不快。仿佛有个摇篮里的婴儿和他四目交汇,说了些那个年纪的孩子不可能说出的话。但却显得平静而不经意。她没有炫耀的意思,甚至根本不想引起注意。

她抬头看着他,挤出一个笑容。"你又在这做什么呢?"

"我当然是在找你了。"

"为什么?"

"我去了邓莫哥,发现那里塞满了想要剥我的皮的教士。我知道安妮会送你来找我,觉得你肯定有危险,所以我和查卡托藏在路边,打算拦下每一辆马车,直到找到你为止。"

"你们拦下了多少辆?"

"说实话,只有你这辆。像这种时日,路上可没多少悠闲的旅人。"

"我很高兴,"奥丝娆说,"我害怕再也见不到你了。我以为真的见不到了。可我早该知道,你会用某种法子拯救我,就像你拯救安妮时那样。"

"这次我全都是为了你。"他说。

马车一路颠簸前行,车内也平静了好一会儿。

"她为什么要这么做,卡佐?"奥丝娆终于问道,"她为什么要把你派到这儿来?"

"我不知道。她要我做些我不愿意做的事,我想这大概让她不太痛快。"

奥丝娆勉强笑出声来。"现在人人都觉得她变了。真有意思。"

"这话怎么说?"

"噢,我是说她过去总是很轻浮,现在她担负起责任了。她从没想过自己会成为女王,可她现在坐上了王位。"

"听起来她确实变了个人。"

"差不多吧。你得明白,我比任何人都喜欢她。可我也了解她。她总是自私到令人难以置信,自私到甚至不自知的地步。你明白我的意思吗?"

"我想是吧。"卡佐回答。

"她总是自行其是,从不管别人会付出什么代价。你知不知道,我们去修女院的途中,她曾经打算逃跑?要不是我抓住了她,她已经逃走了。事实上,她原本是能成功的,可我在追她的时候摔断了腿。她根本没想过如果她失踪了,我会有怎样的下场。

"这并不是说她想伤害我,或者让我麻烦缠身,只是因为她从没想过自己的行为会给别人带来怎样的影响。伊斯冷有个马厩帮工挨了一顿痛打,然后卷铺盖走人,就因为她不顾母亲的禁令牵走了马。我还可以举出更多例子,但事实在于,我们其他人对她来说只是影子,也许有些比其他的更真实些,但也只是影子罢了。"

"但我认识她以后亲眼看到了一些变化。"卡佐说。

"是啊,"奥丝婞赞同道,"确实有些变化。可然后她就成了女王。"

"你说过,这不是她的本意。"

"没错。因为她根本没想过成为女王。我们还是女孩的时候,根本就没有发生这种事的可能。她的父亲还没有让朝议会承认他的女儿们是合法继承人,这一团混乱也还没有开始,就算是之后,也还有法丝缇娅和艾瑟妮的顺位在她前面。"她后退了少许,严肃地看着他,"可她却说服自己相信,她是被迫充当这个新角色的,这话也没什么错。但问题在于,卡佐,她爱死了这个角色。她现在可以为所欲为,就算她的想法很愚蠢,就算所有人都知道这一点。什么样的女王会在大战一触即发的时候和骑士眉来眼去?"

奥丝婞怒气渐长,语调也越来越高。

"你说得对。我们逃命的那段时间,她终于醒悟过来,开始偶尔为我们剩下的人着想,开始明白这个世界并没有围着她在转,她也没有万千圣者的垂青。可现在世界真的围着她转了,不是吗?"

"她一直很关心你,奥丝姹。"

"是啊,还有你。对她来说,你和我比其他人都要真实。但她关心的是我们对她而言意味着什么:我们能为她做什么,我们能带给她怎样的感受。每当我们和她出现分歧,每当我们不想做她希望我们做的事,她总是不明白为什么。这在她看来全无道理。她不会去思考我们自身的想法和理由,只会觉得我们在和她作对。你明白了吗?这就是她看待事物的方式:我们所做的一切都和她有关。"

"还没到那个地步吧。"卡佐说。

"你刚刚才说过,她把你遣走只是因为你违抗了她的意愿。"

"噢,她可没这么说。她说她在邓莫哥需要有个可信的人。"

"她要你做什么?"

"呃,去做满瑞斯巡礼。"

奥丝姹哭红的眼睛睁大了。"噢,圣者啊,卡佐。"她躺了下来,"你明白了吗?"她叹了口气,"她本该了解你的性格的,可她没有。她为什么会觉得你甘愿抛弃自己作为德斯拉塔的技艺,去成为那些——那种东西?"

卡佐眨了眨眼,忽然意识到自己的泪水也快要夺眶而出。

"*Ted amao*,"他忘情地说,"*Edio ted amao*.我爱你。"

"嗯,"她说着,嗓音虚弱却坚定,"我也爱你。"

他拉起她的手。

"安妮也用她的方式爱着我们,"奥丝姹说,"我觉得她遣走我们,是因为我们了解她。我们在提醒她,她过去比现在优秀,她能成为更优秀的人。"

马车突然开始加速,查卡托也朝着前方喊了起来。

"稍等。"卡佐说着,吻了奥丝姹的前额。他站起身,打开车顶的小门,爬了上去。

"有几位朋友来了。"查卡托喊道。

卡佐转过头,看到了六个骑着马的骑士,全都身着圣格拉维奥的服色。

他咒骂着拔出埃克多,但那些骑手追上之前,他没有什么可做的,不过他用不着等待太久。现在没有耍花招的时间了,只能二对

THE BORN QUEEN

六,硬碰硬。

好吧,这也算不上太糟。他在伊斯冷的宫廷里打败过数量更多的敌人。当然了,那些人都没有身穿重甲,但当时他的胜算要小得多。

如果他能进入同样的状态,奇阿多·西沃,他们就还有机会。

于是他停止动作,清除杂念,试图不去考虑即将到来的战斗,心中唯有手、脚、身体、剑尖、锋刃和握剑的平衡感。

片刻之后,他们进入了一片树林,卡佐不禁哼起了小曲儿,因为情势更加有利了:敌人的马匹在森林里没法维持速度,他们的盔甲更是碍事。他正打算跳下车开始搏斗的时候,查卡托以某位圣者的名义咒骂了一句,而那位圣者的名字本身就是句诅咒。

他转身去查看原因,却见树丛中涌出许多士兵,挡在前方的路上。陷阱已然收拢。

奇阿多·西沃——人剑合一。

他跳下马车,迎向为首的骑手,利剑如长枪般直刺而去。

第六章 布琳娜

尼尔跪在那个戴着面具的女人身前。

"殿下。"他说着，努力维持脑海中波澜不惊。

"很高兴见到你，尼尔爵士。"她说到"见"这个字的时候稍稍加重了语气，他觉得自己明白这是什么意思。

尼尔听到身后传来轻微的喘息声，发现艾丽思被带了进来。她的眼中满是难以置信的神情。

"啊，艾丽思姐妹，"布琳娜说，"你知道我是谁吗？"

"女士，我不知道。"艾丽思说。她一副不由自主的模样，这是尼尔从来没见过的。当然了，他自己也费了很大力气才能保持冷静。

"现在你知道了。"那个既是布琳娜又是斯宛美的女子说。她朝艾丽思靠近了一步，举起一杯葡萄酒，"要来点儿酒吗？"

"不了，殿下，还是不用了。"

"这么说你承认了，"审判官吼道，"你承认自己企图谋杀了。"

艾丽思高昂着头。"我的女王和这位骑士完全不知情。你们不该让他们负责。"

"噢，这么说，这全是你一个人的主意？"戴面具的女人说。

"我说的是实话。"艾丽思说。

"我相信，"布琳娜回答，"你只是没说出真正指使你的那个人。"

艾丽思没有答话，可布琳娜的目光却懒洋洋地转向了尼尔。"那就是你的女王安妮，尼尔阁下。"

"我不相信您的话，殿下。"尼尔说。

"因为这不是事实。"艾丽思补充道。

"噢，那就走着瞧吧。审判官，带贝利女士去水牢。别做什么不可挽回的事，听见了吗？我回头还要跟她谈话呢。"

"好的，殿下。这个骑士呢？"

THE BORN QUEEN

"我想单独和他谈谈。"她回答。

女审判官皱了皱眉。"这可不太明智。"

"我可不这么想,审判官。这里的每个出口都有守卫,而且他手无寸铁。不过从我的听闻来看,如果他真打算掐死我,就算你继续留在这里也无法阻止他。能阻止他的是他的诺言。尼尔阁下,你愿意和我独处的时候规矩一点吗?你能保证不攻击我,也不试图逃跑吗?"

"我保证不以任何方式伤害您本人,殿下,也不会在和您谈话时尝试逃脱。在离开这个房间以后,我就不能保证什么了。"

"我觉得这样就很够了,审判官。"

"殿下,这还是不太合适。"

"在我家里,合适不合适我说了算,"布琳娜柔声道,"而且最好不要有流言传出去,否则我会查清源头来自何处。"

"我侍奉的是您父亲,不是您。"瓦尔扎美嘉道。

"但除非我父亲明确命令你违抗我,否则你还是得听我的话。"

"您为什么想跟他单独相处?"

"因为我相信,你就算拷打尼尔爵士上千天也得不到任何答案。但一场私人间的直白交流也许能带来某些……启迪。"

审判官的嘴张开了,五官上掠过某种非常类似恐惧的神情。"我明白了,殿下,"她说,"请原谅我刚才的多言。"

"很好。"

等她离开,房门也关上之后,布琳娜笑了。

"瓦尔扎美嘉还以为我会剥夺你的灵魂。"

"你会吗?"

她指了指一张椅子。"坐吧,尼尔阁下。"

他照办了,而她那双在任何阳光以外的光线中都显得几近漆黑的深蓝色眸子又凝视了他半响。

"你也是来杀我的吗,尼尔阁下?"

"我以我同胞信奉的所有圣者之名起誓,我不是来杀您的,布琳娜公主。"

她的嘴唇颤抖了一下,接着斟了两杯酒。

"酒里没有毒,"她说,"想喝一杯吗?"

"好。"

她把杯子递给他。他用麻木的手接了过去。

"你是马克弥的女儿。"终于,他开了口。

"对。"她说。她抬起手,除下面具,露出令他记忆犹新的面部轮廓。只是她的目光不同了:看起来有些游移不定。

"我不明白,"他说着,试图避开她黑色的双眸,"我见到你的时候——"

"想来盘菲德棋吗?"她打断他的话。

"菲德棋?"

"对。"

她摇响了铃铛,片刻之后,一个留辫子的年轻女孩拿着棋盘和棋子进了门。棋盘上有铁锈色和骨白色的方格。女孩穿过一扇位置精巧的房门——门关上的同时,尼尔的视野中就失去了她的踪影。

"是那时的棋盘,"他说,"船上的那块。"

"是啊,没错,"她把棋子放到两方的起始位置上。"我非常喜欢这套棋。"她扬起目光,"国王还是匪徒?"

"匪徒吧,我想。"尼尔回答。

她忧郁的笑意平添了少许,接着走完了第一步棋。他此时发现,她的变化不只是目光。如今的她似乎变得更迟钝,也更加心不在焉了。但并非出于愚蠢,而是因为心计和羞怯。

"我会回答你所有的问题,尼尔阁下,"她说,"我没有什么可隐瞒你的了。"

尼尔机械地下出自己的一步,心思根本没法集中在这场棋戏上。

她轻叹一声:"你的水准不该这么糟。"她说。

"我没法专心。"

"我也一样。我没想到和你见面会这么紧张。我都想过很多次了。"她又拿起国王,走了几格。

他想起了数月前,她的那个吻。她的动作温柔而生涩,而且充满犹豫,但与此同时又真诚到可怕的地步。在他的回忆中,这一幕比其他所有情景都要真实。

"不，"他说着，移动了另一个匪徒，"这并不傻。"

"现在你知道我想逃出的是哪座塔，也明白我当时为什么没法告诉你了吧。"

"明白。"尼尔看着她俘虏了一个双头食人魔，答道，"但也不明白。你为什么要逃离自己的父亲？"

她看着棋盘。"我逃离的不仅仅是我的父亲，"她说，"还有一切。看看你身边，尼尔阁下。这座塔有五层。我住在第三层。我要的一切都应有尽有。周围有殷勤的仆人。我曾经有过朋友，但由于那次逃亡，我和其中许多人都失去了联系。"

"我很抱歉，"尼尔说，"我知道这是因为我。但我还是不明白原因。"他把一枚蜥蜴似的怪物放到棋盘上。

"我出生在这座塔里，尼尔爵士。除了我们见面那时的几个月，我这辈子都住在这儿。我也会死在这里，死在这个只有一扇窗户的地方。"

"那城堡剩下的地方呢？这座城市呢？乡村呢？"

"全都与我无关。"她说。

"这么说，你真的是个囚犯。"

"我想是的。"她说着，移动另一枚臣民，封堵了尼尔无力的攻势。

"我还是要问，为什么？"

她的眉毛拧了起来。"我一直在看着你，尼尔阁下。"

他突然觉得头顶的天空变得沉重而脆弱起来，仿佛一块巨大的玻璃板紧贴着塔楼，要将他们碾压得支离破碎。

"在守望墙之战中，"他说，"我还以为——"

"我在场，"她说，"我看到你倒下了。我做了我能做的事。"

他恍然大悟。

"你就是邪符之子。"他说。

"真是个有趣的称呼。"她回答。

"等等。"尼尔说着，闭上双眼，试图理清思绪。坚持要他同行的安妮，还有一直在打听那位寒沙预言家的艾丽思。

布琳娜是**敌人**，也是寒沙这头搏斗中的猛兽胸腔里跳动着的那颗心脏。

"别这么看着我。"布琳娜柔声道。

"你这么做有多久了?"他问。

"别这样,"她说,"求你了。"

"多久了?"

"他们从我生下来就知道了。两岁的时候,他们开始让我服用药物。我九岁的时候就开始发挥作用了。该你走了。"

他轻率地发动了进攻,却被她的棋子迅速化解。

"你现在多大?"他问。

她顿了顿。"这问题可不太友好,"她说,接着换上了更轻柔的语气,"我和你父亲的死没有关系,尼尔阁下。我是活了二十三个年头,但你总不会以为我会为一群维寒人做预言吧。"

"可你知道——"

"我刚刚才知道的,"她说,"你父亲的死,还有你首次身负重伤。我说过了,我一直在看着你,看着你的过去,还有现在。"

"但无论如何,这些年来你还是造成了我许多朋友的死,"他说,"在贾尔的那支舰队——"

"嗯,我确实要对那件事负责,"她回答,"你明白吗?我不会对你撒谎。"

"我在那里失去了一个叔叔。"

"那你又杀死了多少人的叔叔呢,尼尔阁下?你又让多少孩子失去了父亲?那可是战争。你不能这么古板和苛刻。"

"这太难了,布琳娜。"他勉强说出这句话。

"我的感觉也一样。"

"而你现在又在对我的女王和祖国发动战争。"

"是的。因为这是我的职责。我们讨论过职责的定义,不是吗?如果我记得没错,你是赞同我的说法的。"

"我当时不知道你的职责是什么。"

"真的吗?如果你当时知道,你就能给我不一样的建议了吗?难道说我们的职责起冲突的时候,我的职责就不重要了吗?"

他看着一败涂地的棋局,努力思索合适的回答。

"或者你会牺牲自己来杀死我?"她用微弱至极的声音问道。

"不,"他勉力开口,"绝对不会。"

"这么说,你还是觉得自己对我负有责任。"

"我不觉得只是责任这么简单,"尼尔回答,"但这让我陷入了两难的境地。"

"我逃跑过,"她说,"你知道吗?在耽搁了一段时间,带你去鄱堤之后,我们穿过了路斯弥海峡。我父亲本该永远都找不到我了。"

"然后发生了什么?"

她叹了口气。"你。"

"这话什么意思?"

"尼尔爵士,我发现你差点死去,又因背叛而伤透了心,可还是对背叛你的那些人固守职责。这些都影响了我。因为你,我选择了回去。你和某个预言幻象。"

"幻象?"

"我以后会跟你细说的。要我告诉你,我当初为什么离开吗?"

"当然可以。"

"你输了两个子。"她说。

"我知道。你为什么离开?"

"我这辈子担负着两个角色,尼尔阁下,两项比生儿育女更加深重的义务。两个我都不喜欢。其中之一是作为我父亲的 *haliurunna*。我做梦,然后把人送向死亡。我会服用让梦境更清晰的药物,但有时我生命的一部分也会消逝。我会失去整月整月的记忆。我知道的太多,同时又太少。但我还是照他们说的去做,梦想着有一天能够得到自由,但我心里清楚,我永远等不到这一天。我守护着父亲的王位,以责任和荣誉感说服自己——以及我更崇高的职责——希望这些就已经够了。要是真这样就好了。可我父亲却要我去做一件……错事。更糟的是,我照办了,而这件事某种程度上伤害了我的心。很快,创伤变得更深了。"

"那是什么事?"

"我打破了死亡的法则。"

尼尔有片刻说不出话来。"太后玛蕊莉认为是她做的，是她的诅咒的作用。"

"噢，她造成的破坏的确是最严重的。但我兄弟阿尔哈伊当时就快死了，我父亲一直很喜欢他。他命令我阻止他死去，我在明白自己究竟在做什么之前就照办了。知道真相以后，我曾经想要修复法则，而且我本可以成功的，因为我只是阻止了他死期的到来，并没有让他起死回生。但之后玛蕊莉就下了诅咒，导致罗伯特重返人世，法则也遭到了彻底的破坏。"

"你的兄弟呢？"

"他去了维特里安寻找安妮。他的手下发现他被剁成了碎片——我想是你的朋友卡佐下的手。那些碎片还活着。然后他们举行了仪式。他们把力量转到了我的表亲赫鲁斯武夫身上，就是被你剁成碎片的那个人。"她耸耸肩，"总之，在把我兄弟变成**纳斯乔克**之后，我再也忍受不了了。我逃了出来。"

"然后自愿回去了。因为我。因为对寒沙的责任。"

"因为对世界的责任，"她回答，"我要对它的变化负上一部分责任。我必须尽我所能去阻止这种变化，虽然我不觉得有多少希望。"

"阻止什么？"

"阻止你的安妮女王。"

"为什么？我只知道你父亲想要克洛史尼。"

"噢，是啊，"布琳娜说，"但我回去不是为了满足他的野心的。我是不会参与某个老人出于虚荣而发动的战争的。"

"那到底是为什么？"

"如果不阻止安妮，她就会毁了我们所有人。"

森林空气清新，充满了常绿植物和雨水的气息。玛蕊莉努力把注意力集中起来，在生命终结之时也注视着美好，努力不让恐惧成为她最后的感受。

人人都会死，她心想。不是现在，就是将来。没有逃避的可能。

但她的勇气却持有不同看法。她想要求饶,每过一秒,这种愿望就愈加强烈。

她的困境什么时候才是尽头?她究竟还得被迫活多久?

她能看到,贝瑞蒙德的样子很坚定。他内心的那个男孩又躲了起来,取而代之的是他正逐渐成为的这个坚强男子。

她真希望自己能再次见到安妮。有机会的话,有些事她一定得告诉她。

安妮预见到了这一幕吗?她的内心思索着。是她自己的女儿派她来送死的吗?难道是出于某个更加重要的目的?

她必须得再多勇敢一会儿。

"贝瑞蒙德,"她轻声道,"请答应我一件事。"

"什么事?"

"让尼尔爵士和艾丽思把我的尸体带回莱芮。至少答应我这件事:让我和祖先长眠在一起。"

贝瑞蒙德所作的答复只是以看疯子般的目光看着她,她的心也沉了下去。

"你该不会觉得我真的想杀了你吧?"他突然说。

刚听到这话时,她害怕得难以置信。

"可马克弥——"

"那是父亲的想法。他老了,都快老糊涂了。我不会因为他的一时兴起就处死你。这实在太不荣誉,也太不体面了。我的兄弟们对他唯唯诺诺,我可不会。"

玛蕊莉松了口气,但仍心有戒备。"那我们要去哪里?"

"一个只有我和我的**武夫布劳萨**们才知道的地方,"他说,"一个我们四处流浪的时候找到的地方。你可以安全地待在那儿,直到我让他冷静下来,或者安排你坐船返回伊斯冷为止。"

"是真的吗?"

贝瑞蒙德严肃地点点头。"这并不是背叛,"他说,"我们和克洛史尼的战争是正义、神圣和正确的。但这就意味着我们的行为也得正义、神圣和正确才行。我可不愿意在对抗邪恶时自己也堕入邪恶。"

"我的女儿并不邪恶。"玛蕊莉说。

"我也不觉得你会相信。"贝瑞蒙德回答。

"你觉得我邪恶吗?"

他摇摇头。"我觉得你无论从哪方面来看都光明正大。"他笑了笑,"而且我从没听人这么跟我父亲说过话。就因为这个,我也会放过你。"

"那你为什么觉得我会行使邪恶的使命?"

"因为你全不知情。"他说。

"这话对你不也同样适用吗?你侍奉的难道就不能是错误的主人吗?"

"我父亲也许确实不是个好领袖,"贝瑞蒙德说,"但还有神圣教会在支持我们。"

"你觉得你能信任教会?"

"对。但就算我不信任他们,还有个人是我可以信任的。某个和我非常亲近的人。而且我知道,我们必须和你的女儿对抗。"

"那我们就是敌人了,贝瑞蒙德。"

"是啊,没错。但我们还是可以以礼相待,对不对?我们应当体面行事。"

"你还是有很多事要烦心。"玛蕊莉说。

"的确。一有机会我就去喝个烂醉,把这些都忘掉。"

"那你的手下们呢?"

"我的武夫布劳萨。我从小就认识他们。我们的第一个誓言就是'人人互助'。他们绝不会背叛我。"

玛蕊莉点点头,脑海中却浮现出看着她被人带走的罗伯特,还有他用口型比出的几个字眼。她当时没明白过来,但如今,她突然清楚地意识到了他说的话:

我们很快就会再见。

第七章 指挥官

埃克多的剑锋刺中那骑士的护喉下方，滑进了头盔。那人本能地后仰头颅，武器也深深陷进了咽喉。卡佐早有准备地弯过手肘，可反作用力依旧相当可怕。那骑士翻身坠马，而身不由己的卡佐跟着他一起倒向地面。

他用空出的那只手着地，想要支撑身体，可去势实在太强，他的身体又翻滚了四圈才站起来。接着，他摇摇晃晃地转过身，面对自己的命运，埃克多仍旧握在手中。

但剩下的那些骑士并不怎么关注他。那些从森林里涌出的士兵正朝他们射来密集的箭矢，或是用长矛戳刺，这些似乎让他们分了心。

他认出了他们。是安妮为了让他接管邓莫哥而调派给他的残余部队。

他检查了被他刺中的那家伙，发现他已经没了呼吸，便坐视安妮的士兵解决那些骑士们。他揉揉肩膀，那儿痛得仿佛正被领主艾塔在他的惩罚大厅里拷打一般。他觉得骨头也许脱臼了。

查卡托站在马车前方张望过来。

"你在后头干什么哪？"他问。

"看起来我做了多余的事。"他回答。

"跟以往一样。"

过了不久，士兵之一跑了过来，脱下头盔，露出一张满是皱纹的脸：额头有长长的白色伤疤，还有一只看起来破过好几次的鼻子。卡佐想起了这个人，他的名字应该是叫简之类的。

"非常及时，"卡佐说，"太感谢了。"

"算是吧，"简语气冷静地说，"我们还以为您死了，卡佐阁下。"

"我不是骑士。"他指出。

"是吗？我一直觉得您不是。但您是我们的领袖。"

"是啊，再瞧瞧我做的好事，"卡佐说，"我带着你们径直踏进了陷阱。"

简点点头。另外几个人走了过来。

"喔，确实如此，不是吗？"另一个士兵赞同道，他的样子更老，几乎秃顶，五官都很朴实。"我们有一半人都死了或者失踪了。再跟女王殿下胡搞也没法把你变成合格的指挥官，对不？"

卡佐的手猛地按上埃克多的剑柄。"我承认我不是个好指挥官，但你必须收回关于安妮女王的那句话，而且就是现在。"

那人吐了口唾沫。"见你的鬼去！"他吼道，"要是你想——"

"放松，赫姆，"简说，"没必要把女王也扯进来。"

"她跟他一起把我们弄到这儿来的。"赫姆说。

卡佐抬起剑，指着那个士兵。"收回你的话。"

士兵们在他身边围拢起来。

"这么说，你想用你这把小破剑解决我们所有人？"赫姆问。

"我至少能杀掉你。"卡佐承诺道。

"而我会帮他干掉剩下的人，"查卡托的声音在人群外突然响起，"你们究竟是士兵还是猪猡？"

赫姆面露疑惑之色，"士兵还是猪猡？"他重复道。接着他的神情怪异地愉快起来，转身面对查卡托。"*Emrature*？*Cassro dachi Purcii*？"

"啊，*zmierda*。"查卡托咒骂了一句。

"真的是你。"赫姆说。

"老天爷啊，没错！"另一个花白头发的士兵赞同道，"更老，也更丑了。"

"你还是跟以前一样蠢，皮罗，"查卡托反驳道。他用剑指着赫姆，"要是你想跟马梅西奥的儿子打一场，那就随你吧，不过得是一场公平的搏斗，只有你和他两个。"

赫姆的目光转回卡佐身上。"这是马梅西奥的崽子？"他揉揉满是胡须的下巴，"噢，我现在认出来了。"

他又把整个身体转过去，面对着那位剑术大师。"我没有冒犯的意思,"他说,"只不过,呃,传闻里说——"

"那是胡扯。"卡佐肯定地说。

赫姆伸出手来。"那就是弄错了。我误会了。"

这话听起来很像是道歉,于是卡佐放下了剑。

"这才像话嘛,"赫姆说着,把手按在卡佐的肩上,"我和你父亲还有那边那个老头儿,我们曾经很熟络。听说你老爹的事的时候,我还很担心,"他指了指查卡托,"他是一群*probucutorii*能够拥有的最棒的领袖。他过去总叫我们*purcii*,他的猪猡。"

"这可不是啥昵称,"查卡托说,"是因为你们身上的气味儿。"

"当然,"赫姆应和道,"最臭的就是——老猪猡欧斯佩罗怎样了?"

"他去泽斯匹诺做生意去了,"查卡托说,"我几个月前还见过他。"

"生意,嗯?我能想象得出是哪种生意。我真该学学他。瞧瞧我现在在哪儿。不过有你在这儿可太好了,**卡萨罗**。我和这群伙计们都已经绞尽脑汁了。"

"你们本来也没多少脑汁。"查卡托说。

"他曾经是你们的指挥官?"卡佐问赫姆。

"只有我跟老皮罗参加过**二十年战争**,"赫姆说,"其他那些都太年轻了。"

"没错,不过我听说过他。"简说。

"谁又没听过呢?"另一个人大声说道,"谁没听过昆马奇奥大桥之战呢?这事儿人人都知道。"

"我就不知道。"卡佐说着,向查卡托投去锐利的目光。

老人只是笑了笑,仿佛觉得自己在说笑似的。

"你们这群家伙究竟在这儿干什么?"查卡托问。

"问他吧,"皮罗说着,指了指卡佐,"女王把我们送给他当玩具,他差点就给玩坏了。没在邓莫哥战死的骑兵都溜走了,所以就剩下我们步兵。我们被搜捕已经有好几天了,虽然没留下啥踪迹,可他们还是找到了我们。他们正在路那头集结,准备彻底消灭我们。我还以为已经死定了,可既然你在这儿,我觉得还有希望。"

忠诚与忠贞

"我能帮你们做的那些事儿，你们自己也办得到。"查卡托说。

"跟我们还谦虚个什么劲，**卡萨罗**？"赫姆问，"得了吧。我们需要你。"

"不，你们不需要。"

"我们有好士兵，"皮罗说，"但缺少领导。是女王把这个帕秋马迪奥家的小鬼派来指挥我们的，不是吗？然后他给我们抹了黑。照我们看，他应该帮我们洗脱污名。"

"没错，"简说，"帮我们回伊斯冷去吧。"

"顺便说一句，我们也正要往那儿去呢。"卡佐说。

"我只答应帮你找到奥丝婗，"老人道，"你得自己回去见安妮。但无论怎么说，就我们几个溜出去要容易多了。"

"我明白怎么回事，"皮罗说，"再说听不懂就是假话了，可我还是不敢相信这是从你嘴里说出来的，**卡萨罗**。你再也不是过去那个能够保护身边需要你的下属的人了。"

"就算是吧。"查卡托说。

"别求他了，"赫姆说，"他过去的英勇事迹已经够用四辈子了。他救过我六次，所以我明天死掉的时候，还是欠他五条命。"

"查卡托，"卡佐说，"反正你有酒可喝。还有什么比这更重要的吗？"

"你们这群臭烘烘的混球，"查卡托吼道，"还有卡佐，如果你不知道自己在说啥，就闭上你那张脏嘴。"

"好吧，"卡佐说，"我确实不知道这些家伙在说什么，也不知道这事是谁的错。不过这不重要。我真希望安妮从来没把这些人调派给我指挥。我真希望我拒绝了她的要求。我是个剑客，优秀的剑客，但我不是军人，当然也算不上指挥官。但如果他们明天就要上战场，我就会和他们并肩作战。"

"瞧啊，"皮罗说，"这才是马梅西奥的儿子。"

"那奥丝婗怎么办？"

"我怎么办？"一个声音从身后传来。他转过身，发现她正斜倚着马车，"我不会让他做别的选择。而且我会留在这里陪他，查卡托，你也一样，因为无论你想不想要，无论你怎样用酒精来麻醉，

THE BORN QUEEN

你都有着一颗高贵的心。"

查卡托吐出一声叹息,张望四周。

"噢,说得真棒,女士。"皮罗说。

每一双眼睛都转向了查卡托。片刻间,他露出了困兽般的神情,可卡佐也能看出他下了某种决定。

"好吧,猪猡们,"他说,"我们别浪费时间了。谁来告诉我现在的情况?"

"我们有九十人。斥候最后一次汇报的敌人数量是七十个骑兵、六十个重步兵和二十个弓手。"

查卡托扫视众人。"照我看,你们一半是轻步兵,一半是重步兵,没错吧?"

"没错。"

"我们得找个狭窄的战场,"他说,"森林或者两边是悬崖的地儿。附近有没有类似的地方?"

"我去找找看。"一个铁锈发色的年轻人说。

"那就去吧,"查卡托说,"好了,现在谁来跟我报告一下给养的问题?"

卡佐待在查卡托身边,试图理解这位老人所做的一切,以便尽可能地帮助他,但最后他觉得自己根本派不上用场。查卡托和那些士兵说着他听不懂的语言,不是王国语的方言版本,也不是维特里安话和阿尔曼语,而是某种更加乡土、更加通俗的语言。他当晚去查看奥丝娅的伤口时,把这些疑问一五一十地告诉了她。

"你以前也跟士兵一起行过军。"她指出。

"我们是跟他们同行过,"他说,"可我从来没像士兵那样打过仗。事实上,我根本不知道明天我该做什么。我不会用长枪,也不会使弓,我的细剑在列阵作战的时候又没什么用处。"

"你对查卡托的事也完全不知情吗?"

"我想以前有过蛛丝马迹。欧斯佩罗有一次叫过他'*Emrature*',我也知道我父亲和他一起打过仗,可他从来没提过这事。我根本想不到某个地方的士兵还在讲述关于他的故事。"

"噢,听起来他们很信任他的指挥能力,"奥丝婼说,"而且他们比我们更清楚敌人是谁。"

"可他们别无选择。你还记得我们在兰格瑞斯对阵的那支军队吗?他们全都是步兵,就跟这群人一样。安妮的骑兵打得他们一败涂地。和骑兵对抗太困难了。"

奥丝婼凑过身子,吻了他。"我们度过了很多比这更艰难的时刻。"

"没错,"卡佐说,"但那些时候,一个剑客也能发挥作用。"

"你总是能发挥作用的,卡佐,"奥丝婼说,"圣者们和我一样爱你。"

他笑了。"爱润达把你赐给了我,所以我知道她爱着我。我也相信翡由萨对我青睐有加。"

"你这是在向两位女性圣者同时求爱吗?你会惹上麻烦的。"

他的心中涌起一丝负罪感,又因这种念头而内疚起来。

"我不觉得我会再去追求其他女性了,无论是不是圣者。"他说,突然觉得很不舒服。

"我只是在开玩笑,卡佐。"

"我可不是,"他听到自己在说,"事实上,我希望你能答应嫁给我。"

她皱起眉。"嘿,别开玩笑了。"她说。

"我没开玩笑。我没法给你更多东西了,但我能给你一个承诺。"

她怔怔地看着他。"你是觉得我们死定了,对不对?"

"不是这样的,"他说,"我爱你,奥丝婼。我刚刚才明白我爱你有多深,也明白先前没有察觉的我有多愚蠢,明白没在伊斯冷站稳脚跟的那天娶你的我有多愚蠢。我希望你能原谅我。"

"我原谅你。"她说着,双眼泪光盈盈。她吻了他,这个吻持续了许久。

"这又是一个我们必须返回伊斯冷的理由,"他说着,轻抚她的发丝,"我必须请求安妮允许我把你偷走。"

"她早就把我送给你了,"奥丝婼说,"她在送走我以前就告诉我了。她说她准备让你当个公爵什么的,再安排我嫁给你。"

"公爵?"卡佐说。

"或者类似的头衔。也许是邓莫哥领主什么的。"

"我已经有个头衔了,"他说,"算不上多高的头衔,但我生下来就有了。"

"你知道的,头衔可以有很多个。"

"嗯……卡佐公爵。听起来不太坏。"

外面传来沙沙声,然后有人敲了敲马车门。他打开门,发现简站在门口。

"埃坎找到了个地方,"那士兵告诉他们,"埃穆拉图希望我们在日出前到那里去,所以现在就得出发了。"

他们往东行军了将近一里格,来到了圣瑟福德河的某条旧河堤边。到达那里之后,他们立刻忙碌起来:削制木桩,挖掘战壕。后者相当轻松,因为河堤下方的地面今年春天才犁过,土质松软,铁铲到处全无阻碍。

查卡托在周围踱着步子,身上带着卡佐从未见过的充沛活力。他甚至觉得这个老头儿今天也许没有喝醉。

卡佐停下手里挖土的活儿,借着铁铲站直身子,瞥了眼事情的进展。

他右方的地面让道给一片低洼泥泞的森林,但左边相对宽敞得多。他们的马车和剩下的两辆运送补给的货车被牵到那里充当屏障,但卡佐不觉得它们能提供多少保护。河堤前方的土地上如今有着长长的三排参差不齐的木桩和壕沟。

查卡托走了过来。

"挖不动了?"他问。

"我马上就继续挖,"卡佐说。他指指那块地,"你为啥要让我们背靠着河?这样我们就没法撤退了。"

"听你说出这话还真有趣,"查卡托回答,"我从没听你提过撤退这回事。"

"这儿又不光是我一个。"

老人点点头。"没错。所以我才烦呢。你明白吧?"

"我有点明白了，"卡佐说，"不过我希望你能多告诉我一点。"

"我一直想把这些全忘了，"老人说，"我根本没打算让你扯上这种事。"

"这不是你的错。是我自己的选择让我走到这一步的。"

"这我倒是半点也不怀疑。"查卡托答道。

"所以你为啥不留退路？"

查卡托耸耸肩。"他们的人数太多，我们又没有足够的长枪手来组成有力的阵线。我们必须保证后方和侧翼安全。"

"左边看起来挺开阔的。"

"能减缓骑兵冲锋就成，"查卡托说，"就有限的时间来看，我们已经做到最好了。另外，撤退算不上可选项。我们必须获胜。要不我们就完了。"

"要是他们的数量比我们知道的更多呢？"

"我们的斥候很出色。他们也许会多带上一两个人，不过看起来，出于某种原因，赫斯匹罗手下的主力部队往东边去了。"

"东边？东边有什么？"

"我不知道，也不在乎。我们现在的麻烦已经够多了。"

"我们能打赢吗？"

查卡托抬起双手，却没有回答。

"我应该做什么？"

"我会把一半弓手布置在这片田地里，另一半派去森林那边。他们没法派骑兵进林子，不过他们恐怕会拨出一支步兵过去。你得保护那些弓手。"

卡佐点点头，松了口气。他先前还想象自己得握着一把长枪站在前线。他一点儿也不期待这一幕成真。

查卡托移开目光。

"他们来了。"他说。

骑兵们集结在队伍中央，步兵在他们后方排成阵列，弓手则位于两翼。卡佐以前见过这种布阵：它就像一把骑兵组成的重锤，随时准备粉碎他们。等冲锋过后，步兵就会跟上来清理战场。

但他没有见过查卡托让士兵们列成的这种阵形。

他们肩并着肩,五人一排,十排士兵在河边列成了一个空心的楔形战阵。查卡托叫它"刺猬阵",从那些矗立的枪尖来看确实很像。士兵们把长矛固定在脚下,从低到高摆出不同的角度,这样一来,任何冲锋而来的敌人都得至少面对五只锐利而致命的枪头。

没有跟卡佐去林子里的那些弓手也排成了阵列,就在刺猬阵的前方。

没有人出来发话,看起来他们也没这个打算。他们就这么持续逼近,战马和马背上穿盔戴甲的骑兵们的身影也越来越高大。

林外和林中的弓手同时发动了进攻。敌人的弓手也还以颜色,瞄准可见的对手射来箭矢,但片刻后,正如查卡托的预料,一队约莫三十人的矛兵便举着沉重的大盾越众而出,缓步朝森林开去。

卡佐专心致志地盯着敌人的动向,没留意到骑兵已经发起了冲锋,但他听见了叫喊声,便转过头去察看。

他身边的弓手毫不理睬逼近的长矛手,把全部火力都倾泻在骑兵身上,开阔地带的那些弓手也一样。他们的战果非常惊人。为首的五六匹战马和骑手纷纷倒地,紧接着又有另外十匹左右被绊倒。弓手们朝着混乱的敌军继续攒射,造成了更大的伤亡。冲锋在这片死亡之雨下减缓到几近爬行的速度,仍旧骑在马上的四十个骑兵迅速重组阵形,朝着弓手们冲去。但那些木桩又阻碍了战马的脚步,几个骑兵跳下马来,开始清除木桩,这让弓手们有了足够的时间撤往楔形战争的后方,在河堤上站稳脚跟,朝着敌军阵中射出下一轮箭矢。

就在森林里半数的弓手仍在帮忙解决骑兵的时候,另一半的目光已经转向了那群逼近的步兵,后者此时已经来到了三十码远的地方,他们步履齐整,盾牌在身前排成一堵密不透风的墙。

其间,卡佐看到敌军的弓手射来过几波零星的箭矢,但之后再也看不到了。

"后退,"卡佐重复着查卡托的命令,"他们在森林里是没法继续维持盾墙的。"

弓手们听命退往潮湿地带,同时朝着那群步兵继续射箭,后者的盾牌上已经插满了箭支。其中七个掉了队,或许死了,也或许伤势重到无法前进的地步,但剩下的数量依旧颇为可观。虽然弓手们也有配剑,但他们既没有盾牌,也没有长枪。

骑兵再度发起了冲锋,这次他们和刺猬阵之前再无阻隔。成群结队的骑兵看起来几乎不可阻挡。

就像在回应骑兵一般,朝着卡佐的弓手们逼近的步兵队也发出沙哑的战吼,冲了过来。

卡佐拔出**埃克多**。

"跑,"他告诉弓手们,"回大部队那边去。"

接着他却朝那个方向瞥了一眼,思索退路是否真的存在。

第八章 通往力量之路

草地泛起涟漪，朝着森林和山丘蔓延开去，与此同时，安妮挣脱了身体的束缚，如云朵般飘飞于空中。起初她还对魂灵出窍心存顾虑，但在圣堕的领域里，肉体本就比其他事物更加虚幻不实。等到抛开虚假的外表后，乐子可就多了。她可以像葡萄藤那样盘绕着穿过辽阔的森林，或是像雨水般顺坡而下。她能够化作另一具虚幻的身躯。她变成了一匹马，一羽鹰，一条海豚，一只蜘蛛，一头匍匐爬行的蜥蜴，乐此不疲。她的脑海对这一切越来越适应，也越来越欢迎。她越是运用这股力量，对自己的身份也就愈加肯定。

她有时不得不提醒自己，她来这儿并不是只为了找乐子。她离开时总是依依不舍，而且越来越频繁地回到这里，无论有没有明确的目的。

事实上，她有时甚至会忘记自己的目的。

但今天不同。今天她将时间往后推了几天，望向南方。

她看到教会数以千计的士兵正在特勒明河边聚集。这算不上新闻，她的一半军力已经在前往迎战的途中了。但她此刻看着他们，只觉胃中冰冷。克洛史尼正受到两面夹击：他们在普尔斯奇德抵挡住了寒沙人，但要调动足以击退敌人的部队，就意味着得任由教会军大摇大摆地兵临城下，况且南方的防御本就颇为薄弱。她同样看到了一支新舰队自北方的拉克法德朝这边开来，驾驶船只的那群人有着古怪的铜色皮肤，还有许多维寒人的双头海盗船陪伴在旁。这段航行在现实中尚未开始，但其结果完全可以预见。

而南方的未来也同样模糊不清。有时她能看到大屠杀的场面，有时是畅通无阻的进军，而有时一无所有。

这些都不是新鲜事了，没能长久地吸引她的关注。她正在寻找她的朋友们。

她先前已经知道卡佐被教会俘虏了。她知道自己遗漏了什么，是某个和他说过话，可她却无法看清的人。但她也知道，卡佐和查卡托又获得了自由。

奥丝娅是最难找的。

她想象着好友的面容，她的笑，还有每当担心安妮就要让她们俩惹上麻烦时，她额头上懊恼的皱纹。

而且她确实看到了些东西，是一道反光，一道在时间和空间上都相当遥远的闪光。但当安妮朝它靠近，自圣堕中向上窥视——就像地洞里的土拨鼠那样——的时候，一股令人反感的力量之流就会裹紧和盘绕她雾状的形体，奔流之势令她无法抵挡。那力量将她重重砸向某样东西，用痛苦和恐惧淹没她，使她重新凝结为人类的身躯。

有人在切割她的身体。她嗅到了血气，感受到了痛苦。他恶臭的呼吸在她耳畔，她看到自己的双腿皮开肉绽，满是鲜红。她感受着恐惧，纯粹的恐慌，即将死去的可怕认知，还有挣脱逃亡的本能与无能为力的事实。她甚至无法思考，也无法尖叫。她只能看着那把尖刀剥开她雪白的皮肤。

*别放弃！*她试图尖叫。*阻止他！*

那回声传来之时，她突然明白，这一切并非发生在她身上。那具被折磨的躯壳属于奥丝娅。

别放弃，奥丝娅，看在诸位圣者的分上！我不能失去你！

有什么东西转动起来，安妮又被扯进了那股力量之流。她头一回看清了奥丝娅的面容和她空洞惊骇的目光，随后她便逐渐变小，最后消失不见。

安妮疯狂地穿梭于时间之中，前前后后、上上下下地搜寻，却怎么也找不到她好友的影子，更再次失去了卡佐的踪迹。但她没有放弃：她必须找到他们。她拥有找到他们的力量，如果有必要，她还会让他们死而复生。以满天诸圣之名起誓，她会这么做的。

她浑身颤抖着醒来，思索着自己是谁，身在何方，迷失自我的感觉一如既往地强烈。她无法控制地哭泣起来，尽管她最后意识到唤醒自己的是埃米莉，却没有回答的能力。等到娜蕾奈给她喝下瑟夫莱茶后，她的精神才恢复到能够聆听的地步。

"再说一遍，埃米莉。"她喃喃道。

"殿下，"埃米莉说，"寒沙人的军队来了。"

她睁开双眼，看到女孩跪在床边。

"他们怎么了？"

"你……去了两天。我们都叫不醒你。"

"出什么事了？"

"两天前的晚上，敌人又来了八千人的增援。他们昨天早上发动了攻击。他们刚刚突破了运河，现在已经包围了城堡。"

城堡被包围了。奥丝娖和卡佐死了。教会，还有来自北方的舰队。

她受够了。真的受够了。

"阿特沃在哪？"

"在外面。"

"把我的晨袍拿来。"

她听见走廊里嘈杂一片。等她走出房间去见阿特沃的时候，发现门外全是她手下的御前护卫和瑟夫莱人。

"这是怎么回事？"她问。

"只是预防措施，殿下，"他说，"要塞有失陷的可能。我们只想把您安全护送出去。"

她点点头。让阿特沃接管就好。骑上飞毛腿，离开这儿，不要回头。去找卡佐，他也许还活着……

她感到全身发软。她不想这样。她想起了奥丝娖，想起了她所受的可怕折磨，为什么会有人这样对待她的好友？她感到一阵恶心。奥丝娖死了吗？也许吧。而现在，死神为她而来。

她能去哪儿？又有什么地方是安全的？

"不，"她说，"等等。"

"没多少时间了，殿下。他们已经攻进城里了。"

"我说了**等等**。"

忠诚与忠贞

"殿下。"他语气生硬地回答。

她抑制住那股企图吞噬她的幽闭恐惧感。"带我去一个能纵览战局的地方,并且在路上跟我解释现在的状况。"

"殿下——"

但他看到了她的眼神,于是停了口。

他们走向那座如今已经非常熟悉的塔楼。

东方的太阳还只是个半球,大地笼罩着层层迷雾。空气带着秋日的清爽气息,勾起对久远过去的怀念。

城堡名副其实地被包围住了,只有南侧大门附近的区域除外。一道长枪之墙在那里阻挡着寒沙人的进攻,仿佛风暴肆虐的大海中的一座孤岛。

"你们打算让我从那里逃出去?"她问。

"那边成功的机会最大。"阿特沃回答。

"那样的话,城堡就会陷落。"

"如果我们能再支撑两天时间,援军就会抵达。"

"两天。我们办得到吗?"

"恐怕办不到。"

在安妮听来,他的语气带着些许责备。

她想要为自己辩护,说她只是想找到她的朋友们。可她心里清楚他将会做出的答复,区别只在于他有没有大声说出口的勇气。

"要知道,我没法预见到**每一件事**,"她告诉他,"我要关注的问题太多了。"

但她的疏忽大意已经无法挽回,她明白,如果寒沙人获胜,她就永远没法活着登上圣堕王座了。她永远也没法让一切回归正轨,平定克洛史尼,为奥丝姹复仇,永久地消灭来自寒沙的威胁。

她的骄傲自大铸就了她的末日。

不。

"离我远点儿,"她说,"除了娜蕾奈,所有人都到下面去。"

等除了那瑟夫莱女子之外的所有人离开之后,安妮闭上了双眼。

"您做得到的,殿下。"娜蕾奈说。

"如果我做不到,我们全都会死。"

"这么想可就错了,殿下。恐惧和忧虑只会阻挠你。你必须保持自信。你必须为了强大而强大,永远不能停下脚步。"

"我会试试看的。"安妮咽了口口水,答道。她突然口干舌燥。

在这一刻,她突然又变回了从前那个小女孩。她究竟为何要肩负这些重担?圣者们又是为何要把这些强加给她?她想要的只不过是骑骑马,喝喝酒,跟奥丝娅闲聊,或许再谈一场恋爱而已。她究竟为什么不能过上这样的生活?

我想念你,奥丝娅。真对不起。

这些念头让安妮得到了所需的怒气,她的存在悄然进入了另一个世界。

埃瑞拉。

起先无人答话,可随即有道阴影从绿地中升起,在她身前摇摆,如同一道烟雾,不情愿地化作那个苍白的女性躯体。

"我需要你的帮助。"安妮说。

"我的力量快被消耗光了,"埃瑞拉的声音轻飘飘的,"我也许帮不了什么忙了。"

"谁在消耗你的力量?"

"是你,"埃瑞拉回答,"这是理所当然的。"

"你是谁?"安妮质问道。

"你以前问过这个问题了。"

"对,可你从来没回答过。你是谁?"

"过去如是,将来亦然。我向来与凡人迥异。我生于此,创于此。"

"谁创造了你?"

埃瑞拉浅浅一笑。"是你。"

听到这两个字,安妮突然间明白了,一切都水落石出,而她早有心理准备。

"再见了。"她说。

然后埃瑞拉就不见了,她的四肢因力量而脉动,而那力量也铭刻在她体内。

她在半途中停下了脚步,那个世界在她身周闪闪发光,而新壤、安德慕城、城堡和寒沙大军也都一样。

她看着数以千计的人们屈服于她的破坏力量之下,看着那些剥夺了她想要的生活的敌人们,只觉一股前所未有的冰冷坚定的恨意在心头升起。

她喜欢这种感觉,还有身体里曾经令她厌恶的那股力量。它知道该做什么。

几个钟头以后,阿特沃来见她时仍旧脸色发白。

"你这回不会再吐了吧?"她问。

"不会了,殿下,"他回答,"我的胃里已经什么都不剩了。"

"我做的那些事,"她说,"让你吃惊了。"

他闭上眼睛,点点头。她看到他的喉结动了几下。

"还有些幸存者,"他说,"殿下您打算怎么处置他们?"

她思索了片刻。"有多少人?"

"大约一千人。"

"够多的。"她说。

"今早他们还有五万人,殿下。"

"噢,那杀了他们吧。我希望寒沙人明白,只要他们前来进犯,就别指望我们发慈悲。"

"我是不是应该提醒您,您的母亲还在他们手里?"

"对,马克弥已经下了命令要处死她。我除了向他证明和我们对抗所要付出的代价以外,还能做什么呢?除此之外,我还能怎么救她的命呢?"

"我能提个建议吗,殿下?"

"当然可以。"

"展现您的仁慈。让他们回到寒沙,说出他们的所见所闻。如果他们知道自己将会有怎样的下场,又怎么敢再次攻击我们呢?"

她花了片刻才明白他的语气所带着的异样。

"你同情他们。"她责备道。

"圣者啊,是的。"阿特沃说。

"他们本来会杀死我们所有人的。"她指出。

"嗯。"他的面孔像铁铸的一般。

"我也不想这么残忍,"最后,她开口道。这句回答看起来最合适。"你真觉得放他们走是正确的?还是说你只是感情用事?"

"殿下,我完全记不清今天早上的情形了。但那些寒沙的幸存者说什么太阳爆炸了,说鲜血和毒蛇像雨水一样从天而降。他们看到战友的内脏扭动着钻出他们的肚子,就像滚水里的鳗鱼。我想从这一千张嘴里吐露的故事要比他们的死有价值得多。"

"好吧,"她叹了口气,"那就交给你了。等这儿的事处理完毕,我希望寇本维也能回到我们手里。"

"这应该没什么问题,"阿特沃说,"殿下您会随军同行吗?"

"不,"她说,"我想你这次得靠你的军队了,阿特沃。我打算暂时回伊斯冷去。但你放心,等我们出征寒沙的时候,我会跟你们一起去的。"

"出征寒沙吗,殿下?"

"我不觉得我们应该再给他们卷土重来的机会。你觉得呢?"

"我——是的,殿下。"

"很好。告诉我的护卫,我要在两个钟头之内骑马前往伊斯冷。另外传话给凯普·查文,就说我希望他在解决了露河上的敌人以后就来找我。"

"那南方的教会军呢?"阿特沃说。

"他们已经撤退了,"安妮说,"原因我没法肯定。但还是派几个寒沙俘虏过去找他们吧。告诉他们,如果他们胆敢再次越境,就会有相同的下场。"

阿特沃点头,鞠躬,随即离去。

她骑马去了伊斯冷,一路见到了一群群欢呼雀跃的人,但在最初的几里格路上,她觉得这些人的喝彩声中有种不安,仿佛他们若是不欢呼,她就会杀了他们似的。但她离伊斯冷越近,离尸横遍野的普尔斯奇德越远,喝彩声中那种引人深思的感觉也就越少。等她进到伊斯冷城中,她感到人们的愉悦和狂热全都发自真心。有些人在高喊"圣女王安妮",另一些人则叫她"维吉尼娅再世"。

她沐浴休息，次日早晨在会客间和约翰共进早餐，他飞快地复述了几桩家族内部的事务，又给了一沓文件让她盖章。然后他坐了下来，神情有些不安。

"怎么了，约翰？"她问。

"您收到了好些信件，殿下，有些很重要，大部分只是小事。不过有一封我觉得您应该尽快看一看。"

"是吗？是谁寄来的？"

"我们的前任护法，马伽·赫斯匹罗。"

她正把烤饼送向嘴边的那只手停下了。"你在说笑吧。"她说。

"恐怕这是真的。"

"那就让我看看吧。"

他把那张盖有克洛史尼护法印章的纸递给了她。

"原来他把印章带走了。"他说。然后她展开了信。这封信以流畅的手书写就。

致克洛史尼的女王，安妮一世殿下：

希望您展信安好，而圣者们也依然看顾着您。

时间紧迫，我就不多客套了。我知道，因为我跟某几件事务有关，所以您向全国发布了逮捕我的命令。我不是来向您争辩那些针对我的指控的——等到以后再说吧。我打算告诉您的是，我有您需要的信息。这份信息跟您体内增长的力量——这点您无疑能感受得到——有关，更与您应该听说过的某个王座的出现息息相关。

我同样相信，教会和克洛史尼之间的和平至关重要，而修补我们的关系也是重中之重。您读到这封信的时候，会发现教会的军队已经全部撤回了特勒明河对岸。我期待着与您私人会面的那一天。我已经准备好前往伊斯冷，只带您许可的少数同伴，如果您要求我独自前来，我也会欣然接受。

马伽·赫斯匹罗

安妮轻触信纸，思索着它是否浸泡过毒液。但答案是否定的，约翰之前已经碰过它了。

"这封信什么时候寄来的？"她问。

"昨天，要不我早就派人把信带给您了。"

她又读了一遍，试图弄清事态的走向。

她小时候曾经很信任赫斯匹罗，时常去找他做洗礼和寻求建议。他看起来很睿智，算不上特别和蔼，但也算不上冷漠。即便在她父亲为了指定安妮和她的姐姐们作为继承人而和赫斯匹罗对立的时候，他对她还是保持着礼貌和体贴。

可随后她知道了一些事。她见过一封寄给他的信，知道他得为邓莫哥的那场邪恶屠杀负责。他还和罗伯特共谋对抗她母亲，又将宫廷作曲家埃肯扎尔几乎折磨至死。他在安妮的军队抵达并收复伊斯冷之前就离开了，从此之后再无音讯。

现在他又想和她对话。这根本没有道理。教会早已将血腥的复圣仪式转变成了一场对抗她的圣战，而如今赫斯匹罗又突然想要和她友好相处，帮助她获得这种被教会深恶痛绝并冠以黠阴巫术之名的力量。为什么？

她闭上双眼，试图在圣堕领域中找到赫斯匹罗，想知道他身在何方，又在做些什么，并以此得出能够昭示这场会面的后果的任何迹象。

但在邪符之子的影响下，她能找到的只有寂静与黑暗。

然后她明白了。

"就是他。"当天晚些时候，她告诉娜蕾奈。瑟夫莱女子正在编织一条围巾，而安妮则在自己的房间里踱着步子。

"在翡思姐妹的树林里攻击我的那个人，一直威胁着我的那个人。他就是赫斯匹罗。"

"您为什么如此肯定？"

"他的力量和我，和邪符之子都很像。只有拥有这种能力的人才能不请自来地进入圣堕领域。不然还能是谁呢？我曾经以为是荆棘王，但听到他的那些行为之后，我已经否定了这个想法。"

"您打算怎么做？您要见他吗？"

"他想要攻击我,"安妮说,"我能肯定,他至少得为我的姐姐和父亲的死,还有我的几次遇险负上一部分责任。没错,我会和他见面的,我会弄清楚他知道些什么,然后他就得付出代价了。"

第九章 两个理由

尼尔盯着布琳娜,几次漫长的呼吸过后才做出回答。他觉得身体仿佛离开了这个世界,正从很远处看着这一幕。

"你为什么这么说?"他勉强组织起语言。

"这个世界中了毒,尼尔阁下,"她说,"两千年来毫无节制地使用圣堕力所引发的毒。这也是导致死亡的法则变得脆弱的根本原因。从前的世界健康而强大……"她移开目光,"但现在不同了。怪物们——狮鹫之类的东西——都是死亡将至的征兆,它预示着某个非常古老的存在正试图夺回世界,却没有治愈世界的力量。然后荆棘王出现了,他拥有让世界恢复正常的力量,可他如今已然死去。只剩下你的女王和另外两人争夺圣堕王座,想要在它的力量到达顶峰时占有它。但你也看到了,那种力量无法**修复**任何东西。它只能令事物腐朽。在即将到来的那个时刻,圣堕力将强大到世界上的其他力量都无法匹敌的地步。那股力量会变成它的主人的噩梦。"

"安妮不会滥用它的。"

"她已经在滥用了。她从我军士兵的身上抽取生命,烧灼他们的内脏。很快她就会做出可怕得多的举动。而且在追寻圣堕王座的三人之中,她获胜的希望最大。因为我的同胞在战死,所以我也尽我所能运用预言能力去帮助他们。可我离得太远,而她又变得太过强大。要想派上用处,我就得离开这儿,可他们不让。原本我就不能离开这儿,在那次逃亡过后,我父亲就加倍地封闭起来。他并不真正相信世界上发生的一切。他扭曲了我说的话,告诉他的手下安妮是邪恶的,我们的战争正义而又神圣。"

"你刚才说的话不就是这个意思吗?"

"不。我选择和安妮对抗,是因为我知道她在哪儿。我找不到剩下的人。但他们也必须把她找出来,而且他们一定会这么做,因为他们之间无法通过圣堕力看见彼此。安妮是克洛史尼的女王——她当然在克洛史尼。预知能力找不到她,但间谍可以。我每天都能看到她。"

"可如果安妮知道这些事,"尼尔说,"如果她知道真相,就不会做出——不会去掌控你提到的那张王座。"

"到时候她不会有别的选择。她必须得到这股力量,否则就会死。我不觉得她会选择等死。但我会试图跟她接触。我曾先后派出两名修女院学徒,第一次是想告诉她这些事,后一次是要暗杀她。两人都没法成功接近她。她有很多保护者,他们不希望看到她拒绝这份力量。"

"瑟夫莱。"

"没错。但还有带着不同目的的其他人。"

"但你肯定还派你的兄弟去了圣塞尔修女院。他和他的手下**那时候**就想杀死安妮。"

她摇摇头。"这件事跟我无关。邓莫哥家族的那个男孩把她的去向出卖给了她叔叔,后者一直在跟我父亲合作。"

"罗伯特也在这儿?"

"是的。"

他花了点时间去接受这个事实。"太后殿下还安好吗?"

"你是说玛蕊莉吧。既是又不是。她暂时是安全的,可她在寒沙能安全吗?绝不可能。"

她对上尼尔的目光,久到让他头皮发麻的地步,可最后又移开了视线。

"我们暂时就说这些吧,"她说,"过长的谈话会引起猜疑,而且说实话,我还没决定该拿你怎么办。"她掀起面具。"很抱歉,我没法给你提供更好的住处了,因为那样也会引起别人的注意。"

"我得想办法帮助太后殿下,"他说,"你明白的。"

"我明白,"她柔声道,"我会尽我所能去帮助玛蕊莉的。"

"那安妮呢?"

可布琳娜没有答话。她又把面具戴了回去。

"你为什么戴着它?"他问。

"我跟你提过'更崇高的职责',"她喃喃道,"也许有一天我会告诉你的。"

她转过身,借由那扇隐蔽的房门离开。片刻后,守卫出现,把他带回了监狱。

玛蕊莉呷了口葡萄酒,斜倚在石制阳台的陈旧栏杆上。下方,喧嚣的河水流过一片长有茂盛铁杉、云杉和恒树,两侧是白色石壁的狭窄河谷。她脚下的阳台便是以山谷的活岩雕刻而成。

"这地方是谁造的?"她问刚刚走上阳台的贝瑞蒙德。

"我不知道,"他说,"我听说这种雕刻风格来自 *Unselthiuzangardis*,呃,就是'恶毒诸国'时期。"

"也就是被我们称作巫战的时期。"

"说得没错,"他说,"顺带一提,我觉得这儿很可能是某位男巫的避难所,或者是他的情妇的秘密居所。我和我的武夫布劳萨们是在**法翁亚**时找到它的。"

"**法翁亚**?这是这个省的名字?"

他茫然地看着她半晌,然后大笑起来。"不,"他说,"法翁亚的意思是,那些接近成人的男孩们聚集起来,四处漫游,寻找不法者,和山里的部落人打斗。我和我的武夫布劳萨们一起出外多年,一路前往祖泽图里省。等到回来的时候——这是对那些能够回来的人而言——我们就成为了男人和战士。任何想在寒沙打仗的男孩都必须先去参加法翁亚。"

"你失去过朋友?"

"开始的时候,我们有四十人。回来的有三十二个。考虑到我们参与的某几场搏斗,这已经是不错的结果了。"他咧嘴笑了笑,"那可真是段好时光。所以我才清楚,我的这些兄弟绝对不会背叛我。我们一起经历过锤炼,一起成为男人。我们之间的纽带很牢固。"

所谓的背叛,玛蕊莉心想,本就是指你信任的某个人出卖你。

但她没有说出这句话。如果贝瑞蒙德错了,就让他错下去吧。她说什么都没有意义。

"所以说,"王子续道,"我们那时候发现了这儿,又花了五天时间才找到上面的入口。然后我们回来做了些翻新工作。我们发誓不向外人透露这里的位置。"

"所以你才蒙住我的眼睛。"

"嗯。就算是这样，我还是和我的兄弟们做了投票表决。"

"他们能答应真让我受宠若惊，"她任由视线落到下方的河水上，"现在该做什么？"

"等我父亲冷静下来。"他说。

"如果他没法冷静呢？"

"那样的话，我想，我们就只好等到他死了。"

"好吧，"玛蕊莉说，"至少我们还有酒喝。"

尼尔躺在黑暗中，思索着自己是不是快要疯了，思索着自己究竟来了多久。他觉得自己也许睡了很久，但清醒与梦境之间的区别已经开始变得模糊。唯一的判断标准是他们送饭来的时间，但他总是感觉不到饱，所以他没法肯定他们一天送两次饭还是一天一次，又或者是两天一次。

他努力去回想碧绿的山岗和宽阔的蓝天，但他的脑海却一直被几个念头占据着。

莫非整个使团都是伪装，只是为了掩盖刺杀的目的？安妮真的会下达这样的命令吗？玛蕊莉真的也参与了吗？

也许吧，也许吧。女王有时候是身不由己的，不是吗？这些想法太幼稚了。

可安妮曾坚持要他同行。她知道吗？她知道他认识布琳娜吗？莫非安妮觉得如果艾丽思失败，他就会杀死布琳娜？

有机会的话，他该不该这么做呢？如果这真是女王的旨意，他又下得了手吗？说到底，因为他的过错，寒沙才会拥有邪符之子。

而真正铭刻在他心中，盖过其他所有念头的，便是她和他在鄱堤周围的湿地相吻的情景：她双唇的触感，还有她温柔的拥抱。

有人在哼唱一首古怪的小曲儿。手指沿着尼尔赤裸的背脊爬到他的肩上，再顺着他僵硬的持剑臂爬下，又折返回去，绕过他的耳廊。他露出微笑，翻过身去。

黑色的长发拢着一张精致的脸，脸上那对淡褐色的眸子正俯视着他。她的唇间挂着一抹悲伤的笑意。

"法丝缇娅。"他喘息着，心脏在胸腔里轰鸣。

"我认识你，"那鬼魂叹息道，"我记得你。"

尼尔试图起身，却发现自己办不到。他的身体仿佛疲惫和沉重得无以复加。

"我也吻过你。"

"我很抱歉，法丝缇娅。"他轻声道。

"为什么？因为那个吻？"

"不。"

"我已经快消失了，"她说，"河水就要带走我了。无论你是谁，我都快要忘记你了。如果你曾经伤害过我，也早被河水带走了。"

"我爱你。"

"你爱的是*她*。"

"是的。"他悲苦地说。

她轻抚他的脸颊。"不必这样。"她说。

"是她把你带来的吗？"他问。

"不。她就像一道门，通过她我才能见到你。你吸引我来到了这里。"

"我真的爱你。"

"有人爱过我，我很高兴，"她说。她闭上双眼。"有东西就要来了，"她说，"你得回去了。我想告诉你的就是这个。"

她俯下身，吻上他的双唇，他忽然觉得痒痒的。然后她开始用他没听过的某种语言唱起歌来。他发觉自己也想加入合唱，放弃他的血肉之躯，与法丝缇娅结伴而去。但歌声渐止，她的身躯也逐渐淡去，最后两者都消失不见。

他震惊地醒了过来。

脚步声。有人来了。听起来不像狱卒。

确实不是：是四个守卫。他们一言不发，而尼尔也什么都没问：他就这么任由他们带着离开牢房，回到走廊中。他们带着他去了先前见到布琳娜的那个房间，留下他独自一人。

他正在思索该怎么做的时候，小门开了，那个女孩拿着个水罐走了进来，往一只大理石盆里倒满了水。

"女士要你自己洗个澡。"她用寒沙语说。她的目光游移而惊恐，和上次完全不同。

"你洗澡的时候，我会离开一会儿。干净衣服在那边。"她指了指叠放在他先前坐过的那张椅子上的几件衣物，然后从来时的门离开了。

他脱下脏污不堪的衣服，从头到脚好好洗刷了一遍。洗澡是件惬意的事，等他清洗完毕后，震惊地发现自己找回了不少身为人类的感觉。等擦干身子后，他套上早就准备好的紧身裤、马裤和衬衫，站在那里等待着，享受着能够同时舒展四肢、背脊和脖颈的珍贵时光。

过了不久，女孩探头进来看了看，又过了一会儿，布琳娜走进门来，穿着同一件——或者说样式相同的——黑色礼裙。可她的脸上没戴面具。

她的表情也没给出任何线索，片刻之间，他们就这么静静站着。然后她穿过屋子，在她的扶手椅上坐下。

"请坐吧。"她说。

他照做了。

"现在的情况很复杂，"她说，"否则我就不会继续把你留在这儿了。"

"感谢你的关心。"他咕哝道。

"我很怀疑你的话，但这并不是讨论的重点。"

她低下头，小声地清了清嗓子。

"你能待在这儿，没有死只是被关押着，有三个理由，"她说，"首先，我相信你不是刺客。其次是因为我觉得，我们能在不让你违背真正职责的前提下互相协助。"

她顿了顿，双肩放松下来。"第三点现在已经不重要了。"

"你觉得我不是刺客，这让我很高兴。"他说。

她点点头，双手按在膝上。"我希望你帮我再次逃亡。"

"什么？"

"安妮已经摧毁了我们三分之一的兵力。"她说。

"这可是战争。"他柔声道。

"你用不着教训我，阁下，"她说，"我知道战争是怎样的。"

"抱歉。"

"要知道，杀死那些士兵的不是克洛史尼的军队。是安妮自己。"

"噢。"他说着，皱起眉头，试图理解这句话。他曾数次目睹安妮运用自己的力量。但即便是在向伊斯冷进军的途中，她的能力最多不过影响十来个人，而且真正能够杀死的也不过一两个人。即便如此，他还是觉得有点不舒服。

"死了多少人？"他问。

"四万九千。"

"四万……"这简直太荒唐了。

"已经开始了，尼尔阁下。她已经能掌控自己的力量了。我父亲会继续派手下去对付她，而他们也会继续死去。"

"你打算做什么？"他问。

"安妮已经比我强大了。我没法直接干预。但我也许可以抹消自己造成的过错。我可以帮忙修补死亡的法则，只要能做到这一点，一切都会改变。所有关于未来的幻象，所有的预言都会失去意义。在这件事上，我希望你能相信我。"

"可你又为什么要我帮你逃脱？"

"我一定得前去新壤，"她说，"我必须在那里待上一阵子。"

"我根本没法做出这种承诺。"尼尔说。

"我明白，"她回答，"我只希望你知道我的目的。我得去和玛蕊莉太后解释清楚。只有她才能做出带我去新壤的决定。我只是希望首先得到你的准许，因为你是她的保护人。"

"这么说你准备把她带过来？"

"如果我能做到的话，我早就这么做了。"她回答。

"你这话什么意思？"

"她当时和贝瑞蒙德狩猎去了，对吗？"

"对，是在我们抵达的第二天。然后我就被逮捕了。"

"我父亲不是个沉得住气的人。他宣布处死你的太后,又命令我哥哥去亲自执行。"

尼尔起身的动作剧烈得让椅子一阵咔嗒作响。"你看见了?"

她倒吸一口凉气。身子微微瑟缩。

"你看见了吗?"他用柔和些的语气问道。

"不。我也有探子。不过我看到了我哥哥把她带去了哪儿。"

"你是说,为了杀她?"

她望向窗外,目光似乎变得没有了神采。"贝瑞蒙德不会那么做的,"她的语气有点像是在背诵,"他把她带去某个地方藏了起来。他不知道他被人跟踪了。"

"跟踪?你父亲吗?"

她摇摇头。"不。是罗伯特·戴尔。"

尼尔不假思索地抬起手,摸向被篡位者用瓶子砸伤的位置。

"我得去见她,"他说,"你能帮我吗?"

"我也需要她,而且我需要她活下来,"布琳娜说,"艾丽思答应协助我,但我也需要你。"

他深吸一口气。"我会帮你逃亡的,"他说,"但等见到太后以后,我就得服从她的命令了。"

"就算命令是要你杀了我?"

"除此以外的任何命令。"他说。

她的面孔掠过些许明快之色,却飞快地消失无踪。

"好了,"布琳娜说,"我们达成一致了吗?"

"是的。"

"很好,"她说,"因为恐怕我们已经开始了。审判官坚持要和我一起见你,她还让我父亲就这件事签署了命令。"

"那她去哪儿了?"

"在隔壁房间,已经死了。我下的毒。带你来的那些人也都解决掉了。至少我希望如此。"

"他们已经被解决掉了。"一个平静的声音说。

尼尔惊讶地发现艾丽思就站在他身后,身穿暗蓝色的礼裙。她拿着个用披风包着的东西。

"我想你穿这件锁子甲应该很合身，尼尔阁下，"她说，"你还可以从这些剑里挑选一把。"

"我相信你更喜欢自己的武器，"布琳娜说，"但我能力有限。希望这些里面有你称手的。你很快就得用上它了。"

第十章 老友

埃斯帕将匕首拔出一半,这才意识到自己失去了理智。誓约的力量在他一无所知的情况下掌控了他的思想。

莉希娅看着他的脸色,扬了扬眉毛。

埃斯帕竭力止住猜疑的念头,把那把咒文匕塞回鞘中,再从腰间取下,向她递去。

"这是你的,"他说,"前几天我就该还给你了。"

"你拿着它比我拿着更有用。"她说。

"我不喜欢它。"他说。

"我也一样,"瑟夫莱人回答,"这东西跟圣堕有关。"

埃斯帕的手又停留了几次呼吸的时间,但她仍然没有收下的意思,于是他把连鞘的匕首又放回了腰带上。

"我们不如暂时接受芬德的提议,这样还能清净点儿,"埃斯帕说,"等我们弄明白他的企图再说。"

"这样事态就比以前更混乱了吧。"她说。

他不清楚这算不算是个问题。"唔。"

他们发现恩弗瑞斯那伙人在离大路不远的一块地里搭起了营地。两人走过守卫身边时,薇娜跑上前来。她双颊绯红,显得很激动,但起因究竟是好消息还是坏消息却很难说。

"他找到我们了。"她说,语气听起来很愉快。

"斯蒂芬吗?"

她脸色一沉,然后摇了摇头。

"是易霍克。"

埃斯帕只觉肩头稍许放松了些。"真的吗?他在哪儿?"

"在睡觉。他差点从马背上摔下来。我想他应该有好些天没合眼了。"

"噢，那我还是回头再找他说话吧。"

"你就只想说这个？"

"我很高兴看到他还活着，"他说，"但我总觉得无论他在哪儿都不会有事的。易霍克能照顾好自己。他跟——"他顿了顿。

"他跟斯蒂芬不一样。"她轻声道。

"斯蒂芬也没事的，"他粗声大气地说，"多半是藏在哪个藏书库里了。"

"是啊，"薇娜赞同道，"多半是。"

次日清晨，埃斯帕在火堆边找到了蹲在地上的易霍克。这个年轻的瓦陶人看到埃斯帕时咧嘴笑了笑。

"你们可够难找的，"他说，"就跟追踪鬼魂差不多。我在那条冷冰冰的河那边就追丢了。"

"维尔福河。"

"我不喜欢那些树。那些山里的林子总跟在积雪线以上似的。"

"是啊，"埃斯帕说，"都变了。顺便说一句，你真该像薇娜那样等着我的。我正准备去找你呢。"

"我等不了，"瓦陶男孩回答，"薇娜也没有等着。她让恩弗瑞斯找你去了，可等她的肚子大了以后，他就不肯走远了。"他用木棍翻弄着余烬。"而且他也不想找到你。"

"唔，我也发现了。"他说。

易霍克点点头，拢起他青黑色的头发。他的脸消瘦了些，也更成熟了些。他的身体正在逐渐赶上他成熟的心灵。

"我们这是要去哪儿？"他问。

"仙兔山脉西部，接近天肩山。"

"啊，"男孩摇摇头，"这么说，你是要找**瑟加乔**了。"

"什么？"

"芦塘之地。"年轻人说，"生命之井。伊始之时，万物就是从那个洞口出来的。"

"狰狞怪的眼珠子啊，"埃斯帕咒骂道，"你还知道些啥？"

"我的同胞在山里住了很久，"瓦陶人回答，"有一个非常古老的传说。"

"传说里怎么讲?"埃斯帕问。

"说起来可就复杂了,"易霍克说,"有很多部落和氏族的名字。不过简单来说,故事讲的是,在远古时代,万物都在地底生活:人、动物、植物。地下还有一个恶魔种族,把所有活着的东西都圈养起来。他们以吃我们为生。后来有一天,某个人逃出了围栏,找到了一棵高耸入云的芦苇。他爬上芦苇,离开了地底,来到了这个世界。他又回去带着所有人一起爬了上去。那个人成为了**伊索洛安**,也就是苔藓王——你们把他叫做荆棘王。他阻止了跟随而来的恶魔,创造了神圣的森林。等做完这一切之后,他告诉人们要信奉森林,防止它遭受破坏,否则他将会苏醒与复仇,接着他便进入了沉睡。他离开地下的那个地方就叫做**瑟加乔**。他们说没有人能找到那里。"

埃斯帕挠挠下巴,心想着斯蒂芬会对这个故事如何解读。瓦陶人没有文字和书籍。他们跟他父亲的鄞贡同胞一样,从不信奉宗教。

但易霍克的说法和莉希娅口中维衡柯德的传说至少在两点上互相契合。他们都说荆棘王来自那里,也都声称那里是生命之源。

但除此之外,瓦陶人和瑟夫莱的故事仍有许多不同,这让他突然对整件事乐观起来。斯蒂芬曾告诉过他,时间是如何扭曲事实的:也许所有人,甚至包括沙恩林修女也不了解全部的真相。也许等到达那里时,他能找到一个让所有人都大吃一惊的法子。他至少知道一件谁也不知道的事——也许薇娜除外。

"你能回来可真好,易霍克。"他说着,拍了拍他的肩膀。

"能回来确实很好,御林看守大人。"

埃斯帕的好心情没能持续多久。

又过了两天,等他们来到未然河畔时,大地便开始向埃斯帕示警:前方的状况不太乐观。

绿色的田野让道于病怏怏的黄色杂草,他们看到的鸟儿全都高飞于空中。在未然河的河堤边,几株顽强的沼地草仍在苟延残喘。

但河对岸那片曾经丰饶的草原变成了棕色,易碎的野草早在一个月之前就已枯死。没有鸟啭,没有虫鸣,万籁俱寂。这里成了一

THE BORN QUEEN

片荒原。

村庄也已死去。他们找不到任何活人，仅余的那些骨骸上啃咬和碾压的痕迹也绝不是正常生物能够留下的。

到了次日，御林的边缘出现在视野里，埃斯帕也在心里做好了最坏的准备。

最近都没怎么跟他说过话的薇娜策马上前，与他并行。

"情况不怎么好，是吗？"她说。

"唔。"他已经能看到森林边缘的糟糕景象了。

"对不起，"她说，"我明白你有多难受。"

"我是御林看守，"他说，"我应该保护好它的。"

"你已经尽力了。"她说。

"不，"他粗鲁地回答，"不，我没有。"

"埃斯帕，"她柔声道，"你得跟我说说话。我得知道我们为什么到这儿，到这个除了死物只有怪物的地方来。我相信你，但你往常都是会告诉我要去哪儿的。芬德根本没打算追上我们，恩弗瑞斯也开始质疑我们的目的地。他不知道补给用完的时候该怎么办。"

"让恩弗瑞斯自己想法子吧。"埃斯帕断然道。

"我不觉得你这是要把我带去安全的地方。"薇娜说。

誓约蠢蠢欲动，但他努力压抑住了它，因为如今说服薇娜相信他们应该这么做的唯一方法就是告诉她一部分的真相。

他感到如释重负，眼泪都几乎流了下来。

"听着，"他轻声道，"我在去巴戈山林的路上，听说了一些沙恩林修女的事。你现在看到的——或者说我们等会儿看到的——并不只限于御林。它会不断传播下去，直到所有东西都死掉，直到再也没有森林和草地为止。过不了多久，我能带你去——而且能保证孩子的安全——的地方就会彻底不存在了。"

"你到底想告诉我什么？"

"我想告诉你，我们的唯一机会就是想法子阻止它。"

"阻止它？"

他简短地解释了一下维衡柯德和"召唤"一位新的荆棘王的可能性。他没告诉她莉希娅是如何得知这些的，当然也没提芬德的断言：她尚未出生的孩子会成为拯救世界的牺牲品。他自己都还不太相信。说完这些之后，她用古怪的眼神看着他。

"怎么了？"

"我还是有点不明白，"她说，"我相信你说的，没有一个地方是这种腐化永远无法触及的。但还是有些地方能安全得更久些。我认识的那个埃斯帕可不会希望我用这种身体来参与这样一次……尝试。他会让恩弗瑞斯带着我尽可能地远离御林，而他独自去战斗，也许还会因此而死。噢，别误会。你没这么做让我很高兴。"

"我觉得芬德在追踪你。"他说。

"那他为什么不派尤天怪来抓我？"

"他让翼龙攻击过你了，记得吗？"

她不安地点点头。"就因为这个？"

"我上次见到芬德的时候，他跟我说了很多。"埃斯帕说。

"可这是为什么？"

"你曾经当了他将近一个月的俘虏。你觉得这是为什么？芬德恨我，他是个该死的疯子，而我爱你。你觉得他还需要多少理由？"

"好吧，"她说，"好吧。我只是——觉得有点不对劲。"

"眼下哪还有什么对劲的事？"埃斯帕回答。

"我知道，"她冷静地说，"但我们就要把事态扭转过来了，很好。这样我们的孩子就能长大了。"

"唔。"他语气干涩地说。

"我已经想好名字了。"她说。

"鄞贡人在孩子两岁前从不给他们取名字。"埃斯帕粗声道。

"为什么？"

"因为大多数孩子都活不下来，"他说，"如果你不给他们取名字，他们就有机会再出生一次。那些取了名字的都会彻底死掉。"

"这可真够蠢的，"薇娜说，"那干吗还要取名字？"

"因为我们的真正名字总会找上门来，就像死亡一样。"

"这孩子不会死的，埃斯帕。我心里很清楚。我不知道你为什么想要——"她的话声戛然而止。

他们在沉默中前行了片刻。

"你取了什么名字?"他问。

"别提了。"她回答。

他的目光转向她。"我一直觉得阿曼恩是个好名字。"他说。

她皱了皱眉,他起先还以为她真的不打算再说下去了。可她随即点点头。"嗯,"她赞同道,"我父亲会喜欢的。"

"那如果是个女孩呢?"

"爱弥儿不错,"她说,"或者萨莉。"

一个钟头过后,风开始从森林的方向吹来,强烈的腐败气息令埃斯帕将午餐全部吐了出来。他靠在坐骑的脖子上,口干舌燥,气喘吁吁。

"看在圣者的分上,埃斯帕,你怎么了?"薇娜问。

"那气味。"

"气味?"她嗅了嗅空气,"我闻到了些腐烂的气味。"她说。"远没到恶心的地步啊。你没事吧?"

"没事。"他说。

可他说了谎。等他们走得更近了些,他看到其他人也皱起了鼻子,但对他而言,这股臭气简直无法抵挡,令他几乎无法思考。他本想凭借怒气支撑过去,但他所能感受到的却大半是恶心、疲惫和悲伤。他内心深处有个声音告诉他,如今正是躺下来,和他熟知的这座森林一起等死的时候。

因为森林已然逝去。

原本平常的树木全都腐坏成了黏答答的黝黑烂泥,从它们的尸体上生长而出的便是他当初看到的从荆棘王脚印里长出的黑色荆棘。

但现在的森林里并不只有荆棘藤。伴随着它们的是长有锯齿状细长树叶的树木、如同巨型石松的桶状植物,以及没有叶子却满是鳞片的灌木丛。他发现其中一些跟他在沙恩林里见过的很像。这些植物虽然反常,却显得生机勃勃。它们和孕育自己的铁橡、紫杉、白杨和松树不同:那些植物也都已奄奄一息。

野兽们也一样。他们从一头狮鹫和一只尤天怪的残骸身边经过。

看起来前者杀死了后者,正要啃食的时候便伤重而亡。

之后他们又见到了更多绿憨的尸体,这些怪物身上似乎没有伤口,多半是饿死的。

森林里没有飞鸟,除了骑手们和马匹的声响之外一片寂静。他们攀上跛足赌徒山脉,又沿着原本是狐阴湿地的所在——如今只是肮脏的巨型藓状植物四处滋生的恶臭浅塘——折返回去,而对埃斯帕来说,那股气味越来越浓烈。水里仍旧有东西在动,而且个头不小,但没有人愿意靠近去察看。

"这太疯狂了,"恩弗瑞斯说。此时夜幕已经开始落下,埃斯帕也找到了扎营的场所,"究竟是什么东西干的?"

埃斯帕不想回答,也没有答话,可骑士却又追问了一遍。

"你打算在这片荒地里找到怎样的庇护所?我们要去哪里寻找补给品?我们的食物和酒都不多了,而且我不打算从我们先前看到的那些泉水里取水喝。这儿连猎物都没有。"

"我知道一个也许能弄到补给品的地方,"埃斯帕说,"我们明天就能到达那里。"

"那然后呢?"

"然后我们就往山里进发。"

"你觉得那里会跟这儿不一样?"

是的,埃斯帕心想。那儿的状况恐怕更糟。

他们在次日早晨抵达了白巫河畔,踏上古老的酿桥——那是一座凹痕点点的狭窄黑色石拱桥。河水也不再像从前那样清澈得名副其实,而是像焦油般漆黑。

可他们走到一半的时候,有东西猛地破开水面,钻了出来。

埃斯帕的坐骑人立而起的同时,那东西的样子也给他留下了蛇和青蛙杂交而成的印象。它粗大的墨绿色身躯耸立在他们身前,露出满口尖针般的黄色毒牙,随后后仰身子,作势欲扑。

但它突然停止了动作,身体摇摆起来。埃斯帕看到它的眼珠有蟾蜍似的瞳孔,还有厚实的脖颈两侧那不断开合的古怪鱼鳃。他看不到它的肢体,那条蜿蜒的脖子——或者说是身躯——仍旧有大部分藏在水下。

THE BORN QUEEN

他搭箭上弦，可那怪物突然转过脑袋，望向埃斯帕和他的同伴们来时的那条路，发出一声凄凉的嘶鸣。然后它退回了水里，消失得和出现时同样突然。

"见鬼。"埃斯帕低声咒骂道。

"它没有攻击我们。"恩弗瑞斯若有所思地说。

"唔。"埃斯帕附和道。是芬德阻止了它。

走出河边的低洼地带之后，他们开始朝着布鲁斯特高地前行，那儿曾有着宜人的草地，野牛会来这里吃草、长春花雀也会来此交配产卵。穿越御林的旅途给他的感觉并非发现自己失去了某位至亲：森林的每个角落都有刚刚亡故的亲人，每走一里格都能看到一具新的尸体。

将近黄昏之时，他们抵达了世凯石冈。

和周围的森林不同，世凯石冈毫无变化。他上回是和斯蒂芬·戴瑞格一起来这里的。他当时刚刚从强盗手下救出了这个小伙子，一路上男孩一而再再而三地说着当时显得颇为荒谬的事，而他一直强忍着笑。

但时间会证明一切，到了最后，真正聪明的人却是斯蒂芬，不是吗？尽管那小子娇生惯养，却拥有关于久远过去的知识。他比埃斯帕更适合面对即将到来的一切。

"这地方看起来真怪。"恩弗瑞斯说着，打断了埃斯帕漫无边际的联想。

埃斯帕点点头，又扫视了一遍眼前的景色。看起来就像有人建起了一座结构完美的小型要塞，却又企图往里面塞进尽可能多的塔楼一样。事实上，很多塔楼都是从另一座的半中腰建起的。

"唔，"他赞同道，"他们都说建起这地方的是个疯子。"

"这儿有人住吗？它看起来根本不适合防守。"

"这儿以前是王家狩猎用的小屋，"埃斯帕回答，"一个名叫西门·卢克华的骑士负责打理这儿。我很怀疑这儿现在还有没有人。"

"西门爵士肯定已经及时离开了。"薇娜喃喃道。

"我想也是，"埃斯帕说。"他比我更早知道这里的危险。"

他对自己的话心里却并不真正相信。西门爵士尽管性格孤僻，却非常重视职责。

人类的尸骨密密麻麻地散落在石墙之外。

"这些是要塞里的人？"恩弗瑞斯问。

埃斯帕摇摇头。"我想世凯石冈比你想象的要坚固些。这些人是在攻打要塞的时候死掉的。"

"是史林德们。"薇娜猜测道。

"唔。"

"这么说西门爵士留下来打了一场。"

"但持续了没多久。"

"那些史林德哪儿去了？"恩弗瑞斯问。

"他们来自山里，是被荆棘王逼疯了的部落人。他们就像蝗虫，会摧毁和吃掉面前的一切。"

"吃？"骑士怀疑地问，"我听说过类似的谣言，但我一直不相信。"

"是真的，他们会吃人，"埃斯帕说，"而且不加盐。好了，当心点儿。我们不知道现在里面住着什么。"

要塞的入口跟要塞本身同样古怪，那是一座狭小的塔楼底部的一扇小门。埃斯帕试着推了推，发现门的另一边插上了门闩，可门里却突然传来一阵狂吠。

"里面还有狗，"恩弗瑞斯说，"这怎么可能？"

片刻之后，门开了，一个魁梧的男人出现在门口。

"伊萨恩？"埃斯帕难以置信地说。

"怀特阁下，"那家伙应道，"能见到你可真好。"

可埃斯帕却张望四周，惊讶莫名。院子里不但有狗，还有鸡和鹅。甚至还有几棵绿草，以及一块看起来似乎是芜菁田的地方。

"西门阁下也在吗？"埃斯帕问。

壮汉点点头。"在大厅里。他会很乐意见你们的。让我带你们去放马的地方吧。"

西门的长发和胡须比从前更乱了，这让他的样子活像一头濒临饿死的老狮子,但埃斯帕进门时,他却笑了笑,颤巍巍地站起身。薇娜跑向他,给了他一个拥抱。

"埃斯帕,"老人道,"你给我带来的这件礼物真是太美了。"他皱了皱眉,"这真是那个小薇娜吗?"

"是我,西门阁下。"她确证道。

"噢,乖女孩,你真是长大了。我上回去考比村已经是很久以前的事了。"他看了看她的肚子,却礼貌地未置一词。

"您知道什么镇子上的事吗?"

"我知道你父亲离开镇子,往维吉尼亚那边的山里去了。剩下的大多数人在史林德们来的时候都逃走或者被杀了。"

他转身握紧埃斯帕的手臂。他的手仿佛稻草般毫无重量。

"我告诉过你的,对不对,埃斯帕?你可真够顽固的。"

他点点头。"你大多数时候都是对的,"他承认,"这儿出了什么事?"

"坐下吧,"西门爵士道,"我这儿还有酒。我们可以喝一杯。"

他做了个手势,一个原本坐在角落板凳上的小男孩站起身,走出了大厅。

"安福茜呢?"埃斯帕问。

"我把她送去了火籁的亲戚家,"他答道,"跟其他女人一起。这里已经不适合她们待了。"

男孩端着一壶葡萄酒走了回来。桌子上已经稀稀落落地摆好了几只酒杯,他开始往酒杯里倒酒。

西门痛饮了一大口酒。"能有客人来跟我一起喝酒可真好,"他说,"近来很少有人来拜访我们。"

"你本来就不喜欢访客。"埃斯帕回答。

"噢,你说得对,"老骑士承认。他扫了眼恩弗瑞斯和他那群手下,"你的这群朋友都是谁?"

埃斯帕强忍着不耐烦,开始为双方做起介绍来。一番客套之后,西门才终于想起来回答他的问题。

"史林德们来过,"他说,"但他们没法攻破城墙,所以很快就离开了。他们来过好几次,但每次结果都一样。森林里的他们也许很可怕，但他们面对一座要塞——就算是这么一座破要塞——根本没有优势。他们没法啃穿石墙，对不？所以我们就留了下来，等他们撤退以后，我就派人去帮助镇子里的人，并且为下一次守城做储备。

"然后那些怪物就出现了，看起来那个疯王高尔特也不算太疯。他建这地方就是为了阻挡幻灵和鬼怪的，见鬼，它还真能办到。"

"这话什么意思？"

"它们不能也不愿攻进来。我能想到的只有某种魔法在阻挡它们。"

"狰狞怪啊，"埃斯帕喃喃道，"又是魔法。"

"不过这次对我们有利。"西门回答。

"唔。"

"所以它们来了又去，然后森林就开始死去。然后史林德们又回来了，他们有好几百人，狮鹫、蝎尾狮和各种各样的怪物也都来了，他们在护墙外头互相厮杀，活下来的也都饿死了。我们一直等在要塞里头，然后你们就来了。"

"这可太棒了，"恩弗瑞斯说，"御林看守，这地方正合适。就让薇娜在这儿生孩子吧。"

就在誓约努力为埃斯帕寻找借口的时候，伊萨恩突然冲进了大厅。

"西门阁下，"他大喊道，"不到两里格外有支军队正朝这边过来了。是衡内瞧见的。"

"从北面来的？"埃斯帕说，"哦，肯定是芬德。"

"他拿我们没办法的，"恩弗瑞斯道，"只要待在这儿，他的怪物就没法伤害我们。他们会像其他怪物那样饿死。"

"他的手下里有人类，"埃斯帕指出，"他们是能进要塞的。瑟夫莱没准也能进来。"

"那支军队是从西面来的，"伊萨恩回答，"有人有马，恐怕得有五百人。"

"那就不是芬德了。"薇娜说。

"也许是伊斯冷派来的救济队？"

"也许吧。"埃斯帕说。可他突然想起了芬德跟他说过的话，他打心眼里不相信会有任何令人宽心的事发生。

第十一章 与战士们共饮

插在卡佐胳膊上的那支箭仿佛熊熊燃烧的火焰,他虚弱得几乎跪倒在地。

他早就知道躲避箭矢并非他所长。这可太糟了,因为他能看到射中自己的那人再次拉开了弓,另一个持斧握盾的家伙也大步朝他冲来。

他踏前几步,以那个持斧者的身体作为掩护,举起埃克多,心下庆幸自己被射中的只是左臂。箭矢还在那里,仿佛一棵在他的二头肌上生根发芽的小树。他的重心开始不稳。

他挺剑刺向持斧者的面部,但对方却举起盾牌,挡开利剑,又欺近身前,重重斩下。卡佐猛地抽回细剑,摆出高位普瑞斯默势格挡,他右手高举过头,剑身自右而左斜摆在身前。细剑在接近剑柄的位置和来斧相交,在离身体仅有一指远处挡下了它。

此刻卡佐的剑锋指向地面,腹部和对手的盾牌几乎紧贴,于是他做了自己能想到的唯一一件事:直跃而起,手腕一转,那柄直指地面的利剑便落进了盾牌的内侧,刺入了敌人胸骨上方的脖颈。埃克多畅通无阻地滑进了那人的肺里。

卡佐的双脚再次踩到地面的同时,他的双腿几乎已无法支撑身体,于是就势倒下。与此同时,那持斧者也仰面倒地。他本想把利剑拔出自己的身体,但随后就撞上了一棵树。

这样就只剩下那个弓手了,后者正小心翼翼地朝他逼近。卡佐不顾一切地寻找着掩护,不时回首张望。那人面露冷酷之色,加快了脚步。卡佐猜想那持斧者恐怕是他的朋友。

但那家伙随即重重坐倒,丢下了弓。卡佐看到他的肚子上插着一支箭。

"啊,见鬼,"他听到那人在说,"我就知道。"他又那么坐了一会儿,然后努力用弓支撑着站了起来。他张望四周,然后又朝卡佐瞥了一眼。

"真他妈该死。"他说着,开始蹒跚着远去。

"祝你好运!"卡佐冲他喊道。

"*Fooce-thu, coonten.*"那人喊了回来。

"好吧。"卡佐低声说着,努力起身。他身上的血多得吓人。他该不该把箭拔出来呢?

他握住箭杆,阳光突然炽烈起来,他所知道的下一件事就是有人正低头看着他。他希望对方是他这边的人。

"会很痛。"当天晚上,查卡托说。

"你从来不对我说谎,"卡佐讽刺地说,"我——"可他忘记了自己想要说什么:他的视野因痛苦而一片空白,而他的语言能力也仅剩下一连串杂乱的喘息。

"早告诉过你了。"老人说。

"唔。"这是卡佐所能想到的最机智的回答。

"只要撑到退烧不死,你就没事了。"

"这话真让人宽心啊。"卡佐用那只好手擦干眼里痛苦的泪水。

他瞥见奥丝娆关怀的神情,突然有点羞愧。他只不过是胳膊中了根箭而已。她的遭遇可怕多了。

他喝下查卡托递给他的东西。尝起来像是用火跟醉鬼的汗水搅拌而成的。

他又喝了一口,在查卡托包扎伤口的当儿,顺道整理了一遍状况。简单地说,他们赢了。刺猬阵挡住了进攻,弓手们也因此能够向敌人继续倾泻箭矢。

"然后卡萨罗就下令前进,"简告诉他,"要我们去对付剩下的那些骑兵。一开始他们还不相信,还以为我们列的是防守阵形。可我们端着长枪,像古人那样肩并着肩,齐步前进,而他们身后还有步兵。他们冲锋那会儿都没法打破我们的防线,等我们开始用长枪捅他们的时候,他们更连冲锋的地儿都没有了。一眨眼的工夫,他们就掉头从自己的步兵队里挤过去了。"

他朝着剑术大师撇了撇下巴,"他打起仗来可真有两把刷子。"简说。

"真遗憾,我没能亲眼看到。"卡佐说。

"呃,你也尽职尽责了。嘿,再跟我喝一杯吧。"

"我很乐意。"卡佐说。

"就一杯,"奥丝婼的声音从他身后传来,"然后他就归我了,伙计们。太阳快下山了。"

他们为她支起了一座帐篷,一等进到帐内,他便温柔地搂住她的肩膀,吻了她。她的呼吸中也有酒气,眼神显得心事重重,表现出的更多是担忧而非欲望。

他将她抱得更紧,突然间那担忧被某种像是恐慌的情绪所取代。他感觉到她僵直了身体,便松开了怀抱。

"对不起。"她说。

"不用道歉,"他说着,摸了摸她的头,"你经历了太多的事。"

她轻吻他受伤的那只手臂的肩膀。"你也一样。"

他亲了亲她的额头,然后慢慢地转到她身后。这次他搂住她的时候,她的身子没有绷紧。他吻了她的后颈,而她叹了口气。

他无比温柔地为她宽衣,不久后,两人便赤裸相对。他伸出手,轻抚她的额头,然后是她的肋骨和臀部。

"今晚这样够了吗?"她柔声问道。

"很够了,"他回答,"你给我的能抵得上许多个王国。许多个帝国。"

"谢谢你。"

"你会好起来的,"他告诉她,"我也会好起来的,我们会过上更好的日子。但我们现在就很好。我们还活着,而且拥有彼此。"

"说得太对了,不是吗?"她喃喃道。

他在几个钟头之后醒来。空气很冷,他又把奥丝婼的毛毯盖得严实了些。然后他穿上裤子和衬衫,走出帐外。他的胳膊在抽痛,仿佛里面藏着个恶魔，血管里流淌的液体也稀薄得如同牛奶。

约莫半数的士兵仍旧醒着，正在火边欢唱和大笑。

他发现查卡托独自一人坐在马车顶上。

"到喝那酒的时机了吗，老人家？"他问。

在远处火光的照耀下，他只能勉强认出自己导师的面庞。他似乎在微笑。

"不，还没到呢。"

"你从前为什么不跟我提这些？我是说，我知道我们经常争吵，但你几乎和我的父亲一样。"

"我不是你父亲，"查卡托喝道。然后他的语气柔和了些，"我也永远不会成为你父亲。"

"是吗？可你一直担负着这个角色。为什么？"

"我想不到更好的法子了。"他说。

"你还没回答我的问题呢。"

"我看上去像是想回答的样子吗？"

卡佐叹了口气。"你整天跟我斗嘴不觉得烦吗？"

查卡托沉默半晌，然后笑出了声。"总比谈话简单。"他说。

"说得对。我也这么觉得。"

"好吧，"查卡托说，"我从没想过会把你牵扯进这种事里。你父亲要我答应教你剑术，可他从没要我训练你成为士兵。我不觉得他想这样，我自己更是绝对不想。所以我从没给你灌输过我们从前的征战事迹。"

"如果你说了，没准我就不会牵扯到这些事里来了。"

查卡托又笑了起来。"没错，这可真好笑。无论我多丑化这种事，在你看来还是刺激得很。因为你父亲的过去，或许还因为我的——"

"你们都很出名。"

"对。这就让你更想追寻我们的脚步了。"

卡佐点点头。"也许你说得对。我年轻的时候确实有点顽固。"

"你年轻的时候？你的脑袋一天比一天顽固。不过这是件好事，因为你的脑袋挨家伙的次数也越来越多。"

他递来一个瓶子。是种很一般的酒。卡佐灌了一口。"现在该做什么?"他问。

"你好像已经有主意了。"查卡托说。

"你才是指挥官。"卡佐回答。

查卡托接过瓶子,又喝了一口。

"我想是吧,"最后,他开口道,"这些家伙大多想回伊斯冷去为安妮而战。我还没去过那地方,我想我该去瞧瞧。"

"噢,那地方可有得好瞧的了。"卡佐打着呵欠说。

他们喝完了瓶里的酒,又开了一瓶,这时疲惫盖过了他胳膊的隐痛。

"我得回去睡觉了。"他说着,拍拍他导师的背。

"我们一早就出发。"查卡托告诉他。

"遵命,卡萨罗大人。"卡佐回答。

他回到帐篷里,发现奥丝娅仍在沉睡。他贴着她躺下,她身体的温暖令他放松下来。

次日清晨,他在同样的位置醒来。奥丝娅仍然很安静,于是他打算起身收拾帐篷,不去吵醒她。

可他坐起的同时,却发现她的双眼是睁着的。

"早安,亲爱的。"他说着,吻了她的脖子。

她没有动弹,双眼更呆滞无神。他晃了晃她,可她没有反应。他更用力地晃了晃她。

第十二章 罢免

一股凉爽的西风吹皱了草地,安妮伸展四肢,闭上双眼。飞毛腿在近旁抽了抽鼻子,鲁特琴的乐声远远传来。

有东西在摩挲她的嘴唇,她微笑着张开嘴,小口咬下,葡萄的酸甜汁液顿时满溢口中。

"你没剥皮。"她咕哝道。

"噢,我明白自己的身份了,"凯普·查文伯爵道,"昨天还是求婚者,今天就成了函丹来的女仆。"

"你可以兼任嘛。"安妮说着,懒洋洋地睁开眼睛。

头顶的海鸥在海风中拍打着翅膀。

"这地方真不错。"伯爵道。

"这里是我最爱的地方之一,凯普·查文。"她答道。

"真的吗?"他说,"您就这么不愿意叫我泰姆①吗?"

"你就这么不愿意帮我剥葡萄皮吗?"

他拽了拽她的衣裙。"您的表达方式真委婉。"

"你太胆大妄为了,阁下。"她说。

"我只想知道您的腿上有没有雀斑。"他回答。

"哈。我也想知道。"

"张嘴。"他又把一颗葡萄塞到她的嘴里。这次剥了皮。

"很好,凯普·查文,"她说,"你学得很快。"

"可我们还停留在以姓氏相称的这一步?"

"我想我们应该经历个几年的追求过程才好。你很着急吗?"

"不,"他说。他的语气有点认真起来,"现在也似乎没有必要着急了。"

"这话怎么说?"

"你击退了寒沙人的军队。教会也已经撤退,正在请求和解。"

---

① 泰晤士的昵称

"谁告诉你的?"她说着,用手肘支撑着起身。

"我猜的——好吧,消息早就传开了。"

"我不知道赫斯匹罗想要什么,"她说,"但我没法相信他的目的是和平。考虑到跟他有关的那些罪行,他光是来这儿就够蠢的了。"

"那我得向您认错。"

"继续躺着吧。"安妮说。

"如您所愿。"

"你刚才是说你不想再追求我了吗?"

"我根本没说过这种话。可如果我追求您是为了骗维吉尼亚人派来援军,哦,您好像根本就不需要援军。"

"确实,我不需要,"安妮回答,"可我还是要得到这支援军,而且不靠作假。"

"您这话什么意思?"

"查尔斯轻视我,也轻视整个帝国。如果允许臣民如此对待我,我还算什么女王?不,我想我们得换掉那顶王冠下的头颅。"她抬起一只眼睛看着他,伸手去抚摸他的头发,"我想戴在这儿刚刚好。"

伯爵眨眨眼,张开嘴巴。然后他露出微笑,仿佛刚刚听懂了一个笑话似的。

"殿下您今天真有说笑的兴致啊。"

"不,"她说,"我这话是认真的。"

他的脸上露出困扰的神情。

"怎么啦?"她问。

"我希望殿下您不会以为——您该不会觉得我是带着这个目的和您开始友谊的吧。"

她耸耸肩。"就算是真的,我也不在乎。忠诚是美德,但睿智也是。你把身家性命交给我的时候,我看起来并不像会获胜的一方。你冒险追随我,这点我不会忘记。"

"我都不知道该说什么好了,殿下。"

"我没要你说什么,"她说,"别走漏风声就好。我觉得你叔叔在听说你要取而代之的时候可能会惹出点乱子,但眼下我们还得把

忠诚与忠贞

军队留在这儿。这事还没完。现在寒沙人正在派遣另一支军队,比头一支部队更庞大。"

"您会轻松击溃他们。"

"这次会更轻松,"她赞同道,"现在我知道该怎么做了。"

"我想您高估了我叔叔的勇气,"他说,"如果他真正明白您的力量,就不会再反抗您了。我很怀疑来自任何地方的任何一支军队会反抗您。"

"嗯,"安妮用思索的语气说,"我在维特里安和特洛盖乐吃了很多苦。我有点想把它们也并入帝国领土。这样一来艾滨国就该学聪明了吧。"

他的目光又定格在她身上了。

"别当真嘛,"她说,"回头说正事吧。你对我的追求目前只能让你假装吻我,我希望你立刻就做。"

他照办了。他的嘴唇早已熟悉她的脖颈、肩膀、双手和锁骨间的那个凹坑。他的双手也已熟知她身躯上较为宽广的地带,正忙碌个不停。他不像罗德里克那样喜欢闪烁其词和自我辩护。他从不假装不小心拂过她的胸部,而是带着从容的自信这么做。

如果他探索的地方不被允许,只要她说出来,他就会接受,仅此而已。他似乎并不因此而困扰、伤心,或是气馁。

但看在诸圣的分上,他挑起了她腹腔中那股缓慢燃烧的欲火,并将之扩散到四面八方,直到她一心只想用身体紧贴着他,去感受两具不着寸缕的躯体亲近的感觉。

但不能在这儿,所有人都会看见的。他们可以回到城堡里去,可……

"够了,"她无力地说,"够了,凯普·查文。"

"出什么问题了吗?"他低声道。

"对,"她回答,"我想要你。这就是问题所在。"

"这根本不是问题,"他回答,"我也想要您。您根本不知道。"

"不,"她说,"我想我知道几分。但我们不能。**我**不能。我是女王。我必须负起责任。看在圣者们的分上,如果我怀孕了该怎么办?"

她惊讶地听着自己说出的话,但这些确确实实出自她的口中。

"我明白,"他说,"但这不会减弱我对你的渴望。"

她轻抚他的脸颊。"你可真危险,"她说,"再有几秒钟,你就能说服我了。"

他勉强笑了笑:"对不起,"他说,"我不会让您做我的情妇的。"

她点点头。

"如果你答应的话,我希望您能成为我的妻子。"

她想取笑他,可随即略带惊讶地看懂了他的眼神。

"我们不该这么匆忙,凯普·查文。"她说。

"我爱您。"

"用不着说出来,"她低声道,"安静。"

他点点头,但表情有点受伤。

圣者啊,他是认真的,她心想。

情况突然间倒转过来。她直到此刻才意识到,自己才是掌控局势的那个人。

"我小的时候,"她说,"一直梦想着嫁给心爱的人。我母亲,我姐姐——每个人——都努力让我明白,公主是没有这个权利的,但我拒绝相信。如今我成了女王,我也开始相信了。婚姻不是我的心灵或者身体所能左右的事。你在很短的时间里就成为了我的知己,我的心也跃跃欲试着想要更进一步。但我不能。请你忍受我,追求我,做我的朋友。我一直不觉得你是个容易气馁的人。希望我没有看错。"

他笑了,这次看起来真诚多了。"你没有。"

"很好,"她又吻了他,这次更加轻柔,"现在我恐怕必须得回城堡去了。感谢你今早的贴心陪伴。而且随时欢迎你回来。如果你能活着回来,我会非常高兴的。"

当天早晨给她留下的兴奋一直持续到了夜晚时分。埃米莉似乎一整天都笑得很欢,安妮觉得这女孩肯定是特意透过树篱偷偷瞄了眼他们之间的进展。安妮发现自己并不在乎。

忠诚与忠贞

当天下午,她开始为会见赫斯匹罗做起了准备。略微考虑之后,她选择了圣塞尔修女院样式的服装和头巾。然后她去了红厅。他们原本预计在晚餐后,大约九点时分碰头。

她让他一直等到了十一点。

她独自进门时,他似乎并不特别心烦的样子。他穿着简朴的黑色长袍和在担任护法时常戴的那顶方形帽。

"殿下。"他说着,鞠躬行礼。

"我不记得护法大人您承认过我是女王啊。"安妮说。她的心跳得有点太快了。她这才意识到,看到他真的出现在面前,她会紧张。

她不能表现出来。

"我承认,这对我来说也很难说出口,"他说,"但我仍然觉得有必要放出和解的讯号。"

"噢,听起来不错,"安妮说,"继续说。"

"有关您惊人力量的传闻已经散播开来。如果说这出乎我的意料,您应该不会感到惊讶吧?"

"不,"安妮说,"我相信你早就料到了。我相信你已经尽你所能去阻止——阻止我——去发现真相。"

"您不是说真的吧,"赫斯匹罗回答,"您为什么会这么想?"

安妮对他的抗议置之不理。"别提这个了。你来这儿有什么目的?"

"向您提出一个建议。"

"什么样的建议……?"

"殿下,我能训练您。我能教授您力量的运用方法。我相信,您对它还有不了解的地方。您很快就将会面对那些与您的能力不相上下的人,那些同样想要掌控即将出现的圣堕王座的人。您知道我在说什么吧?"

"我知道,"安妮说,"我无法预言到你的去向这个事实也暗示着你也是他们的一员。"

"我拥有力量,"他承认道,"我是神圣教会的教皇,也有着伴随着地位的权威。但你应该担心的不是我,而是另有其人。是过去被称之为黑稽王的那个人。"

"黑稽王？你是说古时候的那个？"

"是——也不是。情况很复杂。您只要知道，他不会是执掌圣堕王座的最佳人选就够了。"

"这么说你宁愿让我坐上去。"

他抿紧嘴唇。"我还年轻的时候，在巴戈山林有个教区。我在那里发现了一些非常古老的预言，循着预言去了几个非常古怪的地方。其中最古怪的就是在伊斯冷城底下关押着某个囚犯的地方。我想您知道我指的是谁。"

"嗯。"

"正如您刚才所提及的，我们这些浸淫圣堕之力者无法看见彼此。但传密人不受此等限制：他的力量之源和我们不同。于是我看到了各种各样有关他的幻景。事实上，他向我展示了几件即将发生的事。好了，您也知道，未来会对当今产生反馈。未来的我们会对现在的我们循循善诱。你有过一位指引者和导师，对不对？"

"对。"她说。

"她既是过去的你，同时也是执掌圣堕王座之后的安妮·戴尔。"

"这太荒唐了。"安妮说。但她心里并不这么想。

"一点也不荒唐。"

"所以你是说，执掌圣堕王座的会是我喽？"

"也许吧。又也许会是*他*。"

"那可就糟糕了。"

"我没法肯定。我看到的未来并非如此，但我想这如果成真，肯定会很可怕。但我预见的圣堕之主是你。"

"真的吗？你预见的是怎样的我？"

"一位在万物彻底消亡之前，将世界踏在脚下数千年之久的恶魔女王。"

安妮的脑海中突然浮现出那位埃瑞拉的鲜明形象，她最初见到她时，她是个没有怜悯之心的恶魔，是纯粹的恶意的造物。那是她吗？她真会变成这样吗？

不。

"这是我听过的最疯狂的话。"她说。

"没有我的帮助，这一切终将到来。"

"你准备怎么帮助我？就像你对我父亲和姐姐们所做的那样？就像你对圣塞尔修女院的姐妹们所做的那样？还是说，就像你对邓莫哥的那些祭品所做的那样？听好了，我手里有你亲笔写的信，能证明你跟这事有关。"

"安妮，"赫斯匹罗的语气夹杂着些许绝望，"世界正濒临崩溃的边缘，几乎所有可能的未来都导向毁灭。我能帮助你。你明白吗？"

"不！"她吼道。"不，我不明白。我想象不出你可鄙的谎言背后掩藏着什么，你又是为什么自投罗网，但你听好了：无论你是不是教皇，你都得为你的罪行给出一个交代。"

"别做不明智的举动，"赫斯匹罗说，"你不明白吗？我们必须摒弃前嫌，着眼未来。"

"我已经听够了。你犯下过谋杀、拷打，还有更加严重的罪孽。"她冲着卫兵们点了点头。

"抓住他。"

"抱歉，"赫斯匹罗说，"各位，睡吧。"

安妮感到一股暖意拂过脸庞。卫兵们的脚步踏出一半，便纷纷倒下。

"你做了什么？"安妮说。

"我做了我该做的事，"他回答，"也许是我最后不得不做的一件事。"他朝她走去。

"停下。"她说。

他摇了摇头。

她怒气上涌，意念朝他伸展而去。他的步履开始蹒跚，但仍在前进。她没法确切地感觉他的存在，也没法令他的血液沸腾。她急切地探向更深处，终于感觉到了某个较为柔软，某个能够攻击的东西。而且至少他的能力似乎对她全无作用：她能感受到那些力量仿佛蝶翼般无助地在她身周拍打。

但他此时已来到了她身边。她感到肋骨正下方吃了重重的一击。

"不！"她说着，抽身退开，瞪着她的衣服和上面不断扩散的黑色污渍，瞪着赫斯匹罗手里的那把尖刀。

然后他抓住了她的头发，她感到刀尖刺穿了自己的喉咙。她感到风吹进了头颅里。她必须得做点什么来阻止他，在一切为时已晚之前……

但她根本无法思考，也无法感觉到他了。

她什么都感觉不到了。

赫斯匹罗知道自己必须趁着安妮仍然血如泉涌的时候加快速度。他用手抓住她的头，闭上眼睛，将自身的存在转向另一个世界，他得找到她的生命，并在黑水带走它之前占为己有。他将会找到运用她能力的谐调方法。他需要借助这些来独自面对黑稽王。为了赢得王座。

但她的体内已经空无一物，没有记忆和情感，没有力量——也没有了那些能力。

他张开双眼。她的颈动脉处仍旧血流如注，这就意味着她的心脏仍在跳动。尽管目光空洞，但她仍旧活着。

他下手太快了，让她的灵魂立时脱窍，而非缓慢流失。他太心急了。但她也差点就干掉他了。再耽搁个几秒钟，倒地而亡的就不是她，而是他自己了。

血止住了。他叹了口气，站起身，俯视着她苍白的尸体。

"你还是这么蠢，"他说，"从来也不认真听讲。"

他犹豫着，扫视周围沉睡的廷臣。他能在自己的军队抵达之前让他们一直沉睡下去，好让他安全地接管这座城市吗？

没有安妮的能力，他做不到。他不得不就此离去，然后带着军队杀进来。真够恼人的，他都已经到这儿了。

赫斯匹罗匆匆转身，离开了房间，出了城堡，然后是伊斯冷城。时间不多了，他还有几里格的路要走，还有很多事要做。

忠诚与忠贞

第十三章 离去

玛蕊莉抬起笔，转过头：她觉得自己听到了一阵遥远的乐声。她走上阳台，却听不到山谷里有鸟鸣之外的任何声响。她瞥了眼自己写下的东西，发现自己并不急着写完它。她只是在消磨时间而已。

她有大把的时间。贝瑞蒙德留下了照顾和保护她的人，可他一去就是一个多星期。她的寒沙话还没有流利到能跟护卫们做得体交谈的地步，但他们也似乎没什么谈天的兴致。

她真希望艾丽思陪在她身边，但她必须面对现实：艾丽思和尼尔很可能已经死了，最起码也被关起来了。这可不是个令人愉快的念头，可眼下只能走一步算一步了。

于是她跟自己玩牌，给安妮写着无法寄出的信，努力解读仅有的那几本书——里面全都是寒沙语，只有一本讲述圣尤尼的冥想仪式的书除外：它是用教会维特里安语写成的。

她仍旧为糟糕的现状而震惊。这是她的错吗？是她的口不择言让自己落到了这番境地吗？也许吧，不过在她看来，就算她安静得像只耗子，马克弥也会找到借口。不，错误在于这次出使本身。

但她早就做好了这种觉悟。何况如今已经没法回头了。

至少艾丽思能有时间找到邪符之子，去完成安妮的计划。似乎这才是出使的真正目的，至少对安妮来说是如此。但这同样令人难以置信。没错，那女孩确实很有天赋——在合适的环境下，她甚至能将自己的身影隐匿起来——但在一座陌生的城堡里寻找一个能看透未来的对手，这简直跟她的和平使命一样希望渺茫。

她叹了口气，拍了拍肚子，觉得该到填饱它的时候了。她知道，总会有个人给她带些吃的来，但她更想吃奶酪和葡萄酒。食品室是归她随意使用的，而且她没有更好的事可做——同样的悔恨和担忧总在心头萦绕不去。

她走到阶梯边，开始上楼——有阳台的房间位于这座地下房屋

THE BORN QUEEN

的最底层。

她找到了食品室和酒窖，切下一薄片硬白酪，倒了些酒，独自坐在厨房里，一面进食，一面慵懒地看着壁炉，再度为这座屋子的精巧构造而惊异。厨房大约位于地表下方十码的地方，这就意味着必须得开凿出一条直通壁炉的烟囱。

这让她想到了煮些东西做晚餐的可能性。她已经有二十年没做过饭了，不过既然有机会，她倒是很想重拾一下当年的乐趣。

她站起身，迈步穿过食品室，正思考用蜜制猪肉、腌萝卜、小麦粉、鳕鱼干和洋李脯能做出什么菜的时候，听到了人声。她起初不以为意，却突然发现那话声没有寒沙语的抑扬顿挫。听起来更像是王国语。

她放弃了探寻食物的计划，穿过短小的走道，步入大厅。这个可爱的房间肯定有一部分是天然形成的，因为天花板上还悬挂着岩柱，就像她听说的洞窟那样。

但此刻吸引她注意力的并不是房间本身。

而是躺在地板上的那许多死人。

还有罗伯特。他正和一个身穿黑色短上衣的家伙说话，这时朝她挥了挥手，露出微笑。

"我们刚刚还在想你去哪儿了呢。"他说。

在接近黄昏时分的暗淡光线中，尼尔估算着距离，对结果感到不太乐观。

"只有这一条路？"他问。

"只有这一条下去的路，"布琳娜道，"阻挡在我们和自由之间的是二十个卫兵，但就算在你的巅峰时期，恐怕你也没法解决这么多人吧。"

他心不在焉地点点头。他站在布琳娜房间里仅有的一扇窗边，正对着另一座高塔的另一扇窗。第二座塔约莫在三王国码开外，而那扇窗比他面前这扇矮上一码左右。她要他跳进对面那扇窗里。

其余的高塔在周遭耸立，俨然一片岩石的森林。

"我们在哪儿？"他问，"我不记得城里有这么一个地方。"

"这儿是凯斯堡墓城。"她说。

"你住在死者之城里?"

"我的预言幻景来自死者,"她说,"这样比较方便。除此之外,世人向来觉得邪符之子比起生者更接近死人。很多人都不齿于我们的存在。"

"这太过分了。"他说。

"你跳得过去吗?"她又转回正题。

"我们为什么不直接爬下去?"

"绳索不够长,"她说,"它是我从船上拿来的。我觉得或许哪天会用上,但为了不引人注意,我只能弄到这么长的绳子。"

"噢,"尼尔说,"那我跳了。"

他先把锁子甲和佩剑丢了过去,碰撞的响声让他迟疑了片刻。但他随即跳了出去。

他料到自己没法双脚着地,结果也确实如此。他的胸口撞到了窗户底部,双臂抓住了窗台边缘。他的左臂紧紧抱住窗台,右臂却渐渐失去了力气,但他努力把一只手肘抬了上去,然后是另一只,最后扭动身子钻进了窗户。

艾丽思把绳子丢给了他,而他把一头系在了窗户上方的横梁上。

他不耐烦地等着艾丽思系好另一头,然后教布琳娜如何用双手和膝盖悬挂在绳索上。尽管绳索是向下倾斜的,但公主仍然显得力不从心。尽管她没发出任何声音,但尼尔在这一边接住她的时候,她的眼中流出了泪水。

他把她拉进窗口时,讶异于她的轻盈,还有身体的触感。两人目光交汇的那个瞬间,他真想拭去她脸颊上的泪珠。

但他只是把她放下,循着她的目光望向她的柔荑。那双手在流血,他突然意识到,她刚才差点就掉下去了。在他看来只是微不足道的小事,可她却要为此拼尽全力。塔中的生活是很难有机会锻炼身体的。

勇气,他思索着,是因人而异的。

艾丽思像蜘蛛般又快又稳地爬了过来,而与此同时,尼尔也披挂整齐。

他们别无选择，只好解开这边的绳索，任由它在另一边晃荡，从而告知追踪者他们的去向。不过他们原本也没别的去向可言。

艾丽思带来了一盏提灯，这时她打开灯罩，照亮了房间里的三只摇摇欲坠的椅子，还有墙壁上腐烂不堪的挂毯。

"下去吧。"布琳娜说。

他们不得不穿过下一间屋子才能前进。在那里，一具身穿朽烂礼裙的骷髅正姿势悠闲地坐在扶手椅里。

"这是我的曾祖母，"布琳娜告诉他们，"有人过世的时候，我们就会把他们的房间封死，连同死者一起留在里面。"

他们的下一道阻碍就是封死房间用的那堵墙，幸运的是，它不是用砖瓦或者石材砌成，而是用颇为干燥的木头做成的。尼尔用他选的那把阔剑的剑柄砸穿了墙壁，他们继续穿过这片墓地，直到抵达最底层为止。那里也堵着一道铁制的大门，同样幸运的是，门没有上锁。

凯斯堡的北部城墙在几王国码开外隐现，在墓城的核心部分、由十五座高塔组成的塔丛底部投下恒久不变的阴影。脚下的苔藓厚实而富有弹性，还有色彩斑斓的蘑菇点缀其间。

"快点儿。"布琳娜低语道。

他们沿着一条铅制砖块砌成的小道向北进发，穿过云集于邪符高塔周围的豪华陵寝，经过远处相对普通的坟墓，最后来到穷人的墓穴之间。杂乱的坟头上只有破败的木屋充当着圣殿。天落起雨，而没有铺设过砖石的路面很快变得泥泞起来。

终于，他们来到了一扇巨大的铁门前，门的两侧是高墙之上的石制塔楼。这道围墙将墓城围得严严实实，更在远处与凯斯堡的城墙交汇。

一个身穿骑士盔甲的男人从警卫室里走了出来，掀起面甲，尼尔能看到里面那张沧桑的脸。他的胸甲上有圣昂德之锤的图案，这意味着他是个守灵者，墓地的守护人。

"殿下，"那骑士的语气在雨声中显得拘谨而发颤，"您怎么来了？"

"萨弗莱克斯阁下，"布琳娜道，"下雨了。我很冷。把门打开。"

忠诚与忠贞

"您知道的，我不能这么做。"他带着歉意说。

"我知道你会开门的。"她回答。

他摇摇头。"您也许是公主，可我担负的神圣职责就是看顾死者，并且保证您待在应该待的地方。"

尼尔拔出了剑。它比战犬要重。

他没有用言辞去激怒年长的骑士。他只是摆出了架势。

"吹响警号！"那骑士喊道。然后他拔出武器，迎向尼尔。

他们对峙了片刻，接着尼尔先行发起进攻，他踏前一步，朝着对手颈脖和肩膀的盔甲接缝处重重砍去。萨弗莱克斯偏过身子，令剑锋仅仅擦过肩甲，随后施以还击。尼尔矮身躲过，从对手的胳膊下方绕到身后。他的双臂已在隐隐作痛，于是他飞快转身，剑刃深深陷进另一位骑士的头盔里，令后者双膝跪倒。他又挥出两剑，解决了对手。

但这时已有另外三个骑士带着盔甲碰撞的噪音冲出了塔楼，更听到了将讯号传播开去的号角声。

罗伯特笑着指了指一张扶手椅。

"坐下吧，我亲爱的，"他说，"我们得谈谈，你和我。"

玛蕊莉后退了一步，接着又是一步。

"我不觉得我想跟你谈。"她说。她身体的每一部分都渴望着逃跑，但她知道，这样做只会失去尊严。罗伯特会抓住她的。

她挺直身子，站定不动。

"我不明白寒沙人是怎么容忍你这么久的，"她说，"你这回杀的可是他们的同胞。我想你的好待遇也就到此为止了。"

"我要坐下了，"罗伯特说，"你想坐就坐吧。"

他消瘦的身子缩进另一张扶手椅里。"你的假设有这样几个错误，"他说，"首先，得有发现这些尸体的人才行。这地方最重要的特点就是隐秘，对不对？就算贝瑞蒙德回来——这本身就是个不着边际的设想，因为他父亲气得都快发疯了——他也没有理由猜测是我干的。不过你的推论里最大的错误在于一个事实：我就要离开寒沙了。这儿是个很好的避难所，不过我还没有蠢到相信马克弥会把我送上王座。"

"你又想做什么?你打算去哪儿?"

"克洛史尼。我在新壤还有件小事要处理,然后我就会回伊斯冷去。"

"安妮会处死你的。"

"你知道的,我死不了。你用你自己的刀子试过了。"

"没错。也就是说,你的脑袋被砍下来以后还活着。也许安妮可以把它装进笼子里当摆设。"

"她也许会,但我不觉得她能办到。这很明显,否则我肯定不会回去的。要不了多久,玛蕊莉。我不知道最后的结果会怎样,但我已经没什么可以失去的了,能得到什么都是好的。"

"什么要不了多久?"玛蕊莉问,"你在说什么?"

"你用不着操心,"他说,"我来这儿不是为了把你拉回去的。我是为了给你一件礼物才来的。"

"礼物?"

"一首你的宫廷作曲家所做的曲子。"

乐声响起,轻柔的和声逐渐响亮,她看到罗伯特的同伴正在弹奏一张小号韶韵琴。

尼尔叹了口气,退向城门,试图避免被包围的局面。

"贝利女士,"他轻声道,"我只能阻挡他们一小会儿。尽你所能吧。"

"我会的,尼尔阁下。"她说。

"不要轻言放弃,尼尔阁下,"布琳娜说,"争取少许时间就够了。"

"只怕太少了些。"尼尔说。

艾丽思将手臂放在公主身上,她们俩突然变得难以直视。他被迫偏开目光,但这样正好:眼下需要他集中精神的事太多了。

为首的骑士挥剑斩来,尼尔侧身避开,剑锋划过铁制的门闩。尼尔用空出的那只手打中了对方伸出的手臂,迫使他丢下武器。他用另一只手挥剑斩向右侧的那名骑士的膝盖,只觉剑刃削开了关节,

忠诚与忠贞

令那人——理所当然地——哀嚎起来。这一拳也让尼尔的胳膊一阵剧痛,他竭力忍住尖叫,手指几乎握不住武器。他喘息着冲向第三名骑士,双臂紧紧抱住对方的膝盖,将他用力举起,摔倒在地。他自己也倒在地上,翻滚了几圈,接着爬起身来。这时第一个骑士已经捡回了佩剑,正朝他逼近。

他听到了身后传来的马嘶和蹄声。

他暗自祈祷艾丽思已经把布琳娜带走了。

可随后的变化出人意料。那骑士站直了身子,望向他身后。

"让开,"有个声音在说,"这儿我接管了。"

尼尔转过身,只见他身后是贝瑞蒙德王子和十来个骑手。城门大开着。

"可王子殿下,这个人——"

"我的姐姐现在由我照管,"贝瑞蒙德说,"那个女人和这个男人也一样。"

"国王会——"

"你可以现在跟我争论,也可以回头跟我父亲争论。你不会有两次机会的。"

骑士犹豫片刻,然后鞠了一躬。"遵命,殿下。"

"来吧,尼尔阁下,"贝瑞蒙德说,"你的太后一直想知道你的近况呢。"

他们骑马去了西面,进入乡间,地面很快变得崎岖不平,又充满绿意。贝瑞蒙德和他的手下似乎知道该怎么走,他们穿过密林,仿佛从小就在这儿长大似的。尼尔觉得自己怎么也没法把眼前的贝瑞蒙德和他们在路上遇见的那个人联系在一起。这位寒沙王子如今摆脱了宫廷和条条框框的束缚,显得如鱼得水。他和那些手下简直就像能听到彼此的想法,也正如他们互相的称呼一般亲如手足。

凯斯堡不是什么黑色的要塞,而寒沙王子也是个有着过去和朋友,有所顾忌的男人。当然了,他仍旧是敌人,但如果换个环境,尼尔会很愿意把他当做朋友看待。他也愿意带着战士的尊严,和这样的人拼个你死我活。

THE BORN QUEEN

他如今就连想到布琳娜，都会烦恼得要命。他在莱芮海上与她相遇，和她初次对视之后，她的音容笑貌就一直萦绕在他心头。她没有变，但她的内心有着冷酷的存在，他只能勉强感觉到，也正是这种冷酷使得她能将毒死一个人说得好像赶走一只猫儿那样轻松。

可如果她是冷酷的，为什么他的眼角所看到的她仿佛一团炽热的火焰？为什么即便在这连绵的细雨之中，他触碰过她的那双手仍旧能感觉到热度？

他望向她，发现她也正打量着自己，至少他是这么觉得的。天色太暗了，很难看清帽檐——那是她兄弟给她遮雨用的——下面的那双眼睛。

他们前进了很久，雨水越来越冰冷，也越来越让人难以忍受。林间堆积着浓重的雾气，仿佛垂死的巨龙正拖着身体奔赴水中的墓场。贝瑞蒙德的手下燃起了几根火炬，后者不时发出嘶嘶声和噼啪声，冒出有害的油烟，但火焰一直持续到他们抵达一座浓密的藤蔓掩盖的石雕人像为止。贝瑞蒙德推开那座石像，露出一道牢固的木门。他伫立当场，凝视许久。

"出什么事了？"尼尔问。

"门应该是锁上的，"他说，"可它甚至都没关紧。"

在意识到自己在做什么之前，尼尔就下了马。他拔出偷来的那把武器，大步走向木门。

"你跟在后面吧，尼尔阁下，"贝瑞蒙德坚持道，"我们和你不一样，我们了解这儿。"

他的两个斥候率先进了门，接着所有人都下了马，把坐骑拴在入口附近。活岩雕成的楼梯带着他们通向下方。

没过多久，他们便进入了一个式样古朴的大房间，只不过这里的装饰和贝瑞蒙德在凯斯堡的宅邸很像。

地板上满是横七竖八的死尸。贝瑞蒙德突然哭号起来，朝着那些尸体扑了过去，抬起他们的头颅，亲吻他们，他不断尝试着，徒劳地期望能找到一息尚存者。

艾丽思随即从他身边走过，飞快地穿过房间，她满是泥污的裙摆拖曳在身后，留下了一条蛇行般的痕迹。

尼尔看到她的动向，便追了上去。他清楚自己的希望又要落空了。

玛蕊莉的样子不像是睡着了。她的嘴唇几近漆黑，借着火光，他发现她的皮肤是一种淡淡的蓝色。艾丽思把太后的头抱在怀里。她大睁着眼睛，五官扭曲成一种他从没见过的极度无助与绝望的神情。

有东西躺在她身边的地板上。恍惚间，他伸手拿起，发现那是一枝即将枯干的玫瑰。

他站起身，忍住泪水，却仍由怒气上涌，每一次呼吸都仿佛带着红芒。他朝着仍旧双膝跪地的贝瑞蒙德走出一步，又走出一步，这次几乎踩到一个和玛蕊莉的神情同样悲惨的死人身上。

这不是贝瑞蒙德干的。贝瑞蒙德根本不知情。可贝瑞蒙德是他面前唯一的敌人，看在诸圣的分上，他的血必须染红这里的地板。

"不，"布琳娜说，"住手啊，尼尔。"

他应声而止。他没看到她走进房间，也没看到她跟着来到玛蕊莉的尸体边。她泪光盈盈的双眼仿佛铁箍般牢牢制住了他。

"你为什么要为我的太后哭泣？"他吼道。

"不，"她说，"我在为你哭泣。"

他按在剑柄上的手在颤抖。"你为什么没预见到这些？"他问，"你说过，罗伯特会去……"

"我没预见到这一步，"她说，"我在忙别的事。"

"比如你的逃跑计划？你早就知道贝瑞蒙德会去城门那边。"

"这件事上我没有使用魔法，"她说，"我听说他在城里。我派人送信给他，把我的计划告诉了他。除了你之外，贝瑞蒙德是我唯一信任的人。"

"这些是罗伯特干的？"

"我能看到你的太后，"她说着，话声突然飘渺起来，"我看到了一个人，听到了一段音乐……"她的声音越来越小，呼吸急促起来，眼珠也开始转动。

"让她停下，"艾丽思说，"尼尔阁下，快让她停下。"

布琳娜开始颤抖，仿佛有某个无形的巨人抓住了她的身体，晃动着她。

他按住她的双肩。

"布琳娜，"他说，"醒醒。别看了。"

她似乎没听见，于是他用力晃了晃她的身体。

"布琳娜！"

"你想对我姐姐做什么？"贝瑞蒙德沙哑的声音从房间另一头传来。

"布琳娜！"

她的鼻子开始流血。

"斯宛美，"尼尔绝望地高喊，"斯宛美，快回来！"

她僵直身体，突然叹息一声，瘫倒在他身上，她的心脏无力地跳动着。

他感到有把剑正指着自己的脖子。

"放下她。"王子命令道。

尼尔把目光转向贝瑞蒙德，但仍将布琳娜抱在怀里。他能感觉到她的心跳在逐渐变强。

"照我说的做！"贝瑞蒙德大吼着，剑尖略微前推，尼尔只觉脖子上流出了血。

"不。"布琳娜抬起了手，按住剑刃，"他救了我，贝。"她轻柔地推开武器，然后朝她的兄弟伸出手。他将她从尼尔身边拽开，双臂裹住了她。

尼尔兀自伫立着，双膝有些发软。

艾丽思拉过他的胳膊，帮他支撑住身体。

"是罗伯特干的，"她说，"我可以肯定。"

尼尔走回玛蕊莉身边，缓缓跪倒，他知道自己不必再压抑自己的悲伤了。

她逝去了。他不能再保护她了。他什么也做不了了。

只有一件事除外：找到罗伯特，把他剁得粉碎。到时候，他是活人是死人就不重要了。

第四部
天降女王

　　当天降女王再临之时，男人的骨骼会在体内战栗，女人的子宫将充塞毒液，每一夜的交欢都会因她的鞭打而带上病态的快慰。骨骸终将挣脱血肉，子宫也必会吞噬其主，而那鞭打也将置人于死地：到了最后，唯有她的声音在夜晚中嘶喊——待到她不再有男子、野兽与鬼怪之陪伴，她终将向自身寻找慰藉——随后，一切将归于寂静。
　　但一千年的时光将先行消逝。

——译自《塔弗乐·塔瑟斯》，或作《怨言集汇》

THE BORN QUEEN

第一章 占领

里奥夫闭上双眼，在脑海中勾勒起那首合奏曲来。首先开始的是低音部分，一个时高时低的男声响起：土壤中的根须，树木悠长的梦境。几段韵律过后，另一个同样深沉的嗓音加入合唱，却和第一个声音显得不太合拍：落叶腐烂，融入土壤；骨骸朽坏，化作尘埃。最为低沉的那一段象征着缓缓流淌的河水，还有群山间的风雨变幻。

一个中音继而响起：诞生与成长，喜悦与悲伤，痛苦和教训交织着遗忘，感官的丧失，身体的消亡，土崩瓦解⋯⋯

直到听到花匠约文大叫的声音，里奥夫才明白有人正在用力捶打屋子的门，恐怕已经有好一会儿了。他的反应先是不耐烦，可随后他就想起约文很少表露出激动的情绪，更从来没有激动到大喊大叫的程度。

他叹了口气，放下羽毛笔。反正他也遇到瓶颈了。他构思好了曲子的结构，但乐器的种类他拿不定主意。

他应声开门，发现约文的样子可不仅仅是激动而已：他已经接近恐慌的边缘了。

"怎么了，**法赖**？"里奥夫问，"进来喝点酒吧。"

"是敌人，卡瓦奥大人，"约文说，"他们来了。"

"敌人？"

"寒沙人。他们包围了豪德沃普恩，百来个人直接冲进了庄园。公爵大人没留下多少人防守，我猜他们都投降了。"

"我不明白，"里奥夫说，"我还以为寒沙人在普尔斯奇德吃了败仗呢。"

"嗯。可他们说安妮女王死了，没了她神圣力量的阻挡，他们就夺下了普尔斯奇德，越过了运河。整个新壤都落入他们的掌握了。"

"女王死了？安妮女王死了？"

"他们说是被谋杀的。"

"这真是个坏消息。"里奥夫说。他不太了解安妮,但他欠她母亲玛蕊莉很多。她的孩子原本就只剩下安妮一个了。他无法想象她现在的感受。

他也不想知道,至少不想亲身体会到。

"爱蕊娜和梅丽在哪?"他努力保持着镇定。

"莉丝去找她们了。她觉得她们应该在花园里。"

里奥夫点点头,拿起手杖。"麻烦你把他们带去小屋,然后跟她们待在一起。"

"好的,卡瓦奥。"老人说完,便用他那把年纪所能达到的最快速度跑开了。

里奥夫费力地站起身,走出门,站在门廊处。狗吠声此起彼伏,但除此之外,今天给人的感觉很普通,甚至称得上舒适。

他没等多久。还不到一个钟头,一个头戴红羽盔的骑士便策马穿过镇门,身后跟着十名骑手和大约两倍数量的步兵。

那骑士四下张望了一番,显然为自己没有踏进陷阱而满意。他脱下头盔,露出一张椭圆形状、约莫二十来岁的男子脸庞,还有赭色的头发和淡红色的胡须。

"我乃阿尔达玛卡的伊尔泽里克爵士,"他用一口带着口音却颇为流利的王国语说道,"我宣布这座房子和其周围的土地为寒沙之王马克弥的战利品。"

"我乃里奥维吉德·埃肯扎尔,"他回答,"我是阿特沃·戴尔公爵认可的客人。"

"你一个人住吗,埃肯扎尔法赖?"

"不。"

"那就把其他人都带来。"

"除非你答应善待他们,否则我是不会照办的。"

"你觉得你有讨价还价的资格吗?"伊尔泽里克问,"你在保护什么人?恐怕是你的妻子和女儿吧?我可以轻易找到他们,然后为所欲为。可我是个寒沙骑士,不是你那死掉的修女王的奴隶。你用不着乞求,我也会在圣者的注视下做出正确的行为。"

"我没在乞求。"里奥夫说。他曾经害怕过这样的人。但现在不同了,至少他不再为自己的安危担心了。

"你的屋子是我的了,"那骑士道,"我的手下会睡在庭院里。你和这儿的其他人都得为我们服务。只要照办,我们就不会伤害你们。清楚了吗?"

"清楚了,"里奥夫说,"如果这是你以寒沙骑士的身份所承诺的话。"

"是的,"骑士说,"好了,我的手下埃兹梅吉会跟你去找其他人的。"

埃兹梅吉的个头不高,但看起来全身除了肌肉和伤疤就没剩下什么了。他不声不响地跟着里奥夫去了花园,来到园里的那间小木屋前。

爱蕊娜冲出门,抱住了他。梅丽只是瞥了眼那个士兵,仿佛看见了一只古怪的虫子,然后就用她冰凉的小手拉住了里奥夫。

事实证明那骑士是守诺的,至少当天下午是这样。尽管许多寒沙士兵肆无忌惮地对着爱蕊娜暗送秋波,还有些用猥亵的眼光看着梅丽——这让人恶心——但至多也只是用他们的母语说几句粗话。他们安然无恙地回到了家里。

他发现伊尔泽里克正在浏览他的乐谱。

"这是谁写的?"他问。

"我。"

"你写的?"那骑士看他的目光略微热切起来,"你是个作曲家?"

"是的。"

"埃肯扎尔,"骑士思忖道,"这名字我没印象啊。"

"你对音乐也有研究?"

"学过一点儿。我父亲觉得我应该学学,所以他在家里请了个老师,每年秋天还送我去**留斯奇德罗森**学习。"

"啊。是跟依文森大师学习吧。"

骑士的脸上露出一丝笑意。"你认识那位大师?"

"对。我在达培卡大师门下学习的时候，依文森大师还在大学里任教。"

骑士笑得更欢了。"我有本书，里面收录了达培卡大师的哈玛琴短曲。"

里奥夫点点头。

"噢，"那骑士说着，指了指哈玛琴，"给我弹点儿你的曲子吧。"

"恐怕我不能。"里奥夫说。

"你用不着担心我会吹毛求疵，"寒沙人说，"我不是那么自负的人。无论作曲家是伟人还是凡人，我全都喜欢。"

"不是因为这个。"里奥夫说着，抬起双手。

"*Shiyikunisliuth*，"那人咒骂了一句，"这是怎么回事？"

"他受了拷打，"爱蕊娜冷冷地插嘴道，"他受了很多苦。"

"我深表同情，"骑士说，"而且我理解你，埃肯扎尔夫人。你丈夫不会在我手里受苦的，只要你们表现良好就行。"

"我可以为你弹曲子，"梅丽小声说，"爱蕊娜可以伴唱。"

"真的吗？"伊尔泽里克面露愉悦之色，"我会很高兴的。"

里奥夫轻轻捏了捏梅丽的手。"弹《淹地组曲》就好，"里奥夫说，"我想他会喜欢的。而且就照原曲弹，梅丽。明白了吗？"

她点点头，坐到乐器边。爱蕊娜迟疑着来到她身边。

梅丽把手指放上琴键，按了下去。头一段和弦有点儿不对劲，里奥夫咬紧嘴唇，向圣者祈祷她能克制住内心的黑暗。

但第二段和弦却很是纯粹，此后的每个音节似乎都流畅起来。爱蕊娜的嗓音还是一如既往的美妙，等他们弹完曲子，骑士便鼓起掌来。

"我没想到会找到如此美妙的住处，"他说，"阁下，我们来喝一杯吧。我们俩聊聊。我一直在抽空创作关于 *Shiyikunisliuth*——那是一首关于我的家族起源的史诗——的叙事诗歌。如果我给你演奏一小段，也许你能在曲子的细节方面给我提意见。"

于是他们沦为俘虏的头一个晚上就这么结束了，也许算不上愉快，但至少还过得去。等他们当晚在厨房的地板上席地睡下后，里奥夫向圣者祈祷，希望那个寒沙人的心情好到愿意去约束手下的行为。

三天之后，他的呼吸稍微顺畅了些。某些士兵——尤其是一个被他们叫做哈奥昆的矮胖家伙——的目光仍旧不怀好意，但他们似乎不敢违抗伊尔泽里克的命令。

第三天的下午，他假装在研究那位骑士的"史诗"——实际上是在重温自己当做安魂曲来创作的那首乐曲的第三部分——的时候，只听到房门砰然打开，还有爱蕊娜的惊呼声。他起身得太快，结果碰翻了凳子，摔倒在地。他抄起手杖，奋力爬起，却发现自己面对着一把利剑，握剑的那人留着黄棕色的齐根短发，少了一只耳朵。他不知道那人的名字，但他是伊尔泽里克手下的士兵之一。

"别紧张，"那人道，"*Qimeth jus hiri*。"他冲着客厅晃了晃脑袋。

里奥夫迈开步子，利剑抵在他背后。黑色的云团在他视野周围翻滚。

哈奥昆和另外三个人正在屋里，旁边是爱蕊娜和梅丽。

"成了，"哈奥昆说，"所有人都到了。"

"这算什么？"里奥夫说着，只觉胃里仿佛满是石头，"伊尔泽里克爵士——"

"他走了，"哈奥昆粗鲁地说，"参加攻城去了。他暂时回不来啦。现在我是这里的头儿。"

"我才懒得管他高不高兴，"那士兵道，"那个小气鬼，根本不晓得怎么让手下过得快活，你们说对不对？他每天晚上都坐在这儿，看着好看的女孩儿弹奏好听的曲子。"他把梅丽推到哈玛琴那边。"是你弹的，对不？还有你会唱。不会伤着你们的。女人说不准还会喜欢哪。"

爱蕊娜给了他重重一耳光。"要是你敢碰梅丽——"可哈奥昆却一拳打在她下巴上。爱蕊娜砰然撞上墙壁，瘫倒下来，她头晕目眩，想哭却哭不出声。

里奥夫猛扑过去，手杖挥向那家伙，可他的脑后却被什么东西砸了个正着，一时间，他的注意力全被痛楚吸引了过去。

等他清醒过来，才意识到梅丽弹起了乐曲。他抬起头，只觉一阵恶心，又看到哈奥昆正拉着爱蕊娜起身，把她紧紧按在墙上。她的衣裙已被掀起。

"唱啊。"哈奥昆说着，开始松解裤带。

爱蕊娜睁开眼睛，眸子里流露出里奥夫前所未见的纯粹恶意。而且她真的唱了起来，里奥夫也终于明白梅丽弹的是什么曲子了。

"想起来吧，"他用沙哑的嗓音喊道，"看在圣者的分上，想起来吧。"

然后他们便越过了界限，无法回头，那首曲子也带着众人走向了终结。

等一曲终了，爱蕊娜蜷缩在角落里，而里奥夫根本没法起身：他每次试图挪动，胃里都会再次翻搅起来。这次乐曲的力量变得更加可怕，也更难唱出在瑞斯佩的城堡那时所唱的对位旋律来保住自己的性命。

梅丽的气色却没什么变化。她跳下凳子，坐在他身边，轻抚他的脖子。

当然了，哈奥昆和其他人就没这么好运了。只有哈奥昆还活着，或许是因为他离爱蕊娜够近，听到了她哼唱的对位歌词。但他的状况也不乐观。他四仰八叉地倒在地板上，身体抽搐不止，每次呼吸都在呜咽，就像一条病恹恹的老狗。

他奋力起身，却看到爱蕊娜摇摇晃晃地站了起来，离开了屋子。片刻之后，她拿着一把菜刀回来了。

"别看，梅丽。"她说。

"到我的书房去，"里奥夫告诉女孩，"把我们正在创作的所有曲子都收集起来。你明白了吗？然后去拿上你的韶韵琴。别出屋子。"

等到能够走路之后，里奥夫望向门外。他看不到任何人。然后他便回去看着那些尸体。爱蕊娜已经洗净了哈奥昆的血迹，剩下的那些死人身上没有半点伤痕。

"现在怎么办？"爱蕊娜说。

他走过去想拥抱她，可她却抽身后退，于是他停下脚步，喉头发哽。他觉得自己真不像个男人。

"我想我们得离开了,"他说,"如果再有别的士兵过来,还会发生同样的事。要是伊尔泽里克回来了,他恐怕会把我们当成黠阴巫师给烧死。"

"如果我们能解决这些尸体的话就不会,"爱蕊娜说,"他会觉得他们只是当了逃兵。他不可能想象得到我们能杀死这么多人。"她用脚踢了踢一具尸体。

"没错,"他说,"但我说过了,来的也许不是伊尔泽里克。也许是个更像哈奥昆,甚至比他还恶劣的骑士。"

"那我们去哪儿呢?"她问,"恐怕整个新壤都被占领了。就我们所知,伊斯冷也已经失陷了。"

他正努力思索答案的时候,听到院子里传来马嘶声。里奥夫冲向门口,发现来的是伊尔泽里克和他的其余手下。

"好吧,"他叹了口气,"现在一切都只是空谈了。"

"尝尝看。"骑士说着,把一勺大麦浓粥喂给梅丽。她眨了眨眼,尝了一小口。

"我告诉过你了,我们没下毒。"里奥夫说。

"我开始相信你的话了,"那骑士说,"我也开始相信这整个国家都充斥着修女。我一直对你以礼相待,作曲家。我把你当做朋友。"

"对,可你却自己离开,把手下留在这儿强暴我的妻子。"他说,"我们只是自卫而已。"

"是啊,可你是怎么——用的什么法子?"

里奥夫紧闭嘴巴,没有回答。

骑士靠向椅背。

"你们会说的,"他说,"我派人去找我们寒沙的主祭来。一个钟头之内他就会到,他也会知道这儿究竟发生了什么。他会知道该怎么做的。"

"他来之前,要不要我给你弹首曲子?"梅丽问。

"不,"寒沙人说,"别再有音乐了。如果我听到类似歌声的东西，我就杀掉那个唱歌的人。你们明白了吗？"

"安静，梅丽。"里奥夫说。

伊尔泽里克又回去查看那些尸体。"哈奥昆是被刺死的，"他思忖道，"其他人看不出死因。无论你做了什么，哈奥昆都没有受到影响。真让人百思不解。"

他回到梅丽打包好的乐谱边，开始解开包裹。

院子里有人在高喊骑士的名字。

"啊，"他说，"肯定是主祭来了，不是吗？你们确定还是不告诉我吗？虽然你们还是会受到净化，但至少可以免去审讯。"

"我早就被教会的人'审讯'过了。"里奥夫说着，抬起双手。

"我明白了。看来你早有劣迹。噢，真可惜。我和你相处时真的很愉快。真不敢相信我会被你骗得团团转。"

他站起身，走向门口。里奥夫闭上双眼，努力思索自己能做的事。什么都行。

可他什么都想不到。

第二章 最后的会晤

听见斯蒂芬的叹息,佩尔主教飞快地转过身。

"是你!"他倒吸了一口凉气。在他花白的眉毛下,那双眼睛满是难以置信。

斯蒂芬朝他晃了晃手指。"你真是个坏孩子,"他说,"你跟你的圣监会伙伴们。"

佩尔把身子挺直了些。"斯蒂芬修士,你是有很多不知道的事,但就算这样,你也不该用这种方式跟我说话。"他昂起头,"你是怎么进来的?这座塔可有二十王国码高呢。"

"我知道,"斯蒂芬回答,"这儿可真棒。就像传说故事里的巫师塔。而且还藏得这么好!你们圣监会的人可真是够狡猾的。真的很狡猾。我上次见你的时候,你还不能走路呢,佩尔主教大人。"

"我痊愈了。"

"噢,你*痊愈*了。这可太惊人了。但你能在德易院的大爆炸里幸存下来更让我惊讶。那声音现在还让我耳鸣呢。"

"我们那时是想尝试阻止龙蛇。"

"可你们没阻止它。它一如预期地追着我径直进入群山。然后它一如预期地死掉了。而我——我也一如预期地找到了应该找到的所有东西。我来这里,本是想把你悲惨而英勇的结局告诉你的上司——瞧瞧我都看到了什么。"

"我没有上司,"佩尔说,"我是圣监会的教皇。"

斯蒂芬交叠双臂,肩膀斜倚在墙上。"好吧,我现在知道了,"他说,"我能感受到你的力量。德斯蒙当时真走运,他是从背后偷袭你的。"

"我比那时更强大。"

"是啊,"斯蒂芬说,"圣堕力也在增长。感觉良好,对不对?"

"斯蒂芬修士,时间短暂。你找到答案了吗?你发现维吉尼娅·戴尔治愈世界的方法了吗?"

斯蒂芬大笑起来。

佩尔面无表情地看着他。这似乎比问题本身更加可笑,斯蒂芬的笑彻底止不住了。泪水流出了眼眶,他的肋骨也笑得生疼。

"够了吧。"片刻之后,佩尔道。

可这却让笑声更加难以遏止。

又过了一会儿,等他终于能说话时,他擦干眼角。"她没有治愈世界,你这老傻瓜,"他说着,努力忍住不打出嗝来,"她运用圣堕力,使得世界遭到了毒害。等到反应过来,她就遗弃了圣堕王座,又把它藏了起来,试图以此来抑制损害。"

"你是说没法子了?考隆什么都没发现吗?"

"法子当然是有的,"斯蒂芬说,"考隆也发现了最好的解决方法:他自己。"

"恐怕我不太明白。"

"这可太棒了,"斯蒂芬说,"因为我最喜欢做说明了。这是我的特长——你应该还记得我们的初次碰面吧。你耍弄我的法子多有趣啊,你假装自己是个砍柴的普通老修士。那时候我还不以为然。现在,说真的,我很佩服你。"

佩尔的神情变得更加警惕。"你究竟有什么要报告的,斯蒂芬修士?"

"噢,首先,你在'没有圣者存在,力量才是唯一真实的'这点上说得非常正确。正是如此,维系世界的就是圣堕力。它驯服和支配世上存在的其他力量。它能阻止万物腐化成纯粹的混沌。而且任何走过巡礼路的人都会得到某些天赋,能够运用这种力量,也由此成为了力量的媒介。但任何一条巡礼路都只能让人取得全部圣堕力中有限的部分——就算是最强大的那些巡礼路,比如我走过的那条,还有艾滨国的教皇走过的那条,也都一样。当然,还有你在尤丁山脉走过的丢沃巡礼路。"

"你怎么知道——"

"噢,现在的我能看到所有巡礼路,就像看着夜空中的群星。这是维吉尼娅·戴尔的秘密巡礼路所赠予的特殊能力之一。"

"这么说,你能走完每一条巡礼路喽?"

"我试着走了巫角山附近的一条,"斯蒂芬说,"但这还不够。借用我刚才的比喻来说,巡礼路就像天上的繁星一样多。现在想象夜空是一块黑色的板子,上面钻有几千个小洞,而板子后面那圣堕的真正源头将光芒透过孔洞照射过来。你想要控制的并不是这些孔洞,而是后面那唯一的光源。它也就是我们叫做**阿尔瓦德**的东西,我想。我所追寻的正是它。"

"可又是为什么?"

"为了拯救世界。为了在诸多力量之间实现秩序与平衡。"

"我想你刚刚才说过,圣堕力正是一切麻烦的罪魁祸首。"

"是罪魁祸首,也是解决之道。维吉尼娅·戴尔不明白这一点。她以为麻烦会自己慢慢消失,可那时已经太晚了。可她肯定隐约想到了些什么。她为她的后继者准备了一条捷径。"

"什么?"

"别在意。你瞧,正是缺乏控制和不够精准的预言导致我们走到现在这一步的。如果有人——一个人,不是两个、三个,也不是五个,只能是一个人——能控制圣堕力的源头,而这个人又有着出众的预见能力,一切就能够恢复正常。这点我非常肯定。"

"那这个人选是谁?你吗?"

"没错,"斯蒂芬说,"而且我不会再犯上次的错误了。我想我当时只是太激动了。有点恼羞成怒。"

"你在说什么呢?"佩尔主教问,"什么上次的错误?"

"我已经告诉过你了。考隆找到了他自己。我找到了我自己。我。"

"你就是考隆?"佩尔怀疑地问。

"是。或者说既是又不是。说起来有点复杂。你瞧,**否界**里的时间是个有趣的东西。你叫做考隆的那个人和你叫做斯蒂芬的那个人同时是彼此的回声和本源,他们俩都为了找到王座后会出现的那个人努力着。作为考隆,我没能找到它。作为斯蒂芬,我会找到的。"

"你想说你是考隆的转世?"

"不。好比你拨动一根鲁特琴弦。它会左右震动,看起来比琴弦本身要粗很多,而音调也自此产生。我们就假设斯蒂芬是琴弦震动能达到的最左边,而考隆是最右边好了。但琴弦和音调还是一样的。我们是同一个人,而且一向如此,即使是琴弦尚未拨动时也一样。"

"这些话实在没法让我全部信以为真。"

"噢,我不在乎你相不相信我。毕竟你是圣监会的人,你总是在质疑。这很好。而且我也不否认其中有些是为了说明而篡改的事实。作为考隆,我打破了死亡的法则,让我自己变得不朽,希望能活到发现王座的那一天。当然了,我的敌人找到了破坏我身体的方法,可我当时已经了解了我在过去和未来的回声,他们也在某种程度上了解了我,于是我们成功变成了——这个样子。这真的非常有趣。"

"这么说你已经不是斯蒂芬了。"

"你根本没认真听吧?"

主教皱起眉头,"你提到考隆变得不朽,打破了死亡的法则,又被击败——"

"对!"斯蒂芬喊道,"我还想知道你要多久才明白呢。这跟我想象的一样有趣。"

"你就是黑稽王。"

"要知道,我从没这么叫过自己。我想这称呼有点儿没礼貌。"

"圣者啊。"主教喘息道。

"*hoodo-oglies*!"斯蒂芬学着他喘着气说,"这是我编的,"他澄清道,"不是真的咒语。"

"你不可能既是黑稽王,又同时是斯蒂芬·戴瑞格。"他说,"斯蒂芬修士很善良,做不出黑稽王的那些恶行。如果你真是你自称的那个人,我相信你只是占据了戴瑞格修士的身体而已。要不然你就是真的斯蒂芬修士,只不过发了疯。"

"我太失望了,"斯蒂芬说,"你在提到圣监会的洁身自好,提到你们和对手分道扬镳的理由时说得天花乱坠,现在你又开始大谈善恶论了。真让人难过。考隆善良吗?我可以向你保证,我曾作为考隆步入群山,又在几年后成为了黑稽王。区别只在于力量:你叫做斯蒂芬的那个人只是没有力量的黑稽王。而在内心,我们是一样的。善与恶只是角度不同,而在这种情况下的善恶根本没有意义。"

"黑稽王曾在孩童的脚踝和手肘上绑上剃刀,让他们学斗鸡打架。"佩尔主教说。

"我告诉过你的,我当时很生气,"斯蒂芬说,"或许气得有点儿发疯了吧。"

"有点儿?"

"这不重要。今时不同以往,我现在能更清楚地看到那条路了。"

"你看到了什么?"

"圣堕王座正再次浮现,在考隆的时代它从未出现过。事实上,从某种意义来说,它已经出现了——圣堕力已经臻至顶峰。但现在还没有任何人能完全掌控它。我控制了许多力量。**另外**一位教皇——管他是谁——也控制了不小的部分。最强的是安妮·戴尔,因为维吉尼娅特意为她的继承人准备了一条通往力量的捷径——并且创建了一个秘密组织,其目的就是在时机到来之际将她的继承人送上王座。"

"为什么?"

"我不知道。也许她觉得自己的后代会效法她,拒绝力量,把王座再藏个两千年。"

"也许她会的。"

"首先,这么做已经于事无补了。死亡的法则已被打破。荆棘王已经死去,世界的森林也濒临死亡,而当森林消失的时候,我们也必将步它们的后尘。你难道看不到这些吗?你难道没有预见过吗?"

"有时会。"

"但你肯定没有预见到安妮坐上圣堕王座之后,世界会变成什么样子吧?"

"没有。我没有主动去预见,预言之梦也没来找过我。"

"一场三千年的恐怖统治,我的小小王朝比起来就像是小孩过家家。而且等统治终结时,世界将会归为虚无。"

佩尔面露不安,却耸耸肩。"我只听到了你的一面之辞,"他说,"而且预言未必会实现。"

"我说的是真话。这也正是我来这儿的原因。"

"什么原因？"

"噢，事实上，我有两个理由。像所有走过强大巡礼路的人一样，我再怎么努力也只能看到你模糊的影子。"

"你刚说过你看到了安妮。"

"只是轮廓。我能看到她将会建立的世界。你总是这么迟钝吗？"

"我——"

"不用回答，"斯蒂芬说着挥挥手，示意他安静，"我现在要谈的是你。我不清楚你是谁，你知道多少，你又和谁结成盟友。所以我是来寻求这所有**令人着迷**的答案的。"

"那另一个理由呢？"

"为了达成一项交易。你控制的圣堕力不足以挑战安妮。我也一样。但如果我拥有你的能力，成功的可能性就大了很多。"

"那就去走丢沃的巡礼路吧。"

"这样没用的，我想你也知道。力量是有限的。对于那些力量较小的巡礼路，比如满瑞斯或者德克曼，也许可以让十几个或者上百个人同时得到能力，而且永不消退。但我们走过的那些巡礼路不一样。为了让我变得强大，你必须把自己的力量交付给我——这过程很简单，不会给你带来任何真正的伤害——或者由我从你身体里取走，不幸的是，后者就意味着你躯体的消亡。"

"我要么屈服于自称黑稽王的你，让你去掌控世界上最强大的力量，要么就死？我只有这两个选择吗？"

"恐怕是的。"斯蒂芬歉疚地说。

"我明白了。"佩尔主教说着，眉头紧皱。

搏斗的过程并不漫长，等结束后，斯蒂芬感到那股新的力量在体内安定下来。接着他召唤来被他俘获的那个恶魔，让它飞离高塔，又朝着南方飞了好几里格。正如他所预料的，佩尔像对付龙蛇时那样，也对他使用了引发大爆炸的能力，尽管他保护得了自己，但他不想让泽米丽或是忠心耿耿的埃提瓦们遭遇危险。

等他着陆之后，泽米丽飞奔到他面前。

"我听到声音了，"她说，"天空满是奇怪的颜色。我好担心。"

THE BORN QUEEN

他吻了她,露出微笑,"很高兴有你为我担心,"他说,"但没有这个必要。我的真正考验还没到呢。"

"到时候你也会赢的。"她说。

当晚,在帐篷里,她似乎没这么肯定了。

"你能肯定吗?"她问,"你的真正使命是要挑战克洛史尼的女王?"

他略微转过身,手肘撑起身子。"这我就不明白了,"他说,"我们在山里已经讨论过这个了。是你和那些埃提瓦信誓旦旦地说我就是考隆的继承人,当时我还认定这些都是疯话。噢,你们说得对。这突然的质疑又是怎么回事?你还是弄不清自己该效忠谁吗?你还觉得安妮是救世主吗?"

她迟疑地笑了笑。"不。我想我只是不太相信。但我相信我在戴姆斯台德遇见的那个害羞又聪明的男人。我觉得他会找到拯救世界的法子。"

"我的变化这么大吗?"

"不。只是更强壮,也更大胆了。回顾过去,我能看到你的改变。只是变得太快了点。"

"噢,那你还相信我吗?"

"相信。"她说。

"很好。你还愿意帮助我吗?"

"我不知道自己能帮你什么。"她说。

他笑了。"你刚才已经说过了。你相信过我。现在你依然相信。这就是我需要的助力。"

"而且我爱你。"她说。

"我也爱你。"他说。

他知道,她会成为一位可爱的王后的,或者情妇。这取决于事态的发展。

第三章 哈洛特爵士的使命

"你给我们的太多了。"埃斯帕说着,把一只包裹捆在马背上,"你们会挨饿的。"

"不会的,"西门说,"也不可能,因为我会跟你们一起去。我再留在世凯石冈已经没有意义了。"

"你没有可能知道教会的军队有什么打算吧。"埃斯帕说。

"说得对,"西门答道,"但就算他们不来打扰我们,我们这一年又该吃什么?两年呢?而且说到底,还有谁会来这儿狩猎?不,我会把我能给的都给你们。世界已经迷失了,现在我唯一相信的人只有你,御林看守。所以快点整理行装,然后就出发吧。"

埃斯帕点点头,继续收拾行李去了。

片刻后,他听到背后有人轻轻咳嗽了一声。是恩弗瑞斯。

见鬼,埃斯帕想,又来了。

"我不明白我们为什么要离开,"那年轻人道,"这儿是最适合保护薇娜安全的地方。"

"挡得住怪物,挡不住人,而且我们不可能对付得了五百个人。"

"那是教会的军队。"恩弗瑞斯道。

"就是这个教会吊死了从这儿到布鲁格斯威尔的所有村民,对不?"

"他们在哈梅斯没吊死任何人,"恩弗瑞斯指出,"我们遵循圣者之道。"

"那可太好了。不过我们经历了一些事儿,让我们对身穿神圣服饰的人都没啥好感。问薇娜就知道了。不值得冒这个险。我们现在有时间逃跑,所以就这样吧——你说呢?"

"好吧。"恩弗瑞斯不情愿地说。然后他叹了口气,"你瞧,干吗不让我直接跟他们谈谈呢?问问他们的目的?如果你说得对,他们不怀好意,到时逃跑也不晚。可如果你错了,那我们就能留在这个怪物没法入侵的地方,直到薇娜生产为止。"

"这儿的食物都不够撑五个月了。"

"我和我的手下可以骑马出去弄到所需的物资。"

"从哪儿弄?这片荒地还在不断扩散。"

"是啊,可我们径直闯进了荒地的中央。"

"我还以为你不会再质疑我的话了。"

"那是因为我觉得这里就是你所说的'安全地带'。"

"还有更安全的地方。"埃斯帕说。

"有吗?"

"有。"

"好吧。"片刻后,恩费瑞斯说。然后他转身走开。

你真的很爱她,不是吗?埃斯帕心想。狰狞怪啊,要是我能说出真正的想法该有多好。

他骑上那匹被他命名为"狰狞兽"的马儿——他希望这个凶狠的名字能让马儿更强壮——大腿又抽痛起来。

他们朝着西南方前进,远离古国王大道,在第一天结束前便蹚过了淡月河,然后进入瓦翰丘陵地带。他和薇娜上次没走这条路,他们那时跟着第一头狮鹫的脚印沿着岩渣河前进,最后来到了阿卤窑,还遇到了那个古怪的、没准早就是死人的瑟夫莱,自称主母恫雅。她曾让他们进入仙兔山,去寻找一个隐匿的山谷,埃斯帕当时还认定这根本是胡说八道。

但他又一次错了。山谷确实就在她说的地方,还有荆棘王和芬德,而且他和薇娜差一丁点儿就在那里送了命。但他们幸存了下来,在这件事上斯蒂芬功不可没。

他试图不去思索斯蒂芬的去向,而且他不喜欢和薇娜谈论这件事,因为事实很简单:男孩很有可能已经死了。即使那些史林德没有杀死他,龙蛇也会,就算没有,德易院的那场爆炸,还有另外一千个理由都能置他于死地。斯蒂芬是个聪明的好家伙,但就算在整个世界发狂之前,独立生存也绝非他最擅长的技巧。

他已经尽自己所能去帮助斯蒂芬了,不是吗?他跟踪了史林德,又去追赶龙蛇,却找不到任何和斯蒂芬有关的线索。

他把目光转向薇娜和易霍克。至少易霍克又跟他们会合了。瓦陶男孩没有成为巴戈山林的孤魂野鬼,这的确是件值得高兴的事。

越是前进,丘陵的地势就愈加崎岖起伏,布满坑洼和山脊。从前在瓦翰丘陵赶路很容易,可如今没有了往常的参照物,要不走弯路便难了许多。他发现过去的几个月里下过许多场雨,到处都是积水。入侵的植被不像原生植物那样根基扎实,而他所知的许多道路也都被泥石流封死了。大部分山脊都被洪水冲刷成了岩床,山谷里也塞满了淤泥。

但在那些低洼地区,这些怪异的植物异常茂盛。空气开始令人作呕,但远不如在跛足赌徒山脉那时严重。在某些地方,他们被迫披荆斩棘,自己开路。

他们前进的速度非常缓慢。照埃斯帕的估计,他们在三天时间里和目的地的距离只拉近了五里格而已。

而在当天晚上,西门爵士手下的追猎者衡内带着坏消息回来了。

"教会的人把路堵死了,"他说,"不知是咋办到的。就好像他们知道你要去哪儿似的。"

"他们确切的位置在哪?"埃斯帕问他。

衡内在地上画出了一张潦草的地图,画完之后,埃斯帕咒骂了一声,恨恨地磨起了牙。

我猜芬德至少在这件事上说的是真话。

因为看起来,他们真的需要帮助了。

当埃斯帕的短匕抵上骑士的背脊时,他醒了过来。令埃斯帕钦佩的是,他没有尖叫,也没有尿湿裤子。事实上,他连一丝畏缩都没有。他的眼神首先是震惊,然后是懊悔,最后是发现自己尚未死去时所显露出的好奇。

"好一条汉子。"埃斯帕低声道。

"你肯定是御林看守怀特了。"

"啊,我还真出名啊,"埃斯帕回答,"但我的印象里没有你的名字。"

"罗杰·哈洛特。罗杰·哈洛特爵士。"

THE BORN QUEEN

"维吉尼亚人？"

"对，我来自圣克雷蒙·丹尼斯。"

"可你们恐怕不是要回乡去吧。"

"是的，很遗憾。我还有好几项使命要完成，而且每一项都和回乡无关。"

"那些使命是？"

"噢，其中一条是如果遇到某位叛变的御林看守，就想办法制服他。"

"谁下的命令？"

"神圣教会的教皇大人。"

"理由呢？"

罗杰爵士似乎为如何作答思索了片刻。"我能列出很多理由，"最后，他答道，"但我听过很多你的传闻，我想我还是说实话吧。我的首要使命不是找你，而是找到你初次发现荆棘王的那个山谷。我必须到达那里，挡住所有入侵者，直到尼洛·马伽大人有新的命令为止。"

"为什么？"

"我也不太清楚。而且我不在乎。既然你们好像也要去那儿，所以我觉得我最好先把任务放一放，在丘陵地带阻止你们。"

"你怎么知道自己该往哪走？"

"你向克洛史尼的护法提交过一份报告，他派斥候找到了那里。现在我们已经把它标注在地图上了。"

赫斯匹罗，埃斯帕阴郁地想。

"噢，"埃斯帕说，"我觉得你们还是回去比较好。"

"为什么？因为你用匕首抵着我的喉咙？就你的那些传闻来看，你是不会杀我的。"

"可你并不了解我的全部，对不对？"埃斯帕问。

"噢，我们都有自己的秘密。"

他的目光难以察觉地抬高了少许，埃斯帕突然发现自己身体腾空，然后就被两个强壮得不像话的修士制住了。

真蠢，他心想。究竟是誓约还是衰老，让他变成了傻瓜？

现在这已经不重要了。他们也抓住莉希娅了吗？

"你是一个人来的吗，御林看守？"骑士回答了他的问题。

"唔。"

"噢，我会努力找个人来陪你的，至少等我们扣押了你的伙伴们以后，你就不会孤单了。你觉得他们会反抗吗？那可就太蠢了。"

"也许不会，"埃斯帕说，"带我去吧。我会说服他们的。"

哈洛特耸耸肩。"反正对我来说都没什么区别。顺便说一句，我的手下已经开始实施包围了。我想日出之前就会结束了。"

埃斯帕放松肌肉，叹了口气，然后用尽全力想从那两个修士手里挣脱。

那感觉就像是试图去折断铁棍一样。

"你没机会的，御林看守。"哈洛特说。

"你得让我走，"埃斯帕说，"你根本不知道自己在做什么。你自己也说过了。要是我到不了那个山谷，所有东西都会死的。"

"那可真是太戏剧化了，"罗杰爵士回答，"事实上，教皇大人也说过类似的话，只不过世界毁灭的前提是你进到山谷里。现在，请原谅，我得去指挥了。我向你保证，我会尽我所能留活口的。"

"你敢伤害任何一个，我就直接送你去见狰狞怪。"埃斯帕说。

"狰狞怪？真够离奇的。又是山里的异端邪说吧。"

"我是认真的，"埃斯帕说，"我会杀了你。"

"随你的便，"骑士答道，"我想你还是好好考虑一下方法吧。"

他们捆住他的手脚，又派了人来看守，他也有了时间继续反思自己的错误。他明知道某些僧侣能听到蝶翼在微风中鼓动的声音：斯蒂芬就是其中之一。但当他成功溜进营地，又似乎无人察觉的时候，便以为这群敌人之中多半没有这种人。

也许确实没有。莉希娅似乎就在没被发现的情况下逃脱了。

也许他的内心希望自己被抓住。至少这么一来，沙恩林修女就没法随心所欲地指使他了。

THE BORN QUEEN

可如果事情真如芬德所说呢?

光是思考那种可能就已经够困难了。而且也没有意义：现在他想什么都没有用了。

黎明前的一个钟头左右，修士们收起营帐，把他固定在一匹马背上，然后匆忙出发。埃斯帕听到了许多关于整队之类的喊声，因此他觉得恩弗瑞斯肯定比哈洛特想象的还要难对付。他真希望他们能让他坐起来，这样就能看清状况了。

他们来到一片山脊的顶部，骑手们开始列队。

埃斯帕闻到了秋叶的气息。

一声令人毛骨悚然的尖叫声骤然响起，他努力把头抬高。然后有东西把他身下的那匹马砸飞了出去。鲜血落下，仿佛滚烫的雨滴，他眨了好一阵的眼睛才能看清东西。

他喘息着抬起腿，将反绑的双手绕到身前。他咒骂着痛楚，双眼拼命搜索着那匹马被开膛破肚的缘由。但他所能看到的只有其他马匹践踏地面的情景，他所能听到的不外乎发自痛楚、恐惧和挑衅的尖叫。

他将双手放到靴下，屈身向前，然后开始对付那只绑住他双脚的绳结。

与此同时，战斗逐渐远离他的身边。等他能够站立的时候，战场已经转到了山脊下方，唯留身后的诸多尸体。倒在地上的有将近二十匹马，还有几乎相同数量的人。他从一具尸体上取下一把匕首，削断了剩下的绑缚，又从一具无头尸体身上找到了一把投斧，插在腰间。

从这里望去，他看到了两场战斗。一场发生在这片山脊上，只不过位置较低些。他只能看到战斗的一部分，但他发现有两头狮鹫和一头尤天怪正在猛攻哈洛特手下殿后部队的残余部分。

其余的大部分教会士兵都死在了下方的山谷里，其间夹杂着十来只死去或垂死的绿憝。幸存下来的只有几十个人，他发现其中一些是恩弗瑞斯的骑手。

那就轮到他上场了。他朝着山下迈步飞奔，快到双腿和他的胆量所能承受的极限。

他小心地穿过战死者的遗体，等他来到那群人身边时，恩弗瑞斯的部下已经只剩半打人还能站着了。他们面对着约莫十个教士，其中三个还骑着马。他看不到薇娜的踪影。

其中一名骑士看到了他，掉头向他扑去，却因为堆积如山的尸体无法做出完整的冲锋。埃斯帕从腰带上抽出斧子，从四码开外掷了过去。它砸中了那骑士的面甲，他的脑袋砰然朝后仰去。埃斯帕紧随而至，抓住那人的手臂，把他拖下马鞍，又重重地将他摔向地面。然后他将短匕刺进对手的头盔下方，刺穿了他的脖子。

他冷酷地转向另一个敌人，然后是下一个……

战斗结束后，幸存下来的就只有埃斯帕、恩弗瑞斯和他的两名士兵。

可恩弗瑞斯也撑不了太久了。他被刺穿了肺部，每次呼吸都会带出鲜血。

"御林看守，"他勉强喘着气说，"你有治好这种伤的灵药吗？"他努力表现出勇敢，但埃斯帕能看出他脸上的恐惧。

他摇摇头。"恐怕没有，伙计，"他说，"你知道薇娜怎样了吗？"

"战斗开始前莉希娅就把她带走了。说是你让她来的。"

"我让她来的？"

恩弗瑞斯点点头。"他们拨出些骑士去了北方。我想应该是去追她们的。"

"也许吧。我会找到她的。"

"真希望我能帮上忙。"

"你已经帮得够多了。"埃斯帕说。

"好好待她，"恩弗瑞斯说，"你配不上她。你是个了不起的男人，可你配不上她。"

"我知道。"埃斯帕说。

"这样死很光荣，对吗？"

"是很光荣。"埃斯帕赞同道，"我为你骄傲。你父亲也会的。"

"你可别告诉他。他会吊死你的。"

埃斯帕点点头。"我得走了,"他说,"你明白吗?"

"明白。"

埃斯帕站起身,拾起斧子。他找到一把弓和几支箭,一把短匕,然后是一匹马。士兵们围在恩弗瑞斯身边。

他很想知道易霍克去了哪儿。他真希望他和莉希娅待在一起,但他没时间去确认他的死活了。

山脊上的战斗也似乎结束了。至少他看不到那里还有能动的东西了。

他骑马沿着谷底,向南方奔去。

芬德正等着他呢。

天降女王

第四章 翻越悬崖，踏入沼泽

尼尔的坐骑步履踉跄，企图维持先前的跑速，但随即停了下来，晃晃脑袋，喘息不止。它的外袍沾满汗水，肩胛骨也在颤抖。尼尔俯下身，轻抚它的脖颈，对它说了几句家乡话。

"不会有事的，小丫头，"他告诉它，"王子说再走不到一里格就让你休息。但现在我需要你继续前进，好吗？我们一起加油吧。"

他轻轻地碰了碰马腹，而它不屈不挠地迈开步子，终于逐渐赶上了其他马儿的速度。

"今晚可真美，"他告诉这匹母马，"瞧那边海上的太阳。"

三天的辛苦赶路之后，他们来到了一条古老的沿海小道。道路蜿蜒起伏，时而攀上绝壁，又时而深入泥沼。太阳正在归家的途中，**盐标海湾**仿佛镀上了一层红铜。

他的心底渴望着大海，渴望着那些岛屿，渴望在这片可怕却又熟悉的海水中漂流。他在陆地上待得太久了。

但他还有事要做，不是吗？他内心想要什么根本不重要。

于是他张望前方，看着坐在弟弟身后的布琳娜。和他记忆中相比，她的脸色显得前所未有地苍白和不适。她从来没骑过马，更别提忍受连续多日骑马赶路的辛苦了。他心痛不已，更无法想象她的感受。为了留在马背上，她被迫将自己和贝瑞蒙德拴在一起。他打心眼里害怕她撑不下去。

太阳开始沉入海中的同时，他们也来到了一座古旧的城堡前方。城堡建在一小块凸出山崖、悬空于海面高处的岩石上。城墙上的藤壶意味着在涨潮的时候，城堡周围肯定被水淹没过。海潮如今也在上升，但还远远不到淹没堤道的地步，于是他们进堡换了马，这已经是他们朝克洛史尼出发后第三次更换马匹了。贝瑞蒙德很小心。他拜访的第一位朋友告诉他，他父亲要悬赏他以及所有协助者的脑袋。

于是他们选择了相比维特里安大道来说没那么笔直，守卫也没那么森严的道路。

他们没有停留很久。在他们牵走尼尔那匹母马前，他吻了它汗水淋漓的额头，然后去见他的新坐骑，一匹名叫弗卢法斯的杂色阉马。他正和马儿做自我介绍的时候，听到布琳娜说了句话，但没听清内容。

"这不合适吧。"他听到贝瑞蒙德回答说。

"是的，"布琳娜回答，"但这是我的愿望。"

尼尔的目光被两人的交谈吸引了过去。他发现贝瑞蒙德正看着他。

寒沙王子走了过来。"你跟我姐姐独处过好几次。"

"是的。"尼尔说。

"你有没有和她做过什么不得体的事？"

尼尔挺直了身子。"阁下，你对我的质疑我能理解，可你为什么要这样诽谤你姐姐？"

"我姐姐既睿智又天真。她认识的男人不多，尼尔阁下。我只要求你说出事实。"

"我们没做过任何不得体的事，"尼尔说，"至少我们独处的时候没有。她在鄌堤送我下船的时候，我确实吻过她。我从没有过对她无礼的念头。"

"她告诉我了。她说是她要你吻她的。"

他点点头。

"你觉得这原因不值得说出口？你不怕我因此发怒？"

"说不说取决于她，"尼尔说，"而且我不想找借口开脱。"

"这么说你承认自己本该拒绝她了？"

"是的。而且我不觉得自己拒绝得了。"

"我明白了。"

他眺望着一半消失在海面下的夕阳。"她想跟你骑同一匹马，"他说，"我不认为这样做妥当，但她是我姐姐，而且我爱她。别乘人之危，阁下。"

他回到布琳娜身边,帮着她跨上马背,坐在尼尔身后。他感受着她的存在,而当贝瑞蒙德把他们绑在一起时,她的身体紧绷得好像一张弓。她的手臂笨拙地搂住他的腰,仿佛想在不碰触他的前提下抱紧他似的。

补给完毕,换好马匹后,他们继续沿着海岸进发。扇形双翼的小巧剪影现身于暗淡的天际,展翅翱翔,冷风自波涛之上吹来。他看到遥远的海面上,有条孤船的船首亮着一点灯光。陆地这边,一头夜鹰发出颤鸣。

"太后的事我很抱歉,"布琳娜说,"要是我能早点和她碰面就好了。"

"我也这么想,"尼尔回答,"要是你能救她的命就好了。"

"你觉得如果你没被关押起来,就能救她的命了?"

"也许吧。"

"我也说不准。但直到贝瑞蒙德来之前我都没法行动,而且没有他的帮助,我也没法找到她。你也一样。"

他点点头,但没有回答。

"他觉得她很安全。他是想保证她的安全的。"

"我知道,"尼尔说,"我没怪你。"

"你在怪你自己。"

"我不应该让她来的。"

"那你打算怎么阻止她?"

他不知如何作答,于是他们在缄默中前进了片刻。"故事里说的骑马听起来多容易啊。"最后,布琳娜壮起胆子开了口。

"等你习惯以后,它也没多难,"他说,"你感觉如何?"

"一部分的我像是在火上烤,另一部分完全没有知觉。"她说。

"那我们休息个一两天吧,"他催促道,"你先远离马鞍一阵子。"

"不行,"她低声道,"我们必须在罗伯特之前赶到她那里。"

"安妮那里?"

"不是安妮。是个小女孩。她跟一个男人和一个女人待在豪德沃普恩。他们身边到处都是音乐,有些可怕,有些动听,有些两者皆有。"

"听起来很耳熟。"尼尔说。

"男人和女人新婚不久。孩子不是他们所生。"

"有个名叫埃肯扎尔的作曲家,"尼尔说,"他是——是太后最喜爱的作曲家。她出席了那场婚礼,我也跟着去了。他和他妻子照看着一个女孩:葛兰夫人的女儿梅丽。"

"对。而且是安妮同父异母的妹妹,对吗?"

"听说是。"

"等我们到达附近以后,你能帮我们指路吗?"

"这跟修复死亡的法则有什么关系吗?"尼尔问。

"它是一切的关键,"她回答,"如果罗伯特也知道这件事,那她就非常危险了。"

"罗伯特怎么可能知道?"

"我不清楚。但我预见到他去了那儿,"她顿了顿,"我知道玛蕊莉太后和贝瑞蒙德的武夫布劳萨们的死因了。"

"你也差点因此而死。"

"对。是音乐,可怕却莫名动听的音乐。一旦你开始聆听,就难以停止。如果不是你阻止我,如果不是你呼唤了另一个名字,我也许已经不在人世了。"

"是你在那条船上用的名字。"

"对,"她低声道。他真想转过身去看着她的脸,"在那条船上,那时我不是我,你也不是你。"

"但我们现在是我们自己。"

"对,"她回答,"我们是我们自己。"

他以为她只是略微停顿片刻,还打算继续说下去,但她没有,至少没有继续这个话题。

"我告诉过你,我肩负着一项更崇高的职责。"最后,她说。

"是的。"

她似乎又心理斗争了一会儿,才继续说下去。

"我曾经有过三个姐妹,"她说,"我们有许多名字,但在克洛史尼和莱芮,我们最广为人知的称呼是翡思姐妹。"

"就像故事里说的那样？**提尔·纳·西德**的四位女王？"

"既是又不是。故事有很多，但我是真正存在的。"

"我不明白。"

"我之前的翡思姐妹会佩戴面具。在维吉尼娅·戴尔失踪后的艰难时日，曾经有很多翡思姐妹。当时我们被称为**梵埃提**。时间会改变语言，歪曲名字。我们确实存在过，有些人躲藏在野外，另一些在偏远地区隐居。要知道，我们不是亲生姐妹，而是生来便拥有力量的女子。等我们上了年纪以后，等到我们的力量衰落、就连药物也无法让我们预见未来的时候，我们就会寻找代替自己的人。"

"可你们是做什么的？"

"这很难解释。我们是拥有两种本质的存在。在这里，我们是人类，我们进食，呼吸，生存和死去。但在安比西图斯，在**否界**之中，我们是所有先行逝去者的总和——和人类截然不同。而且我们能预见到需要。直到最近为止，我们所看到的幻景都很少有特定的含义，我们只能像植物那样，向着阳光。但自从死亡的法则被打破之后，我们的幻景就越来越像是真正的预言了。我和姐妹们努力了好些年，去确保安妮执掌王位，但在那个可怕而清晰的瞬间，我发现了我们犯下的致命错误。

"我的姐妹们不相信我，所以她们死了，连同我们创建的组织一起——至少大多数的成员都死了。艾丽思就曾是我们的一员。"

"这么说她知道你是谁。"

"那是看到我以后的事了。之前她不知道。"

"你的姐妹们是怎么死的？"

"这解释起来也很复杂。在某种意义上说，是安妮杀了她们——是过去和将来的那个安妮，不是你所知的那个。是她即将成为的那个她。"

"你是怎么逃脱的？"

"我离开了安比西图斯，藏了起来。我放弃了自己作为翡思姐妹的身份，开始全力修复我们犯下的错误。"

"那现在呢？"

"就像我所说的，安妮已经超越我了。但我还有机会修复死亡的

THE BORN QUEEN

法则。那个叫梅丽的女孩——我们早就注意到她了。她拥有一种古怪而奇妙的力量——在某些方面和我很像,但又和一切能力都截然不同。我的姐妹之一在死前把种子埋在了那个作曲家的心里,以便让他和梅丽去抹消法则所受的损伤。我现在必须去查看结果才行。"

"如果死亡的法则得到修复——"

"对。罗伯特就会死。"

"那我们就去吧。"他喃喃道。

月亮落下,繁星点缀着天际。他们让马儿从慢跑转为快步,周而复始,以此减缓坐骑的体力消耗。

累得发抖的布琳娜软软地贴在他背上,随即坐直身子。

"抓紧些,否则你会掉下去的。"他说。

"我想……"她叹了口气。

"什么?"他用嘶哑的声音说。但他明白自己不该问的。

她没有回答,在他身后,她的身体变得比刚坐上马鞍时更加僵硬。

"我说过,我冒险把你带出地牢,是基于三个理由。"

"对。你说过第三个理由并不重要。"

"我说的是'现在已经不重要了',"她说,"我没说过它并不重要。你还记得前两个理由吗?"

"你说你不相信我是刺客,而且你觉得我们可以互相帮助。"

"你得理解我的世界,"她说,"我生活的方式。我这一生曾经有四次面临暗杀的危险:一次是我的亲表兄,他担心我发现他给我父亲戴绿帽子。我十岁的时候,克洛史尼派来了一个修女院出身的刺客。我不知道是谁派她来的。最接近成功的是来自韦斯特拉纳的黑暗森林的黑爪杀手。他的匕首险些割断我的喉咙。我希望你明白这些,因为虽然我不愿思考你会杀我这件事,但我的心底还是觉得你会这么做。"

"那又是为什么?第三个理由是什么?"

"第三个理由是,只要能再次与你相见,我宁愿赌上我的性命。"

沉闷的马蹄声伴随着寂静,与此同时,那轮巨大的血月正朝着黑暗的海面落去。

"我爱你。"他说。

他能感到她的身体软化下来，随后贴紧他的背脊，她搂住他腰间的动作突然变得轻柔而熟悉。他不能，也不敢转身去吻她，但这没关系。这已经是他这辈子所经历过的最美妙的事了，在接下来的几个钟头里，挫折感、悲伤，甚至是对复仇的渴望，都无法将他的注意力从这位神秘而奇妙的女子——这位紧紧抱着他的女子——身上移开。

第五章 埃克米梅诺

卡佐摸了摸奥丝娃的脸颊,轻柔地分开她的双唇,滴了些掺水的葡萄酒进去。片刻后,她的喉咙动了动,酒液流了下去。

他凝视着她平静的面容,努力压抑那古怪的恐慌感。

她还活着,所以还有希望,他心想。

"安妮的医师肯定能治好你,"他向沉睡着的女孩保证,"故事向来是这么发展的,不是吗?只不过解药一般是某个英俊王子的吻。我是不够英俊,还是不够王子?"

车轮隆隆滚动,马车又前进了一会儿。

"我们也许不该直接去伊斯冷,"他告诉她,"我们今天下午就能到幽峡庄。也许女公爵会帮助我们的。"

当然了,奥丝娃还是一言不发。

在离幽峡庄还有约莫半里格远时,他们撞见了一位骑士和他的扈从们,他是威廉爵士,女公爵的仆从。他护送他们回到了那座造型怪异且欠缺防御能力的宅邸。女公爵很不寻常地没有出来迎接,但等士兵们在村子里住下之后,卡佐收到了一封共进晚餐的邀请函。他驾着马车把查卡托和奥丝娃都带了过去。

艾黎宛·戴尔是个身材娇小的女子,沉着的外表几乎让人无法猜透她对放荡生活的追求。通常人们会在交谈中早早发现她那不够高尚却算不上令人讨厌的本质,但在今天,她和他上次见到她时大为不同。她身穿黑裙,头发上束着黑网,她的属下和仆从往常都穿得五颜六色,如今也都一身素衣。

他们走进房间时,她站起身,伸出手。等他们行过吻手礼以后,她弯下腰,吻了卡佐的双颊。

"能看到你真好,*mi dello*,"女公爵道,"世界一片黑暗,可你的双眼里仍有光明。"

"艾黎宛大人,我荣幸地向您介绍我的剑术老师和导师——"他突然想到自己并不知道老人的真名。查卡托只是他们之间的昵称,意思是"受诅咒者"。

"埃克米梅诺•迪•艾瑞斯提亚•达奇•维瑟里埃提,"查卡托说,"愿为您效命,女公爵大人。"

卡佐眨眨眼,努力不表现出惊讶。维瑟里埃提家的贵族们是维特里安最富有也最有权势的一群人。

艾黎宛也吻了他的双颊。

"奥丝妮跟我们在一起,"卡佐说,"她的状况不大好。我觉得您的医师应该能帮帮她。"

"奥丝妮病了?我们当然会尽力救治她的。"她的前额微微皱起,"你怎么没和安妮在一起?她……"她没把话说完,但眼中似乎有什么东西在闪烁微光。

"她派我们去了邓莫哥。"卡佐说完,随即察觉了艾黎宛的语气。

"她怎么了?"他突然心烦意乱。

卡佐坐在第一次亲吻奥丝妮的那张椅子上,灌了一大口玻璃瓶里的烈性红酒。他看到查卡托走了过来,便把酒壶递给他。

老人古怪地犹豫了片刻,然后喝了一口。

"你还有什么要告诉我的?"卡佐问。他想要聚集心中的怒气,却发现自己做不到,"你真的是个贵族?没准还是艾滨国的梅迪索?"

"我哥哥才是贵族,"查卡托说,"我想应该是吧。我已经有很多年没见过他,也没听过他的消息了。"

"为什么?你为什么像我父亲的仆人一样住在我家里?你是他从战场上拉回来的流浪士兵?"

查卡托喝下一口酒,然后又是一口。

"我从前一直对你说,我没见到你的杀父仇人的长相。"

"对。"

"我撒了谎。"

卡佐瞪着这位老人,他过去的人生突然绵延开去,仿佛他正踩在一根绳索上,正努力维持平衡,却突然失足落下。他所知的一切有真实的部分吗?

"谁杀了他?"他质问道。

查卡托的目光转向不远处。"我们当时在乌瓦德罗山脉的一个名叫菲耶拉的小镇里。那儿的人酿有一种名叫乌查皮拉的烈酒。你父亲和我,我们俩喝了很多。然后来了个人——我已经记不清他的名字了。我发现我前一天晚上跟他的女人睡了觉,于是他叫嚣着要跟我决斗。可我醉得太厉害了。我想去决斗,可腿不听使唤。等我醒来的时候,你父亲已经出门跟他开始决斗了。我才刚醒过来不久,所以脾气又坏又不清醒。我只想自己去跟那人决斗,可当我叫嚷着冲出旅店的时候,马梅西奥分了心,然后那人就刺穿了他的脾脏。"他把目光转向卡佐。"我杀了你父亲,卡佐。我醉酒后的愚行杀死了他。你明白吗?"

卡佐猛地站起身。"一直以来——"

"我做了我能想到的唯一一件事,"他说,"我取代了他,把你抚养长大。"

"跟他决斗的那个人呢?"

"当然是被我杀了。"

"你应该告诉我的。你有很多事都应该告诉我的。"

"是的。可我没那个勇气。"

看着眼前这个并不熟悉,也从未了解过的人,卡佐觉得自己的心收紧了。

"现在告诉我反而更糟,"卡佐说,"在一切都濒临崩溃的现在。"

"你打算做什么?"

"在知道安妮已死之后?杀死赫斯匹罗,找到治好奥丝婭的办法。然后回家。你为什么不早点告诉我?"他喊道。

"我太歉疚了。"查卡托咕哝道。

"你根本没说过抱歉。"卡佐说。

"卡佐……"

"走开,"他说着,突然感到疲惫至极,"无论你是谁,让我一个人待会儿。"

查卡托缓缓起身,伫立不动,双臂垂在身侧,就这样过了许久。然后他转身离开了。

卡佐继续喝起酒来。

他在次日早晨醒来,仍旧躺在长椅上,身边有个艾黎宛的男仆正带着歉意轻拍他的身子。他晃晃悠悠地坐起身来。

"怎么?"他说。

"女主人希望您在三点的时候去她的房间。"

"现在几点了?"

"两点了,阁下。"

"很好,"卡佐道,"我会去的。"

等他找到自己的房间,努力在浴缸里清洗干净之后,他才开始担忧这次会面所指定的场所。

等他进了房间,发现女公爵躺在床上,奥丝妮则躺在毗邻的一张床上时,他的担忧更重了。

"别摆出那副表情,"艾黎宛的语气显出了过去那个她的些许痕迹,"每个男人都喜欢有两个女人相伴。"

"女公爵大人——"

"安静点儿,坐到床边上去。"她说着,倚着一只巨大的枕头坐起身来。她身上裹着一件金黑相间的锦缎睡衣。

等卡佐小心翼翼地坐上床后,两个侍女端着两托盘食物走了进来。一盘放在了女公爵面前,另一盘则端到卡佐身边。第三个仆人,一个有双大眼睛的苗条女孩端着像是麦片粥的东西走进门来,开始给奥丝妮喂食。

"格蕾娜非常善良,"女公爵说着,朝着那女孩连连颔首,"她哥哥在一次骑士决斗里伤到了头部,没法自己吃东西。他活了两年,所以她很有经验。她的灵魂很有包容力。"

"感谢您的好意,女公爵大人。"

艾黎宛瞥了眼奥丝妮。"对我来说,奥丝妮和安妮一样宝贵,"

她说,"她就像我的侄女法丝缇娅和艾瑟妮一样。"她摇摇头,"我还不到三十呢,卡佐。希望等你到我这个岁数的时候,不会失去这么多至亲。"

"奥丝妮没死。"他说。

"对,"女公爵答道,"是没有。吃早餐吧。"

他低头看着托盘,觉得自己不饿,但奶油馅饼、香肠和露莓都在引诱着他尝上一两口。

"奥丝妮和格蕾娜的哥哥不一样,她的头上似乎没有伤,除了腿部的刀痕外也没有其他伤口。你说过这是某个教士干的。你知道他想干什么吗?"

"不。她说他说过些'血液从不说谎'之类的话,但没有提过具体的含义。"

"有意思,"艾黎宛说,"不管我可爱的女孩身上究竟发生了什么,我想我们最好考虑到魔法之类的原因——很不幸,我对此知之甚少。"

"您认识什么比较了解这方面的人吗?"

"我想你的意思是教会外的人?"

"那样的话最好。"

"不,我真的不认识。但你肯定认识。"

他点点头。"对,安妮曾经在伊斯冷请教过一个瑟夫莱老女人。"

"伊斯冷可不容易进啊,"艾黎宛说,"城市正在遭受围困,赫斯匹罗的军队驻扎在城市南方,寒沙人在北方。他们的舰队在浮沫海湾会合,但其他的消息我就不清楚了。"

"掌权的是谁?"

"阿特沃宣布自己为摄政王,"她说,"按道理来说,他的后继应该是查尔斯,但没有人想再重演那种闹剧了。排除他之后,情况就比较复杂了,有葛兰的私生子,还有罗伯特,以及许许多多的堂兄弟姐妹。"

"还有你。"卡佐指出。

"噢,是啊,"她说,"但这根本不可能。我没兴趣。但说实话,想这些都没有意义，因为我估计伊斯冷就快失陷了，这事还是留给马克弥和赫斯匹罗去操心吧。"

卡佐耸耸肩。"我不关心掌权的是谁。他们就算把一头猪送上王位我也不在乎。但我想要奥丝婼回来，而且我得干掉赫斯匹罗。"

"杀死教会的教皇？我倒是很想看看你如何办到这一点。"

"我遇到过那些看起来永生不死，而且不可战胜的家伙，"卡佐说，"他们中的大多数都死了，或者跟死也差不多了。"

"那就这么定了？你真的要去伊斯冷？"

他点点头。"如果我能向您借几匹马的话。"

"当然可以，"她回答，"你想好怎么进城了吗？"

"没有，"他说，"但等到需要的时候，我会想的。"

他于次日出发，带着马车里的奥丝婼和另外三匹马。他甚至懒得去找查卡托道别。

他循着道路，穿过梅高平原泛黄的平坦草地。云朵仿佛快船般掠过天际，直到接近日落时分，它们才堆积起来，遮蔽了繁星。空气潮湿而凉爽，闻起来有雨的气息，这时他去了车厢里，喂了奥丝婼一些粥和添了水的葡萄酒。她似乎在日渐消瘦。

"那个瑟夫莱肯定知道该怎么办的，"他向她保证，"主母乌恩会有解药的。"

车外细雨绵绵，于是他躺在车厢里，聆听着雨点拍打顶篷的响声，直到睡意袭来，他才钻进她的毛毯里。

次日早上，他在鸟儿的歌唱声中醒来，这才意识到太阳早已高挂空中，而他也浪费了不少时间。他为自己在时间如此紧张的时刻还能睡着而感到内疚。他喂奥丝婼吃了早点，自己吃了点肉干。他发现马儿们在吃草，于是给它们重新套上挽具。他坐到椅子上，驾马出发。

他意识到上一次独处已经是很久以前的事了，在邓莫哥酒窖里的那次除外。说实话，现在他也不能算是独处，虽然无论从哪方面来看，他都有独处的感觉。他过去常常一个人待着，现在他才明白自己有多想念那种感觉。

THE BORN QUEEN

我究竟是个怎样的人?他思索着。安妮死了。奥丝婗很可能也会随她而去。可不知怎么的,他的心底却颇为兴奋。他如今能够安静地思考、没有人质问他,除了看着路之外也无事可做。

"安妮死了。"他说出了声。他想起了见到她的第一眼,当时她正在圣塞尔修女院附近的一口池塘里洗澡。她成为了他生命里无法抹去的一部分,而他当时本以为自己再也见不到她了,可这个想法不仅错误,而且根本不可能。他们一起死里逃生了那么多次,究竟是为的什么?为了让她现在死去?他所做的一切都只是白费力气吗?

不过当然了,无论你逃过了怎样的险境,死亡总会降临。谁也无法逃脱死亡。

中午时分,路面蜿蜒着转向山下,不时出现的眉棱塔的塔轮在远方旋转。他停下来进餐,给奥丝婗清洗了身子,然后把马儿们带到水边。他正准备再次出发的时候,一队骑手出现在前方的路上。

他张望四周,可这里全是开阔的田野。如果他们是敌人,那他做什么也没有用了。

奇怪的是,他起先觉得那些马匹上坐着的是几只巨大的蘑菇,但等他们靠近些后,他才发现那些是瑟夫莱,他们戴着独特的宽檐帽,以免阳光直接照射到他们脆弱的肌肤。

等他们再接近一些后,他认出了那些人的服色:他们是安妮的瑟夫莱保镖。

他看着他们靠近,思索着他们可能的来意。他们没能保护自己的主人,莫非现在是打算跳进东边的海里自尽?

他发现他们共有四十人,又好奇自己干吗要做这种事。这些不是他的盟友吗?如果是的话,他的胃里为什么有种怪异的感觉?

还有,他们干吗要从两侧包抄他?

他勒住了马。其中一名骑手驾马上前,拉下那张盖住了大半张面孔的薄纱。他是安妮的护卫队长,考斯·冯塞尔。

"卡佐,"考斯说,"想不到能在这遇见你。"

"是啊,"卡佐回答,"真想不到。"

"你听说了吗?"

卡佐点点头,眼角的余光发现这群瑟夫莱仍在继续包围他。

"真是太令人震惊了。"

"我想也是,"卡佐说,"你们本该保护的那个人却在你们的环绕中遭到杀害。这怎么可能?"

"我相信如果你在场,情况肯定会有所不同。"考斯说。

"我也这么觉得。"卡佐说。

"我猜奥丝姹就在马车里。"

"你为什么这么想?"

考斯叹了口气。"时间短暂,"他说,"我不会把它浪费在跟你说笑上的。我见识过你打斗的技巧,我想你如果愿意的话,也许能杀掉我们中的几个人,但我们没有理由走到那一步。"

"我有什么理由跟你们打?"

"没有。我们是来护送你去伊斯冷的。"

"真好心啊。我正要去那儿呢。可我为什么需要护送?"

"城市正被围攻。你们需要我们的帮助才能进城。"

"可你为什么要帮我?我想这才是我真正要问的。"

"我们没在帮你,"考斯说,"我们为的是奥丝姹。你进不进城里不是关键。"

"你们想要奥丝姹做什么?"

"这事不需要你来操心。"

"噢,我可操心着呢。"

考斯正想说点什么,可目光随即投向了卡佐身后,他的面孔皱了起来,露出一副像是懊恼的神情。

"原来你不是自己过来的啊。"他说。

卡佐转过身,只见山上有一队枪兵正在列阵。

"查卡托。"他喃喃道。

"来吧。"考斯说着,抽出剑来。卡佐也拔出了埃克多,却发现与此同时,六名弓手都将箭尖对准了他。

"我们上山去,跟你的朋友们谈谈,"考斯说,"我们去告诉他们,没有开战的必要,好吗?"

"如果你坚持的话。"卡佐说。

"别忘记,奥丝姹会留在这儿,和我的手下在一起。"

"我不会的。"

他跟着那瑟夫莱爬上山坡。查卡托骑着一匹灰色公马,停在队列前方,注视着两人的到来。

"我没叫你帮我!"等他们近到能听见叫喊声的时候,卡佐便高喊起来。

"对,你没有。"老人道,"我也不打算帮你。只不过我跟这些人说,我准备把他们弄进伊斯冷去。"

"很好。"

"你这些朋友是什么人?"

"安妮从前的护卫,"他答道,"他们好心提出要护送我去城堡。"

"噢,很好,"查卡托说,"那你也用不着我帮忙了。"

卡佐点点头。"那酒呢?你喝了没?"

"还没,"查卡托说,"时机还没到。"

"说不定不会有更好的时机了。"

"你只是想分一杯羹吧。"

"我不否认。"卡佐说。然后他飞快转身,一拳打中考斯的下巴,拔出埃克多,矮身躲过飞旋而来的箭矢。

他们会留奥丝妮活口的,他想着,一面祈祷自己想得没错。他打心眼里清楚这是最好的选择。

枪兵们一声怒吼,开始冲下山坡。

天降女王

第六章 蕨草般的希望

芬德的军力也所剩无几了。他身后只剩下一个瓦伊斯战士，一条腿还受了伤。至于怪物，埃斯帕所看到只有一头狮鹫，一匹人狼和两头尤天怪。

他们的数量仍旧是他无法抗衡的，但他已经准备好一试。"我早说过你会需要我的帮助。"那瑟夫莱道。

"是啊，谢了。"他说着，把一支箭搭在那张还没用顺手的弓上。

但在他瞄准目标之前，人狼和尤天怪便飞快地挡在了芬德身前。

"埃斯帕，"芬德喊道，"就算你成功地在这儿干掉了我——更可能的情况是我干掉你——那么薇娜、你的孩子，还有你的宝贝森林会怎样呢？我会告诉你的。圣格拉维奥的骑士和他的二十个手下会抓住她。也许他们还会杀了她。无论他们是谁派来的——我敢用我的另一只眼睛打赌，是赫斯匹罗——都不会希望新的荆棘王出现在世间，至少在他们掌握圣堕王座并且支配一切之前不会。你和我利害相同，埃斯帕。"

"我很怀疑。"

"随你怀疑去吧，我帮助你的提议仍旧不变。我能找到维衡柯德，你知道的，我不需要你也能办到。的确，我很想现在就干掉你，但这么一来，我就少了个人手——或者说怪物，谁知道你更接近哪边多一些呢？——来对付那个骑士。我们彼此需要。我们之间的分歧可以以后再解决，你说呢？"

埃斯帕盯着芬德的独眼，想起了葵拉死去的场面，想起了上次他们在荆棘王的山谷里的情景。

他对这个瑟夫莱的憎恨无以复加，但誓约令他无法射出这支箭。

"那就别说这些蠢话了！"他怒吼着垂下了弓，"走吧。"

THE BORN QUEEN

斯蒂芬和泽米丽在维尔尼的掌握下飘浮于空中,在被斯蒂芬驯服后,这头恶魔的手掌变得柔软而坚定,几乎有天鹅绒般的质感。他相信维尔尼的肢体更接近触手而非手臂。斯蒂芬的感官仍旧无法清晰地感受到这些:无论凭借力量或者任何命令都无法令那显然历史悠久的魔法消散,显露出这头生物的真正外表。这种魔法相当微妙,要抹消它需要更长的时间,或是更加强大的力量。

不过那片遮蔽维尔尼的乌云对他自己的视觉没有丝毫影响,这让他很高兴,他们飘过层叠的云层,下方的风景随即一览无余。

在他的正下方,伊斯冷堡的高塔仿佛怪模怪样的长枪般直指而来。在城堡周围是鳞次栉比的城市,还有绿意盎然的狭长旖旎岛。两条大河和上千条整齐的运河绕过岛身,向着地平线处绵延而去。

在河堤的两旁,在那些运河附近,有火堆、营帐,还有数以万计的士兵。

朝西方望去,越过一片广阔的海湾,再翻过一片布满锯齿状城垛的庞大城墙,在他目力能及之处的莱芮海上,密密麻麻地散布着许多船只。

"伊斯冷。"泽米丽低呼道。

"你以前没来过吗?"他问。

"从来没有。"

"我也是。"

这话并不完全正确。他从没到过这个伊斯冷,但他记得自己早先见过一个小得多的伊斯冷,说真的,那时的它不比一座山顶的要塞大多少,只是个努力不被巨人碾碎的小地方,它卑微的君王对他的命令趋之若鹜。

如今的它变得相当壮观。他都等不及想看看王家藏书室是什么样子了。谁知道里面储藏着怎样的珍贵文献,又整整一千年无人问津?

但首先有一样事要做。

他让维尔尼把他们放在岛上某座漂亮的小山上,在这里,他们能清楚地看到周围的风景,然后他派恶魔去确保周围无人接近。他们吃了一顿咸火腿、梨和甜红酒组成的美餐。泽米丽起先很紧张,但发现没人来打扰他们后,她终于放松下来,甚至打起了瞌睡。

他发现维尔尼飘了过来。

"我闻到了王座的气息。"它说。

"是啊,"斯蒂芬说,"我也一样。它不在这儿,但它很快就会出现在那边的墓城里。维吉尼娅肯定把捷径布置在那儿了。"

"你在胡言乱语、蝼蚁。"

他摇摇头。"不。她留下了力量,但她也为自己的后人留下了一把钥匙,以及一个能用这把钥匙打开的地方。她创造了一条巡礼路,一条只有两座圣殿的短暂巡礼路——但彼此间相隔一百里格的路程。一旦她的后人拜访了这一座圣殿,也就无可避免地会去拜访另一座,随后继承她更多的力量。这就是安妮身上发生的事。但安妮不是维吉尼娅。她不会在用完力量后就将它放弃。"

"所以你才寻求王座?为了拯救世界?"维尔尼的语气满是怀疑。

"为了让它恢复该有的样子。"

"那为什么不去阴影之城,然后等待?"

斯蒂芬拔起一根青草,放在齿间。"因为我连安妮的影子都看不见了。即使在我走过那条巡礼路以后,我也没法看到任何和她有关的事,但我知道她在哪儿。现在她好像完全消失了一样。她也许离这儿有一千里格远,又也许就在这儿等着我。我仍旧能看见赫斯匹罗,也许我应该先挑战他,在对付安妮以前先把他的力量纳为己有。"

"懦夫。"

"噢,你希望我匆忙开战,然后输掉。你想要重新获得自由。你没机会的,我向你保证。"

"蛆虫,你太无知了。"斯蒂芬只觉有一千根无形的尖针正戳刺着他的血肉。他转了转眼珠,挥挥手,将攻击化为无形。

"安静。我要再次尝试寻找她了。也许靠得近点会有用。"

维尔尼一言不发,可他能感觉到它闷闷不乐地盘绕起身体。

他令自己的感官飘飞,仿佛池塘里的涟漪般,自他体内扩散开去。那股悸动的反胃感来自即将现身的王座:那股从容的气度属于他过去认识的那个赫斯匹罗护法,但他的力量又仿佛腾空出世一般。

他恐怕很难对付。他该不该跟他联手对付安妮呢?这也许是最安全的法子:一等他们获胜,他就可以立刻袭击这位教皇大人。

但赫斯匹罗肯定也有相同的打算。

他正准备放弃的时候,某种东西吸引了他的注意,那是他眼角的一丝微光。它来自几里格外的城内,就像伊斯冷墓城一样,它散发着圣塞尔的气息。

起先他摸不着头脑,但片刻后,他露出愉快的微笑,拍了拍手。

"我早该猜到的,"他说,"这太奇妙了。而且没有别人知道。"

"你在嘟囔什么?"维尔尼问。

"我们去瞧瞧吧,"斯蒂芬说着,揉搓着双手,"最坏也能打发时间。但我想不会这么糟的。首先我们得帮泽米丽找个安全的地方。"

埃斯帕上次见到天肩山时,他还沉浸在一段太快发生也太出乎意料的爱情中。他们——还有他看到的一切事物——都美丽得超乎想象。

他觉得它们依旧很美,那些庞然巨物般的高山,山顶高得淡入天际,仿佛正午的月亮。但他这次并没有被爱情冲昏头脑,远远不是。不,他现在所想的大多和杀戮有关。

誓约依旧不肯释放他,恐怕在他真正把薇娜带去维衡柯德之前——更可能的情况是她和莉希娅一起到了那里——都不会。在那之前,他都没法把芬德劈成两半,因为那样的话芬德的怪物就会杀了他,而这违背了誓约的意愿。

情况就是如此。等他们到达山谷后,也许就会不同了。

他已经不期待自己能在那儿做些什么有用的事了。他毫不怀疑芬德会剖开薇娜的肚子,用那个沙恩林修女的疯脑袋想出来的某种乌七八糟的献祭仪式把她肚子里的东西献祭掉。可要说治愈森林,让它恢复原样?这实在不太可能。而且等他和薇娜到达山谷以后,再想活着出去的可能性同样不大。也许他最好的选择就是让她没有痛苦地死亡,然后再在自己被干掉以前尽可能地杀死芬德和剩下的那些家伙。是生是死他并不怎么在乎,没有了森林和薇娜,让他留在命运之地的理由也就不复存在了。

他就这么在绝望中前进了几个钟头，随后意外走上前来，一耳光把他打醒。

他们正以之字路线攀向山丘的狭长山脊时，一条溪水挡在前方的路上。而就在那条流下山坡的溪水旁，长着一小片绿色的蕨类植物。没有什么黑蜘蛛树，也没有龙舌似的东西，只是一片普普通通的蕨丛。

沿路前行，他们发现了更多的绿意，这天结束时，他们又回到了几近天然的林地里。从进入御林之后，他紧绷的胸口头一回放松了少许，腐败的恶臭几乎消失了。

这么说，森林的心脏仍旧活着，他想。至少在这件事上莉希娅说得没错。也许她对的不止这一点。

莉希娅带走了薇娜，这也就意味着那个瑟夫莱也觉得她怀着的孩子也许是解决问题的关键。但她是早就想到了这些，还是听见了他和芬德的对话？

而且并不是只有莉希娅和薇娜而已。他找到了第三道足迹：易霍克的足迹。莉希娅带着他们，沿着埃斯帕上次的路线去了山谷，那是一条远路，需要爬下一片长满荆棘树的深谷。

他们是一天前留下这些足迹的：芬德走的是更接近直线，而且马匹能够通行的路线。那些骑士也是这么前进的。只要不出意外，他们就能赶在莉希娅、薇娜和易霍克前头。等薇娜进到山谷以后，誓约应该就会解除，埃斯帕也就能随心所欲地行动了。

等到夜幕降临时，听着周围夜鹰的叫声，他又对未来不确定起来。

因为他再次拥有了希望，像蕨草般脆弱而固执的希望。

第七章 佳酿的证明

卡佐杀得满眼血红，彻底失去了时间感。他的手臂太累了，只得剑交左手，等左手使不上力的时候再换回右手，但这点休息起不到太大作用。他的肺在胸腔中灼烧，双腿摇晃不止。等他笨拙地从上一个对手身上拔出佩剑时，发现下一个已经冲了过来。他飞快转身面对敌人，却旋转着倒向鲜血浸染的地面。那瑟夫莱用一把弯剑斩向他，可卡佐在地上滚了几圈，随即掉转方向，满怀希望地刺出埃克多。那瑟夫莱只怕是跟他一样疲惫至极，因而止不住势头，径直撞上了剑尖。他的身体顺着剑刃滑下，倒在卡佐身上。咽气前，他用古怪的语言低声咒骂了一句。

卡佐嘟哝了一声，努力想推开那具尸首，可他的身体却不肯配合。他回想着在马车里全然无助的奥丝娅的样子，终于成功推开了那人，又摇摇晃晃地拄着埃克多站起身，却恰好发现另外五个瑟夫莱迎上前来。他们正准备包围他。

他听到身后有人走来。

"是我。"查卡托的声音说。

卡佐情不自禁地露出疲惫的笑容，这时老人的背抵在了他身后。

"我们背靠背战斗吧。"剑术大师说。

经由这简单的碰触，卡佐发觉了一股仍旧存在于他体内，而先前没能察觉的力量。埃克多举起，行云流水般刺出，仿佛拥有了自己的生命。金铁交击声在他身后响起，卡佐嘶吼一声，挡住一次攻势，细剑随即刺穿了一名黄色眸子的瑟夫莱战士。

"我来了你高兴吗？"查卡托咕哝道。

"反正我都占上风了，"卡佐说，"但我不介意有人帮忙。"

"我怎么没看出来？"

卡佐刺出一剑，挡住了对准他手臂的一次还击，随后将敌人逼退。

"有时候我太急着下结论了。"卡佐承认。

他面对的那两个瑟夫莱同时朝他攻来。他偏转其中一个敌人的剑,让他刺穿了自己的战友,然后脱手放开佩剑,一拳打在那人的脸上,令他踉跄退后。与此同时,卡佐也拔回了埃克多,重新摆出守势。

卡佐听到查卡托哼了一声,接着背上好像被什么刺到了似的。他三两下干掉那个步履不稳的瑟夫莱,然后转过身,及时挡住朝查卡托斩来的一剑。他们周围的战斗已接近尾声,查卡托的部下将仅剩的一小群瑟夫莱团团包围起来。

查卡托重重坐倒,捂住腰间。卡佐看到血液从他的指间涌出。色调深沉,几近乌黑。

"我想,"查卡托咕哝道,"是喝酒的时候了。"

"让我先给你包扎吧。"卡佐说。

"没必要。"

卡佐弄来一把刀子,在一个瑟夫莱的衬衫上割下一长条,紧紧地裹住查卡托的身躯。伤口是刺伤,非常深。

"给我把那该死的酒拿来就好。"剑术大师道。

"酒在哪儿?"卡佐只觉喉头发紧。

"在我那匹马的鞍囊里。"查卡托喘息着说。

卡佐花了好一会儿才找到那匹马:它聪明地跑到了离战场很远的地方。

他拿出一瓶佐·布索·布拉托,然后大步回到他的剑术老师等待之处。他垂着头,有那么一会儿,卡佐还以为自己来得太晚了,可老人随即抬起手,递给他一只开瓶器。

"它也许都酸了。"卡佐一屁股坐在他的导师身边,提醒他。

"也许吧,"查卡托赞同道,"我还准备把它留到我们回到维特里安的家里时再喝呢。"

"等到那时也不晚。"

"到时候可以喝另一瓶。"

"好主意。"卡佐附和道。

软木塞拔出时还很完整,考虑到这酒的岁数,这着实令人吃惊。

卡佐把它递给查卡托。老人无力地接过酒瓶，闻了闻。

"得先闻闻看，"他说，"啊，真棒。"他举起酒瓶，喝了一小口，然后闭上双眼，露出微笑。

"不算太坏，"他喃喃道，"尝尝吧。"

卡佐接过瓶子，犹犹豫豫地喝了一口。

战场瞬间消失不见，他感受到了维特里安的温暖阳光，闻到了干草、迷迭香、野茴香和黑莓的气息——但掩盖在这些之下的，是某种无法捉摸的味道，仿佛完美的日落般难以言喻。泪水无法抑制地涌出他的双眼。

"它太完美了，"他说，"太完美了。现在我明白你为什么一直想找到它了。"

查卡托的唯一回答便是脸上残留的淡淡笑意。

"我去告诉他们是我做的，"梅丽说，"我去告诉他们，你们根本不在场。"

里奥夫摇摇头，轻轻捏了捏她的肩膀。"不，梅丽，"他说，"别这么做。而且他们不会相信的。"

"我不想让他们再伤害你了。"她解释道。

"他们不会伤害他的。"爱蕊娜用刻意压低的紧张嗓音承诺道。

不，他们会的，他心想。而且他们还会伤害你。但如果我们能阻止他们检查梅丽，不让他们发现她的不对劲，她也许还有免受伤害的可能。

"听着，"他开口道，可房门随即打开了。

外面站着的不是主祭，甚至不是伊尔泽里克爵士。

来者是玛蕊莉太后的护卫，尼尔·梅柯文。

那感觉就像是在陌生的房间里醒来，又想不起自己是怎么到那儿去的了。里奥夫就这么瞪着他，右手弯曲的手指在左臂上揉搓。

"你们没事吧？"尼尔问。

里奥夫努力找回了语言能力，"尼尔阁下，"他小心翼翼地说，"周围有很多寒沙骑士和士兵。他们到处都是。"

"我知道，"年轻的骑士走向爱蕊娜，割断了绑住她的绳索，然后是里奥夫身上的，又帮着他起身。

他只是瞥了眼地上的那些死人，然后看着爱蕊娜青肿的脸。

"打过你的人里还有活着的吗，女士？"他和声问她。

"没有了。"爱蕊娜说。

"您头上的伤呢，**卡瓦奥**？"他问里奥夫。

里奥夫指了指那些死人。"是其中一个人干的。"他说。

骑士点点头，露出满意的样子。

"您来这做什么？"爱蕊娜问。

回答她的是门边的一个幽灵。她的头发洁白如乳，模样也分外苍白而端庄，看到她的第一眼，里奥夫还以为圣维多瑟离开了月亮上的蛛网，亲自来探望他们了。

"我们是来见梅丽的。"那位洁白的女士道。

尼尔看着星辰在天际现身，聆听着夜晚的种种声音在周围逐渐响起。他坐在树荫下，离作曲家的小木屋约莫半箭之遥。

玛蕊莉也在那里，身体用贝瑞蒙德的藏身处贮存的亚麻布包裹着。在旅途的大半时间里，她的遗体都很随便地绑在马鞍后面，但一等到了新壤，他们便为她找了辆小货车来放置她。

得尽快把她下葬才行。他们当时没用盐处理她，腐败的气息已经开始显现。

他发现一个苗条的身影朝他走来。

"没打扰你吧？"艾丽思的声音在黑暗中问道。

他指了指另一张椅子。

"我不太明白他们在里面谈的事，"她说，"但我弄到了这个，"她扬了扬手里的一瓶东西，"想提提神吗？"

他左思右想，可心中纷乱的思绪令他想不出合适的回答。他看到她抬起瓶子，然后又放下。她擦了擦嘴，把瓶子递向他。他接了过去，把玻璃瓶口对准自己的嘴，屏住呼吸，喝了一口。他差点咽不下去：他的嘴告诉他，这是毒药，快把它吐出来。

可等他吞下之后，他的身体几乎立刻对他感激涕零起来。

他又喝了一口——这次容易多了——然后递还给她。

THE BORN QUEEN

"你觉得那消息是真的吗？"他问，"关于安妮的事？"

"哪一件？是她用黯阴巫术杀死了四万个人，还是她的死讯？"

"她的死讯。"

"据我所知，"她说，"这消息来自伊斯冷，不是寒沙。我不认为放任这种传言散播会对任何人有好处。"

"噢，我真没用。"他说着，再次接过瓶子，又喝了一口那种可怕的液体。

"别这么说。"艾丽思责怪道。

"我是她们两人的护卫。"

"而且你做得很出色。没有你，她们早在几个月前就死了。"

"几个月前和现在，这又有什么区别？"

"我不知道。你活一年和活八十年有区别吗？大多数人都认为有区别。"她抓住瓶子，用力拉了过去，"另外，如果有人要对玛蕊莉的死负责，那也应该是我。要知道，她的护卫并不只有你一个。"

他点点头，只觉胃里开始翻腾。

"所以问题是，"艾丽思说，"你和我现在该做什么？我不觉得我们能帮上那位公主大人和作曲家还有梅丽的忙。"

"我想我们应该找到罗伯特。"尼尔说。

"这主意棒极了，"艾丽思赞同道，"我们该怎么办到呢？"

"布琳娜也许能告诉我们他的位置。"

"啊，布琳娜，"艾丽思的语气变得更加撩人，"这事可真有趣。你在非常有趣的地方有着熟人。你们两个是什么时候变得这么亲近的？"

"亲近？"

"噢，得了吧。从外表看，你不像是那种花花公子，可先是法丝缇娅，然后又是寒沙的公主——后者同时还是翡思姐妹之一。你可真了不起。"

"我见过她——我们以前见过。"尼尔试图解释。

"你说过你以前从没去过凯斯堡。"

"我确实没去过。我们是在维特里安的一条船上遇见的。这不是她第一次逃出寒沙了。"

"情有可原，"艾丽思说，"她为什么回去？"

"她说她预见安妮会把毁灭带给整个世界。"

"噢，至少她在这点上弄错了。"

"我想是的。"

"唔，如果安妮已经死了……"她叹了口气，把瓶子递给他，"她本该拯救我们的，至少以前我是这么觉得的。翡思姐妹是这么告诉我们的。"

"你是说你所属的组织？"

"对。圣戴尔姐妹会。现在已经没有保密的必要了。"

"布琳娜说，她和另外几位翡思都弄错了。我就知道这些。"

他又喝下两口。

"你了解安妮吗？"艾丽思问。

他又灌下一口："略有了解。说实话，我可不愿把她看做朋友。"

"我几乎不认识她。我直到去年都还不太认识玛蕊莉。"

"我想国王的情妇和配偶应该没什么交往的机会吧。"

"对。不过——"她闭上双眼，"这酒真够劲。"

"嗯。"

"她帮过我，尼尔阁下。她不计前嫌地接纳了我。我努力不去爱，因为爱所能带来的除了心碎以外别无其他。但我爱她。我真的爱她。"

她的嗓音只是微微颤抖，可在月光中，泪水早已打湿了她的双颊。

"我知道。"他说。

她静静坐了片刻，盯着瓶子。然后她举起它。"为罗伯特干杯，"她说，"他杀死了我的国王和爱人，又杀死了我的王后和挚友。愿他的双臂和双腿都被齐根切断，再分别埋在不同的地方——"她的喉咙哽住了，然后抽泣起来。

他接过瓶子。"为罗伯特干杯。"他说着，喝下一口。

洁白女士——她的名字是布琳娜——将目光从里奥夫的乐谱上

移开。"这会有用吗?"她问。

里奥夫略微打量了一番面前这个陌生的女子。他很累,头很痛,而他最想要的就是上床睡觉。

"我不知道。"最后,他说。

"不,他知道。"梅丽说。

他向女孩投去警告的眼神,可她却冲着他露出微笑。

"你不相信我?"布琳娜问。

"女士,我不认识您。我以前也受过欺骗——而且很多次。今天太漫长了,我发现自己很难理解您的来意。要知道,曾经有个人拜访过我们,她假装是梅丽的亲戚,而我觉得您和她很像。"

"那是我的姐妹之一,"布琳娜说,"她也许是隐瞒了自己的身份,可她告诉你的每一件事都是真的。她和我一样,是个预言家。也和我一样,她知道如果有人能修复死亡的法则,那肯定就是你们二位了。我是来帮你们的。"

"您要怎么帮我们?"

"我不知道,但我觉得自己有必要来这儿。"

"这可说明不了太多。"里奥夫说。

布琳娜身体前倾。"我打破了死亡的法则,"她平静地说,"我要对此负责。你们明白吗?"

里奥夫呼出一口气,手掌拢了拢头发,却不小心碰到了痛处。他不禁缩了缩身子。"不,"他说,"我真的一点儿也不明白。"

"它会有用的。"梅丽坚持道。

里奥夫点点头。"我谱写这首曲子,更多的是用心而不是头脑,我的心告诉我,只要演奏出来,它就会生效,但这不可能。你看,这就是问题所在。"

"我不明白。"她说。

"您看过乐谱了,对吗?"

"嗯,"她说,"我会弹竖琴和鲁特琴。我也能唱。"

"那您应该也发现了,这曲子有三个声部吧?低音、中音和高音。"

"这不罕见。"她说。

"对。相当平常。只是如果您仔细看过，您会发现每个声部都有两段截然不同的唱词。"

"我看到了。但我以前也见过这种曲子，比如罗杰·海文森的《阿迈悠》。"

"说得很对，"里奥夫说，"但不同之处在这里。第二段唱词——那些有下画线的——必须得由……呃，好吧——死人来唱。"

见她连眼睛都没眨一下，他便续道："另一段唱词是活人唱的，而且为了让这曲子发挥作用，所有歌手都必须能听到其他人的声音。我想象不出实现这一切的法子。"

可梅丽和布琳娜却看着彼此，两人脸上都挂着同样的古怪微笑。

"这不是问题，对吗梅丽？"布琳娜说。

"对。"女孩回答。

"我们最快什么时候能开始演奏？"布琳娜问。

"等等，"里奥夫说，"你们俩在说什么？"

"死者能通过梅丽听到我们的歌声，"布琳娜解释道，"你们能通过我听到死者的声音。明白了吗？我就是你的最后一块拼图。现在我知道自己为什么要来了。"

"梅丽？"里奥夫把目光转向女孩，后者仅仅点了点头。

"好吧，"他说着，努力抵抗希望带来的晕眩感，"如果你们这么说的话。"

"最快要多久？"

"我可以唱中音部，"他说，"爱蕊娜可以唱高音。我们只需要一个低音就好。"

"埃德维恩·迈尔顿。"爱蕊娜说。

"当然，"里奥夫谨慎地说，"他可以胜任。如果他还在豪德沃普恩，我们又能找到他的话。"

"豪德沃普恩正被围攻。"爱蕊娜解释道。

"不，"布琳娜说，"豪德沃普恩已经失陷了。但这事实上对我们是件好事。"

"怎么会？"

"我弟弟是寒沙的王子。他们不会阻止他进出城市，也不会质问他的。暂时不会。"

"一位王——"他住了口,"那你就是寒沙的公主了?"

她点点头。

"那我就真的不明白了。"他说。

"我弟弟和我是冒险来到这儿的,"她说,"你得明白,谁打赢这场仗并不重要。如果生命和死亡之间的屏障继续受到损伤,我们的国度都会化做尘埃。"

"你这话什么意思?"爱蕊娜问,"冒险?"

"我弟弟试图帮助你们的太后,而我是逃出来的,"她说,"如果我们被抓到,就都会被处死。所以我们才要尽快行动。眼下,这里的军队还把我弟弟看做他们的王子。但我父亲的命令很快就会传达到这里,我们的行踪也会暴露,所以我们都得尽快行动才行。"

我们要演奏这首曲子了,他思绪飞转,我们会治好梅丽的。

他紧抓着这个念头不放,却对另一件事避而不见:布琳娜早就做好了赴死的准备,也许她早有预料,也许真是她**预见**到的。这对其他人来说可不是个好兆头。

"噢,"他说,"我们最好先找到迈尔顿,再考虑接下来的事吧。"

第八章 陌生而自然的重聚

"现在怎么办,大人?"简问卡佐。

卡佐盯着刚刚变回正常颜色的大地,深吸了几口气。尽管尸骸遍野,但早晨的空气依旧颇为清新。

"我不知道。"他说。如果说安妮的瑟夫莱护卫都成了叛徒,那主母乌恩多半也一样。如果他带着奥丝妮去见她,他们恐怕也会一头撞进罗网之中。

但他们还有什么能做的?只有进城以后,他才有可能找到能够帮助奥丝妮的人。

"我还是要去伊斯冷,"他说,"这点不会改变。"

"那我们跟着你一起去好啦,"那士兵道,"帝国已经拖欠我们一个月军饷了,而且我们干活很卖力,理当得到报酬。"

卡佐摇摇头。"从我听说的消息来看,你们这样跟送死没有区别。回去保护女公爵大人吧。我相信她会付你们酬劳的。"

"我们不能让你独个儿去送死。"那士兵回答。

"我不会靠武力进城的,"卡佐说,"你们帮不帮忙都一样。这回我必须好好运用我的头脑了。"

"去赴一场注定必死的局,"简说,"这太不值得了。"

"感谢你的鼓励,"卡佐回答,"我知道你是出于好意。你的伙伴们只会引来一场我们不可能打赢的仗。只有我们两个的话,就有法子从后门绕进去。"

简和他对视了片刻,然后点点头,伸出手。卡佐和他握了握手。

"**卡萨罗**是个伟人。"那士兵说。

"没错。"卡佐赞同道。

"他也培养出了一个了不起的人。"

一个钟头之后,他们拔营离开。士兵们掉头返回幽峡庄,只留下卡佐和奥丝妲两人。

　　约莫正午时分,卡佐感觉到一股带着辛辣气息的古怪热风,那气味他从前闻到过,就来自伊斯冷下方的地道。他拔出埃克多,打开车门,开始四下搜寻。周围没有什么可看的:道路的两侧围着树篱,一直绵延到将近一里格的远处。到现在为止,他还享受着这种从开阔到狭窄的风景变化:他几乎假装自己回到了维特里安,正和查卡托做着盛大的巡回旅行,饿了就吃白豆大蒜炖鸽子,渴了就喝清淡的维诺·维里奥酒。

　　现在的他好像突然得了幽闭恐惧症一样。他上次走这条路的时候,身边有一支军队,他们不怎么担心盗匪:如今他意识到,这儿——比方说某段弯道后面——非常适合他们藏身,不禁思索自己是不是太早把简那些人遣走了。

　　当然了,这些跟他闻到的气味没什么关系,总之,他已经开始把那味道当做幻觉,只是他在过去的两年里的某段可怕经历所留下的零星回忆。

　　开始转弯时,他继续握剑在手。

　　没错,那儿确实有人。但不是盗匪。

　　"斯蒂芬修士?"他拉住缰绳,停住马车。

　　"卡佐先生!"斯蒂芬答道,"你成了车夫。"

　　卡佐一时间说不出话来。他并不太了解面前这个人,但他的确认识他,他们的这次碰面似乎太过巧合了些。而且还有另一件事……

　　"要知道,每个人都以为你已经死了。"他说。

　　"我料到了,"斯蒂芬回答,"史林德们确实把我带走了。但我就在这里,完好无损。"

　　他看上去气色不错,卡佐心想,一点也不像死人。只不过他说话的方式和举止似乎都和以前不太一样了。

　　"噢,"他想不出更好的回答了,"我很高兴你没事。埃斯帕和薇娜找到你了吗?"

　　"他们去找过我?"

　　"对。他们跟着你去了。那是我最后一次见到他们。"

　　斯蒂芬点点头,他的眉毛短暂地拧成了一团。然后他又笑了。

"有朋友可真好,"他说,"你要去哪儿,卡佐?"

"伊斯冷。"他警惕地说。这场会面显得越来越古怪了。

"你要去找人救奥丝娉的命。"

卡佐把埃克多抬高了一点儿。"你是谁?"他质问道。

"你在说什么?你认识我啊。"

"我认识的是见习修士斯蒂芬。我不清楚你是谁。"

"噢,那也算是我,"那个人说,"但和你一样,我也经历了很多。我走了一条新的巡礼路,得到了新的能力。所以没错,我所了解的真相是大多数人竭力否认的。我可以看到遥远处的事物。但我不是你害怕的巫师和魔鬼。"

"但你到这儿来并不是巧合。"

"没错,不是。"

"那你想怎样?"

"帮助你。现在帮助奥丝娉,以后再帮助安妮。"

"安妮?"卡佐说,"你怎么可能知道该在哪找到我,却又不知道那件事?"

"不知道什么?"

"安妮死了。"

斯蒂芬双眼圆睁的样子看不出丝毫作伪的痕迹,他的嚣张气焰也头一回有所减弱。

"这怎么可能?"他说着,声音低得令卡佐几乎听不见,"我竟然没能察觉这儿发生的事。可如果安妮已经死了……"

他抬高嗓门:"我们可以回头再去理清状况。卡佐,我能帮助奥丝娉。但你必须跟我走。"

"跟你走?"

"抓住她,"斯蒂芬说,"还有他。"

卡佐猛地转过头,去看这位见习修士究竟在跟谁说话,可他看到的只有一阵怪异的波动,仿佛灼热的岩石上方的空气。然后有东西牢牢地裹住了他的腰部,将他抬向空中。他本能地尖叫起来,举剑朝着那看不见的东西猛地刺去,可随即有什么东西抓住了埃克多,将武器从他手中夺走。

THE BORN QUEEN

然后传秘人便带着他们三人疾飞向前，卡佐除了咒骂和思索方才被斯蒂芬制服时该如何应对之外，什么也做不了。

不久后，卡佐终于屈服于他正在享受这一刻的事实——至少有那么一点儿。他时常设想飞行会是什么样子，等到最初的恐惧消磨殆尽之后，剩下的就只有兴奋了。他们从淹地和运河上空飞掠而过，在不到一个钟头的时间里就赶完了马车需要花费数日的路程。伊斯冷出现在远方，仿佛他们脚下的一座玩具城堡。

"狂妄，"斯蒂芬说，"它向来是我的致命弱点。但我没法同时看到四面八方的景象，不是吗？特别是在有人干扰的情况下。"

"你在说什么？"

他们突然开始下降，目标并非伊斯冷，而是它南部的那座黑色的墓城。

"但他并不了解奥丝娅，"斯蒂芬续道，"这将成为他的败笔。他为了力量杀死了安妮，却一无所获，因为那些力量全都转到了奥丝娅身上。她和安妮走过同一条巡礼路——就在她之后。要是我稍微认真些思考，就应该能想到这一点。"

卡佐努力去领会他的话。奥丝娅的确像是得到了和安妮相同的能力。还有那个教士——他认识他吗？他在她身上划出的奇怪伤痕跟这有关吗？和奥丝娅的古怪症状有关吗？

肯定有关的，不是吗？

"瞧啊，"斯蒂芬低声道，"赫斯匹罗行动了。"

卡佐的注意力突然被拉向正在伊斯冷墓城正前方交战的几百个士兵身上。但只是一眨眼的工夫，他们便冲进城内，飞过铅板砌成的街道上空，来到一座大如宅邸的陵寝旁。传秘人把他们在陵寝前放下。门前的两个守卫开始朝他走来，可他们突然间目光呆滞，没来由地坐倒在地。

卡佐突然发现自己自由了。他迈步走向斯蒂芬。

"别动，"斯蒂芬说，"如果你还想要奥丝娅好好活下去，就不要动。"

说着，他推开墓门。

在陵寝里的一张大桌子上,躺着安妮。她身穿黑色的绸缎礼裙,衣服上镶嵌着珍珠,双手交叠,放在胸前。两个女人——一个非常年轻,而另一个是瑟夫莱——还有一个卡佐不认识的男人坐在那具遗体边。那男人见他们进门便站起身来,拔出一把阔剑。

"我需要我的剑。"卡佐告诉斯蒂芬。

"那就去捡起来吧。"斯蒂芬说。

卡佐转过身,发现它躺在地板上。奥丝婼仍在传秘人无形的掌握之中。

"看在诸圣的分上,这是什么?"那人高喊道,"恶魔!"

斯蒂芬抬起手。"等等,"他说,"没必要这么做。"

这出乎他的预料。他在这里感受到的是王座,不是安妮,尽管她在这里也确实合乎情理。

他能感受到圣堕力在她所在之处脉动不已。

"她是怎么死的?"他问道。他的脑海中突然冒出一个念头。

"被刺死的,"那女孩说,她的眼睛都哭红了,"教皇谋杀了她。流了好多血……"

"刺了哪儿?"

"肋骨下面,直刺进心脏,"那瑟夫莱女人道,"然后还割开了她的喉咙。"

斯蒂芬向前走去。

"不,看在诸圣的分上,"那人喊道,"你**究竟**是谁?"

斯蒂芬像先前对付守卫那样让他闭了嘴。这不会对他造成永久的伤害,但他的头脑会混乱到没办法——比方说——挪动四肢的地步。

他看到了安妮喉咙上的那条伤疤。伤口已经收拢,现出白色。

斯蒂芬突然感到耳中回响起一个冰冷的声音。

那是条伤疤。

"噢,该死的圣者啊。"斯蒂芬叹息说。

他身后的奥丝婼忽然发出一声喘息,与此同时,一股巨大的洪流包围了他的身体,王座也骤然现身。

然后王座——安妮·戴尔——站起身，周身闪耀着异乎寻常的光芒，她的面庞美丽而恐怖，令斯蒂芬不敢直视。

这是他在最可怕的噩梦里看到的那张脸。

"赫斯匹罗。"她轻声道。但她随即又以自己的嗓音所能达到的极限喊出了这个名字。

她甚至没有看他，或是卡佐，或是房间里剩下的任何人一眼。

"馗克斯卡那。"她说。然后斯蒂芬突然觉得自己对维尔尼的掌握消散无踪，又听到那恶魔的大笑声在他耳中回响。他体表的毛发根根竖立，接着安妮便被那恶魔抓在手中，腾飞而起，离开陵墓，遁入暗沉的苍穹之中。

埃斯帕还是能感受到誓约的力量，尽管他们已经进入了那座他初次见到荆棘王的山谷。他猜想这意味着薇娜还没到。

也许莉希娅根本就没带她往这边来。

可罗杰爵士和他的部下们已经到了，他们扎下了营，又在一座小屋——看上去就像是供旅人寄宿用的小木屋——周围挖好了壕沟，但埃斯帕知道，它是用活生生的树建造的。他曾经在里面待过，也是在那儿找到沉睡的荆棘王的。

"我看到十七个人，"芬德说，"其中四个是满瑞斯骑士。"

埃斯帕点点头。"和我看到的一样。"

"我没看到你的那三位朋友。"

"我也没。"

"你还是这么健谈啊，"芬德说，"好了，让我们去做个了结吧。"

"不用着急，"埃斯帕说，"你刚才都说了，薇娜还没到。我们干吗要攻击做好万全准备的他们？"

"这么说你有计划？"

"你的罗勒水妖去哪了？"

"如果能应付得了它们的目光，它们其实是相当脆弱的。所以我一直在远处使用它。哈洛特的部队发现了这一点，于是用箭雨干掉了它。"

埃斯帕点了点头。

"你的计划就是用水妖解决他们?"

"有的话当然会用。"

"那现在怎么办?"

作为回答,埃斯帕估算着距离,还有草地上那几乎难以察觉的微风。然后他搭上一支箭,射了出去。

其中一个教士仰天倒下,双手抓住插进他喉咙的那支箭。

"真见鬼!"芬德咒骂道,"你的眼力还是这么好,埃斯帕。"

"现在就只有十六人了。"他说。这时下方的士兵们纷纷趴倒,在早先竖起的粗糙路障后面寻找着掩护。

"等他们玩腻之后,"埃斯帕说,"他们就会来攻击我们,在我们的阵地上开战。如果我们解决他们以前薇娜就出现的话,还是有时间按你的计划来一次不计后果的冲锋。"

"我们等不了太久。怪物们会饿的。"

"那就等天黑的时候派一两头下去狩猎。"

"我喜欢你思考问题的方式,埃斯帕。"芬德说。

我很快就会让你改变看法的,埃斯帕心想。

芬德当晚派出了一头尤天怪。它没有回来,但次日早晨,埃斯帕发现下面少了两个人。可那几个满瑞斯僧侣都还在,所以这不是他们期待的那种划算的买卖。埃斯帕在树木的掩护下监视了一整个白天,寻找着再次给某个敌人添个透明窟窿的机会,但那些骑士现在非常谨慎。

将近日落时分,他觉得身上沉甸甸的,几乎打起了瞌睡,眼皮也不愿睁开。

他正想稍微闭目养神一会儿的时候,突然觉得不对劲。他俯视下方的情景,意识到两个满瑞斯僧侣和三个骑手正骑马穿过谷地,朝山谷的另一个出口跑去。

"他们来了!"埃斯帕大喊。他站直身子,挽弓放箭。一名骑手坠下马去。

有东西自他身边飞掠而过。他发现那是骑着人狼的芬德。剩下的那头尤天怪也迈着大步跟了上去。

埃斯帕又射了一箭,没能射中一个满瑞斯僧侣,但他的第三支箭正中那人的腿部,令他翻身倒下。在他们离开射程前,他还有一次机会,这次射中了另一个骑手。

见鬼,光是芬德就够麻烦的了,他心想。不过薇娜那边也有莉希娅和易霍克。

另外九个人正朝着山上冲锋。七个骑士和两个满瑞斯僧侣对抗他、那个瓦伊斯战士和一头狮鹫。

埃斯帕咬紧牙关,拉满弓。要是能有五支以上的箭就好了,他心想。但如果许愿真的有用的话,他还不如要一支更强大的部队呢。

他的第一箭射中了一名骑士,箭杆在他的盔甲上弹开,可第二箭却径直穿透了他的胸甲。还剩八个敌人。

借由眼角的余光,他看到那头狮鹫一蹦一跳地往山下冲去。三个骑士掉转枪头,刺向了它。满瑞斯僧侣们继续前进,避开了他接下来的两箭,但那个古怪的瑟夫莱很快挥舞着闪光的咒文剑迎了上去,状况突然快到令他肉眼难辨的地步,何况他也没时间去看了——三个全副武装的骑手正飞快地向他冲来。

埃斯帕在四码开外射出了最后一支箭,正中偏左方的那个骑士,它穿透了那家伙的盔甲,仿佛刺穿棉布一样轻松。他手中长枪脱手,瘫倒在地,埃斯帕也丢下弓,用尽全力飞奔起来,让那无主的马儿挡在他自己和另外两个骑手之间。他抄起那把长枪的同时,另一个敌人丢下了枪,拔出剑来,接着掉转马头,准备冲向这位御林看守。

埃斯帕没给他转身的机会,长枪的枪头狠狠地戳进了对方腋下。那人叫嚷了一声,旋转着落下马去。另一个敌人有点冲过了头,此时正转身寻找合适的冲锋距离。埃斯帕这才发现那就是哈洛特本人。

埃斯帕伸手抓向那匹马的缰绳,但它却快步跑开,令他同时失去了坐骑和掩体。

方才被他掀下马的那人正无力地挪动着身子,但看起来他得费一番力气才能爬起来,如果他真有力气的话。

埃斯帕提醒自己,大多数被骑士杀死的步兵,死因都是脑后被砸出的窟窿。幸好他想到这点,因为哈洛特的战马朝他疾奔而来的此刻，他的双腿正在劝说他掉头逃跑。他阴沉地把枪柄的末端插在脚下的泥土里，枪尖直指那战马的胸口，他紧握枪杆，准备应对冲击。

哈洛特换手握住缰绳，丢出长枪，于片刻之后转过了马头。长枪刺进离埃斯帕仅有两掌远处的泥地里。埃斯帕飞旋身子，依旧握着长枪，准备应对下一次冲锋。

那骑士拔出长剑，下了马，取下一面盾牌，迎上前来。

很明智，埃斯帕心想。他现在只需要拉近距离就够了，而且我算不上什么使枪好手。

他发现视野边缘处有一团模糊的影子，然后发现那是个满瑞斯僧侣。

噢，好极了，他心想。

但狮鹫突然也出现在那里，飞快地撞上了那僧侣的右侧。他们扭打起来。

尽管有人干扰，可哈洛特冲锋的速度丝毫未减。

埃斯帕的长枪重重地刺进了盾牌里，令它偏向一旁，也使得对手的身子转了半圈，在此之前，他松开了枪柄，拔出了斧子和短匕。那骑士因为嵌进盾牌的那把武器而失去了平衡，面对着动作灵活的埃斯帕，他只得努力转身应付。

还没等他转过身来，埃斯帕便向他的腰间砍来一斧，正中盾牌，伴随着一声沉闷的金属碰撞声，哈洛特仰天倒在地上。

埃斯帕用斧子的钝头砸中了他的头盔，它像铜钟那样鸣响起来。他又砸了一斧子，然后掀起头盔，露出白净的喉咙，最后用短匕解决了对手。

他站起身，喘着粗气。

不远处，那个瓦伊斯战士正朝着山上攀登。

狮鹫的喙上沾满了那满瑞斯骑士内脏的鲜血。

下方远处，他看到芬德和那头人狼正朝着薇娜、莉希娅和易霍克接近。

请让我料对这一次吧。埃斯帕说，可接着他就没有了犹豫的时间：那个瓦伊斯战士正朝着他走来。

埃斯帕照他计划的去做了。这也是他唯一能做的事。

他用双腿所能承受的最快速度跑向他的坐骑。他回身一瞥，发现那瑟夫莱尽管一条腿受伤在先，尽管浑身浴血，却依然加快了脚步。

他成功地到达马旁，翻身上马，催促它迈开步子。那瑟夫莱嘶吼一声，飞扑而来，可他着地时伤腿却踩实了地面，顿时一弯。他将咒文剑掷向埃斯帕。它旋转着从他头颅边掠过，刺进了一棵幼松。

然后他们之间的距离开始拉大，他每次回头，都能看到那瓦伊斯战士被越甩越远，最后消失不见。

直到夜幕降临之前，埃斯帕的速度都没有丝毫停顿或是减缓。他估计自己起码跑出了一里格半远。

第九章 藏身之处

刀伤的痛楚消退之时,她的身体也似乎消失了。有那么一会儿,安妮所感受到的除了困惑,便是那股强烈到令人无从抗拒的水流。她放任自己被它席卷而去。她清楚它是什么,也见过人类的生命渐渐流失,汇入这条黑色河流时的情景。

有那么一瞬间,她以为自己已经做好面对它的准备了,可她的内心深处随即涌起一股怒火,它阴郁而甜美,带着腐朽的气息。正当她企图穿过那道参差不齐的死亡之墙,攻击杀害自己的凶手时,它将一切都告诉了她残存的意识。但她也了解了那个显而易见但却无人言说的事实:一旦躯体离开了命运之地,所有欲望也将不复存在。

这便是死亡。也正因如此,她能够和逝去者达成同盟,答应给他们带来愤怒与决心,以及最后的重获新生。

现在一切都化为乌有,而且再也没有重来的机会。

她发觉自己正在缩小和融化,心知自己如今身处的这个地方也会继而消失。这不公平,这儿是她的领地,她的王国。她几乎已经彻底控制了它,可如今它却在吞噬她。它的力量将会侵入他人的梦境,为他人所用——也许就是赫斯匹罗。

她听到了歌声,便将注意力汇聚于其上,歌声开始变强,而她的喉咙也渴望着放声高歌,加入这怪异的合唱之中。

不知为何,她突然感到无法比拟的恐惧。

她突然看到那河水中有光,又听到了熟悉的声音,仿佛是从隔壁房间传来的一样。然后有什么东西抓住了她,将她拉了进去,她的思绪也突然化作混乱的话声,仿佛噩梦中的情形。起初她以为一切都结束了,她就要融入水流之中,可接着她才明白,自己的思绪中只有两个声音。

接着一个地方和一张脸在她面前化作实体。

她愣了一瞬间。

"奥丝妮?"

"是我,安妮,"她的朋友说,"你到了好一会儿了,可你好像听不见我的话。"

"我们在哪儿?"

周围稍稍有了些亮光,环绕着高处那孔洞边缘的细小根须令弥漫的光线仿佛一张蜘蛛网。她稍稍看清了些奥丝妮的样子,又发现她们如今身处的是一间石制墓穴。

"是那个墓穴,"她喃喃道,"我们还是小女孩的时候找到的那个。维吉尼娅的墓穴。"

"真的吗?"奥丝妮用困惑的语气问道,"在我看来,它就像是梅菲提的子宫,就是那些人袭击修道院的时候,我们藏身的那个地方。瞧啊,还有光照进来呢。"

安妮感到皮肤一阵刺痛。她伸出手来。

"拉住我的手,奥丝妮。"

另一个女孩儿伸出了手臂,可安妮却感受不到好友熟悉的手掌,连一丁点儿的实体都触摸不到。

奥丝妮点点头。"我之前就试过了。"

"奥丝妮,你到这儿之前在做什么?"

"我和卡佐在一起,"她说,"我受了伤,然后他们打了一场仗,我本想睡一觉,可突然间仿佛有东西把我撕开了。"她抬起头,"我们是死了吧?"

"我应该是死了,"安妮说,"赫斯匹罗——他用刀子捅了我,就在心脏那里,我想。"她伸手想去摸那把刀子扎进的位置,却发现自己的身体和奥丝妮一样无法触碰,"可你只是想睡觉而已。而且我们为什么到了这儿?"

"这儿跟我们在火梓园被困那次去的是同一个地方吗?是翡思姐妹的另一个世界吗?"

"我想应该不是,至少不完全是。否则我觉得赫斯匹罗——或者其他人——就应该能找到我了。我想我们是被困在了别的地方,又或许……"她的声音越来越低,突然领悟的事实让她停了口。

"奥丝娑,你走过和我一样的巡礼路。"

"我也想到了,"奥丝娑,"有个祭司对我做了些什么,然后我——"

"我记得,"安妮说,"我也在场。我那时在找你。"

"圣者啊,"奥丝娑低呼道,"你确实在场。我都忘了。这意味着什么?"

"我不知道,"安妮说,"可能我确实死了,可一小部分的我又在你身体里活了一段时间。也可能我的所有力量都转给了你,但这超过了你的极限。对不起,奥丝娑。"

"你干吗要把我支走?"女孩问。

"我预见到如果你和卡佐留在我身边,就会死。"那幕情景闪过她的脑海,而她也突然回想起来,"圣者啊,"她说,"你会死的,你们俩都会死,就在红厅里,为了保护我不受赫斯匹罗的伤害而死。而且你会……"

"我还以为是因为你不愿意把我们留在身边,好让你想起自己是谁。"

"也有那个原因,"安妮说,"我曾经找到了新的自我,奥丝娑,暴躁的自我。现在的我平静下来了,因为我和你在一起。我需要空间让那些自我成长,让我变得更加坚强。现在这些都不重要了,不是吗?"

"我不想死,"奥丝娑说。她用更加轻柔的声音说:"卡佐要我嫁给他。"

"真的吗?"嫉妒是速效的毒药。

"我知道你也爱他。"

安妮沉默了片刻。"你说得对,"她说,"至少我爱我想象中的那个他。这让我觉得我想做什么就能做什么。"她本想把泰姆的事告诉奥丝娑——她这么叫过他吗?——可她忍住了。"总之,恭喜你了。"

"我爱你,安妮,"奥丝娑说,"比任何人都爱你。"

"我也爱你。"安妮说。她不假思索地朝着好友再次伸出手去。

THE BORN QUEEN

这一次她碰到了她的手。奥丝娅睁大了眼睛。房间里塞满了炽热的火焰。

"赫斯匹罗。"安妮咆哮着,开始变化。

所有的怒意都等待着她,欢迎她回到那具遭受过滥用——而如今几近痊愈——的躯体里。

她将意念延伸出去,寻找着护法的踪迹,将附近那个沉重而熟悉的存在拂向一旁。

然后她看到了飘浮在空中的传秘人,他正等待着她。

听候您的差遣,伟大的女王,那恶魔道,我为您而来。

"你答应过我,你会修复死亡的法则,然后自行了断。"

有您的帮助,我会办到的,馗克斯卡那答道,但首先您还有事要做。

"对,"安妮吼道,"对,我有事要做。"

于是传秘人包卷起她的身体,他们一起朝着赫斯匹罗的大军飞去。

埃德温·迈尔顿发色灰白,四肢修长而笨拙,但他却有着孩童般的眼神:那种满脑子让父母头大的想法和计划的孩童。

"这回你又想让我惹上什么麻烦了,里奥夫?"他问道。

"我猜你肯定不会相信的,"里奥夫说,"而且这事非常危险。但我必须征求一下你的意见。我想不到别的人选。"

埃德温盯着自己凹凸不平的鼻子看了一会儿,"这么说,我在了解细节前先答应下来是正确的,"他冲着爱蕊娜点点头,"里奥维吉德夫人,能再见到你真是太好了。"

"希望你的这次旅行和上次一样愉快。"她回答。

"噢,是啊,这些当兵的挺不错,"他说,"大部分都不错。"他明显朝着门那边点了点头。

"贝瑞蒙德和他的部下是我们的朋友,"里奥夫说,"至少我们的目的有一部分是相同的。我想我们可以相信他们。"

"我相信你的判断,里奥夫,但他们带我来的时候有点儿粗暴。"

"我很抱歉,老朋友,那只是装装样子,为了满足在场的其他寒沙人的好奇心。"

"噢，他们也是这么解释的，可我直到刚才都不怎么相信。好了，我们要做什么？"

"我们要和死者合唱。"里奥夫回答。尽管忧心忡忡，但他依旧很享受埃德温露出的表情。

布琳娜递给尼尔一个装着绿色炼金药物的小瓶子。

"这应该能帮到你，"她说，"这是很久以前，我在弟弟的要求下用一种古老的草药调配的。但他没喝下去。"

尼尔因那气味犹豫起来。

"怎么？你是怕我对你下毒？还是担心这是春药？"

药剂的味道和他先前跟艾丽思分享的那种酒一样苦涩而刺激，但它确实让他感觉好了不少。他真够蠢的，今天他说不定得参加战斗。他本该保持最佳状态的，虽然他的最佳状态也好不到哪去。

"会有用吗？"他问，"我是说，你们准备做的那件事？"

她分开双掌。"我想我明白你的意思：我没法预见到结果。但也许会吧。这是件值得期待的事。但你和我弟弟，你们俩一定得在结束前保证我们的安全。然后，无论发生什么，我们都一定要相见。我只想在你身边死去。"

"我不想让你死去。"尼尔说。

她把手放在他的手掌上。"如果我们能活下来，尼尔爵士，你会带我走吗？"

"无论你想去哪里。"

"我想去的，"她说，"是我们两人都不用再担负职责的地方。"

他把她的手握在自己手中。然后他向她靠了过去，而她也慢慢地闭上了双眼。

她抬起头，两人嘴唇相触，他心中忽然只想现在就带走她，忘却战争和死亡的法则，忘却一切。难道这些不是他们应得的……

她轻抚他的脸颊，他能看出，她明白了他心中所想，而她扭过头，轻轻地摇了摇。然后她站起身，手指温柔地挣脱了他的掌握。

"记住你的承诺，"她说，"如果我没来找你，你就来找我。"

THE BORN QUEEN

"我们怎么知道何时结束?"

"我想你会用某种方式知道的。"她回答。

马伽·赫斯匹罗汲取丢沃巡礼路的力量,让自己在苍穹和人类的眼中变得微不足道。

根据他的命令,到了入夜时分,战斗就停止了。尽管他的身体不会被刀剑所伤,但还是有东西能伤害到他:枪或锤的钝击尽管不会割裂他的皮肤,但同样能透过肌肤砸碎骨头和内脏。至于破损的长枪和断裂的箭矢——说真的,他不清楚这些有没有效。在开阔地带的混战中,即便没有人能看到他,但纯粹偶然的情况下,这些东西还是有可能伤到他。

他迅速穿行于手下士兵的队列间,从火堆边经过,被他们的怨言所包围。敌人已经撤进了伊斯冷墓城,蜷缩在一堵从未充任防御用途的矮墙之后。但他们还是勉强守了下来。克洛史尼也许失去了修女王和她仅凭意念杀死数千人的能力,但指挥官的领导能力却得到了加强。

他轻巧地越过栅栏,穿过负责警戒的前排士兵,又从沉睡的士兵身边经过,进入那片死者的居所。

他清楚自己手下的骑士们质疑这样一次亵渎神圣、史无前例、在他们看来又毫无意义的进攻。墓城通向城堡的唯一通路地势陡峭且缺乏掩体,城墙上的守卫大可以在几百码开外向敌人射出箭矢或者掷下石块。

他想要的当然就是王座的控制权。在他杀死安妮的数日后,王座终于现身世间。

他本不想把事情弄成一团糟的:他本打算像攫取前任教皇的能力那样,夺走安妮的能力。融合了她的力量之后,他就能轻易杀死伊斯冷里所有对抗他的人,让他的军队大摇大摆地开进城里。

但如今,他只能依靠自己现有的能力了,至少在他占据圣堕王座,继而取得其他王座的掌控权前只能如此。这应该不会太难,因为维衡王座目前无主,他还做了些措施来确保这种状况持续下去。等他掌控两个王座之后,就会去寻找泽思王座的拥有者,然后除掉他。

天降女王

他本打算平定伊斯冷墓城,以使他夺取王座的计划更加顺利,但他能感受到力量在逐渐膨胀,向着那禁忌的时刻逼近,而且他同样感受到了许久以前在梦中预见的那位大敌。他不知道此刻谁的力量更强,但他已经经历了许多风波,为了他最终的目标,再下最后一次赌注当然是值得的。

他接近那座陵墓之时,一股金红色的光芒无声无息地迸发,自门框的缝隙里倾泻而出。他蜷缩身体,抵住一道冰冷的大理石墙,集中全部的意志去隐藏自己,也同时尽他所能做好战斗的准备。

有东西从入口处飞了出来,一团黑色的云,还有个闪闪发光的女子。

他眨了眨眼。那是安妮。也是王座。

她便是王座本身。她便是他所要夺取的那样东西。可要怎么——

安妮化作雷暴云那电光闪烁的中心,飘到他的大军头顶,一束束蓝白色的闪电自她体内钻出,落向静静等候的大地。沉默被震耳欲聋的雷鸣取代。他注视着这一幕,一时间动弹不得。骑士、士兵和满瑞斯僧侣们接连化做飞灰的同时,安妮·戴尔——天降女王——却每一秒钟都更加耀眼。

他所预见的未来便是如此开始的。他失败了吗?现在还有机会阻止她吗?

黑稽王。如果他能夺取他的力量,收归己有……

"赫斯匹罗!"一声叫喊盖过了周围的喧嚣。

他猛地转过身,惊讶不已地看到了斯蒂芬·戴瑞格。

"修士?"

"干得好,"斯蒂芬说,"你还真擅长偷偷摸摸的把戏啊。真可惜,你分了心。"

话音落地,他们的战斗也随之开始。

THE BORN QUEEN

第十章 基础

布琳娜的十指碰触到哈玛琴的同时，所有的烛火都开始闪烁，小小的房间也被乐声填满。里奥夫等待着，几乎忘却了呼吸。

梅丽低声唱出一个音节，演奏开始了。同样清晰完美的音色随即从琴键旁那位不可思议的女子那里传来。他身躯震颤，心知她正在聆听这音色本身，但并非在这里，而是另一个世界。他由衷地期望能听到布琳娜和梅丽所聆听的乐声。当然了，他早在头脑里听过这首曲子了，可他双耳的渴望却尚未满足。

这时，爱蕊娜轻快的歌声也加入进来，歌声起初低沉，却越攀越高，与最初的旋律大相径庭，仿佛两个并肩演奏的失聪乐师，彼此间全无默契。旋律绵延辗转了片刻，随即加快步伐，但依旧背道而驰，直到那一刻——他虽然早有预料，但仍旧震惊不已——三种曲调骤然间合而为一。纯粹的恐惧感传遍了他的全身，他突然不想再继续进行下去了。

但现在轮到他唱了。他祈祷自己能够胜任。

在小屋里，哈玛琴奏响了和音，随后有个声音唱出了一个嘹亮而清晰的音节。尼尔吃了一惊：这让他想起了路边惊起的一群鹌鹑。但更令他吃惊的究竟是歌声，还是惊讶本身？

因为那是布琳娜的歌声，她美丽的嗓音开启了一扇门：门后是他对她尚未了解，却又想要知晓的一切。他知道她会弹琴，而且琴艺高超，而且他喜欢她的嗓音，但他并不了解隐藏在其中的那些东西。

那音节渐渐低落和模糊，第二个嗓音加入进来，那是另一名女子：那位作曲家的妻子。歌声突然间再和美妙无缘，尼尔也想起了不久前，当他落入海里，随着沉重的盔甲下沉时，听到的飓流那孤独而充满妒意的歌声；欢迎来到冰冷的布鲁•特•托奈，没有爱，没有光明，也没有记忆的国度。

在这段乐曲里——在布琳娜的歌声中——他再度听到了这首飓流之歌。

他走得离小屋稍远了些,因为那乐声既令他反感,又同时吸引着他,仿佛将他拖向海底的盔甲一般。

但另一段回忆随即浮现。

他当时七岁,正在山丘上赶羊。把羊赶到一起不算太难,其中一部分更是他躺着完成的:他看着云彩,把它们想象成满是陌生王国和国民的岛屿,思索着前往那里的方法。

然后他听到号角声响起,知道舰队就要进港了。他一跃而起,丢下羊儿们,顺着小路匆匆下山,沿着海边迈步飞奔,直到能看到自己父亲那艘长船为止:那船有着宽大的蓝色船帆,船首雕刻成圣梅尼恩的战马安维卢的形状。

等他到达码头时,那些战船已经全部停泊整齐。他父亲已经踏上了陆地,他张开有力的双臂,把儿子高高举起。

"爸!"他喊道。那天的阳光是一种尼尔从未见过的金色,但在那之后,他在守望墙之战的那天也见到了类似的色彩。当时,他父亲踩着脚下的栈道,在所有战友面前从自己的所有物里拿出了一样包在油布里的东西,它长长的,一端裹着海豹皮。

他匆忙剥开油布,发现那是他的第一根长矛,有着耀眼的锋刃和结实的矛杆。

"这可是圣杰文努亲自打造的。"他父亲说。但看到尼尔吃惊的表情以后,他便揉乱了儿子的头发,纠正了自己的话。

"是我在盖尔岛上的一个老朋友打造的,"他说,"他不是圣者,但他是个好人和好铁匠,这是他特意为你造的。"

看着那矛尖在阳光里熠熠生辉,而父亲的手又按在自己的肩膀上,尼尔忽然感到无比的自豪。

他们回家以后,情况就又不同了。他母亲拥抱了他父亲,正要端出晚餐的时候,突然望向尼尔。

"那些羊呢,尼尔?我让你把它们带回来,可你难道把它们留在山上了?"

"对不起，妈，"他还记得自己是这么说的，"我听到号角声——"

"是啊，我知道你想见你爸爸，可——"

"可你不该抛弃自己的职责，儿子。快去把它们带回来吧。"

他带回了羊群，也因此错过了晚餐，等他最后到家时，第一颗星星已经出现在天际，他发现父亲正在家门口等着他。

"对不起，爸。"他说。

"现在听好了，"他父亲说，"我们都希望你快点长大，所以让我告诉你一些事吧。你听我谈论过荣耀。你知道它是什么吗？"

"是战士赢得战斗时会得到的东西。"

"不。一个人即便从不作战，也能拥有荣耀。一个人可能赢得过一千场胜利，却毫无荣耀可言。你将来会听到各种各样和荣耀有关的事，我听说，在大陆那边的王宫里，有人写下了各种荣誉的准则。但事实上，荣誉是很简单的一件事。荣誉就是做你认为自己应该做的事。不是你认为会赢得他人赞同的事，不是什么最危险的事，更不是那些能够给你带来风光和声名的事，而是你认为自己该做的事。就拿今天来说，还有什么比按照你母亲的要求带回羊群更重要的事吗？"

"可我想见你啊。"

"我也想见你，孩子。可你这么做就会失去荣誉。你明白了吗？"

"明白了，爸。可这好难啊。要怎么才能知道自己该做什么？"

"你必须了解自己，"他父亲说，"而且你必须聆听自己的心声。好了，去拿上你的长矛，我来教你正确的握法。"

这些已经是很多年前的事了，而他第一次用上那把长矛便是在不久以后。他在两个冬天过后弄断了矛。又是几年后，他父亲死去，而他开始追随费尔爵士。他学会了剑盾和长枪的使用方法，穿上了全身铠甲，也接受了骑士的身份与随之而来的荣誉准则。

艾丽思找贝瑞蒙德说话去了，后者的部下们都沉默地列开阵势，面对大门。尼尔也走上前去。

"打扰了，王子，"他说，"不知您能否借给我一两把长矛。"

"用我的吧，"王子答道，"需要的话，我这还有一把。"

"多谢。"尼尔回答。贝瑞蒙德递过武器：一把做工精良，重量均匀的杀人利器。

"尼尔阁下，"贝瑞蒙德对正在审视武器的他说道，"我们听说路那边有支部队正在集结，数量大约是我们的两倍。"

"您知道原因吗？"

"不，但我猜是某位寒沙的信使终于把我父亲下令取我脑袋的消息送到这儿了。"

"我们最多只需要阻挡他们一个钟头就够了。"艾丽思说。

贝瑞蒙德合拢双眼，也许是在聆听那乐声，又也许他的脑海里也有曲子响起。

"不，"他说，"我们根本用不着阻挡他们。"

"这话怎么说？"尼尔问。

"我不会让他们称心如意地攻打我们的，"王子道，"我和我的武夫布劳萨们会前去攻击正在集结部队的他们。就算我们输了，他们也没有再直接找到这儿来的理由了。"

"他们也许会来搜寻布琳娜。"

"我已经派人放出消息，说我们在赛丝塔就把她送上船了。就算有人不相信，那也是他们花时间确认我们全军覆没以后的事了：他们可不会允许背后出现敌人。"他咧嘴笑了笑，"也说不定他们比起国王更拥戴我。先前我在这儿还是挺受欢迎的。"

"我不能跟你一起去。"尼尔说。

"当然不能。我会留两个人在大门外，但你得留在这儿。你们岛民带的那种匕首——那种又短又小，不到万不得已不会动用的匕首叫什么？"

"**易青刀**。"

"唔。那你就是**易青刀**了，尼尔阁下。"

尼尔看着他们上马，穿过镇门。然后他脱下锁子甲，把它放在地上，又活动了一下轻便的衬垫软甲下的肩膀。他解下剑带，小心地放在那件锁子甲边。

夜更深了，在他身后，乐声也时而深沉，时而明快，仿佛云层间时隐时现的太阳。

"来了。"艾丽思说。

尼尔点点头,因为他也看到了那些步行穿过镇门的身影。罗伯特的护卫们没有发出一丝声响。

"记住我们的祝酒词。"艾丽思说。

"我不会忘的。"尼尔回答。

斯蒂芬的心里涌起一股突如其来的冲动,想要就这么闭上双眼,沉沉睡去。他几乎笑出声来。赫斯匹罗根本不知道自己在对付什么人。

"又来?"他说,"省省吧。"

"我们可以联手,"赫斯匹罗说,"我们可以一起阻止她。"

"我同意。"斯蒂芬挡下赫斯匹罗念的又一次突袭,然后答道。"只凭你我自己是没机会胜过她的,而且我们都明白'联手'意味着什么。把你的能力交给我,我会阻止她的。"

"我们可以合作。"

"你现在还想杀我呢,"斯蒂芬大笑起来,"这根本不可能。我们中的一人将继承她的力量,而另一人则将消亡。"

"斯蒂芬修士,我是你的教皇。你的一切都是属于我的。"

"噢,这话就可笑了,"斯蒂芬说,"你靠谎言、杀戮和背叛赢得了今天的地位,却指望我对你效忠?你是不是还想要我躺下来,然后再往我身上撒尿?"

"你不是斯蒂芬·戴瑞格。"教皇道。

斯蒂芬吃吃笑了起来,然后用尽全力探出意念。"你等会儿就会觉得自己要是弄错了该多好了。"他说。

赫斯匹罗开始还击,世界也逐渐远去,而斯蒂芬所想的只剩下赫斯匹罗、龙蛇、薇娜、泽米丽,还有他自己……

又一场搏斗上演,和他在巡礼路上努力维持身心完整的搏斗一般无二,只不过是在他得到考隆的帮助之前。这次他就是考隆,是黑稽王,是恐惧那黑色的心脏。

这也就意味着他是独自一人。

赫斯匹罗的能力似乎完全无法与他抗衡，可随后，闪电分开二人，也令斯蒂芬仰天倒地，肌肉蜷成一团，仿佛想要缩回壳里的蜗牛，痛苦令他的集中力支离破碎。他明白，尽管并不轻松，但赫斯匹罗还是获得了胜利。

　　但他错了。斯蒂芬睁开双眼，看到闪闪发光的安妮正站在面前，仿佛他正透过灼热的炉膛看着她似的。

　　"这是怎么了？"她问。

　　斯蒂芬尽可能地不去理睬她，因为要想与她抗衡，他就需要赫斯匹罗的能力，而且越快越好。教皇已经人事不省，这让事情简单了些。他贪婪地汲取着那口原本属于赫斯匹罗的井水中的力量。

　　"我认识你。"安妮说着，朝他晃了晃手指。

　　"你在翡思姐妹的领域里威胁过我。不是这副外表，但确实是你本人。"

　　某种屏障突然阻隔在他和教皇之间。

　　"停手，"安妮说，"我跟你说话的时候要认真听。"

　　斯蒂芬稍稍退让，又试图重新建立与赫斯匹罗之间的联系，好完成汲取的过程，但那位教皇此刻仿佛远在一千里格之外。

　　他看着安妮，大笑起来。

　　"你觉得这很好笑？"她说。她愤怒时的声音几乎与耳语无异。

　　"那是我，"他说，"但我不知情。那是梦，你明白吧？那些都是我梦里的事。只不过在我梦里，是你吓着了我。那时候我还相信自己只是斯蒂芬·戴瑞格。在你的梦里，是我恐吓了你，那是因为你以为自己只是安妮而已。"

　　他以膝盖借力，站起身来。"现在我们在梦里都几乎是真正的自己了。我再重复一遍我说过的话：我们应该结合，你和我，成为光明之王和黑暗之后。你还不明白吗？我们本源相同，区别只在男性与女性。没有什么东西能与我们抗衡。"

　　安妮就这么凝视他许久，那双可怕的眸子时而透露出些许掩盖不住的纷繁思绪。

　　"你说得对，"她说，"我现在知道了。我明白了。但你知道吗？我不需要你。没有任何东西能与我抗衡。"

埃斯帕不太确定有没有人跟来,他包扎了伤口,在一根弯曲的树枝上睡了几个钟头。然后他掉头朝山谷走去。

他在黎明前不久到达谷口,一直等到光线足够,以便看清谷内是否还有人的迹象。

在他前方五十码的地方,有具躯体静静地躺在草丛里。

接近后,他发现那是倚着石头斜躺着的莉希娅。他走近时,她缓缓地转过头来。

"再过一个钟头,"她咳嗽着说,"你就根本见不到我了。"

她低下头。他看到她正捂着自己的肠子。

"说真的,已经不怎么痛了。"她说。

他下了马,拔出匕首。他脱下衬衫,把它割成布带。

"别浪费力气了。"莉希娅说。

"这可不一定,"埃斯帕说,"我知道一些芬德不知道,你也不知道的事,一些只有我和荆棘王才知道的事。"

剖开她腹部的那条伤口非常平整。肯定是芬德的杰作。

"他想要我告诉你,他会找到你的,"她说,"他说他根本想不到你会是这么一个懦夫。"

"很好,"埃斯帕回答,"他去了维衡柯德,但他没有出来,对吧?"

"对。"

"他留下守卫了吗?"

"只有一个,就藏在入口那边。我时不时能瞧见他。他很粗心。"

他把水递给她。"全喝下去,"他说,"我很快就回来。"

"埃斯帕——"

"安静。别死。"

说完,他轻手轻脚地穿过草地,一路上以那些怪异的树木做掩蔽。

最后,他看到了那个守卫,也认出了他不是那个瓦伊斯战士,不禁松了口气。

他闭上双眼,试图透过热病和时光的阴霾,回忆起那段过去。

他想要做出确证。

他走上前去。那人抬起头。

维衡柯德的入口没有门之类的东西。它只不过是一条穿过林间的曲折小径。

那人用尽全力地大叫,他抓住剑柄,想要起身。

埃斯帕的斧子命中了他的双眼之间。他又坐了下去。

埃斯帕原路返回,找到了莉希娅。她仍在喘息,看到他时,她睁大了双眼。

"解决了?"

"早得很呢,"他说,"一起来吧。"

他拿过她的箭,放进他的箭袋,然后扶着她去了维衡柯德。

"好了,听着,"他说,"我要你爬进去,然后立刻停下,听见了没?"

"我不明白。"

"我上次进去的时候,只过了一小会儿。可外面的薇娜却等了三天。你明白了吗?"

"我流了好多血,"她说,"现在很难思考。"

"唔。那你能爬进去吗?"

"这么做很蠢,但我能做到。"

"那就快去吧,"他说,"抱歉,我知道会很痛。但我有必须确认的事。这会帮到我的。可以吗?"

他努力不去思考她这样拄着手肘挪进去时的感受。他紧跟在后,他真的很想帮她一把,但他很清楚非这样不可。

她身上那抹暗淡的光彩逐渐褪去,而她也消失不见。

他跟上一步,同时拉上了兜帽,遮住其他的光线,而他也再次看到了她血红色的身影。

莉希娅前方有几个模糊的影子,全都像是暗红色的幽灵,看起来一动不动。他明白自己做出了正确的选择,又庆幸自己还有少许的时间。

那个瓦伊斯很好辨认,因为他手里拿着那把咒文刃。它的色泽仿佛浸了水的瘀血。埃斯帕仔细瞄准,朝他脖颈射出一箭。那支箭

THE BORN QUEEN

飞入莉希娅所在的时空，逐渐褪色，随后变得像蜗牛一样缓慢。

他又朝着那瑟夫莱射出三箭，然后瞄准了另一个目标，在他习惯了这里的光源后，他辨认出那显然是个尤天怪。它的脑袋转向了一旁，但他瞄准了它的耳朵和一条腿的内侧。他把剩下的箭都用在了那头怪物身上，因为他无法确定其他的影子都是谁。

他坐了下来，磨快了短匕和斧子。他吃了点东西，让它消化了一小会儿。然后他走向战场，找到了一把长枪，折断枪杆，将它制成一把短矛。

然后他回到维衡柯德的入口，走了进去。

就像上次那样，他的心跳突然快得仿佛蚊虫的嗡鸣，时间也变得怪异起来。

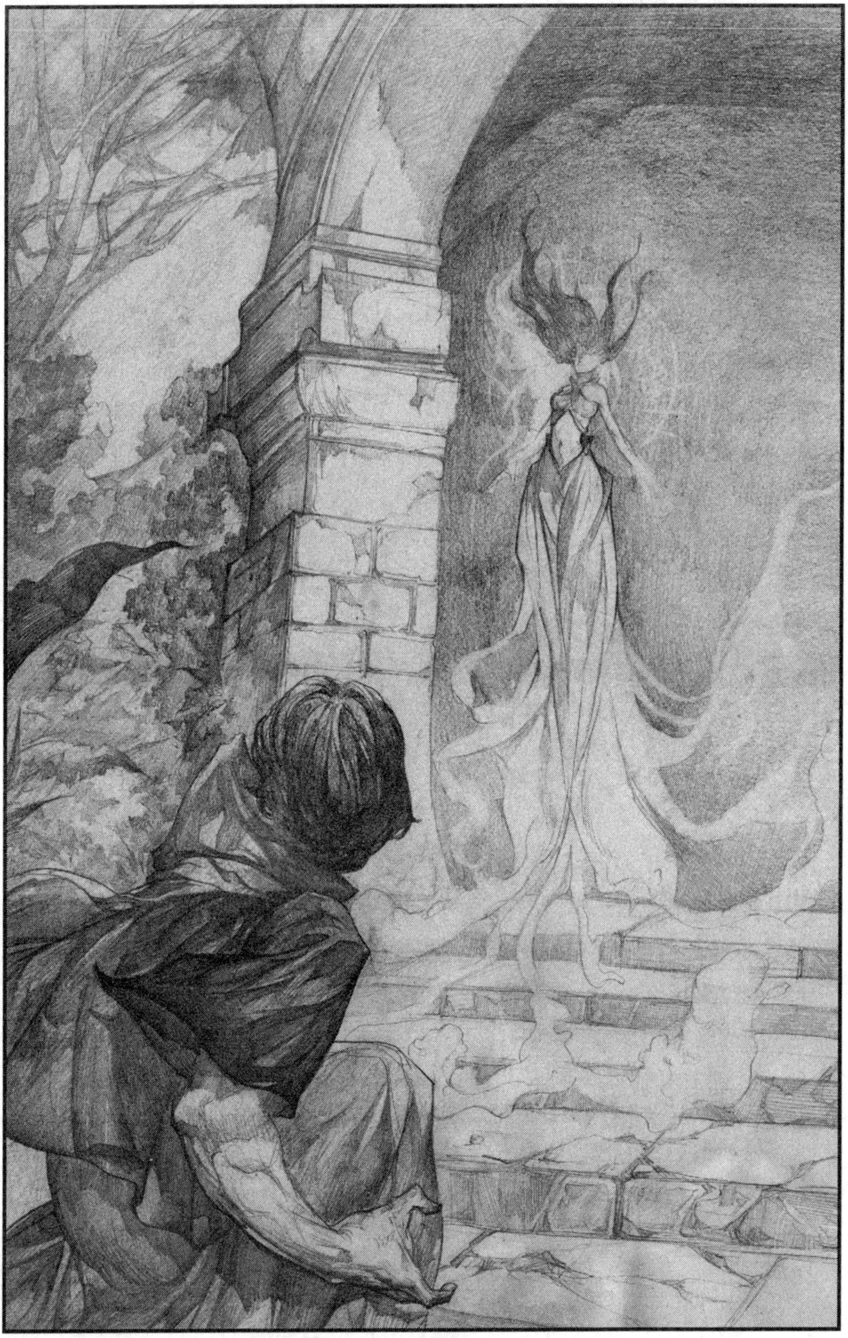

第十一章 唤醒

尼尔发现罗伯特身边只有四个人,全都身穿黑色的皮衣。他们都摆着架势,看上去都是高手。

"就你一个?"罗伯特问。

尼尔没有回答,但他发现艾丽思已经踪影全无。

他看着众人走近。

"请原谅,我这次不打算再跟你聊天了,"亲王道,"考虑到我们上一次谈话的状况,我也不觉得你会抱有期待。"

罗伯特拔出咒文剑,它的光芒比尼尔上次看到的时候更加璀璨。就像是用一束闪电铸造而成的一般。

"这音乐声让我不舒服,"亲王坦白道,"有个老朋友觉得我也许会喜欢,但他显然不了解我的口味。"他停下脚步,看着尼尔面前的地上放着的佩剑和锁子甲。他扬了扬眉毛,双眼在火光中怪异地闪动了一下。

尼尔第一次杀人是在十一岁那年,用的是长矛。他在九天之后杀了第二个。直到十五岁,他的力气才足以挥动阔剑。

他掷出第一柄长矛,发现那感觉又回来了,他的动作自然得如同走路一般。他的手臂没有发出任何抗议,那长矛也不偏不倚,正中罗伯特的肩膀。它深深陷进他的身体里,牢牢卡住。咒文剑脱手,亲王的刺耳尖叫与屋内传来的古怪乐器声遥相呼应。

尼尔从泥土里抽出第二柄长矛。艾弗沃夫说得对——他的脚步仍旧灵活。他舞动着接近那些想要包围他的护卫,武器反扣在身后。

他冲向为首的敌人,迫使他尚未准备充足便匆忙出手,这时尼尔侧身躲向一旁。他手臂疾伸,铁制的矛头刺进对手的肚腹中央,撕开了链甲和软甲,抽出时沾满鲜血。那人蹒跚退后,呼吸困难,而尼尔也抢在对手发现自己的伤势并不致命前专心对付剩下的敌人。

有个敌人绕到了尼尔身后,于是他将矛柄向后一捅,同时矮下身，利刃夹着风声擦过他的发梢。他感到自己戳中了对方的膝盖，于是转过身，双手握持长矛，自下而上刺进敌人的胯部。

长矛卡在了那人的身体里，尼尔松手滚向一旁，发现与此同时，罗伯特的另一名守卫也身首分离，步履蹒跚。

他能看到的最后一个敌人自左方攻来，但他的身体失去了平衡，无法躲过这一击。

他抬起前臂，斜向挡住来剑。他听到了骨骼的折断声，白光自四面八方爆散开来。

仅仅相差一步之遥，那些箭便骤然恢复了原本的速度，而埃斯帕紧跟在后，跳过莉希娅的身体，抽出斧子准备攻击。那个瓦伊斯战士的头颅中箭时猛地转向一旁，脚步开始不稳。而掠过一旁的埃斯帕也用斧子劈中他的脑后，又用短匕刺向那头尤天怪的眼睛。匕首深深刺入血肉，但那怪物却反手一拍，令埃斯帕甩飞出去，背撞树干，接着，它用利爪抓上他的肩膀，露出满口钢针般的尖牙。埃斯帕用手掌拍向匕柄，令匕刃完全陷入。那怪物尖叫一声，倒在地上，它抽搐的动作之剧烈，加上地形狭窄，埃斯帕一时间无法绕过它身边。等最后终于能够拔出匕首，继续前进的时候，他发现有两个人正在等着他，而在更远处，透过小屋敞开的入口，他看到芬德、薇娜和易霍克正以讶异的眼神看着他。

至于和他对峙的这些人，他们看他的眼神只能说是恐惧。

"你们自己出去，"埃斯帕吼道，"要不我就干掉你们。"

一缕决心掠过其中一人的脸，他挥剑砍向埃斯帕。埃斯帕蹲下身子，令剑刃砰然陷入他身后那棵树的树枝，与此同时，埃斯帕也把对手来了个开膛破肚。另一个对手大吼一声，武器狂乱地挥出，剑身打中了埃斯帕的头部一侧。埃斯帕摇摇晃晃地退后几步，耳中嗡嗡直响，而那人还在用他没听过的语言大喊大叫。

他掷出斧子，斧刃结结实实地砍进了那人的胸口。他眼睁睁地看着埃斯帕走上前来，拔出斧子，然后把他踢倒在地。

"芬德！"

芬德抽出一对匕首。

"你是怎么办到的?"瑟夫莱问道。

埃斯帕没有回答。他就这么走进了这座覆满树叶的厅堂,只觉心情顿时平静下来。

"埃斯帕!"薇娜喊道。她捂着自己的肚子,面色灰白。他觉得她的唇边似乎有血,但在周围昏暗的光线中,他看不真切。

"来不及了,"芬德说,"已经开始了。"

"但还来得及干掉你。"埃斯帕说。

"你脑子里想的一直只有这个?我可帮过你啊。"

"你只是为了把薇娜弄到这儿来。你早就打算事后干掉我。"

"噢,没错。我确实应该这么干,但我觉得我还有用得上你的地方,事实证明我想得没错。我打算对付你,只是因为我很清楚你会杀死我。"

"没错。"

"还记得我们的上一次决斗吗?你更老也更迟钝了,可我却变得前所未有的强大。你知道的,我可是血腥骑士。"

"这回我不会留手了。"埃斯帕说。

"我们还是可以合作,"芬德说,"这件大事需要我们去做。"

"你都说过它已经开始了。我还留着你干吗?"

"我想也是。"

"埃斯帕!"薇娜尖叫道。

芬德朝他扑来,身手比满瑞斯僧侣更敏捷,他右手的匕首径直斩向埃斯帕的脸。御林看守矮身避过,踏前一步,以腹部接下芬德的另一把匕首,短匕狠狠捅向芬德的下巴,他用力如此之猛,使得那瑟夫莱双脚离地。他感到对手的脊骨折断了。

"我说了,这次不会留手。"埃斯帕告诉他。然后他放下血流如注的对手,单膝跪倒,目光望向仍旧插在他腹部的那把匕首。

他又看了芬德一眼,可那瑟夫莱的灵魂已经飘向了俗世之外。

"时候刚刚好。"他嘀咕着,匆匆走向易霍克,俯身割断他身上的绳索。

"你刚才是故意不躲的。"那男孩说。

"如果我跟他打,他就会赢。"埃斯帕说,"我会死,活下来的会是他。"他把匕首递给易霍克,"把薇娜的绳子割断。"

他站起身,走向薇娜。她喘着粗气,而他能看到她肚子里有东西在动。她紧紧抓住他的胳膊,眼睛却闭得死死的。

"该死,"他说,"抱歉,亲爱的。"

"它在折磨她。"易霍克说。

"对。"他回答。

"我该做什么?"

"我不知道,"埃斯帕说,"去把莉希娅带过来,也许她知道。她就在入口那边。"

易霍克点点头,走开了。

埃斯帕发现自己连做深呼吸都很困难了。感觉就像身体里有东西在把他往下拖。

"薇娜,"他说,"我不知道你能不能听到我的话。我很抱歉——为我一直以来的所作所为,特别是最近的那些——真的很抱歉。我有很多事应该告诉你的,但我不能。我中了巫术。"

薇娜开口想要说话,可随即再次尖叫起来。她睁开眼睛,他能看到那对眸子充满了痛苦。

"我依然爱你。"她说。

"对。我也依然爱你。什么都改变不了这一点。"

"我们的孩子……"她再次闭上了眼睛,"我能看见她,埃斯帕。我看见她在这座森林里,和你——和她的父亲——在一起。她的头发像我,但她的骨子里有股野性,这是你传给她的,而且她的眼睛也像你。"

埃斯帕伸手去摸她的头发,发觉自己满手是血,于是先在地上擦了擦。

当他的手触摸到地面的那一刻,一切都静止了,他只觉自己的手指探入了泥土,一路畅通无阻,越来越快,他的皮肤也在伸展,穿过山谷,越过山丘,来到环绕周围的濒死大地,然后转回北方,看着荆棘王死时眼中的景象。

御林看守。

他抬起手,随即回到了起点,回到了薇娜身边。

芬德正低头看着他。

"啊，见鬼。"埃斯帕说。

"是时候了。"芬德说。只不过那根本不是芬德，不再是芬德了。那是修女本人。

卡佐在迷茫中伫立了片刻，思索着刚才发生了什么，但他随即意识到奥丝娅醒了过来，正打量着他。

"亲爱的，"他说，"你还好吧？"

她勉力起身时，陵墓里的其他人也都冲了出去，也许是想看看安妮会飞了以后还能做些什么。

"我没事，"她说，"我睡着了。"

"是啊，睡了好些天哪，"卡佐说，"你知道出什么事了吗？"

"我和安妮在一起，要不就是她和我在一起，"女孩回答，"事情有点复杂，不过我想她应该是把灵魂送到了我这里，好让自己的身体痊愈。"

"你知道怎么出去吗？"

奥丝娅张望四周。"我们在伊斯冷墓城？"

"对。"

"是有条路通向城堡。但我们得先找到安妮。"

"噢，她刚才跟传秘人一起飞出去了，"卡佐说，"你能走路吗？"

"我想没问题。"

"那我们走吧。"

他帮她站起来，然后吻了她。

"来吧，"他说，"我们去瞧瞧情况。"

"稍等一下。"一个熟悉的声音说。

马伽·赫斯匹罗站在陵墓的入口处。他衣衫凌乱，样子也慌慌张张的。

卡佐拔出埃克多。

"我需要的只是她，"赫斯匹罗说着，指着奥丝娅，"她是纽带，是通向安妮之路。我还有机会拯救我们所有人。"

"你?"卡佐几乎笑出声来,"你以为我会相信你打算拯救我们?"

"听着,"赫斯匹罗说,"我们说话的时候,带你们来这儿的那个人正在跟安妮搏斗。安妮多半会赢,然后她就会来解决我。如果这一切发生,我们就会祈祷——乞求——自己要是司臬斯罗羿的奴隶该有多好。"

卡佐挡在奥丝娅身前。

"你说的我全都一无所知。也许你在说谎,也许你说的是真话。如果非要我猜的话,我会猜是前者。这根本不重要。"

"他没说谎。"奥丝娅喃喃道。

"你在说什么?"

"安妮刚才就想告诉我类似的话,虽然我想她并不清楚自己的转变。而且我确实和她有着纽带:我们走过同一条巡礼路。"

"听她的话吧,"赫斯匹罗说,"没多少时间了。"

卡佐俯视着奥丝娅。"你相信他吗?"

"不,"她回答,"但我们还有什么选择?"

"噢,我不准备让他碰你,"卡佐回答,"他也许会把你们俩都杀掉的。"

她闭上双眼,握起他的双手。"卡佐,如果非这样不可……"

"不。"

"我想不通我为什么会浪费时间跟你说话。"赫斯匹罗说。卡佐看到他拔出了一把细剑。

"相信你还记得,你的武器伤不了我。"

"噢,我和埃克多会找到法子的。"卡佐说着,摆出守势。

安妮用闪电劈向敌人,有那么一瞬间,她还以为一切都真的会如此简单。但黑稽王咧嘴笑了笑,站起身来,而当她将另一束闪电掷向他的时候,他不知用什么法子让它在身周绕了半圈,来了个物归原主。

他大笑起来,就像她和他初次相遇时的那种笑声一样。

原本束手待毙的他——至少曾经是斯蒂芬的那部分他——突然

THE BORN QUEEN

变得棘手起来,这令她恼怒不已。她刚才随时都可以干掉他,如果她早点察觉的话,可时机已经一去不复返。更糟的是,让他逆转形势的罪魁祸首,正是因为她对预见的情景信以为真。

她预见的幻景中究竟有多少是虚假的?

噢,还有时间来弥补这个错误。她双掌一拍,将他拉出俗世,进入圣堕的领域。

"换场地了?"他说,"很好,我的女王。"

天空因她的意念而狂怒,大地则是一片长满黑色石楠花的荒野。

"这儿是我的,"她告诉他,"全部都是。"

"真贪婪。"他说。

她的怒火愈燃愈烈。

"我不想要的。我一点也不想要,是你们在逼迫我。翡思姐妹、你、我母亲、法丝缇娅、阿特沃、赫斯匹罗——你们的威胁和承诺在逼迫着我。你们总是想从我身上得到些什么,总是用尽阴谋诡计去夺取。再也不能了。再也不能。"

她出了手,将十六种置人于死地的咒语倾泻在隔开二人的空间里,带着满心的欢愉看着他摇摇欲坠的样子。可他还是在笑,仿佛知道些她不知道的事似的。

再也不能了。她看到了他体内的一条缝隙,于是掀开他的身体,仿佛掀开一本书的封皮,翻阅着书页一般。

"你胆敢说我贪婪?"她说,"看看你自己的心。看看你做过的那些事。"

"噢,我承认,我是个坏孩子,"他说,"但我沉睡的时候,世界仍旧存在。可你却会将它带向终结。"

"我会彻底解决你,"她说,"你和其他那些——"

"不遵从你命令的人?干涉你的人?戴的帽子不合适的人?"

"是我!"安妮对他尖叫道,"创造这个世界的是我!我让你们这些蛆虫在世界上存活了两千年。我再给你们一个钟头的时间,你们全都得跪地向我乞求,吻我的脚,对我大唱赞歌。你算什么东西,敢告诉我该拿自己的世界怎么办?"

"你看,"他说,"我们一直等待着的就是这个。"

她感到他的意志向她逼近，而且非常强大，比她想象的要强大得多。她的肺部突然收紧，仿佛填满了沙子，她越是努力对抗，他的存在就越是沉重。

而且他始终在笑。

"啊，小女王，"他喃喃道，"我想我该吃掉你了。"

第十二章 安魂曲

尼尔倒地滚向一旁，不顾一切地保持着头脑清醒。他匆忙翻找着靴子里的短匕，可那人却狠命一脚踢中他的肋部，令他翻过身去，仰面朝天。

"让他站起来。"他听到罗伯特在说。

一双粗暴的手拉起他，把他的身体按在屋子的墙上。

"表现还不坏，"罗伯特说，"我听说你的身体状况不怎么样。"他大笑起来，"噢，至少现在确实不怎么样了。"

尼尔努力把注意力集中在罗伯特脸上。另一个家伙把头转向一旁，好像在寻找什么。

尼尔朝后者吐了口唾沫。他转过身，给了尼尔一巴掌。

尼尔几乎感觉不到痛楚。

罗伯特捏住尼尔的脸颊。"上次我们交谈的时候，"他说，"你把我比喻成一头应当被除掉的疯狼。这是你第二次失败了。你不会有第三次机会了，我的朋友。"

"我没有失败，"尼尔说，"我做了所有该做的事。"

"是吗？什么事？"

"让你分心。"尼尔说。

罗伯特睁大了双眼。一道蓝光闪过，而尼尔所面对的只剩下两具无头的躯体。艾丽思冷漠的脸庞出现在他们的残躯后面，仿佛自黑色的迷雾中步出一般，她的双手握着那把咒文剑。

尼尔与原先制住他的那人一同倒地。罗伯特的身体仍旧站着。

尼尔拭去眼里的鲜血，透过红色的薄霾看着艾丽思拾起罗伯特的头颅。亲王的嘴唇仍在翕动，眼珠也转动不止，但尼尔什么话也没听见。

艾丽思吻了吻罗伯特的前额。

"这是为了玛蕊莉。"她说。

然后她把头颅远远丢了出去，落进屋子的后院。

芬德那双了无生气的眼睛闪烁着水面浮油般的光泽，与此同时，她——沙恩林修女——也佝偻着身子，朝薇娜走去。

"不，"埃斯帕说，"芬德欺骗了你。"

她停下脚步，昂起头。

"这事不会照你希望的方式发展下去的，"他说，"不可能的。"

"会的，"她说，"我知道它会。"

"你不能夺走我的孩子，"他说，"她的孩子。"

"是*我*的孩子。"修女答道。

"很快就不是了。"埃斯帕说。他拔出腹部的那把匕首。鲜血喷涌而出。

"那东西伤不了我的。"修女道。

"我一直在想，"埃斯帕咕哝道，"为什么非得是我的孩子？"

他丢下匕首，一只手放在薇娜的腹部，另一只手按在芬德的血泊里。他感受着龙蛇毒血的冲击，还有它汇入芬德的司皋斯罗羿血管后的转变，接着，他的手指再度钻入了土壤。这次他的手指不断向下探寻。

他合拢眼皮，再次看到了荆棘王的那双眼睛，他凝视着其中一只，而它越张越大，最后吞噬了他。

他原本在沉睡，却有什么东西唤醒了他：他感到风吹拂着脸庞，树枝在身周摇摆。他睁开了眼睛。

他在草地边缘的一棵树上，周围是他的森林。

一个身穿棕色羊毛裙的人类女人仰躺在树根下，她蜷起双膝，双腿分开。她在喘息，时而发出几声尖叫。他感到她的鲜血渗进了大地。周围万籁俱寂。

女人的双眼显露出痛楚，但他所看到的却大多是坚定。就在这时，她开始用力，并且再次尖叫，片刻之后，她从身体里挤出了一个满是鲜血的灰蓝色物体。它哭喊起来，而她吻了它，把它在怀里抱了一会儿。

"埃斯帕,"她低声道,"我可爱的儿子。我的好儿子。看看你身边。这些都属于你。"

然后她死去了。那孩子原本也会死去的,可他却伸出手,把他抱进树里,保护他的安全。直到将近一天以后,有个男人来了,发现了死去的女人和活着的男孩。于是他飘回漫长而迟缓的大地梦境之中,但才过了不久,他就听到了号角声,于是知道,完全苏醒,开始战斗的时刻到来了。

"很遗憾,"埃斯帕告诉修女,"因为你的森林,你的世界都被毁掉了。但已经没有恢复它的方法了。你的努力会摧毁我的森林剩下的部分。这就是芬德的愿望,虽然我不知道原因。"

"停手,"修女嘶声道,"无论你在做什么,快停手。"

"就算我想停也停不下来了。"这是他能说出口的最后一句话:痛苦拉扯着他的身体,而他体内的一切都在推挤他的皮肤。然后他裂开了,他那凡俗的双眼所能看到的最后光景,便是那些破体而出的绿色卷须。它们像蛇那样飞快地伸展开来,探向太阳所在的方向。

痛苦渐渐消退,他的感官从树木涌向草叶,再爬上藤蔓。他是鹿,是豹,是橡树,是黄蜂,是雨水,是风,是腐烂的黑色土壤。

他是一切重要的事物。

他自大地汲取生命,开始生长,他穿过屋顶,一路上将身周的荆棘吸收与消化。

乐声昂扬,不和谐音也开始刺耳,突然间有声音凭空出现,越来越多,仿佛有上千只有着珍珠铃锤的水晶铃铛正用尽全力奏响着他的曲子。乐声绕着他旋转,空气的颜色也越变越深,最后就连屋中的烛焰都只剩下微弱的火苗。

但那乐声,噢,它传出屋外,来到了广阔无边的世间。它在高山的岩石中鸣响,在大海的深处歌唱。聆听它的有冰冷的星辰,有位于世界另一端的滚烫太阳,还有他血肉中的骨骸。乐声依然继续,充斥万物之中。

他几近失声。迈尔顿的歌声也减弱了片刻,但随即恢复正常,比先前更加高亢,引领着和弦走出低谷,朝着依旧未知的顶点迈进。

乐声时而攀升,时而下落,却永远比上次更高,从未消退,也似乎没有什么能令它消退。

即便他此刻想要停止,也已经办不到了。迈尔顿显露踌躇的那个时刻是最后一次回头的机会。他听到万千个声音在不见星光的海湾里叹息,而那数量又随即增加了百倍,他开始恐慌,因为他记不起曲子如何收尾,记不起最后会发生什么。乐谱上的曲子已经不再重要了。安魂曲已将所有人握在了手心,它想去哪里就能去到哪里。

他感到自己的身体有如蜓翼般震颤起来,随后又渐渐平息。他所拥有的只剩下了歌声。

终曲到来,它可怕、奇妙而又——在某个短暂而难以置信的时刻——完美。每个音符都完美契合。每个人的歌声都相辅相成。每件事都恢复了正常。

生者与死者的合唱同时淡去。

梅丽软软地靠着墙壁,倒了下来。

屋外的院子里,罗伯特·戴尔的头颅不再絮语。

赫斯匹罗像一道闪电般朝卡佐扑去,向他的腹股沟刺出又快又狠的一剑。他迅速以乌塔沃势格挡,却扑了个空:对手早已变招。他抓住了仅有的一线机会,才堪堪挡住那把原本会刺穿自己喉咙的细剑。

卡佐退后几步。

"你还挺会用剑的嘛。"

"或许是我疏于提及了,我曾在伊斯佩迪欧大师门下修习过。"

卡佐眯起眼睛。"我不久前才遇到过他的另一个学生。埃克多。这是他的剑。"

"我跟他很熟络,"赫斯匹罗说,"我猜是你杀了他。"

"不。杀他的是一支箭。"

赫斯匹罗耸耸肩,再度攻来,用上了"绿帽男回家路"的套路。

卡佐一招接一招地予以还击。他上次和埃克多交手时，后者差点就用这套剑路干掉了他，因为卡佐不知道最后一招的应对方法，但他清楚，对手的剑尖最后会刺向他的喉咙，于是他最后摆出了高位**康托瑟索**势。

这次他的剑又扑了空，而赫斯匹罗的剑滑进了他右侧的肋骨之间。卡佐连连退后，难以置信地看着自己的血。赫斯匹罗面色冷酷地继续攻来。

没事的，卡佐心想。*他只是运气好。*

他勉强挡开了对手的下一次攻击，随后不顾一切地用力刺去。他的剑擦破了赫斯匹罗空出的那只手，鲜血渗出。

真是个惊喜。

"你的剑术比我想象的要好，"卡佐说，"但你不再是刀枪不入的了。"

"如果现在就处理伤口，你也许能活下来。"赫斯匹罗说。

"噢，你别想这么轻松就脱身。"卡佐说。

"我不能再浪费时间了。"教皇道。

卡佐继续攻势，向对手的手部虚晃一招，从**佩托**势转为**乌塔沃势**。

赫斯匹罗用另一只手狠狠给了他下巴一拳。卡佐踉跄后退，奋力摆出守势。

奥丝姹纵身扑向教皇，她抵在他的背上，双臂紧紧裹住他的脖子。赫斯匹罗左手探向身后，抓住她的头发，但直到他把她重重撞上墙壁，她才松开胳膊。

这时卡佐已经站起了身，尽管有些立足不稳。他扑向赫斯匹罗。

"圣者啊，你们还真是不肯罢休。"赫斯匹罗说。

卡佐没有浪费力气去回答：他重重踏出一脚，摆出佩托势。有点不耐烦的赫斯匹罗以瑟索势挡下，还刺回来。卡佐矮身刺向对手下盘，但差之毫厘。

赫斯匹罗又使出了"绿帽男回家路"，卡佐只能算勉强跟上他的动作。最后一次虚招再次刺向了他的喉咙，而他再次不顾一切地格挡，可对手的剑再次消失了。

但卡佐的剑也一样。在最后的侧面刺击到来之前,他旋身避开,放弃格挡,反而加以还击。埃克多干净利落地刺进了敌人的心窝。

"同一招别对我用两次。"卡佐告诫他。他猛地抽出剑刃。

赫斯匹罗单膝跪倒,突然纵身扑来。卡佐挡住来剑,迫使剑势偏转,剑锋以些微之差从他额边掠过。赫斯匹罗的俯身刺击令背部空门大露,于是卡佐顺势将剑刺进了对手的肩胛骨。

接着,他踩在自己的鲜血上,滑倒在地。就在奥丝娆飞奔而来之时,他用手捂住伤口,闭上了双眼。

斯蒂芬用手托住安妮的脸,笑得更露骨了。

"准备好了吗,小女王?"

安妮觉得脑袋里仿佛塞满了黄蜂,她什么都做不了,只能抬起头,用憎恨的目光瞪着他。

但随后她感到有股力量涌入体内,那是一种全然陌生的力量。这力量在她体内沸腾,它的来源却并非圣堕。它来自环绕万物的可怕深渊之底,来自世界肇始时的那片混沌之中。

这是我的礼物,女王,馗克斯卡那道。

她的呼吸顺畅起来。重压全然消失了。

死亡的法则已然修复,馗克斯卡那说。

斯蒂芬蹒跚后退起来,"不。"他说。

"噢,是很好才对,"安妮说,"实在太好了。"

她的右手乃暗月之镰,左手为古夜之锤,她双手交击,他便裂成千万碎片。她将碎片投入深渊,身形渐长,直到世界在她脚下也显得微不足道。

就是现在,传秘人喃喃道。就是现在,我可爱的人儿,你只需要杀死我,一切就都结束了。

安妮咧嘴笑了。"我该怎样才能做到呢,馗克斯卡那?"

你是地底深处之河。你是比世界更古老的黑夜。将我纳入你的身体,然后摧毁我吧。给我渴望已久的湮灭。你已经拥有了我的力量。现在夺走我的灵魂吧。

"很好,"安妮说,"我会的。"

卡佐感到奥丝妮的脚步开始蹒跚。他努力想把重心全部转回自己的脚上,可它们却不听使唤。

"别动,"奥丝妮说,"我撑得住的。"

"上坡的时候可不成。"卡佐说。

"我必须带你去找医师。"她回答。

"我想你还是去找医师来比较好。"他说。

"我不想离开你。"

"那就坐在这儿陪我。"他说。

"别说傻话。你还在流血呢。"

"伤没那么重。"他撒谎道。

"我不是傻瓜,卡佐,"她嘟囔道,"为什么每个人都把我当成傻瓜?"

他们跨过墓穴的入口之时,奥丝妮身体一僵,喘起了粗气。卡佐定睛看了一眼。他发现斯蒂芬·戴瑞格脸朝下躺在几步开外,但她注视的好像并不是他。

"噢,不。"奥丝妮说。她的身体突然变热了——不,是变得滚烫,烫得令他的胳膊无法搂住她的肩膀。他摇摇晃晃地躲向一旁,倚着某座陵寝的墙壁才勉强站稳。

"不。"奥丝妮重复了一遍。她的双眼突然间发出炽热的白光,黄色的火焰夺眶而出。

"奥丝妮!"他大喊道。

她看着他,可她却不再是奥丝妮,而是个有着美丽面容,挑着双眉的黑肤女子,然后又变成了一个白发的瑟夫莱。她是留着火红卷发的安妮。她化作每一个和卡佐做过爱的女子,又化作他见过的每一个女子。她的衣物开始闷燃。

"出什么事了?"卡佐尖叫道。

"她就快办到了!"奥丝妮说着,嗓音如同面貌般不断变换。然后,她用更加欢欣的语气说,"我们就快办到了!"

大地突然间染上了陌生的光彩,卡佐抬起头,只见太阳正从天而降,翻腾的巨大火球和投下的影子令他体内最深处的动物本能觉醒过来,让他全身颤抖,想要迈步飞奔,一刻不停地奔跑,直到找到这种事物所无法存在之处为止。

可他却靠在墙上,喘着粗气,用体内的全部力气对抗着恐惧。

"奥丝婼。"有人平静地说。

斯蒂芬就站在几王国码外。他看起来状况不佳。因为很显然,他少了只眼睛。

"奥丝婼,"他说,"你是唯一能阻止她的人。你明白吗?他在欺骗她。没错,他会死,但他也会带着世界一起灭亡。安妮会发疯的,这股力量太强大了。你也能感觉到的,不是吗?"

"我能感觉到。"奥丝婼说。她的语气就像是个正承受着濒死痛楚的女人。

"和她对抗吧,"斯蒂芬说,"你也有权掌握那股力量。"

"我为什么要对抗?"奥丝婼问,"它多美妙啊。整个世界很快就要在我的血管里流淌了。"

"是啊,"斯蒂芬说,"我知道。"他走近了些,"我不知道他是谁,奥丝婼。这是我的疏忽。他在他的牢狱里等待了两千年,为了这一刻处心积虑,他筹划了一切,在我们所有人身上播下了种子。他不想掌控世界,也不想让他的族群恢复往日的荣光,他只想让一切都为他陪葬。你难道不明白吗?"

"我凭什么相信你?"

"那就别信,"他说,"自己亲眼去看吧。"

火焰在她的衣饰上翩翩起舞。她看着卡佐,有那么一瞬间,那张脸变回了他所爱的那个奥丝婼。

"卡佐?"她问道。

"我爱你,"他说,"别做傻事。"

然后他的双腿便失去了全部的力气。

如果能笑的话,埃斯帕一定会大笑出声,欢欣就在树叶和花朵之间,任何人都一览无余。他治愈受损的植物,对无力回天的那些予以终结,他吸收毒素,将之扩散开来,将它转变为某种全新的存在。他找到了沙恩林修女的心脏,于是也接纳了她,接纳了她所有的子女。他觉得她应该已经明白了一切,因为她停止了抵抗,将力量借给了他。

又也许是因为她也看到了他看到的那幕景象:西方燃起了致命的火焰。那唯一能够阻止生命再生,令万物归于虚无的东西。

真正的大敌。

他这次已经不需要什么召唤了。他移动身躯,穿过整个世界,只担心一切都已经太迟了。

安妮感受着传秘人的黑血流入自己的血管,狂喜地高喊起来,她很清楚,自世界伊始之时起,从来没有人掌控过这样的力量:司皋斯罗羿没有,维吉尼娅·戴尔也没有,任何人都没有。她是圣者、恶魔、巨龙、风暴、大地中的火焰。没有任何名字能描述她即将成为的存在。传秘人包卷着她的全身,而他的生命也随之流出,他的每一次碰触都会令她周身战栗,那喜悦和痛苦是如此纯粹,令她无从分辨,也不愿去分辨。透过他的双眼,她看到了往后的一百个千年,而未来充满了这般甜美的时光。

还不够!她喊道。

会有更多的,濒死的恶魔答道,更多更多。

斯蒂芬努力集中精神,努力维持在这个世界的存在,但在他大部分身体都已消逝的现在显得相当困难。他凭着古老而又顽固不化的考隆维系着一切,但就连考隆本身也在消逝,很快安妮就会发现自己留下的烂摊子,然后彻底解决他。

一切都取决于那个女孩。他渴望将奥丝妮抱入臂弯,从她身上汲取生命和力量:她就是那条将安妮和安妮即将成为的存在维系起来的血管,而他——如果他有这个能力的话——可以通过她去抽走安妮的血液。她将会毫无察觉地死去。

但他已经没有那样的能力了。他已经不比一具骷髅好多少了。

他看着她跪倒在卡佐身边,喃喃低语,就在这时,她的衣服终于爆出了蓝色的火焰,而她也被迫从爱人身旁退开,以免将他烧成焦炭。

"如果你是想治好他的话，放弃吧，"斯蒂芬说，"你什么都治愈不了。她也一样。永远是一场暴风，绝不会化作细雨。你明白吗？但你是她的软肋。"

奥丝娅用愤怒的眼神盯着他看了片刻，接着火焰渐渐平息下来，然后只剩烟雾，最后她被黑色的水汽围绕全身，双眸闪耀得如同绿色的提灯。然后她飘向空中，朝着悬浮在他们头顶的那团可怕的存在飞去。

安妮感到力量骤然衰退，随即警惕地寻找原因。她漏掉了什么敌人吗？莫非赫斯匹罗还活着？

不，只是拥有她部分力量的奥丝娅而已。

如果你死去，传秘人道，她就将继承一切。

她没有杀死我的力量，安妮说。而且就算有，她也不会的。

她比任何人都更可能背叛你。你很清楚。

"别听他的，安妮。"奥丝娅说。

"我当然不会，"安妮回答，"我们会一起统治世界的，对不对？"

"安妮，卡佐快死了，"奥丝娅说，"你能治好他吗？"

"不。"她说。话说出口，她才意识到这个事实。

去掌控维衡王座，馗克斯卡那打断道。然后，只要你愿意，你就能治好任何蝼蚁。

"他在撒谎，安妮。"

"他为什么要撒谎？他把性命都交给我了。"

"他在利用你摧毁世界。"

"就算是吧，"安妮说，"可现在拥有力量的人是我。还有，这世界有什么大不了的？你我如今是一体的，你能看到这些人类是那么可恶。我会创造另一个世界。我已经知道该怎么做了。我们可以按照我们希望的方式，按照合乎情理的方式去创造它。"

"这太疯狂了，安妮。这意味着杀死你认识的每一个人，每一个你重视的人。"

THE BORN QUEEN

"比如呢？"安妮尖叫道，"我父亲？法丝缇娅？艾瑟妮？我母亲也死了，你知道吗？我重视的每一个人，除了你和卡佐以外全都死了，而且我的耐心也被你消磨得差不多了。好了，如果你想要卡佐活下来，那就和我联起手来，或者放弃你的力量，因为我们还有一场战斗要打，而我需要我能集结的所有力量。在那之后，我们就能拥有一切，奥丝妮，正如我们希望的那样。"

奥丝妮再次张开了嘴，可她随即望向安妮的身后。

"我会拯救你的，安妮。"她说。

安妮转过身去。

她站在黑檀般的玫瑰田野中，她衣裙上的珍珠装饰在月光中泛动着淡淡的骨色。空气里充斥着浓郁的花香，令她几欲窒息。

她望不到花丛的尽头，起伏的花丛一直绵延到地平线那里，低语的微风吹弯了花茎。她缓缓转身，想看看是否每个方向都是这幕景象。

在她身后，田野在一堵林木之墙前戛然而止，这些黑色身躯的怪物覆满大如手掌的荆刺，又高得惊人，她在这片昏暗的光线中甚至看不清树梢。粗及人臂的荆棘藤纠缠在树木之间，沿着地面蔓延。在树木和藤蔓之后，有的只是黑暗。她能感觉得到，那是一片贪婪的黑暗，一片注视着她，憎恨着她，渴望着她的黑暗。

"我以前来过这儿，"她告诉那片森林，"我这次不会害怕了。"

有东西挤过荆刺，朝她接近。月光照出了一条覆有黑色锁甲的手臂，还有一只手上伸直的五指。

然后头盔也露了出来，那是一顶又高又大的锥形头盔，盔面有黑色的荆棘花纹，戴在一个巨人的头上。

但这一次，她伫立当场，发现那并非锁甲，而是树皮，那头盔也纯粹是苔藓、兽角和石头。至于那张脸，她能看清的唯有那双眼睛，那两口生命和死亡，诞生与腐朽——还有渴求与复仇——的源泉。

你有足够的力量，传秘人逐渐消退的声音告诉她。杀死他，让你自己变得完整吧。

[HT]安妮聚集着力量，但她的眼角余光却捕捉到了某种动向，

她看到奥丝婞穿过田野，径直朝荆棘王奔去。

如果他碰到她，你就输了，传秘人说，你必须立刻杀死她。

安妮伫立着，注视着。

杀死她，馗克斯卡那的语气更急切了。你不明白吗？通过她，他就能打败我们。

安妮朝奥丝婞发起猛攻，女孩步履蹒跚起来。安妮努力想要切断她们之间的联系，恢复她的力量，但她明白了传秘人的话中之意，明白了这种联系有多么紧密。安妮若想恢复完整的自己，进而掌控万物，就只有杀死奥丝婞一途。

她伸出手去，感受着奥丝婞体内脉动的生命，她了解她身上熟悉的气息，还有从她们还是小女孩起就永远梳不顺的那拢小发卷儿。荆棘王向她探出手，而眼含热泪的安妮捏紧了奥丝婞的心脏。

奥丝婞摇摇晃晃地跪倒在地。她以濒死的眼神看着安妮，她的眼睛睁得那么大，就像一头不知自己为何死去的野兽。

噢，传秘人叹了口气。终于。

就在奥丝婞的力量流出身体，被安妮纳入体内的同时，她不知怎的站起身来。在她逐渐消失之时，天色也黯淡下来。

"我们的秘密场所。"她听到奥丝婞在这片黑暗中低语。

但周围并非全然的黑暗，安妮发现她们再度来到了火梓园下方的石室中。但那具石棺已然开启，奥丝婞就坐在棺中，背倚一面石壁。她看起来就像是九岁时那个无家可归的孩子。

"我早就知道，"小女孩说，"我早就知道不该期待自己能得到什么。"

"别哭哭啼啼的，"安妮说，"以你的出身，你这辈子已经比你期待的好得多了。"

"你说得对，"奥丝婞说，"我也不愿拿它去交换别的人生。你永远都会是终结我的那个人，安妮。我知道。你会把我埋葬在这儿，然后周而复始。"

"你不知道。"安妮指责道。

"我当然知道。我只是不知道究竟它会如何到来。我们还小的时候，我就有好多次差点死在你手里。"

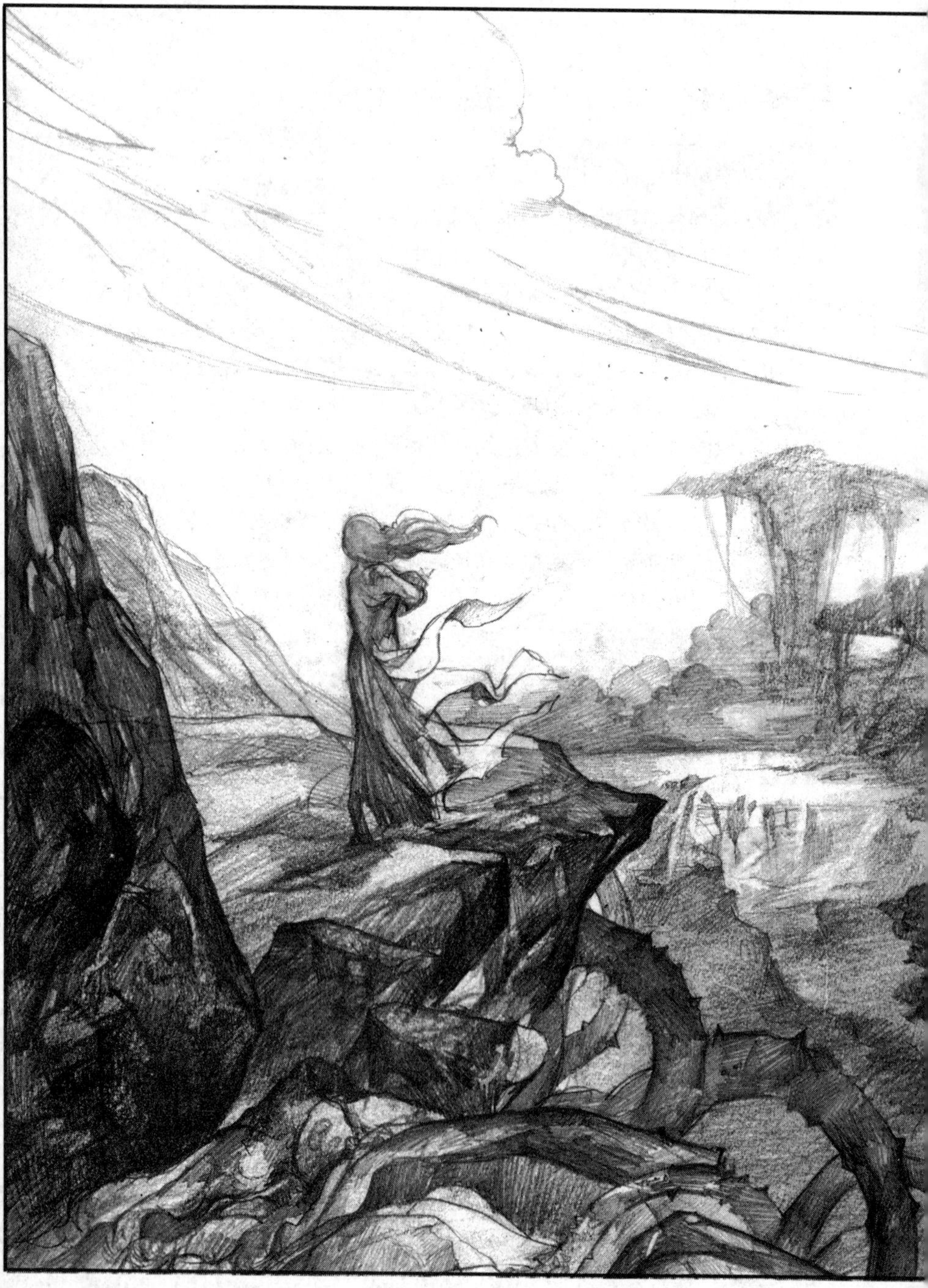

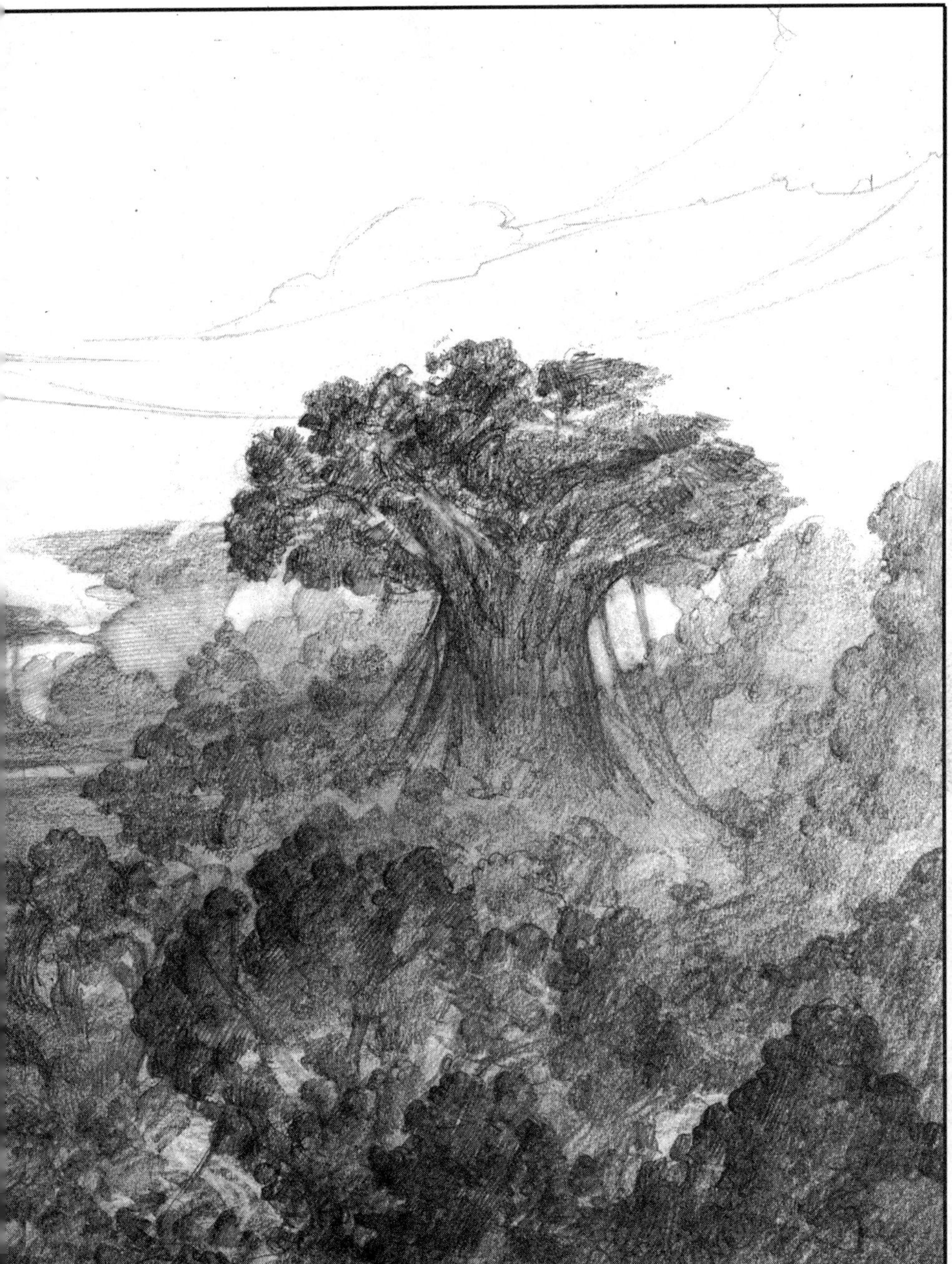

THE BORN QUEEN

"胡说八道。我爱你。"

"这就是你爱的方式,"她回答,"这就是你爱的方式,安妮。"

"我不明白你的意思。"

"也许吧,"奥丝娆闭上双眼,答道,"无论如何,我都爱你。"

"如果他得到你,他会杀死我们俩的,奥丝娆。"

她疲惫地点点头。"我知道你不愿意,但求你留卡佐一命吧。你能为我做这件事吗?"

安妮开口想要应允,但她为什么要答应?现在的她用不着替奥丝娆做任何事,更不用听她说的任何话。只有她才会让她有这种感觉,这种……

什么样的感觉?她忽然思索起来。

但她很清楚。当她母亲——或者法丝缇娅,或者任何人——不赞同她的举动时,她清楚自己也许会有麻烦,但内心深处从不觉得有什么不好的。

但当奥丝娆反对的时候,她却由衷地明白自己错了。

她用不着这样的,不是吗?

她感受到了荆棘王,他的力量在增长,探向奥丝娆残余的部分,撕扯着这座幻影的坟墓。

时间快用完了。她还剩下一次心跳的时间,但这已经足够了。

不。

随着一声轻柔的苦笑,安妮松脱了掌握。荆棘王带走了奥丝娆,飞上天际。传秘人在自己被扯离她的躯体时尖叫一声,便投入他渴望已久的湮灭之中。她只觉全身的血管都仿佛开启了一般,黑玫瑰的气味填满了她的肺,直到再无他物存留。

天降女王

终章

　　从司皋斯罗羿的最后一座要塞被攻破的那天起，以古代卡瓦鲁语"伊贝龙·瓦斯芮·斯拉侬"为名的新时代便揭开了序幕。当这种言语本身已为世人所遗忘，仅只有少数修道院的学者记得之时，这个时代以人类语言中的"伊文龙"之名被铭记了下去，正如莱芮语中仍以"斯拉侬"来称呼胜利之地"伊斯冷"那样。

　　伊文龙是人类的时代，包容着他们所有的荣耀与过失。反叛者的子女们繁衍生息，用他们的王国覆盖了这片土地。

　　伊年2223年，伊文龙时代开始走向意外而可怕的终结。

　　我也许是最后一个记得此事的人。

　　荆棘王来时，我已垂垂将死。战斗终结时，他以藤蔓的手掌举起我，对我张开他的那些眼睛。

　　我认出了我的朋友，他也认出了我，我为他啜泣，为他所放弃的，但更多的是为他所得到的。他带走了我，在那漫长的旅途中，他治好了我。他心怀好意。

　　在当晚死去和存活的人们之中，只有我能够看到这幕景象，而这与我过去的能力相比根本微不足道。就像埃斯帕口中的狰狞怪那样，我的独眼能看到时间和空间的彼端——但它再也不听我的使唤了。

　　宝贵的阴影刚刚降临维特里安，而在小镇埃瑞拉上，对所有人——从木匠到店主，或者说每个有感觉能力的人——来说，也就意味着纳凉和吃点心的时间到了。即便是在白昼渐短、阴影渐长的现在，情况依然如此。镇子中央的决斗少了，所以尽管时间已是**乌塔瓦蒙扎**月的月末，阿罗却能在翡由萨女士的喷泉下的影子里歇息，不用担心被人打扰——虽然天气闷热，而且人人都知道，他的剑术远远算不上完美。

他尽可能地慢慢品尝手里的葡萄酒,心知他暂时是弄不到下一瓶了。他很想有些面包来佐酒,但与其盼望那个,他还不如祈祷翡由萨流下蓝宝石的泪珠给他呢。

他在无力的秋日阳光中半梦半醒。一匹马踢踢踏踏地踩过石制的路面,有个女孩的歌声传出窗外。他幻想起更美好的时光来。

他睁开双眼,发现翡由萨女士正低头看着他。她年轻又漂亮。非常漂亮。

只不过翡由萨女士应该是不着寸缕的,可这女子却打扮整齐,而且衣着怪异。她像男人那样身穿马裤和紧身上衣,外加一顶骑手帽。

"女士。"他说着,慌忙爬起身来。

"嘘,"女孩道,"你就是他们说的阿罗吗?"

"我就是,"他说,"就是我没错。"

"很好,"她说,"你的老朋友让我带样东西给你。"

阿罗发现,她有一副迷人的口音。

"是什么?"

她把那东西递给他。是一把钥匙。

"*Zmierda*,"他咒骂了一句,"是卡佐的钥匙。是他家宅子的钥匙。你从哪弄到的?"

"说来话就长了,"她说,"他希望你能收下。"

"他还好吧?"

她把脸转向一旁,阿罗的心沉了下去。

"他真好心,"阿罗说,"可我拿着它也没有用。切乌诺手下的几个恶棍已经占领那儿了。他们是前不久闯进去的。"

"切乌诺?"

"埃瑞拉的新主人。"他说。他压低了声音,"说实话,他就是个强盗。只不过教会在打内战,梅迪索们都忙着选择阵营,根本没人记得我们这样的小镇子。我今天下午就打算离开这儿。"

"我明白了。"她说。

"女士,您是?"

"我的名字叫奥丝妮。"她回答。

"您就不能跟我说说我那位朋友的其他事吗?"他问。

但她只是露出神秘莫测的一笑,然后转身走开,骑上一匹看起来邋里邋遢的马儿,从维欧·艾扎·维洛大道离开了镇子。

阿罗目送她远去,然后喝完了葡萄酒,躺倒下来,在指间把玩着那把钥匙。

他再次醒来,这次是因为有靴子踢到了他的肋骨。他小心翼翼地睁开双眼,发现有个相貌粗犷、留着大胡子的男人站在他身边,打扮和先前那女子很像,只不过腰间挂着一把细剑。他看到,那女子就伫立在几步开外的地方。

"这地方是我的,伙计。"那人道。

然后,阿罗认出了胡须后面的那张脸。

"卡佐!"

"嘘,"他的老朋友说,"我们在镇子里散散步,你再跟我多谈谈那个叫切乌诺的家伙。他听起来不太讨人喜欢。"

他伸出手,阿罗借力站起身来,面露笑容。

我看到瑟夫莱们逃往地底深处的隐匿之地。他们大多并未与芬德、埃提瓦斗士以及主母乌恩同流合污。他们大多从未期待尴克斯卡那能够恢复往日的荣光。但既然他们的秘密已然泄露,人类的土地也不会再欢迎他们了,而他们也对此心知肚明。

我看到马克弥死于中风。我看到寒沙的大军撤回了边境。我看到教会陷入血腥的内战之中。

"安妮?"

安妮从书页上抬起头来。她哥哥查尔斯正坐在红厅另一端的地板上,盘起双腿,玩着几张卡片。

"什么事,查尔斯?"她问。

查尔斯揉了揉眼睛。他是个成年男人,比安妮的年纪还大,但他的心智永远像个孩子,他的情绪也一样。"猎帽儿什么时候回来?"他问,"我想他了。"

"我想他不会回来了，查尔斯，"她柔声道，"但我们可以给你另外找个小丑。"

"可我喜欢他啊。"

"我明白。"

"妈妈呢？她快回来了吗？"

"不，她也回不来了，"安妮告诉他，"现在只有我们俩了。"

"可我想大家了。"

"这我也明白。"她说。

"我好伤心。"他闷闷不乐地说。然后他就继续玩他的卡片去了。

她还没来得及把目光转回书页，就听到门那边传来一个低低的声音。

"殿下？"

她匆匆一瞥，发现她的男仆之一站在门口。

"哦，罗伯。什么事？"

"您传唤的凯普·查文伯爵到了。"

"多谢。直接带他进来吧。"她把目光转向她身后的那个年轻女子。

"艾丽思，"她说，"你不如带查尔斯去看看马厩里新来的马儿吧。"

"您确定要我这么做吗，殿下？"

"是的，贝利女士，我很确定。"

"很好，"艾丽思说，"查尔斯，能不能带我去看看新来的马儿？"

"马儿！"查尔斯跳了起来。两人挽着胳膊走出门去。

片刻后，伯爵进了门。罗伯也离开了，红厅里只剩他们二人。

凯普·查文的面色非常不错，她又想起了他的手落在她身上时那种兴奋的感觉。有那么片刻，她的心里充满了温柔。

"真高兴看到你没事。"他说。

"能见到你，我也很高兴，泰姆。"

他惊讶得合不拢嘴。"你从来没这样称呼过我，"他说，"当然了，我很高兴。"

"很抱歉，我从前没时间对你说，"她说，"有太多事要做了。那天晚上的情形——我不知道你还记得多少。"

"我记得很清楚，"他说，"比方说，我记得你死而复生了。"

"我根本没死，"她说，"我的灵魂暂时离开了，好让身体痊愈，只是这样而已。"

"只是这样而已，"他说，"你说得好像没什么大不了的。我还以为你死了，安妮。我爱你，当我以为你辞别人世的时候，简直发了疯。我不知道你是怎么回来的，我也不在乎，重要的是你回来了，而我爱得比从前更加深沉。"

"我也爱你，"她说，"简单、诚挚、毫无作伪的爱。这也是我一直以来希望去爱的方式。"

他闭上双眼。"那还等什么？你已经让我当上了维吉尼亚的王。所有人肯定都同意我们很般配。"

她努力想要挤出笑容。

"我们确实很般配，"她说，"但我们不是最般配的。"

他困惑地皱起眉头。"你这话什么意思？"

有那么片刻，安妮不禁祈祷那晚那个冰冷、可怕的她能够归来，但那个安妮在诞生的当日就已死去。无论她现在成了怎样的人，都是先前无人预见过的，而且她想要做到最好。

"我会嫁给寒沙的贝瑞蒙德王子。"她说。

"但你刚刚才说过，你爱我。"

"对，"她承认说，"所以我才在你自己发现以前私下告诉你。这会给我们和寒沙带来和平。"

"那儿的人恨你。他们觉得你是个修女。"

"马克弥五天前死了。他是憎恨的根源，不过你说得对，寒沙人仍旧不会爱戴我。但这场婚姻势在必行。"

"我不能接受。"

"你必须接受。我希望能永远做你的朋友，泰姆，而且无论如何，作为你的女王，你也应该欣然接受我的命令。"

他涨红着脸，伫立当场，在令人心绞的片刻过后，他终于鞠躬行礼。

THE BORN QUEEN

"遵命,殿下。"他说。

"那就这样吧。"

他走了,她释放了最后一个珍视的人,她的心也多添了一条裂痕。但她明白,这是身为一个女王所必须做的。

我看到安妮将力量交给了荆棘王,然后我帮助埃斯帕——我有时候还是会这么称呼他——再次将王座隐藏起来,我希望这次能比上次隐藏得更好。力量开始衰落,安妮也通过法令禁止了圣殿和巡礼路的使用。但只有时间能够证明一切,因为人们天性愚蠢。我就是鲜活的范例。

里奥夫吻了吻他儿子小小的额头。那孩子漫不经心地扫视四方,他不禁好奇,有怎样的陌生旋律藏在这儿,等待着乐器赋予它们生命。

沉睡中的爱蕊娜面色苍白而美丽,接生婆又用愤怒的目光制止了他唤醒她的举动。他小心翼翼地把那孩子递还给那个老女人,走出屋子,来到空地上,吹起了口哨。

"我猜,这应该不是新的歌唱剧吧?"稍远处,有个刻意抬高的声音问道。那是骑着匹暗褐色母马的阿特沃。

"不,"他说,"只是我正在创作的一首摇篮曲而已。"

"这么说很顺利?"阿特沃下了马,任由它自己踱步。

"一切顺利,"里奥夫告诉他,"孩子很健康,爱蕊娜也一样。"

"圣者保佑,真是个好消息,"阿特沃说,"你也是该转运了。"

"我不知道我是不是有资格走运,"里奥夫答道,"但我非常感激。伊斯冷的情况怎样?"

"慢慢安定下来了,"公爵回答,"当然了,还有各种谣言,说女王其实是恶魔,是圣者,是男人,甚至是瑟夫莱。莱芮对那场婚姻仍有异议,而且今年冬天也冷得厉害。但我们得到了和平,先前的收获也不错。怪物的活动屈指可数,少有的几次目击也是在森林深处,远离城镇和乡村。至于教会——噢,大概还得过些时候才能平息。你知道的,安妮打算创立自己的教会。一个不受艾滨国影响的教会。"

"那就祝她好运了。"

"事实上,她派我来就是为了跟你谈这件事的,"他说,"她希望你能谱写一首在清净仪式上唱的感恩圣歌。"

"这就有趣了。"里奥夫说。

"你不乐意?"

里奥夫笑了。"我已经开了个头了。"

"顺便说一句,我想我们被跟踪了。"阿特沃说。

里奥夫点点头。他看到树丛间有衣裙一闪而过。

"恐怕她有点迷上你了。"

"瞧瞧你都教了她什么。"

里奥夫抬高了声音,"出来吧,梅丽,和公爵大人问声好。然后我们俩就有工作要做了。"

他听到她轻笑的声音,然后她现了身,蹦蹦跳跳地朝他们走来。

死亡的法则被修复之时,那些介于两者之间的生物要么继续活着,要么死去。他每一天都在感谢圣者,是他们让她回到了生者这边。

我看到了最后一位翡思姐妹。

帆杠转动,风帆鼓起,**斯宛美号**乘风破浪而去。尼尔倚着栏杆,凝视着海岸线那边翻涌的海水。

"真美。"布琳娜说。

他赞同地点点头。"她是一块又老又硬的石头,但我爱她。我想你也会喜欢上她的。"

她和他十指相扣,握成一个拳头。他缩了缩身子,因为那条胳膊仍在隐隐作痛,但她的碰触对他来说宛若珍宝。

"那我们要留在这儿吗?"她问。

他大笑起来,而她一脸迷惑。

"你觉得我会撒谎吗?"他问。

"我完全不明白你的意思。"

"我说过,我会带你离开,去一个我们都不用再背负职责的地方。如今女王给了我自由,贝瑞蒙德也解放了你,但我们离那个地方还远得很呢。"

"那么,我的丈夫,那个地方又是哪儿呢?"

"我们将去寻找,"他说,"这也许会用去我们的余生。世界之大,谁又知道我们该去哪些地方呢?"

她兴冲冲地吻了他,从他们相识起,他还是头一回看到她露出这样的神情。他们一同看着斯科岛的轮廓逐渐清晰。

我看到泽米丽老去,却对我的遭遇一无所知。等我尽可能地治愈身体,再度踏入世间之时,她已然过世多年。

所以我回到了空荡荡的巫角山。我哀悼,我书写。我尽我所能地去回忆。

直到那条河流带我离开世间之前,有一件事是我绝对不会忘记的。那就是我透过他双眼看到的一切。

我根本想象不出如此美丽的情景——用森林的每一只眼睛去注视,用每一片树叶和蕨草去聆听。但只有那么一次,而且是在那场战斗的多年以后。

那是在"暴君",埃斯帕深爱的那片巨型铁橡林从前所在之处。它们已经全部枯萎,但橡实已经生根发芽,起初的几年里,万物的生长速度都有些超乎寻常。有那么多树木已经有四五王国码高,树干仍旧纤细,却已经开始遮蔽灌木的阳光,重新夺回属于它们的领地。

有个女人去了那儿,她依旧年轻,脸被风吹成了玫红色,因为那年很冷。她裹着一件羊毛外衣,脚穿麋鹿皮靴。当然了,我认识她,因为我想我曾经爱过她,而且仍以某种方式爱着。

她手里抱着个约莫六七岁的女孩。她长着一张开朗而聪明的脸,满怀好奇地打量着周围。

"他就在这儿,"薇娜告诉那女孩,"你父亲就在这儿。"

透过他的身体,我感到每一棵树都绷紧了,它们在颤抖,渴望与她们接近,而鸟儿们也在同时高唱起来。

这是我所感觉到的,他身上最后一件属于人类的东西。而在他陷入沉睡后,它也将消失殆尽。

待他睡去,我便会苏醒,发现这世界早已不同。

——《特密楠律典》,作者佚名。

THE BORN QUEEN

译后感

08年的某天，我为《荆棘与白骨的王国》的第二册《恐怖王子》做了试译。尽管当时我把翻译当做爱好已有好几年，也业余翻译过不多的文学作品，但正式参与翻译小说还是头一遭。感谢编辑邹禾先生的赏识，让译笔还颇为稚嫩的我接手了《恐怖王子》一书。

格里格·凯斯的书我并不是第一次接触，他的《非理性时代》系列我就曾看得津津有味，他不时让人会心一笑的描写和鲜活的人物是我最喜欢的。在看完《荆棘王》的译稿以后，我很快被这个充满黑暗又不乏光明火花的世界吸引住了。一个半月的时间，我以自己前所未有的高效完成了二十多万字的翻译量（当然对成熟译者来说这样的速度不算什么）。尽管全身心都投入在翻译中，甚至连梦中都会出现故事里的场景，但我却意外地不觉疲倦。翻译的感觉也从一开始的举步维艰到渐入佳境，看到全书完成的时候，那种满足感真是难以言表。

完成《恐怖王子》以后，我又进行了另外一些书籍的翻译，在感觉自己水平有所提高的同时，也积累了不少自信。后因为《荆棘王》译者欧凌女士事务繁忙的关系，我有幸接手了之后的《血腥骑士》和《天降女王》。如同书中波澜起伏的剧情一般，在翻译《血腥骑士》期间，我也遭遇了不少波折，包括生活的压力，还有《荆棘与白骨的王国》的出版可能就此夭折的打击，但现在回想起来，也都算是宝贵的回忆。在此非常感谢我的责任编辑肖飒女士，翻译中有过许多的错误，她巨细靡遗地帮我纠正过来，甚至利用自己的业余时间进行校对。如果不是她，现在诸位看到的《血腥骑士》恐怕是满目疮痍吧。

在开始翻译《天降女王》之前，《恐怖王子》终于正式出

译后感

版。自己回头看来，当时的翻译有许多地方都显得生硬，也有不少能一眼看出的硬伤，但读者们却纷纷选择了包容，甚至称赞，我感到受宠若惊的同时，也心怀感激。

等到完成《天降女王》的最后一句时，我感觉仿佛做完了一件了不起的大事。看着陪伴了我几年的一个个角色，尼尔，斯蒂芬，埃斯帕，安妮，真的有种依依不舍的感觉。真希望我的译文也能给诸位同样的美好回忆，让诸位在这个奇妙的世界里流连忘返。

感谢我的责任编辑，邹禾先生以及肖飒女士，感谢我的夫人对我工作的支持，感谢所有一直鼓励我的朋友，感谢所有喜爱这本书的人。

非常感谢。

朱佳文
2011.3.29

THE BORN QUEEN

名词对照

A

安妮：Anne，即安妮·戴尔，克洛史尼国王威廉的三女。
奥丝娅：Austra，安妮的使女，和安妮情同姐妹。
埃斯帕·怀特:Aspar White，御林看守，从小被瑟夫莱抚养长大。
阿尔曼语：Almannish，语种名。
幻灵：alv，传说中的怪物。
阿法斯：Afas，瑟夫莱，埃斯帕的童年旧识。
阿拉雷克·威希姆：Alareik Wishilm，一名寒沙骑士。
艾瑟妮：Elseny，克洛史尼国王威廉的次女。
艾丽思·贝利：Alis Berrye，威廉的情妇之一，后成为玛蕊莉的挚友。
暴风：Hurricane，尼尔的坐骑。
阿贡：Argom，御前护卫之一，企图加害王后，被尼尔阻止。
阿卤窑：Rewn Aluth，瑟夫莱聚居的地下窑洞之一。
爱普林修士：Brother Alprin，德易院的修士之一。
埃瑞拉：Avella，地名，位于维特里安。
阿罗：Alo，卡佐的友人。
昂特罗领主:Lord Ontro，维特里安人信奉的圣者之一。
安苏：Ansu，寒沙人对圣者的称呼，亦称天神。
安吉鲁：Angilu，荷瑞兰兹人对圣者的称呼。
艾芙蓉修女：Sister Aferum，圣塞尔修女院的修女。
奥黑尬：Ulheqelesh，曾是司皋斯罗羿的最后一座要塞，其遗址也是后来伊斯冷城的所在地。
阿里金：Aligern，德易修道院的修士。
艾黎宛：Elyoner，威廉的妹妹，居住在罗依斯幽峡庄的女公爵。
亚协修士：Brother Ashern，德易修道院的修士。
熬尔相面学：Physiognomy of Ulh，书名。
奥内·德·罗英威利爵士：Sir Oneu de Loingvele，一名骑士。

名词对照

阿骨冬村：Aghdon，仙兔山中的小村。

埃迪逻：Aidilo，在维特里安对维持街道秩序者的称呼。

阿特沃：Artwair，安妮的表兄，也是一位公爵，协助安妮夺回了被窃占的王位。

艾滨国：Z'Irbina，教会总部和教皇的所在，在维特里安境内。

安夏尔：Anshar，芬德的帮凶之一。

安太扎：Anstaizha，位于寒沙北部的修道院。

艾瑞索·达奇·萨拉托蒂：Erieso dachi Sallatotti，维特里安人，觊觎赏金而想绑架安妮。

埃穆拉图：Emratur，维特里安人对指挥百人队的军官的称呼。

奥博绍·达卓·查迪奥：Obsao Dazo Chiadio，意为《剑的作用》，一本介绍各种剑招的作品。

梅司绰·帕普·艾瓦迪奥·瓦尔莱莫：Mestro Papo Avradio Vallaimo，人名。

阿沃：Arvo，昆提·达可乌卡拉的侍从。

安德沃：Andevoi，一座岛屿，尼尔在虚构自己的过去时提到。

阿图摩：Artumo，圣者之一，是盗匪的保护者。

艾睿树：Witaec，树名。

阿尔布莱斯：Albraeth，对活人献祭场所的称呼。

阿鲁雷克：Alvreic，葛兰夫人的男仆。

爱蕊娜·威斯特柏姆：Areana Wistbirm，新壤的乡民之女，与里奥夫共同渡过众多难关，最后结为连理。

阿罗特西安语：Alotersian，语言名。

阿托利：Artore，特勒明镇的居民，曾帮助安妮。

阿提：Atte，阿托利的昵称。

阿尔哈伊爵士：Sir Alharyi，寒沙骑士，不死者。

奥兰德：Auland，追捕安妮的寒沙骑士之一。

阿兹德：Azdei，维特里安人的告别用语。

艾芙斯宛：Alfswan，寒沙国王马克弥之女。

阿尔扎雷兹：Alzarez，传说故事中的人物。

奥斯赛弗：Oascef，即史林德们所称的"生命之水（Water of Life）"。

奥斯赛奥特：Oasciaodh，即史林德们所称的"诗意之水（Water of Poetry）"。

THE BORN QUEEN

阿米尔：Armier，伊斯冷堡的佣人之一。

阿姆莱斯：Amleth，伊斯冷堡的佣人之一，又名吉姆莱。

爱弥·斯塔特：Emme Starte，伊斯冷堡的佣人之一。

艾奇达克鲁米·德·萨赫托·罗莎：Echi'dacrumi de Sahto Rosa，维特里安传说故事里的人物。

阿里赞纳斯山脉：Alixanath Mountains，东陶·达柯纳斯的一座山脉。

埃克多：Acredo，在维特里安语中意为"锋利"，与卡佐生死相搏的瑟夫莱德斯拉塔，其佩剑后落入卡佐手中，卡佐为纪念他，将剑亦命名为埃克多。

埃丝芙瑞娜·陶罗奇·达奇·卡拉万：Esverinna Taurochi dachi Calavai，卡佐的初恋。

埃斯库汶：Esquavin，地名。

阿布芮尼安：Abrinia，地名。

安斯吉夫：Ansgif，戴姆斯台德镇的居民。

埃尔登爵士：Sir Elden，教会的骑士之一。

昂德韦德区：Onderwaed，伊斯冷的街区之一。

奥瑟尔：Orthel，弥登的村民。

埃特尤弥三世：Erteumé the Third，古时的一名皇帝。

阿尔克：Alq，瑟夫莱传说中的圣地，也是泽思王座的所在。

阿弗拉迪奥·瓦尔莱默：Avradio Vallaimo，一位剑术宗师。

埃德瑞克：Adhrekh，属于瑟夫莱埃提瓦氏族，也是圣地阿尔克的守护者。

埃提瓦：Aitivar，瑟夫莱人的氏族之一，负责守护圣地。

昂斯嘉：Ansgar，追随安妮前往伊斯冷的御前护卫之一。

埃德温·格兰哈姆：Edwin Graham，葛兰夫人的弟弟，梅丽的舅舅。

艾丽思·哈洛特与虚假骑士：Alis Harriot and the False Knight，书名。

安纳尼亚斯·戴尔：Ananias Dare，维吉尼娅·戴尔的父亲。

爱荷丽：Exhrey，维吉尼亚的司皋斯罗羿主人对她的称呼。

埃德蒙爵士：Sir Edhmon，出使寒沙的使团成员之一，参加过守望墙之战。

奥黛·考苏默：Audry Cotsmur，安妮的女仆之一。

爱德华·戴尔：Edward Dare，特雷莫的亲王。

名词对照

埃瑞汶思东：Ermensdoon，弥登的一座城堡。
埃米莉：Emily，泰晤士伯爵的妹妹。
埃瑞拉：Arilac，引导合适者登上王座的向导。
埃斯利队长：Captain Esley，护卫卡佐前往邓莫哥的卫兵队长。
安波芮尼奥：Abrinio，维特里安某地。
安德慕：Andemuer，克洛史尼某地区。
阿尔达玛卡的伊尔泽里克爵士：Sir Ilzereik af Aldamarka，一名寒沙骑士。
埃兹梅吉：Aizmeki，伊尔泽里克的手下之一。
埃克米梅诺·迪·艾瑞斯提亚·达奇·维瑟里埃提：Acmemeno d'Eriestia dachi Vesseriatii，查卡托的真名。
奥斯佩莉娜：Ospellina，泽斯匹诺的居民。

B

暴君：Tyrant，埃斯帕对铁橡树林的称呼。
布鲁斯特高地：Brogh y Stradh，位于克洛史尼的一片高地。
贝瑞蒙德：Berimund，又译白瑞马德，寒沙的王子。
堡隶城：Walker's Bailey，群山地区的某地。
勃恩翠：Breu-en-Trey，伊斯冷城外的山名。
布莱扎·达卡·菲欧莎：Braza daca Feiossa，维特里安一女子。
贝白纳钢：Belbaina steel，一种上好的钢铁。
柏登：Burden，斯蒂芬家乡所属教区的主祭。
保管人：The Keeper，负责看守传秘人的瑟夫莱。
布鲁格：Broogh，一座克洛史尼的小镇，里奥夫几乎在此丢了性命。
布斯卡洛：Buscaro，维特里安某地。
巴戈山脉：the Bairghs，克洛史尼的山脉，也是露河的源头。
布莉安：Brean，御林附近的居民。
布瑞乌特·托尼：Breunt-Toine，岛民传说中位于深海之地的大陆。
布琳娜·马克弥道塔·福兰·瑞克堡：Brinna Marcomirsdautar Fram Reiksbaurg，曾化名"斯宛美"，寒沙的公主，与尼尔相爱。
巴尼斯·伊特·塔维：Barnice et Tarve，酒名。
高斯库夫特：Golskuft，伊斯冷堡的佣人之一。

拜斯维斯领主：Lord Baethvess，一名克洛史尼贵族。

布鲁格斯威尔：Brogswell，克洛史尼某地。

布兰戴尔·艾瑟尔森：Brandel Aethelson，新壤传说里的人物。

熊夜、暗日、死亡三月：Bearnight and Sundim and Death's Three Moons，皆为乌斯提族人对冬季的称呼。

毕晓普：Bishop，人名。

堡垒墙：Fastness，伊斯冷城内的三条城墙之一。

战犬：Battlehound，又名奎切特（Quichet），尼尔的佩剑。

北望堡：Northwatch，克洛史尼北部边境附近的城堡。

比塔恩斯塔斯：Bitaenstath，坐落于克洛史尼与寒沙边境线上的小镇，南北分属克洛史尼和寒沙。

安布罗斯·海德：Ambrose Hynde，侬斐奇的男爵。

北拉瑟恩大道：North Ratheren Road，道路名，靠近克洛史尼边境的一条道路，附近有寇本维和苏斯奇尔德镇。

酿桥：Brew，白巫河上的一座桥。

布鲁·特·托奈：Breu-nt-Toine，传说中的海底国度。

C

雌豚乳峰：Sow's Teat，考比村的一间小酒馆。

朝议会：The Comven，克洛史尼的最高议会。

查尔斯：Charles，威廉之子，天生智力有缺陷。

楚史门（月）：Truthmen，月份名。

传秘人：The Kept，被囚禁在伊斯冷堡地下的司皋斯罗羿末裔。

查卡托：z'Acatto，卡佐的恩师，剑术大师。

查尔斯四世：Charles IV，维吉尼亚的国王，安妮的表兄，与安妮·戴尔的弟弟同名。

颤根草：shiveroot，一种药草。

D

德缇·桔丝菩：Dirty Jesp，埃斯帕的养母，女性瑟夫莱。

德易修道院：Monastery d'Ef，御林中的一座修道院。

大悲岛：the Sorrow Isles，群岛名。

名词对照

德思蒙·费爱：Desmond Spendlove，德易院的修士，完成过满瑞斯巡礼，多次想致斯蒂芬于死地。

蒂逊遍览：Amena Tirson，书名。

德斯拉塔：Dessrata，维特里安人对剑术大师的称呼。

杜卡德：Duv Caldh，一座森林的名字。

达·菲莱罗菲：da Filialofia，泽斯匹诺的一名贵妇人。

黛拉：Della，维特里安对年轻女性的称呼。

达尔维斯的美丽少女：The Fine Maid of Dalwis，流传甚广的一首民间歌曲。

达石皮：Duth ag Pae，群山部族名。

达尔维斯：Dalwis，克洛史尼王国某地。

迪洛：Dello，维特里安对年轻男性的称呼。

德里亚·普齐亚：Delia Puchia，马可尼欧的船。

都维尔：Duvre，克洛史尼沿海村落之一。

豆邋儿：Tare，马名，安妮的坐骑。

逗留：Tarry，马名，安妮的坐骑，安妮因为没能辨清口音而听错了名字。

德留特：Dreodh，史林德中的祭司，词形与德鲁伊（druid）相近。

德拉夫尤特：Dhravhydh，即德留特。

德尤非德：Dreufied，同上。

迪麦尔：Demile，伊斯冷堡的仆人之一。

东陶·达柯纳斯：Toto da'Curnas，维特里安地名。

迪奥瓦德：Dealward，克洛史尼某地区。

戴姆斯台德：Demsted，位于群山中的小镇，也是赫斯匹罗从前任主祭的地点。

朵穆旭：Dhomush，一名戴姆斯台德的修士。

大主祭：Tribiceri，教会中的高等位阶，全教会总共只有三位大主祭。

德·内弗莱斯小姐：de Neivless，安妮的女仆之一。

多克·切尔菲·达兹·埃文理：Douco Cherfi daz'Avrii，人名。

多瑙河：the Donau，流经凯斯堡城内的河流。

大运河：the Great Canal，一条新壤的运河。

达培卡：DaPeica，一名音乐大师。

E

恩特拉玛：Etrama，音乐调式的一种，亦为德斯拉塔剑招之一。

埃坦·梅克梅伦：Etein MeqMerlem，尼尔在维特里安用的假名。

二十眼的斯弗法斯：Sverfath of the Twenty Eyes，传说故事里的人物。

埃德维恩·迈尔顿：Edwyn Mylton，一名音乐家，里奥夫的好友。

厄纳德：Ernald，人名，曾绑架安妮。

恩斯特公爵：Duke Ernst，贵族。

埃伦：Ellen，一个小女孩，曾和艾丽思见过面。

恩布拉图门：Embrature Gate，伊斯冷城内的大门，其名得自当时在位的皇帝。

恩布拉图墙：Embrature Wall，伊斯冷城内的城墙之一。

恩希尔：Ensil，福斯特伦总督的名字。

恩弗瑞斯：Emfrith，恩希尔之子。

恶毒诸国：Wicked Kingdoms，寒沙人对"巫战时期"的称呼。

F

芬多斯：Findos，天降女王维吉尼娅·戴尔手下的斗士之一。

法丝缇娅：Fastia，克洛史尼国王威廉的长女。

费尔·德·莱芮：Fail de Liery，莱芮男爵，克洛史尼王后玛蕊莉的舅舅，安妮、法丝缇娅、艾瑟妮的舅公，对尼尔有知遇之恩。

芬库斯·朗塞史：Ferghus Lonceth，一名火籁的骑士。

飞毛腿：Faster，安妮的爱马。

芬德：Fend，瑟夫莱，独眼，因杀死葵拉而与埃斯帕成为死敌。

巡礼路：Faneway，为了取得圣者赠礼而举行的仪式。

法西菲拉修女：Sister Facifela，圣塞尔修女院的修女。

法丽金花：Pharigold，花名。

芬葛莉：Feinglest，一种用花朵和枝条编织的手工艺品。

弗维罗·欧鲁斐：Fuvro Olufio，泽斯匹诺的居民。

弗萝雯：Fronvin，圣者之一。

法赖：Fralet，对男性的尊称。

菲德棋：Fiedchese，一种棋戏，双方分别扮演"国王"和"盗匪"，

名词对照

操纵不同的棋子进行对决。

费冷贝斯：Fellenbeth，克洛史尼某地。

翡思姐妹：the Faiths，几位能够预知未来的修女，拥有众多追随者。

法洛领主：Lord Fallow，贵族，曾出席葛兰夫人的舞会。

弗兰姆·达庚领主：Lord Fram Dagen，贵族，曾出席葛兰夫人的舞会。

风之修女赛芙海德：Sefhind the Windwitch，传说故事里的人物。

弗瑞恩·雷耶斯：Frenn Reyeise，《被曲解的圣弗里恩，从侍僧到主教》的作者。

凡：Ven，戴姆斯台德的居民。

芬恩河：Fenn Creek，河流名。

芬迪盖诺斯一世：Findegelnos the First，古时的一名皇帝。

福斯特伦：Faurstrem，克洛史尼行省之一。

费罗威：Ferrowigh，虚构的王国。

费德瑞克城堡：Fiderech Castle，塔恩斯海德的城堡。

梵埃提：Vhatii，维吉尼娅·戴尔在教会内部建立的议会，由四名女性和两名男性组成。

斐兰·哈特：Phelam Haert，一位草药学家。

费瑞亚：Ferria，地名，位于维特里安。

法翁亚：Farunya，寒沙的成人仪式。

否界：the Not World，又称安比西图斯（Ambhitus），由圣堕力创造出来的世界。

菲耶拉：Fierra，一座维特里安小镇。

G

安波芮·葛兰：Ambria Gramme，即葛兰夫人，威廉的情妇之一，为其诞下一子一女。

格蕾丝寓所：Abode of Graces，圣塞尔修女院的别称。

高芮尔修士：Brother Gavrel，赫斯匹罗遣去调查御林的修士之一。

格拉斯提：Glastir，克洛史尼某地。

盖里安：Gallean，克洛史尼某地。

格洛里恩·德·莱芮：Glorien de Liery，莱芮国王。

格琳娜：Glinna，里奥夫的姐姐。

神灵语：godstongue，寒沙人对本国语言的称呼。
盖里翁·迈尔翰：Gleon Maelhen，一座克洛史尼小镇。
噶拉斯：Galas，某古代地名。
归来之书：The Book of Return，又名《格兰德·艾特伊兹（Ghrand Ateiiz》》，书名。
格睿妮：Grene，维润修女院的修女。
高贝林王庭区：Gobelin Court，伊斯冷城西岗地区的街区之一。
格蕾娜：Greyna，艾黎宛的女仆之一。
盖尔岛：Isle of Guel，悲叹群岛之一。

H

黑稽王：Black Jester，历史上有记载的暴君，自称为"骄傲的敬畏之心"。
火梓园：Horz，所有城市和村庄都会留出的一片供植物自然生长的花园，据说拥有神圣的力量。
火籁国：Hornladh，国名，克洛史尼帝国的属国之一。
黑瓦夫：Black Wargh，盗匪之一，死于埃斯帕手下。
寒沙：Hansa，王国名，克洛史尼帝国的宿敌。
护法：The Praifec，在王国中代表教会的最高层人物。
函丹：Hadam，克洛史尼的周边国家之一。
哈喇族：Halafolk，瑟夫莱人的一支。
衡内：Henne，御林中的猎人，西门骑士的手下。
黑霸：Hegemony，朝代名。
荷瑞兰：Herilanz，克洛史尼的周边国家之一。
夸恩大典：Codex Khwrn，斯蒂芬杜撰的书名。
海尔曼：Hilman，布鲁格镇的袭击者之一。
和弦辑录：The Codex Harmonium，一本记载各种音乐调式的作品，作者为艾尔金·维德塞（Elgin Widsel）。
哈玛琴：Hammarharp，一种乐器，类似钢琴。
哈伦拜树：Haurnbagm，树名。
赫乌伯·赫乌刻：Khrwbh Khrwkh，近义词为"荒草土丘"。
河中雄鸡：River Cock，微儿的酒店。

名词对照

桓树：Everic，树名。
赫鲁斯武夫：Hrothwulf，寒沙骑士，不死者。
海尔加安苏：Ansu Halja，圣者之一。
黑奇挈提树：Black Cheichete，树名。
豪伦罗森：Haurnrohsen，寒沙某地。
海鲁加斯特·龙蛇杀手：Hairugast Waurmslauht，瑞克堡家族的创始人，也是一名血腥骑士。
化外之森：Wood Beyond the World，记载在传说故事中的一座森林。
黑暗女士：The Dark Lady，传说故事中的人物。
哈喇鲁尼：Halaruni，维润修女院的别称。
豪兰：Hauland，巴戈山脉地区的一座山。
哈梅斯：Haemeth，弥登的一座镇子。
豪德：Haudy，埃丝罗德的小名。
海姆修士：Brother Helm，赫斯匹罗手下的修士。
哈喇族人的秘密：Secrets of the Halafolk，书名，记载了瑟夫莱人的一些资料。
豪尔：Haul，克洛史尼某地区。
豪恩海姆区：Hauhhaim，凯斯堡城内的街区。
哈琉鲁纳：haliurunna，寒沙人对"邪符之子"的称呼。
赫姆：Hemm，卡佐手下的士兵之一。
哈奥昆：Haukun，伊尔泽里克的手下之一。

J

吉尼亚·戴尔：Genia Dare，即维吉尼娅·伊丽莎白·戴尔，又称天降女王，率领众奴隶种族对抗司皋斯罗羋的女英雄，受到后世尊崇。
荆棘王：The Briar King，又称柳条王，苔藓王等，传说中的存在。凡人对他的描述两极分化，有人说他是上古的神明，保护着自然界的一切，有人说他是古老的邪物，出现之时世界就会毁灭。
飓流：Draugs，岛民相传掩盖在波涛之下的汹涌洋流，会将一切活物拖入冰冷的海底。
荆棘门：巨大的要塞，为伊斯冷城抵挡着来自海路的敌人。
吉夫瑞修士：Brother Geffry，斯蒂芬故乡小镇的一名修士。

THE BORN QUEEN

杰米塔花：Jeremy Tower，花名。

吉尔墨·奥科逊: Gilmer Oercsun，新壤的风匠，与里奥夫以及阿特沃一起在布鲁格生还，成为患难之交。

教皇：Fratrex Prismo，教会的最高领袖。

简·瑞德艾弗森：Jan Readalvson，阿特沃曾经的护卫。

杰赫迪卡德：Jhehdykhadh，语言名。

贾尼：Jarne，阿托利之子。

简：Jan，阿托利之子。

姐妹会：Sorority，翡思姐妹手下的组织。

洁·朱奈尔道特：Jen Unilsdauter，爱蕊娜的家庭教师。

绞架苔：Gallowswort，一种药草，剧毒。

九日：nineday，克洛史尼的时间单位，其概念相当于"星期"。

吉姆莱：Gimlet，伊斯冷堡的佣人之一。

杰米·里肖普：Jemme Rishop，御前护卫之一。

旧费罗伊区：Old Firoy Ward，伊斯冷西岗地区的街区之一。

吉阿尔：Ghial，传说故事里的女王。

旧尼安路：Old Nean Road，路名，与维特里安大道相连。

吉奥弗里森：Geoffrysen，一位克洛史尼的边疆总督。

吉尔德加兹区：Gildgards，凯斯堡的街区之一。

简：Jan，卡佐手下的士兵之一。

约文：Joven，里奥夫的花匠。

K

卡塞克：Carsek，天降女王吉尼亚·戴尔手下的斗士之一。

克洛塔尼：Croatani，创建克洛史尼王国的民族。

考比村：Colbaely，薇娜的家乡。

克雷格·尚·爱尔：Craigs-Above-Ale，地名。

凯索：Cheiso，萨福尼亚的王子。

葵拉：Qerla，瑟夫莱，埃斯帕的首任妻子，被芬德所杀。

卡洛司：Cal Azroth，地名。

卡斯帕：Caspator，卡佐的佩剑。

凯依：Kay，斯蒂芬的姐姐。

名词对照

卡西塔修女：Sister Casita，圣塞尔修女院的修女。

馗克斯卡那：Qexqaneh，传秘人的真名。

卡佐·帕秋马迪奥·达·穹瓦提欧：Cazio Pachiomadio da Chiovattio，埃瑞拉的剑士，师承查卡托，自称为德斯拉塔之一。

凯司娜：Casnara，维特里安人对女性的敬称。

凯司：Casnar，维特里安人对男性的敬称。

咖所达库瓦：Caso Dac'Uva，酒名，产自维特里安。

寇本维：Copenwis，港口名，位于克洛史尼。

克洛琴：Crother，乐器名。

昆提·达可乌卡拉：Quinte dac'Ucara，一名维特里安骑士。

卡拉齐奥：Carachio，维特里安人对餐馆的称呼。

卡瓦奥：Cavaor，克洛史尼人对"英雄"的称呼。

考马瑞：Comarre，曾想劫持安妮换取赏金的无赖。

库图马：Cotomar，阿托利之子。

考卡克海峡：Corcac Sound，位于特勒明河河口附近的海峡。

耐瓦·贝瑞格苏努：Kniva Berigsunu，尼尔用过的假名。

昆斯莱克：Cuenslec，尼尔的新佩剑，意为"死者之剑"。

卡欧德尔格瑞夫：Caondlgraef，烛光园的古称。

柯瑞姆瑟兹：Coirmthez，罗依斯方言，意为"旅店"。

考尔维兹：Koerwidz，传说中一巨人。

卡伦：Cullen，伊斯冷堡的佣人之一。

卡斯提·诺伊比：Casti Noibhi，书名，教会典籍之一。

肯沃夫：Kenwulf，一名克洛史尼贵族。

凯斯美：Cathmay，维润修女院的修女长。

克洛塞姆：Crothaem，巴戈山的一座小村。

克雷蒙·马提尼：Clement Martyne，罗伯特的手下。

考隆：Kauron，即考隆（Choron），维吉尼亚日记的持有者。

克瑞普林通道：Crepling Passage，一条通往伊斯冷堡的密道。

凯尔姆：Khirme，龙蛇的别名。

克劳卡瑞：Khraukare，即血腥骑士。

康特罗·泽欧斯塔：Contro Z'osta，阿弗拉迪奥·瓦尔莱默著作中的一章。

卡布克：Kalbok，戴姆斯台德地区的山民用来代步的山羊。

库勒姆·梅弗斯特：Cuelm MeqVorst，御前护卫之一。

克鲁卡·哈瑞：Khruvk-Huryu，即克劳卡瑞，血腥骑士。

考斯·冯塞尔：Cauth Versial，安妮手下的瑟夫莱卫队的队长。

柯纳希尔：Curnaxii，维特里安某地。

柯兰峰：Khelan，圣地阿尔克所在的山峰。

凯斯堡：Kaithbaurg，寒沙的首都。

考锡：Causy，克洛史尼的一次叛乱的首领。

克哈维亚：Curhavia，地名，位于维特里安。

克莱登·梅普克莱登·德·普兰斯·艾尼赫尔：Cladhen MaypCladhen de Planth Alnhir，邓莫哥家族的管家。

昆乔斯罗斯：Kunijosrohsn，凯斯堡内的城堡。

克雷森兄弟：Cresson Brothers，著名的士兵。

卡桑德：Cathond，安妮手下的将领。

卡萨罗：Cassro，维特里安语，对军官的称呼。

康托瑟索：Controsesso，剑势名。

L

狮鹫：Greffyn，绿憨的一种，周身披有坚硬的鳞片。

罗勒水妖：Basil-nix，绿憨的一种，只凭目光便能置人于死地。

莱芮：国名，克洛史尼的盟国和姻亲。

罗威岬：Cape of Rovy，克洛史尼沿海的海角之一。

浮沫海湾：Foambreaker Bay，克洛史尼的一片海湾。

露河：The Dew，河名，克洛史尼的大河之一。

绿憨：Sedhmhari，瑟夫莱语，指受圣堕力量的影响而诞生的怪物，字面意思为"圣堕的恶魔"。

栎人：Queryen，传说中的古代魔法种族。

罗德里克：Roderick，安妮的初恋对象，来自邓莫哥家族。

冷：Len，人名，守卫伊斯冷墓城王家陵墓的骑士。

猎帽儿：Hound Hat，克洛史尼的宫廷小丑，瑟夫莱人。

罗伯特·戴尔：Robert Dare，国王威廉的弟弟，也是克洛史尼的亲王。

理可查德：Reccard，盐标派往克洛史尼的大使。

名词对照

丽贝诗：Lesbeth，国王威廉的妹妹，和萨福尼亚的凯索王子相爱并订婚。

立维司修士：Brother Lewes，德易院的修士之一。

领主/女士：Lord/Lady，在维特里安语中用作对男性与女性圣者的尊称。

罗世英·戴瑞格：Rothering Darige，斯蒂芬之父。

蕾塔：Rehta，圣塞尔修女院的修女。

绿艺课：Greencraft，圣塞尔修女集训院的园艺课程。

六沼仙街：Six-Nymph Street，街名，位于泽斯匹诺。

丽典娜：Rediana，泽斯匹诺的居民。

里奥维吉德·埃肯扎尔：Leovigild Ackenzal，作曲家，因威廉王的赏识而前往伊斯冷宫廷。

雷米斯穆德·福兰·乌梭普：Remismund Fram Wulthaurp，新壤民间故事里的反派。

莉塔·闰丝岛：Lihta Rungsdautar，新壤民间故事里的人物。

拉特罗·达·维兰奇：Latro da Villanchi，又称"拉特罗王子"。

里弗：Reev，布鲁格镇的袭击者之一。

瑟奎伊领主：Lord Selqui，莱芮的一位贵族。

路斯弥海峡：Straits of Rusimi，萨福尼亚附近的一条海峡。

莉希娅：Leshya，瑟夫莱，曾多次协助埃斯帕。

涟漪草：Fiddlehead，植物名。

洛切提：Lochete，阿托利之子。

狼皮塔：Wolfcoat Tower，伊斯冷堡的一座塔楼。

罗斯林海姆：Rothlinghaim，里奥夫的旧友，音乐家。

龙蛇：Waurm，传说中的怪物，体型巨大，周身带有剧毒。

龙蛇堡：Waurmsal，伊斯冷城中的一座堡垒。

雷托尔：Reytoir，罗依斯方言，意为"领主"。

罗彝达窑：Rewn Rhoidhal，哈喇族瑟夫莱人聚居的窑洞之一。

卢汀：Lutin，克洛史尼某地。

拉切·佩卡萨·达奇·萨拉托蒂：Larche Peicassa dachi Sallatotti，卡佐曾经的决斗对象。

雷克：Reck，罗伯特的手下之一。

罗薇妮：Rowyne，艾丽思的姐姐。

洛·维迪艾绰：Lo Videicho，萨福尼亚王子凯索用的化名。
利斯普拉夫大道：Rixplaf，伊斯冷城内的街道。
里弗顿爵士：Sir Leafton，负责护卫安妮的御前护卫首领。
劳德·阿切森：Raud Achenson，人名。
罗杰·哈洛特：Roger Harriot，教会的骑士。
拉莎女士：Lady Lasa，圣者之一。
勒'欧塞尔：L'Ossel，大主祭之一。
罗伯特·泰维纳：Robert Taverner，托·爱弗堡的主人。
里克派拉夫大道：Rixplaf Way，伊斯冷城街道名。
丽兹·德·内弗莱斯：Lize de Neivless，安妮的女仆之一。
李恩维尔的伊万爵士：Sir Evan of Leanvel，一位骑士。
罗莫·恩斯格里夫：Rommer Ensgrift，一名医师。
圣格拉维奥骑士团：the Knights of Lord Gravio，教会的骑士团之一。
拉克法德：Rakh Fadh，克洛史尼北方的某地区。
罗杰·海文森：Roger Hlaivensen，作曲家。
绿帽男回家路：Cuckold's Walk Home，德斯拉塔剑招名。

M

马克弥·福兰·瑞克堡：Marcomir Fram Reiksbaurg，寒沙皇帝。
马伽·赫斯匹罗：Marché Hespero，克洛史尼王国的护法。
玛蕊莉·戴尔：Muriele Dare，克洛史尼的王后。
魔鬼：Ogre，埃斯帕的爱马，性情暴戾。
密拿托·瑟皮奥斯·达资阿飞尼奥：Minato Sepios daz' Afinio，人名。
梅司绰：Mestro，维特里安语，意为"导师"或"大师"。
梅菲提女士：Lady Mefita，维特里安人信奉的圣者之一，司掌死亡。
马尔：Marl，负责护送安妮前往圣塞尔修女院的骑士。
梅菲提女士的子宫：Womb of Lady Mefitis，位于圣塞尔修女院地下，也是梅菲提圣殿的所在。
魔王巴拉罗斯：Witch-king Bhragnos，一位古代国王。
梅高平原：Plain of Mey Ghorn，位于御林附近的平原。
马郭高：Magos Gorgon，梅高平原的古名。
马丁修士：Brother Martyn，一名完成过德克曼巡礼的修士。

梅迪索：Meddisso，维特里安对王族的称呼。

眉棱塔：Malend，新壤常见的设施，类似风车。

梅丽：Mery，葛兰夫人之女，音乐天才。

沐尔温·德·塞瑞提：Muerven de Selrete，尼尔编造的名字。

马海尔赫本：Marhirheben，古卫恒语，意为"恶魔女王"。

马可尼欧：Malconio，卡佐的哥哥。

米欧维斯：Meolwis，克洛史尼的某地。

莫里斯·卢卡斯：Moris Lucas，御前守卫的队长。

莫伊·穆克：Moyr Muc，斯科语中的"海猪"，指海豚。

迈尔维斯：Marevase，火籁语，意为"无法死去之人"。

穆赫瓦：Mhwr，黑稽王的头衔之一。

穆赫瓦马克西：Mhwrmakhy，意为"黑稽王的仆从"。

梅森乔伊：Mercenjoy，传说故事里黑骑士坐骑的名字。

梅切沃尔·梅勒姆夫德：Mechoil MeLemved，瑟沃尼的守卫队长。

麦尔斯嘉：Maersca，新壤传说里的人物。

门徒书：Epistle，一份记载着许多秘密的古代文献。

莫瑞斯·陶普：Morris Top，斯蒂芬故乡附近的镇子。

麦欧·迪奇欧奇·德·埃瑞拉：Maio Dechiochi d'Avella，卡佐曾经的决斗对象。

玛蕊索拉·瑟瑞凯伊·达·凯瑞沙：Marisola Serechii da Ceresa，卡佐生命中的第一个女人。

玛格丽：Margery，维润修女院的修女。

巫战：Warlock Wars，克洛史尼历史上的时期之一。

敏胡斯广场：Mimhus Square，伊斯冷城内一广场。

埃丝萝德：Aethlaud，弥登的牧牛少女。

奥斯里：Aohsli，弥登的牧牛少年，埃丝萝德的弟弟。

迈尔：Mael，弥登地区某地。

莫菈：Maola，塔恩岬附近的居民。

迈尔通：Mylton，一名大主祭。

莫葛·瓦斯特：Maog Voast，克洛史尼的一座平原。

马梅西奥：Mamercio，卡佐的父亲。

玛提尔·蒙希尔：Matir Mensir，酒名。

N

尼尔·梅柯文：Neil MeqVren，出生于斯科小岛，前往伊斯冷后获封为骑士并成为王后的护卫。

修女集训院：Coven，从属于教会，教授修女使用圣堕力的机构，其学生被称为"修女"或"修女院出身"。

诺力：Sacaum，又称寅恪诺力，操纵圣堕力施展的魔法，相传只有男性才能使用。

诺夫曼（月）：Novmen，月份名。

瑙莎：Nautha，又名死尸之母（Corpose Mother）、绞架修女（the Gallows Witch）、恶魔女王，是教会记载中的受诅圣者之一。

贪食之母：Mother Devouring，瑙莎的化身之一，会吞噬生命，也能令死者复生。

纳斯乔克：Nauschalk，意为"不死之人"。

内尔·梅普蓬玛：Nel MaypPenmar，鄱堤港附近的居民。

尼柯沃：Nicwer，即水妖，瑟夫莱人将其称为"伊库德斯凯欧"，绿憨的一种，能够用歌声诱使受害者自投罗网。

娜伊瓦·达佐·崔沃·埃博瑞纳索：Naiva dazo Trivo Abrinasso，交际花之女，卡佐的爱人之一。

诺德之墙：Nod's wall，伊斯冷城内的城墙之一。

纳兹盖弗：Nahzgave，克洛史尼某地。

努斯：Noose，罗伯特的手下。

尼洛·皮哈图：Niro Pihatur，教皇，尼洛·卢西奥的前任。

尼洛·法布罗：Niro Fabulo，教皇，杀死卢西奥而上位，后又被赫斯匹罗取代。

尼洛·卢西奥：Niro Lucio，教皇，赫斯匹罗的好友。

尼洛·马伽：Niro Marco，赫斯匹罗继任教皇后所用的名字。

纽敦·勒姆·艾瑞因特：Neuden Lem Eryeint，战争的圣者。

娜蕾奈：Nerenai，瑟夫莱女人，服侍在安妮左右。

尼瑟尔海姆区：Nithirhaim，凯斯堡的街区之一。

纽杰穆区：Niujaim，凯斯堡的街区之一。

名词对照

O

欧绮侃：Orchaevia，伯爵夫人，其庄园位于圣塞尔修女院附近。
欧斯佩罗：Ospero，维特里安人，查卡托的旧友。
欧瑟妮：Osne，阿托利的妻子，尊崇翡思姐妹的神秘组织成员。
奥夫森：Oftehn，克洛史尼的行省。
奥法斯：Ohfahs，尼尔的又一匹坐骑。

P

皮特：Paet，薇娜的弟弟。
小馅饼：Pie Pony，薇娜的坐骑。
佩尔修士：Brother Pell，德易院的主教。
盆威：Pennwys，维吉尼亚某城镇。
庞史门（月）：Ponthmen，月份名。
派多·德·翡由萨广场：Piato da Fiussa，小镇埃瑞拉的广场。
普闰崔：Prentreff，一座小镇，位于火籁国。
鄱堤：Paldh，特勒明河附近的港口。
蓓松卓修女：Sister Persondra，奥丝姹在圣塞尔修女院所用的名字。
派多·达奇·梅迪索王宫：Piato dachi Meddissos，泽斯匹诺的王宫。
帕维奥：Parvio，泽斯匹诺的一名鱼贩子。
培威修士：Brother Pavel，修士，芬德的帮凶之一。
彭绰桥：Pontro dachi Pelmotori，扎河上的桥梁。
皮亚塔·达·弗菲欧诺：Piata da Fufiono，泽斯匹诺的一座广场。
培多微：Perto Veto，泽斯匹诺的一条街道。
普瑞斯默：Prismo，音乐调式的一种，亦为德斯拉塔剑招之一。
普瑞斯门（月）：Prismen，月份名。
蓬托：Ponto，音乐调式的一种。
派克瑞：Pacre，一座维特里安小镇。
普莱松·曼提欧历书：The Almanack of Presson Manteo，一本历书。
派特旅店：Paeter's Fatem，旅店名。
普瑞斯派：圣者之一，司掌迷宫。
潘比：Penby，企图绑架安妮的人。

佩托势：Perto，德斯拉塔剑势之一。
裴尔：Pale，一名修女院出身的修女，后成为斯蒂芬的爱人。
潘顿·梅普·瓦克莱姆：Pendun MaypValclam，一名戏剧演员。
裴润爵士：Sir Peren，一名骑士。
佩恩霍：Pernho，戴姆斯台德附近的一位居民。
帕希克：Pathikh，瑟夫莱语，意思类似"主人"。
普瑞斯顿·维卡斯：Preston Viccars，陪同安妮前往伊斯冷的御前护卫之一。
普莱库姆：Praecum，塔恩斯海德的主祭。
普林斯、努斯威和赛哈姆：Plinse, Nurthwys, and Saeham，皆为新壤的村镇。
普尔斯奇德：Poelscild，一座克洛史尼小镇。
佩里奇：Pareci，维特里安度量单位。
皮罗：Piro，卡佐手下的士兵之一。
淹地组曲：Poelen Suite，一首曲子。

Q

切斯科：Chesco，人名，应为卡佐的兄弟之一。
前景：Prospect，尼尔的坐骑。
切沃洛彻：Chevroché，旧国王大道北部的一座森林。
切特·沃克：Chetter Walker，克洛史尼历史上的知名人物。
奇阿多·西沃：Chiado Sivo，德斯拉塔理想中的状态，又称人剑合一（Entirely Sword）。

R

芮伽（币）：Regatur，维特里安的货币名称。
瑞熙亚撒阿尔勤：Riciar ya sa Alvqin，一首东克洛史尼民谣。
瑞斯酋：Reysquele，一座克洛史尼港口城镇。
罗威：Rovy，克洛史尼某地区。
瑞克黑：Reckhaem，一座克洛史尼小镇。
瑞凡：Refan，芬德的帮凶之一。
瑞沙卡拉图姆：Resacaratum，意为"复圣仪式"。

拉佐维尔：Razovil，里奥夫创作的歌剧里的人物，暗指赫斯匹罗。

罗因·伊尼斯：Roin Ieniesse，出现在传说故事里的地名。

瑞勒：Ralegh，斯蒂芬的母校所在的城镇。

圣监会：Revesturi，教会中的一支势力，与执掌大权的"圣血会"对立。

圣血会：Hierovasi，教会高层人物所属的势力，为执掌圣堕王位而密谋多年。

瑞斯佩爵士：Lord Respell，罗伯特的手下之一。

人狼：Wairwulf，绿憨之一，长于脚力。

S

圣安慕伦：Saint Anemlen，黑稽王的大臣，死前曾与黑稽王当面对质。

司皋斯罗羿：Skasloi，曾是万物之主的古老种族，拥有独特而强大的力量。

司皋魔：Scaos，对司皋斯罗羿的简称。

圣翡萨：Saint Fessa，圣者之一，司掌百花。

圣瑟凡：Saint Selfan，圣者之一，司掌松木。

圣弗伦兹：Saint Flenz，圣者之一，司掌藤蔓。

圣蕾耶尼：Saint Rieyene，圣者之一，司掌禽鸟。

主母瑟丝：Mother Cilth，瑟夫莱人的"主母"之一，在瑟夫莱人中的地位近似于长老。

圣泰武：Saint Tyw，即圣满瑞斯，司掌强健的体魄。

瑟夫莱：Sefry，与人类迥然相异的种族之一，厌恶阳光，时常居住在地下和山洞等阳光难至之处。

斯蒂芬·戴瑞格：Stephen Darige，见习修道士，在前往德易修道院时遭盗匪绑架，被埃斯帕救下。

煞兽：Shasl，火籁人对司皋斯罗羿的称呼。

圣冰斗湖：Saint Tarn，即圣丢沃。

圣罗依：Saint Loy，圣者之一。

圣丢沃：Saint Diuvo，圣者之一。

圣昂德：Saint Under，圣者之一，负责保护死者的安宁。

圣催讨：Saint Dun，圣者之一，负责安抚死者的灵魂。

THE BORN QUEEN

圣塞尔：Saint Cer，圣者之一。

圣翡由萨：Saint Fiussa，圣者之一，司掌爱与美。

涩苦拉修女：Sister Secula，圣塞尔修女院的院长。

世凯石冈：Tor Scath，御林中的一座要塞，在五百年前由高特王所建，现在作为威廉狩猎时的落脚处。

圣爱华德：Saint Alwalder，圣者之一。

圣堕：Sedos，传说为圣者寄存力量之处。

萨福尼亚：Safnia，王国名，出产上好的锦缎。

圣赖尔：Saint Lier，圣者之一，司掌海洋。

圣抚：Saint-touched，对智障者的委婉说法。

沙卡拉图：Sacaratum，教会对"圣战"的称呼，词意为"净化"。

圣馗拉斯：Saint Queislas，圣者之一。

圣佩尔：Saint Pell，圣者之一。

圣德克曼：Saint Decmanus，圣者之一，司掌知识。

圣卢耶：Saint Lujé，圣者之一。

圣安妮：Saint Anne，圣者之一。

圣诺德：Saint Nod，圣者之一。

黠阴巫术：shinecraft，操纵圣堕力的魔法，相传只有女性才能使用。

主母恫雅：Mother Gastya，隐居在阿卤窑里的瑟夫莱女人。

圣东威：Saint Donwys，圣者之一。

山根修士：Brother Sangen，德易院的修士之一。

司立茹峰：Slé Eru，山名，位于御林中。

司立克雷峰：Slé Cray，山名，位于御林中。

砂塞砂格砂内穆：Sa'Ceth ag sa'Nem，山名，又名天肩山。

圣米切尔：Saint Michael，圣者之一。

圣爱润达：Saint Erenda，圣者之一。

圣特诺斯：Saint Temnos，圣者之一。

圣瑟塞尔：Saint Ciesel，圣者之一。

圣罗斯马塔：Saint Rosemerta，圣者之一。

圣尤葛密：Saint Eugmie，圣者之一。

圣窝石：Saint Woth，圣者之一。

圣扣恩：Saint Coem，圣者之一。

名词对照

圣护言：Saint Huyan，圣者之一。
圣韦扎：Saint Veiza，圣者之一。
圣芬德威：Saint Fendve，圣者之一，司掌战争。
萨络丝修女：Sister Salaus，圣塞尔修女院的修女。
底瑞斯：Saint Dryth，圣德克曼的化身之一。
塞尔柯丝：Serevkis，圣塞尔修女院的修女。
塞吉瑞克：Seigereik，德易修道院的修士。
色福特门（月）：Seftmen，月份名。
圣黑荫：Saint Shade，圣者之一。
圣加武锐：Saint Gavriel，圣者之一。
圣郝拉秦：Saint Halaqin，圣者之一。
圣布莱特：Saint Bright，圣者之一。
沙恩林：Sarnwood，沙恩林修女所居住的森林。
圣奥萨：Saint Ausa，圣者之一。
圣阿布罗：Saint Abullo，圣者之一。
山峦骑士：Knight of the Mount，守护圣山的骑士。
萨赫托：Sahto，维特里安语，意为"圣者"。
瑟盖特斯塔斯：Thrigaetstath，地名。
晨卓：Chenzo，曾在维特里安与尼尔偶遇并结伴同行。
圣福林提：Saint Freinte，圣者之一。
晟佩里奇：Chenperichi，维特里安的度量单位。
史立夫海姆：Slifhaem，一座克洛史尼小镇。
圣芬弗：Saint Fienve，圣者之一。
斯宛美：Swanmay，布琳娜使用的假名。
史林德：Slinders，乌斯提语，意为"食者"或是"吞噬者"，特指荆棘王的追随者。
塞恩族：Sern，人类氏族名。
塞利柯草：Saelic，一种药草。
赛斯托：Sesto，音乐调式的一种。
萨宛：Shavan，一座城市，具体所在地未知。
瑟奇：Senche，阿托利之子。
圣雷尼：Saint Leine，圣者之一。

THE BORN QUEEN

瑟菲亚：Sefia，音乐调式的一种。

乌塔沃：Uhtavo，音乐调式的一种。

斯卡迪扎：Skhadiza，克洛史尼某地区。

少女之月：Maiden Moon，一种甜品。

圣杰洛林：Saint Jeroin，圣者之一，传说为死者的摆渡者。

瑟沃尼：Sevoyne，幽峡庄附近的一座小镇。

圣福弗伦：Saint Fufluns，圣者之一。

斯塔沁•瓦思多特：Starqin Walsdootr，人名。

赛斯乌德：Saethiod，新壤传说中的鱼人。

斯尤达语：Thiuda，语言名。

塞夫特势：Seft，德斯拉塔剑势之一。

圣阿布罗•瑟瑞凯伊•达•凯瑞沙：St. Abulo Serechii da Ceresa，玛蕊索拉的兄长，和卡佐不打不相识。

梭尼图：Sonitum，维特里安语，意为"被雷霆震聋"。

塞布兰德•哈尔基德：Sighbrand Haergild，戴尔拉斯（Dhaerath）的边疆总督。

萨赛斯•艾格•萨内姆：Sa'Ceth ag Sa'Nem，仙兔山脉的最高峰。

圣奈斯区：Saint Neth，伊斯冷西城地区的街区之一。

圣窝石的项链：the Necklace of Saint Woth，即绞索。

圣希瑟尔塔，圣维希尔塔：Saint Ceasel and Vexel towers，堡垒墙上的两座塔楼。

主母乌恩：Mother Uun，居住在高贝林王庭区，协助安妮夺回了伊斯冷堡。

圣索安：Saint Soan，圣者之一，司掌梦境。

守望墙：the Waerd，荆棘门堡的一道城墙。

斯乌赞•赫莱乌：Thiuzan Hraiw，历史人物，寒沙人。

圣罗斯玛丽：Saint Rosemary，圣者之一。

圣路斯弥协奏曲：Triey for Saint Reusmier，曲名。

斯劳特武夫•赛瓦尔黑森：Slautwulf Thvairheison，在守望墙之战中和尼尔生死相搏的对手。

圣海西亚：Saint Hynthia，圣者之一，水手的守护者。

圣梅睿尼洛：Saint Merinero，圣者之一。

名词对照

萨赫提·比维尔：Sahtii Bivii，一本宗教典籍。

韶韵琴：Thaurnharp，一种乐器。

圣奈苏妮：Saint Nethune，圣者之一。

斯乔克思韦：Schalksweih，一名寒沙贵族，马克弥身边的红人。

瑟夫莱咒语与幻象：Sefry Charms and Fancies，书名。

苏斯奇尔德：Suthschild，位于边境地区的小镇。

圣维兰之根：Saint Weylan's Root，药草的一种。

教母：Mater Prisma，古代教会的领袖一职，后被"教皇"所取代。

教皇：Fratrex Prismo，教会的领袖。

圣堕王座：The sedos throne，世界上的三张王座之一，其源泉为圣堕力。

索斯·托·苏斯特伦：Thos Toe Sosteren，一首新壤民谣。

斯奇杜：Schildu，露河边的小镇。

萨莉：Sally，奥丝婼的童年玩伴。

圣埃德汉：Saint Adhen，圣者之一。

苏斯塔斯区：Suthstath，凯斯堡的街区之一。

圣托姆：Saint Turm，圣者之一。

斯里夫·奥维斯：Slif Owys，弥登地区的小镇。

塞利·盖斯特堡：Celly Guest，弥登地区的一座城堡。

圣特尔温：Saint Terwing，圣者之一。

瑟加乔：Segachau，又名"芦塘之地"和"生命之井"，传说中世界的源头。

萨弗莱克斯：Safrax，凯斯堡墓城的守卫骑士。

圣克雷蒙·丹尼斯：St. Clement Danes，地名，位于维吉尼亚。

圣杰文努：Saint Jeveneu，圣者之一。

T

泰尼尔：Thaniel，天降女王维吉尼娅·戴尔手下的斗士之一。

特密楠律典：The Codex Tereminnam，一本史书，作者自称"阿侬"。

特史门（月）：Terthmen，月份名。

塔夫河：Taff Creek，河流名。

天使：Angel，埃斯帕的爱马，性情温驯。

汤姆·窝石：Tome Woth，旖旎岛双峰之一，伊斯冷城堡的所在地。

汤姆·喀斯特：Tom Caster，旖旎岛双峰之一。

特·埃斯里：Ter Eslief，古代的一名首相。

特勒明：Teremené，河流名。同时也是河畔小镇的名字。

特萨丝：Tursas，圣塞尔修女院的修女。

塔弗乐·塔瑟斯：Tafles Taceis，又名《怨言集汇》，一本宗教典籍，记载了各种古怪的传说与故事。

托潘：Topan，德易修道院的修士。

特诺斯节：Temnosenal，克洛史尼的节日之一。

图罗西河：Turoci，维特里安的一条河流。

托莫领主：Lord Turmo，盗贼信奉的圣者。

泰提欧：Tertiu，音乐调式的一种。

图拉奈特：Turanate，地名，马可尼欧的住处。

图恩·卡万斯：Tunn Carvant，航行在鄱堤港附近的一条船。

托恩·伊·拉格：Torn-y-Llagh，鄱堤港附近的镇子。

特纳非：Ter-na-Fath，维特里安某地。

特尔兹·伊昆：Tirz Eqqon，消失的古王国。

特瑞明纳姆抄本：The Codex Tereminnam，书名。

西姆斯：Themes，德易院的修士之一。

提沃斯翰二世：Tiwshand II，古时的一名皇帝。

塔恩岬：Tarnshead，一座克洛史尼小镇。

塔弗乐·诺门斯：Tafles Nomens，教会必备的三本典籍之一。

托思戴（月）：Thonsdagh，月份名。

特丽丝·格拉哈姆：Teris Graham，埃德温·格拉哈姆的配偶，翡思姐妹之一借用了她的身份和外貌。

特洛·威拉默：Tero Vaillamo，地名。

托·爱弗：Tor Aver，一座小城堡。

特雷莫：Tremor，维吉尼亚的属国之一。

泰晤士·多雷尔：Thames Dorrel，凯普·查文的伯爵。

塔瑞里奥：Taurillo，地名，位于维特里安。

提尔·纳·西德：Tier na Seid，传说故事中的王国。

名词对照

W

萎旱丘陵：Walham Foothills，地名，位于御林中。

薇娜·卢夫特：Winna Rufoote，考比村的酒吧女招待，后成为埃斯帕的爱人。

巫河：Warlock，河流名，克洛史尼的大河之一。

威廉·戴尔（二世）：William Dare（Ⅱ），克洛史尼的国王和皇帝。

维寒：Weihand，国名，莱芮的死敌。

维特里安：国名，以炎热的气候、葡萄美酒与德斯拉塔剑客超卓的剑术而闻名，维特里安语也是教会在正式场合与记载文献时所用的语言。

维吉尼亚：王国名，继承了维吉尼娅·戴尔的名字。

乌墨刀：Crow，尼尔的佩剑。

瓦格斯·法瑞：Vargus Farre，御前护卫之一。

韦兰亥·福·阿拉代：Valamhar af Aradal，寒沙亲王，为调停战争而出使克洛史尼。

巫火：Witchlight，一种由魔法驱动的光源。

卫桓语：Vadhüan，语言名。

瓦陶：Watau，人类氏族之一。

战炉大厅：Warhearth Hall，伊斯冷宫中的大厅。

乌司提族：Oostish，人类氏族之一。

维格汉·福兰·拉文非拉：Wignhund Fram Hravenfera，一名寒沙骑士。

啄木鸦：crow-woodpecker，一种鸟类。

威诺威瑞奥：Vino Verio，酒名。

风匠：Windsmith，新壤对眉棱塔的管理者的称呼。

维欧·凯斯图街：Vio Caistur，泽斯匹诺的一条街道。

瓦赛托：Vaseto，欧绮佤伯爵夫人的好友，曾协助尼尔前往泽斯匹诺。

王国码：King's Yard，克洛史尼的度量单位。

威纳特节：Wihnaht，克洛史尼的节日之一。

维苏琴：Vithul，一种乐器。

威沃尔：Whervel，舞曲名。

坎尼图·苏伯卡乌：Canitu Subocaum，巫王语，意为"召唤祷文"。

微兒：Whitraff，德易河附近的小镇。

旋潜鸟：Whirr-Plunger，鸟名。

维斯格：Vithig，鄢堤港的水手之一。

维斯：Vith，维斯格的昵称。

维姆塞：Vimsel，和阿托利住在同一村庄的村民。

维斯普瑞瑟恩：Vespresern，邓莫哥家族的佣人。

沃德希姆之子尤里克：Euric Wardhilmson，寒沙骑士。

沃德希姆·高斯桑·艾弗·弗罗祖拜格：Wardhilm Gauthson af Flozubaurg，寒沙骑士。

威斯特：Wist，曾经企图绑架安妮的人。

维尔诺莱加努兹：Vhelnoryganuz，记载在古文献中的某座山，即巫角山。

乌塔沃势：Uhtave，德斯拉塔剑势之一。

维希莱陶坦：Vhilatautan，古代民族之一。

威斯崔纳：Vestrana，克洛史尼某地区。

巫角山：Witchhorn，圣地阿尔克的所在。

温卡托·安拜姆：Vincatur Ambiom，荆棘王的别称，意为"龙蛇征服者"。

沃尔什·贝利：Walls Berrye，艾丽思的父亲。

维尼弗雷德·维卡斯：Wenefred Vicars，艾丽思的母亲。

维润修女院：Veren，艾丽思出身的修女院，遵循翡思姐妹的指令。

未然河：Then，河流名。

威顿十字：Werton Cross，伊斯冷城内的某个十字路口。

维尔尼：Vhelny，传说中考隆继承人的大敌，意为"众魔之主"。

沃克的安眠：Lay of Walker，书名，讲述了切特·沃克的传奇故事。

韦斯特拉纳：Vestrana，克洛史尼某地区。

温劳夫：Winlauf，尼尔的坐骑。

瓦尔基莱娅和瓦尔洛瑟：Valkirja and Valrohsn，寒沙传说中的女武神和英灵殿。

瓦利斯：Walis，历史人物，一名公爵，曾买通修士让自己的手下去走巡礼路。

瓦伊斯战士：Vaix，瑟夫莱埃提瓦氏族中的战士，其数量只能有十二人。

韦克斯罗泽：Wexrohzen，对比塔恩斯塔斯北半部分的称呼。

名词对照

威尔：Will，维吉尼娅·戴尔的爱人。

王座：the Thrones，它们并非真正的王座，而是代表不同力量的源头，全世界仅有三张。

维衡王座：the Vhen Throne，世界上的三张王座之一，拥有自然界的力量，曾经为荆棘王所掌控。

维衡柯德：Vhenkherdh，司皋斯罗羿语，意为"生命之心"。

维尔福河：the Welph，克洛史尼的一条河流，巫河的支流。

乌维尔：Unvhel，埃提瓦人之一。

翼龙：Wyver，绿憨的一种，能够在空中飞翔。

乌奈：Uni，圣者之一。

瓦尔扎美嘉·高提斯道塔：Walzamerka Gautisdautar，寒沙的一名审判官。

武夫布劳萨：wulfbrothar，寒沙人对结义兄弟的称呼。

韦斯特拉纳：Vestrana，所属未知的某地区。

乌瓦德罗山脉：Uvadro Mountains，维特里安的山脉。

乌查皮拉：Uchapira，酒名。

维诺·维里奥：Vino Verio，酒名。

乌塔瓦蒙扎（月）：Utavamenza，月份名。

X

西门：Symen，驻守在世凯石冈的骑士。

袖套：the Sleeve，伊斯冷城郊的草原。

新壤：Newland，对伊斯冷城周边地区的称呼。

仙兔山：The Hare，山名，位于御林之中。

下流小曲：Lustspell，贵族对民间歌谣的称呼。

夏尔公爵：Duke of Shale，贵族名。

血腥骑士：Blood Knight，对饮下龙蛇之血后获得特异力量之人的称呼。

泽尔·斯勒凡奇：Xal Slevendy，山名，即巫角山。

邪咒之子：Hellrune，能够借由亡者认知世界的人。

席夫塔：Siftras，一种药草。

修赞瓦尔苏：Thiuzanswalthu，寒沙的御林，马克弥的私人猎场。

THE BORN QUEEN

Y

伊文龙：Everon，又称"人类纪元"，本书中大部分剧情所在的时代。

伊吹门（月）：Etramen，月份名。

迂廊：The Snake，汤姆双峰之间的一条坡道。

御林看守：Holter，为克洛史尼王家看守御林的人。

尤斯考·福瑞逊：Uscaor Fraletson，指控埃斯帕杀死了自己的家人。

尤天怪：Utin，绿憨之一，据说可以自由变幻身躯大小。

伊斯冷：Eslen，克洛史尼王国的首都。

伊斯冷墓城：Eslen-in-the-shadow，又名伊斯冷幻门，伊斯冷城的墓园。

盐枪号：Saltspear，载着尼尔来到伊斯冷的莱芮海船。

旖旎岛：Ynis，伊斯冷城所在之地，交汇的巫河和露河在岛的周围流淌。

异壳兽：Echesl，莱芮人对司皋斯罗羿的称呼。

艾弗沃夫·福·加斯滕马卡：Everwulf af Gastenmarka，阿拉雷克·威希姆的扈从。

约翰·韦特：John Waite，威廉的男仆，对国王非常忠诚。

依伦：Erren，玛蕊莉的贴身护卫和女仆，修女院出身。

御前护卫：Craftsmen，负责护卫克洛史尼王族的骑士队。

易河：Ef，河流名，流经御林。

宜韩修士：Brother Ehan，德易院的修士之一。

因斯特：Inest，德易院的修士之一。

戴尼斯：Dyonis，德易院的修士之一。

鄞贡人：Ingorn，人类氏族之一。

意斯卡拉：Escarra，地名，位于维特里安。

宜南灯：Aenan Lamps，一种可以将火光聚集，照向某个特定方向的灯。

伊薇柯莎修女：Sister Ivexa，安妮在圣塞尔修女院所用的名字。

幽峡庄：Glenchest，艾黎宛女公爵的庄园。

永粹池：Evermere，幽峡庄旁的湖泊。

宜纳海角：Headland of Aenah，地名，威廉在此遇害。

易青刀：Echein Doif，一种短刀。

易霍克：Ehawk，瓦陶族的少年。

迎灾号：Woebringer，船名，教会的一艘船只。

名词对照

阴月街：Dank Moon Street，泽斯匹诺的一条街道。
伊瑟罗斯：Escerros，泽斯匹诺的居民之一。
俞尔节：Yule Season，克洛史尼的冬季节日。
伊塞佩格：Ilsepeq，瓦赛托杜撰的地名。
盈狼：Brimwolf，盐标船只的规格名。
愚巫草：Foolhag，一种药草。
伊塞克瑟洛尔：Esecselur，尼尔杜撰的船名。
伊斯崔嘉：Estriga，维特里安传说中的怪物。
伊斯佩迪欧·莱斯·达·洛维雅达：Espedio Raes da Loviada，维特里安的剑术大师。
耶兹克：Yeszik，古代民族之一。
尧翰：Yaohan，古代民族之一。
夜骑兵：Nightstrider，罗伯特的亲卫部队。
淹地：Poel，新壤的特有地貌，平时抽干积水以耕种，战时开闸泄洪以阻挠敌军。
英格·费阿：Ing Fear，戴姆斯台德镇所属的教区名。
西岗地区：Westhill，伊斯冷城区之一。
伊露姆霍尔：Iluumhuur，恶魔女王的真名。
伊斯朴：Ispure，赫斯匹罗的父亲。
掩真圣议会：Obfuscate Senaz，圣血会的最高议会。
鹰巢：Aerie，斯蒂芬对自己书房的称呼。
蝎尾狮：Manticore，绿憨的一种。
隐秘联邦：The Secret Commonwealth，书名，记载了关于瑟夫莱人的一些资料。
伊卓蒙：Irjomen，教会历史上的第一位教皇，曾是一名主祭。
伊莉丝：Ellis，安妮的女仆之一。
依斐奇：Ifwitch，地名，位于克洛史尼。
伊斯提玛：Istimma，地名，位于维特里安。
鸦痕高原：Ravenmark Wold，一座古代战场。
依文森大师：Mestro Evensun，一位音乐大师。

THE BORN QUEEN

Z

咒文剑：Feysword，相传为天降女王所用的武器，拥有魔法的力量，削铁如泥。

狰狞怪：the Raver，传说中的古代邪神，埃斯帕常用它来赌咒发誓。

最高圣智教裁会：High Senaz of the church，教会中裁定重大事件的手段。

詹姆斯·凯斯美：James Cathmayl，御前护卫之一。

绰斯西亚：Troscia，地名，位于维特里安。

主祭：Sacritor，教会中负责管理某一教区的职位。

主教：Fratrex，教会中负责管理某一修道院的职位。

泽斯匹诺：Z'Espino，维特里安的港口之一。

扎河：River Za，河流名，流经泽斯匹诺城内。

佐·凯斯洛：Zo Cassro，维特里安语，意为"老板"。

佐·卡巴德罗：Zo Cabadro，昆提·达可乌卡拉的爱马。

佐·维奥托：Zo Viotor，维特里安语，意为"流浪客"。

烛光园：Candle Grove，伊斯冷城内的花园。

泽米丽：Zemlé，裴尔修女的真名。

泽思王座：the Xhes Throne，世界上的三张王座之一，拥有巫术和魔法的力量，曾经被司皋斯罗羿掌控。

佐·布索·布拉托：Zo Buso Brato，传说中的名酒。

系列推荐

- 司马辽太郎
  - 《幕末》
  - 《新选组血风录》
- 火坂雅志
  - 《天地人》
- 隆庆一郎
  - 《花之庆次》
- 井上靖
  - 《风林火山》
- 柴田炼三郎
  - 《真田幸村》
- 宫部龙太郎
  - 《信长燃烧》

简介:

《幕末》
司马辽太郎

包括《樱田门外之变》、《逃走的小五郎》、《最后的攘夷志士》等12个故事在内的短篇小说集。以日本幕末时期为故事背景，描述了12起暗杀事件。有人曾说，幕末的历史就一部暗杀的历史。司马辽太郎的《幕末》，将隐藏在暗处的历史揭开……

《新选组血风录》
司马辽太郎

他们是幕末最强剑客集团，被称为"壬生之狼"；他们的队规极为严酷，若有违背，切腹无赦；他们坚守职责，却成为维护幕府的守旧势力，遭受灭顶之灾。然而，他们最后的武士之魂，却始终坚守在光阴变迁的的夹缝之中……

《天地人》
火坂雅志

他是被德川家康称为"能得如此能臣，取天下可无难矣"的国士；他是辅佐两代主公鞠躬尽瘁死而后已的"天下第一陪臣"；他是在群雄争霸的战国以"爱"字安身立命的另类存在。即使身在最弱肉强食的黑暗世道，也决不放弃心底仁爱与大义的微光！

《花之庆次》
隆庆一郎

战国乱世，人人为私欲杀伐征战，血流漂杵。却有这样一名男子，以"无欲之人"自居，不谋官职，不建功名，手持涂朱长枪，身跨骏马松风，在历史与虚妄的夹缝中，且歌且行……

《风林火山》
井上靖

他形容猥琐，一目浑浊，一足残疾，却生就敏锐的洞察力与缜密的思维；他前半生寂寂无名，五十岁后被武田信玄拜为军师，一朝平步青云，百战不殆。然而，在野心和偏执的深处，却始终有一位女子的身影挥之不去……

《真田幸村》
柴田炼三郎

他们身怀匪夷所思的绝技，行事诡秘难测，却于暗处左右着天下的方向。无论如何防卫森严的城堡宅邸，他们都如入无人之境。每一次影响历史的重大事件背后，总有他们的身影。在丰臣家与德川家最后的战争到来之际，他们来到大坂城，聚集在真田左卫门佐幸村的周围……

《信长燃烧》
安部龙太郎

日本战国风云人物织田信长以武力构筑了以安土城为中心的磐石般的体制，然而信长过于强大的势力，引起了朝廷公家的不满。在交织的争斗中，公家终于决定除掉信长……日本历史上最大的谜团"本能寺之变"，谜底在此书中揭开！